오늘부터 부부

# 오늘부터 부부

1판 1쇄 찍음 2019년 2월 21일
1판 1쇄 펴냄 2019년 2월 28일

지은이 | 권초이
펴낸이 | 고운숙
펴낸곳 | 봄 미디어

기획·편집 | 김민지, 김지우
표지 디자인 | 우물

출판등록 | 2014년 08월 25일 (제387-2014-000040호)
주소 | 경기도 부천시 길주로 64, 1303(굿모닝 오피스텔)
영업부 | 070-5015-0818 편집부 | 070-5015-0817 팩스 | 032-712-2815
E-mail | bommedia@naver.com
소식창 | http://blog.naver.com/bommedia

값 13,000원

ISBN 979-11-5810-656-0 03810

# 오늘부터 부부

*a husband and wife*
*from today*

**권초이** 장편 소설

1화 노크도 없이 불쑥 나타난 남자   007

2화 맞선   042

3화 피할 수 없는   077

4화 조건부 결혼   113

5화 방심은 금물   148

6화 의외의 모습   180

7화 잘 크고 있는 부부   218

8화 허물어뜨리디   257

# Contents

9화 범람 287

10화 빛과 공존하는 그림자 330

11화 드러나는 실체 363

12화 철옹성 같은 남자 407

13화 그럴듯한 부부가 되어 간다 441

14화 알콩달콩 신혼 생활 485

15화 인생의 동반자 512

16화 가족이라는 울타리 553

17화 성장 597

# 1화
## 노크도 없이 불쑥 나타난 남자

한강이 내려다보이는 뷰가 멋진 30평의 오피스텔. 재오는 부모님 몰래 구입한 이곳을 아지트로 사용하고 있었다.

거실로 쓰는 공간을 술집처럼 꾸민 인테리어가 독특했다. 온갖 술들이 보관된 진열장과 와인 냉장고가 한쪽 벽을 차지했고, 거실 가운데에는 커다란 테이블이 놓여 있다. 카페와 술집 중간 정도의 분위기를 풍기는 이곳은 지금 흥겨운 파티가 진행 중이다.

재오의 친구들과 이렇게 저렇게 알게 된 여자들이 섞여 앉아 술을 마시며 게임을 하고 있었다. 남녀가 떠드는 소리와 블루투스 오디오에서 흘러나오는 음악이 한껏 뒤섞여 공간을 채웠다. 보드게임에 심취해 있던 재오가 난데없이 끼어든 휴대폰 벨소리에 짜증을 냈다.

"아, 누구 전화냐? 빨리 받아!"

"재오, 네 전화잖아."

그제야 짜증나는 불청객이 제 휴대폰에서 나는 벨소리라는 사실을 깨달은 재오가 전화를 받았다.

"뭐야, 내가 특별한 일 아니면 전화하지 말랬지?"

—대표님! 비상입니다!

노 지배인의 긴급한 목소리에 불길한 예감이 척추를 관통했다.

"비상이라면……. 설마."

—사장님 출동하셨습니다!

재오가 벌떡 일어났다. 그의 갑작스런 행동에 게임을 하던 이들이 그에게 집중했다.

"제길!"

"야, 왜 그래?"

"오빠. 무슨 일이야?"

재오는 저에게 달라붙는 관심과 시선에 신경 쓸 겨를이 없었다. 양 옆으로 친구 넷과 여자 다섯이 거의 틈 없이 앉아 있었다. 좀처럼 빠져나오기가 어려워 결국 그는 긴 다리를 이용해 테이블 위로 껑충 뛰어올랐다. 테이블에 널브러져 있던 술병과 술잔, 파티용 음식, 그리고 여러 종류의 보드게임이 그의 발에 밟히고 치이며 난리가 났다.

"으악!"

"꺄!"

술병이 넘어지고 술잔이 바닥을 나뒹굴고, 몇 개는 깨져 쑥대밭이 되자 곳곳에서 비명이 터졌다. 재오는 개의치 않고 길고 넓은 테이블 위를 성큼성큼 밟아 술자리에서 빠져나왔다. 등 뒤에서 일어난 소란을 무시하고 아지트를 벗어나 엘리베이터에 몸을 실었다.

습관적으로 지하 2층으로 가는 버튼을 누르려다 멈칫했다.

"아, 나 술 마셨지."

재오는 지하 주차장이 아닌 1층으로 향했다. 1층 로비를 황급히 벗어나 택시를 잡아타고 그가 운영하는 이탈리안 레스토랑 '몽마'로 이동했다. 15분 만에 도착했는데 한 시간이 넘게 걸린 기분이었다. 택시에서 내리자마자 몽마 안으로 뛰어 들어갔다. 마음이 바빠 정신없는 재오와는 달리 레스토랑 안은 평화로웠다. 하지만 이 평화는 곧 와장창 부서질 것이다. 몇 분 뒤 자신에게 닥칠 파란을 예측한 그는 상당히 초조했다.

"대표님 오셨습니까."

직원들이 재오에게 예의를 갖춰 인사했다.

"아버지는?"

"노 지배인님과 대표님 방에 계십니다. 물 좀 드릴까요?"

몽마의 직원이라면 재오와 그의 아버지 사이를 모르는 이가 없다. 그의 아버지가 오는 날에는 큰 사건이 벌어지기 때문에 누구도 긴장을 늦춰서는 안 된다.

재오의 초조함을 잘 아는 직원이 물을 권했으나 그는 사양하고 즉시 아버지와 노 지배인이 있는 집무실로 향했다. 그는 결전의 장소로 향하는 사람처럼 결의를 보였다.

집무실 문을 여는 동시에 재떨이가 날아왔다. 재오는 날렵한 몸짓으로 그것을 피했다.

"조준 실패입니다."

재오를 지나 벽에 부딪친 재떨이가 쩍 하고 갈라졌다.

"너 이 녀석!"

공격을 간단히 피하고 장난스럽게 웃는 아들놈의 태도에 화를 주체 못 한 표 사장이 크게 격노했다.

"화를 내실 거면 저한테 내세요. 왜 재떨이를 깨트리고, 아무 잘못 없는 노 지배인을 불편하게 하십니까."

화를 돋운 원인 제공자는 문제를 인지하지 못했다고 의심할 정도로 천연스럽고 태연했다. 재오의 이런 태도가 표 사장을 더욱 분노케 했다.

"말은 잘하는구나, 아주. 이런 네 재주를 진작 알았다면 영업 사원으로 입사시킬 걸 그랬다."

"아, 그쪽은 제 취향 아니에요."

이 정도면 아주 능청의 신이다. 재주라면 재주지.

"직업을 취향 따져 가면서 결정하는 사람이 어디 있냐."

"여기, 아버지 눈앞에 있지 않습니까. 아직 돋보기 쓰실 때는 안 되신 것 같은데 눈앞에 두고도 모르시다니."

표 사장의 면전 앞에서 당당할 수 있는 사람은 극히 소수였다.

"얼렁뚱땅 넘어갈 생각마라. 회사에는 영 관심이 없어 보이기에 레스토랑이라도 차려 준 내 성의를 생각해서라도 제발 정신 좀 차리고 살아! 얼마 전에도 어떤 여자 하나가 가게 찾아와서 울고불고 그랬다며."

천하의 표 사장조차 제 아들인 재오의 앞에서는 그저 늙어 빠진 호랑이 신세일 뿐이다.

"저도 귀찮습니다. 여자들이 저를 가만 놔두지 않으니 어쩌겠어요? 그러게 절 왜 이렇게 잘난 놈으로 태어나게 하셨어요? 쓸데없이 모자란 곳 하나 없이 완벽해 가지고."

지나친 당당함은 자칫 오만으로 보일 수 있지만, 그 오만스러운 태도를 갖추고도 도대체 밉지 않을 수 있는 재오의 매력이 참 대단하다.

"대체 이게 몇 번째냐. 이젠 염치없어서 더 막아 줄 수도 없구나. 내 얼굴에 먹칠하는 건 그렇다 쳐도 네 인생까지 망칠까 봐 걱정된다."

재오는 자타공인 스캔들 메이커다. 연예인으로 데뷔만 안 했을 뿐이지, 웬만한 연예인들보다 더 인터넷을 뜨겁게 달구는 유명 인사다. 그의 화려한 스캔들에 대해서 아는 사람은 다 알 지경이었다.

"걱정 마세요."

"걱정을 안 하게 해야 안 하지! 네 녀석이 잘하면 이러겠냐? 오너라는 자식이 허구한 날 놀러 다니면서 가게를 비우면 쓰냐? 오너가 안 나오는 가게는 결국 망하게 되어 있다."

지금이야 이런 인생이 즐겁고 재밌을 테지만 언제까지 그저 자유분방한 삶을 살게 둘 수는 없었다. 적어도 아버지로서 말이다.

"이 가게 말아먹어도 난 절대 도와주지 않을 테니 그렇게 알아라."

강하게 경고를 했지만 줄곧 자유롭게 살아온 재오가 변화할 거라고는 믿지 않았다. 그의 자유를 완전히 억압할 마음은 없다. 성향이 이렇다면 인정을 해 줄 의향이 다분하다.

하지만 뭐든 적당히 해야지. 더 이상은 그를 방치할 수는 없다. 무언가 큰 구실이 필요했다.

좋은 수단이 없을까. 표 사장의 생각이 깊어졌다.

<br>

까만 하늘에 달이 수줍게 고개를 내미는 밤인데도 도시는 여전히 활기가 넘친다. 빽빽이 들어선 빌딩들은 하나같이 위풍당당하다. 러시아워를 넘긴 시간대인데도 도산대로는 수많은 차로 붐볐다.

그래도 퇴근 시간만 하겠냐는 긍정적인 마인드를 가슴에 새기며 원활하지 않은 교통 상황을 여유롭게 맞었다. 라디오에서 흘러나오는 인디밴드의 노래와 난데없이 울리는 휴대폰 벨소리가 혼잡하게 뒤섞였다. 정체된 차가 앞으로 나아가길 기다리며 시트에 등을 편하게 기대고 있던 이슬이 거치대에 꽂힌 휴대폰으로 시선을 옮겼다.

그녀가 슬며시 웃으며 귀에 이어폰을 꽂았다.

"박찬미. 그새를 못 참고 전화야?"

—온다는 애가 하도 안 오니까 그런 거 아냐.

귀에 꽂힌 이어폰으로 기다림에 지쳐 가고 있는 찬미의 음성이 들려왔다.

"날 기다리는 게 아니라 구두를 기다리는 거겠지."

—물론 구두도 기다리고, 너도 기다리는 거지. 얼른 와, 기다리다 목 빠지겠다.

"다행이네. 목 빠지기 전에 도착할 예정이니. 딱 5분만 기다려."

이슬이 통화를 끝내고 이어폰을 뺐다. 때마침 앞 차가 움직였고, 그녀는 액셀을 부드럽게 밟았다. 리츠 클럽 건물 앞으로 포드 머스탱 컨버터블이 멈춰 서자 주변을 서성이는 이들이 힐끔거려 왔다. 이슬은 개의치 않고 조수석에 놓인 쇼핑백과 핸드백을 챙겨 차에서 내렸다. 발렛 파킹을 맡기고 클럽 안으로 들어섰다.

아이보리색의 민소매 원피스를 입은 이슬은 세련되고 우아한 분위기를 풍겼다.

클럽에서 숱하게 볼 수 있는 여자들과는 다른 특별한 매력을 갖고 있어서인지, 그녀의 입장과 동시에 수많은 남자들의 시선이 따라붙었다. 그녀는 남자들의 표적이 된 사실을 알면서도 차갑게 외면했다. 누구에게도 시선을 주지 않는 그 행동이 남자들을 자극했고, 오기가 생긴 몇몇은 적극적으로 다가와 노골적인 눈길로 이슬을 훑었다.

이슬은 불쾌한 기분을 숨기지 않고 오롯이 드러냈다.

"도도한 게 딱 내 스타일인데? 애기, 오빠랑 같이 놀래?"

사람은 생긴 대로 논다더니. 느끼하게 생긴 남자가 뱉은 말에 또각또각 바닥과 마찰하며 일정한 소리를 내던 하이힐이 우뚝 멈췄다.

이슬이 어이없다는 듯 웃으며 남자를 쳐다봤다.

"몇 살? 대학은 졸업했고? 딱 보니 대학생 같은데, 누가 오빠야?"

목소리에서 찬바람이 쌩쌩 불었다.

"무례한 남자는 내 취향이 아니라. 그러니까 성가시게 하지 말고, 좀 꺼져 줄래?"

우아하게 생긴 여자의 입에서 날이 선 말이 서슴없이 흘러나오자 예상치 못했는지 남자가 어안이 벙벙한 얼굴이 됐다. 근처에서 기회를 엿보며 서성이던 남자들도 모두 당황한 얼굴로 꼬리를 내리고 쭈뼛거렸다. 귀찮은 혹을 떼어 내자 속이 시원했다. 이슬은 목적지를 향해 다시 나아갔다.

"현이슬!"

이슬을 먼저 알아본 찬미가 반갑게 알은척했다. 그녀가 이슬을 테이블로 데려갔다. 그곳에는 그녀의 일행이 있었고, 대부분 일면식도 없는 얼굴들이다. 안다고 하는 사람들도 고작 몇 번 인사를 나눈 게 전부였다.

"누구?"

처음 본 이들이 이슬에게 호기심을 보여 왔다.

"아, 내 베프. 나한테 줄 게 있다고 해서 오라고 했어."

"반가워요. 온 김에 같이 놀아요."

"아뇨. 이것만 주고 갈게요."

제 딴에는 편하게 대해 주려던 건데 이슬이 단칼에 거절을 해 오자 남자는 기분이 상했다.

"매정하네. 어떻게 1초도 고민 없이 거절해요? 놀자고 한 성의를 봐서라도 잠깐 앉아 있다 가도 될 텐데."

서늘해진 기운을 감지한 찬미가 냉큼 끼어들어 해명에 나섰다.

"얘 방금 일 끝나고 와서 피곤한 상태라서 예민해. 게다가 이런 분위기도 별로 안 좋아하고."

해명을 듣는 남자의 태도가 불성실했다. 옆에 있는 여자의 어깨에 팔을 두르고 술을 마시며 건성으로 들었다. 찬미는 분위기가 더 험악해지기 전에 이슬을 돌려보내야겠다고 판단했다.

"이거야?"

"응."

이슬이 찬미에게 쇼핑백을 건넸다.

"네 발 사이즈에 맞춰서 제작했어. 너 평소 즐겨 입는 옷 스타일 생각해서 특별히 신경 써서 제작한 구두니까, 예쁘게 잘 신어."

"고마워."

이슬은 7년 전, '릴리'라는 수제 구두 브랜드를 론칭했다. 부모님의 도움을 받아 시작하긴 했지만 릴리를 성장시킨 건 단연 그녀의 피나는 노력 덕분이다. 처음에는 청담동에 10평 남짓한 작은 규모의 숍을 열어 시작했지만 세련된 디자인과 가격 대비 훌륭한 품질을 인정받으며 점차 시장을 넓혀 가 매장 규모를 확장하는 것을 물론, 백화점에 입점을 할 정도로 자리를 잡았다.

"갈게."

"전화해."

"응. 재밌게 놀아."

찬미와 작별 인사를 나누고 돌아선 이슬은 퍽 고단한 얼굴이었다.

실내를 꽉 메우는 일렉트로닉 음악이 그녀에게는 즐거움을 주지 못했다. 그저 소음으로 여겨질 뿐. 복잡하고 시끄러운 소음이 난무하는 이 장소를 어서 빠져나가고 싶었다. 그때였다.

"왜 이래요?"

"왜 이러긴 예뻐서 그러지."

클럽 입구를 향해 걷던 이슬의 귀에 어떤 여자와 남자의 목소리가 들렸다. 메인 스테이지에서 꽤 떨어진 복도라 음악 소리가 작아진 탓에 그들의 목소리가 꽤 선명하게 들린 것이다.

"아까 춤추는 모습 보니까 죽이더라. 오빠들 가슴에 불을 질렀으면 책임을 져야지."

여긴 무슨 느끼한 남자들만 몰려 있나. 수질 관리에 엄격한 클럽이라더니 오로지 외모만 검열하는 모양이다. 그러니 저런 질 떨어지는 남자들만 우글우글하지. 남의 일이니 무시하고 지나가려던 이슬을 붙잡은 건 세 남자에게 둘러싸여 오도 가도 못 하는 여자의 모습이었다. 여자는 술을 꽤 마신 듯 서 있는 모습이 위태로웠다.

들려오던 대화의 근원지를 이슬은 팔짱을 끼고 빤히 주시했다. 세 남자가 벽에 기댄 채 비틀거리는 여자의 몸을 훑으며 히죽거렸다. 여자가 그 사이를 비집고 지나가려 하자 한 남자가 그녀의 팔을 붙잡아 벽에 밀쳤다. 그 남자가 팔을 포박하자 나머지 둘이 여자의 어깨와 허리를 쓰다듬었다.

"지, 지금 어딜 만지는 거야?!"

여자가 불쾌해하며 저항했지만 남자들은 듣는 체도 안 했다. 그들은 오히려 그녀의 반응을 즐겼다.

"우리가 앙탈 부리는 여자 좋아하는 건 또 어떻게 알았대?"

가만히 두고 보자니 오바이트가 쏠려 더 이상 그대로 둘 수는 없었다. 이슬이 그들에게 다가갔다.

"아주 꼴값을 떠네. 손들 좀 치우지?"

불쑥 끼어든 목소리에 세 남자의 시선이 일제히 이슬에게 꽂혔다.

그들이 그녀를 비웃었다.

"예쁜이가 여기 또 있네?"

"대체 버터를 얼마나 처먹어서 이렇게 느끼한 건지."

웬만해서는 거친 말은 하지 않으려고 했지만 하나같이 껄렁하고 하는 짓이 추잡해 좋은 말이 나오지 않았다.

"뭐? 야, 너 말 다했어?"

우아한 외모와 상반되는 차갑고 날카로운 말에 자존심이 긁힌 남자들이 발끈했다. 험악한 분위기를 조성하는 남자들의 앞에서도 이슬은 주눅 들지 않았다.

"왜? 틀린 말도 아니잖아? 어쩜 하나같이 느끼해선, 쯧."

"허? 뭐가 어쩌고 어째?"

"요즘 시대가 어떤 시대인데, 당신들 그거 성추행이야."

"네가 뭔데?"

네까짓 게 뭔데 남의 일에 참견하냐는 말투였다.

"나? 나 쟤 언니."

사실 초면이었지만 여자를 구해 내기 위해서는 선의의 거짓말이라도 해야 했다.

"당장 손 떼지 않으면 신고하겠어."

언니라는 사람이 나타나 성추행으로 신고를 하겠다고 하니 남자들이 슬그머니 손을 떼고 물러났다. 하지만 탐탁지 않은지 뭐 씹은 얼굴로 이슬을 쳐다봤다. 남자들에게서 벗어난 여자가 냉큼 이슬의 등 뒤로 숨었다. 이슬은 여자의 손을 잡고 남자들의 시야에서 멀어졌다. 클럽을 빠져나와서 여자의 손을 놓았다.

"언니. 완전 고마워요!"

여자가 감격한 표정으로 이슬에게 고마운 마음을 마구 분출했다.

"앞으로도 계속 이런 곳에 다닐 생각이면 전기 충격기라도 가지고 다녀요. 자기 몸은 자기가 지켜야지."

"네. 그럴게요. 근데 언니 진짜 멋있어요!"

"반하지는 마요. 귀찮은 건 질색이라."

주차 요원이 포드 머스탱 컨버터블을 이슬의 앞으로 대령했다. 주차 요원에게서 차 키를 돌려받고 차에 타려는데 여자가 말을 붙여 오는 바람에 주춤했다.

"저, 언니. 정말 죄송한데 저 좀 집까지 태워 주시면 안 돼요?"

"집이 어딘데요?"

사람은 가지지 못한 것에 대한 갈망을 품고 살곤 한다. 이슬도 그랬다. 그녀에겐 동생이 없었고, 그래서 동생 있는 친구들을 부러워하곤 했다. 눈앞에 있는 여자 같은 여동생이 있으면 어떤 기분일까? 그런 생각이 문득 머릿속을 파고들었다.

"사임당로 19길 80-18이요! 귀찮으시면 교대 역에 내려 주셔도 돼요."

그리 어려운 부탁도 아니었기에 흔쾌히 답했다.

"타요."

"히힛! 감사합니다!"

여자가 활짝 웃으며 재빨리 조수석에 탔다. 그녀가 즐거운 눈으로 차를 구경했다.

"이런 오픈카는 해변에서 타야 제 맛인데. 근데 언니 이름이 뭐예요? 난 표나리예요."

귀엽고 사랑스러운 외모와 아주 잘 어울리는 이름이었다.

"현이슬."

이름을 말해 주며 차를 출발시켰다.

"와, 예쁜 이름이다. 나이는요?"

"서른."

나리의 동그란 눈이 더욱 동그래졌다.

"헐. 엄청 동안이네요? 저보다 한두 살 정도 많을 줄 알았는데."

나리의 반응이 꽤나 격했다. 저와는 다르게 활기찬 그녀의 성격이 신기했다.

"그쪽이야말로 20대 초반으로 보이는데, 날 그렇게 어리게 봤다고
요?"

이슬은 덤덤한 목소리로 대화에 참여했다.

"저 스물넷이에요. 대학교 졸업반!"

"휴학했나 봐요."

차 안에 딱 한 사람만 더 탔을 뿐인데도 공기 자체가 달라졌다.

"아뇨. 재수했어요. 언니, 편하게 말 놔요."

"초면이라……. 혹시 또 만나게 되면 그때 말 놓을게요."

"약속했어요! 저 공부 머리는 별로인데 암기 능력은 짱 좋아요. 기억
할 거예요!"

"그래요."

이슬은 나리의 굉장한 친화력에 놀라움을 금치 못했다. 나리는 누구
와도 금세 친해질 성격이었다.

"아, 너무 달렸는지 머리가 다 어지러워요."

"눈 좀 붙여요."

과음을 한 탓에 속도 울렁거리고 머리도 어지러워서 이슬의 말대로
나리는 한숨 자기로 마음먹고 눈을 감았다.

이슬은 나리가 편히 잘 수 있도록 컨버터블의 지붕을 닫아 주었다.

"표나리 씨."

알려 준 주소에 도착을 했는데 내려야 할 사람은 잠에 취해 깨어나
지 못하고 있어 난감했다. 안전벨트를 풀고 나리의 어깨를 살짝 흔들자
나리의 고개가 한쪽으로 확 기울었다.

"완전 취했네. 어쩌지."

술에 취해 깊게 잠든 사람을 억지로 깨울 수도 없고, 그렇다고 이대
로 버리고 갈 수도 없으니 그야말로 난처한 상황이다.

"왜 평소에는 안 부리는 오지랖을 떨어서는. 어쩌겠어. 내가 자초한 일이니 내가 수습해야지."

이슬은 이기적인 사람은 아니었지만, 그렇다고 해서 누구에게나 친절을 흔히 베푸는 사람도 아니다. 그녀는 어릴 때부터 가까운 사람들에게 유난히 깊은 정을 주는 성향이었다.

뭐 그마저도 어느 시점부터는 조심스러워졌지만. 어쨌든 처음 본 사람에게 참견하는 스타일이 아닌데 나리가 처한 상황이 워낙 안타까워서 평소에는 꼭꼭 감추고 사는 정의감이 불쑥 발산됐다.

차에서 내린 이슬은 조수석 쪽으로 이동해 문을 열고 헝겊 인형처럼 축 늘어진 나리를 있는 힘을 다해 일으켜 세웠다.

"보기에는 말랐는데 왜 이렇게 무거운 거야."

그나마 다행인 건 나리의 키가 167cm인 이슬보다 약 10cm 정도 작다는 것이다. 이슬은 나리를 끌고 가다시피하며 대문 앞에 섰다. 한 팔로 나리를 부축하고 나머지 팔을 뻗어 초인종을 누르자 누구냐는 물음이 던져졌다.

"표나리 씨 집 맞나요? 표나리 씨가 많이 취했거든요."

대문이 열리며 꽤 큰 소리가 나자 나리가 눈을 떴다.

"정신 들어요?"

"우음. 언니."

나리 눈이 퀭했다. 술이 사람 하나를 제대로 잡아먹었다.

"혼자 걸을 수 있어요? 집에 다 왔는데."

"감사합니당."

"혀가 꼬인 걸 보니 아직 취했네. 내가 부축해 줄 테니까 걸어 봐요."

나리의 두 다리가 위태로워 혼자 걷게 두었다간 픽 쓰러질 것 같아 하는 수 없이 현관까지 부축을 해 주었다. 잠에서 깨기는 했지만 술에 취한 탓에 게슴츠레 뜬 눈으로 히죽거리는 그녀의 모습은 상당히 괴기스러웠다. 이내 현관문이 열리고 앞치마를 두른 아주머니가 두 사람을 맞이했다.

"어머, 나리 아가씨!"

"술을 많이 마셨는지 취했네요."

아주머니에게 나리를 넘기려고 하는 찰나였다.

"우욱!"

나리가 울렁거리는 속을 견디지 못하고 오바이트를 해 버렸다. 것도 이슬의 옷에. 아이보리색 원피스가 더러워졌다.

"어머나! 이를 어째!"

이슬도 놀라긴 했지만 아주머니의 반응이 대단해서 크게 내색할 겨를이 없었다.

"일단 표나리 씨부터 눕히세요."

아주머니가 나리를 소파로 데려가 눕히고 황급히 이슬에게로 달려왔다. 그녀가 뒤를 돌려 하자 아주머니가 그녀를 붙잡았다.

"그러고 가시게요?"

사고를 친 건 나리인데, 아주머니가 미안해하고 있었다.

"네. 어쩔 수 없잖아요."

이슬은 봉변을 당했음에도 불구하고 신경질을 내지 않고, 오히려 침착했다.

"나리 아가씨 옷 드릴 테니 입고 가세요."

"아뇨. 정말 괜찮아요."

"조금만 기다리세요! 옷 가져올 테니."

사양을 하기도 전에 아주머니는 나리의 옷을 가지러 가 버렸다. 기민하게 움직이는 그녀를 잡을 새도 없었다.

결국 돌아서지 못하고 현관에서 서성이는데 아주머니가 가지런히 개어진 옷을 가져와 내밀었다.

"이걸로 갈아입으세요. 나리 아가씨보다 키가 커서 사이즈는 좀 다르겠지만 그래도 아마 맞으실 거예요."

"감사합니다."

이렇게까지 신경을 써 주는데 호의를 거절하는 건 예의가 아니라 생각해 옷을 받았다. 아주머니가 내민 옷은 품이 넉넉한 후드가 달린 원피스였다.

"화장실이 어디죠?"

"이쪽으로 오세요."

아주머니를 따라 걸음을 옮겼다. 천천히 걸어가며 집을 구경했다. 가구와 인테리어에서 고풍스러운 분위기가 물씬 묻어나는 걸로 봐서 이집의 취향은 지긋한 나이의 어른이 결정했음을 추측할 수 있다.

거실을 지나가는데 소파에 누워 있던 나리가 갑자기 벌떡 일어나더니 두 사람을 지나쳐 어딘가로 쏜살같이 들어가 버렸다. 급박했는지 채 닫지 못한 문 사이로 구역질하는 소리가 들려왔다.

"1층 화장실은 아무래도 안 되겠네요. 2층으로 가셔야겠어요."

"위치만 알려 주시면 제가 찾아갈게요."

"그러겠어요? 계단 올라가셔서 오른쪽 첫 번째 문 열면 파우더 룸이 있어요. 거기서 갈아입으셔도 되고 씻고 싶으시면 파우더 룸에서 문하나 더 열면 화장실이니까 편하게 사용하세요."

"네. 감사합니다."

이슬은 계단을 올라 아주머니가 가르쳐 준 대로 오른쪽 첫 번째 문을 열었다. 아주머니가 설명을 잘해 준 덕분에 바로 파우더 룸을 발견했다.

파우더 룸 문을 닫고 아주머니에게서 받은 옷을 화장대 위에 올렸다. 등 뒤의 지퍼를 내려 원피스를 벗었다.

"……오늘 참 별일을 다 겪네."

좋은 일 한 번 하려다가 남의 집에서 옷까지 갈아입는 신세가 되다니 참으로 별난 하루다. 벗은 원피스를 발로 슥 밀고 후드 원피스를 쥐려던 그때였다. 달칵, 하는 소리가 공기 중으로 퍼졌다.

이건 분명 문을 여는 소리인데? 순간 이슬이 경직되고 말았다.

"누구?"

분명 남자의 목소리였다. 이슬이 천천히 시선을 움직였다. 그러던 중 그녀의 시선에 한 남자가 잡혔다.

화장실에서 나온 그 남자는 씻고 나왔는지 상체를 탈의한 상태였다. 카리스마를 풍기는 눈빛과 절묘하게 어울리는 근육들이 그의 몸에 장착되어 있었다.

외모, 체격, 분위기. 모든 것들에서 수컷의 향기가 강렬하게 풍겼다. 탄탄한 상체에 물기까지 더해져 야성미와 섹시함의 환상의 조화로 엄청난 매력을 뿜어냈다.

재오는 이슬의 시선을 탐탁지 않게 여겼다. 그의 시선이 얼굴에서 아래로 향하자, 그녀가 황급히 두 팔로 가슴을 가렸다.

"보, 보지 마요!"

"이미 봤는데 어쩌죠."

보려고 본 건 아니었다. 그냥 보이니까 봤을 뿐인데, 이미 봤다는 말에 이슬이 기겁을 하더니 얼른 뒤를 돌아 문고리를 잡아당겼다. 그런데 문이 열리지 않자 그녀가 당황하며 문고리를 집요하게 잡아당겼다.

이슬이 뒤를 도는 바람에 본의 아니게 속옷만 입은 뒷모습을 보고 말았다. 이건 분명 재오의 뜻이 아니었다. 재오도 난처한 얼굴로 시선을 피했다. 그가 바닥을 내려다보며 중얼거렸다.

"그러고 나갈 겁니까?"

문고리를 잡아당기던 이슬의 끈질긴 손길이 멈췄다. 그녀가 등을 보인 채 외쳤다.

"보, 보지 말아요!"

"저도 낯선 여자의 몸은 딱히 보고 싶지 않습니다."

뭐지? 이 은근하게 기분 상하게 하는 말은. 오묘한 기분이 속을 들쑤셔 슬쩍 뒤를 곁눈질했다. 재오는 땅을 내려다보고 있었다.

"……그렇게 형편없진 않은데."

"예?"

너무나 뜬금없는 말에 놀란 재오가 무심코 시선을 들었다가 속옷만 입은 이슬의 몸을 보고 말았다. 이거 원, 눈을 어디에 둘지 모르겠다.

"무슨 말입니까?"

"아뇨. 잘못 나온 말이에요."

사실 기분이 나빠서 저도 모르게 툭 튀어나온 말이었다. 여자가 속옷만 입고 있는데도 궁금해 하지도 않고 바닥에 시선을 두고 있던 남자의 태도에 순간 기분이 언짢았다. 어디 가서도 빠지지 않는 몸매인 자신을 보는 그의 눈동자에는 미약한 동요조차 없었다.

"어떡할까요, 화장실로 들어갈래요? 아님 내가 들어갈까요?"

뿐만 아니라 침착하기까지 했다. 이 상황에서 평정심을 유지할 수 있다니, 진심으로 놀라웠다.

"밖으로 나가 주세요."

"그러죠."

재오는 이슬의 부탁을 흔쾌히 승낙했다. 그가 밖으로 나가기 위해 긴 다리를 움직였다. 그러다 문 앞을 가로 막고 선 그녀의 앞에 멈췄다.

"나가라면서 왜 안 비킵니까? 혹시 내가 더 봐 주기를 바라는 건 아니겠죠?"

일순간 당황한 이슬의 얼굴이 붉게 상기됐다. 억울함과 무안함에 달아오른 얼굴에 손부채질을 하며 그를 흘겨봤다.

"아니거든요!"

"아니면 말고. 난 또 오해할 뻔했네."

이슬이 황당해하며 옆으로 비켜서자 재오가 여유로운 표정으로 문을 열고 밖으로 나갔다. 문이 닫히고 당혹스러움에서 빠져 나오지 못한 그녀는 열기가 쉽게 가라앉지 않자 한참을 더 씩씩거리며 손부채질을 했다.

"뭐야, 저 남자. 여자 몸을 보고도 왜 아무런 감흥이 없어? 내가 그렇게 매력이 없나?"

너무 오래 연애를 안 해서 매력이 떨어졌나?

그게 아니라면 저 남자의 취향 문제겠지. 쓸데없는 일에 괜히 열 내지 말자.

파우더 룸에서 나온 재오의 얼굴은 언제 그랬냐는 듯 여유로움이 사라진 상태였다. 그도 당황한 건 마찬가지였다. 씻으러 욕실에 들어갈 때만 해도 아무도 없던 파우더 룸에 웬 낯선 여자가 속옷만 입은 모습으로 있으니 놀라지 않을 남자가 어디 있겠나. 까무러치지 않은 게 신기하다.

그리 길지 않았던 틈 사이로 이미 여자의 몸을 완벽히 훑어 머리에 각인시켰다. 그 찰나 동안 그녀의 속옷 사이즈까지 얼추 가늠할 수 있었다.

나올 땐 확실히 나오고 들어갈 땐 들어간 환상적인 몸매다. 시원시원해 보이는 꽤 큰 키에 가슴과 엉덩이 쪽으로 이어지는 부드러운 곡선들이 화려하고 매혹적인 분위기를 진하게 풍겼다.

살집 없이 마른 여자에게서는 볼 수 없는 확실한 입체감이었다. 그저 시선을 주는 것만으로도 아찔한 감각을 갖게 했다. 찰나였지만 깊은 인상을 심어 준 그녀의 몸매에 정신이 산란했다.

재오는 고개를 저으며 어수선한 머릿속을 다그쳤다. 드레스 룸으로 향한 재오는 실내복으로 갈아입고 수건으로 젖은 머리를 대강 털어 말렸다. 드라이기 없이 머리를 완전히 말리기는 귀찮아서 대충만 말리고 1층으로 내려갔다.

때마침 도우미 아주머니와 마주친 재오가 걸음을 멈췄다.

"여자, 누구예요?"

아주머니는 계단 위쪽을 턱짓하며 묻는 재오의 행동을 보며 그의 물음 속 여자가 이슬이라는 것을 파악했다.

"아, 2층에 올라간 아가씨 말씀하시는 거죠?"

"예."

아주머니는 인자한 표정으로 친절히 대답했다.

"나리 아가씨 데려온 분이세요."

"표나리랑 아는 사람인가 보죠?"

"그런 것 같은데요?"

아주머니와 대화를 나누는데 문이 활짝 열려 있던 1층 화장실에서 기어 나온 나리가 얼마 못 가 바닥에 철퍼덕 엎어졌다.

"쟤는 왜 이 야밤에 공포 체험시킨답니까? 귀신인 줄 알았네."

나리의 기괴한 모습을 보며 가슴이 철렁했다. 재오가 술에 절어 사지를 못 가누는 동생을 향해 혀를 찼다.

"술을 많이 마셨나 보더라고요. 취해서 인사불성이세요. 그 여자분 옷에 오바이트를 하는 바람에 제가 나리 아가씨 옷 드렸어요."

상황을 자세히 설명해 준 아주머니 덕분에 이해도가 확 올라갔다.

"아, 그래서 옷을 벗고 있었던 거군."

"네?"

혼잣말이었기에 아주머니를 향해 고개를 저어 보였다.

"아닙니다. 신경 쓰지 마세요."

이제야 황당한 상황이 이해가 된다. 그 여자도 참 기가 막히겠다. 옷을 갈아입는 도중에 낯선 남자와 마주쳤으니 얼마나 당황스러웠을까. 아무리 생각해도 조금 전의 마주침은 무척 인상 깊어서 잊으려야 잊을 수가 없겠다.

재오가 픽 웃으며 주방으로 발걸음을 옮겼다. 엎어져 있던 유리컵을 젖혀 세워 냉장고에서 꺼낸 오렌지 주스를 따랐다. 투명한 유리컵에 오렌지 주스가 가득 채워졌다. 그가 오렌지 주스 병을 마개로 다시 꽉 잠가 냉장고에 넣어 두고 컵을 든 채 주방을 나왔다.

주스를 마시며 걷던 중 계단에서 내려오는 이슬과 맞닥뜨렸다. 그녀가 재오를 보자 새침하게 눈을 돌렸다. 재오는 괜히 그녀의 앞을 막아서 보았다. 돌아오는 건 불쾌한 시선뿐이었다. 그 시선조차 금세 거둔 그녀가 옆 공간으로 걸음을 옮기려 했다.

그가 재빠르게 그쪽을 막아서었다. 그녀가 오도 가도 못하고 발이 묶여 버리자 기분이 상한 얼굴로 그를 쳐다봤다.

"옷이 좀 작은 것 같네요."

이런 말이나 하려고 막아선 건가? 재오의 의도를 모르지만 별로 알고 싶은 마음도 없다. 이슬은 시큰둥했다.

"아무래도 사이즈가 다르니까요. 늘어나면 새로 사 줄 거니까 염려 마세요."

새침한 이슬의 태도가 재오의 무언가를 자극했다.

"어차피 나리, 그 옷 잘 안 입으니 다시 돌려줄 필요 없을 겁니다. 새로 사 줄 필요는 더더욱 없을 거고."

이상하게 계속 말을 걸고 싶었다. 딱히 이유도 없이.

"알겠으니까 좀 비켜 줄래요?"

그러나 쌀쌀맞은 태도에 더 이상 말을 걸기가 어려워졌다. 그게 재오는 좀 아쉬웠다.

"그래야죠."

재오는 마지못해 몸을 비켜 줬다.

이슬은 인사도 없이, 그 어떤 미련도 없이 빠른 걸음으로 그를 지나쳐 현관으로 갔다. 그녀에게 나리의 옷이 작아 엉덩이를 겨우 가리고 있었다. 아슬아슬한 옷차림이 걱정됐지만 저 여자에게 그런 신경을 썼다가는 뺨을 맞고도 남겠다는 생각에 조용히 있었다.

대부분의 여자들에게 친절한 편이지만 저 여자에게는 그런 태도는 좋은 효과를 거두지 못할 거라는 추측이 예리하게 날 섰다.

⁂

고풍스러운 멋을 한껏 살린 한식 레스토랑이었다. 넓은 홀의 한 테이블을 이슬과 그녀의 엄마, 고경심 여사가 차지했다.

멋스러운 인테리어와 정갈한 음식으로 유명세를 타는 식당이라 평소에도 빈자리를 찾기 어렵지만 특히나 지금 같은 점심시간에는 예약을 하지 않으면 이 가게의 문턱을 밟기도 힘들었다.

이슬은 엄마와 사이가 돈독해 둘이서 식사를 하는 날이 많았다. 둘은 모녀보다는 자매 혹은 친구 사이와 같은 분위기다.

"아, 잘 먹었다."

점심 특선 메뉴로 주문한 음식은 두 사람이 먹기에 양이 꽤 많았다. 하지만 벌써 젓가락을 내려 두는 이슬의 모습이 안타까운 경심이 한마디 거들었다.

"더 좀 먹지, 왜."

"배불러."

이미 더 이상 음식을 넣을 공간이 없어 엄마의 걱정을 산다하더라도 식사를 하기는 어려웠다.

"휴, 마른 것 좀 봐. 대체 얼마나 안 챙겨 먹으면 살이 안 찌니? 팍팍 좀 먹어."

경심의 잔소리 레퍼토리는 늘 똑같다. 혹시 잔소리 각본이 짜여져 있는 건 아닌지 의심이 들 정도로 말이다.

"그래도 내 몫은 다 비웠는걸!"

이슬은 깨끗하게 비운 밥공기를 들어 보여 주며 어깨를 으쓱거렸다.

"그리고 엄마만 나 말랐다고 해. 다른 사람들하고 비교하면 마른 것도 아냐. 우리 가게에 오는 고객들만 해도 얼마나 마르고 날씬한데!"

"너 20대 때 생각해 봐라. 그때는 볼살도 통통하고 전체적으로 지금보다 보기 좋았어, 얘."

이슬이 추구하는 스타일과 경심이 원하는 체형은 괴리가 존재한다.

"그땐 여태까지 중에 제일 살쪘을 때거든! 나 그렇게 쪘다간 큰일 나, 엄마!"

"큰일 나긴 뭐가 큰일 나? 너 살찌면 전쟁이라도 난대?"

경심의 반격이 퍽 우스워 저도 모르게 웃음이 새어 나왔다.

"더 먹고 싶어도 들어갈 배가 없다고요. 엄마 많이 드셔."

"나도 다 먹었어."

경심이 젓가락을 내려놓으며 물을 한 모금 넘겼다. 모녀의 즐거운 점심 식사는 이로써 끝이 났다.

"그럼 일어날까?"

이슬은 핸드백을 챙기고 테이블 모서리에 있던 계산서를 들며 일어섰다. 앞서 걷는 그녀의 곁으로 경심이 붙었다.

"이리 내. 내가 낼게."

"싫어. 내가 낼 거야."

이슬은 계산을 하겠다며 고집을 피웠다.

"돈 아껴, 이것아!"

"아낄 때 아끼더라도 엄마 밥 사 줄 돈은 쓸 거야. 딸이 엄마 밥도 못 사 줘? 사 줄 때 사양 말고 드셔요."

결국 계산은 이슬의 카드로 행해졌다. 경심은 내심 딸이 기특해 흐뭇한 표정으로 그녀의 머리를 쓰다듬으며 삐져나온 옆머리를 귀 뒤로 넘겨 주었다.

"이래서 딸은 꼭 있어야 한다나 봐."

"언젠 아들이 꼭 있어야 한다며. 웬 변덕?"

"변덕이 아니라 아들, 딸 다 있으면 좋다 이거지. 하나만 있으면 서운해. 엄만 진원이가 내 아들이 돼 줘서 참 고마워."

진원은 경심의 아들이자 이슬의 오빠다. 경심은 미혼모였다. 이슬을 낳은 몸으로 홀로 세상을 헤쳐 나가다 현재의 남편과 사랑에 빠져 결혼을 하게 됐다. 당시 그는 이혼 후 슬하에 아들 하나를 두고 있었다. 그 아들이 바로 진원이다. 진원과 이슬은 피 한 방울 섞이지 않은 남매지만 친남매처럼 우애가 좋다.

"나도 그래. 진원 오빠가 내 오빠가 돼 줘서 고마워."

"너 결혼하면 아들 하나, 딸 하나 낳아."

"결혼? 어느 세월에 해서 둘을 낳아. 엄마 내 나이 벌써 서른이유."

식당을 나와 실외 주차장에 세워진 차로 왔다.

"너 가게 가 봐야지. 내가 알아서 들어갈게."

"그러지 말고 타. 엄마 데려다주고 가게 가면 돼. 그거 뭐 얼마나 걸린다고."

경심은 마지못해 조수석에 몸을 실었다. 이슬은 경심이 안전벨트를 맺는지 꼼꼼히 확인 후 차를 출발시켰다.

"넌 결혼 생각이 아예 없어? 그런 건 아니지?"

부모님은 요즘 들어 부쩍 결혼 얘기를 꺼낸다. 썩 듣기 편한 소리는 아니었지만 부모님의 심정을 이해 못하는 것도 아니었다.

"모르겠어. 적어도 아직은 생각이 없네."

어차피 자의에 의해 결혼을 결정하기는 힘들 것 같았다. 언젠가 결혼을 하게 된다면 부모님의 기대를 부응하기 위해 결정을 하게 될 거라는 막연한 생각을 갖고 있다.

"네 아빠가 네 혼사 문제 나한테 맡겨서는 안 되겠다 싶은지 직접 나서겠대."

"아빠가?"

결혼을 언제 할 거냐는 물음은 종종 들었지만 본격적으로 나서겠다는 말은 처음이어서 당황스럽기도 하고 썩 달갑지는 않았다. 언젠가 이런 날이 오리라 예상은 하고 있었지만, 지금은 좀 이르다고 생각한다.

평생 혼자 살 생각은 아니지만, 아직은 혼자가 편하다. 내가 아닌 타인과 같이 살려면 얼마나 불편할지 상상만 해도 한숨이 나왔다. 그렇다고 연애에 흥미가 있는 건 또 아니다. 첫사랑에게 상처를 받은 이후로 누군가를 또다시 사랑할 수 없었다. 그때 이후로 사랑이라는 감정에 회의감이 들어 이성에 대한 관심이 식었다.

사랑은 눈에 보이지 않는 감정이라 확신이 서지도 않고 배반을 당하기 쉬운 허망한 것이었다. 더 이상 이성과의 연애와 사랑에 기대하는 바가 없으니 혼자 힘으로 남자를 만나 결혼을 하는 건 사실상 무리였다.

"그래. 아빠가 오죽하면 그러겠니. 진원이도 결혼 생각이 없지, 너도 그렇지. 이러다가 손주 못 보는 거 아니냐며 서운해 하시더라."

"그래서 나 보고 결혼하래?"

아빠를 생각하면 마음이 무거워진다. 그는 이슬에게 있어서 무척이나 감사한 사람이다. 제게 존재하지 않았던 아빠의 자리를 채워 준 분이니까.

"응. 아빠가 생각하기엔 그래도 네가 가능성이 크다 이거지."

"나보다는 오빠가 더 가능성 있지 않나? 번듯한 직장에 훤칠하게 잘생겼으니 어디 내놓아도 빠지지 않을 텐데. 학교 다닐 때에도 인기 많았잖아."

아빠의 입장에서는 둘이나 있는 자식들이 하나같이 결혼 생각이 없으니 근심스러운 건 당연한 일이다. 아빠의 근심을 덜기 위해서 저보다는 진원 쪽이 오히려 결혼하기 수월할 것 같았다.

"난 모르겠다. 네 아빠가 난 못 미더운가 봐. 결혼 문제에 있어서는 본인이 직접 해결하시겠단다. 뭐 나야 편하고 좋지. 가만히 앉아서 며느리도 보고 사위도 보고 얼마나 좋아? 안 그러니?"

세상 편한 태도로 말하며 즐거워하는 경심을 슬쩍 곁눈질한 이슬이 슬며시 미소를 그렸다.

"우리 엄마 팔자 늘어졌네. 좋으시겠어."

"그래. 좋다, 이것아."

경심의 행복한 모습은 딸로서 굉장히 흡족하다. 여자 혼자의 몸으로 딸을 낳고 키워야 했던 엄마. 분명 쉽지 않았을 것이다.

어린 시절의 일들이라 선명한 기억은 아니지만, 세상과 마주해야 했던 엄마의 모습이 어렴풋이 떠오른다. 어린 마음에도 참 안쓰럽고 측은했다. 어딜 가나 좋지 않은 시선을 받았고, 미혼모라는 이유로 엄마를 쉽게 보는 남자들도 많았다.

그 각박한 세상 속에서 미혼모로 살아오느라 고단했을 엄마가 이제는 중소기업을 이끌어가는 사장의 아내로, 아랫사람들에게 사모님이라는 소리를 들으며 당당하게 살아가는 모습이, 이슬은 참 기쁘다. 무엇보다 엄마가 남편에게 사랑받는 사실이 이슬을 가장 흐뭇하게 했다.

"엄마, 이따 집에서 봐."

"그래. 우리 딸. 일 잘하고 와."

경심을 집 앞에 내려 주고 곧바로 릴리로 이동했다. 가게가 위치한 지하 주차장에 차를 세우고 매장으로 들어왔다.

"대표님 오셨어요?"

직원들이 이슬에게 공손하게 인사했다. 그들을 보며 이슬이 화사하게 웃어 보였다.

"응. 다들 점심 맛있게 먹었어?"

"네. 어머님이랑 데이트 재밌게 하셨어요?"

경심과 식사를 하고 나니 기분이 좋아졌다.

"응. 아주 오붓하게 잘했지."

"어? 언니!"

직원들과 얘기를 나누던 중 별안간 불쑥 끼어든 경쾌한 목소리에 이슬이 뒤를 돌았다. 낯익은 목소리라 여겼는데 알고 보니 나리였다.

"표나리 씨!"

우연한 만남이라 그런지 더욱 반가웠다.

"와, 언니를 여기서 보다니! 우리 진짜 인연인가 봐요!"

나리도 이슬만큼이나 반가운 눈치였다.

"그러게. 신기하네요. 그저 스치는 사이는 아닌가 보네."

나리의 밝고 경쾌한 분위기는 여전했다. 겨우 두 번째 보는 건데도 낯설지 않은 느낌이 생소하면서도 희한했다.

"언니! 또 만나면 말 놓기로 했잖아요! 저 다 기억하거든요!"

"필름 끊긴 줄 알았는데, 그건 또 기억하네."

취한 나리의 모습을 생생하게 기억한다. 원피스에 오바이트를 했던 장면이 자연스레 재생된다. 이어서 속옷을 입은 채로 낯선 남자와 마주쳤던 상황도 플레이 됐다.

"사실 딱 거기까지 기억해요. 그 뒤로 기억이……. 암튼 말 놔요! 알았죠?"

"그래, 알았어. 말 놓을게. 그럼 되지?"

이렇게 원하는 데 반말 못할 것도 없다. 그게 뭐 어렵다고.

"그날, 제가 언니한테 실수했다면서요. 아주머니한테 들었어요. 제가 오바이트해서 옷 버렸다고. 죄송해요."

"괜찮아. 다 지나간 일인데 뭐."

그런 일로 물고 늘어지는 성격은 아니다.

"언니 진짜 쿨하다! 나 같으면 처음 본 여자가 그러면 진짜 꼴 보기 싫을 것 같은데. 언니 성격 진짜 좋네요!"

성격 좋은 사람이 누군데. 이슬은 그런 생각을 하며 나리에게 말을 걸었다.

"구두 사러 왔나 봐."

"네. 언니는요?"

"여기 내 가게야."

나리가 진심으로 놀란 듯 손뼉까지 치며 입을 벌렸다.

"어머! 진짜요?"

나리의 격한 반응에 마치 연예인이라도 된 기분이어서 얼떨떨했다.

"언니 되게 멋진 사람이구나. 나 여기 구두 진짜 좋아해요! 친구들도 여기 구두 많이 신는데!"

"그래? 고맙네. 오늘 고르는 구두는 내가 선물로 줄게."

나리처럼 활발하고 애교 많은 여동생이 있으면 참 좋겠다는 생각을 하게 된다.

"안 그래도 돼요. 아무리 아는 사이여도 계산할 건 계산해야죠!"

"저번에 내가 나리 씨 옷 빌려 입고 갔거든. 그거 대신 이 구두로 갚으려고 하는 거니까 사양 말고 받았음 좋겠어."

"고마워요, 언니."

전화가 오는 바람에 이슬과 나누던 대화를 중단해야 했다. 나리가 휴대폰을 확인하더니 미간을 좁히며 한숨을 푹 내쉬더니 이슬에게 양해를 구하고 전화를 받았다.

"나 지금 밖이야. 오빠가 저지른 일이니까 오빠가 수습해! 아빠 화 많이 나셨으니까 알아서 기어. 아, 뭐야 또 자기 맘대로 끊네? 하여간 표재오 재수탱이!"

나리가 갑자기 뚝 끊어진 전화에 짜증을 쏟으며 휴대폰을 핸드백에 넣었다.

"오빠랑 통화했나 봐."

"네. 지금 오빠 때문에 집이 난리도 아니에요."

말하는 나리의 표정이 불퉁했다.

"왜?"

"여배우랑 스캔들 났거든요."

한 번 봤지만 허우대도 좋고 인물도 좋더니, 연애도 큰 스케일로 하나 보다. 재오를 떠올리면 여배우와의 연애 정도는 간단해 보였다.

"여배우? 오빠, 잘 나가나 봐."

"네. 난 이해를 못 하겠어. 여자들은 대체 우리 오빠 어디가 좋다는 거야?"

"왜, 잘생겼던데."

솔직히 외모만큼은 인정할 수밖에 없었다. 아무리 남자에 관심이 없다지만 재오 정도로 훌륭한 남자를 보고도 별로라고 생각할 정도로 무지하지는 않았다. 이슬도 여자니까.

"어? 우리 오빠 봤어요?"

그때 술 취해서 정신이 없었던 나리는 재오와 이슬이 마주쳤다는 사실을 전혀 몰랐다.

"응. 저번에 너 데려다줬을 때 집에서 봤지."

"아, 언니가 봐도 잘생겼어요?"

"내 타입은 아니지만 여자들이 좋아할 외모던데. 키도 크고, 몸도 좋고."

재오는 어디 내놔도 돋보일 남자지만 엄밀히 말하면 이슬의 타입은 아니다. 그녀의 취향은 모범생 쪽에 가깝다.

표재오는 언변이 뛰어나고 능글맞은 구석이 있어 보였다. 섹시하고 야성적인 분위기도 나던데, 이슬의 첫사랑은 완전히 반대의 이미지다.

말주변이 없고 과묵한 스타일에 단정한 남자였다.

첫사랑은 곧 그녀의 남자 취향이기도 했다. 물론 그와의 끝은 최악이긴 했지만. 어쨌든 그녀가 태어나서 처음으로 사랑했던 남자였다.

마지막이기도 했고.

"몸도 좋고? 언니 우리 오빠 몸도 봤어요?"

순간 이슬이 움찔 놀랐다. 재오와 파우더 룸에서 잊지 못할 대면을 한 것이 퍼뜩 상기됐다. 아무렇지 않게 꺼내진 말이 큰 파장을 일으켰다. 그때 재오는 하체만 가리고 있었지. 긴 시간은 아니었지만 그의 상체를 봤다. 근육질의 탄탄한 몸이 선연히 떠올랐다.

"아, 아니. 겉으로 보기에 말이야. 겉으로 봐도 몸 좋아 보이던데?"

일단 수습을 해야겠다 싶어서 아무렇게나 둘러댔다. 다행히 나리는 별다른 의심을 품지 않았다.

"그런데 스캔들쯤은 날 수도 있는 거 아냐? 그게 그렇게 큰 문제가 돼?"

"한두 번이 아니니까 그렇죠. 우리 오빠 스캔들, 이번 한 번이 아니에요. 이 열 손가락을 다 합해도 모자를 정도예요."

나리는 그동안에 숱하게 봐 왔던 재오의 스캔들에 대해 떠드는데 열과 성을 다했다.

"분야도 다양해. 여배우, 가수, 모델 등. 그렇다고 일반인 하고 엮이지 않은 것도 아니에요. 무슨 트러블 메이커야. 그것 때문에 우리 아빠가 골치 좀 아프시죠. 아빠 화 많이 나셨어요. 아마 이번엔 그냥 넘어가지 않을 걸요?"

나리에게 듣는 것만으로도 재오가 범상치 않은 인물이라는 사실을 짐작할 수 있었다. 그럴 일도 없겠지만 웬만하면 엮이지 말아야겠다고, 가슴 깊이 새겼다.

넓은 평수의 집무실 안에는 딱 필요한 가구와 물건들만이 깔끔하게 배치되어 있다. 벽면은 화이트 톤이며, 가구들은 전부 톤 다운된 브라운 계열이었다. 업무 책상에 앉아 일에 몰두하고 있던 표 사장의 미간이 적막을 깨는 소음 같은 노크 소리에 잔뜩 좁혀졌다.

이내 문이 열리며 비서가 등장했다. 표 사장은 미간의 주름을 천천히 풀며 비서를 쳐다봤다. 그에게서 느껴지는 카리스마에 비서는 마른침을 꼴깍 삼켰다. 비서는 깍듯이 인사를 한 뒤 그의 책상 옆으로 조심스럽게 다가갔다. 그리고 들고 있던 서류 봉투를 책상 위에 올렸다.

표 사장의 눈길이 비서의 얼굴에서 서류 봉투로 옮겨졌다.

"뭔가?"

표 사장의 위압적인 목소리에 비서는 긴장감을 지우지 못한 태도로 입을 열었다.

"지시하셨던 자료입니다."

무슨 자료인지 알겠다는 눈치로 고개를 한 번 끄덕인 표 사장이 서류 봉투를 손으로 집었다. 그 안을 열어 꽤 두꺼운 종이 뭉치들을 꺼냈다. 마치 이력서처럼 갖춰진 그것들을 하나씩 살펴보았다.

"사장님께서 말씀하셨던 대로, 중산층 이상의 직업 있고 평판 좋은 여성들을 조사했습니다."

"고생했네. 나가 보게."

비서가 명령에 즉각 움직였다. 그가 나가고 집무실 안은 또다시 적막 속으로 가라앉았다.

고요한 분위기 속에서 이따금씩 종이 넘기는 소리만이 작게 들려왔다. 종이를 하나하나 들여다보는 표 사장은 무척 진지하고 신중했다.

하늘은 노을로 물들어 가고 있었다. 산중턱에 위치해 한적한 호텔 앞에 강렬한 레드 컬러의 차 한 대가 정차했다. 운전석에서 내린 건 차

주인이 아니었다. 남자는 뒷좌석 문을 열었고, 그 안에서 블랙의 드레스를 입은 이슬이 내렸다.

드레스는 심플한 디자인으로 입고 액세서리로 화려함을 더했다. 드레스는 몸에 딱 달라붙는 스타일이라 체형이 그대로 드러났으며, 그녀의 글래머러스한 몸매가 부각됐다. 그녀는 파티에 초대된 사람이지만 꼭 주인공처럼 아름다웠다.

"석호, 너도 같이 들어가서 인사하자."

이슬의 차를 운전한 사람은 석호라는 이름을 가진 남자로 그녀의 오랜 벗이자 현재는 릴리에서 함께 일하고 있다. 그녀가 그에게 먼저 제가게에서 일해 줄 것을 제안했고, 그가 그 제안을 흔쾌히 받아들였다. 석호는 현재 실장이라는 직책에 머물고 있었다.

석호가 이슬의 옆에 나란히 섰다. 폭이 좁은 드레스 때문에 작아진 그녀의 보폭에 걸음을 맞추었다. 드레스를 입은 모습이 무척 아름다웠지만 당사자에게는 여러모로 불편한 차림으로 보여 지켜보는 그는 괜히 조마조마한 마음이 들었다. 걷다가 넘어지진 않을지 염려하며 그녀의 곁을 따랐다.

연회장 안은 저무는 하루와는 달리 생기 넘쳤다. 드높은 천장에 달린 화려한 샹들리에보다 더 화려한 사람들이 한데 모여 있었다. 기업인들은 물론, 유명한 연예인들도 간간이 눈에 띄었다.

이슬은 아는 얼굴들과 인사를 나누었다. 대화를 나눌 때도 그녀는 품위를 잃지 않았다. 그녀는 많은 사람들 중에서도 유난히 돋보였다. 외모뿐만 아니라 분위기 자체가 고급지고 우아했다.

"현 대표."

곁에 다가온 여성을 본 이슬의 얼굴이 전에 없이 환해졌다. 이슬은 여성의 손을 친근하게 잡았다.

"사모님!"

그녀는 파티를 주최한 알케이 인터내셔널의 안주인이다. 이름은 조나경. 이슬과 친분이 두터운 사이다.

"와 줬구나."

"당연히 와야죠. 사모님이 저한테 어떤 분이신데요."

릴리가 성장할 수 있었던 데에는 알케이 인터내셔널의 힘이 컸다. 아빠를 통해 알게 된 나경이 많은 도움을 주었다. 특히 릴리가 백화점에 입점하게 된 것은 모두 그녀 덕분이었다.

"사모님은 저에게 은인이세요."

"내가 현 대표에게 그런 존재라니 영광인걸."

나경은 이슬에게 유난히 관대했다. 알 사람은 다 아는 사실이었다.

"현 대표, 참 예뻐. 알지?"

"예뻐해 주셔서 감사해요."

"내가 예뻐하려고 하는 게 아니라 현 대표라는 사람이 선하고 예쁜 거야."

나경과 이슬은 서로의 손을 잡고 따뜻한 시선을 공유했다.

"아무래도 아들 하나를 더 낳았어야 했어."

나경은 한숨을 내쉬며 아쉬운 마음을 토로했다.

"그래야 우리 현 대표를 며느리 삼지. 이미 있는 두 아들 녀석들은 장가를 보내서 꽝이니, 너무 아쉬워."

나경에게는 두 아들이 있었지만 모두 유부남이다. 그러니 이슬과 엮어 줄 수 없어 그 점이 무척이나 아쉬웠다. 이렇게 예쁜 사람을 가족으로 들이면 참 좋겠다는 생각을 한두 번 한 게 아니었다.

"이럴 줄 알았으면 결혼을 늦게 시킬 걸 그랬다니까."

"며느리 말고 딸 할게요."

"딸? 어머머, 그게 더 좋은데?"

이슬의 센스가 나경을 기분 좋게 했다. 즐겁게 웃으며 대화를 나누던 중, 누군가 나경을 불렀다. 나중에 다시 이야기를 나누자는 말을 남기며 나경이 떠나갔다. 이슬은 걸음을 옮기려 했다. 그런데 구두가 바닥에 딱 달라붙어 움직이지 않았다. 예기치 못한 상황에 당황스러웠다.

"이게 왜 안 떨어지지?"

이슬은 움직이지 않는 구두를 억지로 떼어 내려 힘을 주었다. 안간힘을 쓰는 모습이 퍽 우스꽝스러웠다. 그러나 남들을 의식할 처지가 아니었다. 어느 순간 구두가 떨어지는 느낌이 들었지만 너무 찰나여서 힘조절에 실패했다.

획! 구두가 허공을 향해 날아갔다. 발을 벗어난 구두의 비행에 이슬의 눈이 휘둥그레졌다. 졸지에 한쪽 발로만 서 있는 꼴이 되어 버렸고, 그 탓에 움직이기 곤란했다. 꼼짝 없이 서서 구두의 황당한 비행을 지켜봐야 했다. 포물선을 그리며 자유를 찾아가던 구두가 누군가의 품에 툭 떨어졌다.

"나이스 캐치."

구두를 잡은 남자는 안면이 있는 이였다. 그가 구두를 손에 쥔 채 시원스레 웃었다.

그와 재회를 하게 될 거라 예상하지 못했다. 더군다나 이런 황당한 상황에서 마주할 줄은 더더욱 몰랐다.

"다시 만나 신기하던 참이었는데, 그보다 더 신기한 경험을 하게 하는군요."

나리의 집에서 만났던 그의 오빠. 처음 봤을 때도 창피해 죽는 줄 알았는데, 두 번째 또한 그 정도로 창피했다. 아무래도 악연인 것 같다.

"구두, 돌려줘요."

이슬은 최대한 침착함을 유지하려 노력했다. 한 발로 서 있기가 힘들어 얼른 구두를 돌려받고 싶었다. 그가 구두를 순순히 돌려줄지는 모르겠지만.

"선물인 줄 알았는데?"

"그런 걸 선물로 주는 사람이 어디 있어요?"

이슬은 재오의 말에 황당한 웃음을 터뜨렸다. 설마 진담은 아니겠지. 그렇다고 농담할 사이도 아닌데.

"신데렐라가 그러지 않습니까. 두고 간 구두로 인해 왕자와 결혼도 하고."

"그건 선물이 아니라 실수로 벗고 갔던 거고요. 이건 달라요. 더구나 그건 동화라고요."

재오와 나리, 이 남매의 닮은 점을 하나 찾았다. 낯선 이에게도 쉽게 말을 걸어오는 성격. 그게 닮았다.

"혹시 압니까? 이 구두가 그쪽과 나의 인연에 매개체가 되어 줄지?"

"그럴 일 없으니까 기대 말아요. 얼른 구두나 돌려줘요. 한 발로 서 있는 거 고문이거든요?"

"그럽시다. 돌려주죠."

의외로 쉽게 구두를 돌려주는 것 같아 안도하며 받기 위해 손을 뻗었다. 그런데 재오가 긴 다리를 뻗어 코앞으로 다가오더니 구두를 건네 주지는 않고 무릎을 접어 자세를 낮추는 게 아닌가.

의아한 눈길로 내려다보는데, 직접 발에 구두를 신겨 주는 그가 보였다. 이윽고 그가 몸을 반듯하게 세웠다. 그의 몸을 감싸고 있는 고급스러운 슈트가 다부진 체격과 환상의 궁합을 자랑했다.

벗으나 입으나 훌륭한 몸이구나.

이슬은 저도 모르게 그의 몸을 감상하고 있었다.

"여기서 보게 될 줄은 상상도 못 했는데, 그래서 그런지 반갑네요."

재오의 음성이 그의 몸을 감상하는데 팔린 정신을 되찾게 해 주었다. 이슬이 시선을 들어 그의 눈을 보았다. 그의 눈동자는 감정이나 생각 따위를 읽기 어려웠다. 늘 장난기가 묻어 있는 눈동자이긴 하지만 어쩐지 무언가를 숨기고 있는 듯 비밀스러운 느낌을 지울 수 없었다.

"그쪽이랑 내가 반가워할 사이는 아닌 걸로 아는데요."

"그렇다고 안면 몰수할 사이도 아니지 않습니까? 그거 알아요?"

딱히 궁금해 하지 않는 이슬의 표정을 보고서도 재오는 일말의 동요도 하지 않았다.

"내가 만난 여자들 중에 그쪽이 가장 차갑고 쌀쌀맞다는 거."

"'만났다'라는 표현, 좀 듣기 거북하네요."

"의미를 부여한 건 아니니 거북해하지 않았으면 합니다."

재오는 장난기를 장착하고 있으면서도 의외로 선을 쉽게 넘어오지는 않았다. 선을 적당히 지킬 줄 아는 사람이었다. 그래서 생각보다 불쾌하지는 않았다. 그렇지만 역시나 이슬의 타입은 아니었다.

"저는 일행이 있어서 가 봐야겠네요."

"샴페인 한 잔 같이 할 시간도 없는 건가요?"

"네."

찰나 동안 재오의 미련을 보았다. 그러나 그 미련은 금세 자취를 감추었다.

"그래요. 싫다는 데 질척거리는 건 예의가 아니니까. 그럼 다음의 우연을 기대할게요."

"하지 마세요, 그런 기대."

이성에게 괜한 여지를 주고 싶지는 않았다. 이젠 누군가와 엮이고 관계를 맺는 일, 원하지 않는다.

"기대를 하건 말건 제 마음이니 신경 쓰지 말아요."

이슬은 대꾸 없이 뒤를 돌아 제 갈 길을 갔다. 저보다 콧대 높은 사람은 난생처음 본다. 이 생소한 경험이 재오의 속을 소란스럽게 만들었다.

호텔 2층에 위치한 중식당에 표 사장이 들어섰다. 직원에게 이름을 말하자 미리 예약해 두었던 룸으로 안내받았다. 두 사람 정도 나란히 걸을 수 있는 폭의 복도를 쭉 따라 들어간 곳에 위치한 룸의 문을 열고 안으로 들어갔다. 미리 와 있었던 호근이 의자를 밀며 일어났다.

"늦어서 죄송합니다."

표 사장은 호근의 맞은편에 서서 악수를 청했다. 호근이 너그러운 태도로 악수에 응했다.

"아닙니다. 저도 온 지 얼마 안 됐습니다."

"앉지요."

표 사장의 권유에 호근이 그를 따라 착석했다.

"요리 바로 준비해 드릴까요?"

"예. 예약해 두었던 코스로 부탁합니다."

표 사장의 지시를 받은 직원이 알겠다고 대답한 뒤 룸을 빠져나갔다. 표 사장과 호근의 사이에는 어색한 기류가 흘렀다. 그럴 만도 한 것이 안면은 있지만 그 외에 제대로 인사를 나누었던 적은 없었기 때문에 낯설 수밖에 없다.

"갑자기 연락을 주셔서 놀랐습니다."

호근이 말문을 열었다.

"당황스러우셨으리라 생각합니다. 갑작스러운 부탁에도 거절하지 않고 나와 주셔서 감사할 따름입니다."

"표 사장님처럼 대단한 분을 만날 수 있게 돼서 저로서는 영광입니다."

대화 도중, 문을 두어 번 노크한 직원이 들어와 테이블 위에 음식들을 나열했다. 차분히 일을 마친 직원이 두 사람을 위해 자리를 피해 주었다.

"허허. 과찬이십니다. 현 사장님이야 말로 굉장하신 분이죠. 공사다망하신 분이라 만남을 제안하기가 조심스러웠습니다. 요즘도 바쁘시죠?"

"예전보다는 덜 합니다. 회사 사정도 나빠진 상태고요."

회사 얘기에 호근의 안색이 어두워졌다. 몇 년 전까지만 해도 끄떡없던 회사의 사정이 눈에 띄게 어려워졌다. 그로 인해 고민이 이만저만이 아니다.

"경기가 확실히 불황이기는 한가 봅니다."

"그런 영향도 분명 있기는 합니다만, 중국 시장이 성장한 것이 가장 크죠."

두 사람은 적당한 거리를 둔 채 차분히 식사를 하며 대화를 나누었다.

"그래도 아드님이 있어 든든하시겠습니다. 사업 수완이 훌륭하다는 소문이 자자하더군요."

가라앉은 분위기를 전환시키고자, 표 사장은 호근의 아들에 대한 화제를 꺼내었다.

"일에 관해서는 걱정할 거리가 없긴 합니다. 하나 다른 방면으로 걱정을 하고 있죠."

하지만 생각보다 분위기가 확 좋아지지는 않았다.

"결혼을 좀 했으면 싶은데 그런 데에는 관심도 재주도 없나 봅니다."

"저는 부럽기만 합니다. 제 할 일 해 나가는 자녀를 두었다는 것이."

재오가 호근의 아들을 반만 되도 걱정이 없겠다.

"듣자 하니, 따님도 굉장하다더군요. 미모, 능력, 성품을 모두 갖추었다더군요."

이제야 호근의 표정이 밝아졌다. 그의 눈동자에 딸에 대한 남다른 애정이 차올랐다.

"이슬이는 참 자랑스러운 딸이죠. 눈에 넣어도 안 아픕니다."

호근의 이야기에 경청을 하던 표 사장은 언행에 조금 더 무게를 실었다.

"……참 조심스럽지만 제안을 하나 하고 싶습니다."

"제안이요?"

"따님과 제 아들의 혼사를 성사시켰으면 합니다."

"호, 혼사를요?"

예상하지 못한 제안에 호근이 적잖이 놀랐다.

"갑작스럽군요."

"그러시겠죠. 이해합니다. 제 제안을 받아들이신다면 코드 테크닉스에 전폭적인 투자를 약속하겠습니다."

확실히 탐나는 제안이기는 했지만 선뜻 대답을 하기는 난처했다.

"기한을 좀 주시면 신중히 고려해 보겠습니다."

"당연히 그러셔야죠. 대답, 기다리겠습니다."

# 2화
# 맞선

샤워를 마치고 나와 대충 머리를 말린 후, 드라이기를 내려놓았다.

거울을 보다가 문득 파티에서 만났던 이슬이 떠올랐다. 새침하고 차가운 표정과 말투와는 달리 하는 행동들은 은근히 엉뚱한 면이 있어 보였다. 처음, 그리고 두 번째 만남 모두 너무 황당해 잊으려야 잊을 수 없으니. 이런 식으로 존재감을 각인시키는 여자는 난생처음 만나 본다.

"그러고 보니 이름도 모르네."

이름뿐 아니라 나이, 직업 등 아는 거라고는 하나도 없었다. 만약 다음번에 우연히 만난다면 그땐 꼭 물어봐야지. 물론 대답을 들을 수 있으리란 기대는 접어야겠지만.

재오는 파우더 룸을 나와 1층으로 내려왔다. 칼칼한 목을 시원하고 촉촉하게 적시기 위해 맥주를 마실 계획이었다.

주방으로 발걸음을 옮겼고, 식탁에서 보기만 해도 매워 보이는 빨간 양념의 닭발을 비닐장갑을 낀 손으로 우적우적 씹고 있는 나리가 보였다.

"야밤에 먹방 한번 제대로 찍는구먼."

공격적인 식사를 하는 나리를 보며 재오가 혀를 끌끌 찼다. 그녀는 냉장고에서 맥주를 꺼내고 있는 그의 등을 째렸다.

"먹을 땐 개도 안 건드린다는 말도 몰라? 하여간 동생한테는 매너 따위 안 부린다니까. 여자들한테 하는 것의 반의반만이라도 좀 해 줄래?"

재오가 맥주 두 캔을 꺼내 식탁으로 왔다. 하나를 내려 두고 하나를 개봉하며 나리의 맞은편에 앉았다.

"내 매너를 원해?"

"날 너무 막 대하니까 그렇지!"

묵히고 묵혔던 응어리를 다 털어 내려면 아마 평생의 시간도 모자를 것이다. 나리는 억울함을 호소했다.

"네가 나한테 하는 짓은? 내가 너한테 하는 것보다 더 심할 텐데?"

"쳇."

재오의 반격에 말문이 막혔다. 솔직히 그에게 함부로 대드는 건 사실이니까.

"너 이 밤에 먹는 거 운동 안 하고 자면 다 살로 가는 거 알지?"

"맛있으면 0칼로리거든. 그것도 몰라?"

나리는 자기 합리화를 하며 무뼈 닭발을 아그작아그작 씹었다. 복스럽게 먹는 그녀를 보니 생각 없던 재오도 구미가 당겼다.

"맛있냐?"

"꿀맛이야."

재오가 식탁 위에 놓인 케이스에서 젓가락을 꺼내 슬쩍 뻗었다. 나리가 재빨리 그의 젓가락을 막았다.

"오. 철벽 수비인데?"

재빠르고 완벽한 나리의 수비력에 재오가 진심으로 감탄했다.

"어딜 넘봐? 먹고 싶으면 오빠 돈으로 시켜 먹어."

"치사하게."

제 먹잇감을 넘보는 이를 향해, 나리가 표독스러운 눈빛으로 으르렁거렸다.

"이 밤에 먹으면 살찐다며? 그런 분이 왜 이러는데?"

"난 평소에 운동을 많이 해서 이 정도 먹는다고 바로 찌지는 않거든."

"어우, 재수 없어."

그런데 맞는 말이니 뭐라고 반격할 말이 없다. 그게 더 짜증난다.

"맥주 하나 줄게. 교환하자."

"……그럴까?"

솔깃한 제안이다. 재오가 흡족한 미소를 띠며 나리의 앞으로 맥주 한 캔을 밀었다. 나리는 흔쾌히 그것을 받았다. 뺏는 자와 뺏기는 자의 신경전으로 뜨겁던 공기가 식고, 평화가 찾아왔다. 남매는 사이좋게 닭발을 먹었다.

"너 그 여자랑은 어떻게 아는 사이야?"

툭 던져진 화제에 닭발과 맥주의 향연에 취해 있던 나리가 고개를 들었다.

"그 여자? 누굴 말하는 거야?"

"너 술 취했을 때 데려다준 여자."

재오는 대답을 한 뒤 맥주를 넘겼다.

"아, 그 언니?"

이슬에 대해 묻는 사실을 깨달은 나리가 고개를 끄덕이며 말을 이어 나갔다.

"그날 클럽에서 처음 본 언니야."

재오의 의아한 눈길이 나리에게 닿았다.

"처음 봤는데 집까지 데려다줘?"

"음. 일이 좀 있었거든."

나리의 입술은 붉은 양념이 묻어 새빨갰다. 그녀는 이야기를 하면서도 꾸준히 식사를 해 나갔다.

"어떤 남자들이 나한테 치근덕거렸는데, 그 언니가 구해 줬어. 언니 엄청 멋있었어. 나 완전 반했잖아."

일순간 재오의 눈썹 주변의 근육이 움찔거렸다.

"남자들이 치근덕거려? 그걸 왜 이제 말해?"

재오의 음성에 화가 서렸다.

"그 언니 덕분에 별일 없었어."

"그런 새끼들은 손모가지를 분질러 버려야 돼. 어딜 감히 내 동생한테 치근덕거려?"

"헐. 평소에는 동생 취급도 안 하더니 갑자기 왜 그래? 오빠 낯설다?"

"앞으로 그런 일 있으면 바로 전화해. 알았어?"

재오가 장난스럽게 말하는 나리와 상반되는 표정으로 당부했다.

"알았으니까 진정해."

나리는 갑작스레 딱딱해진 분위기를 낯설어하며 부러 웃어 보였다.

"그런데 그 언니는 왜? 설마 관심 있어?"

"오늘 파티 갔다가 봤거든."

관심이 없는 것은 아니었지만 그렇다고 특별한 무언가가 있는 것도 아니었다. 그저 두 번 본 여자일 뿐.

"진짜? 신기하네."

"신기하긴 하더라."

그래도 한 번쯤은 더 만나 봐도 괜찮을 것 같은 느낌. 그게 전부다.

표 사장의 호출을 받고 강한 기업 금융 본사를 찾은 재오의 표정이 어두웠다. 이제 막 뜨기 시작한 여배우와의 스캔들로 인해 전국이 떠들썩하다. 그 일이 아버지의 심기를 불쾌하게 만들어서 얼마 전에도 집으로 불려가 한바탕 소동이 일었다.

보이는 물건이란 물건은 다 집어 던졌다. 워낙 불같은 성격이라 자기 분을 참지 못해서 물건이 남아나지를 않기에 그런 거야 크게 두려워할 일은 아니지만 이번에는 정말 많이 참았다는 듯이 깊이 노여워했다.

그런 아버지의 모습이 신경 쓰였는지 가만히 있던 어머니까지 나서서 이제 그만 철들어야 하지 않겠냐며 타이르는 걸 보면 자신이 너무 방탕하게 살았나 싶은 자괴감이 설핏 들었다. 사실 아버지가 자신을 한심해 하는 건 웃기고 어이가 없지만 어머니가 그러는 건 조금은 속상하다.

사장실 앞에 선 재오의 표정은 삭막했다. 사람들은 그가 허허 웃고 능청스럽게 행동하니 아버지와 사이가 좋은 줄 알지만 실상은 그렇지 않았다.

표 사장과 재오의 사이에는 분명한 벽이 있었다. 그 벽은 과거에 재오가 세운 것으로 세월이 흐를수록 더욱 견고히 다져졌다. 이 사실을 타인에게 밝히고 싶지는 않았다. 그러니 아무렇지 않게, 태연하게, 그렇게 평소처럼 허허 웃으며 능청을 떨어야지.

재오는 어두웠던 얼굴에 장난스러움을 묻히고서야 사장실 문을 열고 안으로 들어섰다. 뭐라도 날아올 줄 알고 긴장했는데 이번에는 희한하게도 아무것도 날아오지 않았다. 살짝 몸을 회피했던 재오는 무안한 기색을 표출하며 소파에서 저를 한심하게 쳐다보는 표 사장에게로 다가갔다.

"오늘은 왜 아무것도 안 던지십니까?"

"네깟 놈 때문에 박살 내기에는 물건들이 너무 아깝다는 생각이 들더구나."

표 사장은 지친 기색을 띠며 말했다. 젊은 혈기의 아들과 신경전을 벌이는 것은 여러모로 쓸모없는 소모전일 뿐이다.

"그걸 이제 아셨어요?"

"네놈이랑 만담이나 하자고 부른 게 아니다. 아무래도 널 이대로 둬서는 안 되겠어서 결혼을 시키기로 결정했다."

"예? 결혼이요? 아버지!"

표 사장이 꺼낸 카드가 너무나도 예상 밖이라 당혹감을 감추지 못한 재오는 얼떨떨한 얼굴로 경악했다. 하나 표 사장은 미동조차 하지 않는다. 이미 오래 전부터 생각해 둔 일이었기에 그는 확고한 의지를 보였다. 될 수 있으면 그의 뜻을 거스르고 싶었지만 예상컨대 이번 사안은 그럴 수 없을 지도 모른다는 불길한 예감이 날카롭게 곤두섰다.

"네가 거부를 하겠다면 나도 생각해 둔 것이 있다."

"……."

"너에게 준 재산을 모두 압류할 생각이다. 레스토랑, 차, 카드는 물론 앞으로 네 앞으로 남겨질 재산은 아무것도 없을 거다."

감정 소모는 더 이상 원하지도 않고 할 기력도 없다. 그러니 권력으로 휘둘러야겠다는 결심을 내렸다.

"아버지!"

"자, 어찌 할래?"

강하다, 강해. 결국 이렇게까지 나오는구나. 아무리 자신의 아버지라지만 이렇게까지 강력하게 나오다니 끔찍하지만 그렇다고 재산을 모두 포기할 수는 없었다. 빈털터리로 내쫓기는 일은 죽어도 싫다.

"선택은 네가 해라. 강요는 안 하마."

"이게 강요가 아닙니까? 아, 강요는 아니죠. 협박이라면 모를까."

"내가 시키는 대로 안 하겠다면 일단 차 키부터 반납하고 가면 된다. 그 후에는 내가 알아서 할 테니 넌 신경 쓸 일 없다. 만약 내가 시키는 대로 하겠다면 당장 그 길로 '히라히라'로 가거라."

뜻을 굽히지 않겠다는 단호한 의지를 보이며 강하게 말하기는 했지만, 재오가 제 뜻을 거스를 거라 예상했기에 반쯤은 포기하고 있었다.

재오가 말없이 등을 보이며 사장실을 나왔다. 그는 화가 난 것처럼 굳은 표정으로 회사를 나와 차를 끌고 도로를 질주했다. 성질을 부리는 것처럼 속도를 내더니 어느 건물 앞에 멈춰 섰다.

그가 탄 차가 실외 주차장에 끽 소리를 내며 멈췄다. 차를 대충 세우고 내려 간판을 올려다봤다. 일본어로 표기된 간판을 본 그의 얼굴에 짜증이 내려앉았다. 괜한 오기를 부려 봤자 자신만 손해다. 손해만 보는 장사는 하고 싶지 않다.

어쩔 수 없는 선택을 하기로 했다. 여자도 만나 볼 만큼 만나 봤고 이쯤에서 결혼하는 것도 나쁘지 않겠지. 뭐 아직은 더 즐기고 싶은 마음도 있지만 지금은 선택의 여지가 없다. 결혼 후 이혼을 하더라도 지금 자신이 할 수 있는 건 이것밖에 없었다.

그가 긴 다리로 성큼성큼 안으로 들어갔다. 입구에 있던 직원에게 자신의 이름을 밝히자 안으로 알아서 안내를 해 주었다.

"여우 같은 표 사장. 언제 이런 이벤트는 준비해 놨대."

표 사장의 준비성에 진심으로 감탄했다. 직원이 고동색의 원목으로 만들어진 미닫이 형식의 문을 열어 주었고, 재오는 단념한 모습으로 안으로 들어갔다.

직원이 안내한 프라이빗 룸은 보통 일식집의 좌식이 아닌 서양 음식점처럼 테이블과 의자가 놓여 있었다.

먼저 도착해 있던 여자의 뒷모습이 보인다. 저 여자도 참 안됐다. 나 같은 놈에게 시집을 오려 하다니. 답지 않게 연민이 설핏 스쳐 지나간다.

여자의 앞으로 가 섰다. 그를 맞이하기 위해 일어선 여자가 그를 보고 당황했다. 그녀를 마주 본 그도 놀란 기색이 역력하다.

"아무래도 신데렐라의 구두가 맞았나 봅니다."

그녀와 마주쳤던 잊지 못할 장면들이 생생히 떠올랐다. 파우더 룸에서 속옷만 입은 모습으로 마주친 여자. 그리고 구두를 날려 제 품에 떨어뜨렸던 여자. 그 여자가 눈앞에 있었다. 것도 자신의 결혼 상대로.

눈으로 보고서도 믿을 수 없었다.

이슬은 매장에서 고객을 상대 중이었다. 그녀는 부득이한 경우가 아니고서는 웬만해선 매장을 지키는 편이다.

자신의 일에 대한 확고한 자긍심을 갖고 있으며 사명감 또한 상당해서 타인에게 일을 시키는 것보다는 본인이 직접 나서는 걸 선호한다. 자신이 직접 디자인한 슈즈를 고객에게 선보이고 서비스를 제공하는 일은 무척 즐겁다.

매장을 찾는 고객들마다 원하는 취향이 제각각인데 그 취향을 맞추려고 노력하는 과정들이 흥미롭고 자신이 권한 슈즈를 고객이 만족스러워하면 그보다 뿌듯한 일이 없다.

물론 까다로운 고객을 상대할 때도 있고 컴플레인이 발생하기도 하지만 특정 인물이 아닌 다수의 고객을 상대하면서 모두를 만족시킬 수는 없기에 그런 것에 크게 구애받지 않는다.

고객과 대화를 하며 취향에 맞는 구두를 여러 개 골라 가져갔다. 하나씩 신어 보도록 하는데 종소리가 딸랑 울려 퍼졌다. 이슬이 몸을 곧게 세우고 열리는 문으로 들어서는 호근에게 시선을 옮겼다. 이내 그녀의 입술에 온화한 미소가 스몄다.

"아빠!"

호근은 종종 매장에 들려 직원들에게 간식거리를 선물하기도 하고 이슬과 부녀간의 즐거운 시간을 보내기도 해서 그를 모르는 직원이 없었다.

깍듯이 인사를 해 오는 직원들에게 호근은 점잖게 고개를 끄덕이며 인사에 응했다. 이슬은 다른 직원에게 자신이 맡고 있던 고객을 대신 상대해 주기를 부탁하고 호근에게 왔다.

"이 시간에 어쩐 일이세요? 회사에 있으셔야 하는 거 아니에요?"

"잠깐 시간이 나서 와 봤다. 우리 예쁜 공주님이랑 데이트 좀 하려고."

호근은 이슬의 친아빠는 아니지만 그녀에게 주는 애정만큼은 친아빠만큼 진실하고 강했다. 그는 딸 바보로 유명하다.

"아빠도 참. 밖에서는 공주님이라고 하지 말라니까. 서른 된 여자가 공주님이라는 소리 듣고 사는 줄 알면 사람들이 흉봐요, 아빠."

"누가 흉을 봐? 그런 몹쓸 녀석들 있으면 다 데려와. 아빠가 혼내 주마."

이슬을 바라보는 호근의 눈에 애정이 가득하다. 그는 경심을 배우자로 맞이하면서 이슬을 딸로 당연하게 받아들였다. 피는 섞이지 않았지만 그녀를 생각하는 마음은 누구보다 따뜻하다.

"바쁘냐? 안 바쁘면 아빠랑 밥이나 먹자꾸나."

"좋아요. 저 백 가져올게요."

"오냐."

아빠와의 오붓한 시간을 보낼 생각에 소녀처럼 신이 난 이슬이 냉큼 대표실에서 클러치 백을 갖고 나왔다. 그녀는 직원들에게 양해를 구하고 매장을 벗어나며 호근에게 팔짱을 꼈다.

그녀는 가까운 사람들에 한해서 살갑고 애교스러운 경향이 있다. 가족 중 어느 누구도 빠짐없이 아낀다. 그 애정은 어느 한쪽으로 편협하게 기울지 않았다. 피를 나눴든, 안 나눴든, 그런 건 상관없다. 그녀에게 가족은 소중하니까.

호근의 차를 타고 그가 이끄는 장소로 이동했다. 알고 보니 그가 히라히라에 미리 예약을 해 두었다. 고동색의 원목으로 만들어진 미닫이문을 열고 안으로 들어갔다. 그와 테이블을 두고 마주 앉았다. 그의 얼굴에 드리운 미안한 감정에 이슬이 의문점을 가졌다.

"어디 불편하세요?"

"이슬아."

호근의 분위기가 심상치 않다. 심도 있는 대화를 하게 되리란 예감이 뇌리를 스쳤다.

"네, 아빠."

"아빠가 소원이 하나 있단다."

갑자기 소원 얘기는 왜 하는 건지 의아했다.

"소원이요?"

"네가 들어줬으면 하는데."

"무슨 소원인지 말씀을 하셔야죠."

서두가 기다랗다. 소원의 무게가 가볍지 않겠다는 것을 짐작하며 호근의 목소리에 집중했다. 아무리 놀랄 만한 소원이라도 어렵게 얘기를 꺼내는 만큼 깊게 고민했을 아빠의 마음을 배려해 최대한 놀라지 않겠다며 스스로를 다독였다.

"아빠 소원은 말이다. 네가 결혼해서 안정적인 가정을 갖는 건데."

"……결혼이요? 아빠, 죄송하지만 전 아직 결혼 생각이 없어요."

놀랄 만한 소원이기는 한데 그렇다고 아예 예상을 못 한 건 아니다. 얼마 전 경심이 꺼낸 얘기가 있으니 생각보다 충격적이진 않았다.

"안다. 그래도 이슬이가 긍정적으로 고민을 해 줬으면 좋겠어, 아빠는."

"……."

"이런 사정은 너에게는 굳이 얘기하지 않으려고 했는데 요즘 회사가 좀 어렵다."

전혀 몰랐던 회사 얘기에 이슬의 표정이 한층 어두워졌다.

"회사가요?"

"그래."

호근은 이슬에게 회사 사정을 알게 하는 게, 아빠로서 편하지만은 않았다. 하지만 표 사장의 제안을 받아들이기로 결정한 만큼 사실을 숨기고 강제로 결혼을 시키는 게 더 미안한 일이었기에 솔직하게 말하기로 한 것이다.

"내색 안 하셔서 몰랐어요. 오빠도 그런 말 안 했고요."

"네가 알면 걱정할 테니 얘기하지 않는 게 낫다 여겼구나. 진원이도 같은 생각이었을 게다."

"그렇군요. 그래서 많이 힘든 거예요?"

저와 경심을 걱정하게 하지 않기 위해 그동안 힘든 사정을 숨겼던 호근과 진원의 배려가 고마우면서 한편으로는 짠했다. 하지만 제 상황이었다고 해도 두 사람과 같은 행동을 했을 거다.

"요즘 경기가 불황이잖니. 그래서 강한 기업 금융의 도움이 필요한 상황이야."

회사의 어려운 사정을 이미 다 아는 업계 사람들은 하나씩 발을 빼고 있었고, 그로 인해 자금을 지원해 줄 튼튼한 기업의 도움이 절대적으로 필요한 상황이다.

그렇기 때문에 표 사장의 제안을 거절할 수 없었다.

"다행히 그쪽에서 먼저 내게 연락이 왔더구나. 표 사장이 며느릿감으로 여럿 알아본 모양이야. 그중에 너도 있었고."

모임을 갖다 보면 며느리감을 삼고 싶다는 어른들이 더러 있기는 했지만 호근을 통해 본격적으로 마음을 표현한 사람은 처음이어서 당황스러웠다.

"저를요?"

"그래. 그쪽에서는 생활력 강하고 성실한 네가 욕심이 난다는구나."

강한 기업 금융처럼 탄탄한 기업을 이끌어 가는 표 사장의 눈에 들었다는 사실이 기분이 나쁘지 않지만 어쩐지 이유가 떨떠름하다.

"회사 사원 뽑는 것도 아니고 이유가 뭐 그렇대요?"

"어쨌든 너를 마음에 들어 한다는 사실이 중요한 거 아니겠니. 아무리 싫어도 일단 표 사장 아들하고 만나 보는 게 어떻겠니."

이슬은 이미 생각의 방향을 결정했다. 회사 상황이 어렵다면 자신이 도와주는 게 맞다고 여겼다. 결혼, 솔직히 그건 아직도 내키지는 않지만 호근과 진원을 위해서라면 기꺼이 응해 줄 마음이 있다. 어차피 그녀에게 연애 결혼은 힘드니까.

"……알았어요."

"만나 줄 거니?"

호근이 반색했다.

"네. 제가 아빠한테 도움이 될 수 있다면 그렇게 할게요. 결혼에 대해서는 조금 더 생각을 해 봐야겠지만 일단 그 사람 만나는 볼게요."

한 번 만나는 것쯤이야 어려운 일이 아니었다. 이슬은 다시 한번 자신의 뜻을 전달하며 생각을 굳혔다. 표 사장의 아들을 만나 보겠다는 쪽으로. 물론 결혼을 승낙한 건 아니다.

"잘 생각했다. 고맙다, 딸아."

긴장을 풀고 편안해진 기색이 드러난 호근의 얼굴을 보며 이슬은 흡족했다.

"그 남자 때문에 저 여기로 데려온 거죠?"

"눈치가 빠르구나."

"이쯤 되면 못 채는 게 이상한 거 아닌가요?"

"이런 아빠라 미안하다."

호근은 다시 무거운 마음을 짊어진 사람처럼 굳은 표정으로 고개를 숙였다. 미안해하는 그의 모습은 가슴을 아프게 했다. 그는 이미 그녀에겐 가족이었다. 가족이 힘들어하는 모습을 가만히 지켜볼 수는 없다.

"아빠는 저한테 감사한 사람이에요."

이슬은 호근의 어깨에 얹힌 짐을 조금이나마 덜어 주고 싶었다.

"아빠는 저를 딸로 받아 주고 아낌없이 사랑해 주셨잖아요. 아빠가 제 인생에 들어온 순간부터 웃을 수 있었고 평화를 찾을 수 있었어요."

부녀지간의 사이에 이해 못 할 일은 없다고 생각한다. 왜냐하면 우리는 가족이기 때문에.

"은혜를 갚으려면 평생을 다 쏟아야 할 것 같은데……. 그러니까 부탁할 일이 있다면 어려워하지 마세요."

호근이 부탁을 할 때 미안해하는 마음을 비웠으면 하는 바람이다.

"고맙다."

"그 남자는 언제 와요?"

"이제 곧 올 거다. 아빠는 회사에 회의가 잡혀 있어서 일어나야겠구나."

호근이 자리를 정리하고 일어났다. 어차피 집에서 또 보겠지만 이대로 아빠를 보내기가 아쉬운 이슬이 미련을 묻힌 목소리를 꺼냈다.

"식사 안 하시고 가세요?"

"회의 끝나고 먹으마."

이슬이 미련을 지우며 옅은 미소를 그렸다.

"거르지 말고 꼭 챙겨 드세요."

"그래. 이따 집에서 보자."

"네, 아빠."

호근이 나간 프라이빗 룸의 공기가 썰렁해졌다. 홀로 남은 이슬은 묵직해지는 생각들에 자꾸만 기분이 가라앉아 한숨만 연신 내쉬었다. 호근을 위해서 결정한 일이기는 했지만 그녀에게는 즉흥적인 이 상황이 쉽지 만은 않았다.

근심을 끌어안고 어두운 얼굴로 앉아 있는데 미닫이문이 덜컹 소리를 내더니 슥 열렸다. 표 사장의 아들이라는 그 남자가 왔겠지. 하지만 하나도 반갑지 않아 고개가 움직이지 않았다. 남자가 자신을 무례하다고 생각하든 말든 관심 없었다.

조금 뒤 남자가 맞은편으로 와 섰다. 조금 전까지 호근이 있던 자리다. 반갑지는 않아도 일어는 나야겠지. 이슬이 마지못해 몸을 일으켰고 시선을 정면에 둔 순간 낯익은 얼굴이 드러났다.

남자 또한 당황한 모습이다.

"아무래도 신데렐라의 구두가 맞았나 봅니다."

웬만하면 엮이지 말자고 했던 다짐이 이리도 허무하게 무너지나. 누군가 자신의 운명을 갖고 장난이라도 치는 것만 같았다. 이슬은 아직 뭐가 뭔지 얼떨떨하기만 했다.

"와, 이런 데서 다 만나네."

재오도 눈앞에 벌어진 상황을 신기해하고 있었다. 둘 다 예기치 못한 만남에 어안이 벙벙해 앉을 생각도 못했다.

"우리, 인연인가 봅니다."

놀란 건 놀란 거고, 비록 아빠의 간곡한 부탁이기는 하지만 이 선자리가 갑작스러워 이슬은 썩 유쾌하지 않았다.

"아직 '우리'라고 칭하는 건 성급하지 않나요?"

"아⋯⋯."

잊고 있었다. 처음 봤던 이슬의 모습을. 성미가 꽤나 까다로워 보였지. 재오가 멋쩍게 턱을 쓸었다. 그러거나 말거나 이슬은 의자에 앉아 새침한 표정을 지었다. 그도 의자를 빼내어 앉았다.

똑똑. 노크 소리가 어색하게 내려앉은 침묵을 갈랐다. 단정한 복장을 갖춘 종업원이 들어와 주문을 받았다. 종업원이 나가자 소음이 죽고 또다시 정적이 찾아왔다. 이슬은 이 자리가 불편하다는 기색을 표출했다. 선을 보게 된 남자가 하필이면 재오라니. 창피하고 낯 뜨겁다.

첫 대면에 속옷만 입은 모습을 보여 준 남자가 결혼 상대라는 사실을 믿고 싶지 않다. 부정하고 싶다. 당장이라도 이 자리를 박차고 일어나 도망을 가고 싶어 죽겠다.

반면, 재오는 즐거운 얼굴이다. 그는 이슬과의 첫 대면을 흥미롭게 여겼으니까. 인상 깊은 첫 만남이었지. 두 번째 또한 못지않게 인상적이었다. 그날들 이후 문득 저 여자가 떠오르곤 했다.

특히나 찰나 동안 보았던 몸매는 잊으려야 잊을 수가 없는 것이었다. 타고났는지, 아님 관리를 받은 건지 매끈하던 피부, 뽀얀 살결이 눈이 부셨다. 가는 팔, 다리와 잘록한 허리에 비해 가슴과 엉덩이는 확실한 볼륨이 있어 시각적인 흥미를 유발했었다. 본인은 자각하는지 모르겠지만.

"우리는, 아⋯⋯. 성급한 대명사는 집어치우랬지."

생각 없이 우리라고 지칭하려던 재오는 조금 전 이슬의 말을 기억해냈다. 그는 그럴 생각이 아닐지 모르겠지만 이슬의 입장에서는 꼭 놀리는 느낌이라 달갑지 않았다. 성급하다고는 했지만 굳이 저렇게 할 필요까지는 없는데.

"성함이⋯⋯."

대답을 할 줄 알았는데 이슬이 조용히 명함을 내밀었다. 재오는 명함에 적힌 글씨들을 꼼꼼히 읽고 고개를 들었다.

"······아, 현이슬 씨. 사업하시나 봐요?"

이제야 이름 석 자를 알았다. 그녀가 일하는 곳, 그리고 휴대폰 번호 까지. 명함이란 건 참 좋은 것이구나. 그걸 난생처음 깨닫는다.

"조그만 구두 가게 운영 중이에요."

"그렇군요."

재오는 명함을 지갑에 꽂아 넣고 제 명함을 꺼내 이슬에게 건넸다.

"남녀 간에는 모름지기 기브 앤 테이크죠."

이슬은 명함을 받아 대충 슥 한 번 훑고 명함 케이스에 넣었다. 저에게 관심 없는 그녀의 태도가 재오의 자존심을 할퀴었다. 허나 속내를 쉽게 밝힐 수는 없지.

그는 어떤 여자에게나 그렇듯 친절한 미소를 장착했다. 어디 하나 빠지는 데 없이 완벽하게 태어난 건 여자들에게 두루두루 즐거움을 선사하라는 신의 뜻이라, 그는 그리 여기며 청춘을 보내왔다.

주문한 코스 요리가 하나씩 나왔다. 처음에는 위에 부담을 덜어 주라는 뜻에서 죽이 나왔고 그 뒤로 샐러드와 냉채가 나왔다. 이슬은 앞에 재오가 앉아 있었지만 개의치 않고 평소대로 식사했다. 그가 흥미로운 시선으로 그녀를 관찰했다. 그녀는 재오를 전혀 신경 쓰지 않는 듯 식사에만 집중했다.

"맛있나 봐요?"

돌연 말을 걸어오는 재오에 이슬이 젓가락질을 하다말고 그를 봤다.

"원래 그래요?"

"뭐가요?"

이슬은 떨떠름한 표정이었다. 재오의 입가에 스민 미소가 이상하리만큼 신경 쓰인다.

"처음 보는 남자 앞에서도 뭐든 잘 먹는지 묻는 겁니다."

"그쪽이 처음 보는 남자는 아니잖아요."

할 말을 잃게 만드는 대답이었다. 재오는 허탈한 숨을 터뜨린 후 말했다.

"표재오입니다."

이름 석 자를 똑바로 발음했다. 이 정도면 알아들었으리라 믿는다.

"네. 그렇죠. 제가 표재오 씨를 불편해할 필요는 없는 거 아닌가요?"

이번에는 그래도 '그쪽'이 아닌 '표재오'라는 이름으로 불려졌다. 아주 사소한 변화지만 재오에겐 꽤나 흡족할 만한 일이다.

"내가 안 불편해요?"

실은 불편하다. 속옷만 입고 있는 꼴을 보였으며, 본의 아닌 발차기로 허공으로 날아간 구두를 그의 품에 안착시켰는데, 안 불편할 리가 있겠냐고! 따져 묻고 싶은 것을 꾹 참았다.

이슬이 입술을 깨물었다. 여린 입술에 피가 몰려 빨갛게 물들었다.

"재미있네."

"뭐가요?"

태어나서 재미있다는 말은 처음 듣는다. 이게 칭찬인지 험담인지 알 길이 없어 찝찝했다.

"현이슬 씨 말이에요."

재오의 말투와 행동은 장난기를 묻힌 표정과는 달리 상당히 차분했다. 이슬은 그의 언밸런스한 모습이 누군가에게는 매력적으로 보일 수 있겠다는 생각을 했다.

"제가 왜요? 어디가 재미있다는 거죠?"

"보통 여자들은 내 앞에서 뭘 못 먹거든."

재오는 자신감이 넘쳤다. 그의 태도는 여태껏 그가 어떤 삶을 살아왔는지 표면적으로 보여 준다. 어딜 가든 시선의 중심에 섰겠지. 여자들의 관심이 온통 그에게로 향했겠지.

재오가 상체를 앞으로 당기고 턱을 괸 상태로 이슬을 빤히 응시했다. 어찌나 뜨거운 시선으로 쳐다보는지 그의 시선이 닿는 곳이 활활 타 버릴 것 같았다.

"내 앞에서도 잘 먹는 여자라, 재미있군."

"잘난 척이 하늘을 찌르시는군요."

"허?"

"식사나 하세요."

이슬은 퉁명스레 쏘아붙이고 잠시 중단했던 식사를 이어 나갔다.

"몇 살?"

"말이 갑자기 짧아졌네요."

"별론가?"

재오 딴에는 친근감을 표시하고 싶었을 뿐이지 건방을 떨려는 의도
는 아니었다.

"계속 말 놓으실 예정이면 저도 같이 말 놓겠습니다."

이슬의 입에서 예상하지 못한 말이 나오자 재오가 허탈한 숨을 터뜨
렸다.

"진짜 특이한 여자네."

"그쪽, 아니 표재오 씨가 만난 여자들이랑 다르다고 해서 내가 특이
한 여자라 단정 짓는 행동 별로네요."

"아, 기분 나빴다면 사과하죠. 특이하다는 뜻은 색달라서 자극이 된
다는 뜻인데."

재오의 초점은 줄곧 이슬을 가리키고 있었다.

"자극이요?"

"단어가 좀 이상하긴 한데, 지금 내 상태를 표현하자면 그게 얼추 맞
는 것 같아서."

이슬은 대강 고개를 끄덕여 보이곤 연어 회를 한 점 집어 먹었다.

"연어 회 어때요?"

"살살 녹아요."

"맛있겠네."

마주 본 재오의 눈동자에 묘한 빛이 서렸다. 이슬은 찜찜했지만 굳
이 따질 정도까지는 아니라 무시했다.

"몇 살이에요? 스물다섯?"

"플러스 다섯."

재오의 대단한 반응에 이슬은 어리둥절해 고개를 갸웃거렸다. 그렇게 놀랄 일인지 잘 모르겠다.

"관리 받아요?"

"아뇨."

재오는 감탄사를 터뜨렸다.

"타고난 동안인가 보네."

"그렇게 놀랄 정도는 아닌데."

동안이라는 소리는 거의 대부분의 사람들에게 들은 말이다. 그래서 진심으로 하는 말인지 아닌지 구분하기 힘들다. 더구나 재오의 속사정을 전혀 모르니 더 헷갈렸다.

"내 나이는 안 물어요?"

재오는 나이를 물어보길 원한다는 눈빛을 장착했다. 그래도 선 자리인데 할 건 해야겠다는 생각으로 입을 열었다.

"표재오 씨는 몇 살인데요?"

"현이슬 씨 나이에서 세 살 빼 봐요."

"스물일곱?"

"빙고."

이슬이 젓가락을 내려놓으며 작게 한숨을 내쉬었다.

"표재오 씨는 매사 그렇게 장난스러워요?"

"그러는 현이슬 씨는 매사 그렇게 대충 대충입니까?"

"대충 대충이라뇨?"

살다 살다 이런 말은 처음 듣는다. 이슬은 불편한 기색을 표했다.

"나랑 선보는 중인데, 정작 나한테 아무런 관심도 안 보이지 않습니까. 얼른 이 자리를 피하고 싶은 사람처럼. 아닌가요? 내가 잘못 봤나?"

정확하다. 재오의 핀잔에 반박할 수 없었다. 이슬이 인상을 찡그리고 한숨을 내쉬었다. 그녀는 차분히 생각을 정리하고 입을 열었다.

"솔직히 말할게요. 난 이 자리가 선보는 자린 줄 모르고 나왔어요.

결혼 계획, 당연히 없었고요. 갑작스러워서 불편해요. 얼른 끝내고 가야겠단 생각뿐이에요."

솔직한 심정을 말했다는 것에는 인정하지만 또 다른 이유가 있음을 짐작하고 있기에 짚고 넘어가고 싶었다.

"그뿐이에요?"

"네?"

"이 자리가 불편한 이유가 그저 갑작스런 선자리라 그런 겁니까?"

"그럼 뭐가 더 있다고……."

"홀딱 벗고 만난 사이라 불편한 건 아니고요?"

"누, 누가 홀딱 벗고 만났다 그래요!"

이슬은 화들짝 놀라 눈을 휘둥그레 뜨고 재빨리 반박을 가했다. 창피해서 얼굴이 화끈거린다. 당황해서 펄쩍 뛰는 그녀를 보는 재오의 눈가에 웃음이 얹어졌다.

"둘 다 홀딱 벗고 있었잖아. 기억 안 나요?"

반말인지, 존댓말인지 구분할 수 없는 말투가 아주 자연스럽다. 이 남자가 왜 스캔들 메이커로 소문이 났는지 몸소 깨닫는 중이다.

그는 서두르지 않으면서 은근한데, 그 와중에 자신의 존재감을 확실하게 부각시킨다. 장난을 치면서도 속을 알 수 없는 칠흑 같은 눈동자에서 풍기는 특유의 분위기로 상대를 현혹시킨다.

"홀딱 안 벗었거든요!"

스르륵. 문이 열린 줄도 모르고 억울함을 호소했다. 이슬은 뒤늦게야 종업원이 들어온 것을 인식했다. 부끄러워서 어쩔 줄을 몰라 하는 그녀를 재오가 즐거운 눈으로 구경했다. 자신은 분해 죽겠는데 그는 너무나도 여유로워 신경질이 났다.

종업원이 나가자 그녀가 다시 입을 열었다.

"우리 둘 다 가릴 곳은 가렸어요."

"우리? 성급하다더니 벌써 이래도 되는 건가?"

"지금 그게 중요한 게 아니잖아요!"

"그럼 뭐가 중요합니까?"

"홀딱 벗었는지 안 벗었는지 확실히 하고 넘어가야죠. 표재오 씨가 왜곡된 기억을 갖고 있는 사실을 알았는데 이대로 둘 수는 없다구요."

재오는 재미있어 죽겠다는 표정이다. 그의 상체가 앞쪽으로 더 당겨졌다. 반대로 이슬은 의자를 뒤로 밀며 그가 좁힌 거리보다 조금 더 물러났다.

"가릴 곳은 가렸지만 충분히 야했어요. 아니, 어쩌면 완전 벗은 것보다 그 모습이 더 야할지도 모르지."

이슬의 얼굴빛이 창백해졌다.

"……지금 무슨 말을 하는 거죠? 설마, 내 몸 다 봤어요?"

"안 보는 게 이상하지 않나?"

"내가 보지 말라고 했잖아요!"

창백했던 얼굴이 일순간 붉게 달아올랐다.

"그날 분명 봤다고도 말했는데. 왜 이제 와서 놀랍니까? 그리고 현이슬 씨도 내 몸 봤잖아."

이슬이 흠칫 놀랐다. 그것에 대해서는 변명의 여지가 없다.

"사고로 치자면 쌍방과실. 퉁 칩시다."

손해 보는 것 같은 기분에 불만스러웠지만 더 끌어 봤자 딱히 이득도 없겠다 판단을 내렸다. 이슬이 동의하는 의미로 고개를 주억거렸다.

"바빠요?"

"왜요?"

"안 바쁘면 차나 마십시다."

"……바빠요."

재오가 의심의 시선을 보내왔다. 거짓말을 하는 속마음을 들킬까 봐 이슬은 그의 시선을 피했다.

"대답하기 전 공백이 상당히 의심스럽지만 넘어가 주죠."

식사를 마무리하고 일어났다. 이슬이 계산을 하려 카드를 꺼냈지만 더 동작이 빠른 재오가 결제를 이미 마쳐 버렸다.

식당을 나온 그가 그녀의 차를 훑었다.

"현이슬 씨 찹니까?"

"그런데요."

"의외네."

"어디가 의외란 거죠?"

"당신을 닮지 않았어. 색상은 잘 어울리는데, 생김새가 우람하고 튼튼하잖아. 현이슬 씨는 우아하면서도 관능적인 이미진데."

재오가 특유의 눈웃음을 치더니 말을 이어 나갔다.

"외모로 치면 당신 차는 나를 닮았네."

"어딜 봐서?"

"잘생긴 외모. 당신 차나 나나 잘생겼잖아."

이슬이 어이없다는 듯 웃었다. 그러나 웃음은 짧았고, 뒤로는 씁쓸한 감정이 걸쳤다.

"난 날 지켜 줄 차가 필요했어요. 어디서든, 어떤 일이 생기든, 날 꼭 지켜 줄 수 있는 믿음직스럽고 튼튼한 차가……."

사연이 있나? 잠시 애처롭다는 생각이 스쳤다. 재오의 표정을 본 이슬이 얼른 씁쓸한 감정을 지웠다.

"갈게요."

군더더기 없는 깔끔한 태도로 인사를 건네고 차에 올라탔다. 이후로 재오와 눈도 마주치지 않고 차를 출발시켰다.

이슬은 이제야 식사 자리에서 결혼에 대한 진지한 이야기를 제대로 나누지 않았다는 사실을 인지했다. 그가 첫 만남에서 있었던 일을 끄집어내는 바람에 정신이 없었다. 원래는 선 자리였는데,

목적을 상실한 만남이 되어 버렸다. 그에게 완전히 휘말렸다.

표재오, 이 여우같은 남자.

재오는 소파에 등을 기대고 앉아 사장실을 찬찬히 둘러봤다. 사장이 집무를 보는 공간이여서 규모가 작지 않았지만 사방이 벽으로 막혀 있어 갑갑하게 여겨졌다. 그는 무료한지 손가락을 까딱였다.

달칵. 사장실 문이 열리고 비서가 들어와 테이블에 차를 내려놓았다. 일어나면서 재오를 힐끔거렸다.

순간 붉어진 그녀의 얼굴을 본 그가 습관처럼 미끈한 미소를 입술에 달았다. 그녀의 얼굴이 더욱 붉게 달아올랐다. 그녀가 옆머리를 귀 뒤로 넘기며 몸을 베베 꼬았다.

표 사장이 온지도 모르고 경망을 떨던 전 비서가 헛기침 소리에 깍듯이 인사를 한 뒤 서둘러 사장실을 나갔다. 재오는 저에게 꽂힌 표 사장의 시선을 느꼈다. 표 사장은 탐탁지 않아하는 기색이 역력하다. 재오는 태연한 태도로 차를 넘겼다.

"왜 부르셨습니까?"

"결혼 때문에 불렀다."

재오는 잠자코 표 사장의 말을 기다렸다.

"네가 워낙 어디로 튈지 모르는 놈이라 아무리 강력한 구실 꾸민다 해도 선은 안 볼 줄 알았더니, 제 발로 선 자리에 나가서 아주 놀랐다."

"아들한테까지 거래를 하시려는 아버지의 뜻을 받아들이려했던 것뿐입니다. 전 손해만 보는 거래는 하기 싫습니다. 물론 뭐 하나 빠지는 것 없이 완벽한 저에게 재력 하나 없는 것쯤 크게 문제 될 것은 아니겠지만 그래도 빈털터리로 내쫓기는 건 죽기보다 싫어서요."

"그래. 그래야, 내 아들이지. 거래를 할 때는 이득을 생각해야 한다."

표 사장의 기특해하는 눈빛이 얼굴에 찬찬히 닿아 왔지만 안으로 스며들지 못하고 튕겨 나간다. 재오는 표 사장이 어떤 시선으로 바라보든 감정의 동요를 경험하지 못한다. 표 사장은 이미 재오에게 신뢰를 잃은 사람. 그의 심정으로는 아버지라는 이름으로도 부르고 싶지 않았다.

"만나 보니까, 어때?"

"뭐, 나쁘지는 않던데요."

한번쯤 더 만나 보고 싶다고 생각했던 여자와 맞선자리에서 만나게 돼서 놀라기도 하고 흥미롭기도 했다. 어쩌면 이건 하늘이 준 기회일지도 모른다는 생각을 했다.

"그만한 여자 없다. 적어도 네 주변에 있는 어떤 여자들과도 비교도 안 되는 훌륭한 여자야. 부모에게 손 벌리지 않고 자기 앞가림 척척 해 나가는 것도 그렇고, 이성 관계도 아주 깨끗한 사람이야."

표 사장의 입에서 쉬지 않고 길게 나오는 이슬에 대한 찬사에 재오는 놀란 얼굴이다. 표 사장이 타인, 그것도 잘 알지도 못하는 사람에 대해 호의적인 사고를 갖고 있는 건 흔치 않을 일이었다.

"그 여자 진짜 대단하네. 깐깐한 표 사장을 만족시키다니."

"너에겐 과분한 신붓감이니 괜히 재고 따지지 말고 결혼해라."

표 사장은 강한 어투로 결혼을 강요했다.

"나야 뭐 그렇다 치고. 그쪽에서 나랑 결혼하려고 할지 그게 문제 아닌가?"

"뭔 소리냐? 너 설마 깽판 치고 온 게야?"

"깽판까지는 아닌데."

정말 깽판을 친 건 아니다. 하지만 표 사장은 의심의 눈초리를 지우지 않으며 쯧쯧 혀를 찼다.

"그 여자, 호락호락하지 않을 텐데. 표 사장이 잘 꼬셔 보든가."

"으휴, 저것도 아들놈이라고!"

"그럼 난 그만 일어납니다."

재오는 표 사장이라면 까다로운 이슬도 구워삶을 수 있을 거라 믿었다. 결혼을 하게 되면 하는 거고, 안 하게 되면 마는 거고.

아직까지 재오는 결혼에 대해 미련은 없었다. 그저 이슬을 또 만나보고 싶다는 생각뿐.

'결혼'에 대한 압박감에 스트레스가 이만저만이 아니다. 계획에 없던 결혼을, 표재오라는 남자와 해야 하는 현실에 놓인 이슬은 요새 신경이 예민해 있는 상태다.

퇴근 후 술이 마시고 싶은 마음을 뒤로하고 얌전히 귀가했다. 샤워를 하고 실내복으로 갈아입었다. 침대에 누우려고 하는데 문이 열려 주춤했다.

"자려고?"

"그러려던 참이었어."

진원이 방에 불쑥 들어오는 일은 빈번하기에 이슬은 꽤 익숙해져 있었다. 다른 남매도 이러는지는 잘은 모르겠다. 진원이 처음부터 친오빠였던 것이 아닌 어느 순간 생긴 오빠여서 보통의 남매들은 어떤 식으로 행동하고 대화를 하는지에 대해 무지했다.

"요즘 일이 바빠?"

"아니. 왜?"

"피곤해 보여서."

진원이 가까이 다가와 이슬을 가만히 응시하더니 걱정하는 얼굴로 한숨을 내쉬었다.

"괜찮은데."

"너야 뭐 힘들어도 다 괜찮다고 하는 애잖아. 미련하게."

"진짜 괜찮아서 괜찮다고 하는 거란 말야. 아직은 견딜 만하거든요."

"아, 그러세요? 그런 사람이 얼굴이 까칠해? 이것 봐."

볼을 쓱 쓰다듬는 진원의 손길이 느껴졌다. 어릴 때부터 그의 터치는 자주 있었던 일이다. 그는 줄곧 이슬의 머리를 쓰다듬거나 뺨을 만졌다. 같이 걸을 때도 손을 잡곤 했다.

이슬도 어릴 때는 그게 자연스러운 남매의 사이라고 알고 있었는데, 성인이 돼서 손을 잡고 걷는 두 사람을 보며 연인이냐 물어오는 사람들로 인해 그게 흔한 남매의 행동은 아니라는 것을 인지했다.

그렇다고 또 하지 말라고 거부를 할 정도는 아니었다. 어쨌든 그는 여동생에게만큼은 무척 다정한 오빠임에는 틀림없다.

열려 있던 문으로 호근이 들어섰다. 그의 동공에 이슬의 볼을 쓰다듬는 진원이 비쳤다. 그의 얼굴에 근심이 설핏 스쳐 지나갔다.

"아빠."

이슬이 호근을 보자 활짝 웃으며 일어났다. 잠시 어두웠던 호근의 표정이 이슬을 보면서 확 바뀌었다. 호근이 늘 그렇듯 따뜻한 시선으로 이슬을 바라봤다.

"이슬아, 아빠 물 한 잔만 갖다 주련?"

"네, 아빠."

이슬이 호근의 심부름을 하기 위해 방을 나갔다. 방에는 호근과 진원이 서로를 마주 보며 서 있었다. 둘 사이에 거북한 기류가 오고 갔다.

"이슬이, 결혼 시키신다면서요."

진원의 목소리가 불편한 공기를 뒤흔든다. 호근의 눈가가 움찔 경련했다.

"어떻게 알았냐."

"이미 소문이 파다한데, 제가 모를 거라 생각했습니까? 언제까지 저를 감쪽같이 속일 생각이셨어요? 설마 이슬이 결혼하고 나서까지 모르게 할 생각은 아니셨겠죠."

진원의 목소리에 화가 서려 있다. 아버지라 참고 있을 뿐, 남이었다면 벌써 화를 냈을 것이다. 자신을 속인 채 이슬의 결혼을 추진한 아버지가 원망스럽다.

"가능하다면 그렇게까지 하고 싶었다."

"아버지."

진원의 목소리에 단단한 분노가 박혀 있다.

"나는 많은 걸 바라는 게 아니다. 우리 가족, 모두 행복했으면 한다. 이슬이를 언제까지 혼자 살게 둘 수는 없어. 그러니 너도 더 이상은 방해하지 말거라."

"……저는 방해할 겁니다. 몰랐으면 모를까, 이미 알게 된 이상, 이슬이의 결혼 막을 겁니다, 전."

"현진원!"

문턱을 넘어선 이슬은 호근의 호통에 화들짝 놀랐다. 호근이 하려던 말을 삼켰다. 진원이 이슬을 지나쳐 방을 나갔다.

"아빠, 무슨 일이에요? 오빠랑 싸운 거예요?"

"아니다."

"여기 물 드세요."

진원과 대화를 나누고 싶어서 이슬에게 일부러 심부름을 시킨 건데, 선견지명이었나 보다. 진원과 감정싸움을 하고 나니 대단히 목이 말랐다. 이슬이 건네는 물 잔을 받아 뜨거운 속에 물을 부었다.

"별일 아니니 걱정 말거라."

"네……."

대답은 했지만 걱정을 하지 않는 것이 마음대로 조절되지 않는다.

"표 사장에게서 연락이 왔더구나."

"뭐라고 하는데요?"

"결혼 날짜를 잡자구나."

"네? 벌써요?"

겨우 선을 한 번 본 것뿐인데 벌써 날을 잡자는 얘기가 나오다니. 결혼이 장난도 아니고 번갯불에 콩 볶아 먹듯 해치우려는 분위기에 기분이 착잡했다.

"그쪽에서 네가 맘에 든 모양이더구나."

"그쪽이라면……."

"표 사장 아들 말이다."

딱히 좋은 감정이 오고 갈 만한 상황은 없었다고 생각했기에 저를 마음에 들어 했다는 재오의 마음을 헤아리지 못했다. 무슨 꿍꿍이가 있는 건 아닌지 의심마저 든다.

"그럴 리가 없는데."

"여하튼 표 사장과 만나 날 잡을 테니 그렇게 알아라."

이 결혼 도저히 못 하겠다는 의사가 목까지 치밀었지만 호근의 회사에 도움을 줘야 한다는 책임감에 결국 입 밖으로 꺼내지 못했다. 호근이 방을 나가고 한참을 한숨만 푹푹 내쉬던 이슬이 휴대폰을 꺼냈다.

"찬미야, 안 바쁘면 나랑 술 좀 마시자."

꽃무늬 장식

갑자기 불러냈는데도 불구하고 집 근처까지 와 준 찬미에게 고마워 술을 사기로 했다.

집 근처에 가끔 가는 칵테일 바로 와 각자 마시고 싶은 칵테일을 한 잔씩 시켰다. 이슬은 만사가 귀찮아서 후드 티에 청바지를 대충 입고 나왔다. 반면에 찬미는 클럽에 가려다 연락을 받고 급선회해 무척 화려하게 치장한 상태였다.

"와, 천하의 현이슬이 결혼을 다 하다니."

"그러게."

이슬은 씁쓸하게 웃으며 찬미의 말에 동의했다. 의도치 않게 결혼을 하게 된 기분은 뭐랄까, 굉장히 심란하다. 한마디로는 표현할 수 없는 감정이다. 생각도 꼬이고, 기분도 꼬이고, 감정도 꼬이고. 모든 게 꼬여 버렸다. 정신이 다 산란하게.

"너랑 표재오 결혼한다는 소문 이미 쫙 퍼졌더라."

"진짜? 그 남자랑 겨우 선 한 번 봤는데 소문이 났다고?"

갑작스런 결혼도 놀랍지만 벌써 소문이 났다는 것 또한 놀랄 일이다.

"표재오, 유명하잖냐."

"난 몰랐어. 최근에야 알았는걸? 근데 그렇게 대단한 남자야?"

"대단하지. 너야 놀러 다니진 않고 맨 일만 하니까 모르지. 클럽 조금만 다녀도 표재오를 모를 수가 없어."

여러모로 화려한 남자구나. 자신이 보고 겪은 것은 빙산의 일각일 거라는 예감이 든다.

"표재오만 나타나면 여자들이 죄다 개만 봐. 걔랑 엮이려고 안달들이지. 특히 연예인 지망생이나 신인 연예인은 걔랑만 스캔들만 나도 금방 스타가 돼."

"표재오는 연예인도 아닌데?"

"그만큼 영향력이 대단한 남자니까. 걔가 인터넷에서도 유명하고 TV에도 몇 번 나와서 일반인들 중에서도 아는 사람 꽤 많아."

상상 이상으로 높은 재오의 인지도에 깜짝 놀랐다.

"그 정도야?"

"그렇다니까. 네 예비 신랑님 아주 날리는 분이라고!"

찬미는 친절하게도 재오에 대해 자신이 아는 부분을 상세히 얘기해 주었다. 듣고 나니 더 심난해졌다. 이슬이 한숨을 쉬며 칵테일을 한 모금 넘겼다.

딸랑. 분위기 있는 재즈 위로 경쾌한 종소리가 겹쳐졌다. 바 테이블에 나란히 앉아 있던 찬미와 이슬에게 그 종소리가 들렸다. 찬미가 문쪽을 보더니 이슬을 툭툭 쳤다. 이슬의 시선이 더디게 움직였다.

"표재오다."

호랑이도 제 말하면 온다더니. 재오의 얘기를 하고 있는 도중에 그가 나타났다. 그는 혼자가 아니었다. 옆에 여자가 있었다.

"와, 저 봐라. 어김없이 여자랑 등장해 주시네. 야, 너 결혼 전에 확실히 해 둬. 저렇게 노는 거 좋아하는 남자, 결혼해서도 저러면 가정 망가진다. 네 속 엔간히 썩힐 거다. 확실히 잡아, 알았지?"

찬미는 혹여나 친구의 인생이 표재오라는 남자로 인해 망가질까 노심초사했다. 이슬은 가슴이 갑갑해 대답할 기력도 없었다.

재오가 이슬을 발견하고 옆으로 왔다. 그가 이슬 옆 의자 하나를 띄고 그 옆 의자에 착석했다.

하필이면 이쪽에 앉을 게 뭐람. 이슬이 입술을 깨물었다. 눈치 보지 말아야지. 그럴 이유 없다. 생각을 다잡고 찬미의 말에 이제야 대답하려고 입을 열었다.

"그러든 말든 상관없어."

이슬은 무표정으로 말했다. 옆에서 재오가 슬쩍 쳐다봤다. 그의 시선이 뺨에 닿았지만 모르는 척 무시했다.

"무슨 소리야? 상관없다니? 바람 펴도 상관없다는 거야?"

"그 남자랑 나, 둘 다 서로한테 마음 있어서 하는 결혼도 아니고. 일단은 아빠한테 도움이 되고 싶어서 결혼은 하겠지만…… 회사 사정이 다시 좋아지면 봐서…… 이혼을 하든가 해야지."

아무렇지 않은 척 속마음을 꺼냈지만 옆에 있는 재오가 내심 신경 쓰였다. 분명 그의 귀에도 들렸을 텐데 어떤 기분일지, 어떤 표정을 하고 있는지 궁금했다.

"너 진심이야?"

오히려 찬미가 재오를 쳐다보며 무척 눈치를 봤다.

"남자랑 살 부대끼면서 살기 싫어. 남자 못 믿어. 아니, 안 믿어. 남자한테 기대고 사느니 혼자 사는 게 나아."

그동안도 이런 생각을 갖고 잘 살아왔다. 앞으로도 이 마음가짐은 변하지 않을 거다. 재오와 결혼을 하더라도 흔들리지 않을 거다.

"나 화장실 좀."

찬미가 화장실을 갔다. 조금 있다 재오와 함께 온 여자도 화장실에 갔다. 이슬은 그와 둘만 남은 이 상황이 불편했다.

"내가 바람피우든 상관없다는 말, 회사 사정 좋아지면 이혼을 하겠다는 말. 진심인가?"

재오가 술잔을 만지작거리며 넌지시 물어 왔다. 이슬은 이제야 그를 봤다. 그가 술잔을 내려다보고 있어 눈에 담긴 감정을 읽을 수 없었다.

그는 지금 무슨 기분일까? 어떤 생각일까?

"어차피 표재오 씨도 나한테 마음 없잖아요. 아니에요?"

재오가 숨을 내쉬며 공백을 만들더니 이내 입을 달싹였다.

"아직은 없지만, 생길지도 모르는 일이죠."

"무슨 의미예요?"

"무슨 의미든, 그게 현이슬 씨한텐 상관없지 않나? 어차피 나랑 살 부대끼며 살 생각도 없고, 나한테 기대며 살지도 않을 테고, 무엇보다 이혼을 하게 될 텐데."

가시 돋친 말, 아주 뾰족뾰족하다. 이슬은 가슴이 따끔따끔했다.

"당신, 여태까지 살아온 삶 되돌아봐요. 내가 들은 것만으로도 엄청 난데. 여러 여자와 만나고 즐기며 살았던 당신이 나를 진심으로 좋아할 수 있을 거라 생각해요?"

"……."

"나 역시 그래요. 나는 사랑 같은 거, 안 해."

무엇엔가 질렸다는 표정을 한 이슬에게 물끄러미 눈길을 주며 과거에 어떤 사연이 있었던 건 아닌지 추측했다.

"그건 나도 마찬가집니다. 사랑 따위, 줘도 안 가져."

사랑. 이슬과는 다른 의미이긴 하겠지만 재오에게도 마찬가지로 필요하지도 원하지도 않는다. 그런 감정, 없어도 잘 살아왔고, 앞으로도 잘 살아갈 테니까.

"거 봐요. 당신도 그러네. 그러니 우린 비즈니스 부부. 그 이상도 이하도 아닌 거예요. 표재오 씨도 인정하죠?"

재오가 잔을 빙글빙글 돌리더니 이내 술을 털어 넣었다. 그가 잔을 내려놓으며 바람 빠진 웃음소리를 냈다.

"하, 비즈니스 부부……."

그 뒤로 재오는 말이 없었다. 주문한 칵테일을 다 마시고 한 잔을 더 주문했다. 그는 화가 난 사람처럼 제 몸에 술을 부었다. 그사이 찬미와 재오의 일행인 여자가 돌아왔다.

그때였다. 재오가 잔을 탁 내리며 벌떡 일어섰다. 그가 말없이 이슬의 손목을 잡았다. 세 여자의 시선이 동시에 그에게로 쏠렸다.

"뭐 하는 거죠?"

"입 다물고, 따라와."

제법 무서운 분위기를 조성해 이슬의 기를 단숨에 제압한 재오가 자신이 데려온 여자의 시야 안에서 이슬을 일으켜 세웠다.

"오빠! 지금 나 두고 뭐 하는 거야?"

여자가 재오의 행동에 황당해했다. 그가 느긋한 말투로 그녀의 물음에 대답했다.

"내 예비 신부 데려간다."

어리둥절한 여자를 두고 재오는 이슬을 데리고 칵테일 바를 나왔다.

"내 손 좀 그만 놓아줄래?"

얼떨결에 재오의 손에 이끌려 칵테일 바를 나오긴 했지만 더 이상은 그의 무례한 행동에 당해 주기 싫었다. 손을 놓으라 강한 어조로 경고해도 그는 들은 체 만 체다.

칵테일 바가 있는 건물을 나와서도 손을 놓지 않고 어딘가로 계속 끌고 가려는 그의 의도를 파악하지 못 하겠고 파악하고 싶은 마음도 없다. 이슬이 인상을 찡그리더니 자신의 손을 잡고 있는 그의 손등을 이로 꽉 깨물었다.

"악!"

손등을 물어 버린 이슬로 인해 고통스러워진 재오가 비명을 질렀다. 이슬의 의도대로 그가 걸음을 멈추고 손을 놓았다. 그녀가 만족스러운 듯 웃으며 붉은 혀로 그보다 더 빨간 입술을 훑었다.

"당신! 드라큘라야?"

갑자기 손등이 물려 당황스럽고 서럽기까지 한 재오가 이슬을 향해 불만을 표출했다. 지나가던 사람들이 힐끔거릴 정도로 소란스러웠다.

"그러게 놓으라고 했잖아."

"말로 하면 되지, 왜 사람을 물어?"

"말로 했는데 안 들어서 문 건데?"

"허?"

손등을 물어 놓고도 당당한 이슬의 태도에 재오는 뒷골이 당겼다. 별 특이한 여자를 다 보겠다. 뭐, 어딘가에 이런 여자가 또 존재하지 않으리라는 법은 없지만 적어도 그가 겪어 온 여자들과 현저히 다르다.

제 앞에서 웃고 애교 떨고 울고 아픈 척하며 잘 보이려 애쓰던 여자들만 보고 경험했던 재오에게 도도하고 당당한데다가 저한테는 쥐뿔도 관심 없는 이슬은 확실히 신선했다.

"다른 여자들은 내가 끌고 가면 좋아서 쫄래쫄래 따라왔어. 알아?"

할퀴어진 자존심에 성질을 부려 보지만, 이슬의 표정을 보아하니 일말의 동요조차 하지 않는 눈치다.

"알고 싶지 않아."

"뭐?"

"그리고 날 네가 만난 여자들이랑 비교하지 마. 짜증나니까."

이슬은 살얼음 같은 냉랭한 눈빛을 쏘았다.

"현이슬, 당신 진짜……."

"반말해서 기분 나빠? 네가 반말하면 나도 반말할 거고, 네가 막 나가면 나도 막 나갈 거야."

대꾸할 여유도 주지 않고 저 할 말을 쏟아 내는 이슬이 황당한데, 또 다른 한편으로는 뭔가 찌릿한 감각이 일어 감정의 흐름이 변하는 게 느껴졌다.

"대체 난 왜 데리고 나온 거야? 저 안에는 내 일행이 있어."

"당신 일행을 배려할 여유 같은 건 없었어."

"날 배려할 여유는 있었고?"

왜 자신이 이슬을 배려해야 하는 건지 그 이유가 납득이 가지 않아 그녀에게 혼이 나듯 이러고 있는 꼴이 불만스럽지만 마땅히 대꾸할 말이 떠오르지 않았다.

"표재오, 당신은 저기 있던 세 여자, 그 누구도 배려하지 않았어. 심지어 당신이 데려왔던 여자도. 적어도 네 여자는 배려했어야지."

"걘 그저 같이 술 한 잔 마시러 온 여자일 뿐이지 내 여자는 아니야. 그 여자에게 내 여자라는 거창한 타이틀은 안 어울려."

"당신은 당신이 대단하다고 생각하지?"

조금도 흐트러짐 없는 이슬의 시선이 부딪쳐오는 이 순간이 왜 이렇게 숨이 막히는지. 억울하고 화가 나면서도 그녀의 이런 태도에 저항을 할 수가 없었다.

사실 다른 여자였다면 이렇게 자신을 홀대하고 꾸중하지 않았을 거다. 그래서일까. 이 여자가 신기하고, 이 여자가 하는 말들과 행동들은 이상하게 자극이 된다.

"적어도 난 당신같이 여자 데리고 장난치는 남자는 질색이야. 나한텐 그저 쓰레기일 뿐이라고."

"뭐? 쓰, 쓰레기?"

충격이다. 누구도 자신에게 이런 소리를 한 적이 없다. 이슬이 던진 직구에 재오는 정신이 아찔했다.

"만약 결혼을 한다고 하더라도 그쪽 사생활 터치할 생각은 없으니, 그건 안심해."

"이봐."

이슬은 홈런을 치고 말았다. 재오에게 제대로 한 방을 먹이고야 말았다.

"그쪽이 어떤 여자를 만나든, 어떤 행동을 하든 그런 건 나와 아무 상관없으니까."

이슬이 뒤를 돌았다. 그녀에겐 미련이라는 감정은 한 톨도 없어 보인다. 그게 재오의 승부욕을 자극한다. 더구나 쓰레기라는 소리까지 들었으니 그의 자존심에 가만히 있을 수는 없었다.

"현이슬! 당신도 사랑 안 하는 건 나와 다르지 않잖아! 나 역시 당신처럼 애교 없고 무감정인 여자는 별로야! 알아?"

이슬의 운동화가 멈추었다. 그녀가 뒤를 돌아 재오를 봤다.

"알고 싶지 않댔지."

이슬의 입술은 체리처럼 붉은데 열리기만 하면 독을 뿜어낸다. 실은 체리가 아닌 독 사과인 것일까. 저 못된 입술을 확 깨물어 버리고 싶다. 아, 저 입술을 제대로 혼을 내주고 싶은데.

"깨물어 버리고 싶네."

"뭐?"

속마음이 저도 모르게 툭 튀어나오고 말았다. 재오도 뒤늦게 깨닫고 당황했다. 그가 흠흠, 하고 헛기침을 하더니 아무것도 아니라며 짐짓 여유로운 표정을 지었다.

"설마 날 깨물고 싶다는 건 아니지?"

"설마……."

재오가 특유의 눈웃음을 치며 자신의 속마음에 빗장을 쳤다.

"서로 별로인 사람들끼리 이러고 있지 말자."

강력한 냉기를 뿜는 이슬의 앞에서도 재오는 여유를 잃지 않았다.

"하긴 어차피 곧 결혼식장에서 만나게 될 테니."

"……."

"그리고 침대에서도."

"허황된 꿈은 일찌감치 접는 게 표재오 씨 신상에 좋을 걸?"

이슬이 발톱을 바짝 세워 재오를 할퀴었다. 그녀는 흡족한 미소를 띠며 휙 고개를 돌려 건물 안으로 들어 왔다. 그녀의 등 뒤로 미끈하게 웃는 재오가 있었지만 그녀는 한 번도 뒤돌아보지 않았다.

칵테일 바로 다시 돌아왔다. 찬미가 턱을 괴고 어딘가를 집중해서 보고 있다.

그녀의 시선을 따라가 보니 재오의 일행으로 온 여자가 엎드려 있었다. 어깨가 떨리는 걸로 보아 울고 있는 것 같다. 이슬은 자리로 가 앉았다. 그녀로 인해 시야가 가려져 더 이상 우는 여자를 볼 수 없었지만 상관없었다.

"쟤 운다."

"울든 말든 내 알 바 아니야."

이슬은 남의 일에 간섭할 마음이 눈곱만큼도 없었다. 그러나 그녀의 마음과는 달리 찬미는 묻지 않은 말들을 쏟아 냈다. 이 말을 하고 싶어 꾹 참고 있었다는 듯 흥분한 말투로.

"아까 화장실에서 나 쟤 봤잖아. 그때 누구랑 전화를 하는지 표재오랑 같이 있다고 자랑하고 난리가 났더라. 오늘 반드시 호텔로 데려가서 빼도 박도 못하게 만들겠다고. 표재오가 좋은 남자는 아니지만 쟤도 만만치 않은 것 같다."

흥분한 찬미의 목소리 톤이 높아져서 울고 있는 여자에게까지 들릴 것 같아 신경 쓰였다.

"야, 다 들리겠다."

"들리라고 하는 말인데?"

"뭐?"

제 친구지만 대단하다는 생각이 든다. 찬미가 장난스럽게 웃어 보이며 칵테일을 마셨다.

## 3화
### 피할 수 없는

"너 근데 금방 왔다."

"너 내가 다시 돌아올 줄 알았어?"

"네 성격상 그냥 끌려가지는 않을 거라 생각했어. 역시, 내 친구 현이슬답다."

찬미가 이슬의 어깨에 팔을 두르며 씩 웃었다. 이슬의 입가에도 옅은 미소가 폈다. 곧 지워지긴 했지만. 이슬은 칵테일로는 성에 안 차는지 바텐더에게 메뉴판을 달라 요구했다.

"약속 있으면 그만 가도 돼. 난 술 좀 더 마시다 가야겠어."

클럽에 가려던 찬미를 붙잡고 있다는 게 내심 미안했다. 잠깐이라도 술친구를 해 주어서 고맙기도 했다. 이젠 그녀에게 자유를 주려 했다.

"혼자 마시면 재미없잖아. 내가 같이 있어 줄게. 어차피 취소해도 되는 약속이니까."

그러나 찬미는 저를 위해 기꺼이 약속을 취소해 주었다. 이런 친구 어디 또 있을까 싶은 마음에 감동했다.

"진짜? 고마워. 역시 박찬미 의리 하나는 알아줘야 돼."

"의리만?"

"물론 미모랑 성격도 끝내주지."

찬미가 더 해도 된다며 멍석을 깔아 준다. 그 모습이 유쾌해서 즐겁게 웃는데 뭔가 기괴한 기운이 느껴져 괜히 등골이 오싹했다. 슬쩍 옆을 보다가 기절할 뻔했다. 엎드려서 울던 여자가 바로 옆에 와 선 게 아닌가. 얼굴이 완전 엉망이다. 마스카라가 다 번지고 머리는 사자 갈기처럼 헝클어져 있었다.

"진짜 재오 오빠랑 결혼해요?"

"아······."

"진짜냐고요!"

"왜 내 친구한테 화풀이예요? 얜 아무 잘못 없으니까 따질 거면 표재오한테 가서······."

찬미가 이슬을 보호하려 나섰다. 이슬이 찬미에게 그러지 말라고 눈빛을 보냈다. 이슬의 사인을 알아들은 찬미는 자신의 말허리를 스스로 잘랐다.

그사이에 가게로 돌아온 재오의 눈에 두 여자의 대립이 포착됐다. 둘 사이에 흐르는 분위기가 심상치 않아 쉽게 끼어들지 못하고 일단은 상황을 잠자코 지켜봤다.

"아직 확정된 건 없지만, 결혼할 가능성이 있기는 하죠."

"안 돼요!"

"그쪽이 떼써도 어쩔 수 없어요. 부모님이 정해 준 결혼이라 내 쪽에서 쉽게 무를 수 있는 게 아니니까."

흥분해서 감정적으로 부딪치는 여자와는 달리 이슬은 차분하고 이성적이었다. 여자는 이슬의 분위기에 쉽게 말려들었다. 이슬에게서 풍기는 어른스럽고 고상한 분위기가 여자를 압도한 것이다.

"그렇지만 내가 표재오의 아내가 된다고 해도 달라지는 건 없어요. 표재오는 지금처럼 다른 여자들을 만날 거고, 그중에 그쪽도 속할 가능성이 있겠죠."

"······."

"그저 나는 그쪽처럼 표재오가 만나는 여자들이랑 위치만 다를 뿐이에요."

이슬은 '위치'를 강조했다. 이슬이 말하는 의도를 알아들은 여자는 얼이 빠졌다. 여자는 직감했다. 아무리 기를 쓰고 날 뛰어도 이 여자에게는 못 당하겠다는 사실을.

노 지배인에게 손님이 찾아왔다는 소식을 접한 재오는 백화점에서 한가로이 즐기던 쇼핑을 중단하고 몽마로 왔다. 레스토랑에 들어선 재오는 입구에서 손님을 맞이하고 있는 노 지배인에게 다가가 물었다.

"누가 날 찾아왔다고?"

"현진원이라는 분이 찾아왔습니다."

낯선 이름에 경계심과 의구심이 깃들었다.

"그게 누군데?"

"현이슬 씨 친오빠 되는 사람이라고 하더군요."

"현이슬 오빠……. 그 사람이 날 왜 찾아왔지?"

노 지배인이 어깨를 으쓱이며 진원이 재오를 찾아온 이유를 모르겠다는 의사를 전했다. 재오는 진원의 방문이 불편한 듯 인상을 썼다.

"일단 가 보지, 뭐."

재오가 집무실로 이동했다. 문을 열고 안으로 들어가니 소파에 앉아 있던 진원이 그를 보며 일어났다. 진원은 웃지 않았다. 진원 역시 그와의 만남이 유쾌하진 않은 모양이다. 그래도 진원은 예의상 악수를 청했다. 하지만 재오는 그러지 않았다.

"서로 유쾌한 만남은 아닌 듯한데 쓸데없는 스킨십은 생략하죠."

악수를 거부하는 재오의 태도가 건방지다고 여긴 진원은 손을 거두며 입술에 조소를 띄웠다.

"아, 잠시 잊고 있었네."

뭘 잊었다는 건지, 비웃음을 흘리며 중얼거리는 진원의 머릿속을 꿰뚫지 못했다. 재오는 잠자코 그의 다음 말을 기다렸다.

"표재오 대표는 여자가 아니면 스킨십 안 한다는 사실 말입니다."

"하?"

저런 말을 꺼내려고 그랬군. 이제야 조소의 의미를 깨닫는다. 재오가 기막혀 했다.

"소문이 사실인가 봅니다. 표재오 대표의 화려한 여성 편력."

진원에게 한 대 맞은 재오는 머리가 얼얼했다.

"현이슬 씨 오빠가 왜 날 찾아왔나 했더니 싸우러 왔나 봅니다."

"아, 오해 마십쇼. 싸우러 온 건 아니니."

"그럼 지금 이 태도는 뭐죠?"

진원은 대답하지 않고 그저 웃기만 했다. 그 웃음 뒤로 음습한 꿍꿍이가 숨어 있다. 얼핏 그것을 보고 만 재오는 경계심을 잔뜩 세웠다.

"남매가 아주 대단하네. 그 집안 내력인가 보군요."

"할 말이 있으면 돌려 말하지 말고 제대로 말하시죠."

"그쪽 남매, 내 뒷골을 당기게 하는 탁월한 재주가 있습니다."

"그러니까 그 말은 이슬이가 싫다는 뜻입니까?"

무슨 의도로 묻는 거지? 재오는 진원의 질문 의도가 미심쩍었다. 분명 뭔가 속내가 있는 듯한데 그게 보이지 않는다. 진원이 누구에게도 드러나지 않도록 불투명한 막을 가리고 있는 느낌이다.

"잘됐군."

"뭐가?"

"표재오 대표는 이슬이와의 결혼 싫어할 줄 알았습니다."

진원은 그럴 줄 알았다는 듯 확고한 생각을 드러냈다. 재오는 반박하지 않고 가만히 진원이 지껄이는 이야기를 들어 주었다. 뭐라고 떠드는지 한 번 지켜보자는 생각으로.

"표재오 대표, 자유로운 성향이라고 들었습니다. 워낙 노는 것을 좋아하고 하루에 한 번씩 여자를 갈아치운다는 소문 역시 들었습니다. 표 사장도 두 손 두 발 다 든 케이스라면서요."

재오가 픽 웃었다. 진원은 저에 대해 스스로 알고 있는 사실이 하나도 없어 보였다. 그저 어디서 들었다는 얘기만 주야장천 하고 있다. 사이즈가 나온다. 재오에 대해 조사를 했다는 사이즈.

"그래서, 하고 싶은 말이 뭡니까?"

재오는 쓸데없이 긴 서두에 지루해 죽을 지경이다.

"성격 급하시네. 한국말은 끝까지 들으라는 말 모르시나?"

"나에 대해 조사를 했으면 알겠네. 내가 어떤 놈인지."

감히 저에게 공격을 하려 하다니, 진원의 태도가 괘씸했다. 아무리 남매 사이라고 해도 이런 식으로 결혼을 방해하는 건 예의에 어긋난 행동이라고 생각한다. 그렇다고 제가 예의범절을 잘 지키는 사람은 아니지만, 그래도 최소한 지켜야 할 선이라는 게 있지 않은가. 진원은 지금 그 선을 넘었다.

"이봐요, 현이슬 씨 오빠 분. 날 건들면 어떻게 되는 줄 압니까?"

"……."

"상상 그 이상의 사건을 저지를 텐데. 감당할 수 있으려나?"

불길한 예감이 끼친 진원의 안면근육이 뻣뻣하게 굳었다.

"지금 협박하는 거요?"

"협박이라니. 나름대로 친절히 알려 주는 건데, 그렇게 받아들였다니 섭섭하네."

여유롭게 웃는 재오의 모습이 진원을 미치게 만들었다.

"뭘, 하겠다는 뜻이지?"

"그걸 말하면 재미없지 않습니까."

"이봐, 표재오 씨!"

예측할 수 없는 재오의 행동에 진원은 속이 새까맣게 타들어 간다. 재오의 기를 눌러 주려고 왔는데 도리어 자신이 제압당하고 있었다. 그만큼 재오의 기세가 만만치 않았다. 사실 조사한 바로는 그저 표 사장이 차려 준 레스토랑이나 운영하며 멍청하게 놀기만 하는 놈인 줄 알

앉다. 그런데 예상외다. 말솜씨가 아주 현란하며 뿜어져 나오는 기운이 지나치게 강렬하다. 표재오, 이 자식 보통이 아니다.

"난, 결혼할 겁니다."

눈에는 눈, 이에는 이, 무례함에는 무례함으로 상대해야지. 먼저 무례를 범한 건 진원이다. 싸움을 걸어오는 상대에게 당하고만 있을 수는 없다.

"뭐 결혼이 장난 같아? 난 그쪽 같은 놈한테 이슬이 주고 싶지 않아. 이슬이 인생 망치는 꼴 못 봐."

강하게 외치는 목소리와는 달리 진원의 눈동자엔 초조함이 진동했다.

"이제야 본모습이 나오네. 아까부터 표재오 대표라고 부르는 거 되게 가식적이었거든."

"이봐!"

그러게 왜 잠자는 사자의 코털을 건드리느냐고. 재오가 고함치는 진원을 똑바로 주시했다.

"정 그렇게 막고 싶으면 내가 아닌 다른 사람들을 설득하는 게 좋을 겁니다."

"……."

"표 사장의 고집을 꺾거나, 아님 현이슬의 마음을 돌리면 되겠네. 둘 중 누구를 설득하든 내게 이러는 것보다 훨씬 나을 겁니다."

"표재오, 당신은 그 결혼을 왜 하려는 거지?"

재오도 결혼을 거부할 줄 알았는데 의외라 놀랍다. 혹시 무슨 꿍꿍이가 있는 건 아닌지 의심이 앞선다.

"결혼하면 지금처럼 자유로운 생활 하지 못할 거야. 여자를 만나는 것도 쉽지 않겠지."

"얼마든지 만나라더군."

"누가?"

"그쪽 여동생이."

재오는 차분했지만 진원은 그러지 못했다. 상당한 충격이 가해진 표정이다.

"……이슬이가 여자 만나라고 그랬다는 건가, 지금?"

"그쪽 동생이 비즈니스 부부로 지내자 말하더이다. 만나 보니 아주 쿨한 여자더군. 내 사생활에 노터치 하겠다고 선언까지 했고."

제 여동생이 한 말이라고는 믿기 힘든 얼굴로 서 있는 진원을 보며 재오는 이어 말했다.

"신기한 여자야. 어떻게 나 같은 남자를 다른 여자들에게도 양보할 수 있지? 질투도 안 나나?"

"헛소리 집어치우고, 말 같지도 않은 그 결혼 당장 그만둬."

"글쎄 그럴 생각이 없다고 몇 번을 말합니까."

결혼을 반대하면 재오가 '얼씨구나 좋다'고 할 줄 알았다. 예상이 빗나가자 진원은 마음이 초조했다.

"왜? 이슬이 두고 바람피울 생각하니까 아주 신이 나나?"

진원은 처음 그 순간부터 연신 시비조였다. 이건 누가 들어도 시비로 판단할 수밖에 없었다. 이런 상황에서 기쁘게 웃을 수 있는 사람이 과연 몇이나 될까. 있기는 할까?

"아니, 그런 거 말고 다른 게 신나."

"뭐?"

"그건 그쪽이 알 거 없고, 할 말 다 했으면 그만 나가 줬으면 좋겠습니다."

"이슬이 너 같은 놈 장난에 놀아나게 하지 마."

들을 생각이 없는 말을 계속하는 진원으로 인해 재오는 무척이나 따분했다. 귓구멍이 항상 뚫려 있다는 게 싫다. 듣고 싶지 않은 말을 차단할 수 있는 기능이 있으면 참 좋을 텐데.

"이슬이 순수하고 여린 애야."

"그래? 내게 그런 걸 알려 줘도 괜찮습니까?"

끝까지 여유가 넘치는 재오가 얄미워 죽겠다. 진원의 인내심이 폭발하고 만다.

"장난으로 듣지 마!"

"내가 지금 장난하는 걸로 보이나 본데, 사람 잘못 봤습니다. 나한테 이럴 시간에 당신 동생한테 가는 게 나을 거요. 내가 친절히 방법까지 알려 주는데 왜 계속 날 성가시게 하는지."

"이슬이가 그쪽을 싫어하나?"

그렇다면 아주 잘됐다. 이슬을 설득해 봐야겠다. 진원은 재오가 안된다면 이슬에게 갈 생각이다.

"더 이상의 대화는 사절입니다."

"표재오."

재오가 짜증스러워하며 관자놀이를 지그시 눌렀다. 그가 노 지배인에게 전화를 걸어 호출했다.

"현진원 씨 나가신단다."

재오의 말과는 달리 나갈 기미가 없이 버티고 선 진원을 본 노 지배인이 고개를 갸웃거렸다.

"뭐 해? 배웅하지 않고. 가게 밖까지 꼭 배웅해드려."

배웅이 아니라 감시겠지. 진원의 미간에 주름이 잡혔다. 재오의 지시에 노 지배인이 진원을 끌어내려 했다. 진원이 노 지배인의 손을 뿌리치고 불쾌한 표정으로 그의 손이 닿은 곳을 털어 냈다.

"내 발로 나갈 테니 내 몸에 손 대지 마!"

진원이 냉기를 뿜으며 제 발로 집무실을 나갔다.

"하지 말라니까 더 하고 싶네."

진원은 결혼을 반대하기 위해 왔겠지만 안타깝게도 그의 목적은 완전히 실패하고 말았다. 오히려 재오에게 오기를 불어넣는 계기가 됐다.

몽마를 나와 이슬의 가게로 이동했다. 무슨 수를 써서라도 이슬의 결혼을 막겠다는 의지를 불태웠다. 그녀의 결혼 상대가 꼭 재오라서가 아니다. 어떤 남자도 이슬의 남편이 되는 것을 용납할 수 없다.

"표재오, 하? 보통이 아니네."

듣던 것과는 달랐다. 사람을 쥐고 흔드는데 탁월한 재주가 있다니. 아무래도 이번만큼은 쉽지 않을 것 같다. 불길한 예감이 진원을 짜증 나게 했다. 마음 같아서는 숨통을 끊어놓고 싶었다. 분노를 조절하느라 너무 많은 에너지가 소모됐다. 더는 재오와 상대하고 싶지 않다. 이슬을 설득하면 그래도 답은 나오겠지. 그녀도 당장 결혼하는 건 싫을 테니.

초조한 맘으로 릴리 앞에 도착했다. 차를 세우고 곧장 가게 안으로 들어갔다. 직원들이 손님을 상대하다 진원을 보고 깍듯이 인사했다.

"석호는?"

석호는 릴리의 실장이기에 진원과도 잘 아는 사이였다.

"아, 다른 매장들 둘러보고 오신다고 나가셨어요."

"그래? 이슬이는 안에 있나?"

"네, 안에 계세요."

대표실로 갔다. 노크 후 문을 여니 커피를 마시던 이슬이 저를 봤다. 진원이 문을 닫고 안으로 들어가자 그녀가 벌떡 일어났다.

"오빠, 어쩐 일이야?"

"어쩐 일은. 내 동생 보고 싶어 왔지."

이슬을 마주한 진원의 얼굴 근육들이 느슨해졌다. 재오로 인해 쌓였던 화가 풀리는 기분이었다.

"바쁜 거 아냐?"

"바빠도 너 볼 시간은 얼마든지 뺄 수 있어."

"와, 역시 우리 오빠야."

이슬이 활짝 웃으며 진원에게 가까이 다가왔다.

"차 줄까?"

"괜찮아."

"앉아, 오빠."

멀거니 서서 저를 빤히 응시하는 진원의 태도가 의아했다. 이슬이 고개를 갸웃거리며 먼저 소파에 앉았다. 이어서 그도 맞은편에 앉았다.

"이슬아."

"응, 오빠."

무슨 말을 하려고 무게를 잡나 궁금하기도 하고 긴장도 된다.

"결혼할 거니?"

"아, 그거 물으려고 그런 거구나."

진원의 표정이 어두운 이유를 알았다. 이슬은 복잡한 속내를 감추고 애써 미소 지었다.

"오빠, 나 걱정돼서 그렇지?"

진원은 항상 이슬을 걱정해 왔다. 물가에 애 내놓은 엄마처럼 말이다.

"누가 보면 오빠가 내 아빠인 줄 오해하겠어. 이제 그만 걱정해도 돼, 오빠. 나 어린애 아니고 다 컸거든요?"

이슬은 진담을 섞었지만 너무 심각하게 들리지 않도록 적당히 농담 투로 말했다. 하지만 굳어 있는 진원의 표정을 풀지는 못했다.

"너 남자 못 믿는다며. 이제 더 이상 남자와 부대끼고 살고 싶지 않다며. 그런 애가 결혼을 하겠다고?"

"결혼하겠다고 결심한 건 아니야."

이슬의 말에 증폭되었던 불안을 거두어 주었고, 진원은 한결 안심된 표정으로 그녀를 보았다.

"넌 하기 싫은 거지?"

진원은 확답을 해 주길 원하는 눈빛으로 이슬을 들여다봤다. 그녀의 낯빛이 급격히 어두워졌다.

"솔직히 말하면…… 싫어."

진원의 표정이 더욱 부드럽게 풀어졌다. 희망이 보였다. 이럴 줄 알 았으면 재오를 찾아가서 쓸데없는 시간 낭비, 감정 낭비를 하지 않아도 됐을 텐데. 조금 전의 자신의 행동이 후회스러워 죽겠다.

"나 아직 누군가와 가정을 꾸리고 살 용기 같은 거 없어."

한 남자의 아내로, 그리고 아이의 엄마로 잘 살아갈 수 있을지 확신이 없다. 혼자가 편했고 익숙했으니까.

"알아. 네 상처. 그래서 나도 네 결혼 소식에 걱정했던 거고."

"그렇지만 평생 이렇게 살 수는 없다고 생각해."

"그건 그렇겠지. 하지만 당장은 아닌 거란 소리잖아."

돌연 엄습한 불안감에 진원이 다그치듯 말해 버렸다.

"아빠의 간곡한 부탁. 거절하기 힘들어."

하기 싫다는 마음과 아빠에게 은혜를 갚고 싶다는 마음이 악마와 천사로 둔갑하여 머릿속에서 피터지게 싸우고 있었다. 거듭되는 고민으로 인해 아직 결심이 서지는 않았다.

"정 힘들면 내가 아버지께 말씀드릴게. 너 결혼하기 싫어한다고."

결혼을 반대하려는 생각은 이해하지만 이렇게까지 적극적으로 나서는 태도는 납득하기 힘들었다.

이슬은 조바심 내는 진원을 똑바로 응시하며 그를 불렀다.

"오빠."

"그래, 이슬아."

진원이 자꾸만 망각하고 있는 현실을 반드시 일깨워 줘야겠다는 생각으로 차갑게 말했다.

"나 이제 어린애 아니야. 보호 받아야 할 나이, 한참 지났어."

20대 때까지는 그러려니 하고 넘겼지만 이제는 더 이상 가만 지켜만 볼 수는 없었다. 그때만 해도 언젠가는 잦아들겠거니 생각했었다. 하지만 진원의 과잉보호는 날이 갈수록 심해지고 있었다. 어린아이도 아닌 저에게.

"나는 네 오빠고, 가족이야. 나는 널 친동생보다 더 아껴. 그러니 걱정되고 신경 쓰는 건 당연한 거지."

"아니. 당연하지 않아."

이슬은 불편한 심기를 여과 없이 드러냈다. 좋게 말해서는 효과가 없으리라 판단했기 때문이다.

"이슬아."

진원의 얼굴색이 창백해졌다. 이슬에게 이런 소리를 들으리라고는 예상치 못했기 때문이다. 그는 당혹스러움에 얼이 나간 상태였다.

"나도 오빠는 물론 아빠, 엄마. 우리 가족 모두 아끼고 사랑해. 그렇지만 서로에게 너무 의존하면서 사는 건 정상이 아닌 거잖아."

"……"

"아무리 가족이라고 해도 너무 심하게 간섭하면 안 된다고 생각해. 가족이니까 그래도 된다고 말하는 건 그냥 자기 합리화일 뿐이잖아."

이렇게까지 잔인하게 말해야만 하는 이슬의 심정도 편하지는 않았다. 하지만 진원의 앞으로의 삶을 위해서도 꼭 해결해야만 하는 일이었다.

"오빠. 날 믿고 지켜봐 줘. 불안해하지 말고. 부탁이야."

마지막으로 애원하는 눈빛으로 진원을 마주 봤다. 그가 어떤 생각을 하는지 읽을 수 없었으며, 또한 아무런 대답도 꺼내지 않아 그저 답답하기만 했다.

⚜

머릿속이 복잡해 일이 손에 잡히지 않았다. 이슬은 업무를 보던 책상을 벗어났다. 한쪽에 구비되어 있는 캡슐커피머신에서 커피 한 잔을 내렸다. 구수한 향이 실내를 그윽하게 채웠다. 이슬은 하얀색 커피 잔을 쥐고 창가로 갔다.

"하……"

결혼. 두 글자가 이슬의 숨통을 조여 온다. 선을 볼 때만 해도 현실감이 없었는데 시간이 갈수록 현실인 게 와 닿고 있었다. 양가 부모님들 사이에서는 벌써 혼사 얘기가 진지하게 오가고 있었다. 체한 듯 가슴이 갑갑했다. 커피를 한 모금 호로록 넘기며 안정을 되찾으려 했지만 그마저도 쉽지 않았다.

호근의 부탁을 꼭 들어주고 싶었는데, 생각을 거듭할수록 어렵다는 쪽으로 결심이 기울었다. 아무리 비즈니스 부부로 산다고 해도 생판 모르고 산 사람과 한 지붕 아래에서 함께 지낸다는 건 그녀에게 결코 간단한 문제가 아니었다. 이슬이 커피 잔을 창틀에 내려놓았다.

"아무래도 안 되겠어."

결심을 굳힌 듯한 표정으로 클러치 백을 챙겨 집무실을 나왔다. 매장은 쇼핑을 하러 온 고객들과 그들에게 서비스를 제공하고 있는 직원들로 활기가 넘쳤다. 그곳을 빠져나와 급히 차에 올랐다. 혼잡한 도심을 가르며 나아가던 그녀의 애마가 도달한 곳은 코드 테크닉스의 본사였다.

주차장에 솜씨 좋게 차를 파킹하고 건물 안으로 진입했다. 거침없는 걸음걸이로 사장실 앞에 도착했다. 똑똑. 문을 두드려 들어가겠음을 알리고 안으로 움직였다. 갑작스러운 딸의 방문에 놀란 호근이 자리에서 벌떡 일어났다.

"우리 공주님 여기는 어쩐 일로?"

"아빠 보고 싶어서 왔죠."

이슬의 애교에 지쳐 있던 호근의 얼굴에 화색이 돌았다.

"연락하고 오지 그랬니."

호근은 알아서 소파에 앉는 이슬의 곁으로 다가갔다.

"그러면 덜 재미있잖아요. 깜짝 방문이 더 반갑지 않으세요?"

"그래, 아주 반갑구나."

호근은 즐거운 얼굴로 상석에 앉았다. 그의 눈길은 하나뿐인 딸에게서 좀처럼 떨어지지 않았다. 봐도, 봐도 예쁜 딸이다.

"바쁘신데 방해한 거 아니에요?"

"방해는 무슨. 잘 왔다."

딸을 봐서도 좋고, 덕분에 휴식을 취할 수 있어서 더 좋았다. 호근을 미소를 띤 표정을 짓고 있지만, 혈색이 좋은 편은 아니었다. 찬찬이 그의 얼굴을 들여다본 이슬의 눈동자에 근심이 어렸다.

"근데 안색이 너무 안 좋으세요. 어디 편찮으신 거 아니에요?"

"좀 피곤해서 그래."

호근은 겸연쩍어하며 턱을 쓸었다.

"영양제 챙겨 드린 건 잘 드시고 계세요?"

적은 나이도 아닌 호근이 진원보다 더 바쁘게 일하는 모습을 보면서 늘 건강을 우려했다. 호근은 건강을 필수로 챙겨야 하는 나이였다. 이 제 일을 줄이고 여유를 찾았으면 하는 것이 이슬의 바람이지만 회사 사정을 고려하면 그러지 못하는 게 현실이다.

"잘 챙겨 먹으니 걱정 말거라."

"바쁘다고 끼니 거르고 그러시면 안 되는 거 아시죠?"

"안다마다. 네 엄마보다 너한테 듣는 잔소리가 더 많다는 거 아니?"

딸에게 듣는 잔소리는 아무리 들어도 질리지 않았다. 저를 얼마나 생각해 주고 있는지 깊은 마음을 느낄 수 있기 때문이다. 호근이 흐뭇하게 웃었다.

"제가 그랬어요? 전 걱정돼서 한 소리인데……."

"네 마음 안다. 진원이보다 네가 나를 더 걱정해 주고 신경 써 주는 점. 참 기쁘게 생각한다. 이래서 딸 바보 아빠가 안 될 수가 없는 거 아니겠니."

딸 바보를 자청한 호근에게 죄송할 말을 전해야 했기에 마음이 무거웠다. 이슬은 한동안 침묵을 지키다 겨우 입술을 뗐다.

"아빠. 저 드릴 말씀 있어요."

"그래, 뭔데. 편하게 말해 보거라."

"죄송하지만, 결혼…… 못 하겠어요."

호근의 입가에 드리운 미소의 색이 옅어졌다.

"왜? 표 사장 아들이 마음에 안 드니?"

"아뇨. 그런 문제가 아니라 제 스스로의 문제예요. 아직 결혼의 무게를 감당할 자신이 없어요."

호근은 수용적인 태도로 고개를 끄덕이며 이슬을 이해하려 노력했다.

"결혼. 물론 쉽지 않지. 그렇지만 넌 잘 해낼 거다. 책임감 있고 의지가 강한 아이니까. 분명 힘들어도 잘 해낼 수 있을 게야."

이슬의 생각과 마음을 이해하지만, 너무 무서워하지 않아도 괜찮다고 말해 주고 싶었다. 호근은 부드럽게 그녀를 타일렀다.

"제가 정말 싫다고 해도 상관없이 진행되는 일인가요?"

"그렇게 싫으니?"

호근은 너무 제 뜻만을 강요했나 싶은 생각에 심란했다.

"……죄송해요."

"너무 빠르게 진행돼서 더 그럴 수 있겠지. 그럼 일단 보류를 해 두고 더 생각을 해 보는 게 어떻겠니. 그때도 싫다면 네 뜻을 받아들이마."

호근이 한 걸음 양보해 준 만큼 이슬도 그러기로 결단을 내렸다.

"……그렇게 할게요. 조금만 더 시간을 주세요."

이슬은 구두를 제작하는 용도로 쓰이는 작업실에 들렀다가 오후 1시가 넘어서야 매장으로 돌아왔다. 아직 점심을 먹지 않아 배가 무척 고픈 상태였다. 서류들을 집무실에 두고 식사를 하러 가기로 계획을 세운 뒤 매장 안으로 들어섰다.

"대표님, 안에 손님 와 계세요."

"손님? 누구?"

올 사람이 없어 갸우뚱했다.

"남자던데요? 엄청 잘생겼던데."

"저 그 사람 누군지 알아요. 인터넷에서 본 적 있어요."

매장은 저녁 시간대에 비해 비교적 한산했고, 할 일 없는 직원들의 수다는 엿가락처럼 길어졌다. 이슬은 그녀들의 수다를 뒤로하고 집무실로 걸음 했다. 문을 열고 안으로 들어서던 그녀가 멈칫했다.

"꼭 귀신 본 사람처럼 놀라는군요."

집무실 안에 있는 사람은 다른 아닌 재오였다. 이제야 직원들이 떠들던 말들을 깨달았다. 찬미의 말대로 그를 아는 사람들은 다 알아보는 모양이다. 이슬을 문을 닫고 안으로 들어갔다.

"어쩐 일이세요?"

이슬은 늘 그렇듯 쌀쌀맞은 태도였다. 저를 보지도 않고 질문만 건성으로 던지며 지나쳐가는 그녀를 물끄러미 응시했다.

"점심 식사 같이 하려고 왔습니다."

책상에 서류들을 내려놓은 이슬이 달갑지 않은 이야기에 인상을 찡그리며 재오를 봤다.

"마주 앉아 식사를 할 만큼 친한 사이는 아닌 것 같은데요."

"식사를 꼭 친한 사이끼리 하라는 법은 없지 않습니까?"

하여간 말 하나는 대단히 잘한다니까. 이슬은 재오의 언변에 또 한 번 감탄했다.

"그리고 저번에 보니까 내가 있든 말든 식사를 무척 잘 하던데."

"저 바빠요."

빠져 나갈 구멍이 이것뿐이라는 게 무안하다. 더구나 바쁘다는 말도 거짓말이었다. 이슬은 들키지 않기 위해 시선을 피했다.

"그럴 줄 알고 사 왔습니다."

이슬의 시선이 이제야 테이블에 놓인 쇼핑백에 닿았다.

"말만 잘하는 게 아니라 준비성도 대단하시네요."

"식사하러 나가자고 해도 싫다고 할 테니까. 아닌가요?"

"……."

"표정을 보니 맞췄나 보군요."

이번에는 표정을 너무 들켜 거짓을 말할 수는 없었다. 이슬은 그저 입술을 꾹 다물며 재오를 야속한 눈빛으로 쳐다봤다.

"저번에 보니까 연어를 잘 먹던데. 연어 초밥이랑 다른 초밥 같이 해서 사 왔어요. 저번에는 나 때문에 식사를 다 못 하고 갔잖아요."

재오가 사소한 일에 신경을 써 주었다는 사실이 놀라웠다. 아무리 빈말이라고 하더라도 상당히 의외다. 오만하고 자기 잘난 맛에 사는 사람인줄 알았는데 이런 생각도 할 줄 아는 사람이구나.

"생각할수록 미안해서. 이걸로 사과하고 싶은데, 싫습니까?"

"……사 온 성의를 봐서 먹죠, 뭐."

이슬은 끝까지 도도함을 잃지 않으며 소파로 다가왔다. 재오는 그저 황송할 따름이라는 생각이 들어 웃음이 나왔다.

"왜 웃어요? 기분 나쁘게?"

이슬이 맞은편에 앉은 재오를 수상한 눈으로 흘겨봤다. 그는 쇼핑백 안에서 내용물을 꺼내며 웃음기를 지웠다.

"기분 나빴다면 사과하죠. 이 상황이 재미있어서 웃었어요. 기분 나쁘게 하려는 의도는 전혀 아니었는데."

바로 사과를 할 줄은 몰랐기에 괜히 무안해진 이슬이 시선을 회피했다. 부스럭거리며 초밥 케이스를 여는 재오의 손을 멀거니 쳐다봤다.

"근데 내 웃음이 그렇게 기분이 나빴습니까?"

"의심해서 미안해요."

웃는 이유도 모르면서 제멋대로 의심을 품었다는 사실에 미안한 마음이 밀려 온 이슬의 꼿꼿하던 기운이 한풀 꺾여 나갔다.

"뭐가 의심스러웠는지 물어봐도 됩니까?"

"그냥 원래 경계를 좀 하는 편이에요. 더구나 재오 씨는……."

"나는? 왜 말을 하다가 맙니까?"

언짢은 줄 알고 그의 표정을 봤는데 그런 기색은 전혀 없이 그저 호기심으로 가득한 얼굴이었다. 어쩐지 무언가를 탐구하는 학생처럼 높은 학구열을 보이고 있었다.

"어느 여자한테나 잘 웃고 친절한 편이라는 이야기를 들어서요. 나한테는 굳이 그런 모습 보일 필요 없어요. 그런 거 적응 안 되니까."

"습관이니, 그러려니 하세요. 보다보면 적응되겠지."

재오가 입을 다무니 자연스레 대화가 끊기며 침묵이 찾아왔다. 그런데 그 침묵이 생각 외로 불편하지 않아, 이슬은 조금 놀라웠다.

그가 먹기 좋게 준비된 초밥 케이스를 이슬의 앞으로 밀었다. 그는 국이 담긴 일회용 용기도 손수 열어 주고 나무젓가락의 포장지를 벗겨 넘겨 주는 매너까지 보였다.

일부러 그러는 건가 싶다가도 그게 워낙 자연스러워서 그런 의심이 수그러들었다.

"들어요."

"잘 먹을게요."

초밥은 아주 먹음직스러웠다. 때마침 배가 무척 고팠던 참이어서 그런지 더욱 군침이 돌았다.

"근데 적응할 만한 시간들이 주어질지는 잘 모르겠네요."

"결혼 안 하겠다고 했다고, 표 사장한테 들었어요."

재오는 천천히 식사를 하면서 이슬과의 대화를 꾸준하게 시도했다.

"표 사장? 아버지 아니에요?"

"맞아요."

대답을 하는 표정과 말투가 지나치게 고요했다.

"그런데 왜 그렇게 불러요? 되게 멀어 보이는 거 알아요?"

"실제로 머니까 그렇게 부르는 겁니다. 아버지랑 관계가 그닥 좋지 않아서."

집안에 어떤 사정이 있겠거니 여기며 그것에 대해서는 더 이상 자세히 묻지 말아야겠다는 생각을 하며 화제를 바꾸었다.

"그럼에도 불구하고 아버지의 뜻에 맞춰 정략결혼을 하려는 의도는 뭐예요? 아빠한테 들으니 재오 씨는 결혼에 대해 긍정적이라고 하더군요."

재오는 초밥을 하나 집다가 주춤하며 차분하게 말했다.

"할 이유도, 안 할 이유도 없지만 그래도 상대가 나쁘지 않은 것 같아서요."

"그 상대라는 게…… 나겠죠?"

"그럼요."

대답은 아주 명료했다. 그 후에 초밥을 먹는 재오를 힐끔 쳐다봤다.

"난 저번에 분명 말했어요. 결혼을 해도 부부 생활에 충실할 마음 없다고. 사랑 없는 결혼. 괜찮다고 생각하는 거예요?"

이제야 결혼에 대한 진지한 얘기를 나눌 수 있었다. 이런 자리를 마련한 건 재오이니, 그에게 고마워할 일이었다. 더구나 맛있는 초밥까지 사 주었으니, 오늘은 그를 미워해야 할 이유는 없었다.

"어차피 누구와 결혼하든 마찬가지일 거예요. 나조차도 사랑을 줄 수도 받을 수도 없는 사람이니."

"……."

"현이슬 씨와 난 하나부터 열까지 다 다르지만. 그래도 그 부분 하나는 비슷하다고 여겼습니다."

진지하고 침착한 목소리로 제 의사를 표출하는 재오에게 이슬은 귀를 기울였다.

"애정을 갈구하고, 집착하고, 질척거리게 달라붙는 그런 여자들과는 달리 이슬 씨처럼 냉정하고 깔끔한 여자가 결혼 생활을 하기에 더 편할 거라 생각하기도 했고."

오늘은 재오의 생각을 알 수 있는 기회였다.

"어차피 현이슬 씨도 바람직한 아내는 아닐 테니. 아닌가요?"

"맞아요. 난 바람직한 아내가 되지 못할 거예요."

그동안 재오에게 세웠던 날을 잠시 내려 두고 이야기에 집중했다.

"그래서 결혼을 할 수 없겠다는 생각이 짙은 거고요."

"다시 한번 잘 생각해 봐요. 물론 강요하는 건 아니니 부담을 갖거나 할 필요는 없습니다."

아직 결혼을 결심한 것은 아니지만, 어쨌든 집안에서 정해 준 남자이니 대화를 통해 서로의 가치관과 생각을 공유할 필요가 있다고 생각했다.

그리고 오늘을 계기로 생각은 더욱 신중해졌다.

나리는 화이트 톤의 심플한 인테리어로 인해 더욱 돋보이는 상품들이 진열된 백화점 명품잡화 코너에서 여유로운 쇼핑을 마음껏 즐기고 있었다. 평일 낮이라 주말처럼 복잡하지 않아 쇼핑하기 아주 편한 환경이었다.

"표나리 씨?"

한 매장을 나와 다른 매장으로 옮기던 걸음을 붙드는 목소리에 나리가 우뚝 멈춰서며 뒤를 돌아봤다.

"언니!"

이슬을 발견한 나리의 얼굴에 반가움이 물씬 끼쳤다.

"와! 여기서 다 보네? 완전 반가워요!"

나리는 변함없이 활달했다. 그녀의 한손에 들린 쇼핑백을 보며 백화점에 온 목적을 정확히 알 수 있었다.

"쇼핑하러 왔나 봐?"

"네. 이것저것 구경하고 있었어요. 언니는요?"

대부분의 사람들이 백화점을 찾는 목적이 같을 테고 나리 역시 그렇지만, 이슬은 달랐다.

"릴리 매장이 여기 입점해 있어서 잠깐 들렸어."

"역시 멋진 언니라니까요!"

나리의 눈동자가 반짝반짝 빛났다. 자꾸 비행기를 태우는 그녀의 행동에 이슬은 어색해 죽을 지경이다.

"멋지긴. 전혀 그렇지 않아."

나리의 표정이 어느 순간 확 바뀌었다.

"언니. 정말 우리 오빠랑 결혼할 거예요?"

"그건 왜……?"

"아빠가 오빠랑 언니의 결혼 추진한다고 했을 때, 완전 기겁했어요.

어떻게 인연이 이렇게 엮여요?"

나리의 말에 이슬도 공감했다.

"아, 그렇지. 나도 신기해."

나리는 근심 어린 표정으로 말했다.

"언니가 우리 가족이 되는 거, 저는 진짜 좋은데 한편으론 언니같이 멋지고 훌륭한 사람이 표재오 같은 남자와 결혼을 하게 되는 건 반대하고 싶은 심정인 거 있죠?"

이슬은 친오빠를 '표재오 같은 남자'라고 지칭한 나리의 태도를 거슬러 했다.

"그래도 오빠인데 이름을 부르는 건 좀 그렇지 않아? 그만큼 편한 사이라서 그런 건가?"

나리가 한숨을 푹 내쉬며 하소연 하듯 말했다.

"우리가 좀 남매라기보다는 원수에 가까워요."

재오가 아버지랑 관계가 좋지 않다더니 남매도 그런 건가? 문득 그런 생각이 들었다.

"그건 그렇고, 결혼 신중하게 생각하세요. 우리 오빠, 내가 잘 아는데 가정적인 남편이 되기는 어려운 사람이거든요. 언니 속 썩어 문드러질까 봐 걱정돼요."

"나도 가정적인 아내가 되기는 힘들어요."

진원과 다른 이유로 나리는 두 사람의 결혼을 반대하고 있었다. 하지만 나리가 걱정하는 부분은 사실 문제점이 되지 않았다. 스스로가 너무 부족한 사람이기 때문에 재오를 탓하기는 염치없으니.

"재오 씨만 나무랄 일이 아닌 거죠. 그리고 아직 결정을……."

말을 다 끝내지 못했는데, 별안간 울리는 벨소리에 입술을 닫아야 했다. 이슬이 전화를 받았다.

—이슬아. 어떡하니.

울먹이는 경심의 목소리에 불길한 예감이 등줄기를 타고 흘러내렸다.

─네 아빠가…… 쓰러지셨다.

이슬의 얼굴이 하얗게 질렸다.

"아빠가……?"

─지금 병원이야.

"병원 어디예요? 내가 지금 갈게."

경심에게 어느 병원인지 들은 후 전화를 끊었다. 사색이 된 이슬의 얼굴을 본 나리가 덩달아 불안에 떨었다.

"언니, 무슨 일이에요?"

"아빠가 쓰러지셔서 지금 병원에…… 계시대. 미안. 나 가 봐야겠다."

이슬은 제대로 인사도 하지 못하고 허둥지둥 그곳을 떠나갔다.

병실을 지배하고 있는 정적이 불편하고 또 불쾌했다. 병원 특유의 약물 냄새 역시 거북했다. 하지만 그보다 더 신경이 쓰이는 건, 병상 위에 누워 있는 호근이다. 이슬은 의자에 앉아 그의 얼굴을 하염없이 바라봤다.

경심에게 전화를 받고 병원으로 달려왔을 때, 아빠는 수술실에 있었다. 병명은 심근경색. 많이 심하지 않아 수술은 어렵지 않았고, 경과를 지켜봐야겠지만 대강 1주일 후부터 퇴원도 가능하다고 했다. 하지만 한 번으로 끝나는 질병이 아니기에 안심할 수 없었다.

이슬은 일이고 뭐고 다 제쳐 두고 3일 째 병실을 지키고 있었다. 오전에는 경심과 교대를 했으며, 그 시간에는 집에서 안 오는 잠을 억지로라도 청하곤 했다. 오후에 다시 병원으로 와 경심과 함께 병실을 지키다가 늦은 밤에 경심을 보내고 홀로 새벽을 보냈다.

병원이 유쾌한 장소가 아님을 다시 한번 뼈저리게 깨달았다. 가벼운 감기나 복통에 시달릴 때조차도 병원에 오는 것이 싫은데, 그보다 더 큰 질병 때문에 수술까지 해야 하는 아빠는 얼마나 괴로울까. 늘 그의 건강을 우려했던 것이 현실로 들이닥치니 가슴이 너무 아파 어쩔 줄을 모르겠다.

호근의 건강이 하루 빨리 회복되기를 바란다. 이슬은 죽은 사람처럼 누워 있는 아빠를 보는 게 너무나도 버거웠다. 하지만 아픈 그에게 외로움까지 주고 싶지는 않았기에 필사적으로 그의 곁을 지켰다.

"아빠."

이슬의 목소리가 많이 가라앉아 있었다. 지친 기색이 역력했다.

"많이 아프죠?"

이슬은 호근의 손을 살며시 그러쥐었다. 회사에 쏟았던 열정의 반의 반만큼이라도 건강을 챙겼다면 얼마나 좋았을까. 그를 보며 안타까운 마음에 한숨이 나왔다.

"제가 더 꼼꼼히 챙겼어야 했는데, 바쁘다는 핑계로 그러지 못해서 죄송해요."

이 지경까지 오게 된 데에는 제 탓도 있다고 생각했기에 마음이 몹시 무거웠다.

"여기 앉아서 아픈 아빠 모습 보고 있으니까 많은 생각이 들었어요."

이슬은 나긋나긋한 말투로 이야기를 풀어 나갔다.

"아빠한테 감사하다는 말 진심이었어요. 은혜를 갚아야 한다는 다짐 또한 그렇고요."

목이 메어 와서 잠시 말을 멈추고 숨을 골랐다.

"그런데 전 결국 이기적인 선택을 하려고 했네요."

고요한 공기 속에 이슬의 낮은 목소리가 부드럽게 스며들었다.

"고작 감당하기 힘들 것 같다는 이유로 아빠의 부탁을 거절하려 하다니……."

이슬의 눈시울이 붉어졌다. 그녀는 심호흡을 하며 차오르는 눈물을 삼켰다.

"아빠. 죄송해요."

결혼을 거부하려 했던 제 모습이 호근에게는 스트레스가 됐을 수도 있다고 생각한다.

"얼른 일어나세요. 그럼 아빠가 원하시는 일, 할게요."

힘든 회사 사정에 조금이나마 보탬이 될 수 있다면, 그까짓 결혼 얼마든지 할 수 있다.

눈물이 자꾸 흘러내려 계속 앉아 있을 수는 없었다. 이슬이 잡고 있던 호근의 손을 놓으며 일어났다. 뒤를 돌아 문 쪽으로 가려던 발걸음이 뿌연 시야에 잡힌 실루엣을 보고 우뚝 멈췄다.

둘 사이에 어색한 침묵이 흘렀다. 재오는 훌쩍이는 이슬과 마주할 거라고는 예상하지 못해 당황했고, 이슬은 그가 올 거라고 예상하지 못해 당황했다.

"어떻게……."

먼저 입을 뗀 건 이슬이었다. 평소의 새침함과 도도함은 눈물에 다 녹아 사라져 버리기라도 한 걸까. 오늘 마주한 그녀는 전혀 다른 모습이었다. 처연하고 가냘파 보였다.

지켜보는 재오의 가슴이 어쩐지 시큰했다. 그가 조용히 손수건을 꺼내 건넸다.

"일단 눈물부터 닦아요."

"아……. 괜찮아요. 세수하면 되니까."

"눈물 때문에 앞도 제대로 못 볼 것 같은데. 닦아요, 얼른."

재촉하는 재오의 태도에 못 이기는 척 손수건을 받아 눈물을 닦았다.

"손수건은 빨아서 나중에 드릴게요."

"빨긴 뭘 빨아요. 그냥 줘도 되는데."

"더러워서 안 돼요."

기어코 손수건을 빨아서 주겠다는 이슬의 고집을 재오는 더 이상 꺾으려 하지 않았다.

"현 사장님은 괜찮으신지……."

"어떻게 알았어요?"

재오가 병문안을 오리라고는 전혀 상상하지 못했다. 그래서 무척이

나 놀랍다.

"나리한테 대강 듣고 더 자세히 알아봤죠."

"의외네요. 재오 씨가 이런 병문안도 다 오고."

원래 안 그럴 것 같은 사람이 그러면 존재감도 크고 인상도 깊은 법이다.

"저도 와야 하나 말아야 하나 고민 많이 했습니다. 혹시 오지랖 부리는 꼴로 보이진 않을까 조마조마했지만 그래도 걱정돼서 할 수 없이 왔습니다."

덤덤하게 말을 이어 나가던 재오가 한손에 들고 있던 과일 바구니를 건넸다.

"이거……."

"뭘 이런 걸 다 가져오셨어요. 고마워요."

그냥 와도 놀라울 일인데, 과일 바구니까지 챙기는 센스까지 갖추었다니. 이슬은 오늘 여러 번 충격을 받는다. 이슬이 과일 바구니를 서랍장 위에 올려 두었다.

"아빠는 며칠 더 경과를 지켜봐야 할 것 같아요. 그래도 심하지는 않아서 생각보다 빨리 퇴원할 수 있을 것 같고요."

"그나마 다행이네요."

재오는 병상에 누워 있는 호근에게 눈길을 주었다. 친분이 두터운 사이는 아니지만, 환자복을 입고 누워 있는 모습을 보니 괜히 마음이 짠했다. 재오는 호근에게서 거둔 시선을 다시 이슬에게 두었다.

"계속 여기 있었어요? 사실 릴리에 갔었는데 3일째 출근을 안 했다고 하더군요."

"네. 편찮은 아빠를 두고 차마 출근을 할 수는 없겠더라고요."

"여기 있으면 잠도 제대로 못 자고 밥도 제대로 못 먹었겠네."

설마 걱정돼서 하는 말인가? 이슬은 알 수 없는 재오의 감정과 생각에 고개를 갸웃거렸다.

"아니에요. 오전에는 엄마가 교대를 해 줘서 집에 가서 눈 붙이고 배고프면 나가서 뭐 사 먹고 그랬어요. 제가 건강해야 병실도 지키니까."

"현이슬 씨는 책임감 강하고 강단 있는 사람이군요."

이슬의 얼굴에 살짝 드리웠던 쑥스러운 기색이 금세 자취를 감추며 새침한 표정이 도드라졌다.

"……안 어울리게 칭찬 하지 마세요. 어색하거든요."

제가 알던 이슬의 모습에 재오는 픽 웃었다. 가냘프고 처연한 모습보다 차라리 좀 차갑고 냉정하더라도 원래 모습이 훨씬 더 보기 좋았다.

"하, 이제야 원래의 현이슬 씨의 모습으로 돌아왔네요."

"기다렸다는 말투네요."

"현이슬 씨는 당당하고 새침한 게 매력이니까. 그게 훨씬 잘 어울려요."

"칭찬 하지 말라고 했을 텐데요? 그만하고, 나가죠. 여기까지 오셨는데 제가 차라도 한 잔 살게요."

다른 무엇보다 아빠의 병문안을 와 주었다는 사실에 예상하지 못한 감동을 받았다. 고마운 마음을 차 한 잔으로라도 보답하고 싶었다.

"그럽시다."

재오가 앞서 가는 이슬의 뒤를 슬며시 미소를 그리며 따라갔다.

병원 1층에 있는 카페로 온 두 사람은 마주 보고 앉아 주문한 커피를 마셨다. 얼음이 동동 뜬 커피를 쭉 들이켰다가 내린 재오의 시선이 자연스레 이슬에게 꽂혔다.

"내가 와서 불편한 건 아니죠?"

"아주 불편하지 않은 건 아니지만, 그래도 나쁘지는 않아요."

이슬은 커피 잔을 만지작거리며 대답했다. 재오는 시원한 커피를 주문한 반면에 그녀는 뜨거운 커피를 주문했다.

"사실 처음에는 엄청 불편했는데, 몇 번 봐서 그런지 그때만큼 불편하진 않네요."

"그나마 다행이네."

이슬은 문득 나리에게 인사를 하지 못하고 왔던 게 생각났다.

"나리 씨는 잘 있죠?"

"걔야 뭐, 너무 잘 있어서 탈이죠."

"백화점에서 인사도 못 하고 와 버려서 마음에 걸렸어요."

호근이 퇴원하면 시간을 내서 나리를 만나러 가야겠다는 계획을 세웠다. 이슬은 뜨거운 커피를 한 모금 마셨다. 속이 한결 편안해졌다.

"생각해 보면 우리 가족이랑 이슬 씨는 인연이 좀 깊은 것 같아요."

"저도 그렇게 생각해요."

단순히 스쳐 지나가는 만남이 아니라서 더 신기했다. 살면서 이런 인연은 처음이어서 더욱 짙은 인상을 남겼다.

"처음에 나리를 먼저 만나고, 그 뒤에 이슬 씨랑 저랑 선을 보고……. 신기한 인연이죠."

"이렇게까지 엮일 거라곤 생각도 못 했는데……."

이슬이 어떤 기분으로 말을 한 건지 헤아릴 수 없었기에 스스로 해석을 할 수밖에 없었다. 이슬에게 저는 엮이지 않았으면 더 나았을지도 모르는 사람일 수도 있겠다는 생각이 들었다.

"인연이 여기까지라고 하더라도 어쨌든 이슬 씨 같은 여자를 만날 수 있어서 전 나쁘지 않았습니다."

"……."

"지난번에 한 번 더 깊게 생각을 하라고 했던 말이 부담이 됐었다면 사과할게요."

재오는 이슬의 뜻을 따르기로 마음을 굳혔다.

"아버지 일로도 경황이 없을 텐데, 그냥 아무 생각 말고 몸 잘 챙겨요."

수척해 보이는 이슬에게 결혼에 대한 짐을 얹고 싶지는 않았다. 그저 몸을 잘 챙겼으면 하는 바람이다.

"현 사장님이 얼른 쾌차하셨으면 좋겠군요."

그녀의 아버지 또한 무사히 퇴원하시기를 바란다.

호근의 건강은 예상보다 빠르게 회복됐고, 덕분에 가족들도 걱정을 한시름 놓을 수 있었다. 호근의 입원 기간 동안은 참 속 터진다고 여길 정도로 더디게도 흘러가던 시간이 그의 퇴원 이후 급격히 빠르게 흘러가기 시작했다. 이슬은 호근에게 결혼을 하겠다는 결심을 전했고, 놀랍게도 그 이후로 호근의 혈색이 몰라보게 좋아져 갔다. 건강을 되찾은 아빠의 모습은 당연히 기뻐할 일이지만, 한편으로는 결혼을 거부했던 일이 아빠에게 스트레스를 준 것 같다는 죄책감이 묵직해졌다.

아무리 건강이 괜찮아졌다고 하더라도 딸의 입장에서 보기에는 조금 더 휴식을 취하셨으면 하는 욕심이 있었지만, 호근은 집으로 돌아온 뒤 얼마 지나지 않아 회사로 출근했다. 그뿐만이 아니라 곧바로 표 사장을 만나 상견례 날짜를 잡는 놀라운 추진력을 보여 주었다. 쇠뿔도 단김에 빼 버리는 호근의 행동력에서 사업가 면모를 다시 한번 엿보았다.

처음 경험해 보는 상견례에 이슬은 긴장이 되는 눈치였다. 이왕 하기로 결심한 일이니 더 이상 스트레스 받거나 우울해하지 않기로 마음을 다잡은 덕분에 다행히 기분은 괜찮았다. 최대한 단정한 옷을 갖춰 입고 공들여 화장을 하던 중에 방문을 두드리는 소리가 비집어 하던 것을 중단했다.

"들어오세요."

들어와도 된다는 허락이 떨어지기 무섭게 문을 열며 등장한 이는 다름 아닌 경심이었다. 그녀 역시 화장과 헤어에 공을 잔뜩 들인 모습이었다.

"딸아, 아직 멀었니?"

"거의 다 했어요. 엄마 미용실 다녀왔어요?"

이슬의 상견례지만, 당사자보다 엄마인 경심이 더 설레어하고 있었다.

"응. 엄마는 너만큼 솜씨가 없잖니. 그래서 미용실에서 헤어와 메이크업 다 받고 왔지. 어떠니?"

그동안 표현을 안 했을 뿐이지 경심도 내심 제 결혼을 기다리고 있었다는 느낌을 받아 마음이 복잡했다.

"우리 엄마 엄청 예쁘네. 누가 보면 엄마가 시집가는 줄 알겠어."

"애는. 시답잖은 소리 한다, 또."

이슬은 경심에게서 시선을 거두고 거의 끝에 다다른 화장을 마무리해나갔다.

"이슬이 넌 화장하는 것보다 안 하는 게 사실 더 예쁘긴 한데."

"완전히 고슴도치 엄마네. 나 민낯으로 상견례 나가면 당장 결혼 취소한다고 할지도 모르는데?"

오늘 같은 날은 더더욱 메이크업에 신경을 기울여야 하기에 이슬은 꼼꼼한 시선으로 거울을 들여다보았다. 부족한 부분을 조금이라도 용납하지 않겠다는 의지가 곤두섰다.

"그럴 리가. 넌 피부도 곱고 이목구비도 예뻐서 화장 안 해도 돼."

"아무래도 엄마 안목 믿었다간 큰일 날 것 같네요."

긴 시간 이어졌던 화장이 립스틱을 바르는 것으로 끝이 났다. 이슬은 거울에서 눈을 떼지 못하며 다시 한번 점검했다. 만족을 하고 나서야 경심을 보았다.

"다 됐다. 엄마 나 어때?"

"너 방금 전에 내 안목 믿었다간 큰일 난다고 하지 않았니?"

"아, 맞다."

경심의 촌철살인에 이슬은 어이없어하며 웃었다.

"우리 딸이야 뭘 해도 예뻐."

"아휴, 진짜. 못 말린다니까."

경심의 입에서 나올 대답이 무엇일지 뻔히 알면서도 물어본 제가 한심하기 짝이 없었다.

"다 됐으면 나가자. 명색이 상견례인데 늦으면 안 되니까."

"그래요. 아빠랑 오빠는 언제쯤 도착하려나?"

이슬이 스툴에서 일어나 핸드백을 챙겼다.

"아까 회사에서 나왔다니까 아마 우리보다는 먼저 도착하지 않을까?"

이슬이 고개를 끄덕이며 먼저 방을 나가는 경심의 뒤를 따라갔다.

재오가 상견례 장소인 식당 주차장에 세운 차에서 내렸다. 때마침 같은 시간에 도착해 차에서 내린 진원과 눈이 마주쳤다. 일순간 두 사람 사이에 강렬한 스파크가 튀었다. 아슬아슬한 신경전이 이어지던 중에, 재오가 먼저 입을 뗐다.

"오실 줄 미처 몰랐습니다."

어쩐지 승리자의 말투처럼 와 닿아 진원의 심기가 몹시 불쾌해졌다.

"지금 본인이 이겼다는 생각을 하고 있나 본데, 아직 끝난 게 아니라는 것을 명심해야 할 거야."

짧은 시간이었지만 아주 묵직한 침묵이 허공을 지배했다.

"그건 꼭 끝을 내게 만들겠다는 뜻으로 들리는군요."

진원은 무언의 긍정을 눈빛으로 전했다.

"그게 과연 당신 동생을 위한 일인지는 의문입니다."

"나락에 빠진 여동생을 오빠로서 구해야 하는 게 당연한 일 아니겠나?"

지난번에 이미 느끼긴 했지만 진원이 저를 끔찍하게 싫어한다는 느낌을 강하게 받았다. 사람 면전에 두고 나락이라고 말할 정도니 뭐 이건 말 다한 것 아니겠나. 굳이 싫어 죽겠다는 말을 하지 않아도 온몸으로 뿜어져 나오는 것을.

"그런 마음이라면, 나락에 빠지기 전에 막았어야 합니다."

오는 말이 고와야 가는 말이 고운 법 아니겠나. 진원이 싸우자는 태세를 취하며 언행을 일삼으니 재오라고 부드럽게 말하고 넘어갈 수가 없는 것이다. 더구나 재오도 한 성질 하니 당하고만 있지는 않는다.

"친히 방법까지 알려 줬음에도 불구하고 현진원 씨는 그 어떤 방법도 성공하지 못한 것 아닙니까. 그러니 이런 날이 온 거고."

진원은 이번에도 재오가 만만한 상대가 아님을 또 한 번 깨달았다. 힘을 쓰지 않았음에도 불구하고 그저 말만으로도 제 자존심을 긁는 재오의 재주에 부아가 치밀었다.

"이봐."

결국 진원은 노여움을 숨기지 못하고 온전히 드러냈다.

"그래, 어디 한 번 나락에 빠진 여동생을 구해 보시죠. 그러나 그게 마음처럼 쉽지는 않을 겁니다."

반면, 재오는 꽤나 여유로운 모습이다. 그게 진원의 비위를 제대로 건드렸다.

"표재오! 넌 뭘 믿고 그렇게 당당하지?"

"내가 믿을 게 뭐가 있겠습니까. 나 자신을 믿을 뿐이지."

재오는 끝까지 여유와 평정심을 잃지 않으며 식당 입구로 걸어 들어갔다. 그의 뒤에서는 진원이 허탈과 절망이 뒤섞인 감정에 처참하게 구겨진 얼굴로 덩그러니 서 있었다.

재오가 먼저 예약된 룸으로 들어오고 얼마 지나지 않아 진원도 모습을 드러냈다. 룸에는 표 사장과 호근이 이미 자리하고 있었다. 표 사장과 호근은 서로의 아들을 인사시켰다. 재오와 진원은 아무 일도 없었다는 듯이 악수했다. 그러나 눈빛이 마주칠 땐 강렬한 전류가 흘렀지만 아주 찰나였기에 어른들은 눈치챌 수 없었다.

10여분 뒤에는 양쪽 집안 여자들까지 모두 모여 남자들로만 구성되어 있던 칙칙한 룸에 화사한 기운이 섞였다.

이슬도 처음에는 긴장을 했지만 이미 안면이 있는 나리와 대화를 나누면서 긴장감을 완전히 내려놓게 됐다. 상견례는 생각보다 딱딱하지 않았다.

"결혼 날짜는 어떻게 하시겠어요?"

호근이 결혼 날짜에 대한 이야기를 꺼내면서 분위기가 사뭇 진지해졌다.

"저희는 빠른 시일 내에 했으면 좋겠는데, 어떠신지요?"

"저희도 같은 마음입니다."

본격적으로 혼사에 관한 이야기가 이어지니 이슬의 심경이 전에 없이 복잡해졌다.

"그럼 저희 쪽에서 알아서 날짜와 장소를 잡아도 괜찮으시겠습니까?"

"좋습니다. 그럼 결혼식 날짜는 사돈께 맡기는 걸로 하지요."

"결정을 되는 대로 전해드리겠습니다."

표 사장과 호근이 결혼식에 대한 문제들을 상의하는 가운데, 이슬은 현실 앞에 드리운 결혼이라는 존재가 여전히 이질적으로만 여겨졌다.

"혼수랑 예단은 어떻게 준비하는 게 좋겠습니까? 딸자식이 하나다 보니 시집보내는 것도 이번이 처음이자 마지막이라 최대한 넉넉하게 해 주고 싶은 욕심이 있습니다만, 원하시는 조건에 맞추도록 하겠습니다."

이 결혼이 온전히 저의 몫이 아님을 실감하는 중이다. 기업과 기업 간의 결연, 그리고 집안과 집안 간의 결속. 이슬은 가슴 부근이 묵직했고, 얼마 먹지도 않은 음식이 얹힌 느낌이 들었다.

"그 부분에 관해서 안사람과 의논을 했는데, 저희는 혼수와 예단에 힘을 많이 주지 않았으면 하는 것으로 뜻을 모았습니다."

표 사장의 결정에 호근은 적잖이 당혹스러웠다. 표면적으로 보면 표 사장 쪽이 훨씬 아까운 혼사였다. 강한 기업 금융의 집안과 엮이는 것만으로도 호근 쪽에서는 엄청난 행운이다. 때문에 표 사장 쪽에서 혼수와 예단을 무리하게 요구해도 맞춰 주어야겠다고 결심했다. 그런데 예상을 빗나간 상황이 눈앞에 펼쳐졌다.

"그래도 어느 정도는 해야 하지 않겠습니까?"

"부담스럽지 않을 정도로 준비해 주셨으면 합니다."

표 사장은 재오의 결혼을 추진해야겠다고 결정했을 때부터 이미 혼수와 예단은 포기하기로 마음을 먹었었다. 배경만 보면 더할 나위 없이 훌륭한 집안이지만, 사실 표 사장이 이 결혼을 성사시키려는 목적이 재오를 해치우기 위함이니 누구든 재오와 결혼만 해 준다면 그것만으로도 고마운 실상이었다.

"그럼 저희 쪽에서 알아서 준비하는 걸로 할까요?"

"그렇게 합시다."

표 사장은 아무래도 좋았다.

"제 딸이 부족한 면이 많을 겁니다."

"부족한 면이라니요. 겸손이 지나치십니다."

부족한 면을 따지자면 제 아들 쪽이 훨씬 더 심할 거라는 말이 목구멍을 비집고 튀어나오려 했으나 표 사장이 다급히 물을 마시며 삼켜 냈다.

"제 앞가림 잘하는 거야 신경 쓸 부분이 없지만 살림은 형편없을 겁니다. 모쪼록 서툴러도 너그럽게 받아 주시면 좋겠습니다."

"암요. 그 부분은 걱정 마십시오. 딸 하나 더 생겼다고 여기겠습니다. 어쨌든 한 가족이 된 것 아니겠습니까."

"맞는 말씀이십니다. 허허."

어른들의 말만 들어서는 벌써 결혼식을 치른 기분이 들었다.


재오와 이슬은 상견례가 끝난 뒤 가족들을 모두 돌려 보내고 마지막까지 자리를 지켰다. 상다리가 부러질 정도로 푸짐하게 채워져 있던 음식들이 치워진 자리에 한과와 모과차 두 잔이 놓여 있다.

"놀랐습니다."

맞은편에서 들려오는 말소리에 모과차를 한 모금 넘긴 이슬이 찻잔을 내리며 재오를 마주 봤다.

"왜 놀라셨죠?"

"당연히 결혼을 무를 거라 확신했으니."

"아……."

재오를 놀라게 한 존재가 무엇인지 완전하게 파악한 이슬이 고개를 끄덕였다.

"그러려고 했죠."

이슬이 작게 중얼거리며 찻잔을 쓰다듬었다.

"생각을 바꾼 이유가 궁금하군요."

재오의 시선이 이슬의 손에 머물렀다.

"아시다시피 아빠가 편찮으셨던 것이 생각을 바꾼 결정적 계기가 됐어요."

"그렇군요."

재오가 시선을 내리며 고개를 끄덕였다. 이슬은 계속해서 말을 이어 나갔다.

"괜히 저 때문에 편찮으신 것 같다는 생각이 들어서요."

어쩐지 재오의 주변을 에워싼 기운이 잔뜩 가라앉았다는 느낌을 받았다. 이슬은 살며시 든 시선을 그의 얼굴에 맞추었다.

"책임감, 그리고 죄책감. 그게 결혼을 승낙한 이유네요, 결국."

"……."

"아, 뭘 탓하려거나 그런 뜻으로 하는 말은 아니니 기분 나빠하지 말아요."

재오가 이슬과 눈을 맞추며 혹시나 상했을 마음을 차분히 다독여 주었다.

"알아요. 결국 이기적인 선택을 했다는 것을요."

재오의 염려를 받은 게 무안할 정도로 마음 상태는 상당히 괜찮았다. 이슬은 어떤 따끔한 충고도 달게 받을 자세를 갖추고 있었다.

"아빠를 위해서 선택한 것 같지만, 사실 제 마음 편하기 위해서 선택한 거나 다름없죠. 나를 탓하고 욕해도 상관없어요."

"현이슬 씨 말마따나 나 같은 쓰레기가 누굴 욕하고 탓하겠습니까."

이슬의 눈동자가 작게 요동쳤다. 그녀가 당혹스러운 얼굴로 상체를 상에 바짝 기울이며 다급히 물었다.

"설마 그때 일, 마음에 담아 두고 있는 건 아니죠?"

조금 전까지와는 다르게 흥분한 이슬의 모습이 재오를 흥미롭게 했다. 그가 슬며시 입꼬리 한쪽을 올리며 말했다.

"안타깝게도 워낙 충격적인 말이라 여기에 각인되어 버렸어요."

"그때 그 상황은 화날 만했어요. 그건 재오 씨도 인정하지 않나요?"

이슬은 제발 인정하라는 압박을 눈빛으로 쏘았고, 재오는 떨떠름한 표정으로 입을 열었다.

"뭐…… 조금은."

이 말투와 저 표정은 '인정하기 싫지만 네가 원하지 마지못해 어느 정도 인정을 해 주마' 라는 의미가 내포되어 있는 것 같아 이슬의 심기를 불편하게 했다.

"하긴 사람이 어떻게 그렇게 쉽게 변하겠어요. 저 사람 안 믿어요."

이슬의 쌀쌀맞은 태도에 재오가 꽤 심각해진 모습으로 호기심을 드러냈다.

"누구한테 크게 데인 적 있나 보죠?"

"……."

"현이슬 씨 말처럼 사람은 대체로 쉽게 변하지 않죠. 그러나 어떤 큰 존재의 사람이 한 사람을 변화시킬 수 있기도 합니다. 현이슬 씨가 누군가에 의해 사람을 의심하게 된 것처럼."

하여간 말 재주 하나는 탁월하다니까. 이슬은 재오의 뛰어난 언변에 홀라당 넘어갈 뻔한 정신을 간신히 붙들며 일부러 더 새침한 표정과 말투를 꺼내 보였다.

"뭘 다 안 다는 사람처럼 말하는 거, 좀 재수 없네요."

"현이슬 씨는 종종 날 자극하는 말을 하는데, 그게 이상하게 매력적으로 느껴진단 말이야……. 현이슬 씨가 생각해도 희한하죠?"

재오가 미끈하게 웃어 보였다.

"희한한 게 아니라 그건 그냥 변태인 것 같은데요."

톡 쏘아붙이는 이슬의 태도에 별안간 재오의 안면 근육들이 확 풀어졌다.

"풋. 하하하!"

재오의 웃음소리가 공간을 커다랗게 채웠다.

"웃으라고 한 말 아니거든요."

괜한 웃음거리가 된 것 같아 기분이 언짢은 이슬이 팔짱을 끼며 재오를 날카롭게 흘겨봤다.

"의도가 어떠했든 내 입장에서는 무척이나 웃깁니다."

"그만 일어날래요."

오히려 괜찮던 마음이 지금에서야 상해 버렸다. 자리에서 일어선 이슬이 붉게 달궈진 얼굴을 손으로 살며시 만지며 툴툴거렸다.

"기분 상했어요? 알았어요, 그만 웃을 테니 기분 풀어요."

이슬을 따라 일어난 재오가 그녀의 상한 마음을 풀어 보고자 부드럽게 말을 걸었으나 효과는 보지 못했다.

"귀에 걸린 그 입술이나 좀 어떻게 하고 거짓말을 하시죠. 흥!"

이슬이 콧방귀를 뀐 뒤 휙 몸을 돌려 룸을 나가 버렸다. 이미 사라진 그녀의 얼굴이 눈앞에 잔상처럼 남아 아른거렸다.

"아, 진짜……. 은근히 귀엽다니까."

자꾸만 웃음이 새어 나와 곤란했다.

# 4화
## 조건부 결혼

재오가 차창을 열었다. 봄의 따스한 햇살이 피부에 스치는 기분이 제법 괜찮았다. 그는 창틀에 팔꿈치를 기댄 채 봄을 만끽하고 있던 어느 순간에 조수석 쪽 차 문이 열리는 소리가 났다. 그의 눈길이 자연스레 인기척이 나는 방향으로 틀어졌다. 상견례 때와는 확 다른 분위기의 코디를 갖춘 이슬이 등장했다. 그녀가 조수석에 앉으며 차 문을 닫았다.

"상견례 때와 분위기가 많이 다르군요."

시스루 소재로 된 가슴 윗부분과 소매 쪽에 아슬아슬하게 비치는 피부와 짧은 치마 기장은 아찔한 섹시함을 연출했다. 전체적인 색상은 블랙으로 고급스러움까지 더해진 미니 원피스는 이슬의 매력을 한층 더 살려 주는 역할을 톡톡히 했다.

"그날은 단정하게 입어야 하는 날이었으니까요."

상견례 자리는 아무래도 격식을 차려야 하기 때문에 오늘처럼 노출 있고 화려한 의상은 되도록 피하는 게 좋다. 이 정도의 예의쯤은 누구나 알만한 사실 아닌가? 이슬은 너무나도 당연한 것에 대해 말을 거는 재오의 의도를 몰라 고개를 갸웃거렸다.

"그쪽도 괜찮았지만, 이쪽이 더 잘 어울립니다."

재오는 그저 예쁘다는 말이 하고 싶었을 뿐이다. 그러나 실제로 느낀 그대로 '당신 오늘 예쁘군' 이라고 말을 하기는 어려워서 최대한 돌려서 말한 것뿐이다. 물론 그런 그의 생각을 이슬이 알기란 힘든 게 사실이다.

"나도 알아요. 이런 스타일이 내게 잘 어울린다는 것. 그리고 내 취향이기도 하고요."

"오늘 드레스 고를 때 참고해야겠습니다. 그럼 출발하죠."

대화를 끝내며, 재오가 시동을 켰다. 그는 능숙한 솜씨로 운전을 해 나갔다. 두 사람의 목적지는 웨딩드레스 숍이다.

결혼식 준비가 시작된 것이다.

대부분은 어른들이 알아서 준비한다고 해서 두 사람의 신경 쓸 부분이 별로 없었다. 각자의 드레스와 턱시도를 고르고, 신혼 방에 들일 가구 등을 알아보는 정도만 하라는 지시가 떨어졌다. 어쨌든 오늘부터 두 사람의 만남이 이전보다 더욱 잦아진다는 사실이다. 이슬은 재오와 단둘이 좁은 차 안에 있는 것이 낯설어 애먼 창밖만 쳐다보았다. 앞으로 이런 날들이 많아질 텐데, 과연 잘 견뎌 낼 수 있을지 걱정스럽다.

"식사는 했어요?"

문득 말을 걸어오는 재오로 인해 머릿속을 꽉 채운 상념이 흩어져 버렸다. 창에 고정했던 시선을 그에게 옮겼다. 그는 운전을 하느라 정면을 보고 있었다.

"아뇨."

대답에 놀란 듯 재오가 흘깃 곁눈질을 해 왔다. 잠시 이슬의 얼굴에 닿았던 그의 눈길이 도로 정면으로 되돌아갔다.

"시간이 몇 신데 아직도 안 먹었어요? 일이 많이 바빴나 봐요?"

"일은 평소보다 덜 바빴어요."

"근데 왜 아직?"

이슬은 머뭇거리다가 마침내 식사를 거른 이유를 말하기 위해 입술을 달싹였다.

"웨딩드레스 입으려면 다이어트를 좀 해야 하니까요."

"다이어트? 그런 걸 대체 왜……."

때마침 신호에 걸린 차가 잠시 정차한 사이 재오가 이슬에게 시선을 두었다. 본의 아니게 보게 된 속옷만 입고 있던 그녀의 몸을 기억한다. 더할 나위 없이 훌륭한 몸매였다. 그의 관점에서 볼 땐 너무 마른 체형보다는 그녀처럼 볼륨감 있는 체형이 훨씬 아름답기에 다이어트를 한다는 그녀의 말을 납득하지 못했다.

"제가 원했든 원하지 않았든 어쨌든 곧 입게 될 웨딩드레스인데, 최대한 예뻐 보여야 하지 않겠어요?"

"지금도 충분히……. 흠흠."

'아름다워요'라는 말이 목구멍 위로 튀어 올랐으나 입술 밖으로 새어 나오기 전에 다급히 삼켰다.

"충분히 뭐요? 왜 말을 하다가 말아요?"

"아무리 그래도 다이어트까지 할 필요 있습니까?"

재오는 하려던 말을 가슴 깊숙한 곳에 구겨 넣은 채 제 생각을 알 수 없는 말을 꺼냈다.

"필요하다고 생각하니까 하려는 거예요."

"그래도 너무 무리하지는 말아요."

"알아서 할게요."

재오의 생각은 모른 채 그저 다이어트를 하지 말라는 뜻으로 여겨지는 탓에 이슬은 조금 언짢았다. 대화가 끊기자 밀도 높은 침묵이 두 사람 사이에 끼어들었다. 아직은 이 공백이 어색했다.

마침내 목적지에 도착했다. 숍의 주차장에 차를 주차한 뒤, 건물 안으로 들어갔다. 기다리고 있던 웨딩플래너가 두 사람을 반갑게 맞았다. 웨딩플래너는 낯설고 어색해하는 두 사람을 프로페셔널하게 이끌었다. 덕분에 일이 순조롭게 진행됐다.

일단은 이슬의 취향과는 상관없이 다양한 스타일의 드레스를 여러 개 입어 보기로 했다.

그녀가 드레스를 입으러 간 사이, 재오는 소파에 앉아 기다렸다. 그의 얼굴에 초조한 기색이 역력했다. 괜히 앉아 있는 자세가 불편하다고 여겨져 다리를 꼬기도 했고, 손가락을 의미 없이 까딱이기도 했다.

"이게 뭐라고 긴장되고 난리지?"

극심한 긴장감에 목이 타고 답답하기까지 했다. 재오는 제 상태를 이상히 여기면서도 막을 방법을 찾지 못했다. 지금은 그냥 정신이 없었다. 셔츠 단추를 풀어 봤지만 딱히 나아지는 건 없었다.

곧 앞에 쳐져 있던 커튼이 거두어지면서 첫 번째 웨딩드레스를 입은 이슬이 등장했다. 일순간 온 세상이 새하얗게 변하는 착각이 일었다. 재오는 당혹감에 할 말을 잃은 채 넋을 놓았다. 눈앞에 서 있는 이슬은 여태껏 제가 봐 온 여자들 중 가장 아름다웠다. 그녀를 사랑하지도 않는데, 이런 마음이 든다는 사실이 그를 놀라게 했다. 여러모로 신기한 경험이다.

"이 웨딩드레스는 가장 보편적인 스타일입니다. A라인으로 풍성하게 떨어지는 치마가 매력적인 드레스죠. 어떤 예식장과도 잘 어울리며, 많은 신부님들께서 선호하는 스타일이에요."

여전히 멍한 정신에 직원의 설명을 제대로 듣지 못했다.

"신랑님? 어떠세요?"

지목이 되고 나서야 정신을 가다듬을 수 있었다. 재오가 말을 하려고 입을 열려던 그 순간 직원이 웃음을 터뜨렸다.

"신랑님 표정만으로도 이미 대답은 충분하네요. 그렇죠, 신부님?"

이슬과 눈이 마주친 재오가 붉어진 얼굴로 마른기침을 했다.

"이 모습 잘 기억하고 계세요. 그럼 다음 드레스 입어 보도록 하죠."

이슬의 모습이 눈앞에서 순식간에 사라졌다. 더 보고 싶은 제 욕심을 배반하는 직원의 재빠른 행동에, 재오는 조금 화가 났다.

웨딩드레스를 입은 여자들은 원래 다 이렇게 예쁜가? 눈앞에 있던 여자가 이슬이 아니었어도 그래도 지금처럼 넋을 잃었을까? 문득 그런 의구심들이 그의 머릿속을 파고들었다.

"신부님이 무척 아름다우시네요."

근처에 있던 남자 직원이 곁으로 다가와 불쑥 말을 걸어 왔다. 그의 말은 재오의 귀를 솔깃하게 만들었다.

"그쪽이 봐도 그렇습니까?"

재오의 눈동자에 호기심이 어렸다.

"예. 제가 이 가게에서만 5년을 일해서 수많은 예비 신부님들을 봤었죠. 일반인뿐 아니라 연예인도 봤던 사람입니다, 제가."

직원은 꽤나 수다스러운 사람이다. 별로 알고 싶지도 않은 저의 자랑까지 뽐내며 말을 기다랗게 늘어뜨렸고, 그게 재오에게는 지루했다.

"그래서요?"

재오가 직원에게 어서 본론을 말하라며 재촉했다.

"여태껏 봐 왔던 신부님들을 통틀어 우리 신랑님의 신부님의 아름다움은 이 다섯 손가락 안에 든다는 말씀입니다."

직원의 진정성 있는 설명은 재오에게 이슬의 아름다운 모습에 넋을 잃었던 일이 이상한 증상이 아님을 입증시켜 주었다.

"그렇군요. 제 눈에만 아름다워 보이는 게 아니군요."

깎여 나간 의구심에 재오의 표정이 한결 느슨해졌다. 그러나 곧 이어진 직원의 말 한마디가 그의 심기를 건드리고 말았다.

"제 눈에도 아름다워 보이십니다."

푼수가 따로 없는 직원의 행실에 재오가 인상을 구겼다.

"아, 흠흠. 제가 흥분해서 그만 주제를 넘었습니다. 죄송합니다."

그래도 아주 눈치 없는 이는 아니어서 다행이랄까. 하지만 어쩐지 구려진 기분은 나아질 기미를 보이지 않았다. 정략결혼으로 맺어지는 인연인데도 제 신부라고 소유욕이라도 발동하는 건지, 뭔지. 하여튼 오늘 제 상태가 평소답지 않은 건 사실이었다.

"엇? 신부님 옷 다 갈아입으셨나 봅니다."

직원의 한마디가 재오를 잡념의 바다 속에서 건져 올렸다. 재오는 엄청난 집중력을 발휘했다. 양쪽으로 벌어지는 커튼 틈에 핀 조명을 받고 선 눈부신 이슬의 모습이 그의 시선을 사로잡았다. 그녀의 완전한 모습이 드러났을 때, 숨이 멎는 줄 알았다.

"이 웨딩드레스는 머메이드 스타일로 신부님의 훌륭한 몸매를 더욱 부각시켜 준답니다."

이어 웨딩드레스에 대한 설명을 장황하게 늘어놓는 직원의 말소리가 자체 음소거 된 재오의 귀에는 전혀 들리지 않았다. 이전 드레스도 충분히 예뻤지만, 이번 드레스는 감히 비교할 수 없을 정도로 환상적이었다. 우아한 품격이 느껴지면서 이슬의 굴곡진 몸매와 만나 굉장한 시너지를 발산했다. 재오는 주변의 모든 것들이 멈춘 듯한 느낌을 받았다.

"재오 씨?"

재오를 깨운 건 다름 아닌 이슬의 목소리였다.

"어?"

"어떠냐고 몇 번을 물었는지 알아요? 무슨 생각을 하는 거예요?"

직원의 부름에 대답은커녕 쳐다보지도 않으며 오로지 이슬에게 시선을 꽂은 채로 가만히 있던 재오의 태도가 이슬을 의아하게 했다.

"신랑님께서 신부님의 미모에 완전히 넋이 나가신 것 같은데요? 맞죠, 신랑님?"

"두 분 완전 천생연분이세요!"

"게다가 미남미녀!"

"환상의 커플!"

여기 직원들의 공통점은 수다스럽고 푼수 같다는 것이다. 어쩌면 이 가게의 사업 전략일지도 모른다는 의심이 들었고, 또 한편으로는 감정 없는 결혼을 하는 예비부부에게 너무나도 과분한 찬사들에 겸연쩍기도 했다. 천생연분, 미남미녀, 환상의 커플. 재오와 이슬은 이 타이틀들에 괴리감을 느끼는 중이다.

소란스러운 와중에 이슬은 또 다른 드레스를 갈아입으러 갔다. 그 후로 커튼이 세 번 열렸다가 닫혔다. 다섯 벌의 드레스가 모두 예뻤지만, 두 번째로 봤던 머메이드 드레스를 넘을 드레스는 없었다. 두 번째의 충격이 심했던 탓에 세 번째 이후의 드레스는 눈에 잘 들어오지도 않았다.

"재오 씨는 어떤 게 나아요?"

이슬은 드레스를 갈아입으러 들어갔을 때보다 수척해져 있었다. 옷을 갈아입는 일이 그녀에게 얼마나 고된 일이었는지 굳이 묻지 않아도 알 수 있었다. 재오는 피곤해 보이는 그녀에게 측은한 기분을 느꼈다.

"나는 두 번째가 낫더군요. 현이슬 씨는 생각은?"

"웬일로 같은 생각이네요."

통일된 생각이 썩 달갑지 않은 것처럼 입술을 삐죽거리는 이슬의 태도에도 재오는 밉다는 생각을 하지 않았다. 어느새 새침하고 도도한 성격이 그녀의 매력으로 다가오고 있기 때문에.

"앞에 붙은 '웬일로'가 심히 거슬리지만 어쨌든 통했다는 뜻이니 넘어가는 걸로 합시다."

재오의 말투에는 장난기가 촉촉하게 스며 있었다.

"다른 곳도 둘러봐야 하나?"

이슬은 오늘처럼 여러 벌의 드레스를 또 갈아입어야 한다는 것이 귀찮고 짜증나면서도 한 가게에서 선택을 하는 것이 과연 옳은 일인가 하는 의심이 들었다.

"내 생각엔 어딜 가도 두 번째 드레스를 뛰어넘을 드레스를 찾기는 어려울 듯싶은데."

이슬의 앞에 놓인 고민에 대한 답을 재오가 내려 주었다.

"음……. 그럼 두 번째 드레스로 초이스 할게요."

이슬은 재오의 뜻에 따르기로 했다.


웨딩드레스 숍에서 나와 총 3층까지 있는 꽤 큰 규모의 카페로 자리를 옮겼다. 재오와 이슬은 2층 테라스에 있는 테이블을 차지했다. 골목 안에 위치한 이 카페의 맞은편에는 고급빌라가 있었다. 테라스 밑으로 보이는 골목으로는 강아지를 산책시키는 사람들이 지나다니고 있었다. 이슬에겐 현재의 풍경이 복잡한 도로를 지나는 차를 구경하는 일보다 훨씬 흥미로웠다.

"식사는 진짜 안 해도 괜찮겠어요?"

곧 저녁 식사 시간이 다가오는데, 여태껏 점심 식사도 하지 않았다는 이슬의 끼니가 걱정됐다. 드레스를 갈아입느라 고생했으니 건강에 좋은 음식 좀 사 주려고 했던 재오는 조금 아쉬웠다.

"그건 됐구요, 이거……."

이슬이 백 안에서 직사각형의 하얀 봉투를 꺼냈다. 보통 경조사비나 이력서 등을 넣는 용도로 쓰이는 봉투에 무엇이 들었을지 재오의 호기심이 곤두섰다.

"이게 뭡니까?"

"열어 보면 알 거예요."

해답을 직접 찾으라는 이슬의 뜻에 따라 재오는 봉투를 집어 안을 열어 내용물을 꺼냈다. 그것은 가지런히 접힌 종이였다. 그것을 펼쳤을 때, 프린트된 검은 글씨를 만날 수 있었다. 분명 한글로 적혀 있는데, 외계어를 본 것마냥 당혹스러웠다.

"뭡니까?"

분명 내용물을 눈으로 확인했음에도 불구하고 보기 전과 같은 질문을 할 수밖에 없었다. 이 상황이 어이없었다.

"거기 적힌 그대로예요."

"음. 난해하군요."

재오의 미간이 좁혀졌다.

"어려운 말은 없을 텐데요?"

"충분히 어려워요."

"어디가 어렵죠? 말씀해 주시면 설명할게요."

흔치 않는 이슬의 친절한 태도가 반갑지 않았다. 이런 일에서 친절함을 받고 싶지는 않기 때문이다.

"처음부터 끝까지 이해하기 어려운 것들 투성이입니다."

재오의 손에 들린 건 부부로 살아가면서 지켜야 할 조건들이다. 왜 이런 조건까지 내세워야 하는지도 이해하지 못했으며, 더불어 조건들이 모조리 이슬에게 맞춰져 있어 받아들이기 힘든 부분이 존재했다.

"결혼한 사람들 중에 부부 십계명 같은 것들을 정해 둔다고 하더라고요. 그런 거랑 비슷해요."

"부부 십계명과는 거리가 멀어 보이는 건 내 기분 탓일까요?"

"그냥 조건이에요. 어려울 것 없어요."

흥분한 재오와 침착한 이슬은 정반대의 모습을 하며 마주하고 있었다. 좀처럼 종이에서 눈을 떼지 못하는 재오는 마치 해독하기 힘든 암호를 손에 쥔 박사 같았다.

"재오 씨랑 난 비즈니스 부부나 다름없잖아요. 난 우리 두 사람의 관계를 인정하고 그에 맞춰서 살고 싶어요. 재오 씨도 그래 주었으면 좋겠고요."

"……."

"한집에 살면서 지켜 주었으면 하는 규칙들을 정한 거예요. 재오 씨가 동의를 한다면 밑에 이름과 사인을 해 주면 돼요."

이슬의 입장이 어떤지 알 것 같았다. 지난번에도 같은 말을 한 적이 있기에 그녀의 설명을 알아듣지 못한 건 아니다. 그러나 어쩐지 기분이 좋지는 않았다.

"만약 동의하지 않는다면?"

"거기까지 생각하지 않은 건 아니지만 웬만하면 동의해 줬으면 해요."

거의 애원하듯 호소하는 이슬의 모습에 재오는 생각을 고쳐 보기로 결정했다.

"좋아요. 일단 흥분을 가라앉히고 침착하게 읽어 보도록 하죠."

차분히 글자들을 읽어 내려갔다. 이후 재오의 표정은 어두워졌다.

"지극히 이기적인 조건들이군요. 이슬 씨 혼자 결혼하는 것도 아니고 나와 하는 것이니 나와 조율을 해야 하는 것 아닙니까?"

재오는 종이에 적힌 그대로는 도저히 받아들일 수 없어서 불만을 제기했다.

"듣고 보니 그러네요."

의외로 이슬은 재오의 말에 쉽게 수긍했다. 그녀도 조건을 타이핑하면서 재오의 불만이나 요구를 수용해야겠다고 결심했었다.

"수정하고 싶은 부분 있으면 말씀하세요. 추가하고 싶은 조건 역시 말해 주세요."

재오는 잠시 고민하는가 싶더니 이내 입을 뗐다.

"당분간은 처갓집에서 지냈으면 한다는 이 부분 수정합시다. 비즈니스든 뭐든 어쨌든 부부인데, 다른 환경에서 생활하는 건 상당히 이상하지 않나요? 남들 보기도 그렇고."

이슬은 시선을 맞춰 오는 재오에게 진심 어린 모습을 보이며 말했다.

"전 아직 가족들과 떨어져 지낼 마음의 준비가 안 됐어요. 무엇보다 아빠의 건강이 걱정돼서 곁에 있고 싶어요. 그렇다고 오랜 시간 그러자는 게 아니라 당분간만이에요."

이유를 듣고 나니 이슬의 마음이 조금은 헤아려졌고, 좀 더 나은 방법을 생각했다.

"흐음. 그럼 이렇게 하죠."

"어떻게요?"

"내가 처가살이 할게요."

전혀 예상한 바가 아닌 재오의 방법에 이슬은 무척이나 놀랐다.

"저희 본가에서 지낸다고요?"

"그렇습니다."

재오는 조금도 망설임 없이 간단명료하게 대답했다.

"저희 가족들하고 매일 얼굴 봐야 할 텐데, 그걸 견딜 수 있겠어요?"

재오는 부유한 집안에서 하고 싶은 것을 다 하며 살았던 사람이다.

그 자유로운 사람이 처가살이를 한다는데 놀라지 않을 수가 없었다.

"그런 건 걱정하지 않아도 됩니다. 세상에 견디지 못할 일은 없으니."

여전히 놀란 마음이 가시지 않은 듯 얼떨떨해하는 이슬을 응시하며 재오가 말했다.

"그럼 이슬 씨가 원할 때까지 처갓집에서 신혼생활을 하는 걸로 결정한 겁니다?"

"네."

아무리 그래도 처가살이까지 할 생각을 하다니, 쉽지 않은 결정을 간단히 해 버리는 재오의 결단력에 어안이 벙벙하면서 한편으로는 고마운 마음도 들었다. 그러나 감동은 금방 깨졌다.

"여기 이 부분."

재오가 가리킨 부분을 확인한 이슬이 왜 이의를 제기하는지 모르겠다는 얼굴로 그를 빤히 봤다.

"그게 왜요?"

"스킨십 금지. 너무 가혹한 조건이군요."

"가혹하다고요? 어디가 가혹하지?"

크게 한 번 깜빡인 이슬의 눈에 의심이 곤두섰다.

"나한테 무슨 음흉한 짓을 하려고 가혹하다는 거죠?"

졸지에 수상한 사람으로 낙인찍히게 생겨, 재오는 억울했다.

"어허. 음흉하다니, 사람을 이런 식으로 매도해도 되는 겁니까?"

"매도라뇨? 그런 거 아니거든요?"

두 사람의 언성이 조금 높아졌다. 그러나 재오는 이내 목을 가다듬고 차분히 이의를 제기해나갔다.

"자, 봅시다. 부부로 생활을 하다 보면 어떤 식으로든 터치를 할 수밖에 없어요."

"어째서죠?"

이슬은 재오의 말을 전혀 납득하지 못 하겠다는 표정이었다. 그러나 재오는 별 동요 없이 제 주장을 펼쳤다.

"지나가다가 부딪칠 수도 있는 거고, 실수로 손을 스칠 수도 있는 거고, 무엇보다 밖에서 모임이라도 있을 땐 다정한 모습을 보여야 하니 어깨동무나 손을 잡는 등의 스킨십 정도는 하게 될 테니 아예 금지를 해 버리는 건 심하죠."

"……."

"내 말에 동의하는 얼굴이군요."

도대체 어디까지 꿰뚫어 보고 있는 거지? 생각을 제대로 읽어 내는 재오의 재능에 이슬은 놀랍다 못해 감탄까지 했다. 게다가 말솜씨 또한 어찌 훌륭한지 그의 입술이 움직이는 순간 마법에 걸린 것처럼 설득을 당하게 된다.

"흠. 그럼 뭐 어떻게 하자는 건데요?"

"스킨십의 범위를 정하는 게 좋겠어요. 어디까지 허락하고 어디부터 거부할 것인지."

"좀 어려워요."

재오는 좋은 방법이 떠올랐는지 한결 유연해진 표정으로 말했다.

"그럼 이렇게 합시다."

"어떻게요?"

이슬은 어느새 재오의 의견에 귀를 기울이고 있었다.

"어느 날이든 이슬 씨가 원하고 허락하는 수준까지 괜찮은 걸로."

이슬은 무언가 못마땅한 사람마냥 눈썹을 씰룩였다.

"원하는 일은 없을 것 같은데요?"

"뭐 어찌됐든."

"……좋아요."

이슬은 잠시 고민을 하는 얼굴이더니 얼마 지나지 않아 호의적인 태도를 보였다.

"음, 다른 부분은 뭐 그럭저럭 수용 가능하군요."

"저 하나 더 추가해도 될까요?"

"뭐를?"

여기서 더 추가할 게 있단 말인가? 재오는 당황스러웠지만 그런 속내를 드러내지 않으며 평정심을 유지했다.

"재오 씨와 따로 지낼 생각이었는데 상황이 달라졌으니 추가하고 싶은 게 있는데요."

"말해 봐요."

또 어떤 조건을 요구할지 무섭기도 하고 기대가 되기도 한다.

"침대를 따로 썼으면 해요."

"나야 괜찮지만, 어른들이 보기엔 별로이지 않을까요?"

"아……."

이슬은 또다시 재오의 의견에 간단히 설득당했다.

"이슬 씨는 부모님께 좋은 모습 보여 주고 싶을 것 같은데, 침대를 따로 쓰는 모습은 괜한 걱정을 사게 하지 않을까 염려되네요."

"그러네요. 그럼 없던 일로 해요."

금방 수그러든 이슬을 보며 재오는 안도의 한숨을 내쉬었다. 그는 종이를 원래대로 접어 봉투 안에 넣었다.

"다른 것들은 어른들이 알아서 하신다고 했으니 이제 가구만 보러 가면 되겠네요."

"네."

긴 대화를 끝내자 목이 엄청 탔다. 이슬은 커피로 갈증을 달랬다.

"오늘은 공주님 놀이 하느라 피곤할 텐데 그만 들어가서 쉬고, 시간 내서 또 만납시다."

이제는 다음 만남을 약속하는 일이 자연스러워졌다.

며칠 뒤, 재오와 또 만나야 하는 날이 왔다. 오늘은 출근을 하지 않아서 재오가 집으로 데리러 온다고 했다. 진원이나 석호를 제외한 다른 남자가 집으로 저를 데리러 오는 일은 실로 오랜만이다. 첫사랑 이후 연애를 오래 쉬기도 했고, 그 뒤로 남자와 뭘 할 생각 자제를 하지 않았기 때문이다. 그런 그녀의 삶이 조금씩 변하고 있었다. 한 남자로 인해서.

이젠 친한 친구들보다도 그를 더 자주 보게 된 현실에 기분이 좀 남달랐다. 제 삶에 생긴 변화가 낯설고 어색해 잘 적응해 나갈 수 있을지 걱정이 되면서도 생각보다는 아주 나쁘지는 않아 의외였다.

출발한다는 연락을 받고 난 뒤 느긋하게 외출 준비를 했다. 출근을 하는 게 아니기에 화장이나 의상에 힘을 주지 않았다. 재오에게 딱히 잘 보일 이유도 없고, 쉬는 날은 피부와 몸도 편하게 하고 싶어서다. 무지 티셔츠 위에 카디건을 걸치고 아래는 청바지를 입고 거실로 갔다. 소파에 앉아 어제 놓친 드라마를 시청 중이던 경심이 곁으로 다가온 이슬을 보고 경악했다.

"너 옷이 그게 뭐니?"

"응? 내 옷이 뭐 어때서?"

이슬은 제 모습을 보며 드라마의 막장을 본 사람처럼 반응하는 경심을 의아하게 여겼다.

"표 서방이랑 가구 보러 간다고 하지 않았어?"

"맞아."

차림새도 놀랍고 시큰둥한 이슬의 태도 또한 기겁하지 않을 수가 없었다.

"그런데 이렇게 입고 가겠다는 거야?"

"응."

이슬의 눈동자는 '이게 어디가 어때서? 괜찮은데?'라는 의미를 전달했다.

"어머머. 애, 봐라."

"왜? 이상해?"

'나는 아무것도 몰라요'라는 느낌으로 눈꺼풀을 깜빡이는 이슬을 보는 경심은 다량의 고구마를 삼킨 듯 갑갑함을 호소했다.

"곧 네 남편 될 사람인데 정갈하고 예쁜 모습을 보이면 좋잖니."

이성과의 관계에 대해서는 아는 것이 없을뿐더러 알려고 하지조차 않는 이슬이 제 입장에서는 그저 안타깝기만 했다. 예쁘고 젊은 나이에 다양한 경험을 했으면 참 좋았을 텐데. 그런 아쉬운 마음이 들어서.

"뭐 예쁜 모습을 보여 줄 필요까지 있수? 엄마도 참. 그리고 나 지금 충분히 정갈하거든요."

이슬은 경심의 조언에 대해 반의적인 태도를 보였다. 경심에게 현재 늘 즐겨 시청하는 드라마 따위가 눈에 들어오지 않았다.

"아냐, 이슬아. 이건 너무 심하게 편한 차림이란다. 예를 들어 집에서 휴식을 취할 때나 집 앞 슈퍼나 편의점을 갈 때, 혹은 아주 편한 친구를 만날 때 입는 옷이야."

경심은 딸이 자각하지 못하고 있는 사실을 알려 주기 위해 열과 성을 다했다.

"언제는 화장 안 한 모습도 예쁘다며? 그렇게 말한 엄마는 어디 갔대?"

그러나 이슬은 꽤나 삐딱한 반응이어서 경심의 속만 까맣게 타들어 갔다. 얘가 사춘기 때도 안 하던 반항을 다 하네? 경심은 딱 그 마음이 었다.

"단순히 화장에 대해 말하는 게 아니잖아. 네 차림이 예비 신랑과 데이트를 하기엔 적합하지 않다는 소리란다."

일순간 이슬의 눈이 휘둥그레 커졌다. 그녀는 마치 듣지 못할 소리를 들었다는 듯 반응했다.

"데이트? 웬 데이트? 엄마, 데이트가 아니라 가구 보러 가는 거거든."

"그게 그거지!"

경심의 자애가 무너지는 순간이었다.

"어떻게 그게 그거야? 완전히 다른데!"

결국에 모녀는 목청 싸움까지 하는 지경까지 이르렀다. 상황을 인지하자 겸연쩍은 기분이 든 경심이 흥분을 가다듬고 평정심을 되찾았다.

"어쨌든 표 서방의 긴장감과 설렘을 사그라뜨리지 말란 말이야. 적어도 2년까지는 연애하는 기분을 느껴야 하지 않겠니?"

"엄마, 그 사람이랑 나 애초에 긴장감과 설렘 같은 거 없어. 연애해서 하는 결혼도 아니잖아."

모녀는 모두 조금 전보다 차분하게 대화를 했지만 분위기만큼은 더 심각해졌다.

"꼭 연애를 해서 결혼해야지만 긴장되고 설레는 거 아니란다. 결혼하고 살면서 감정이 생길 수도 있고, 하다못해 정이 생길 수도 있는 게 부부야."

더 많은 인생을 겪어 온 어른이 하는 말이기에 허투루 흘려들어서 좋을 게 없다는 것은 알지만 남자에 대한 불신이 깊은 이슬은 곤두선 의심을 다독이지 못했다.

"지금은 그저 남처럼 여겨질 수 있겠지만, 살 부대끼고 살다보면 분명 연애하는 것과 비슷한 감정을 느낄 수 있을 거야."

정말 그럴까? 엄마의 말처럼 살을 맞대고 살다보면 언젠간 감정이라는 게 생겨날까? 가슴속 깊숙이 박힌 남자에 대한 불신도 사라질 수 있을까? 이슬은 복잡한 심경이었다.

"마음을 너무 꽉 닫지 말고, 아주 조금이라도 열어 둬. 알았지, 딸?"

때마침 울리는 전화 덕분에 대답을 회피할 수 있는 좋은 기회를 얻었다. 이슬이 휴대폰 화면에 뜬 '표재오'라는 이름을 보며 소파에서 일어났다.

"전화 왔다. 그 사람 왔나 봐요. 저 다녀올게요."

이슬은 전화를 받으며 서둘러 집을 벗어났다.

재오와 이슬은 웨딩드레스는 한 가게에서만 보고 선택을 했지만, 가구만큼은 여러 군데를 둘러보며 꼼꼼히 따져 보고 구매하기로 의견을 모았다. 성격이나 가치관 자체가 완전히 반대라고 생각했는데 오늘 같은 때에는 또 생각이 일치해서, 이슬은 새삼 놀랐다.

일단 가까운 곳에 위치한 가구거리로 왔다. 쭉 늘어선 가구 매장을 모두 다녀본 뒤, 다른 지역도 가 보기로 했다. 일부러 이슬의 휴무 날에 시간을 맞춘 재오의 배려 덕분에 여유롭게 시간을 활용할 수 있었다.

차에 있을 때만 해도 의욕적이지 않던 이슬이 막상 가구 매장에 들어서니 활기 띤 모습을 보여 재오를 놀라게 했다. 놀라움이 가신 뒤에는 호기심 어린 눈을 하며 적극적인 태도로 가구들을 구경하는 그녀의 모습을 흥미롭게 지켜보았다. 흡사 옷이나 구두를 쇼핑하는 여자처럼 신이 난 모습이 볼수록 귀여웠다.

벌써 일곱 군데를 돌아보았는데도 지치지도 않는지 이슬에게선 생기가 넘쳤다. 그녀의 발길이 매장 안에 배치된 소파로 움직였다.

"어머, 이거 진짜 예쁘다!"

소파가 이슬의 마음에 쏙 들었는지 여태까지 중 가장 뜨거운 반응을 보였다.

"이거 예쁘지 않아요? 전 이런 소파가 좋더라고요. 근데 아빠랑 엄마는 저랑 취향이 완전히 달라서 이런 건 엄두도 못 내는 거 있죠."

취향에 맞는 물건을 눈앞에 두자 한껏 수다스러워진 이슬을 재오는 즐거운 기분으로 눈에 담았다.

"안타깝게도 제 취향도 아니군요."

이슬의 기분을 맞추려면 예쁘다고 해야겠지만 그건 솔직하지 못한 발언이다. 그녀의 취향이라는 소파는 재오의 시각으로는 예뻐 보이지 않았다.

"정말요? 연한 민트 빛이 도는 게 시원해 보이지 않아요?"

"너무 밝아요. 딱 여름 한 철에만 어울릴 디자인이기도 하고, 무엇보다 난 어두운 계열을 선호하거든요."

저와 관점이 다른 재오의 말에 이슬은 섭섭한 마음이 들었다.

"아, 그러시구나. 칙칙한 것을 좋아하시구나."

재오는 살짝 삐죽거려지는 이슬의 입술을 목격했다. 어쩐지 삐친 것 같은 느낌이 드는 건 기분 탓일까?

"칙칙하다기보다는 튀지 않는 무난한 색상을 좋아하는 거죠."

그냥 예쁘다고 선의의 거짓말이라도 해야 했나? 후회가 야금야금 재오의 생각을 좀먹어 가고 있었다.

"역시 재오 씨랑 난 취향이 다르네요."

"세상에 자로 잰 듯 똑같은 취향을 가진 사람이 얼마나 되겠습니까? 있기야 있겠지만 그런 경우는 극히 드물어요. 이슬 씨와 내가 다른 취향을 가진 건 결코 이상한 게 아닙니다."

재오는 시비를 걸려는 의도는 아니었다. 단지 이슬이 혹시나 오해하거나 잘못 생각하고 있을 부분을 정확히 짚어 주고 싶었을 뿐이다.

"네. 나도 알아요. 단지, 서로 다른 취향을 가진 두 사람이 만나 부부가 된다는 게 신기할 뿐이죠. 그리고 앞으로 많이 싸우겠구나, 라는 생각도 들고."

그런데 아무래도 이슬의 기분을 더욱 더 상하게 만든 것 같았다. 애초에 소파가 예쁘다고 했으면 이런 결과는 없었을 것이라는 후회가 이제야 완전히 재오의 머릿속에 자리를 잡았다.

"그러면서 맞춰 가는 거죠. 전 이슬 씨의 취향을 모두 거부하지 않겠습니다. 이 소파, 비록 제 취향은 아니지만 이슬 씨가 원한다면 얼마든지 구매할 수는 있긴 하지만 중요한 건 앞으로 우리가 지낼 이슬 씨의 방에 이 소파가 들어가냐는 거겠죠."

재오는 이슬의 취향까지 포용해 주겠다는 너그러운 모습을 보였다. 그녀의 기분이 조금이라도 풀리기를 바라며.

"그렇죠. 그게 중요한 거죠."

"시무룩한 걸 보니 들어갈 자리가 없나 보군요."

취향에 꼭 맞는 소파를 만났지만 소유할 수 없다는 현실에 슬퍼하고 있는 이슬의 모습이 무척이나 귀여웠다. 저에겐 사소해 보이는 것이지만 그녀에겐 그렇지 않다는 것이 흥미롭다.

"그렇다고 처갓집 거실 소파를 마음대로 바꿀 수도 없는 노릇이고. 그렇죠?"

"네. 그렇죠."

이슬은 재오의 말에 순순히 인정했다.

"일단 이 소파는 장바구니에 저장해 둡시다. 나중에 분가하면 그때 사는 걸로 하자고요. 어때요?"

"재오 씨 말대로 하는 게 좋겠어요."

"자, 그럼 우리한테 필요한 가구들을 보러 갈까요?"

재오는 자연스레 이슬의 어깨에 팔을 올렸다. 의외로 거부감이 느껴지지 않는 스킨십에 이슬의 눈이 동그래졌다.

"불쾌해요?"

이슬의 마음속을 알 리 없는 재오는 그녀의 표정만으로 제 손길을 불편하게 여기는 줄 알았다.

"그, 그런 건 아니에요."

이슬은 답지 않게 말을 더듬고 화끈거리는 얼굴에 손부채질을 해 댔다. 불쾌하다고 대답할 줄 알고 손을 치우기 위해 허공에 올렸던 재오가 의외의 대답을 들은 뒤 다시 그녀의 어깨를 감쌌다.

"이 정도의 스킨십은 감당할 수 있나 보군요."

"뭐, 그런 것 같네요."

이유 모를 긴장감이 감도는 탓에 아주 불편하지 않은 건 아니었다. 하지만 그 불편함이 결코 나쁜 쪽은 아님을, 이슬은 자각하고 있다. 재오에게 어깨를 내준 채, 다음 가게로 이동했다. 혼자 걷는 게 당연하고 익숙했던 이슬에게 타인과 살을 맞대고 걷는 행위는 생경하게 느껴질 수밖에 없었다. 그녀는 은연중에 그의 손길을 의식하고 있었다.

다음 가게 안에 들어서고 나서야 어깨를 감싸고 있던 손이 사라졌다. 그럼에도 불구하고 여전히 어깨를 감싸고 있는 듯한 착각이 들었다. 이슬은 그 까닭을 금방 깨달았다. 그의 손이 예상 외로 엄청 따듯해서였다. 오래 머물지 않았음에도 그의 온기가 어깨에 남아 있었다.

"이 침대 어때요?"

혼자만의 생각에 빠져 있던 이슬을 깨운 건 재오의 음성이었다. 흐릿했던 그녀의 초점이 그에게 맞춰졌다.

"네?"

딴생각을 하느라 재오의 말을 제대로 알아듣지 못했다.

"무슨 생각 했어요?"

수상히 여기며 질문을 해 오는 재오의 행동에 이슬이 뜨끔했다. 따듯한 온기를 머금고 있던 그의 손길에 대한 생각을 하고 있었기에 마치 몰래 무언가를 훔쳐본 것처럼 창피함이 몰려들었다.

"아, 아니. 아무 생각 안 했어요!"

또 더듬어 버린 말과 커진 목소리가 오히려 더 수상쩍어 보인다는 사실을 인지한 이슬은 곧 자책의 시간을 가져야 했다.

"혼자 뭐 야한 생각이라도 했나?"

"야한 생각이라니요! 사람을 뭐로 보고!"

재오의 짓궂은 물음에 이슬이 발끈했다.

"반응이 크니까 더 의심스러운 거 알아요?"

"……."

"야한 생각은 나중에 하도록 하고, 지금은 우리가 해결해야 할 임무에 충실합시다."

하지도 않은 야한 생각을 했다고 오해하니 억울하고 분했다. 이 오해를 반드시 풀어야겠다는 오기가 치밀었다.

"야한 생각 안 했어요, 나!"

"알았어요. 그렇다고 치죠."

예민하게 반응하는 이슬을 보면서 자꾸만 더 자극하고 싶다는 못된 심보가 솟아났다. 재오는 미끈하게 웃으며 일부러 그녀의 신경을 긁었다.

"이봐요. 사람을 되게 이상하게 만드네요? 저 진짜 야한 생각 안 했다니까요? 그런 거 생각하고 그러는 사람 아니에요."

"야한 생각 하는 게 뭐 나쁜 건가? 그건 본능이니 부끄러워하지 않아도 돼요."

장난을 치는 대로 반응을 해 오니 자꾸만 건드리고 싶어진다. 그렇지만 더 이상 이슬의 기분을 상하게 하고 싶지 않았기에 재오는 발동하는 장난기에 브레이크를 걸었다. 그는 강약 조절에 능통한 사람이었다. 그래서 도무지 미워할 수가 없다. 그게 이슬을 더욱 분하게 했다.

"난 이 침대 맘에 드는데."

재오는 아무 일 없었다는 듯이 자연스레 화제를 바꾸었다. 주변을 서성이던 직원이 이때다 싶었는지 슥 다가왔다.

"마음에 들면 한 번 누워 보시겠어요? 누워 봐야 얼마나 편안한지 알 수 있으니까요."

직원의 권유를 재오가 흔쾌히 받아들였다.

"그럼 한 번 누워 볼까?"

재오가 침대에 누웠다. 이슬이 그런 그를 멀뚱히 쳐다봤다.

"이슬 씨는 안 눕습니까?"

"저는 됐어요."

"우리가 함께 쓸 침대인데, 내 느낌으로만 판단할 수는 없잖아요. 이리 와요."

이슬의 새침한 거절 따위 수용할 마음이 없던 재오가 그녀의 팔을 잡아당겼다. 그 바람에 그녀는 몸의 균형을 잃었다.

"앗!"

이슬은 재오의 엄청난 힘에 제압당하고 말았다. 눈을 한 번 깜빡하고 나니 침대 위였다. 심지어 그와 몸을 아주 가까이 밀착한 채 얼굴을 마주 보는 자세로 누워 버린 것이다. 눈앞에 당도한 그의 얼굴에 화들짝 놀랐다.

"뭐, 뭐하는 거예요!"

이슬의 얼굴이 불타는 고구마처럼 빨개졌다.

"이런. 힘 조절을 못 해서 그만."

재오가 슬며시 웃었다. 이슬이 일어나려고 상체를 세우려했지만 그의 악력에 지고 말았다.

"이거 안 놔요?"

이슬이 인상을 찡그리며 짜증을 냈다. 옆에 버젓이 서 있는 직원을 비롯해 매장 안을 지나다니는 사람들이 의식됐다. 여기에 지금 몇 개의 눈들이 있는지 알면서 이러는 건지 따져 묻고 싶은 심정이다.

"바둥거리니까 더 놓기 싫은 거 알아요? 얌전히 있으면 놔줄 텐데."

"지금 그 말 다분히 변태적이에요."

재오의 입가에 맺힌 장난기가 이슬의 눈에도 선명히 보였다.

"이슬 씨랑 있으니까 짓궂어지네요."

"나랑 있어서가 아니라 원래 이런 분인 거겠죠. 짓궂고 장난기 많고 변태적인."

이슬은 어쩔 수 없이 재오와 얼굴을 밀착한 채 말할 수밖에 없었다. 침대 위에서 이 자세로 대화를 나누는 것은 어깨를 내준 것보다 훨씬 긴장되고 불편했다. 지나치게 좁은 간격이 자꾸만 신경 쓰여 그의 눈을 제대로 마주 보기 힘들었다.

"음. 그런 성향이긴 하지만 여태까지 만난 사람 중 그걸 가장 극대화시키는 사람은 이슬 씨예요."

재오는 제 눈을 피한 채 아래를 보는 이슬을 지그시 응시했다. 화장기 없는 얼굴이 그의 잔잔하던 마음을 요동치게 했다. 화장한 모습과는 또 다른 매력을 느꼈다. 수수하고 예뻤다. 그의 뜨거운 시선을 눈치챈 그녀가 홧홧해진 얼굴을 손으로 매만지며 작게 소곤거렸다.

"우리 여기서 이러지 말아요. 침대를 보려면 침대만 봐요."

재오의 눈동자에 잔뜩 긴장한 이슬의 모습이 비추었다.

"그럼 다른 곳에서는 이래도 되나요?"

말문이 막혀 아무 말도 못 하는 이슬을 보며 재오가 유쾌한 웃음을 터뜨렸다. 이슬이 심술이 난 얼굴을 하며 입술을 씰룩였다.

"하여간 한마디도 안 진다니까."

드디어 재오에게서 자유를 찾을 수 있었다. 이제야 긴장이 풀렸는지, 이슬이 안도의 한숨을 내쉬었다.

"다른 침대도 구경하러 가 봅시다."

재오가 이슬을 뒤로하고 긴 다리로 성큼성큼 움직였다.

오늘은 강한 그룹 계열사 중 하나인 HK호텔에서 재오와 이슬의 결혼식이 있는 날이다. 그들의 결혼을 축하하기 위해 하객들이 호텔로 모여들었다. 강한 그룹 표 회장의 손자의 결혼식에 걸맞게 정재계 인사들이 한자리에 모였다. 사람들이 사랑 없이 맺어진 인연이라고 하찮게 여기거나 수군거리지 못하도록 하고 싶다는 표 회장의 뜻으로, 결혼식은 화려하게 진행되었다.

재오는 표 사장과 어머니 박채선 여사와 함께 하객들을 맞이했다. 겉으로는 침착해 보일지 몰라도 속은 전혀 그렇지 않았다. 원하지 않았던 결혼을 갑작스레 하게 되어 하나도 떨리지 않을 줄 알았는데, 예상 외로 긴장됐다. 턱시도를 입은 재오는 누구보다 빛났다. 어느 누구 와도 견줄 수 없을 만큼 대단한 아우라를 뿜어냈다. 그는 하객으로 온 여성들의 시선을 모으기에 충분했다. 특히나 이슬의 하객으로 온 그녀 또래의 친구들이 그의 귀공자다운 면모에 유독 큰 관심을 보였다.

"생각하면 생각할수록 신기해."

귀여운 원피스를 입고 옆에 서 있던 나리가 말문을 열었다.

"뭐가?"

"이슬 언니와 오빠가 결혼한다니. 이게 현실이라니. 믿으려야 믿을 수가 없어!"

상견례 자리에도 참석했지만 그때는 재오와 이슬의 결혼이 별로 실감이 나지 않았다. 그러나 오늘은 확연히 달랐다. 나리는 믿기 힘든 것이 아니라 믿고 싶지 않은 눈치였다. 그녀는 팔짱을 낀 채 떨떠름한 얼굴로 재오를 봤다.

"네가 그런데 당사자인 나는 오죽하겠냐. 평생 남으로 살아온 여자와 하루아침에 부부로 살게 되다니. 아직 낯설고 얼떨떨하다."

"언니가 심하게 아까워."

처음 두 사람이 결혼을 한다는 소식을 접했을 때도 뜯어 말리고 싶었다. 그때나 지금이나 이슬이 아깝다는 생각은 변함없다.

"뭐?"

나리의 입에서 튀어나온 말에 재오가 황당해했다.

"그렇잖아. 언니는 예쁘고 착하고 성격도 끝내줘!"

듣고 보니 틀린 말은 아니지만, 그래도 친동생이 작정하고 다른 사람의 편을 드니 괘씸했다.

"그렇게 좋고 아까우면 네가 대신 결혼하든가."

재오는 퉁명스러웠다.

"말이라고 해?"

"말 같지도 않은 소리인 거 알거든."

설마 진담으로 그런 말을 했을 거라 생각하지는 않았겠지. 속을 뒤집는 동생으로 인해 골이 아파 왔다. 재오가 한숨을 내쉬며 관자놀이를 지압했다.

"난 당장이라도 언니한테 가서 도망치라고 하고 싶은 심정이야."

그러나 재오의 기분 따위는 고려할 마음이 없는지 나리의 입은 쉬지 않았다.

"어쭈, 까분다."

재오가 나리를 무섭게 쳐다봤다. 그러나 그녀는 기죽지 않고 말했다.

"진짜야. 오빠가 얼마나 불량한 남자인지 잘 아니까! 오빠한테 이슬 언니는 과분하다고!"

목소리가 커지자 곧바로 표 사장의 꾸지람이 떨어졌다.

"귀한 손님들 앞에서 뭣들 해. 지방 방송 꺼."

136

아버지의 호통에 남매는 사이좋게 입에 지퍼를 달았다.

"재오야!"

재오와 초등학교 때 만나 지금까지도 친하게 지내며 돈독한 우정을 쌓아가는 죽마고우 종수가 재오의 결혼식을 축하해 주러 왔다. 재오는 종수를 반갑게 맞이했다. 종수는 재오의 부모에게 깍듯이 인사하고 나서 재오와 조용한 곳으로 이동해 잠시 이야기를 나눴다.

"네가 결혼을 다 하다니 오래 살고 볼 일이다."

"너 아직 서른도 안됐거든. 더 오래 오래 건강하게 살아야지, 인마."

재오가 멋쩍어 하면서 늘 그렇듯 너스레를 떨었다.

"솔직히 너 결혼 안 할 줄 알았어. 애들도 다 그렇게 생각했다더라."

"나도 그럴 줄 알았다. 근데 인생이 예상치도 못한 방향으로 흘러가네."

"싫지? 결혼."

재오의 성격상 결혼을 쉽게 납득하지 못했을 것이라 판단했다. 그럼에도 불구하고 부모님 앞에서는 내색하지 못했겠지.

"내가 너를 모르냐. 너 겉으로는 장난스럽고 아무 생각 없는 것 같아도 속은 새까맣게 썩어 가는 거."

"……."

"네가 얼마나 맘고생을 많이 했는지, 혼자 얼마나 많은 것들을 삼키고 아파하며 인내해 왔는지…… 아무도 예상 못 하겠지."

"됐어. 어차피 누가 알아주길 바라는 것도 아니고. 난 네가 알아주는 것만으로도 충분하다."

재오는 타인의 앞에서는 내보이지 않는 그늘을 죽마고우 종수의 앞에서만큼은 스스럼없이 털어놓았다. 우수에 젖은 그의 모습이 종수를 짠하게 했다.

"나는 너희 아버지가 결혼을 추진한다고 해서 네가 따를 줄은 정말 몰랐어. 당연히 거부할 줄 알았어. 다른 사람들은 네가 노는 거 좋아하고 여자 좋아해서 그러는 줄 알지만, 실은……."

더 이상은 말하지 않았으면 하는 마음에 재오가 입을 뗐다.

"됐어. 그만해, 종수야. 차라리 그러는 편이 나아. 알잖아, 넌. 내가 왜 그러는지."

종수는 재오의 부탁에 기꺼이 말을 멈추었다. 재오의 얼굴에 건조하고 어두운 그늘이 드리웠다. 그 그늘이 어디서부터 비롯된 것인지, 종수는 잘 알고 있다.

"결혼, 처음에는 갑작스럽기도 하고 아버지가 원하는 거라서 되게 하기 싫었거든? 거부할 마음이었어. 그런데 상대를 만나 보니까 생각이 좀 달라졌어."

재오의 표정이 한결 부드러워졌다.

"그래? 괜찮았나 보구나."

그런 얘기는 안 해서 몰랐다. 재오의 말이 그의 귀를 솔깃하게 했다.

"그 여자랑 몇 번 보지는 않았는데, 재미있어."

"재미있어?"

재미있다는 표현이 종수를 의아하게 했다.

"어, 재미있어. 신선하고 흥미로워. 도도하고 새침한 모습만 있는 줄 알았는데, 슬퍼할 줄도 알고 부끄러워할 줄도 알더라고."

종수가 놀라게 한 건 이슬의 이야기를 늘어놓으며 살며시 미소 짓고 있는 재오의 모습이었다.

"다채로운 표정을 가진 사람이야. 보고 있으면 꽤 즐거워. 그러니까 재미있다는 표현이 이상하지 않지."

난생처음 목격하는 현상에 종수는 충격을 받은 얼굴이었다.

"아직 아는 게 없지만 착한 여자 같아."

결론적으론 이슬이 재오에게 꽤 좋은 영향을 끼치고 있다는 뜻이니, 그를 아끼는 친구로서 종수는 안심할 수 있었다.

"네가 그렇게 말하는 거 보니 진짜 괜찮은 여잔가 보다. 다행이야."

재오가 시선을 내린 채 사색에 잠겼다.

"그런 여자라면 결혼해도 괜찮지 않을까. 그런 생각 했다, 나."

아직 정의할 수 없는 감정들이 가슴을 종횡무진 하는 탓에 정신이 난잡하다.

"보고 싶다. 너한테 그런 생각을 하게 만든 네 신부."

"보러 갈래?"

오늘의 주인공, 신부를 보기 위해 많은 하객들이 신부 대기실을 드나들었다. 지난번 재오와 함께 고른 머메이드 웨딩드레스를 입고 머리에는 티아라와 면사포를 쓴 이슬은 어느 때보다도 화려하고 눈부셨다. 그녀만큼이나 신부 대기실의 인테리어도 고급스럽고 화려했다.

이슬은 광택이 흐르는 대리석 바닥을 밟으며 안으로 들어온 하객들과 인사를 나누고 사진을 찍으며 분주한 시간을 보냈다.

결혼식 준비는 거의 어른들 손에 맡겨져 신경을 쓰지 않아도 됐지만, 최대한 예쁜 모습으로 드레스를 입고 싶어서 다이어트를 했다. 그 결과로 체력이 떨어진 상태로 새벽부터 이어진 일정들을 소화했더니 아직 예식을 치르기 전인데도 피곤했다. 가만히 앉아 사람들을 맞이하는 것이 이렇게 고될 줄은 미처 몰랐다. 그래도 인상을 찡그리며 지친 기색을 보일 수 없어 어떻게든 참아 보려 애를 쓰는 중이다.

"언니!"

15분 전에도 왔다간 나리가 다시 신부 대기실에 등장했다. 이슬은 화사하게 웃으며 그녀를 반겼다.

"왔어요?"

이슬에게서 나온 존댓말에 나리는 못마땅한 표정을 했다.

"에이, 그냥 하던 대로 쭉 반말하시라니까요."

이전처럼 편하게 지내고 싶어 하는 나리의 마음을 모르는 건 아니지만 사돈으로 맺어진 후에도 그럴 수는 없었다. 이슬은 서로 간에 격식을 차려야 한다고 생각했다. 그게 어른들 눈에도 훨씬 보기 좋을 테니까.

"어떻게 그래요. 표재오 씨 동생인데."

아직은 '신랑', '남편'이라는 호칭이 낯설었다. '표재오'라는 이름이 훨씬 편했다.

"뭐 어때요."

이슬은 시무룩해진 나리를 타이르듯 말했다.

"어른들이 보기에 안 좋아요. 이제 아가씨에 대한 예의는 갖출게요. 그래도 아가씨를 편하게 생각하는 건 변함없으니 섭섭해 말아요."

저와는 다르게 어른스러운 이슬의 모습이 나리를 또 한 번 반하게 했다. 나리는 인간적으로 동경하는 이슬을 뭉클한 눈으로 바라봤다.

"좀 섭섭하지만 그래도 언니가 그렇다면 저도 따를게요."

기꺼이 제 설득에 넘어와 준 나리에게 이슬은 고맙다는 의미를 담아 환하게 웃었다.

"언니, 결혼 진짜 할 거예요?"

별안간 나리의 입술 사이로 삐져나온 물음에 이슬이 고개를 갸웃거렸다.

"음, 왜요?"

나리의 질문 의도를 이슬은 전혀 파악하지 못해 어리둥절했다.

"난 언니가 우리 오빠 때문에 고생할까 봐 걱정돼요."

이런 이유라니, 귀엽다. 이슬이 허탈한 웃음을 터뜨렸다.

"걱정 안 해도 돼요."

나리는 나름 심각했기에 이슬을 따라 웃지 못했다. 그녀는 미간에 주름까지 잡은 채 말했다.

"어떻게 걱정을 안 하겠어요. 오빠 같은 놈, 아니 남자한테 언니 같이 좋은 사람이 시집을 가다니. 그건 말도 안 돼요."

나리는 자신의 친언니를 보내는 것마냥 슬퍼했다. 처음엔 장난으로 그러나 싶었는데 진지한 나리의 태도를 보니 그게 아니었다.

"표재오 씨도, 어딘가 좋은 면이 있겠죠."

"……언니."

저와는 확연히 다른 사고방식을 가진 이슬에게 존경심을 느낀 나리가 두 손을 모은 채 그녀를 봤다.

"사람은 겉으로 보여지는 게 다는 아니니까요. 분명 좋은 부분도 있을 거예요. 우리가 모르는."

"언니는 진짜 천사예요! 그에 비하면 우리 오빠는 악마!"

"지금 그게 오빠한테 할 소리냐?"

뒤에서 잠자코 듣고 있던 재오가 도저히 안 되겠어서 핀잔을 던졌다. 느닷없는 그의 등장에 나리가 깜짝 놀랐다. 놀란 건 그녀뿐만은 아니다. 이슬도 좀 놀란 얼굴이다.

"어쩐 일이에요?"

이슬이 무덤덤한 척하며 물었다.

"신부 대기실에 뭐 하러 왔겠습니까."

웨딩드레스 입은 모습을 처음 보는 것도 아닌데, 재오는 또 넋을 놓았다. 봐도, 봐도 면역이 생기지 않아 당혹스러웠지만 그런 티를 내지 않으려고 일부러 더 덤덤하게 행동했다.

"인사해. 여기 내 친구 종수."

재오는 이슬에게 종수를 소개했다. 종수가 친절한 미소를 띠며 인사를 건넸다.

"안녕하세요. 김종수입니다."

"네. 반가워요."

이슬이 종수의 인사에 응하며 살며시 웃어 보였다.

"생각보다 훨씬 미인이시네요."

"감사합니다."

이슬이 답을 하기 무섭게 갑자기 벨소리에 종수가 전화를 받았다. 짧은 통화를 마친 그가 재오에게 시선을 뒀다.

"애들 왔나 보다. 입구라고 오라네."

"가 있어."

"응."

신부 대기실을 떠나는 종수를 따라 나리도 걸음을 뗐다. 수많은 하객이 들렀다간 신부 대기실에 잠시 발길이 끊겼다.

재오는 괜히 겸연쩍어 헛기침만 해 댔다. 이슬이 그를 올려다봤다.

"안 가요?"

이슬은 같이 온 친구를 내보내고 혼자 덩그러니 남아 서성이는 재오에게 의아한 눈길을 주었다. 그러자 그의 얼굴에 섭섭한 감정이 옅게 드리웠다.

"그런 말밖에 할 말이 없어요? 원치 않은 결혼이었겠지만 그래도 명색이 결혼식인데 하객들한테 하는 것처럼 나한테도 좀 웃어 줘요."

재오가 이런 부탁을 하다니 얼마 안 되는 시간이지만 그래도 여태껏 그를 봐 왔던 모습하고 어울리지 않았다. 잠시 당황스러워하던 이슬이 이내 한숨을 내쉬었다.

"나도 웃고 싶어요. 웃고 싶은데, 웃음이 안 나오는 걸 어떡해."

하객들에게 억지로 보여 주었던 웃음이 재오의 앞에서는 싹 사라진 것이다. 그래도 신랑이라서 그런가, 다른 사람들보다는 그의 앞에 훨씬 편했다. 그래서 힘든 내색을 숨기지 않을 수 있는 것이다.

"나와 한집에서 살 생각을 하니 눈앞이 캄캄합니까?"

재오는 제가 좋은 신랑감이 아님을 자각하고 있다. 그래서 저에게 시집 올 이슬에게 미안한 감정이 들며 연민의 마음까지 생겼다.

"당신 같은 여자라면 충분히 훨씬 좋은 남자와 결혼을 할 수도 있었겠지."

결혼식 당일이 되니 수많은 상념들이 얽혀 머릿속이 뒤죽박죽이었다. 오늘이 지나면 돌이킬 수 없는 강을 건너는 것이다.

"갑자기 그게 무슨 말이죠?"

지금이 아니면 더 이상 되돌아갈 길은 없다.

"당신 말마따나 쓰레기 같은 나와 결혼을 하게 되다니, 얼마나 싫고 우울하겠어요."

"……."

"지금이라도 늦지 않았어."

뭐가 늦지 않았다는 거지? 이슬이 의아한 눈길을 재오에게 보냈다. 그의 눈은 가볍게 하는 말이 아님을 깨닫게 했다.

"도망가요."

뒷말을 예상 못한 이슬의 눈이 휘둥그레 커졌다.

"……표재오 씨."

믿기 어렵지만 재오는 진심이었다.

"당신에게 주는 처음이자 마지막 기회입니다."

저에게 이슬 같은 여자를 놓치는 일은 멍청한 짓일지도 모른다. 표 사장의 말대로 앞으로 이렇게 괜찮은 여자를 내 인생에서 더 이상 만나게 되지 못할 가능성이 아주 크기에. 그렇지만 그런 이유 때문에 조건 계약서까지 내밀며 이 결혼을 거부하고 싶어 하는 그녀를 붙잡고 있을 수만은 없었다.

"왜……."

이슬은 충격 받은 사람처럼 멍했다. 말도 제대로 하지 못했다.

"당신 아버지 회사에는 어떻게든 도움을 줄 수 있도록 표 사장을 잘 설득해 볼 테니 걱정 말고."

이제야 이슬은 정신을 가다듬고 말을 꺼냈다.

"왜 이런 기회를 줘요? 여태까지는 가만히 있다가 이제 와서……."

"지금까지는 나도 여유가 없었습니다. 당신만큼 나도 이 결혼이 당황스럽고 받아들이기 어려웠으니까."

신부 대기실을 찾아온 하객들이 있었다. 하지만 신랑과 신부가 진지하게 대화를 나누고 있어 쉽게 끼어들지 못하고 밖에서 대기를 하고 있었다. 갑자기 모든 소음이 잠들고 오로지 두 사람만 존재하는 느낌이다.

"몇 번 만나면서 느꼈겠지만 당신과 난 라이프스타일이 너무 달라요. 그러니 또 많이 부딪치고 싸우겠지."

"말했잖아요. 사생활 터치하지 않겠다고."

조건 계약서에 분명히 명시되어 있다. 서로의 사생활은 존중해 주자고. 외박을 하든, 뭘 하든 간섭하지 말자고.

"쇼윈도 부부로 살다 이혼을 할 바에야 아예 처음부터 엮이지 않는 게 낫지 않겠어요?"

"……"

"나 쓰레기야. 그런데 당신은 순수하고 여리다며."

이슬의 눈동자가 크게 흔들렸다.

"누, 누가 그런 소리를."

"누가 했든 그건 중요한 게 아니고. 지금 중요한 건 당신이 굳이 나 때문에 인생을 망칠 필요는 없다는 겁니다. 인생의 오점을 남기지 말고 그냥 도망가요. 그 뒤는 내가 알아서 수습할 테니."

이슬은 안다. 이건 재오가 건네는 배려라는 것을. 솔직히 그녀는 아주 잠깐 갈등을 했다. 그가 주는 이 기회를 놓쳐 버리면 더 이상 도망갈 수 없을 테니까. 그녀의 머릿속이 어지럽게 꼬여 갔다.

결혼 행진곡이 울려 퍼지고 사람들의 박수소리가 났다. 이제야 결혼이라는 현실이 완벽히 실감난다. 버진로드를 밟는 이슬의 발에 힘이 들어간다. 이 길을 지나가면 자유로운 삶은 끝이겠지. 하지만 더 이상 후회 같은 건 하지 않으련다. 어차피 어떤 남자를 만나도 똑같았을 테니까.

이슬은 스스로 연애를 할 수 없는 사람이라 여겼다. 이 결혼이 아니어도 누군가를 만나고 사랑하는 건 불가능한 일이니 슬퍼할 필요는 없다. 그렇지만 어떤 이유에서인지는 몰라도 기분이 싱숭생숭한 건 어쩔 도리가 없다. 누군가의 신부가 되는 여자들의 기분은 다 이럴까?

버진로드의 끝에는 아직도 익숙하지 않은 남자가 서 있다. 이제 그의 타이틀은 현이슬의 남편. 서로에 대해 아는 것이 없는 두 사람이 부부가 된다. 이 광경을 지켜보는 이들 중에 진정 행복을 바라는 사람이 있을지 의심이 든다. 가족을 제외한 다른 사람들은 모두 하나같이 우려스러운 맘뿐이겠지. 정략결혼으로 맺어진 두 사람이 살면 얼마나 잘 살겠냐는 마음으로 앉아 있는 이들이 대부분일 것이다.

드디어 재오의 앞에 섰다. 부딪치는 시선에 교차하는 만감. 두 사람 모두 복잡한 심정이다. 그의 손 위에 손을 올리자 오만 가지 생각과 감정들이 널을 뛰어 정신이 산란했다. 호근을 한 번 바라보고 나서 그와 주례사 앞에 섰다. 주례가 들리지 않았다. 이슬은 오직 자신의 감정에 빠져 한없이 가라앉았다. 재오가 그녀를 슬며시 쳐다봤다. 그녀의 마음을 모두 알 수는 없지만 대충은 짐작할 수 있었다.

주례가 끝나고, 양가 부모님께 인사를 했다. 재오의 부모님은 담담한 모습이었지만 이슬의 부모님의 눈시울은 붉어져 있었다. 그녀를 낳아 준 친엄마도, 그녀를 딸로 받아 준 아빠도 모두 눈물을 글썽거렸다.

그 모습을 보고 나니 눈물을 참을 재간이 없어, 결국 투명한 물기가 이슬의 뺨을 타고 주르륵 흘러내렸다. 울면 안 된다고 마음을 다독여 보지만 이미 터진 눈물샘을 틀어막기란 어려웠다. 재오가 눈물을 닦아 주었다. 그나마 마음을 다잡아서인지 눈물의 양이 많지 않았다.

다행히 큰 사고 없이 결혼식을 마쳤다. 가족과 친구들의 배웅을 받으며 리무진 웨딩 카에 몸을 실었다. 재오는 마음이 복잡해 편히 앉지 못하는 이슬이 신경 쓰였다.

"등 기대고 앉지."

그제야 이슬이 등을 기댔다. 그다지 편해 보이지는 않았지만 조금 전보다는 나았다.

"당연히 도망갈 줄 알았는데, 의외군."

차분한 저음이 귓바퀴를 돌아 귓속으로 부드럽게 흘러들어 왔다. 이슬이 느릿하게 눈꺼풀을 깜빡이며 입술을 달싹였다.

"도망……가고 싶었죠."

"그런데 왜 가지 않았습니까?"

재오가 피곤해 보이는 이슬의 얼굴을 지그시 응시했다.

"비겁해지긴 싫었으니까."

"나와 결혼한 이유군요?"

이슬의 붉은 입술은 약간의 공백을 만들더니 천천히 벌어졌다.

"적어도 당신은 내 돈으로 장난칠 것 같지 않았어요. 사랑이 부질없다는 것을 너무 잘 알아서."

어쩐지 흑백의 과거를 회상하는 듯 이슬의 목소리에 기운이 없었다.

"의미가 담긴 말 같군요."

이슬은 더 이상 말해 주지 않을 생각인지 입을 다물었다. 그녀의 공백을 허락해 주고 싶다. 그녀에겐 지금 휴식이 필요할 테니.

"공항까지 가려면 멀었으니 눈 좀 붙여요."

"어수선해서 잠 안 와요."

잠이 안 온다니까 그런 줄 알고 최대한 편하게 있도록 해 주기 위해 시선도 주지 않고 창밖만 쳐다봤다. 재오는 감정 없는 눈으로 창으로 지나가는 도시의 모습들을 구경했다. 넓은 세상, 수많은 건물들, 셀 수 없이 많은 사람들. 그 와중에 이슬을 만나 부부가 됐다는 것이 놀랍고 신기하다.

비록 애정이 없는 결혼이지만 그렇다고 해서 무덤덤한 건 아니다. 기분이 묘하고 감회가 새롭다. 지금껏 살아오면서 이런 기분, 이런 생각, 이런 감정을 가져봤던 적이 전무하다.

이슬은 비즈니스 부부로 살자 누누이 말해 왔지만 어쨌든 그것 또한 부부인 것 아닌가. 한집에서 같이 밥을 먹고 생활하고 잠을 잘 텐데. 여느 관계들과는 확연히 다르지. 그래서 일까, 난생처음 책임감이라는 무거운 마음이 살짝 깃든다.

상념에 잠겨 있는데, 어깨에 무게감이 실린다. 재오가 생각을 거두고 옆으로 시선을 옮겼다.

"하……."

허탈해서 웃음이 나온다. 이슬이 잠들었다. 고단했는지 세상모르고 잠든 그녀의 고개가 기울어 제 어깨에 닿았다.

"잠 안 온다더니."

곧 이슬의 고개가 반대쪽으로 기울었다. 목이 꺾일 것처럼 불편해 보여 손을 뻗었다. 그녀의 고개를 제 어깨에 기대도록 했다. 손을 거두지 않고 그대로 그녀의 어깨를 감쌌다.

"……생각보다 작네."

그동안은 잘 가늠이 되지 않았던 이슬의 몸을 체감한다. 키는 크더니 몸은 두껍지 않았다. 그리고 보니 목선, 허리선, 팔, 다리가 가늘었었다. 가슴과 엉덩이의 훌륭한 볼륨감으로 인해 작아 보인다고 생각하지 못했는데 예상외다.

"이렇게 작은 당신과 싸울 생각을 했다니."

이슬의 만만치 않은 말재간에 상했던 자존심을 극복하겠다고 다짐을 했던 지난날의 자신이 부끄럽다. 자는 그녀의 얼굴을 가만히 응시했다.

"속눈썹이 길구나."

신부 화장이 답답하다며 호텔을 나서기 전 화장실에서 깨끗하게 세안을 했기에 민낯이었다. 가구를 보러 다닐 때 이미 봤던 얼굴이어서 그런지 더 반가웠다. 화장을 안 하면 순해지는 얼굴이 신기하면서도 귀여웠다.

"입술은 봤던 대로 탐스럽고."

물론 열리기만 하면 독이 나오긴 하지만 그래서인지 더욱 구미가 당긴다. 자극적일수록 더욱 강하게 끌리니까.

"……기분 진짜 이상하네."

확실히 이 기분은 말로 표현하기 힘들다.

## 5화
## 방심은 금물

신혼여행은 그리스 산토리니로 왔다. 결혼식은 순전히 어른들의 계
획으로 치러졌지만 신혼여행만큼은 신부에게 권한을 줬다. 이슬은 결
혼에 대한 환상은 없어도 신혼여행에 대한 로망은 있었기에 어차피 가
게 될 거, 평소에 특별히 가고 싶었던 여행지를 선택했다.

직접 와서 본 산토리니는 TV 광고나 엽서에서 봤던 장면 그대로 펼
쳐져 있었지만 확실히 느낌이 남달랐다. '빛에 씻긴 섬'이라는 의미를
실감했다. 특히나 이아마을을 찾았을 땐 온몸이 짜릿하기까지 했다. 깊
고 푸른 바다와 새하얀 마을은 깨끗하고 눈이 부셨다. 골목을 걸으면서
이온음료 CF 로고송이 저절로 귓가에 울려 퍼졌다. 자전거를 타야 할
것 같은 분위기였지만 그것은 그저 상상만으로 만족하기로 했다.

솔직히 자주 올 수 없을 만큼 먼 거리였다. 한국에서 산토리니까지
오는데 소요된 수많은 시간 동안 무척 괴로웠다. 산토리니에 오기 전
아테네를 구경하면서 피로감은 절정에 이르렀고 몸은 혹사당하는 기분
이었다. 하지만 이 이아마을에 와 펼쳐진 풍경을 접하니 언제 힘들었냐
는 듯 환희에 찼다. 고단한 여정에 대한 선물이라 여겨졌다.

이아마을에 위치한 호텔을 찾았다. 미리 예약을 해 두었던 룸으로

이동했다. 녹초가 된 재오는 객실에 들어서자마자 소파에 쓰러졌다. 그나마 이슬은 조금 더 상태가 나았다.

"근데 왜 하필 그리스를 선택했습니까?"

재오가 소파에 널브러진 모습으로 이슬을 봤다. 그녀는 씻을 생각으로 캐리어에서 필요한 것들을 꺼내는 중이었다.

"어릴 때부터 오고 싶었어요."

"단지 그것뿐?"

"별 의미는 없어요. 왜 누구나 한번쯤은 꼭 가 보고 싶은 여행지가 있잖아요. TV에서 나오는 그리스를 보면서 진짜 아름답고 예쁘다고 생각했거든요."

이야기를 듣고 나니 충분히 그럴 수 있겠다는 생각이 들었다.

"그럼 꼭 신혼여행이 아니고서도 왔을 수도 있지 않나?"

"아무 때나 말고 특별할 때 오고 싶었어요."

이슬이 그리스로 신혼여행을 오고 싶어 했던 이유를 이제야 완벽히 이해했다. 그녀는 신혼여행에 대한 선택권을 부여 받자마자 고민도 없이 그리스로 가자고 말했다. 짐작했던 대로 특별한 사연이 있는 건 아니지만 나름대로 분명한 이유가 존재했다. 그리고 그 이유에 재오도 공감한다. 누구나 한 번쯤 가 보고 싶어 하는 나라가 있으니까. 그게 꼭 먼 곳이 아니라도. 하나의 궁금증이 해소되자 또 다른 궁금증이 생겨난다.

"그러니까 당신 말은 나와의 신혼여행이 특별하다는 뜻인가?"

아닐 거라 예상은 하면서도 괜히 묻고 싶었다. 재오가 소파에서 상체를 일으켜 앉아 이슬을 쳐다봤다. 쉽게 입을 열지 않는 이슬을 보며 무슨 생각 중일까. 궁금했지만 재촉하지 않았다.

"……어쨌든 신혼여행이니까."

확실한 답은 해 주지 않는 태도가 조금 얄미웠으나 이슬의 성격상 예쁜 말을 하지 않으리라 미리 예상을 했기에 그런대로 넘어가 주기로 했다. 이슬은 더 이상의 말없이 욕실로 들어가 버렸다. 그녀가 사라지자 심심해진 재오는 다시 소파 위에 벌러덩 누워 버렸다. 어느새 저도 모르게 그녀가 나오기를 기다리고 있었다.

째깍째깍. 시간이 꽤 많이 흐르자 점점 지루함이 짙어져 간다.

"근데 내가 왜 현이슬을 기다리는 거지?"

기다리면서도 의문이 든다. 여기까지 오는 내내 같이 있다 보니 정이 들었나, 싶다가도 자주 다투었던 일화들을 떠올리면 그건 또 아닌 것 같았다.

"미운 정이라도 든 거야, 뭐야."

여행을 오게 되면 서로의 성격을 더 확실히 알 수 있다더니 진정 그렇다. 재오는 충동적이고 자유로운 성향이라면 이슬은 계획적이고 꼼꼼했다. 상반되는 성향이니 부딪치는 건 당연했다. 소소한 이유들로 잦은 싸움이 있었지만 그래도 서로 뒤끝이 없어서 그런지 마음에 담아 두지는 않고 금방 풀려 버리곤 했다. 그 점이 장점이라면 장점일까.

"되게 오래 걸리네. 같이 씻자고 할 수도 없고."

그랬다간 뺨 한 대 시원하게 맞겠지. 뭐, 그것도 나쁘진 않을 것 같다. 뺨 한 대 내어 주고 같이 씻는 것도 괜찮을 것 같다. 같이 씻기 위한 목적이라기보다는 시간 절약을 위한 목적으로.

억겁의 시간이 흐른 기분이다. 드디어 고대하던 이슬의 등장에 재오가 벌떡 일어났다. 큰 타월 하나만 두른 모습으로 나타난 그녀로 인해 재오는 당황하고 말았다. 유려한 어깨선과 살짝 드러난 가슴골이 그의 정신을 옭아맸다. 그리고 엉덩이를 간신히 덮은 타올 아래로 드러난 미끈한 다리에 정신이 혼미했다. 그녀는 시각적인 부분만으로도 아찔하게 만들었다.

"언제까지 볼 셈이죠?"

"……때라도 밀었어요? 엄청 오래 걸리네."

너무 빤히 쳐다봤다는 사실을 자각하고 뒤늦게 창피함이 밀려와 아무 말이나 대충 해 버렸다.

"왜요? 때 밀면 안 되는 법이라도 있어요?"

이슬이 벌의 침처럼 따끔하게 쏘아붙였다.

"진짜 때를 밀었나?"

"아뇨. 때 밀면 안 되는 것처럼 말하니까."

"그게 아니라, 오래 걸리니까. 난 언제 씻으라고."

"아, 그런 말이구나."

아니. 그런 거 아닌데. 언제 씻는 게 문제가 아니었어. 당신이 언제 나오나 기다리느라 지겨웠던 게 문제지. 하지만 어찌 이런 말을 할 수 있나. 재오는 태어나서 어떤 여자에게도 진솔한 마음을 전해 본 적이 없었다. 자신의 진짜 생각이나 진짜 감정들을 타인에게 보여 주는 일이 생소하기만 했다.

"이제 씻어요."

"어……, 어."

자꾸만 이슬의 몸에 시선이 흐른다. 이건 이성이 제어할 수 있는 부분이 아니다. 순전히 본능에 이끌릴 뿐이다. 이슬이 재오를 지나쳐 갔다. 그의 시선은 마치 자석에 이끌리는 것처럼 그녀를 따라갔다. 가릴 곳은 다 가렸는데도 정신이 아찔할 만큼 그녀의 모습이 무척 야했다.

욕실에 들어오기 전에 본 이슬의 모습이 잊혀지지 않았다. 씻는 내내 상기되는 바람에 답지 않게 자꾸만 가슴이 두근거렸다. 다른 이유는 없을 거라고, 그저 여자의 아슬아슬한 노출이 저를 자극한 것뿐이라고 생각하려 했다.

욕실에서 나온 재오가 제일 먼저 한 일은 이슬의 행방을 좇는 것. 그녀는 침대에 누워 있었다. 사정거리 안에 있는 그녀를 확인한 순간 왠지 안도가 됐다. 까닭은 모르겠다. 그저 귀찮게 찾아다닐 필요가 없어서 그런 거라 믿고 싶을 뿐.

"잡니까?"

숨소리만 미약하게 들려와 설마 자는 건가 싶었다. 그래도 명색이 신혼여행 첫날밤인데 이대로 자는 건 너무 허무하지 않나?

"이봐요."

침대로 다가가 불러도 대답이 없는 걸로 보아 진짜 자는가 보다. 이슬에게 신혼여행에 대한 환상이 있었다면 재오에게는 첫날밤에 대한 환상이 있었다. 난생처음 겪는 신혼여행의 첫날밤인데 이렇게 허무하게 보내야 하다니. 그는 좀 억울하고 속상했다. 그렇다고 해서 잠든 그녀를 깨울 수는 없었기에 허탈했지만 체념하기로 했다.

이슬과 조금 거리를 두고 누웠다. 두 뼘 정도의 간격이 있었지만 어쨌든 가까운 곳에 그녀가 있다는 사실이 신기하고 이상하다. 옆에서 들리는 가느다란 숨소리와 은은하게 풍겨 오는 체향이 재오를 들뜨게 했다.

어둠이 잠식한 침실. 작은 소음도 더욱 부각된다. 이슬이 자세를 고쳐 눕느라 나는 부스럭거리는 소리가 재오의 귀를 간질였다. 슬쩍 곁눈질을 하다가 그만 이슬과 눈이 마주치고 말았다. 그녀가 갑자기 휘둥그레 눈을 뜨더니 상체를 벌떡 일으켰다.

"뭐, 뭐 하는 거예요?"

이슬의 반응에 덩달아 재오도 놀라고 말았다.

"어?"

"왜 당신이 여기에 있어요?"

"그럼 여기 있지 어디 있어요?"

이슬이 갑자기 왜 이렇게 예민하게 구나 싶었다. 경기를 일으키며 상체를 세운 그녀와는 달리 재오는 가만히 누워 이슬을 의아한 눈으로 쳐다봤다.

"설마 같이 자려는 건 아니죠?"

이슬이 의심스러운 눈길로 재오를 흘겨봤다.

"결혼했는데 같이 자는 게 당연한 거 아닌가?"

"나 아직은 표재오 씨랑 한 침대에서 잘 준비가 안 됐어요!"

재오가 인상을 구겼다. 이제야 그가 상체를 일으켜 앉았다. 그는 다소 심각해진 얼굴로 그녀를 마주 봤다.

"조건 계약서에 따로 자야 한다는 항목은 없었습니다."

"그래도······."

재오의 말이 맞기는 하지만 그래도 이슬은 아직은 낯선 그와 한 침대를 쓰기는 어려웠다. 그녀는 곤란한 처지에 놓인 작은 짐승처럼 잔뜩 움츠린 채 울상을 했다.

"아무리 내가 싫어도 우린 엄연히 부부입니다."

"말했죠. 난 당신이랑 사랑 같은 거 안 한다고."

"나도 그딴 거 할 생각 없다고 말했을 텐데. 사랑이랑 잠자리는 별개의 문제예요."

이슬의 눈썹이 씰룩였다. 방금 들은 말에 의문점이 생겼다.

"잠자리? 그건 어떤 의미예요?"

"어떤 의미든. 그건 사랑과는 전혀 다른 문제지."

재오는 별스럽지 않은 일이라 여겼기에 편안한 자세로 누워 이슬을 봤다.

"그래요. 그게 뭐든, 무슨 의미든 난 당신하고 안 해요."

침대를 같이 쓰는 거야 언젠가는 익숙해지겠지만, 그 이상의 잠자리는 절대로 허용할 수 없다.

"그럼 누구와 할 생각이죠? 다른 남자와 할 생각인가요? 혹시 어디 숨겨 놓은 애인이라도 있습니까?"

쏟아지는 질문에 이슬은 머리가 어질어질했다.

"없어요. 난 누구처럼 지저분하지 않아서. 특히나 이성 관계에 있어서는 무지 깔끔하거든요, 내가."

이슬은 어깨를 으쓱해 보이며 떳떳해했다. 그녀가 자존심을 건드리자 재오가 발끈했다.

"아, 억울하네. 나도 정리 끝냈습니다만?"

"에? 무슨 정리?"

이슬이 눈을 동그랗게 떠보였다.

"결혼하기 전에 여자들 싹 정리했다고."

"왜요?"

"아무리 비즈니스 결혼이라지만, 그래도 복잡한 상태를 유지할 수 없으니까요."

재오의 얘기를 들은 이슬은 시큰둥한 모습을 보였다. 어차피 사생활에 대해 왈가왈부하지 않기로 했기에 그에게 여자가 있든 없든 누구를 만나든 상관없기 때문에 굳이 정리를 하지 않아도 괜찮았다.

"안 그래도 되는데."

반기거나 좋아하지는 않을 거라는 예상은 했지만 이렇게 시큰둥한 반응일 거라고는 미처 떠올리지 못한 재오가 적잖이 당황했다.

"뭐?"

"사생할 터치 않겠다고, 나는 분명히 말했거든요."

재오는 머리를 한 대 얻어맞은 것처럼 멍했다.

"미안한데 오늘만큼은 침대 따로 써요. 부탁이니까 나가 줘요."

부탁이라고 하기엔 이슬의 태도가 굉장히 당당했다.

"어딜 나가라는 겁니까?"

"이 침대에서 내려가요. 이 방에서 나가라구요."

이슬의 행동이 점점 더 당당해져 갔고, 재오는 황당한 기분을 감추지 못했다.

"허?"

"얼른요."

"싫다면?"

이슬이 인상을 쓰며 못마땅해했지만 재오는 굴하지 않고 버텼다.

"내가 나가야 할 이유는 없어요. 어쨌든 나는 당신 남편이고 우린 같은 침대에서 잘 권리 있으니까."

말 끝나기 무섭게 침대에 다시 누워 버리는 재오에게 나갈 의지 따위 전혀 없어 보였다. 이슬은 한숨을 쉬었다. 그래, 그의 말이 맞다. 이제 결혼을 한 사이고 같은 침대에서 자도 되는 건 맞지만 마음이 내키지 않는 걸 어쩌나. 연애를 한 지도 오래 됐고, 심지어 남자와 한 침대를 써 본 적도 없었다. 딱 한 번의 연애. 그전까지는 잘되려고 하던 남자들과 이상하게 어긋나기만 했었다.

　처음이자 마지막으로 사귀었던 첫사랑과도 같이 자 본 적이 없었다. 그러니 지금 이 상황이 당황스럽고 생경한 건 당연한 일이다. 뻔뻔하게 같이 누워 잘 수 있는 성격도 아니니 이러지도 저러지도 못하고 끙끙 댔다. 나가 주지 않는 재오가 얄밉기도 했다. 그는 태평하게 누워 눈을 감고 있다.

　"씨이……."

　불만스럽지만 어쩌겠나. 재오를 억지로 끌어낼 수도 없는 노릇이니.

　결국 이슬은 제가 움직이는 게 빠르기도 하고 속도 편하겠다고 생각해 이불을 걷고 침대에서 내려왔다. 재오가 슬쩍 눈을 떠 그녀의 행동을 눈여겨봤다. 그녀는 베개를 가지고 침실을 나갔다. 방문이 닫히고 침실 안은 적막만이 내려앉는다.

　"……괜히 버렸나."

　고집을 부리다가 괜히 이슬을 추운데서 자게 하는 건 아닌지. 미안한 마음이 슬금슬금 번졌다. 그렇다고 자존심에 바로 나가서 내가 거실에서 잘 테니 침대에서 자라고 할 수도 없고. 재오는 한참을 뒤척거리다가 아무래도 신경이 쓰여서 결국 침대를 벗어났다. 거실에 있을 줄 알았던 이슬이 보이지 않았다.

　"뭐야, 그새 어디 갔나?"

　재오의 두 눈이 당황함에 작게 떨렸다. 그는 이슬을 찾기 위해 객실을 누볐다. 그녀는 그의 사정거리에 없었다. 같이 있던 사람이 갑자기 사라지니 불안함이 엄습했다. 이 시간에 도망을 갔을 리는 없고, 대체 어디를 간 걸까. 초조함에 이성이 나가려 했다. 간신히 정신을 부여잡고 객실을 나와 이슬을 찾으러 돌아다녔다. 낯선 장소라 길이 익숙하지 않았다.

　정신없이 헤매다 발을 디딘 인피니티 풀. 그곳에서 이슬을 발견했다. 그곳은 그녀 외엔 그 누구도 없이 썰렁했다. 불빛도 없어 어두웠다.

　이슬은 썬 베드에 누워 별을 보고 있었다. 서울, 그 도심 속에서는 쉽게 볼 수 없는 하늘이 아름답게 펼쳐져 있다. 그 황홀한 광경을 두고서 그녀는 눈을 떼지 못했다. 재오는 다가가지 않고 멀찌감치 서서 하늘을 구경하는 그녀를 응시했다.

어떤 생각을 하고, 어떤 감정을 지닌 채 하늘을 보고 있을까. 사소한 것들이 궁금했다. 그리고 문득 의구심이 깃든다. 이 호기심은 어디서 비롯된 것인지. 분명 제 안에서 떠오른 궁금증인데 헤아릴 수 없음에 어이가 없다.

이슬은 옆에 마련된 테이블로 손을 뻗었다. 그녀의 가느다란 손가락이 캔 맥주를 감싸 쥐었다. 야무지게 그러쥔 손에서 떨어뜨리지 않겠다는 의지가 보인다. 그녀의 손을 따라 캔이 기울어진다. 그녀는 맥주를 마시면서 허공 어딘가를 응시한다. 재오는 끼어들 타이밍을 엿봤다. 그녀가 흩뿌린 분위기가 공간을 장악하고 있어 작은 소음조차 내기 어려웠다.

재오가 어째야 하나 망설이던 그때, 이슬이 썬 베드에서 일어났다. 비틀비틀 걷는 걸음. 혼자서 술은 좀 마셨나? 어두워서 몰랐는데 조금 더 다가가 보니 테이블 위에 캔 맥주가 여러 개 널브러져 있었다.

"……저."

말을 시키려던 그 순간 풍덩! 하는 소리가 났다. 주변에 빛이 없어서 빠른 상황 판단이 어려웠다.

"꺄아!"

하지만 고막을 찌르는 비명 소리가 사태를 짐작하게 했다. 재오는 본능적으로 풀로 뛰어들었다. 풀이 생각보다 깊었다. 이슬이 팔을 허우적거리며 괴로워했다. 물에 꼬르륵 가라앉았다가 다시 위로 올라오기를 반복했다. 그는 빠르게 헤엄쳐 이슬에게로 다가왔다. 팔을 뻗어 그녀의 몸을 감싸 안았다.

"흡, 읍!"

입을 벌리면 물이 밀려들어 와 숨을 쉬기 괴로웠다.

"제장!"

이슬이 괴로워하는 모습을 보니 재오도 마음이 어수선했다. 혼자서 수영을 하는 거라면 더 빠르고 편했겠지만 이슬을 데리고 물속을 빠져 나와야 했기에 상당히 버거웠다. 그렇다고 포기할 수는 없었다. 왜 그 런지는 모르겠다. 이유를 묻는다면 본능이었다고 해명할 수밖에 없다.

간신히 물 밖으로 이슬을 빼냈다. 그녀의 몸은 물론 재오의 몸까지 흠뻑 젖었다. 젖은 옷으로 그녀의 피부가 비친다.

"옷은 또 왜 이렇게 얇게 입고 나왔어!"

이슬의 몸이 파르르 떨렸다. 그리스의 높은 기온을 믿고 얇게 입고 나온 그녀는 생각지도 못한 상황에 처하고 말았다. 그리스의 낮과 밤 기온은 확연히 차이가 났다. 기온이 따뜻했지만 그래도 민소매 티를 입 고 나올 정도는 아니었단 말이다. 더구나 차가운 물에 갑작스레 빠지 기까지 해 체온이 급격히 내려갔다. 재오는 이슬의 상체를 일으켜 앉혔 다. 입고 있던 카디건을 벗어 어깨에 걸쳐 주웠다. 그러나 카디건도 젖 어 있어서 그다지 도움이 되지 못했다.

"왜 이렇게 떨어, 제길."

누군가를 이토록 걱정했던 적 있던가. 아마도 처음이 아닐까? 적어 도 가족이 아닌 타인에게 진심 어린 친절을 베푸는 건 흔치 않은 일이 다. 계속 추워하는 이슬을 보자 정신이 산란했다. 재오는 박살 나려는 이성을 간신히 부여잡고 과감히 티셔츠를 벗어던졌다. 어쩔 수 없었다. 눈앞의 그녀는 당장이라도 죽을 것 같았으니까.

티셔츠를 벗자 재오의 근육질 몸매가 드러났다. 오랜 시간 공들여 만들어 품격 있는 근육들이 근사하게 자리 잡고 있다. 그는 망설임 없 이 이슬을 끌어안았다. 그는 자신의 체온으로 그녀의 놀란 몸을 녹여 주었다.

"그러게 왜 이런데서 술을 마셔."

재오는 걱정되는 마음을 솔직하게 표현하지 못하고 공연히 핀잔을 늘어놨다. 그의 따스한 체온과 건강한 심장 박동이 고스란히 전해지자 이슬은 점차 안정을 찾아갔다. 그녀가 떨리는 손을 들어 그의 팔목을 잡았다.

"하아……."

물에 젖어 부어오른 입술 사이로 여린 숨이 새어 나왔다. 꽤 야릇한 숨소리에 재오가 긴장했다. 풀어진 그녀의 표정을 보니 잠재되어 있던 수컷으로서의 본능이 꿈틀거렸다. 이 상황에서 이런 생각이 들다니. 죄책감이 설핏 들어 고개를 내렸으나 그것이 더욱 그를 당황케 했다. 젖은 옷으로 비치는 그녀의 살결이 그의 본능을 제대로 자극했다.

"후으……."

흐려지려는 이성을 잡으려는데 쉽지 않았다. 재오가 이슬을 품에서 내려놓았다.

"아야."

힘 조절을 못해 조금 세게 내려놓았다.

"살살 좀 내려놓지 그래요."

"신경질 내는 거 보니 살았네."

재오가 벌떡 일어났다. 이슬은 안정을 찾기는 했지만 사실 좀 아쉬웠다. 조금 더 그의 체온과 심장 소리를 느끼고 싶었다. 그의 품은 예상 외로 무척 뜨겁고 건강했다. 안기고 있으니 마음이 편안해졌다. 불안정하던 호흡도 제자리로 돌아왔다.

"대체 술을 얼마나 마신 겁니까?"

이상하게 가슴이 뛰고 있다. 이슬의 가느다란 숨소리와 젖은 몸이 그를 자극하고 나서부터 이렇다. 하지만 인정하기가 쉽지 않다. 그래서 재오는 걱정되는 마음과는 달리 퉁명스럽게 대했다.

"얼마 안 마셨어요……."

기운 없는 목소리. 재오를 신경 쓰이게 했다. 아직 바닥에서 일어나지 못하고 앉아 있는 이슬이 걱정된다.

"못 일어나겠어요?"

"아뇨. 일어날 수 있거든요."

이슬이 오기를 부리듯 말하더니 보란 듯이 벌떡 일어나려 했다. 하지만 그녀의 마음과는 달리 다리가 맥없이 휘청거렸다. 기울어지는 그녀의 몸을 향해 재오가 재빨리 팔을 뻗었다. 등허리를 감싼 그의 팔은 안전벨트처럼 튼튼했다.

"일어날 수 있다더니."

재오의 핀잔에 무안해진 이슬은 풀이 죽어 아무 말도 못 했다. 다시 그의 품에 안긴 꼴이 됐다.

"……뜨겁네."

속으로만 생각하려던 말이 저도 모르게 입 밖으로 튀어나왔다. 이슬은 흠칫 놀랐으나 이내 태연한 얼굴을 해 보였다.

"뭐가 뜨겁다는 거죠?"

"아, 아뇨. 아무튼 고마워요."

이슬이 먼저 몸을 떼려 했다. 그런데 재오가 팔에 강한 힘을 실어 그녀를 당겨 안았다. 때문에 몸이 더 바짝 밀착했다. 그의 가슴에 얼굴이 닿았다. 두근두근, 누구의 것인지 모르는 심장 소리가 귓가에 울려 퍼진다. 그도, 그리고 그녀도 호흡이 흐트러졌다. 다소 불규칙적인 숨소리와 약간 달아오른 공기가 둘을 어색하게 만들었다.

"부축해 줄게요."

"혼자 갈 수 있는데……."

"그러다 또 넘어지면 곤란합니다."

이슬은 못 이기는 척 재오의 부축을 받았다. 건물 안으로 들어오자 옷을 벗고 있는 그의 모습이 눈에 확 들어 왔다. 그녀는 화들짝 놀라고 만다.

"아까부터 벗고 있었는데 뭘 이제 와서 놀라요? 아, 내숭인가? 그런 거라면 생략해도 괜찮습니다. 당신이랑 내숭은 안 어울리니까."

"뭐예요?"

이슬이 재오를 확 째려보았다.

"진짜 살아났네."

장난스럽게 말했지만 속으로는 안심하는 중이었다. 하지만 재오는 그런 속내를 내비치지 않았다.

"그럼 살지 죽어요? 내가 죽기를 바랐나 보죠?"

"죽을까 봐 물에 뛰어든 사람한테 너무하네."

"……."

"미안해하는 얼굴이군요."

무사히 객실로 돌아왔다. 두 사람 모두 지친 기색이 역력하다.

"감기 들겠어요. 씻고 나와요."

이슬의 팽팽했던 얼굴 근육들이 한결 느슨해졌다.

"그거 지금 나 위해 주는 말이죠?"

"……나한테 옮길까 봐 그런 거니까 오해 하지 맙시다."

"치."

아니라고는 하지만 걱정하고 있음을 분위기로 읽을 수 있었다. 재오는 평소와는 달랐다. 그에게도 이런 면이 있구나. 그래도 완전 최악은 아니구나. 이슬은 새삼 깨달았다.

"재오 씨는 안 씻어요?"

"씻어야죠. 설마 같이 씻기를 원하는 건가?"

펑! 창백하던 이슬의 얼굴이 단숨에 붉어졌다.

"드, 들어오면 알아서 해요!"

이슬이 들어오지 말라 못을 박고 얼른 욕실로 쏙 들어가 버렸다. 재오가 웃음을 터뜨렸다.

"귀엽군."

웃고 있는 자신을 자각했다. 신기하다. 이렇게 진심으로 웃을 수 있다니. 확실히 남다른 여자다. 적어도 그에게 있어서는 보통의 여자는 아니다. 이슬이 먼저 씻고 나오고, 차례로 재오도 씻고 나왔다. 침대에 누워 있는 그녀를 한 번 쳐다보고 거실로 나가기 위해 발걸음을 내딛었다.

"……여기서 자요."

이슬의 목소리는 작았지만 아주 강력했다. 그녀의 한마디로 공기가 달라졌다.

"나한테 하는 소린가요?"

"그럼 여기 재오 씨 말고 누가 있다구."

재오가 씩 웃더니 단숨에 침대로 와 누웠다. 이슬이 그를 힐끔거렸다. 그가 싱글벙글 웃고 있다. 뭐가 저리 좋은 걸까? 그녀는 어리둥절하다.

"대신 이 간격 넘어오지 마요."

이슬이 재오와의 사이에 있는 간격을 손바닥으로 툭툭 치며 경고했다.

"의식이 있을 땐 가능하겠지만 무의식중에는 불가능할지도 모르는데?"

"농담이죠?"

"진담입니다만."

이슬이 움찔 놀랐다. 불안함이 그녀를 덮쳤다.

"뭐, 최대한 노력은 해 보죠. 근데 잘 될지는 모르겠네."

"은근슬쩍 넘어오려는 수작이면 애초에 안 하는 게 나을 거예요."

재오가 알았다며 고개를 끄덕이곤 등을 보이도록 돌아누웠다. 등 뒤로 꽂혀오는 이슬의 시선이 느껴진다.

"걱정 말고 자요."

"걱정이 무지 되거든요."

"그렇게 걱정되면 나가서 잘게요."

"됐어요. 그냥 여기서 자요."

나가라고 하면 나갈 의사가 있었다. 하지만 이슬은 나가지 말라고 하며 재오처럼 등을 보이며 누웠다. 둘 다 긴장되는 마음에 쉽게 잠들지 못했다. 낯설고 기이한 공기가 부유했다.

이슬의 다보록한 속눈썹이 가늘게 떨리더니 이윽고 위로 올려졌다. 드러난 다갈색의 투명한 동공에 낯선 캐노피가 비쳤다. 등에 닿는 시트와 몸을 덮고 있는 이불은 푹신하긴 했지만 편안하지는 않았다.

무엇보다 낯선 남자와의 잠자리가 그녀를 가장 불편하게 한 요소다. 타인과 함께 침대를 쓰는 것에 익숙하지 않는 그녀가 더욱이 친하지도 않은 남자와 두 뼘의 간격을 두고 잠을 청했다니. 그동안 하지 못한 경험이기에 생소할 수밖에 없다.

불편하고 불안해서 쉽게 잠들지 못했다. 한참 뒤에야 겨우 잠을 청했다. 잠을 자는 동안 누가 몸을 밟고 지나간 것처럼 찌뿌드드하다. 까마득한 의식을 깨우고 보니 옆이 썰렁했다. 눈을 감기 전까지 옆에 있던 남자가 사라지고 없다.

"뭐야, 어디 갔지?"

있던 사람이 말도 없이 사라지니까 허전했다. 이슬이 상체를 일으켜 침대 헤드에 등을 기대고 앉아 옆을 두리번거렸다. 때마침 달칵하고 문 열리는 소리가 났다. 침실과 연결되어 있던 욕실에서 재오가 모습을 드러냈다. 수증기에 휩싸인 그의 모습에서 현실감이 느껴지지 않았다. 꼭 수증기 때문만은 아니다. 그의 훌륭한 비주얼이 비현실적인 분위기를 형성하는데 큰 역할을 했다.

"날 찾는 건가?"

"네?"

넌지시 건네진 물음에 재오의 상체를 응시하던 이슬의 시선이 위로 올라갔다.

"그런 얼굴이군요?"

별로 티내고 싶지 않은 생각을 간파 당하자 창피해진 이슬의 눈동자가 불안하게 요동쳤다.

"아, 아닌데요?"

부정을 할 거면 더듬지나 말지! 이슬은 속으로 제 자신을 따끔히 꾸중했다.

"강한 부정은 뭐다?"

"……멋대로 넘겨짚지 마요."

"끝까지 부정을 하시겠다. 뭐, 마음대로 하시죠."

저의 대답에 신뢰하지 않는 재오의 태도에 심통 난 이슬이 인상을 찡그렸다. 그러다 무심코 흘린 시선에 덜 마른 그의 상체가 들어 왔다.

어깨에서 시작된 물방울이 판판한 가슴 근육을 지나 초콜릿처럼 갈라진 복근을 따라 흘러내렸다. 그녀는 저도 모르게 꿀꺽 침을 삼켰다.

"맛있어 보입니까?"

"네?"

이슬이 소스라치게 놀라며 시선을 들었다. 그녀의 두 눈이 평소보다 배는 더 커졌다.

"내 몸보고 군침 도나 본데."

군침? 사람 몸을 두고 그런 표현이라니! 이슬의 얼굴이 홧홧해졌다.

"누, 누가요?"

"왜? 이것도 부정하시게?"

"내가 왜 재오 씨 몸을 보고 군침이 돌겠어요! 진짜 초콜릿도 아닌데 어디가 맛있다고!"

이것도 변명이라고 하고 있다. 재오의 몸에 감탄하다가 그만 그에게 걸려 창피해진 이슬은 정리되지도 않은 말을 뱉고 말았다. 이럴 줄 알았으면 차라리 아무 말도 하지 않는 건데. 이건 오히려 그에게 흥밋거리를 던져 준 꼴이다.

"아, 내 몸이 초콜릿처럼 보였나 보군. 혹시 많이 굶었어요?"

재오의 질문은 지나치게 짓궂었다. 이슬이 불안한 표정으로 그를 쳐다봤다.

"에? 뭐, 뭘 굶어요?"

"뭘 묻는지 몰라요? 아는 눈친데?"

이슬이 고개를 세차게 저었다. 재오가 무엇을 묻는지 눈치챘지만 모르는 척하고 싶다. 절대로 알은척하지 말아야지.

고개를 젓다가 주춤했다. 왜냐하면 재오가 코앞으로 다가왔기 때문이다. 수건으로 대충 하체만 가린 그가 침대로 올라와 이슬을 덮치려 했다. 그의 느닷없는 행동에 그녀가 경악했다. 초콜릿이 점점 저를 향

163

해 다가왔다. 그러더니 제 몸 위에 올라타는 것이 아닌가!

"뭐, 뭐 하는 거죠?"

몸을 짓누르는 남자의 무게감에 숨이 막혀 왔다. 재오에게서 나는 묘한 향기가 후각을 장악했다. 씻고 나와 상쾌한 향기와 그 특유의 체향이 뒤섞인 냄새. 그리고 규칙적인 호흡에 장난기를 묻힌 눈동자까지, 모든 것들이 이슬을 긴장시켰다.

"나랑은 안 하겠다더니 실은 기대하고 있던 겁니까?"

제 발등을 제가 찍은 꼴이었다. 탓하려면 재오에게 아주 좋은 흥밋거리를 던져 준 저를 탓해야 한다는 걸, 이슬은 자각하고 있었다. 그렇지만 그가 얄밉지 않은 건 아니었다.

"기대하긴 무슨. 당장 내려가요!"

이때다 싶은지 짓궂게 장난을 쳐오는 재오 때문에 긴장의 끈을 놓을 수 없었다.

"내 몸 보면서 무슨 생각을 했을까?"

"무, 무슨 생각을 했다고 그래요! 보이니까 본 거지 다른 의도는 없었어요. 절대!"

재오가 이슬의 눈을 빤히 들여다봤다. 그의 눈동자에 진하게 박혀 있던 장난기가 서서히 걷히고 생경한 감정이 도드라졌다. 그의 시선이 서서히 아래로 내려갔다. 코를 지나 입술에 머물렀다. 붉고 탐스러운 입술을 보는 재오의 눈빛이 혼탁해지고 숨소리마저 거칠어져 갔다. 이상야릇한 기운이 피어났다. 그가 조성한 오묘한 분위기에 이슬까지 휩쓸리기 시작했다. 본인의 상태를 자각을 하면서도 이상하게 피할 수가 없었다. 몸이 마음대로 움직여지지 않았기에.

입술을 향해 서서히 거리를 좁혀 오는 재오의 움직임을 알아챘다. 이슬은 숨통을 압박하는 긴장감에 바들바들 떨었다. 이런 기분은 난생처음이다. 심지어 첫사랑과 키스를 할 때도 이런 느낌까지는 아니었는데! 대체 이게 뭐지? 이 남자는 뭐야? 그녀는 몹시 혼란스러웠다.

입술의 간격이 손가락 한 마디도 남지 않았을 때, 이슬의 온몸에 소름이 돋았다. 그녀는 이 소름이 불쾌한 느낌이 아님을 자각했다.

"이래도 아니라고?"

입술에 닿을 줄 알았던 재오의 입술이 멈췄다. 닿을 듯 아슬아슬한 입술에 불안해서 가슴이 두근거렸다. 그는 이런 상황이 익숙해 보였지만 그녀는 전혀 아니었다. 마지막 키스가 까마득할 정도였다. 그게 어떤 느낌인지, 어떤 감정으로 하는 건지도 가물가물할 만큼. 게다가 침대에서 남자와 이런 상황에 처한 적도 단연코 없었단 말이다. 익숙하지 않았기에 두려웠다. 그녀의 몸이 가늘게 떨리고 있었다.

재오는 이슬의 떨림을 알아챘다. 떠는 그녀를 보는 그의 심장이 기묘한 감정으로 인해 풀썩거렸다. 이게 뭐지? 무슨 기분인 거지? 그는 제 가슴 안에서 일어나고 있는 변화를 받아들이지 못했다.

재오가 몸을 뗐다. 이제야 숨통이 트인 그녀가 해방감을 느끼고 참고 있던 숨을 몰아쉬었다. 평소와는 다른 박자로 뛰는 심장에 당혹스럽다. 그녀는 저를 이상하게 만든 그가 한없이 원망스러웠다. 침대에 걸터앉아 있는 그를 새침하게 흘겨봤다.

"내가 간격 넘어오지 말라고 했죠? 의식 있을 땐 가능하다면서요?"

이슬은 원망을 가득 심은 말투로 따져 물었다. 재오의 넓은 등을 보는데 왠지 모르게 억울하고 분했다. 치미는 짜증을 참지 못한 그녀가 베개를 집어 그의 등을 때렸다. 마구 때리는데도 그는 저항 하나 하지 않았고, 그 모습이 그녀를 더 짜증나게 했다.

"왜 맞고만 있어요?"

이슬이 때리다가 힘든지 헉헉거리며 물었다. 이제야 재오가 그녀를 쳐다본다.

"잘못한 것 같으니까. 장난치려고 했던 건데, 무서워서 떠는 당신 보니까 좀 미안했다고 해야 하나……."

방금 이 사람이 미안하다고 한 건가? 예상하지 못한 대답에 이슬은 멍해졌다. 워낙 자존심이 강하고 저 잘난 맛에 사는 사람이라 미안한 감정은 전혀 모를 줄 알았는데 그건 또 아닌가 보다. 그의 색다른 모습에 그녀는 놀란 얼굴이다.

"당신, 진짜 순수하네."

진원이 했던 말이 떠오른다. 그는 순수하고 여린 동생이 재오 때문에 고생을 할까 봐 걱정을 해 왔다.

"남자랑 안 해 봤지?"

"그런 건 왜 묻죠?"

침대 위에서 이런 야한 대화를 나누고 있다니, 눈앞에 당도한 현실이 제 것이긴 한 건지 이슬은 분간하지도 못하는 얼굴이었다.

"그런 것 같아서."

"……."

"키스는 해 봤고?"

아무리 그래도 키스도 못 해 봤을까 봐? 물론 너무 오래 전이라 기억도 나지 않을 때 하고 그 뒤로는 전혀 해 보지 못했지만 그래도 해 보긴 해 봤다. 이슬은 자존심 상한 얼굴로 발끈했다.

"날 뭐로 보고 그래요? 내가 뭐 키스도 안 해 봤겠어요? 근데 그……
옷 좀 입으면 안 돼요?"

시야를 장악한 재오의 몸이 자꾸만 신경 쓰였다. 안 보려고 하는데 생각만큼 잘 되지 않아 혼자 곤란해 하던 이슬이 결국 그에게 불평했다.

"좋으면서 괜히 그런다."

"안 좋아요! 안 좋다구요!"

"알았어요. 입을게. 입으면 되잖아."

재오는 이슬의 성화에 못 이겨 티셔츠를 입었다. 하의를 입기 위해 하체에 두르고 있던 수건을 잡고 벗으려던 찰나 등에 베개가 꽂혀왔다. 허공을 날아와 등에 부딪치고 떨어진 베개는 푹신해서 고통은 하나도 없었다. 그가 고개를 돌려 그녀를 쳐다봤다. 그녀의 얼굴은 흡사 불타는 고구마 같다.

"당장 나가서 입지 못해요?"

아무 생각 없이 수건을 벗으려던 건데 의도치 않게 이슬을 당황시켰다. 그런데 예민하게 반응하는 그녀의 모습이 재오의 호기심을 자극했다. 그녀의 이런 순수한 모습이 색다른 매력으로 느껴진다.

조금만 건드려도 금방 얼굴이 붉어져 어쩔 줄을 몰라 하는 그녀의 반응이 그를 즐겁게 했다. 그가 웃음을 흘리며 입을 옷들을 챙겨 거실로 나갔다. 그가 나가고 나서야 그녀는 안도의 한숨을 내쉬었다.

"노출증이야, 뭐야. 왜 자꾸 벗고 난린데."

사실 재오가 의도하고 벗었던 적은 없지만 정신은 산란하게 하는 그의 몸이 너무도 원망스럽다. 왜 저렇게 잘난 거야. 하마터면 진짜 초콜릿인 줄 착각하고 핥을 뻔했다.

"……나 진짜 너무 굶었나? 그래서 이러나?"

어쩌면 재오의 추측이 맞을지도 모르겠다. 차라리 그렇게 생각하는 편이 낫다. 그가 좋아서 이런 거는 절대 아닐 테니까.

꠹꠹

호텔 레스토랑에서 늦은 점심을 먹은 후 각자의 시간을 보냈다. 재오는 이슬과 같이 시간을 보내고 싶은 눈치였다. 그러나 이슬은 아직은 혼자만의 시간이 필요했고, 그에게 각자 하고 싶은 것을 하자고 요구했다. 그는 썩 내키지 않았지만 굳이 같이 있자고 말하기는 싫어서 그녀가 하자는 대로 했다.

재오는 혼자 온 것도 아니고 쓸쓸하게 여행을 하고 싶지는 않았다. 귀찮기도 하고 재미도 없어서 돌아다니지 않고 그저 카페에서 시간을 때웠다. 카페에 무료하게 앉아 있는데 몇몇 여자들이 다가와 노골적인 대시를 했지만 흥미가 없어서 모두 차갑게 거절했다. 결혼하기 전 같았다면 오는 여자 막지 않았겠지만 어째선지 지금의 그는 접근하는 여자들이 성가시기만 했다.

밤이 되고 나서야 카페에서 나와 호텔로 돌아왔다. 오는 길에 구매한 와인 한 병을 손에 쥐고 룸에 들어섰다. 인기척이 들리는 걸로 보아 이슬도 여행을 마치고 돌아온 듯하다. 룸에 구비되어 있는 와인글라스 두 개를 집어 그녀가 머물고 있는 곳으로 이동했다.

이슬은 테라스에 마련된 자쿠지에서 한가로운 시간을 보내고 있었다. 홀터넥 비키니를 입고 물속에 잠겨 있는 그녀의 모습에 재오가 주춤했다. 그녀가 그를 쳐다봤다.

"들어가도 되나?"

"이미 들어 왔으면서 묻는 건 뭐예요."

재오가 머쓱해하며 다가왔다. 난간 위 널찍한 공간에 와인과 잔을 내려놓고 비스듬히 기대섰다. 자쿠지의 위치는 꽤 위험하다. 난간이 있기는 했지만 일어나다가 삐끗하는 순간 그대로 밖으로 떨어질 수 있었다. 뭐 그나마 다행인건 여기가 2층이라는 점이다. 이슬은 그가 옆에 있어도 개의치 않았다. 난간에 팔을 올리고 바깥을 구경하며 반신욕을 즐겼다.

"와인 마실래요?"

"줘요."

말투가 새침하기는 했지만 거절하지 않았다는 사실에 의미를 부여했다. 이슬과 마시려고 사 온 와인인데 그녀가 마시기 싫다고 거부했다면 무안했을 것이다. 무안뿐일까? 짜증도 났겠지.

재오는 안도의 한숨을 내쉬며 글라스에 와인을 따랐다. 움푹하게 파인 글라스 안에 핏빛 액체가 채워졌다.

이슬은 그 광경을 눈여겨봤다. 살짝 시선을 들어 와인을 따르는데 집중한 그의 얼굴을 봤다. 글라스에 채워지는 와인을 쳐다보느라 눈꺼풀이 살짝 아래로 내려와 있었다. 그 모습이 지나치게 매력적이다. 평소에는 보기 힘든 진중한 모습. 순간 그녀의 가슴이 두근거렸다. 예상하지 못한 자신의 반응에 당황한 그녀가 얼른 시선을 피했다. 그러나 이미 두 뺨은 잘 익은 복숭아마냥 분홍빛이 돌았다.

재오가 병을 내려 두고 글라스 하나를 들어 이슬에게 내밀었다. 조

명이 있기는 했지만 시야가 낮만큼 밝지는 않아 다행히 그에게 붉어진
얼굴을 들키지 않았다.

"받아요."

이슬은 잔을 내밀어도 받지를 않고 멍을 때리고 있다. 말을 꺼내고
나서야 그녀가 팔을 뻗었다. 그런데 시선을 다른 곳에 두고 팔을 뻗은
탓에 약간 위치가 어긋났다. 재오는 그녀가 잔을 받은 줄 알고 손을 놓
았다. 그러나 위치를 못 찾고 헤매던 그녀의 손등에 글라스가 밀쳐지고
말았다. 아래로 떨어진 글라스가 물속으로 풍덩 빠지고 말았다.

"으앗!"

이슬이 놀라 비명을 질렀다. 쏟아진 핏빛 와인이 순식간에 번졌다.
물이 와인색이 되어 버렸다. 재오도 당황한 얼굴로 이마를 짚었다.

"제대로 안 받고 뭐 했어요."

"어떡해……."

"놀라지 마요. 이왕 이렇게 된 거 와인으로 반신욕도 하고 좋지. 피
부에 좋답디다."

당황한 이슬을 재오는 침착하게 다독였다. 그녀가 그를 올려다봤다.

"어디서 들었어요?"

"TV에서 봤어요."

"그럼 다행이구요. 근데 아까워서 어떡해요?"

"겨우 한 잔 흘린 건데 뭐."

재오가 별일 아니라는 듯 말하며 와인을 마셨다. 이슬은 그의 도톰
한 입술 사이로 붉은 와인이 흘러들어 가는 모습을 가만히 지켜봤다.
그녀는 부러운 눈치다. 욕조에 빠진 잔을 쓰기에는 찜찜했다. 그가 와
인을 반쯤 남겨 두고 잔을 내렸다. 마시고 싶어 하는 그녀에게 와인이
남아 있는 제 잔을 내밀었다.

"마실래요?"

제 입이 닿았지만 현재 이 자리에 있는 잔이라고는 이것밖에 없으니
일단은 권해 보았다. 거절한다고 해도 아쉽거나 기분이 상할 이유 따위

는 없었다. 전적으로 그녀의 뜻에 따를 테니.

"당신이 마시던 거잖아요."

역시나 예상했던 이유로 망설이는 이슬을 마주한 재오가 다른 방법을 고안해 냈다.

"새 잔 가져다 줘요?"

이슬의 요구를 들어줄 의향은 얼마든지 있다. 새 잔을 가져오는 것쯤이야 그다지 귀찮을 일은 아니니까.

"아뇨. 뭘 그렇게까지……, 귀찮게."

귀찮지 않았지만 그렇다고 말하기는 또 싫었다.

"그럼 내 입술에 묻은 거 빨아먹던가."

"헉. 뭐, 뭐라고요?"

"역시 별로겠죠? 그러니까 얼른 잔이나 받아요."

이슬은 충격을 받아 멍했다. 어떻게 그런 야한 말을 표정 하나 변하지 않고 할 수가 있지? 그녀는 당혹스러웠다.

"어쩔 겁니까? 마시고 싶은 거 아닌가?"

이슬이 입술을 깨물더니 이내 잔을 낚아채 갔다. 재오의 입가에 옅은 미소가 스쳤다. 그녀는 그의 입술이 닿았던 잔에 입술을 살며시 댔다.

쑥스럽기는 했지만 그의 입술을 빨아먹는 것보다는 나았다. 그런데 저도 모르게 그 장면을 상상하고 말았다. 얼굴이 화끈거리고 가슴이 콩닥콩닥 뛴다. 그녀가 잔을 비우더니 그것을 쭉 내밀었다.

"한 잔 더 줘 봐요."

"음."

어딘지 모르게 긴장되어 보이는 이슬의 모습에 재오가 어리둥절해했다. 그가 병을 집어 그녀가 내민 잔에 와인을 따랐다. 그녀는 그것을 쉬지 않고 쭉 들이켰다. 그러더니 또 잔을 내민다.

"은근히 술꾼이군."

"뭐 해요, 안 따르고."

이슬의 성화에 하는 수 없이 잔을 채워 줬다. 아주 소량만 따라 주니 불만 가득한 얼굴이다.

"찔끔 찔끔 따르지 말고 팍팍 좀 따라 봐요."

"……이상하네."

"뭐가 이상하단 거죠?"

재오가 상체를 숙였다. 코앞에 다가온 그의 얼굴에 이슬이 움츠러들었다.

"이, 이봐요."

재오는 말없이 이슬의 뺨에 손등을 대보았다. 그녀가 흠칫 몸을 떨었다.

"왜 이렇게 뜨거울까?"

재오의 눈동자와 말투에 호기심이 짙게 어려 있었다.

"와인 마셔서 그래요!"

불쑥 밀착한 재오로 인해 몸과 마음이 긴장 태세로 전환되었다.

"그거 조금 마셨다고 이런다고? 술도 못 마시면서 왜 자꾸 달라는 거죠?"

"……주기 싫음 말든가!"

혹시라도 재오가 선이라도 넘을까 봐 초조한 기분에 자꾸만 자제력을 잃고 흥분을 하게 됐다. 그 와중에 호흡은 또 왜 자꾸 가빠지는지. 이슬은 제 상태를 심히 부정하고 싶은 마음이었다.

"숨소리는 또 왜 이렇게 거칠까? 대체 혼자 무슨 상상을 한 겁니까?"

"상상은 누가! 왜 생사람을 잡고……. 저리 안 가요? 왜 입술을 들이대요?"

재오의 예리한 지적에 당황해서 아무 말이나 쏟아 내며 신경질을 내던 이슬은 그의 입술이 제 입술에 닿을 듯하자 깜짝 놀랐다. 그의 시선이 지나치게 가깝다. 그의 눈동자에서 풍기는 지독한 분위기. 그것이 그녀의 정신을 쏙 **빼놓았다.**

"왜일까? 내가 왜 입술을 들이댔냐고."

"······알고 싶지, 으읍!"

일순간 벼락이 내리치는 느낌이었다. 재오의 입술은 주인을 닮아 아주 건방지고 자유분방했다. 입술이 부딪치기 전 마주했던 그의 눈빛이 미칠 듯 치명적이어서 강렬한 인상을 심었다. 기이한 느낌에 온몸에 소름이 돋고 머리카락이 쭈뼛 서는 것 같았다. 그의 입술은 푹신하면서도 뜨거웠다. 마치 그의 품처럼.

그가 뿜어내는 열기에 이성이 녹아 가는 이 낯설고 이상한 기분에 이슬은 어찌할 바를 몰라 했다. 그녀는 남아 있던 정신의 한 조각을 붙잡으며 그의 어깨를 밀었다. 그녀의 저항에 마치 하나처럼 맞붙었던 입술이 떨어지며 차진 소리가 났다. 그 소리가 귀를 장악하는 순간 야릇한 분위기가 피어났다. 간지럽고 따끔따끔한 감각들이 피부 위를 기어 다니는 기분이 그녀를 혼미하게 했다.

혼란이 지배한 이슬의 눈동자를 지그시 응시하는 재오의 눈빛이 한층 더 짙어졌다. 게다가 그녀의 부푼 입술 사이로 피어나는 숨결은 평소보다 뜨겁고 축축했다. 그녀의 숨결이 입술에 닿는 순간, 전기에 감전된 듯한 감각이 그의 신경계를 관통했다. 견딜 수 없는 욕구가 그를 극심한 갈증에 이르게 했다. 이 갈증을 해소하는 방법은 딱 하나뿐이란 걸 알기에, 그는 거침없이 그녀의 입술을 삼켰다.

"으읏······."

조금 전보다 짙어진 욕망을 휘두른 재오의 입술이 이슬의 입술을 집요하게 빨아 당겼다. 이슬은 다시 한번 그의 어깨를 밀치며 저항을 해 보지만 더 단단하고 강해진 그를 밀쳐 내기 쉽지 않았다. 숨이 막혀서 입술을 벌리는 그 순간, 말캉한 것이 들어오려 했다. 소스라치게 놀란 그녀가 그만 입을 닫았고, 그 바람에 그의 혀를 깨물고 말았다.

"윽!"

재오가 입술을 떼고 고통스러워했다.

"괜찮아요?"

"괜찮겠습니까? 누구 혀를 자를 셈이에요?"

평소의 재오로 돌아왔다. 그런데도 이슬의 가슴은 아직도 두근거렸다.

"그러게 왜 갑자기 입술을 들이대요!"

잔뜩 흥분한 이슬이 재오를 원망했다.

"그건 갑자기가 아닙니다. 내가 키스한다는 신호를 보냈잖아요?"

"그런다고 내가 어떻게 알아요? 말로 해야 알지!"

"그럼 뭐 키스해도 돼? 이딴 말하기를 원하나? 산통 다 깨겠군요."

그건 그러네. 묘하게 납득되는 재오의 말에 이슬은 한결 풀이 꺾인 모습으로 재오를 봤다.

"그러고 보니 이거 한 번이 아니잖아?"

"뭐가요?"

"당신 이전에도 내 손 깨물었잖아요. 설마 벌써 잊은 건 아니겠죠?"

재오도 그때의 일을 딱히 생각하며 지내지 않았다. 그 당시에는 짜증이 났지만 그때뿐이었다. 방금 이슬이 혀를 깨물면서 자연스레 손을 깨물었던 그날이 떠올랐다. 이슬도 생각이 났는지 미안해하는 얼굴이다. 그땐 미안한 기색도 없더니 이번에는 좀 다르다.

"……그게 왜요?"

"앞으로 조심 좀 합시다. 진짜 드라큘라야 뭐야."

"그러는 당신은 무슨 변탠가요?"

재오의 눈썹이 꿈틀거린다. 방금 제 귀에 들린 말이 환청이 아니란 말인가! 그러니까 지금 이슬이 그를 변태로 몰아가고 있는 것 아닌가!

"뭐? 벼, 변태? 내가 어딜 봐서!"

"그렇잖아요. 옷도 훌렁훌렁 잘 벗고, 막 이상한 짓도 서슴없이 하고!"

이렇게 억울한 경우가 다 있다니. 재오는 황당하고 어이가 없었다.

"내가 언제 옷을 훌렁 훌렁 벗었죠? 그리고 이상한 짓은 뭡니까?"

"아까 침대에서도 그렇고 방금도 그렇고, 남의 입술이나 탐내고……."

"그게 어떻게 남의 입술인데요?"

"그럼 아니에요?"

재오가 슬며시 미소를 그렸다. 그가 이슬의 입술을 엄지로 어루만졌다. 그의 손길이 예상외로 부드럽고 달콤하다. 그래서 뿌리치지 못 하겠다.

"아닙니다. 이건 내 아내의 입술이거든. 내가 언제든지 탐낼 수 있는."

낯 뜨거운 말들을 아무렇지 않게 하는 재오의 모습이 이슬을 당황시켰다. 그녀는 홧홧해진 얼굴과 널을 뛰듯 요동치는 심장 박동에 정신을 차리지 못했다.

"물론 현이슬 씨가 진심으로 거부하면 탐난다는 생각만 가질 뿐, 행동을 옮기지는 않을 테니만."

"……."

"앞으로는 방어 잘 해요. 방심하지 말고."

입술을 만지던 손길이 사라졌다. 재오의 온기가 아스라이 남아 있다. 그는 심장 떨리는 말을 남겨 두고 유유히 떠나갔다.

"미쳤어……."

심장이 멀미가 날 정도로 거세게 뛴다. 이 상태가 믿겨지지 않았다. 그러나 이것은 완벽한 현실이었다.

◈◈◈◈◈◈

신혼여행을 다녀온 후 많은 연락이 왔다. 대부분 놀자며 불러내는 연락이었고, 재오는 응하고 싶은 마음이 없어서 깡그리 무시했다. 싫다는 답을 하기조차 성가셨다. 결혼 전과 달라진 제 행동에 지인들은 아마 놀라고 있을 것이다.

똑똑. 노크 후, 노 지배인이 들어 왔다. 재오는 소파에 벌러덩 누워 만화책을 보고 있었다. 노 지배인은 그의 앞으로 가 만화책이 널브러져 있는 탁자에 머그컵을 내려놓았다. 갓 내린 원두커피의 향이 진하게 났다. 머그컵에서 자욱하게 피어오른 연기가 시야를 방해했다. 재오가 허리를 세워 앉더니 만화책을 탁자 위로 휙 던졌다.

"신혼여행은 잘 다녀오셨습니까?"

노 지배인은 재오보다 11살이 많았지만 언제나 그를 깍듯이 대했다. 정중한 태도야 나쁘지 않지만 선을 긋는 느낌은 썩 맘에 들지 않았다. 하지만 한 번도 그런 불만을 내비친 적 없다. 그는 그저 그런 성격이겠거니 여겼다.

"잘 다녀왔지."

"어떠셨습니까?"

재오는 커피를 한 모금 넘기고 머그컵을 내리며 곰곰이 지난 신혼여행을 떠올렸다. 남보다 못한 사이로 여행을 할까 걱정했는데 예상보다는 괜찮았다.

"뭐, 나쁘지 않더군."

손도 못 잡을 줄 알았는데 입도 맞추고. 물론 지극히 기습적인 입맞춤이었지만. 이슬과 입을 맞추었던 장면이 머릿속에 전구에 불이 들어오듯 팟 하고 켜졌다. 부드럽고 쫀득했던 입술. 더 맛보지 못해 아쉽다. 그 안도 궁금했지만 그것까지는 허락하지 않았다. 그래서 더 안달난다는 것을, 그녀는 알까.

재오가 입술을 쓸며 작게 웃었다. 그의 표정을 지켜보던 노 지배인은 고개를 갸웃거렸다.

"그런 표정 처음 봅니다."

노 지배인의 얼굴에 놀라움이 번졌다.

"음? 내 표정이 어떤지 나는 잘 모르겠군."

재오가 어리둥절한 표정으로 턱을 문지르며 어떤 표정을 짓고 있는지 곰곰이 상상해 보았다.

"설레는 표정입니다."

더 이상 상상에 에너지를 소모하지 않아도 되도록, 노 지배인이 궁금증을 해소시켜 주었다. 그러나 그것이 재오를 당황케 했다.

"설레?"

"어쨌든 괜찮았다니 다행이네요. 조금 걱정했는데. 그럼 전 이만 나가 보겠습니다."

노 지배인이 나가고 재오는 멍해진 얼굴로 허공 어딘가에 시선을 뒀다. 소파에서 일어나 전신 거울 앞으로 갔다. 거울에 비친 자신의 얼굴이 낯설었다. 그의 말이 거짓이 아니었다. 정말 이런 표정은 처음이다.

"내가 이런 얼굴을 하다니."

거울로 확인을 하고서도 믿기지 않았다. 거짓이 아닌 진짜 웃음. 언제부턴가 잃고 있었던 표정을 하고 있었다.

"……설레고 있는 건가?"

달칵. 문 열리는 소리에 재오가 문 쪽으로 시선을 옮겼다. 실내로 들어선 이는 희재다. 결혼식 때 보고 처음으로 보는 녀석은 재오와 어울려 놀던 친구 중 하나다.

"표재오. 잘 있었냐?"

희재가 친근하게 인사를 해 왔다.

"어, 웬일이야?"

"연락이 하도 안 돼서 찾아왔지. 야, 뭐가 그렇게 바쁘냐? 하는 것도 없는 놈이."

예전만 같았어도 농담으로 웃어 넘겼을 말이 짜증을 일으켰다. 그래도 꽤 친하게 지내던 친구니 못된 말은 하고 싶지 않았다.

"바빠."

"바빠? 뭐 하는데? 이 레스토랑도 너 없이 잘 굴러가면서. 연애라도 하냐?"

나름 관리하느라 애쓰던 표정이 살짝 무너졌다. 치미는 짜증이 얼굴에 살짝 드러난 것이다. 재오가 눈썹을 씰룩이며 말했다.

"연애는 무슨. 나 결혼한 거 몰라?"

"알지. 아는데, 결혼했다고 여자를 안 만나고 다닐 표재오가 아니니까 하는 소리지."

분위기 파악 못 하고 저런 말을 하는 희재가 못마땅했다. 재오는 소파에 앉아 머그컵을 쥐어 커피를 마셨다. 그새 커피는 어느 정도 식어 있었다. 희재가 성큼 다가와 맞은편에 앉았다.

"애들이 너 보고 싶다고 난리야."

"내가 왜 보고 싶대."

재오는 무덤덤했다.

"몰라서 묻냐? 여자애들이 너만 나타나면 환장하는 거? 너 없으니까 여자애들도 잘 안 붙어. 접근해 오는 여자들 마다 네 소식 묻더라. 왜 요즘 안 보이냐고. 결혼했다더니 마누라한테 잡혀 사는 거 아니냐고."

결혼 전 같았으면 희재의 얘기에 이 정도로 심드렁하게 굴지는 않았겠지만, 지금은 상황이 변했다. 이슬이 아무리 사생활에 간섭하지 않겠다고 했지만, 제 스스로 전처럼 살고 싶지는 않았다.

"시답지 않은 소리……."

제 얘기에 동요는커녕 성가셔 하는 느낌까지 드는 재오의 태도에 희재가 고개를 갸웃거렸다.

"너 진짜 잡혀 사는 거냐? 어?"

"왜? 잡혀 살면 안 되냐?"

희재는 충격을 먹은 듯 넋이 나갔다. 그는 사고에 문제가 생긴 사람처럼 어리바리하게 있다가 겨우 입을 뗐다.

"말도 안 돼. 천하의 표재오가 마누라한테 잡혀 산다고? 진짜? 리얼?"

"호들갑은."

재오가 부산스러운 희재를 나무랐다.

"그래 뭐 신부, 예쁘긴 하더라. 그렇지만 넌 표재오인데?"

"나는 뭐 그러면 안 돼?"

"안 된다는 게 아니라 놀라서 그렇지. 결혼 전만 해도 하기 싫다느니 하더라도 이혼을 할 거라느니 그런 소리 했던 너니까. 안 놀라는 게 이상한 거 아냐?"

희재는 충격이 가시지 않는지 계속 어수선한 상태였다.

"그렇긴 하네."

듣고 보니 희재가 경악을 하는 이유가 납득됐다.

"도대체 뭐가 널 이렇게 만든 건데?"

"뭐겠냐?"

되물음 끝에 연한 미소가 스몄다. 재오의 표정에 희재는 또 한 번의 충격을 받았다.

"아무튼 나 이제 안 놀아. 애들한테도 네가 전해 줘. 놀자는 연락 좀 하지 말라고."

"너 네 마누라 좋아하냐?"

희재는 잔뜩 흥분한 모습이었다.

"좋아하든 말든. 네가 상관할 바 아냐. 그리고 내 와이프한테 마누라라고 하지 마. 듣기 거북해."

지금 이 말을 하는 게 정녕 표재오란 말인가? 희재는 경악스러움에 벌린 입을 다물지 못했다. 그가 벌떡 일어나더니 재오의 얼굴 두 손으로 감쌌다.

"뭐 하냐?"

"너 표재오 아니지? 빨리 이 가죽 벗어!"

희재가 얼굴을 감싼 손에 힘을 주더니 위로 치켜 올렸다. 재오가 인상을 구기고 그를 밀쳐 냈다.

"미쳤냐, 너? 아씨, 아파 죽겠네."

얼굴을 위로 당기는 힘이 제법 세서 상당히 아팠다. 재오가 짜증을 뱉었다.

"오피스텔은? 정리할 거야?"

이제 더 이상 예전처럼 놀지 않겠다고 선언하니, 희재는 파티용으로 쓰던 오피스텔의 존재 여부가 몹시도 궁금한 모양이다.

"아직 고민 중이야."

어차피 제 건물이라 처분을 할 수는 없는 것이니 당분간은 계속 방치하게 될 테다.

"그때까지 비워 두게?"

희재의 표정과 말투에서 오피스텔을 자유롭게 쓸 수 있는 권한을 주었으면 하는 기대를 읽었다.

"네가 쓸래?"

필요할 때까지 희재가 써도 무방했기에 흔쾌히 권한을 부여해 줄 수 있었다.

"오, 진짜?"

"비밀번호 알지? 당분간은 그대로 둘 테니까."

소원을 성취한 희재는 오래 머물지 않고 금방 떠났다. 한결 편해진 재오는 커피를 다 비우고 소파에 등을 푹 파묻고 가만히 생각에 잠겼다.

"내가 생각해도 내가 이상하긴 하네."

그 점은 부정할 수가 없었다.

# 6화
## 의외의 모습

"결제 도와드리겠습니다."

"네, 잠시만요."

나리는 백화점에 쇼핑을 나왔다. 곧 여름휴가를 떠날 계획이라 수영복을 사기 위해서다. 이것저것 입어 보다 마침내 제일 마음에 드는 수영복을 고르고 계산을 하기 위해 핸드백을 열었다.

"어라?"

그런데 핸드백에 있어야 할 지갑이 없다. 기억을 더듬어 지갑의 행방을 좇았다. 어제 친구들과 노느라 다른 백을 들고 나갔었다. 집으로 와서 지갑을 꺼냈던가? 곰곰이 생각했지만 지갑을 꺼낸 기억이 없다.

"헉. 어쩌지?"

"왜 그러세요?"

"지, 지갑이······."

당황스럽고 창피해서 얼굴이 붉어졌다. 그때였다.

"이걸로 계산해 주세요."

구세주처럼 등장한 이슬이 카드를 내밀고 있었다. 나리가 눈을 휘둥그레 뜨고 그녀를 빤히 쳐다봤다. 그사이 점원이 그녀의 카드로 결제를 마쳤다. 영수증과 함께 카드를 내밀었다. 그녀가 그것을 받고 나리를 보며 환하게 웃었다. 순간 눈물이 날 뻔했다.

"갈까요?"

또각또각. 구두 소리가 멀어진다. 나리가 쇼핑백을 쥐고 황급히 떠나가는 이슬의 옆으로 뛰어갔다. 나리가 이슬에게 팔짱을 끼고 팔에 뺨을 비볐다.

"언니, 완전 고마워요! 어떻게 내가 곤란할 때마다 나타나요?"

"그러게요. 나도 그게 신기하네."

이슬은 제가 꼭 나리의 수호천사라도 되는 기분을 느꼈다.

"사실은 내 운명인 거 아닐까요?"

"나요?"

"네! 아무래도 그런 것 같아요. 재오 오빠 말고 저는 어떠세요?"

나리의 유쾌한 에너지에 이슬도 덩달아 기분이 좋아졌다.

"아가씨도 참. 어쩜 그런 말을 아무렇지 않게 해요? 우리 아가씨, 애교가 철철 넘친다니까."

"히힛."

나리가 해맑게 웃었다. 애교 많고 활달한 그녀는 뭘 해도 밉지가 않았다. 동생 같아서 여러모로 도와주고 싶기도 하고.

"언니, 배 안 고파요?"

이런 질문을 던지는 것을 보니 아무래도 본인의 배가 고픈 모양이다. 이슬은 나리의 생각을 가볍게 읽었다.

"배고파요? 뭐 좀 먹을까요?"

제 생각을 단번에 알아챈 이슬의 센스에 나리는 신이 났다.

"우리 파스타 먹으러 가요! 근처에 잘하는 곳 알아요."

"그래요, 가요."

백화점을 나와 나리가 소개하는 이탈리안 레스토랑으로 자리를 옮겼다. 저녁 시간대라 사람이 꽤 많았다. 조금 기다리다 자리를 안내받았다. 각자 먹고 싶은 메뉴를 하나씩 고르고 같이 먹을 샐러드도 하나 주문했다.

"저 아까 눈앞이 캄캄했어요."

나리는 이야기를 쉬지 않았다.

"언니 아니었으면 쪽팔려서 얼굴도 못 들었을 거야. 쥐구멍이 있으면 들어가고 싶었다니까요?"

약간의 공백도 허락하지 않겠다는 듯이 바삐 움직이는 나리의 입이 신기했다.

"어떻게 지갑도 안 챙기고 백화점을 갈 수 있어요? 안 그래요?"

덕분에 심심하지는 않았다.

"그럴 수도 있죠. 나도 깜빡깜빡할 때 있어요."

"진짜요? 언니는 워낙 똑 부러져서 안 그럴 것 같은데."

이슬의 말을 듣고도 나리는 믿기 어려운 얼굴이었다.

"왜요. 나도 똑같은 사람인데. 가끔 전화를 하고 있으면서도 폰 찾을 때 있거든요. 그럴 때마다 어찌나 황당한지."

언제나 철두철미하고 완벽할 것 같은 이슬도 저와 같은 사람이라는 점이 의외라 생각이 들며, 또 반갑기도 했다.

"헐, 언니도 그런다고요? 반전이다!"

이슬이 빙그레 웃으며 말을 이어 나갔다.

"내가 얼마나 허당인데. 부족한 게 많아서 그걸 메우려고 애쓰는 거지, 실은 허점투성이에요."

"나 언니가 점점 더 좋아지려 그래요."

이슬이 토마토를 혀로 굴리며 시선을 들었다. 나리가 턱을 괴고 초롱초롱한 눈으로 저를 물끄러미 바라보고 있다.

"나도 아가씨 좋아요. 어쩐지 아군을 얻은 느낌이라 안심이 돼요."

"헤. 정말요?"

"뭐, 그렇다고 재오 씨랑 싸운다는 게 아니라 그냥 나리 씨가 시누이 여서 참 다행이라는 소리죠."

"그렇게 생각해 주니까 되게 뿌듯하네요."

나리와 단둘이 식사를 하는데도 불편함이 전혀 없었다. 결혼한 사람들 얘기를 들어 보면 올케와 시누이 사이가 좋지 않은 경우가 적지 않던데, 시누이를 정말 잘 만난 것 같다는 생각이 든다.

"난 오빠가 처가살이 할 줄은 몰랐어요. 오빠 성격에 당연히 거부할 줄 알았는데."

"저도 그럴 줄 알았어요. 그 점은 재오 씨한테 고맙기도 하고 미안하기도 해요."

"언니는 분가하고 싶지 않아요?"

나리는 아직 결혼 생각은 없지만 가끔씩 결혼을 상상해 보곤 했다. 어떤 프러포즈를 받고 싶고, 어떤 결혼식을 하고 싶으며 신혼여행을 어디로 갈지. 그리고 아이는 몇 명을 낳고 가정을 어떻게 꾸려갈지. 막연하게 생각해 봤다. 미래의 남편과 신혼을 즐기기 위해서는 분가는 필수라고 생각해 왔다. 이슬은 어떤 생각인지 궁금했다.

"아직은 가족이랑 떨어져 사는 게 어려워요. 특히 엄마랑 떨어지는 게 내키지 않아서요. 시간이 좀 필요해요."

저와 다른 생각을 가졌지만, 모두가 같은 생각일 수 없다는 것을 안다. 나리가 고개를 끄덕였다.

"너무 무리하지 마요. 오빠도 이해할 거예요. 예전 오빠였으면 모를까 요즘 오빠는 그럴 거 같아요."

"재오 씨가 예전과 달라졌나요?"

자신을 만나기 전의 재오의 모습에 대해서 아는 게 별로 없다. 여자들을 가볍게 만나고 어딜 가나 주목을 받았다는 것밖에.

"달라졌죠. 오빠 집에 잘 들어오죠?"

"네."

"그거 봐요."

나리는 갈증을 느껴 물로 목을 축인 뒤, 다시 말을 이어 나갔다.

"놀러 다니기 바쁘던 오빠가 집에 꼬박꼬박 들어오고 같이 놀던 친구들하고도 연락 끊은 거 보면 확실히 뭔가 달라지긴 했어요. 저는 좋은 변화라고 생각해요. 언니 덕분이죠."

재오에 대한 얘기를 듣자 생각이 많아진다. 결혼을 하더라도 그에 대한 관심이 전혀 안 생길 줄 알았는데 예상과는 달랐다.

표재오라는 남자가 궁금해진다. 과거에 어떤 삶을 살았고, 어떤 여자들을 만났는지. 그 여자들에게는 어떤 식으로 대했는지. 사소한 것들에 호기심이 일었다. 신혼여행에서 했던 입맞춤 때문일까? 설마 그것 하나 때문에 이런 건 아니겠지. 입을 맞춘 게 뭐 그렇게 대단하다고.

"언니, 무슨 생각해요?"

"아······."

머리가 복잡했다. 이슬이 물을 마시고 일어났다.

"화장실 좀 다녀올게요."

"네."

이슬이 화장실에 가자 나리는 심심해졌다. 나리는 이 심심함을 어떻게 해소할까 고민을 하다가 휴대폰을 꺼냈다.

"여보세요, 오빠?"

장난기가 발동해 재오에게 전화를 걸었다.

—뭐냐? 웬 전화를 다 하고. 뭐가 또 필요해서?

재오의 못마땅한 말투에 나리가 뾰로통해 했다.

"하여간 까칠하긴. 나 지금 언니랑 있다?"

—언니? 무슨 언니?

영문 모르는 재오의 의아한 목소리가 곧 놀라움으로 변할 것을 상상하니 고소한 기분이 들어 나리의 입가가 씰룩였다.

"무슨 언니긴, 이슬 언니지."

—······왜 같이 있는데?

"우연히 만나서 밥 먹고 있어. 올래?"

휴대폰 너머로 재오의 숨소리밖에 들리지 않는다. 몇 초의 침묵 후 그가 입을 열었다.

—어딘데, 거기가.

"어떻게 왔어요?"

재오를 보고 이슬이 제일 먼저 꺼낸 말이다.

"표정이 왜 그래요? 내가 온 게 싫은 건가?"

싫은 건 아니다. 연락도 안 했는데 나타난 게 신기했을 뿐. 이슬의 반응을 재오는 떨떠름하게 여겼다. 재오는 이슬의 앞자리를 힐끔거렸다.

"나리는?"

"누구 연락 받더니 급하다며 갔어요."

"그렇군요."

재오는 맞은편 의자를 꺼내어 앉았다. 저 자리에 조금 전까지 나리가 앉아 있었다. 사람이 바뀌자 공기도 달라졌다. 편했던 맘이 불편해졌다. 이슬이 포크로 파스타 면을 건드리기만 할 뿐 먹지 않았다. 조금 전까지만 해도 맛있게 먹었었는데, 그새 식욕이 사라졌나 보다.

"누구 앞에서든 개의치 않고 잘 먹더니 지금은 왜 그렇습니까?"

그 모습을 또 눈여겨보고 있었는지 재오가 의아해했다. 이슬은 시시때때로 변화하고 있는 제 심경을 들키기 싫어 억지로 면을 입에 집어넣었다. 오물오물 씹고 꿀꺽 넘기는데 무슨 맛인지도 모르겠다. 이게 코로 먹는 건지 입으로 먹는 건지. 대체 자신은 왜 이러는 건지. 복잡하기만 하다. 난데없이 훅 끼쳐 오는 은은한 향수 냄새. 이제는 낯설지 않은 그 향기의 주인이 상체를 바짝 당긴 채 저를 보고 있다. 이슬은 눈에 띄게 좁혀진 폭에 움찔 놀랐다.

"나 때문인가?"

재오가 자신에 찬 태도로 물었다.

"뭐가요?"

"지금 제대로 못 먹잖아요. 그거 나 때문이죠?"

속마음을 들켜 버렸다. 당혹감에 젖은 동공이 가련하게 떨렸다.

"……아닌데요?"

거짓말하는 게 들통날까 봐 얼른 시선을 피했으나, 안타깝게도 효과는 없었다.

"거짓말을 하려거든 표정 좀 어떻게 해 보죠?"

재오가 상체를 바로 했다. 그가 턱을 괴고 이슬을 지그시 응시했다. 그가 너무 빤히 쳐다보니 식사를 할 수가 없었다.

"이러니까 선볼 때 생각나네. 그때만 해도 우리가 이렇게 마주 보고 있을 줄은 몰랐어요."

재오의 말에 공감한다. 이슬도 선을 볼 당시에는 결혼이 현실이 될 줄 몰랐다. 그런데 시간이 지나고 보니 그의 부인이 되어 있다.

"그리고 그땐 당신 되게 까다롭고 차가운 여자로 보였거든요."

시선을 들어 재오의 눈을 봤다. 눈동자에 비친 감정의 온도가 사람의 체온을 넘어선 것을 발견했다. 당황스럽다.

"그런데 아니었어."

뜨겁지는 않았지만 차갑지도 않았다. 재오로 인해 공기가 더워졌다. 이슬은 갈증이 나서 얼른 물을 마셨다.

"사실은 여리고 순수하고……."

"그만해요."

물로 갈증을 해소했지만 흔들리는 속은 진정되지 않는다. 그래서 혼란스럽다.

"사람 밥도 못 먹게 뭐 하는 짓이에요?"

"아, 내가 그랬나요?"

그러려던 의도가 아니었기에 미안한 마음이 들었다.

"그럼 아니에요? 불편하게 하려고 이러는 거 아니에요?"

이슬의 반응이 어쩐지 지나치게 날카롭다는 생각이 들었다.

"아닌데. 나는 단지 대화를 하고 싶었을 뿐이지 당신을 불편하게 할 생각은 없었어요."

어디서부터 비롯된 것인지는 알 수 없지만 재오와 마주 앉아 있는 이 순간이 불편했다. 결국 이슬은 포크를 내려놓았다.

"나한테 왜 이래요? 그냥 하던 대로 하세요. 처음 봤던 때처럼. 결혼하기 전의 모습처럼. 갑자기 변하니까 낯설어서 적응이 안 돼요."

재오가 선을 넘고 간격을 좁혀 오려고 한다는 느낌이 들었다. 그게 이슬을 버겁게 하고 있었다. 너무 가까운 거리는 원하지 않는다.

"내가 변하긴 했나 보네."

재오의 입매가 위로 살짝 말려 올라갔다.

"불편해도 참아 줬음 좋겠어요."

"내가 왜 참아야 하는데요?"

마치 더 다가오겠다는 듯이 선언하는 것 같은 재오의 말에 이슬은 한껏 예민해졌다.

"내가 지금보다 더 변할지도 모르니까."

"그게 무슨……."

"나도 모르겠군요. 당장 한 시간 뒤도 예측할 수가 없어서."

재오가 테이블 구석에 놓인 계산서를 들고 일어섰다.

"자리 피해 줄 테니까 편하게 먹어요. 체하지 말고. 계산은 내가 하고 가겠습니다."

그렇게 재오는 계산대로 갔다. 이슬의 시선이 저절로 그에게로 끌렸다. 계산을 하는 그의 등이 보인다. 저 사람 이상하다. 이상해졌다. 그런데 이상해진 건 저 사람뿐이 아니다.

"하아……."

재오가 떠났지만 사라진 입맛은 돌아오지 않았다. 그가 왔다 간 여파가 엄청나다.


그가 나간 뒤 식사를 하려고 시도는 했지만 결국 실패로 돌아갔다. 그가 앗아간 입맛은 다시 돌아오지 않았다. 레스토랑을 나와 버스를 타려고 정류장 쪽으로 걸음을 내딛으려는 찰나 팔목이 붙잡혔다.

"······재오 씨?"

당연히 갔을 줄 알았던 재오가 눈앞에 있었다. 놀란 맘에 휘둥그레 뜬 눈으로 그를 빤히 쳐다봤다. 설마 기다린 건 아니겠지?

"잘 먹었어요?"

지금 이 남자가 잘 먹었냐고 묻는 건가? 허탈하고 어이가 없었다.

"지금 나한테 잘 먹었냐고 묻는 거예요?"

"그렇습니다."

그게 뭐 잘못 됐어? 마주한 재오의 눈빛이 그렇게 묻고 있다. 당당하고 뻔뻔한 그의 태도에 뒷목이 뻐근하게 당겨온다.

"체할 뻔했어요, 알아요?"

"체하지 말라고 비켜 줬더니, 체할 뻔했다고?"

"그래요!"

이슬이 분하다는 듯 하소연은 하지만 재오는 영문을 모르겠다는 표정이다.

"왜지?"

혼잣말처럼 중얼거렸지만 그 말이 이슬에게 들렸다.

"왜라뇨? 지금 왜냐는 질문이 가당키나 해요?"

발끈하는 이슬이 재오의 시선을 끌어당겼다.

"이유를 모르겠지만 어쩐지 나 때문인 것 같군."

이슬의 태도를 보며 그녀가 신경질이 난 원인이 자신에게 있음을 짐작했다.

"어쨌든 체한 건 아니죠?"

"뭐······, 네."

속이 답답하고 울렁거리기는 했지만 체는 하지 않았다. 재오가 오고 난 뒤로는 식사를 거의 하지 않았으니까. 그런데 그와 마주하니 또 속이 불편해진다. 제가 원하는 사정거리는 이런 것이 아니었다. 남들에겐 부부처럼, 그러나 둘이 있을 땐 솔직하게 남처럼. 그런 것을 원했다.

이슬이 버석한 숨을 내쉬며 제 팔목을 쥐고 있는 그의 손을 봤다. 그의 손은 단단하고 커서 조금만 힘을 줘도 팔목이 부서질 것만 같았다.

"팔 좀 놔줄래요?"

재오가 순순히 팔을 놔주었다. 그가 군말 없이 소원대로 해 줬는데 어째 홀가분하지가 않다.

"바쁩니까?"

그의 손이 닿았던 부근을 멍하니 쳐다보고 있는데, 문득 말을 걸어와 시선을 옮겼다. 순간 머릿속으로 많은 생각이 엉켰다. 왜 바쁘냐고 묻는 거지? 이유가 뭘까? 삽시간에 머리가 복잡했다.

"이 남자가 이딴 건 왜 묻나 싶나 보군요?"

입도 벙긋 하지 않았는데 생각을 꿰뚫어오는 재오에 이슬이 깜짝 놀랐다.

"선봤을 때는 넘어가 줬지만, 이번에는 안 봐줍니다."

단호히 말하고 이슬을 끌고 가는 재오의 카리스마에 심장이 쿵쾅거리며 뛰었다. 그가 제멋대로 이끄는 것임에도 불구하고 뿌리치지는 못할망정 조금 설레고 있었다. 왜? 이슬은 제 반응을 이해하지 못했다.

"왜 안 봐줘요?"

괜히 분해서 끌려가며 물으니 재오가 슬쩍 시선을 주며 말했다.

"그땐 아무 사이 아니었지만 지금은 달라졌으니까."

"원래 그래요?"

"뭘 말입니까?"

이슬이 저항하지 않는다는 사실을 깨달은 재오가 한결 여유로운 모습으로 그녀와 나란히 걸었다.

"무슨 사이가 되면 태도가 변하냐구요."

"아뇨."

"그런 것 같은데."

"아니래도."

재오는 다시 한번 단호히 부정했다. 그러나 여전히 이슬에겐 신뢰감을 형성시키지 못했다.

"자각 못 하는 건 아니고요?"

아무리 사실을 말해도 이슬이 믿지를 않자 답답했다. 그녀를 믿게 하기 위해 더 강경한 말투로 말했다.

"다른 사람들한테는 이러지 않았어요. 늘 가벼웠지. 진심이라고는 1%도 없었거든요."

"다른 사람들이라면 그건 여자들을 말하는 거겠죠?"

일순간 재오의 얼굴에 황당한 기운이 덮쳐 왔다.

"그럼 내가 남자도 만났을까 봐?"

"그, 그런 게 아니라……."

재오가 결혼하기 전에 만났던, 혹은 스쳤던 여자들이 궁금했다. 그 여자들은 어땠을까, 그가 그녀들에게 어떤 식을 대했을까. 본 거라고는 바에서 사자 머리를 하고 마스카라가 번진 채 울던 여자뿐인데. 그렇다고 굳이 캐묻고 싶지는 않았다. 판도라의 상자는 열지 않는 게 좋으니까.

"대체 어디를 가는 거예요."

"다 왔습니다."

재오를 따라온 곳은 이탈리안 레스토랑에서 도보로 이동할 수 있는 거리에 위치한 멀티플렉스다. 엘리베이터를 기다리다 탔다. 저녁 시간대라서 사람들이 무척 많았다. 일찍 엘리베이터에 오른 두 사람은 끊임없이 들어오는 사람들로 인해 구석으로 밀렸다.

그는 사람들과 살이 맞닿아 불편해하는 이슬을 안쪽으로 세우고, 그녀를 보며 서서 가림막 역할을 해 주었다.

"읏!"

더 이상 탈 자리가 없는 데도 사람들이 꾸역꾸역 탔다. 때문에 재오의 몸이 점점 밀려 이슬과 바짝 밀착하게 됐다. 어디에 둬야 할지를 모르던 손으로 벽을 짚었다. 그녀의 두 손은 방황을 하다가 어쩔 수 없이 그의 가슴에 어정쩡하게 두었다. 본의 아니게 민망한 자세를 취하고 말았다. 너무 가까이에서 숨결이 뒤섞였다. 둘은 당황스러움에 시선을 마주치지도 못했다. 숨소리가 조금씩 거칠어졌으나 서로 모른 척했다.

불현듯 눈이 마주쳤을 때 흠칫 소름이 돋았다. 이슬이 재빨리 시선을 내리려던 찰나, 재오에게 입술을 빼앗겼다. 그 순간 섬광이 내리쳤고, 그녀의 속눈썹이 가늘게 떨렸다. 정신없는 와중에 그의 입술의 감촉이 생생히 느껴졌다. 도망갈 틈 따위 주지 않겠다는 듯이 집요하게 틀어막은 남자의 입술은 부드러웠다. 살짝 벌어진 입술 틈으로 새어 나오는 그의 숨결은 입술과는 달리 다소 거칠었다.

여기에 눈이 몇 개지? 이런 장소에서 입을 맞추다니, 그녀로서는 상당히 충격적이었다. 그 와중에 심장은 미친 듯이 요동친다. 그가 입술을 뗐다. 그의 눈을 마주한 순간 벌써 한여름의 가운데에 놓인 듯했다.

재오의 눈동자가 열기로 푹푹 찌고 있었다. 어떤 말도 하지 못했다. 짧은 입맞춤이었지만 심한 자극을 받았기 때문에. 가슴이 두방망이질을 쳐댄다.

"방어, 잘하라고 분명 경고했는데."

"……방어할 틈은 줬고요?"

층마다 사람들이 내리고 비로소 실내가 한산해졌다. 한 뼘 정도의 간격을 두고 나란히 섰다. 이슬은 넋을 잃은 표정이다.

"갑자기 키스하면 어떡해요?"

자꾸 경계의 벽을 마음대로 부시면 어쩌자는 건지. 이슬은 재오의 무질서한 행동이 괘씸했다. 분명 제가 원할 때 스킨십을 하겠노라고 계약서까지 쓰지 않았는가! 이럴 줄 알았으면 계약서를 늘 몸에 지니고 다녔을 것을.

"또 그러는군요. 나한테 예고를 바라지 말아요. 그리고 방금 그건 키스라고 하기엔 뭐하지. 설마 키스를 모른 건 아니겠죠?"

이건 분명 저를 무시하는 거라고 생각한 이슬이 발끈했다.

"대체 나를 얼마나 바보로 생각하는 거죠?"

"바보라기보다는 순수하다고 생각하는 겁니다만?"

이 또한 놀림거리로 전락당한 기분이어서 이슬은 자존심 상한 얼굴로 말했다.

"저 안 순수하거든요?"

"그래요?"

재오가 음흉한 표정으로 입꼬리를 슥 올렸다. 이슬이 흠칫 놀라 몸을 움츠렸다.

"뭐죠, 그 표정은?"

"예고를 바라지 말라고 했잖습니까."

무섭게 왜 이러는 거야? 이슬은 의심 가득한 눈빛으로 경계 태세를 취했다.

"뭘 할 생각인데요?"

"겁먹지 마요. 여기서는 안 할 테니까."

이슬의 얼굴이 새빨개졌다. 재오의 말은 상상을 하게 만드는 재주가 있다. 그가 의도하는 건지 아닌지 모르겠지만. 의심스럽기는 한데 심증 뿐이라 단언하지는 못 하겠다. 키스, 아니 키스라고는 할 수 없는 아주 가벼운 입맞춤. 그 이후로 사그라지지 않는 두근거림에 자꾸 멍해졌다.

재오가 넋을 잃고 있는 이슬을 데리고 엘리베이터에서 내렸다. 그가 데리고 온 곳은 멀티플렉스 꼭대기 층에 위치한 영화관이다.

"영화관?"

"좀 전에 당신 나오기 기다리면서 예매했거든요."

이 장소에 끌고 온 목적을 이제야 알았다.

"아……."

"뭘 좋아할지 몰라서 아무거나 골랐는데."

이런 것을 준비했을 줄은 몰랐다. 영화 상영 시간에 딱 맞춰 도착해 기다림 없이 볼 수 있었다. 그래도 영화관에 왔으니 그냥 들어갈 수는 없어 팝콘과 콜라를 샀다. 상영관에 들어가 예매한 좌석에 앉았다.

"남자랑 영화 본 적 많아요?"

"네."

예상했던 대답이 아니자 재오가 당혹스러워했다.

"많다고?"

이슬이 끄덕였다. 재오가 불만스럽다는 듯 눈썹을 꿈틀거렸다.

"……그래요? 누구랑 그렇게 많이 봤습니까?"

갑자기 기분이 언짢아진 재오는 팝콘을 먹던 손을 거두고 이슬을 뚫어져라 주시했다. 그녀는 그의 노골적인 시선을 느끼며 불편감을 느꼈지만 괜히 아무렇지 않은 척 정면을 보며 팝콘을 먹었다.

"예전에는 남자 친구랑 봤었고, 오빠랑은 뭐 자주 보고, 또 석호랑도 심심할 때 같이 보러 와요."

"석호?"

"아, 제 친구인데 어릴 때부터 친하게 지낸 애 있어요."

아내와 오랜 세월 동안 친하게 지낸 남자라니 얼굴을 모르는데도 신경이 쓰인다.

"잘생겼어요?"

친구의 외모가 몹시도 궁금했다. 적을 알아야 싸움을 걸 수 있는지, 아닌지 파악할 수 있으니.

"음, 손님들이 무지 좋아하는 거 보면 평범하지는 않은 것 같아요."

"아니. 당신이 보기에 어떤데요?"

"전 워낙 오래 봐 와서 그런지 잘 모르겠어요."

이슬은 감흥이 없어 보이니 안심이다.

"결혼식에 왔었는데……."

"못 본 것 같은데요."

설사 결혼식에 참석했다고 해도 소개를 시켜 주지 않아 석호란 이가 누군지 알 길이 없었다.

"근데 석호는 왜요?"

"아니, 그냥. 아무튼 나 말고도 다른 남자들과도 영화를 자주 봤단 말이군요."

썩 유쾌하지 않은 기분에 괜히 팝콘을 우적우적 씹었다. 막 먹다 보니 목이 막혀 가슴을 두드리며 캑캑거리자 이슬이 조용히 콜라를 건넸다. 자존심 다 구겨지네. 재오는 짜증스럽게 콜라를 집어 스트로를 빨았다.

"팝콘을 되게 좋아하나 봐요."

"아니거든요."

상한 기분을 풀고자 팝콘을 씹은 것뿐이었다.

"좋아하는 것 같은데."

"아닙니다."

팝콘을 싫어하는 건 아니지만, 그렇다고 되게 좋아하는 것도 아니었다. 무엇보다 지금 이 순간만큼은 좋아서 먹는 게 아니니 억울했다. 해명하고 싶었지만 광고가 끝나고 영화가 시작됐기 때문에 입을 다물었다.

⚬⚬⚬⚬⚬⚬⚬

이슬에게 전화를 걸었으나 받지 않았다. 웬만한 경우가 아니고서는 거의 전화를 받던 그녀이기에 걱정도 되고 불안하기도 했다. 진원은 소득 없이 휴대폰을 내려 두고 창밖을 응시했다. 7월의 초입. 슬슬 날씨가 더워지고 있었다. 밤이라 뜨거워지는 태양의 열기는 사라졌지만 바깥 기온은 여전히 높은 편이다. 집무실 안에는 에어컨을 틀어 놓기는 했지만 그의 속은 덥고 열이 났다. 시원한 맥주가 생각난다.

"……이슬아, 왜 전화를 안 받니."

진원에게 이슬은 특별한 존재다. 둘은 여느 남매보다도 유난히 가까운 사이였다. 물론 그녀가 결혼하기 전까지는 말이다. 그녀는 친정에서 결혼 생활을 하고 있어서 보려고 하면 얼마든지 볼 수 있지만, 처녀 때보다 연락이 잘 되지 않았다. 밤에도 그녀의 방에 드나드는 것에 제약이 생겼다. 이제 더 이상 그녀가 혼자 지내지 않으니 그럴 수 있다고 머리로는 생각은 하지만 마음은 아직 받아들이지 못했다.

"후, 답답해."

피는 섞이지 않았지만 귀한 여동생이다. 대단히 보배로워 만지면 깨질까, 불면 날아갈까 조마조마하며 애지중지를 했는데, 그런 여동생이 잘 알지도 못하는 남자와 정략결혼을 했다.

연애결혼을 해도 마음이 편치 않은데, 오죽하겠는가. 그녀의 결혼식 이후부터 근심 속에 파묻혀 살았다. 하나 어디에도 털어놓지 못하는 속이라 언제나 홀로 앓아야 했다.

느닷없이 우는 휴대폰에 진원이 창밖에 두던 시선을 거뒀다. 블라인드를 내리고 의자에 앉아 전화를 받았다.

"어, 그래."

진원의 표정이 점점 굳어갔다. 그가 이마를 짚고 한숨을 내쉬었다.

"수고했다."

거의 보고를 받는 듯 대답만 한 뒤 통화를 마쳤다. 진원은 번뇌를 거듭하다 결국 자리를 박차고 일어나 집무실을 나섰다.

❦

스크린에 엔딩 크레딧이 올라가고 있다. 상영관은 환해졌고 사람들이 하나, 둘 빠져나가고 있었다. 재오는 훌쩍이는 이슬을 보며 안절부절못했다. 슬픈 장면이 있기는 했지만 울 정도는 아니라 생각했는데, 그녀가 눈물을 보인 것이다. 그녀도 울 줄을 안다니 그 점이 놀랍다. 게다가 우는 여자에 대한 환상이 없었는데, 우는 그녀는 무척 청초했다.

"저기, 괜찮아?"

여자가 울 땐 어떤 식으로 달래야 할지 방법을 몰라 헤맸다. 마음에 가시가 박힌 것처럼 따끔따끔하다. 재오는 손수건을 꺼내 이슬에게 내밀었다. 그녀가 손수건을 받아 눈물을 닦았다. 그녀가 어느 정도 물기를 제거하고 그를 마주 봤다.

"나 마스카라 번졌어요?"

"조금."

"아, 흉하겠다."

"그 정도는 아니에요."

재오는 건네받은 손수건으로 이슬의 눈가를 더 닦아 주었다. 그의 손길에 당황하기는 해서 굳은 채로 얌전히 있었다. 그는 덜 마른 눈물을 비롯해 조금 번진 마스카라 자국까지 꼼꼼히 닦았다.

"됐다."

이슬의 눈동자에 눈물이 어른거렸다. 꼭 샴페인이나 사이다의 탄산 기포가 담긴 것처럼 예쁘게 반짝였다. 크리스털 같기도 하고 별 같기도 한 그것에 시선을 빼앗겼다.

"가요."

저에게 꽂힌 재오의 시선에 얼굴이 화끈거려 온다. 더 있다간 그가 내뿜는 열기에 질식할 것 같아 서둘러 일어났다. 재오가 그녀의 뒤를 쫓았다. 거의 대부분의 사람들이 빠져나가고 여유롭게 상영관을 나왔다.

"배고프네. 밥 먹고 들어갈까요?"

"시간이 너무 늦었어요."

"밥은 좀 그런가? 그럼 간단하게라도 먹읍시다."

"배고파요?"

재오가 배를 문지르며 대답했다.

"난 저녁을 안 먹어서."

"그럼 아까 같이 먹지."

"그러려고 했죠. 근데 당신이 불편해하니까 그러지 못 하겠더군요."

갑자기 이슬이 말이 없어졌다. 이상히 여겨 그녀를 보니 미안해하는 표정을 하고 있다. 미안해하길 원하고 한 말은 아닌데 어쩌다 보니 이 지경이 돼서 속상했다.

"당신이 강요해서 그런 건 아니니 신경 쓰지 마요."

"내가 강요한 것 같은데……. 불편하다고 막 뭐라 그랬잖아요."

제 기분과 감정에 앞서서 너무 닦달한 것은 아닌지 미안한 마음이 들었다. 이제 와서 이런 말을 하는 것조차도 상대방 입장에서는 불쾌할 수 있을 테니, 더 마음이 좋지 않았다.

"난 당신이 내숭 떨지 않아서 마음에 들어요."

그런데 재오는 불쾌해하기는커녕 오히려 웃고 있었다.

"내가 마음에 든다고요?"

이슬이 놀란 눈으로 쳐다봤다. 재오는 수선떨지 말라는 투로 말했다.

"좋다고는 안 했어요. 마음에 든다는 거지."

"아니, 그래도…… 싫어하지 않는 게 신기한데요?"

"싫어한 적은 없어요. 처음부터."

묘해진 분위기에 어쩔 줄을 모르는 사람처럼 이슬의 동공이 요란히 움직였다. 어쩐지 쑥스러워 하는 듯한 재오의 모습이 낯설게만 다가왔다. 그를 계속 보고 있자니 얼굴이 달아오르는 기분이라 더 이상 마주하지 못하고 고개를 돌려 버렸다.

"뭐 생각나는 건 있어요?"

"당신은 어떤데?"

손도 잡지 않고 어정쩡한 거리를 둔 채 걸었다. 부부라고 하기에는 다정함이나 달달함이 부족했다. 그들은 아직 서로가 익숙하지 않았다.

"난 너무 부담스러운 음식만 아니면 괜찮아요."

"술 한잔할까요?"

여름밤에 마시는 술은 기분 전환용으로 아주 쏠쏠했다.

"술이요?"

술을 마시자는 제안에 이슬은 조금 놀란 얼굴이었다.

"그래요. 맥주 마시면서 안주로 간단히 배 채우는 건 어떨까 해서."

"그거 좋은데요?"

한결 밝아진 이슬의 얼굴에 재오의 마음도 가벼워졌다.

"좋습니다, 그럼 아까 그 레스토랑 건물 주차장에 차 있으니까 타고 집 근처로 가요."

"네."

함께 식사를 하지는 않았지만 레스토랑에서 마주 보고 앉았었고, 그 후에 영화를 한 편 본 뒤 술 한 잔을 하러 가는 이 과정이 꼭 데이트 코스 같다.

주차장으로 가기 위해 엘리베이터를 기다렸다. 딱히 오고 가는 대화는 없었지만 충분히 서로를 의식하고 있는 중이다. 엘리베이터를 탈 생각을 하니 아까 저 안에서 벌어졌던 상황이 저절로 떠올라, 이슬은 두근거리는 마음에 입술을 만지작거렸다. 아까의 분위기와 재오의 눈빛의 온도, 입술의 감촉, 그리고 숨소리까지 모든 것이 생생했다.

재오가 슬쩍 입술을 만지작거리는 이슬을 곁눈질했다. 그녀가 어떤 상상을 하고 있는지 짐작했고, 그 순간 귀엽다는 생각이 들었다. 그런 스스로가 놀라우면서도 부정하지는 못했다. 자석에 이끌리듯 그녀에게 다가가던 찰나, 엘리베이터 문이 열렸다. 아쉬운지 한숨을 내쉬며 상체를 반듯이 세웠다가 정면에 보이는 진원으로 인해 몸이 딱딱하게 굳었다. 가려졌던 시야가 환해지자 이슬에게도 진원이 보였다.

"오빠?"

진원과 재오 사이에 신경전이 있었다. 부딪치는 시선에 스파크가 튀었다. 하지만 이슬에게 들키지는 않았다. 진원이 이슬을 보며 너그럽게 웃었다.

"뭐 해? 타지 않고."

"어? 응. 재오 씨, 우리도 타요."

재오는 엘리베이터에 타고 있는 진원을 수상하게 여겼다. 분명 이 엘리베이터는 지하에서부터 올라왔다. 진원은 아래층에서 올라온 것일 텐데 왜 어느 층에서도 내리지 않았을까? 꼭대기 층인 영화관에서라도 내렸어야 하는 거 아닌가? 볼일이 있던 게 아니면서 왜 엘리베이터에 타고 있었을까? 과연 진원의 목적은 무엇이었을까?

냄새가 나는데, 무슨 냄새인지는 파악이 불가능하다.

"둘이 영화 봤나 봐?"

진원은 태연하게 질문을 던져왔다.

"응. 애니메이션인데, 유치하지 않고 재미있었어."

이슬이 웃으며 대답했다.

"그래?"

"응."

"둘이 사이가 제법 좋은가 봐. 같이 영화도 보고."

진원은 무언가 못마땅한 사람처럼 얼굴 근육에 힘을 주고 있었다.

"재오 씨가 예매해 뒀더라구. 그래서 같이 보게 됐어."

"그렇구나."

이슬은 진원을 전혀 의심하고 있지 않았다. 그녀는 그저 우연히 오빠를 만나 반가워 보였다. 그런 그녀에게 괜한 소리를 하고 싶지는 않아서 재오는 가만히 입을 다물고 있었다.

"이제 집에 가야지."

"우린 맥주 한잔하고 가려고."

"맥주까지?"

진원은 꼭 별걸 다 한다는 투로 말했다. 그가 재오를 못마땅한 시선으로 쳐다봤다. 재오는 결코 그에게 동요하지 않았다.

"부부가 같이 맥주 마시는 게 이상한 일을 아니지 않습니까."

"그렇지. 이상한 일은 아니지. 그저 놀라울 뿐이라 그러네. 둘이 이런 시간대에 영화도 보고 술도 마실 정도로 사이좋은 부부일 줄은 몰랐거든."

비아냥거리는 말투가 재오의 심기를 심히 거슬리게 했다.

"부모님이 맺어 준 인연이긴 하지만 어차피 하게 된 결혼, 소홀히 임할 수는 없어서요. 노력해 보려고 합니다. 이게 형님께서 바라는 바 아니었던가요?"

"……그래."

하는 수 없이 대답을 하기는 하지만 안색이 썩 좋아 보이지는 않는다. 재오는 진원의 표정을 눈여겨봤다.

"저희는 1층에서 내리겠습니다."

"어디로 가는데?"

"그건 왜 물으시죠?"

"실은 나도 맥주가 마시고 싶었거든. 기왕이면 같이 마시는 게 좋지 않을까 싶네."

재오와 단둘이 맥주를 마시면 계속 엘리베이터에서 했던 입맞춤이 생각날 것 같았다. 이슬이 진원의 말에 솔깃했다. 진원과 셋이 마시면 확실히 덜 불편할 것 같았다.

"그럴래, 오빠? 당신 어때요?"

당연히 싫었지만 이슬을 보니 원하는 대답이 있는 모양이다. 아무래도 둘이 술 마시는 걸 불편해하는 듯해서 억지로 강요하고 싶지 않았다.

"그러든가."

이슬이 원하는 대로 해 주려고 대답을 하기는 했지만 속마음을 완전히 숨기지 못해서 목소리가 시큰둥했다. 그러나 재오의 대답으로 두 사람의 표정이 좋아졌다. 진원의 안색이 좋아진 건 감흥이 없지만 이슬의 표정이 한결 나아진 건 꽤 뿌듯했다.

"저희 차가 있어서. 가면서 연락드리겠습니다."

재오가 이슬을 데리고 1층에서 내렸다. 그녀가 진원을 돌아보며 활짝 웃었다.

"오빠, 이따 봐."

엘리베이터 문이 닫히고 진원의 모습이 사라졌다. 재오가 심기 불편한 시선으로 이슬을 봤다. 그의 시선을 느꼈는지 그녀가 입술을 열었다.

"왜요?"

"아무리 친오빠라지만 적당히 웃어요."

"네?"

"예쁘게 좀 웃지 말라고."

이슬은 마치 이 남자가 왜 이러나? 뭐 이상한 거라도 먹었나 싶은 얼굴로 재오를 물끄러미 응시했다. 그는 아무렇지 않은 척 그녀의 시선을 회피했다.

"왜 질투하는 것처럼 들릴까?"

"넘겨짚지 마요."

"저도 이상하다 생각하는 중이에요."

재오는 급격히 말이 없어졌다. 진원을 보며 활짝 웃는 이슬의 모습에 질투를 느낀 자신이 어이없기도 하고, 그런 마음을 이슬에게 들켰다는 사실이 창피했기 때문이다.

<br>

술자리가 무척 불편했다. 이 생각이 드는 건 아마도 자신뿐이라고, 재오는 판단했다. 진원과 이슬은 저들만의 이야기를 펼치고 있었다. 이모가 어쨌네, 삼촌이 어쨌네, 이러다가 일가친척이 다 나오겠군.

재오는 따분한 얼굴로 맥주를 마셨다. 한참을 마시다 성에 안 차서 소주를 주문했다. 등을 기대고 삐딱하게 앉아 술을 넘기면서 진원과 이슬의 이야기를 들었다. 듣고 싶지 않아도 귀가 열려 있으니 들을 수밖에 없는 상황이다. 쭉 지켜보고 있다니 참 각별한 남매다. 이슬을 챙겨 주는 진원의 손길이 하루 이틀 그러는 게 아닌 듯 익숙했다. 받는 이슬도 당연해 보였다. 여느 남매들과는 확실히 다르다.

남편이 보란 듯이 앞에 있는데도 이슬을 대하는 진원의 서슴없는 행동에 아까부터 짜증이 치밀었다. 이슬이 얼마 전 네일아트를 받았다고 말하자 어디 보자며 손을 만지고, 국물을 떠먹는 그녀의 머리카락이 흘러내리자 귀 뒤로 넘겨 주는 등 사소한 행동들에 애정이 뚝뚝 흘러넘쳤다. 모르는 사람이 본다면 충분히 오해할 만한 그림이다.

더구나 두 사람은 남매라 하기에는 너무 안 닮았다. 여기를 뜯어 보고, 저기를 뜯어봐도 닮은 곳을 찾을 수가 없다. 각자 친탁이나 외탁을 했다는 가정을 해도 조금이라도 비슷한 느낌이 들어야 할 텐데 그런 부분이 전혀 보이지 않는다. 참 이상한 남매다.

201

"나 화장실 좀."

이슬이 화장실을 가겠다며 일어섰다. 진원이 걱정된다며 따라나서려 하는 모습에 재오는 경악하고 말았다. 이슬이 괜찮다며 사양을 하자 진원은 마지못해 자리에 앉았다. 그녀가 화장실로 사라지고 테이블엔 함께 있는 상황 자체가 낯선 두 남자가 마주 본 채 앉아 있다.

"좀 과하신 것 같습니다."

재오가 말을 텄다. 언짢은 기색을 팍팍 내는 그의 태도에 진원이 눈썹을 씰룩이며 시선을 마주했다. 둘의 시선이 사납게 맞물렸다. 조금만 수가 틀리면 멱살을 잡을 기세였다.

"할 말이 있으면 똑바로 하지 그러나. 앞, 뒤 다 자르고 말하면 상대방이 알아들을 수 없지. 이미 알아봤지만 역시나 배려가 부족하군."

말을 마치고 다문 진원의 입술에 어렴풋이 미소가 걸렸다. 실내가 어두워서 확신할 수는 없지만 그건 아마도 조소였을 것이다. 왜냐하면 기분이 몹시 불쾌했으니까.

"사이좋은 남매인 건 잘 알겠습니다. 다만, 스킨십에 있어서는 조심 좀 해 주셨음 하는데."

사실 욕이 목구멍까지 나왔지만 그래도 이슬의 오빠이니 함부로 할 수 없어 억눌렀다. 최대한 예의를 갖춰 말하려 노력했다.

"내가 내 동생을 만진다는데 뭐 불만이라도 있나?"

진원은 지나치게 떳떳했다. 그의 말 속에는 네까짓 게 뭔데 참견하냐는 의미가 내포됐다.

"그녀는 제 와이프입니다. 아무리 친오빠라고는 하지만 제 와이프를 함부로 터치하고 그러는 건, 보기 불편하군요."

"우습네."

이번에는 확실히 선명해진 비웃음을 흘리며 진원이 재오를 매섭게 쏘아봤다.

"바뀌어도 너무 바뀐 거 아닌가? 결혼을 장난처럼 여기더니, 쓸데없이 진지해진 것 같군. 아, 이게 그건가? 상상 이상의 사건을 저지른다는. 그럼 지금 이 모습도 연기에 불과할 수 있겠네. 너무 애쓰지 마. 나를 자극하기 위해서 그럴 필요 없으니."

진원은 이쯤이면 재오의 기를 충분히 눌렀겠다 싶은지 흡족해하며 소주잔을 기울였다.

"대체 제 모습 어디가 연기로 보이는지 모르겠군요."

그러나 소주잔이 허공에서 멈추었다. 진원이 재오를 쳐다보며 인상을 썼다.

"아, 그 대목은 어느 정도 맞는 것 같습니다. 상상 이상의 사건."

"그게 무슨 말인가?"

"저조차도 상상할 수 없었던 현상이 벌어지고 있다는 뜻입니다."

더 자세히 말하라며 재촉하는 진원의 눈빛을 외면했다. 그가 답답해 미치겠는지 가슴팍을 두드린다. 재오가 여유롭게 소주를 넘겼다. 잔을 꺾어 알코올을 꿀꺽 마시며 정면을 봤다. 진원과 시선이 부딪쳤다. 계속 자신을 보고 있었다는 사실을 알아차렸다. 진원은 대체 저 자식의 머릿속엔 뭐가 들어 있는지 몹시 궁금해 하는 눈빛으로 쏘아봤다.

"당신 과음하는 거 아니에요?"

이슬이 돌아오자 마주 보던 두 남자의 시선이 흩어졌다. 진원의 시선은 그녀에게로 꽂혔고 재오의 시선은 술잔으로 옮겨졌다.

"이 정도로 뭘."

"아까부터 쉬지 않고 마시던데."

재오가 슬며시 미소를 띠며 이슬을 봤다.

"날 계속 보고 있었나 봅니다?"

같은 테이블에 있으니 계속까지는 아니어도 이따금씩 시선이 갈 수밖에 없었다. 그럴 때마다 술을 기울이는 재오의 모습이 약간 신경 쓰였을 뿐이다. 그런데 마치 몰래 보다 들킨 사람처럼 여겨지자 당황한 그녀가 더운지 손부채질을 하며 얼른 맥주를 마셨다. 그가 장난스럽게 웃었고, 그 광경을 지켜보고 있는 진원의 속에서는 쓰디쓴 감정이 역류했다.

"뭔 말을 못 하겠어……."

이슬이 맥주잔을 내려놓으며 투덜댔다. 재오는 뭐가 재밌는지 소년처럼 키득거리며 웃었다.

"내 주량을 무시하지 말라고."

"잘 마시나 봐요?"

이슬이 재오를 힐끔 곁눈질했다.

"친구들이랑 술 마시면 꼭 내가 가장 마지막에 남곤 했죠."

"술고래군요?"

이슬의 말에 어쩐지 감정이 섞여 있는 느낌이 들었다.

"뭐, 그쪽이 할 말은 아닌 것 같군요."

"에, 왜요?"

이슬은 절대 동의 못 하겠다는 표정으로 재오를 빤히 쳐다봤다.

"신혼여행 때 생각 안 나요? 와인 찔끔찔끔 준다고 구박했잖습니까."

와인을 마시다가 처음으로 입을 맞췄던 상황이 저절로 머릿속에 재생되는 바람에 얼굴이 화끈거렸다. 이슬은 열 오른 뺨을 살짝 문지르다가 냉큼 맥주를 마셨다. 그런데 얼마 남지 않은 양으로는 화끈한 저를 완전히 식히지 못했다. 그녀가 허둥지둥 술을 찾다 재오의 소주잔을 집어 그대로 쭉 들이켰다.

"그거 내 잔인데."

말해 봐야 소용없다. 이미 이슬이 재오의 잔을 가져가 제 것처럼 굴었기 때문에.

"이봐요."

이슬은 듣는 척도 안 하고 뺏은 잔에 소주를 따라 시원하게 들이켰다. 연거푸 세 잔을 마시고 나서야 폭주를 멈추었다.

"술고래의 면모를 또 보여 주시는군요."

놀리는 투가 야속해 재오를 새치름하게 흘겨봤다. 어느새 이방인이 된 진원은 자신의 처지를 납득하지 못하고 짜증스러워했다. 이슬을 힐끔 보는 재오의 눈에서 미처 예측하지 못한 감정을 엿보았다.

깊거나 짙지 않지만, 은은히 풍기는 감정은 보통을 넘어선 것이었다.

그의 말대로 상상 이상의 사건이다. 진원의 표정이 심각해져 갔다.

간단히 한잔한다는 게 어쩌다 보니 꽤 많이 마시게 됐다. 자정이 가까워서야 호프집을 나왔다. 이슬을 가운데 두고 재오와 진원이 양옆에 서서 걸었다.

"와, 근사한 남자 둘이 내 옆에 있으니까 되게 좋다."

이슬은 주량을 넘어섰는지 아까부터 계속 취해 있었다. 취한 그녀는 무척 귀여웠다. 평소에 볼 수 없는 애교를 보여 주고 웃기도 잘 웃었다.

"이슬아, 너무 많이 마신 것 같다. 이리 와."

비틀비틀 걷는 이슬을 걱정하며 진원이 그녀의 팔을 잡아끌었다. 결혼하기 전의 평소처럼 익숙하게 진원에게 팔짱을 끼는 그녀의 모습이 재오를 자극했다. 화가 난 듯한 표정의 재오가 제 쪽에 있는 그녀의 팔을 잡았다. 그러자 그녀가 재오의 팔에도 팔짱을 꼈다. 더할 나위 없이 공평했다.

"헤헤. 나 두 남자한테 팔짱 꼈다."

두 남자의 시선이 제 머리 위에서 날카롭게 부딪치는 줄도 모르고 이슬은 해맑게 웃으며 즐거워했다. 알코올은 사람의 색다른 모습을 발산시키곤 한다. 바로 그녀의 모습처럼. 평소에 비해 훨씬 밝고 에너지가 넘쳤다. 그 모습이 재오에겐 다소 당황스러웠다.

몇 발자국 걷다 휴대폰 벨소리가 났다. 진원의 주머니에서 나는 소리였다. 진원을 떼어놓기 좋은 기회라 여긴 재오가 슬쩍 웃었다.

"형님. 전화 받으셔야죠."

진원이 짜증이 나는지 미간이 움찔거렸다. 이슬이 그의 팔에서 팔을 빼냈다.

"오빠, 전화 받아."

"어? 어. 그래."

진원이 한숨을 쉬며 마지못해 전화를 받았다. 그가 전화를 받는 동안 기다려 주자는 이슬의 뜻을 무시하고 재오는 계속 걸었다. 이대로 집까지 가면 좋겠다는 생각을 하기 무섭게 진원이 그새 따라왔다.

"형님. 저희 갈 데가 있어서 그런데 먼저 들어가시죠."

"뭐?"

"그럼 집에서 뵙겠습니다."

당혹스러워하는 진원을 두고 재오는 이슬을 끌고 방향을 바꿔 걸었다. 다행히 진원은 쫓아오지 않았다. 그의 시야에서 완전히 보이지 않는 곳에 들어서고 나서야 속도를 늦췄다. 영문을 모른 채 끌려온 이슬이 숨을 돌리며 물었다.

"갈 데가 어딘데요?"

"없어요."

예상치 못한 대답에 이슬의 머릿속은 어지럽게 꼬여 버렸다.

"네?"

"둘이서 산책하고 싶어서 그런 건데."

이유를 들었지만 어지러운 머릿속은 잠잠해지지 않았다. 둘이서 산책이라니, 어울리지 않았다. 연인들이나 할 법한 것들을 오늘 여러 번 경험하고 있었다. 참 묘했다.

멍해져 있는 사이, 재오가 손을 잡아 왔다. 팔목을 잡을 때와는 확연히 다른 기분에 이슬은 싱숭생숭해졌다. 술기운 때문인지 속이 울렁거렸다.

새벽의 길은 몹시 조용했다. 컴컴한 동네에 달과 별, 그리고 가로등만이 어렴풋이 빛을 발산하고 있었다. 별거 없지만 충분히 낭만적이어서 손을 잡고 걷는 것만으로도 익숙하지 않은 감정들이 퐁퐁 샘솟았다. 게다가 아까 마신 술이 낯선 부드러움, 그리고 달콤함이 스민 분위기를 한껏 끌어올렸다.

"아……."

이슬이 볼에 손등을 대며 나른한 숨을 내쉬었다. 재오가 정면에 두던 시선을 그녀에게로 줬다.

"왜 그래요?"

"얼굴이 뜨거워서요."

열이 올라 뜨거운 얼굴이 불편했다. 이럴 줄 알았으면 술을 자제할 것을 그랬다.

"더워요?"

"술 마셔서 그런 것 같아요."

재오가 이슬의 볼에 손을 가져갔다. 볼에 그의 손이 닿자 그녀가 흠칫 놀랐다. 그녀는 다소 긴장한 듯 경직된 자세로 서서 그의 손길을 받았다. 그는 뺨을 한참 동안 지그시 쓰다듬었다. 살짝 시선을 들자 저를 똑바르게 응시하고 있는 그의 눈동자를 보고 말았다. 달빛을 담은 그의 눈동자는 묘한 색을 띠고 있다. 그 색에 엉키는 감정들이 예사롭지 않았다.

"됐어요."

혹시 무슨 일이 일어날까 겁이 난 이슬이 얼른 재오의 손을 밀어냈다. 느슨해졌던 그의 손아귀에서 손을 빼고 빠른 걸음으로 앞서 걸었다. 뒤로 그의 인기척이 들렸으나 돌아보지 않았다. 그는 한참 뒤에도 옆으로 오지 않았다. 이상하기도 하고 허전하기도 해서 이제야 뒤를 돌아봤다. 먼발치에서 그가 주머니에 손을 찔러 넣고 느긋하게 걸어오고 있었다.

"빨리 좀 와요."

주변이 으슥해서 혼자 걷는 게 무서웠다. 신경질을 좀 내며 재촉하자 재오가 큰 보폭으로 좁혀와 마주 보고 섰다.

"키도 큰 사람이 느려 터졌어!"

"내가 그렇게 보고 싶었어요?"

답지 않게 달콤한 설탕 가루를 묻힌 목소리로 장난을 쳐오는 재오의 행동에 이슬의 눈이 휘둥그레졌다.

"어째서 그런 식으로 연결이 되죠?"

"보고 싶어서 얼른 오라는 거 아니었나?"

이슬이 입술을 씰룩이더니 이내 다급한 목소리로 말했다.

"아니에요! 절대! 네버!"

"술 취하니까 더 귀엽네."

이 나이에 귀엽다는 말은 칭찬이 아닌데, 왜 기분이 좋은지 당최 알수가 없다. 취해서 나사가 빠진 거라고 믿고 싶다.

"좀 앉을까요?"

근처에 있는 벤치에 앉았다. 나무가 울창한 공원에는 인적이 없었다. 가로등 하나 놓여 있는 벤치에 재오가 먼저 앉았고, 이슬이 그와 거리를 두고 앉았다.

"오빠랑 각별해 보이던데."

"네, 좀."

이슬이 고개를 끄덕이며 인정했다.

"예전부터 그랬어요?"

"네. 당신이 보기에도 남달라 보여요?"

재오가 그렇다며 대답했다. 그가 보기에 남달라도 너무 남달랐다. 질투 날 만큼. 하지만 남매를 질투하는 모습이 부끄러워 차마 입 밖으로 표출하지는 못했다.

"저는 그게 이상한 줄 몰랐거든요?"

"그렇습니까?"

"네. 워낙 어릴 때부터 그래 와서 당연하다 여겼어요."

재오와 이런 대화를 하게 될 줄은 몰라서 상당히 당황스러우면서도 신기했다. 그가 자연스럽게 저의 가족에 대해 물어 왔다. 생소하면서도 기분이 나쁘지 않았다. 아니 오히려 좋았다.

"아, 그래 보이더군요."

"다른 집 남매들은 어떤지 몰랐으니까 비교할 대상이 없었어요. 친구들이나 친척들이 오빠가 유난스럽다 말하기도 하고, 밖에서도 처음 보는 사람들이 연인이냐 묻기도 했거든요. 그런 일들 겪으면서 오빠랑 내가 흔한 경우는 아니란 걸 알았죠."

재오와의 대화가 상상 이상으로 편안했다. 솔직히 둘만 있으면 여러

208

모로 불편할 줄 알았는데 그렇지 않았다. 편안하면서도 가슴이 살짝 들떠 있었다. 그 이유가 술기운 때문이더라도 어쨌든 나쁘지 않았다.

"뭐, 다르다고 해서 잘못된 건 아니니까. 그래도 많은 사람들이 그런 식으로 보는 거면 주의하는 게 좋겠죠."

"……신경 쓰여요?"

"내가 속이 좁아서 그런 걸 테죠."

진원에 대해 신경을 쓸 줄은 미처 몰랐다. 그럴 거라고 한 번도 생각해 본 적이 없었기에.

"그래서 오빠한테 적당히 웃으라고 한 거예요?"

굳이 그 얘기를 꺼내다니. 재오는 얼굴이 붉어졌다. 어차피 어두워서 보이지 않는데 혹시라도 들킬까 봐 고개를 살짝 돌렸다.

"네?"

창피해하는 재오의 마음은 모르는 듯 이슬이 얼굴을 가까이 가져왔다.

"……되게 예쁘게 웃던데. 당신 오빠한테."

"음, 그랬던가?"

이슬이 기울었던 몸을 바로하고 고개를 갸웃거렸다. 진원에게 어떤 모습으로 웃는지 잘 모르겠다.

"흠. 그만 갈까요?"

재오가 마른기침을 하며 벌떡 일어섰다. 이슬도 그를 따라 천천히 일어났다. 약간의 거리를 두고 걸었다. 그의 손이 꼼지락거린다. 그녀의 손을 잡을까, 말까 고민을 하다 그녀가 쳐다보는 바람에 쑥스러워서 괜히 뒷덜미를 슥슥 문질렀다.

집으로 돌아와 각자 샤워를 했다. 둘은 결혼을 했지만 서로의 알몸을 본 적이 없다. 먼저 씻고 나온 재오는 침대에 누워 쉽게 잠들지 못하고 뒤척였다.

"손도 하나 못 잡고 뭐냐, 나."

손잡는 것 하나 쉽지가 않다. 원래 이런 사람이 아니었는데 어쩌다 이렇게 된 건지. 이슬은 함부로 만지기가 두렵다.

달칵. 소리가 나며 그녀의 인기척이 들렸다. 이윽고 시트가 그녀의 체중에 눌렸다. 잘 자라는 말없이 서로 등을 맞대고 누웠다. 하여간 침대에 눕기만 하면 더욱 어색해진다. 술을 마셔서 그런지 기분이 들떴다. 약간 흥분도 되는 것 같고.

재오는 잠이 안와 눈을 깜빡거리다 이내 옆으로 돌아누웠다. 뒷모습을 물끄러미 보고 있는데 어느 순간 그녀의 몸이 움직였다. 이슬도 이쪽으로 돌아누운 것이다. 눈이 마주치자 그녀가 움찔 놀랐다. 그렇다고 다시 원래대로 눕는 건 이상하겠다 싶어 그를 마주한 채로 누웠다. 잠을 청하려고 하는데 잘 되지 않았다.

재오와 시선을 마주하는 건 어쩐지 불편해서 눈을 감고 있는데 뺨을 지분거리는 손길이 느껴졌다. 눈을 감고 있어서 그런지 감촉이 어느 때보다 선명하다. 뺨을 쓰다듬던 손이 이번에는 이마를 만진다. 이제 콧잔등을 쓸고 귓불을 만진다. 호흡이 가빠지고, 오소소 소름이 돋는다.

왜 이러지? 이슬은 흥분되는 저를 인정하지 못했다. 그의 손이 입술에 닿았을 때, 미약했지만 심장이 풀썩거렸다. 낯선 감각을 감당하기 벅차서 결국 눈을 떴을 때, 그에게 입술이 빼앗기고 말았다.

재오의 입술이 쫀득하게 달라붙었다. 그의 입술은 찰기가 있나 보다. 흡입력도 상당하다. 입술을 빨아 당기면서 영혼까지 앗아가는지 정신이 아득해졌다. 저항을 하기 위해 그의 어깨를 밀쳐 보지만 소용없다는 사실을 깨닫고 빠르게 포기했다.

어느새 재오의 체중이 몸을 짓눌러 왔다. 포지션이 이상해졌다. 그에게 점령당해 버린 것이다. 여러모로 숨이 막힐 것 같았다. 입술을 희롱하던 그가 어느 틈에 사이를 벌리고 안으로 침범했다. 넋이 나가 있어 그 사실을 뒤늦게 알았다. 재오는 흥분한 듯 그녀를 거칠게 탐닉했다.

그는 전혀 여유롭지 않았다. 농밀한 키스에 온몸이 다 녹아내릴 것만 같다. 참기 버거운 자극에 어깨에 올려 둔 손을 움직여 그의 목을 끌어안았다. 서로의 다리가 엉키면서 야릇한 분위기가 고조됐다.

원래 입맞춤만 하려 했다. 그녀의 입술이 미치게 예뻐서 입만 맞추려 했는데, 입을 맞대는 순간 자제력을 잃었다. 그녀의 입술은 블랙홀일지도 모른다. 맞물리기만 해도 이성이 녹아내린다.

그가 고개의 각도를 비틀며 좀 더 깊숙이 파고들었다. 목구멍까지 들어올 것처럼 집요하게 구는 탓에 정신이 아찔했다. 그녀의 고개가 점점 뒤로 젖혀졌다. 더 이상 견디기 힘들어 그의 어깨를 마구 두드렸다. 그제야 그가 입술을 뗐다.

"헉, 하……."

"하아, 하, 흐으."

둘 다 가빠진 호흡에 버거운지 말을 잃었다. 이슬은 무심코 시선을 들었다 그의 진득한 눈빛에 화들짝 놀라고 말았다.

"……술 냄새 나요."

미치게 떨리는 가슴을 들킬까 무서워 괜히 투덜거리며 재오를 봤다. 그의 눈이 뜨겁게 불타고 있었다.

"당신한테서는 좋은 향기가 나네요."

재오의 낮은 음성은 전에 없이 따뜻하고 달콤했다. 짙어지는 로맨틱한 분위기가 몸을 휘감았다. 심장이 너무 빨리 뛰어서 가슴이 너덜너덜해질 것 같았다.

그의 입술이 다시 가까워져 왔다. 저 입술을 받아들이는 순간, 또 다른 세계로 저를 끌고 갈 것이다. 그는 또 저를 뜨겁게 휘젓고 말 것이다. 두려워서 고개를 돌렸다. 그러자 그가 주춤했다.

화가 났나? 그의 표정을 보고 싶지만 꾹 참았다. 그런데 머리카락을 만지작거리는 손길이 느껴졌다.

"당신이 거부하는 건, 안 해요. 함부로 건드리지 않을 테니까 두려워하지 마요."

귀를 적시는 달콤한 음성에 눈물이 날 뻔했다. 가슴이 시끄럽게 요동치고 있었다. 그가 뺨에 쪽, 하고 입을 맞추고 옆에 누웠다. 짓누르던 그의 체중이 사라지자 몸이 가벼워지긴 했지만 반면에 마음은 더욱 무거워졌다.

이슬은 씻고 나와 출근 준비를 마쳤다. 탁상시계를 보니 출근까지 여유가 있었다. 주방으로 와 냉장고를 열어 뭐가 있는지 살폈다. 청소를 하고 있던 도우미 아주머니가 그녀에게 다가왔다.

"식사하시게요? 차려드릴게요."

"아뇨. 제가 할게요."

괜찮다고 말하자 그녀는 다시 청소를 하러 갔다. 이슬은 냉장고에서 콩나물과 파, 무, 고추, 다진 마늘을 꺼냈다. 에이프런을 두르고 야채들을 씻고 손질했다. 멸치와 무, 다시마로 낸 육수로 콩나물국을 끓였다.

재오가 넥타이를 매며 주방으로 왔다. 목이 말라 물을 마시려고 왔다가 요리를 하고 있는 이슬의 모습에 멈칫했다. 맛있는 냄새가 후각을 건드렸다.

"일어났어요?"

"뭐 합니까?"

"콩나물국 끓여요."

"맛있게 먹어요."

재오는 기대도 안 했다. 이슬이 그를 위해 요리해 준 적이 없었기 때문이다. 가사도우미가 있기 때문에 그녀가 굳이 요리를 할 필요가 없었다. 그래서 불만을 가진 적이 없었다. 더구나 그는 대부분 나가서 식사를 했다. 아직 이 집이 편하지 않기 때문이다. 그는 컵을 쥐고 정수기로 갔다.

"당신도 같이 먹어요."

순간 컵을 놓칠 뻔했다. 재오가 휘둥그레 뜬 눈으로 이슬을 봤다. 그녀는 공기에 밥을 푸고 있었다. 그녀의 볼이 발그스레해 보이는 건 기분 탓인가.

"뭐라고 했습니까?"

이슬이 고개를 들어 눈을 마주치며 말했다.

"같이 먹자구요."

귀가 이상해진 줄 알았는데 아니구나. 재오는 얼떨떨했다. 물을 마시려다 말고 멍청하게 서서 그녀를 봤다. 그녀가 현미밥이 담긴 공기 두 개를 식탁에 옮기고 다 끓은 콩나물국의 간을 보더니 가스레인지 불을 껐다. 그녀가 콩나물국을 대접에 퍼서 식탁에 옮기고 냉장고에서 밑반찬을 몇 개 꺼냈다.

"뭐 해요?"

"어? 어……."

재오가 쭈뼛거리며 식탁으로 왔다. 소박하지만 정이 느껴지는 밥상에 코끝이 매웠다. 뭔지 모르겠지만 이상하게 뭉클하다.

"차린 건 없지만 많이 먹어요."

"잘 먹을게요."

식탁에 단둘이 마주 앉아 식사를 하게 되다니 기분이 묘하다. 재오가 수저를 들어 콩나물국에 푹 담그며 말했다.

"근데 나랑 둘이서 식사해도 괜찮겠어요?"

어제만 해도 불편해하더니 이젠 괜찮은 건가?

"아직 편하지는 않지만 익숙해져야죠. 당신도 노력하고 있잖아요."

아, 원래 콩나물국이 이렇게 뭉클한 맛이었던가. 단언컨대 이런 콩나물국은 처음이다. 흔하게 먹던 국이지만 오늘만큼은 달랐다.

⚜

책상에서 업무를 보고 있는 이슬의 등 뒤로 노을이 노르스름하게 번져 가고 있었다. 쏟아지는 일거리에 온종일 바빠 저녁 식사도 거른 채 일하는 중이었다. 결혼 후, 삶에 변화가 생기긴 했지만 그렇다고 해서 그녀의 일에 지장이 생긴 것은 아니었다. 그랬다면 애초에 결혼 따위는 승낙하지 않았을 것이다. 그녀에게 있어 일은 인생의 가장 중요한 부분이었다.

일을 할 수 없다면 숨 쉬고 살아갈 이유가 없다고 생각할 정도로.

똑똑. 정적을 깨트리는 노크 소리에도 이슬의 집중력은 흐트러지지 않았다. 누군가 들어오든 말든 개의치 않으며, 그녀는 차분히 제 일을 해 나갔다.

곧 끼익, 문 열리는 소리와 함께 석호가 등장했다. 그녀는 일에 몰두하느라 그를 거들떠보지도 않았다.

그는 오랜 시간 그녀를 지켜봐 왔기에 누구보다 그녀의 성향을 잘 알고 있어서, 서운해 할 필요가 없었다. 그저 묵묵히 이곳에 들어온 목적을 달성할 뿐이었다.

석호의 손이 지나간 자리에는 베이글과 커피, 그리고 꼭 결혼식 청첩장처럼 생긴 봉투가 있었다. 이제야 이슬이 그곳을 힐끔 곁눈질했다. 그러면서도 키보드를 두드리는 손은 멈추지 않았다.

"다 뭐야?"

자세히 들여다보기는 귀찮은지 대충 훑어보고는 다시 모니터로 시선을 가져가며 설명을 해 달라 요구했다.

"너 저녁 안 먹었잖아. 베이글이랑 커피 사 왔어. 간단하게 요기라도 하라고."

"고마워. 그 옆에 봉투는 뭔데?"

"알케이 인터내셔날에서 보내온 초대장이던데?"

일순간 키보드 위에서 현란하게 춤을 추던 이슬의 손에 브레이크가 걸렸다. 그녀가 드디어 석호에게 제대로 된 시선을 허락했다.

"알케이?"

석호가 고개를 한 번 끄덕이며 확답을 해 주자 이내 이슬의 표정이 밝아지며 거들떠보지도 않던 봉투에 관심을 쏟기 시작했다. 그녀는 키보드에서 뗀 손으로 봉투를 집었다.

"무슨 초대장일까?"

선물 상자를 여는 기분으로 봉투를 열었다. 그 안에는 달랑 종이뿐이지만, 이슬에겐 평소에 참 좋아하던 조나경 여사에게서 온 초대장이라는 사실만으로도 기쁜 일이었다.

알케이 인터내셔널에서 주최하는 별장 파티에 현이슬 대표를 초청합니다.
참석하여 자리를 빛내 주시기를 부탁드립니다.

간략하게 쓰인 초대 말 아래 날짜, 시간 및 장소가 상세히 적혀 있었다.

"어머, 별장 파티에 날 초대해 주신 거야?"

나경과 두터운 친분을 유지해 왔지만 여태껏 별장 파티에는 초대된
적이 없었다. 알케이 인터내셔널의 별장 파티는 소수의 인원만 모여 친
목을 다지는 비밀스러우면서도 사업에 있어 분명 중요한 자리이기에
사업을 하는 이들이라면 누구나 탐을 냈다.

그 중요한 자리에 처음으로 이슬이 초대된 것이니, 놀라지 않을 수
없는 것이다. 그녀가 화색이 도는 얼굴로 냉큼 휴대폰을 집어 나경에게
전화를 걸었다. 예상보다 빠르게 전화가 연결됐다.

─어머나, 이게 누구야? 우리 딸 아니야?

나경의 목소리에 반가운 기색이 가득이었다.

"네. 딸이에요, 사모님."

지난 파티에서 며느리를 삼지 못해 아쉬워하는 나경에게 딸이 되겠
다고 했더니 어느새 호칭이 '딸'로 바뀌었다. 확실히 '현 대표'라는 호
칭보다 친근감이 느껴져 좋았다.

"저녁은 드셨어요?"

─그럼, 시간이 몇 시인데.

업무에 몰두하느라 몇 시인지도 몰랐던 이슬이 이제야 책상 위에 오
른 디지털시계로 눈길을 주었다. 시간은 PM 9시를 향해 가고 있었다.

"제가 늦은 시간에 전화드려서 방해된 건 아닌지 모르겠네요."

─엄마랑 딸 사이에 그런 걱정을 해서 쓰나. 그리고 별로 늦은 시간
도 아닌걸.

나경의 너그러운 포용력에 이슬의 부담감이 한결 가라앉았다.

"좋게 생각해 주셔서 감사해요."

―우리 예쁜 딸이 어쩐 일로 전화를 했을지, 궁금한걸?

귀로 듣기만 하는 음성이지만 나경의 얼굴에 어떤 표정이 그려졌는지 짐작할 수 있었다. 그녀는 아마도 온화한 미소를 짓고 있을 것이다. 늘 그렇듯이.

"아, 초대장을 받아서요. 정말 절 초대해 주시는 건가요?"

이슬은 분명 초대장을 실물로 만지고 보았지만 믿겨지지 않아 확인을 받기 위해 나경에게 전화를 건 것이다. 물론 감사의 인사를 전하기 위한 목적도 포함되어 있다.

―물론이지. 초대를 안 할 거였으면 애초에 초대장을 보내지도 않았다우.

나경은 편한 사람을 대하듯 장난스러운 말투를 건네 왔다.

"얼떨떨해요. 제가 이 자리에 참석해도 되는 건지……."

이슬은 벅찬 표정이었다.

―사실 예전부터 초대하고 싶었는데, 참석을 하기 위해서는 조건이 있는데 안타깝게도 우리 딸 같은 현 대표가 그 조건에 부합하지 않아서 못 했었어.

"정말요? 마음만으로도 정말 감사해요, 사모님."

누군가 이유 없이 저를 예뻐하고 신경을 써 준다는 사실이 이슬에겐 값진 일이었다. 과거에 한 남자에게 철저히 당한 배신으로 인간에 대한 믿음을 파괴당했던 이슬에게 나경은 정말 감사한 사람이다.

―이번엔 그 마음을 실천할 수 있어서 나 또한 기뻐.

"감사합니다. 제가 처음이라 그런데 혹시 드레스코드라던가, 준비해 가야 할 것이 있나요?"

아무나 참석하지 못하는 자리에 초대를 받은 만큼 조금의 실수도 하지 않아야겠다는 다짐을 했다.

―드레스코드는 따로 없지만, 다들 알아서 격식 있게 갖춰 입고 오는 편이야. 이건 뭐 자기도 워낙 잘하니까 걱정할 필요는 없고. 준비해

와야 할 무언가가 있긴 한데.

이슬은 나경의 목소리에 온 신경을 곤두세웠다.

"그게 뭐예요?"

—자기 신랑.

"네?"

당황스러운 대답에 순간 귀를 의심했다.

—몽마 레스토랑 표재오 대표 말이야. 그 사람하고 꼭 같이 와야 해.

나경은 어리둥절해하는 이슬을 위해 더 정확히 설명해 주었다.

"저 혼자 참석하는 게 아니고요?"

—내가 말한 그 조건이 바로 부부 동반이거든.

이제야 초대하지 못했던 이유를 깨달았다.

"아……. 부부 동반."

—그러니까 신랑하고 꼭 같이 오도록 해. 안 데려오면 혼자 보고 싶어서 꼭꼭 감추는 줄 알 테니까.

나경의 농담에 이슬의 얼굴이 갑자기 확 달아올랐다.

"앗, 사, 사모님!"

낯뜨거워하는 모습이 목소리로도 여실히 전해지는지 휴대폰에서 나경의 호쾌한 웃음소리가 넘어왔다.

—호호호, 우리 집 양반이 부르네. 그만 끊을게.

"네, 들어가세요."

전화를 끊은 이슬이 벅차오르는 숨을 길게 내쉬며 미소 지었다.

# 7화
## 잘 크고 있는 부부

막 집에 들어가려던 재오의 발길이 우뚝 멈췄다. 그의 시야에 익숙한 차 한 대가 들어 왔기 때문이다. 어둠 속에서도 튀는 붉은색의 차가 가까이로 와 정차했다. 곧 운전석에서 차의 주인인 이슬이 내렸다.

"퇴근이 늦네요."

노란 달 아래에 서 있는 재오에게서 흘러온 고저 없는 음성에 이슬의 시선이 자연스레 그쪽으로 향했다.

"오늘 안에 퇴근할 수 있다는 것만으로도 다행인 거예요."

이슬은 한숨을 내쉬며 하소연했다.

"일이 바빴던 건가?"

"네. 눈코 뜰 새 없이 바빴죠."

기운 없는 이슬의 모습이 재오를 짠하게 했다. 문득 그녀를 안아 주고 싶다는 마음이 가슴을 스치고 지나갔다. 그러나 지금 우리의 관계에서 어울리지 않는 행동이라는 생각이 곤두서며 재오의 마음을 잠재웠다.

"그래서 야근을 했나 보군요. 기운 없어 보여요."

"제대로 먹은 게 없어서 그래요."

석호가 사다 준 베이글도 먹다가 말았으니 기운 없을 만도 했다. 계속 빈속이어서 그런지 위장이 쓰려왔다.

"끼니도 거를 만큼 바빴나 봐요."

"그랬죠."

대화가 잠시 중단된 사이, 약간의 간격을 두며 걸어갔다. 이슬이 재오를 힐끔거리더니 이내 입을 뗐다.

"당신은 요즘 약속이 없나 봐요."

"음."

"늘 귀가가 빠르네요."

무슨 의도로 하는 말인지 모르니 이해하지 못하는 일이 이상한 게 아니었다. 재오가 의아한 듯 말했다.

"지금 밤 10시가 다 되갑니다. 이게 빠른 건 아닌 것 같은데요?"

"예상보다 빠르다는 거예요. 놀기 좋아하니까 당연히 자정을 넘기고 귀가할 거라 생각했거든요. 외박도 안 하고……."

예상보다 빨리 귀가하고, 심지어 외박도 안 해서 실망이라도 했다는 건가? 재오가 이번에도 이슬의 말을 이해하지 못한 얼굴을 했다.

"내가 그러기를 바랍니까?"

"그건 아니고요, 일부러 참을 필요는 없다는 거예요. 저는 재오 씨를 구속하고 싶지 않거든요."

대화를 하며 걷다보니 어느새 현관에 다다랐다.

"일부러 참는 건 아니니 신경 쓰지 말아요."

"신경은 누가 신경을 썼다고……."

어쩐지 날카로워진 말투를 톡 꺼내 두고 집 안으로 쏜살같이 사라지는 이슬의 뒤꽁무니를 재오가 멍하니 쳐다봤다.

화장실 들어갈 때 마음 다르고 나올 때 마음 다르다더니, 씻으러 가면서 나오자마자 곧바로 자야겠다고 생각했지만 막상 씻고 나오니 그대로 잘 수가 없었다. 왜냐하면 배가 무척 고팠기 때문이다. 너무 배불러도 잠이 안 오지만 속이 심하게 비어 있어도 잠들기가 어려우니, 하는 수 없이 뭐라도 채워 넣기로 마음먹고 주방으로 왔다.

그런데 그곳엔 이미 한 사람이 먼저 와 있었다. 달그락거리는 소리를 내며 무언가를 느긋하게 하고 있는 재오의 등을 이슬이 멀거니 바라봤다. 인기척을 느낀 그가 힐끔 뒤를 돌아봤다.

"씻었어요?"

"뭐 해요?"

"출출해서 뭐 좀 먹을까 하고."

웬일로 마음이 통했을까? 이슬은 속으로 그런 생각을 하고 있었다. 후각을 유혹하는 구수한 냄새에 저절로 발길이 이끌렸다. 혼자서 뭘 해 먹기도 귀찮은데 슬쩍 껴서 얻어먹어 보려는 심산으로 재오의 옆에서 쭈뼛거렸다.

"뭐 만드는데요?"

"묵사발."

"와, 나도 그거 좋아하는데."

얻어먹기 위해 하는 말이 아니라 진심에서 우러나온 말이었다. 이슬을 슬쩍 곁눈질한 재오의 입가가 느슨히 풀어졌다.

"같이 먹을래요?"

이 말을 해 주기를 고대하고 있었던 이슬의 눈동자가 기쁨에 반짝반짝 빛났다.

"정말요? 나랑 같이 먹어도 돼요?"

"어차피 같이 먹으려고 한 거니까."

막 씻고 나와 촉촉한 모습으로 웃는 이슬을 보자 순간 마음이 크게 동요했지만, 재오는 애써 시선을 피하며 평정심을 유지하려 노력했다.

"웬일이래요?"

의외의 장면을 목격했다는 듯 이슬의 눈이 토끼처럼 동그래졌다.

"흠흠. 아무것도 못 먹었다면서요."

"뭐야, 나 일부러 생각해 준 거였어요?"

기운 없어 보이는 게 영 신경 쓰여서 이러고 있으니 일부러 생각해 준 게 사실이긴 하지만 진실대로 털어놓기에는 어째 쑥스러웠다.

"아니 뭐 꼭 그런 건 아니고. 마침 나도 저녁을 대충 때웠더니 출출해서 그런 겁니다. 지난번 콩나물국에 대한 보답이기도 하고."

"에이, 그게 뭐라고. 콩나물국 그거 되게 쉬운데."

이슬과 대화를 하면서도 묵사발을 만들기 위해 재료들을 써는 재오의 손길은 잠깐도 쉬지 않았다.

"이것도 쉽습니다. 아주머니가 직접 만든 도토리묵와 직접 만들어 얼려 놓은 육수에 나는 그저 데우고 얹기만 할 뿐."

이슬은 재오의 손을 가만히 지켜보며 감탄한 목소리로 말했다.

"그래도 누구 시키지 않고 꼼지락거릴 줄 안다는 게 놀라운걸요."

"굶어 죽지 않으려면 꼼지락이라도 거려야지. 안 그렇습니까?"

재오가 이슬을 한 번 쳐다보았다. 그러자 그녀도 시선을 맞춰왔다.

"그렇죠. 우린 일을 해야 하고 또 살아가야 하니까."

"든든히 배를 채워야 또 싸우기도 할 테니."

"뭐, 우리가 언제 그렇게 싸웠다구."

이슬이 뾰로통한 표정으로 툴툴댔다.

"하루가 멀다 하고 싸우잖습니까."

사실이긴 하니 더 이상 부정할 수조차 없었다. 싸울 때는 몰라도 이렇게 그때의 일들을 언급하니 창피했다.

"원래 애들도 싸우면서 크는 거랬어요."

"그래서 우리도 애들처럼 싸우면서 크는 거다?"

재오의 입술에 웃음기가 배어 있다.

"뭐 그렇게 꼬치꼬치 따져요? 그냥 '그렇다면 그런 거구나' 해야지."

"이봐. 그새를 못 참고 또 싸우잖아. 우리 아주 잘 크고 있다는 증거네요."

재오의 말에 이슬이 격하게 동의했다.

"네. 맞아요. 쑥쑥 잘 크고 있죠."

누가 들으면 유치하겠다고 생각하는 대화가 두 사람에게는 꽤 재미있는 모양인지 결국엔 웃으면서 마무리가 됐다. 싸우면서 크기만 하는 게 아니라 미운 정이라는 것도 드나 보다.

재오의 손길로 두 그릇의 묵사발이 완성됐다. 밤에 먹는 것이니 따듯한 육수를 기본으로 해서 준비했다. 그가 식탁에 대접 두 개를 옮겨 놓았다. 간단히 먹을 김치 반찬도 꺼내 놓고 수저와 젓가락도 준비했다. 그에게 대접을 받는 사실이 생소하면서도 기분 좋았다.

"다 됐으니 이제 먹읍시다. 앉아요."

의자까지 꺼내 주는 매너에 이슬의 기분은 더욱 높이 날아올랐다. 그녀가 의자에 앉으며 밝게 웃었다.

"잘 먹을게요."

"단출하지만 많이 먹어요."

재오가 맞은편 의자에 앉아 수저를 들었다. 두 사람은 한동안 조용히 식사에 집중했다. 더욱이 배가 많이 고팠던 이슬은 수저를 멈추지 못 했다. 배를 어느 정도 채우고 나서야 한숨 돌릴 수 있었다. 그녀가 그를 쳐다보며 물었다.

"주말에 혹시 일 있어요?"

식사를 하던 재오가 문득 고개를 들었다.

"아뇨. 없는데 왜요? 데이트 신청이라도 하려 그러나?"

"꿈 깨세요."

"꿈……까지는 안 꿨어요."

약간의 기대를 한 건 사실이지만.

"알케이 인터내셔널 알죠? 지난번에 파티에도 왔었잖아요."

"알죠."

재오는 수저를 내려놓고 이슬과의 대화에 집중했다.

"조나경 사모님께서 저한테 별장 파티 초대장을 보내왔어요."

"거기 아무나 못 가는 곳 아닌가요?"

"당신도 아는군요?"

역시나 예상했던 대로 재오도 알고 있었다.

"이 바닥에서 그거 모르는 사람도 있나? 다들 거기 한 번이라도 초대되고 싶어 난리잖아요."

이슬이 약간 흥분한 얼굴로 고개를 끄덕였다.

"네. 그런 대단한 자리에 제가 초대된 거 있죠?"

이슬의 말끝에 좋아서 어쩌지 못하는 마음이 둥실둥실 떠다녔다. 그 모습이 재오에겐 아이처럼 순수해 보여 눈길을 끌었다.

"엄청 신나 보이네요."

"속은 더 신나서 주체 못 하는 중인데 그나마 참고 있는 걸요?"

"그렇게 좋아요?"

이슬은 부푸는 가슴에 심호흡을 길게 하고 난 뒤에야 입을 열었다.

"별장 파티에 초대됐다는 사실도 좋지만 무엇보다 조나경 사모님에게 인정받았다는 사실이 훨씬 기뻐요."

재오는 이슬이 이토록 기뻐하는 까닭이 무척이나 궁금해졌다. 나경에게 인정받은 것이 왜 그렇게 좋은 건지. 그는 아직 잘 모르겠으니.

"그게 그렇게 기쁠 일인가?"

"당신한테는 별거 아닐지 모르겠지만 저한테는 기쁜 일이에요. 평소에 조나경 사모님을 무척 좋아했거든요."

재오가 고개를 작게 끄덕였다.

"그렇군요. 그래서 파티에 같이 가자는 겁니까?"

"네."

"나와 동행해도 괜찮겠어요?"

이슬이라면 저와 함께하는 것보다 혼자 가는 것이 편할 텐데 같이 가자고 하니 놀랄 수밖에 없었다. 또 조금 기쁘기도 하고.

"참석 조건이 부부 동반이라네요."

"아하, 그래서 같이 가자고 하는 거군요."

저를 생각해 줬다는 사실에 기뻤던 재오의 마음에 바람이 푸슉 하고 꺼져 버렸다. 시무룩해진 그의 목소리에 기운이 없었다. 그게 이슬을 신경 쓰이게 했다.

"설마 마음 상한 건 아니죠?"

재오는 이내 마음을 추슬렀다.

"그럴 리가. 주말 언젠데요?"

"일요일이요."

"다음 날 중요한 일이 있기는 하지만 일요일이면 괜찮습니다. 시간 비워 둘게요."

"고마워요."

기뻐하는 이슬을 보니 재오의 마음도 좋았다.

⸿⸿⸿

초대된 별장 파티의 목적지에 도착했다. 신혼여행을 제외하고 긴 시간 동안 어딘가를 이동한 것은 처음이어서 기분이 남달랐다. 어쨌든 거주하는 지역을 떠나왔으니 이것 또한 하나의 여행이라고 할 수 있을 테니. 오면서 중간에 휴게소에 들려 요깃거리로 심심한 입을 달래기도 하고 라디오를 틀어 노래를 듣기도 하면서 왔더니 시간이 그리 길게 느껴지지 않았다. 별장에 들어설 때는 어느덧 저녁 무렵이었다.

내로라하는 기업 대표 및 영향력 있는 인사들이 모인 자리인 만큼 대충 입고 올 수는 없어 성의껏 갖춰 입은 고급스럽고 우아한 버건디 컬러의 드레스로 인해 다리를 시원하게 뻗을 수 없는 이슬은 재오의 팔에 팔짱을 끼고 그에게 의지하며 걸었다. 그는 평소의 걸음걸이를 팽개치고 그녀의 보폭에 맞추어 걸어 주었다.

입구에는 경호원들이 방문객들을 매의 눈으로 살폈다. 이미 대문을 지나올 때 그곳을 지키고 있던 경호원들에게 초대장을 보였음에도 불구하고 별장 건물 출입구에서도 한 번 더 초대장을 보여 주어야 했다.

철통 보안에 아무나 참석할 수 없는 파티임을 몸소 실감했다. 안에서는 클래식 음악이 파티의 분위기를 이끌고 있었다. 기계음처럼 들리지 않아 두리번거리다가 어렵지 않게 직접 연주를 하고 있는 이들을 발견했다.

"연주를 직접 하나 봐요."

이슬이 시야를 꽉 채운 연주자들에 감탄했다. 귀에 생생히 들리는 악기들의 향연에 덤덤하던 마음이 설레기 시작했다.

"스케일이 굉장하군요."

"정말 그래요."

이슬이 재오의 말에 살짝 벅차오르는 목소리로 동의했다.

"설레는 목소리 같아요."

"조금……. 그러네요."

이슬의 입술에 묻은 미소가 보는 이로 하여금 기분 좋아지게 했고, 거기에 초점을 두고 있던 재오의 마음이 싱숭생숭해졌다.

"배고프지 않아요? 휴게소에서 간단히 뭘 먹기는 했지만 그래도 배는 고플 텐데."

"먼저 사모님께 인사 좀 드리고 뭐든 할래요."

"당신 좋을 대로 해요."

팔짱을 낀 채 걷는 두 사람은 겉으로 보기에 아주 다정해 보여 스치는 이들의 시선을 한 몸에 받고 있었다. 더구나 이곳에 참석한 이들은 대부분 중년층 이상이어서 비교적 젊은 두 사람이 유난히 튀기도 했다.

1층 안쪽에서 누군가와 대화를 나누고 있던 나경을 발견한 이슬의 얼굴이 환해졌다. 반가움에 인사하고 싶은 욕구를 간신히 참고 그녀의 대화가 끝나기를 얌전히 기다렸다. 몇 분 뒤 나경이 이슬과 재오를 알아보았다.

"어머, 이게 누구야?"

나경이 반가움 가득한 얼굴로 두 사람 앞으로 다가왔다.

"안 그래도 우리 딸 기다리고 있었는데."

"딸?"

이슬을 보는 나경의 입에서 나온 호칭에 재오가 의아한 시선을 보냈다. 두 여자가 재오를 보았다.

"아, 신랑한테 말 안 했구나."

"네."

"현 대표, 내 딸 하기로 했거든요."

재오를 이해시키기 위해 설명하는 나경의 얼굴에 인자함이 사르륵 녹아 있었다.

"아……. 어쩌다가 그렇게 됐는지 사연이 궁금하군요."

"신랑한테 이런 말해도 되려나?"

뭔가 말하기 어려운 모양인지 나경이 살짝 머뭇거렸으나, 어떤 말이든 덤덤할 자신 있었다.

"괜찮습니다."

"내가 현 대표를 엄청 예뻐해서 사실 며느리 삼고 싶었답니다."

막상 얘기를 듣고 나니 자신감 넘쳤던 조금 전의 저를 배반하듯 기분이 이상해졌다.

"아, 며느리요. 음……."

뭐랄까. 썩, 유쾌하지 않다고 해야 하나. 마냥 기분 좋게 웃어지지가 않았다.

"괜찮은 거 맞아요? 기분 별로 안 좋아 보이는 걸요."

재오의 굳은 표정을 본 나경이 미안한 기색을 띠었다.

"뭐, 생각만 하신 것뿐이니 괜찮습니다."

재오는 굳었던 표정을 억지로 펴보였다. 그러나 여전히 속은 불유쾌한 기분에 휘저어지고 있었다.

"그건 표재오 대표 말이 맞아요. 우리 아들들이 다 장가를 가 버렸으니. 그래서 안타까웠는데 마침 현 대표가 내 딸을 하겠다고 그러잖아요. 참 마음씨가 예뻐."

"과찬이세요, 사모님."

나경의 칭찬에 이슬은 몸 둘 바를 몰라 했다.

"과찬 아닌 거, 자기 신랑은 알 거야. 그렇죠, 표재오 대표?"

"예."

"내 말이 맞지?"

나경이 이슬을 다정다감한 눈빛으로 바라보았다.

"암튼 먼 길 와 줘서 고마워. 음식들 많이 준비했으니까, 편하게 먹고. 혹시 중요한 분들 오면 내가 슬쩍 연결시켜 줄 테니 그렇게 알고."

"감사합니다."

두 사람과 인사를 나눈 나경은 다른 곳으로 자리를 옮겼고, 재오와 이슬은 한결 편안해진 태도로 별장 안을 구경하며 돌아다녔다. 별장 안의 규모가 워낙 커서 다 구경을 하는 데도 꽤 긴 시간이 소요됐다.

목적 없이 그저 걸어 다니다 보면 어느새 나경이 두 사람을 찾고 있었고, 곁으로 가면 누군가와 인사를 시키곤 했다. 꽤 여러 명의 사람들과 인사를 나누고 대화를 하다 보니 시간이 꽤 흘렀다. 만나는 사람마다 굉장한 사람들이다보니 자연스레 긴장을 했고, 그 상태로 오래 있다 보니 점점 기력이 떨어져 갔다. 마침내 인사가 끝나고 자유로운 시간을 할애 받았다.

사람들 시야에 띄지 않는 곳에서 편하게 쉬고 싶은 마음에 2층 테라스로 왔다. 재오는 지쳐 보이는 이슬을 위해 선뜻 의자를 꺼내 주었다.

"잠깐 앉아 있어요. 마실 것 좀 가져올 테니."

이슬은 대답할 힘도 없어 고개만 간신히 주억거렸다. 재오는 금세 시야에서 사라졌다. 오롯이 혼자 남겨진 이슬은 의자에 기댄 채 멀거니 까만 하늘만 쳐다봤다. 주변에 있는 거라곤 산과 논뿐이니 서울과는 확연히 다른 공기를 만나는 건 당연했다.

밤하늘에 촘촘히 박힌 별들의 모습이 장관이었다. 매연과 더러운 공기로 뒤범벅된 도시에서는 절대로 볼 수 없는 장면에 감수성의 빗장이 한껏 열어젖혀졌다. 불어오는 바람이 약간은 스산하게 느껴지기는 했지만 그마저도 자연의 한 일원이라 생각하면 딱히 무섭거나 하지는 않았다.

"하늘에 뭐라도 있습니까?"

샴페인을 가져온 재오는 저의 등장에도 시선도 주지 않고 하늘만 뚫어져라 올려다보고 있는 이슬의 행동에 의아함을 가졌다. 이윽고 그녀의 고개가 반듯해졌다. 아름다운 밤하늘의 모습으로 가득했던 시야를 이제는 근사한 남자가 독차지해 버렸다. 더 이상 밤하늘을 보지 못했지만 이상하게도 아쉽거나 그러지는 않았다.

몸에 피트된 슈트가 재오의 탄탄한 몸매를 한껏 부각시켜 보는 이로 하여금 주목할 수밖에 없게 만들었고, 곧 그녀의 입술 사이로 감탄의 신음이 살짝 새어 나왔다.

저도 모르는 사이에 터진 반응이라 깜짝 놀란 그녀는 혹시라도 그에게도 이 모습을 들켰을까 봐 조마조마한 마음으로 눈치를 살폈다. 그러나 아무 변화 없는 표정으로 의자에 앉는 그를 보니 전혀 모르는 것 같았다. 안도의 한숨을 내쉬며 태연하게 말을 걸었다.

"왔어요?"

"참 일찍도 묻는군요."

"아, 하늘이 예뻐서 그만."

재오의 일침에 뜨끔한 이슬이 얼른 정신을 다잡고 그의 인기척을 느끼지 못한 일에 대해 해명했다.

"얼마나 예뻤으면 사람이 온 줄도 모르고 흠뻑 빠졌을까?"

"당신도 한 번 봐 봐요."

"흐음."

확신에 찬 이슬의 태도에 못 이기는 척 슬쩍 넘어가 주기로 했다. 재오가 그녀의 요구대로 하늘을 봤고, 곧 시야를 점령한 밤하늘에 그녀의 입장을 이해할 수 있었다. 그가 고개를 다시 반듯하게 하며 동요해 주기를 바라는 눈을 하고 있는 그녀를 마주 봤다.

"예쁘네요."

"그렇죠?"

제 말이 틀리지 않았음을 확인받아서 그런지 목소리에 채워진 자신감의 밀도가 상당히 높아졌다. 무수히 많은 별들로 가득한 까만 밤하늘 아래, 기분 좋은 미소를 품은 이슬의 모습이 재오의 시선을 끌어 당겼다.

이 순간, 밤하늘보다 그녀의 모습이 더 예쁘다는 사실을 깨달았다. 것도 비교도 할 수 없을 만큼. 그녀를 눈에 담고 있으니 심장에 전류가 찌릿찌릿 흐르는 느낌이었다. 제 몸에서 일어나는 반응이 당황스러운 그가 황급히 시선을 피하고 샴페인을 넘겨 진정시키려 애를 썼다.

"오늘 나 때문에 고생하네요."

문득 말을 걸어오는 이슬로 인해 아직 심장의 짜릿한 감각이 사그라지지 않아 위험한 상태였지만 어쩔 수 없이 도로 시선을 줄 수밖에 없었다.

"고생은 무슨."

재오는 별일 아니라는 듯이 덤덤했다.

"그렇잖아요. 가까운 거리도 아닌 곳을 운전하는 것만 해도 힘든데, 모르는 사람들을 만나고 웃고 인사하느라 얼마나 힘들어요."

제 일이어도 지치는데 저 때문에 이 자리에 참석한 재오는 오죽할까 하는 마음에 미안하기도 하고 고맙기도 했다.

"나야 사업이라고까지 하기는 뭐하지만, 어쨌든 레스토랑 경영을 하려면 당연하게 많은 사람들과 교류를 해야 합니다. 그러니 이쯤은 우습죠."

재오는 이슬이 미안한 마음의 무게에 짓눌려 힘겨워하지 않기를 바라는 마음에 진심을 다해 그녀를 다독였다.

"무엇보다 사람 만나는 거에 피곤해하거나 힘들어하는 성격 아니니 이런 일로 마음 쓰지 말아요."

지금의 재오는 평소의 장난기나 짓궂은 태도 없이 진지한 어른의 모습을 하고 있었다. 침착하게 저를 다독이는 그의 배려는 감동의 물결을 몰고 와 이슬의 가슴에 차올랐다.

"⋯⋯좀 감동이에요."

"좀이라니, 안타깝군요."

재오가 특유의 매력으로 진지해진 분위기를 조금 더 가볍게 전환시켰다. 묵직해지려던 공기가 한결 산뜻해졌다. 덕분에 이슬이 편안한 얼굴로 웃음 지었고, 그게 또 심장에 충격을 정도로 엄청나게 예뻤다. 그녀의 미소에 한참이나 머문 그의 시선은 어느새 그윽해져 있었다.

"예뻐요. 웃으니까."

"네?"

방금 귀에 들인 말이 현실인가? 이슬은 의심스러운 표정을 지은 채 동그랗게 뜬 눈으로 재오를 빤히 쳐다봤다.

"왜 그렇게 소스라치게 놀랍니까?"

"아, 아니. 방금 되게 이상한 말을 들은 것 같아서요."

이슬은 얼떨떨해하는 중이었다.

"예쁘다는 말이 이상한 건가요?"

"우리 사이에 어울릴 칭찬은 아니죠. 지금 되게 어색하거든요."

"흠. 뭐, 그렇긴 하군요."

사실 예쁘다는 말을 한 재오도 속으로 잔뜩 어색해하는 중이었다. 그러나 티를 내지 않았을 뿐. 그는 이제야 좀 어색한 속을 내비치며 공연히 마른기침을 해 보였다.

"그래도 우리가 제법 다정한 부부처럼 보여지나 봐요."

"그런가 봅니다."

이슬은 마른 목을 샴페인으로 축인 뒤, 다시 입을 열었다.

"다들 어쩜 하나같이 금실 좋아 보인다고 하지? 남들이 보기에 그렇게 보이나? 신기하지 않아요?"

"신기한 일이죠. 그저 침대에서 잠만 자는 우리한테 금실이 좋아 보인다니."

"뭐라고요?"

순간 당황한 이슬의 얼굴이 붉게 달아올랐다. 안타깝게도 테라스를

230

밝히고 있는 조명이 있어 빨개진 얼굴을 숨기지 못했다.

"맞는 말 아닙니까? 왜 얼굴이 빨개지죠?"

"아무리 맞는 말이어도 그렇지 어떻게 그런 말을 이런데서 막 해요? 어머, 이 사람은 창피하지도 않나 봐."

이슬은 상기된 얼굴을 들킨 사실에 창피해 재오를 더욱 더 나무랐다.

"이런 데라니? 여기가 어때서? 우리 둘뿐입니다만."

이슬의 격한 반응에 재오는 꽤나 흥미로운 표정이었다.

"그래도 누가 들을 수도 있잖아요."

"아무도 없는데 누가 듣는다고. 새들이 들을까? 아님 달이?"

주변을 두리번거리는 행동이나 장난스러운 말투가 딱 놀리느라 신이 난 그림이었다. 이슬이 재오를 새침하게 흘겨봤다.

"지금 저 놀리는 거죠?"

"그걸 이제 알았다는 게 놀랍군요."

"정말 짓궂어."

얼마나 제가 우스우면 저럴까. 커져 가는 원망에 이슬이 한숨을 푹 내쉬었다.

"반응을 너무 잘하시니까 놀리는 재미가 얼마나 쏠쏠한지."

"나 그렇게 만만한 사람 아니거든요?"

"압니다. 만만한 여자 아니란 거. 설마 한 이불 덮고 자는 내가 모를까."

장난은 아직 끝나지 않았나 보다. 네버 엔딩 스토리도 아니고 이게 뭐람. 이슬이 두꺼워진 원망을 눈빛에 장착한 채 재오를 쳐다봤다.

"아, 정말! 그런 말은 좀 안 하면 안 돼요? 하려면 작게 하든가."

"아, 이렇게 하면 되는 겁니까?"

불현듯 재오가 의자에서 일어나더니 상체를 숙여 귀에 입술을 바짝 밀착해 왔고, 그에 이슬의 몸이 놀라 경직됐다.

"뭐, 뭐 하는 거예요?"

"작게 말하라면서요. 귓속말로 하면 당신 이외에 아무도 안 들을 거 아닙니까?"

당황한 목소리로 물으니 재오가 귀에 밀착한 입술을 움직여 귓속말을 해 왔다. 그의 숨소리가 적나라하게 파고들어 와 순간 소름이 오소소 돋았다. 때문에 온몸이 긴장 태세를 취할 수밖에 없었다.

"이제 만족스러워요?"

귓속말을 해 오는데, 말은 들리지 않고 오로지 파고드는 숨결에 머릿속이 혼란스러울 뿐이었다. 귓가에 그의 낮은 웃음소리가 번졌다. 이윽고 그가 제자리로 가 앉았다. 유유자적한 태도로 샴페인 잔을 꺾는 그와는 달리 이슬의 머리와 가슴속의 평화는 무너져 버렸다.

둘만의 시간 뒤로 또 다른 이들과 어울려 이야기를 하고 춤을 추며 시간을 보내다 보니 시간은 어느덧 자정을 넘겨 섰다.

두 사람 모두 다음 날의 일정이 있었기에 더는 머무를 수 없어 하룻밤 자고 가라는 나경의 권유를 사양해야 했다. 새벽 1시에 가까운 시간에 별장을 떠났다. 굽이굽이 펼쳐진 산길은 어둡고 좁아서 운전을 하기에 터무니없이 나쁜 환경이기에 운전대를 잡은 재오는 긴장을 늦추지 않았다.

"그냥 자고 아침에 일찍 출발할 걸 그랬나 봐요."

운전하느라 고생하는 재오를 이슬이 무척 안쓰러워했다. 저 때문에 오늘 여러모로 고생 많은 그에게 미안했다.

"난 괜찮으니 걱정 말고 한숨 자요."

아까도 그러더니 이번에도 차분히 저를 다독여 주는 재오의 배려에 이슬은 가슴이 뭉클했다. 분명 지치고 힘들 텐데도 그런 기색을 보이지 않는 그가 오늘따라 의젓해 보였다.

"한숨 자라니까. 고단할 텐데."

계속 저를 뚫어져라 응시하고 있는 이슬의 시선이 신경 쓰였던 재오가 어두운 시야로 인해 주변을 날카롭게 살피며 그녀를 안심시키려 했다. 그러나 마음 편히 눈을 붙일 수는 없었다. 그에게 혼자 고생하도록 하고 싶지는 않았으니까.

"긴 시간 혼자 운전하려면 심심하잖아요. 말동무라도 해 줄게요."

할 수 있는 게 이것밖에 없다는 사실이 한심했지만, 그래도 할 수 있는 만큼 최선을 다하고 싶었다.

"마음만 받을 테니, 그냥 자요."

"왜 자꾸 자라 그래요? 안 잔다니까."

자고 싶지 않은데 자꾸 자라고 하는 재오에게 심술이 난 이슬이 입술을 삐죽였다. 그가 부드럽게 웃었다.

"알았어요. 그럼 말동무 해 줘요."

재오는 이슬의 고집을 꺾지 않았다.

"음, 무슨 말을 해 볼까나."

이슬은 어떤 화제를 두고 말을 할지 고민을 했다. 막상 멍석을 깔아 주니 할 말이 떠오르지 않아 난처했다.

"노래 한 번 불러 봐요."

갑작스런 요구에 이슬이 놀란 얼굴로 눈을 두어 번 크게 깜빡였다.

"노래요?"

"할 말 없잖아요. 그러니까 노래라도 불러 달라고요."

"저 노래 못해요! 노래 듣고 싶으면 라디오라도 틀까요?"

"아뇨. 기계에서 나오는 노래 말고 라이브가 듣고 싶은데요, 난."

노래를 불러 달라는 요구에 난처해진 이슬은 전에 없이 부산스러워졌다.

"아이참. 정말 곤란한 요구네요."

아무리 그래도 노래만큼은 안 되는데. 가족과 친한 친구들을 제외한 이들 앞에서 노래를 불렀던 적은 회식 빼고는 없었다. 회식 때도 부르기 싫어 한참을 빼다가 사람들의 성화에 못 이겨 울며 겨자 먹기로 겨우 한 곡 부르곤 했었단 말이다. 그런 제가 딱 한 사람만을 위해 노래를 한다는 건 엄청 어려운 일이었다.

"나 고생시켜서 미안한 거 아니었어요? 그래서 뭐라도 해 주려고 하는 거 아닌가?"

"……맞아요."

이슬은 할 말이 없어져 시무룩한 얼굴로 고개를 수그리고 있었다.

"노래 들으면 힘 날 것 같은데. 그래도 안 해 줄 거예요?"

"알았어요. 할게요."

재오에게 어떻게든 힘이 되어 주고 싶기에 결국 그의 소원을 들어주기로 마음먹었다.

"노래 못하니까 기대도 하지 말고, 비웃지도 말기! 약속해요."

"지금 충분히 기대 안 하는 중입니다. 웃지도 않을게요."

기대하지 말라고 당부했지만 어쩐지 진짜 그러겠다고 하는 대답에 자존심이 꼬깃거렸다.

"아, 진짜 기대 안 한다니까 뭔지 모르게 기분이 나쁘네요?"

"기대하지 말라는 건 이슬 씨였습니다. 전 잘못 없어요."

"첫. 알았어요."

반박할 수 없는 처지가 비참했지만 단념할 수밖에 없었다.

"노래 안 해 줄 거예요? 노래 기다리는 사람 목 빠지겠네."

"기대 안 한다면서. 저 이제 노래해요."

이슬은 재촉에 못 이겨 심호흡을 한 뒤 노래를 부르기 시작했다.

"사랑을 잊었죠. 오래된 얘기죠. 사는데 지쳐 모른 척했죠. 혼자도 괜찮았죠."

즐겨듣는 노래 중 잘 기억나는 가사를 입술 사이로 읊는데 긴장을 한 탓에 가늘게 떨리는 목소리가 창피했다.

"하지만 어느 날 그대를 만난 후 나도 모르게 변해만 가요 내가 왜 이런가요."

차 안에는 오직 이슬의 노랫소리만이 존재했다. 재오는 그녀의 목소리에 귀를 기울였다. 속사이듯 노래하는 목소리가 그를 설레게 했다.

"이게 사랑일까. 이게 사랑일까. 아무것도 못 하고 그냥 웃고 자꾸 가슴이 뛰고. 이게 사랑일까. 잊고 살았는데 그대 이름만 들어도 설레고 온종일 그대 생각뿐인걸."

어느 순간 이슬의 목소리 위로 빗소리가 겹쳐졌다. 부드러운 목소리와 촉촉한 빗소리가 뒤섞여 황홀한 시너지를 발휘했다. 덕분에 차 안에는 낭만이 흘러넘쳤다. 이슬은 창피해하면서도 끝까지 노래를 멈추지 않았고, 그 길지 않은 시간 동안 재오의 심장은 쉼 없이 뜨겁게 달음박질쳤다. 노래가 끝나자 실내에 정적이 차올랐다. 차창을 두드리는 빗방울 소리가 더욱 선명해졌다.

"비가 많이 오네요."

창에 부딪치는 빗방울이 이슬의 시선을 빼앗았다. 그녀의 눈동자에는 근심과 우려가 묻어 있었다.

"일기 예보를 못 보고 왔네."

"저도요. 안 그래도 어두워서 시야가 좁은데 비까지 오니 걱정이네요."

"너무 걱정 마. 조심히 운전할 테니까."

"당신을 못 믿는 게 아니라 환경이 너무 안 좋으니 그런 거라구요. 그냥 어디서 좀 쉬다가 갈까요?"

'쉬다가 갈까요?'라는 말이 재오의 귀를 거치자 순수성을 잃었다. 그가 살짝 흥분한 눈으로 이슬을 봤다.

"둘이서?"

이상한 기운을 감지한 이슬이 게슴츠레한 눈으로 재오를 흘겼다.

"무슨 질문이 그래요?"

"아니. 순간 좀 설레서."

무안했던 모양인지 재오가 마른기침을 했다.

"설렐 일이 뭐가 있대요? 나는 단순히 쉬자는 의미로 한 말이지 다른 뜻은 전혀 없었거든요."

"압니다."

"도대체 무슨 생각을 한 거예요?"

"아무 생각도 안 했어요."

"입에 침이나 바르고 거짓말하세요."

잠시 긴장을 놓은 탓에 순간 앞을 제대로 보지를 못했다. 그사이 비는 우악스럽게 내리기 시작해 시야를 더욱 어지럽게 만들었다. 무엇 때문인지는 알 수 없으나 바닥과 마찰한 바퀴가 난데없이 미끄러지고 말았다.

"어?"

"왜 이래요?"

겁먹은 이슬을 안심시킬 새도 없이 바퀴는 거친 소리를 내며 심하게 미끄러졌다. 재오는 급하게 핸들을 반대쪽으로 돌려 보았으나 소용없는 짓이었다. 끼이이익! 한참을 미끄러지던 차가 고막을 찢을 것 같은 굉음을 내며 멈추었다. 순간 덜컹하는 반동에 두 사람의 몸이 들썩였다가 이내 시트에 내려졌다. 폭풍이 지나고 나자 고요한 적막이 찾아왔다.

"젠장!"

재오가 짜증을 내며 핸들을 주먹으로 내리쳤다. 차의 앞머리가 도로를 벗어나 인도를 덮쳤으며 앞바퀴는 흙과 풀로 이루어진 땅바닥에 파묻힌 상태였다. 일단은 옆에 앉은 이슬의 안위를 살폈다.

"어디 다친 데 없어요?"

고개를 끄덕이는 이슬은 겁을 먹기는 했지만 다행이 다친 곳은 없어 보였다.

"어떻게 된 거예요?"

"비 때문인지 길이 미끄러워서 그랬나 봐요."

"이제 어떡해요?"

"일단 바퀴를 빼 보도록 해야죠."

재오는 꺼진 시동을 켜 보았다. 다행히 시동이 켜져서 후진을 하려고 했지만 그럴수록 차는 더욱 앞으로 기울었다. 이미 무게 중심이 앞쪽에 쏠렸기 때문이다. 바퀴는 헛돌기만 할 뿐 좀처럼 뒤로 가지지가 않았다. 이러다간 아예 흙바닥에 삼켜질 것 같은 공포를 느껴 액셀을 누르던 발을 뗐다.

"보험 회사에 전화하면 괜찮을 거예요. 겁먹지 말아요."

재오는 공포에 떨고 있는 이슬을 차분히 다독였다. 그의 말에 조금은 안심이 돼서 긴장을 내려놓으려 했으나 휴대폰을 꺼내 든 그의 얼굴에 드리운 그늘에 실패하고 하고 말았다.

"왜…… 그래요?"

재오가 암담한 얼굴로 대답했다.

"배터리가 없어요. 하필 이럴 때."

"그럼 제 전화로 하면 되죠."

두 사람은 희망의 끈을 놓지 않았다. 이슬은 두 사람을 구원해 줄 휴대폰을 찾기 위해 클러치 백 안을 뒤적였다. 그러나 휴대폰이 보이지 않았다.

"설마……."

"미쳤나 봐. 내 폰 어디 갔지? 별장에 두고 온 건 아니겠죠?"

"미치겠네."

"우리 이제 어떡해요?"

마지막 남은 희망마저 사라지고 완전한 절망이 두 사람을 뒤덮어 왔다. 무심한 하늘은 비를 거세게 퍼붓고 있었다.

너무 늦은 시간에 비까지 내리는 것도 모자라 인적도 없는 도로라니. 그야말로 총체적 난국이었다. 두 사람은 외딴섬에 조난당한 기분에 사로잡혀 한동안 말을 잇지 못했다. 먼저 현실을 받아들인 재오가 이슬에게 재킷을 벗어 덮어 주었다. 공포에 떨고 있는 그녀에게 저의 체온이라도 나눠 주고 싶은 심정이었다.

"여기서 기다리고 있어요."

재오의 말에 이슬의 눈동자가 불안을 안고 흔들렸다.

"어디 가려고요?"

"여기서 마냥 기다릴 수는 없잖아요. 걸어가다 보면 사람 한 명 정도는 만날 수 있을 겁니다."

이슬이 고개를 도리도리 저으며 떨리는 목소리로 말했다.

"싫어요. 가지 말아요. 당신 비 맞으면서 가는 것도 싫고, 나 혼자 여기 남아 있는 것도 정말 싫어요."

제 팔을 잡으며 가지 말라 애원하는 이슬을 덮친 불안감과 공포가 쾌씸했다. 재오는 안간힘을 쓰며 팔을 붙잡고 있는 그녀의 손을 보았다. 가여워서 견딜 수 없었다. 그는 조용히 그녀의 손 위에 제 손을 포갰다. 따듯하게 스며드는 체온에 그녀는 편안함을 느꼈다.

"알았어요. 안 갈 테니 떨지 마요."

혼자 남겨지지 않는 다는 사실에 이슬은 안도의 한숨을 내쉬었다.

"춥죠? 히터라도 틀게요."

그나마 시동은 꺼지지 않아 히터를 틀 수는 있었다. 훈훈한 공기가 몸을 에워쌌지만 이슬의 떨림은 쉽게 잦아들지 않았다. 재오는 가늘게 떨고 있는 그녀를 안쓰러운 눈으로 봤다. 뭘 어떻게 해 줘야 할지 몰라 답답했다.

"왜 이렇게 떨까. 무서워요?"

"조금."

"조금이 아닌 것 같은데."

재오는 이슬의 떨림을 멈출 수 있는 방법을 찾아 헤맸다. 이윽고 그가 팔을 뻗어 그녀의 어깨를 감쌌다. 그가 상체를 기울여 그녀를 품에 안았다.

"그만 떨었으면 좋겠어요. 안쓰러워서 못 봐주겠으니까."

귓속으로 부드럽게 밀려들어 오는 낮은 음성과 규칙적으로 뛰는 심장 박동이 이슬에게 안정감을 심어 주었다. 지금 이 순간 그녀를 살게 하는 존재는 이 남자뿐이었다. 살고 싶다는 욕구를 절대 억누를 수 없는 그녀는 두 팔로 그의 허리를 꽉 끌어안았다.

그의 품은 더할 나위 없이 따뜻하고 편안했다. 그녀의 떨림이 차츰 잦아들었고, 어느 순간 완전히 사그라졌을 때 그는 안심하며 그녀를 품에서 놓아주려 했으나 두 팔에 힘을 주고 버티는 그녀로 인해 결국 계속 포옹한 상태를 유지해야 했다.

"이제 괜찮아진 것 같은데."

재오가 슬며시 말을 걸어 보았다. 이슬은 그의 품에 얼굴을 묻은 채 중얼거렸다.

"조금만 더 참아 줘요."

"참아야 한다는 생각은 안 했어요. 이슬 씨 덕분에 나도 편안해졌으니까."

"……."

"우리가 서로에게 도움이 될 때도 있네요."

"그러게요."

이슬이 재오의 말에 공감했다.

"근데 이슬 씨 심장이 조금 빨리 뛰는 느낌이군요."

"……무서워서 그런 거니 오해하지 말아요."

이슬은 제 심장이지만 왜 빨리 뛰고 있는지 이유를 몰랐다. 하지만 재오 때문이라고는 생각하지 않으려고 했다. 절대 그럴 일 없다고 스스로 믿고 있었으니까.

"아, 무서워서. 그런데 몸은 이제 안 떠는데요?"

"속으로는 아직도 무서워하는 중이에요."

사실 재오에게 안겨 있으니 더 이상 무섭다는 생각은 들지 않았으나 솔직하게 말하면 빠르게 뛰는 심장 박동이 본인 때문이라고 생각할까 봐 거짓말을 해 버렸다.

"알았어요. 믿어 주죠."

더 이상 캐묻지 않는 재오의 배려 덕분에 이슬은 한시름 마음을 놓을 수 있었다.

"그나저나 개미 한 마리도 안 지나가네."

재오가 창밖의 어둠을 멀거니 쳐다보며 투덜거렸다.

"아침까지 이러고 있을 것 같은데요."

"이럴 줄 알았으면 별장에서 자고 올 걸 그랬군요."

"어쩔 수 없죠. 비나 좀 그쳤으면 좋겠어요. 무서워 죽겠어."

"비 내리는 게 그렇게 무서워요?"

"평소에는 그런 생각 안 드는데 지금은 좀 무서워요."

"내가 안 무섭게 해 줄까요?"

재오의 말에 솔깃한 이슬이 살짝 몸을 떼어 기대에 찬 눈으로 그를 올려다봤다.

"어떻게요?"

"이렇게."

이슬은 제 얼굴에 드리운 그늘에 한 번 놀라고, 곧이어 입술을 훔친 남자의 행동에 두 번 놀랐다. 입술 전체로 퍼지는 그의 뜨거운 숨결에 전율이 온몸을 휘감았고, 그 충격적인 감각에 그녀는 긴장하고 말았다. 뻣뻣하게 굳은 그녀의 몸을 그가 부드럽게 어루만지며 입술을 감쳐물었다.

그의 키스는 급하지 않아서 더 선명하게 느껴졌다. 느린 템포로 움직이는 그의 입술이 무척이나 감미롭고 달콤했다. 그의 말대로 아무 생각도 할 수 없었다. 그가 입술을 가르고 침범해 올 때 정신이 녹아내리는 기분이었다. 그 순간 몸이 부르르 떨리기까지 했다.

그는 아주 유연하고 능숙하게 움직였다. 흥분으로 차오른 몸이 공중으로 붕 뜨는 이상야릇한 기분이었다. 그의 손이 허리를 더듬다가 점점 위로 올라오던 그때였다. 빵빵. 크게 울리는 클랙슨이 욕망으로 뜨거워진 두 사람의 정신을 깨웠다. 서로에게서 떨어진 두 사람의 시선이 도로 쪽으로 향했다. 그곳에 차 한 대가 서 있었다. 이윽고 우산을 쓴 남자가 차로 다가와 창문을 두드렸다.

재오가 이슬에게 앉아 있으라고 말한 뒤, 차에서 내렸다. 아까보다 잦아든 상태였지만 여전히 땅을 적시고 있는 비로 인해 재오의 셔츠가 젖어들고 있었다.

"괜찮으십니까? 차 상태가 별로 안 좋아 보이는데."

도움을 주겠다는 남자의 태도에 재오의 얼굴에 희망이 드리웠다.

"빗물에 차가 미끄러져서 나가지 못 하고 있었습니다. 혹시 휴대폰이 있으신지요?"

"네. 빌려 드리겠습니다. 그 외에 도움 드릴 건 없나요?"

"예. 전화 한 통만 할 수 있으면 됩니다."

남자는 흔쾌히 휴대폰을 빌려 주었다. 뿐만 아니라 우산까지 씌워 줘서 비를 피한 상태에서 전화를 걸 수 있었다. 머릿속에 제일 먼저 기억나는 노 지배인의 번호로 전화를 걸었다. 통화를 끝낸 후, 남자에게 휴대폰을 돌려주었다.

남자가 떠난 뒤, 재오와 이슬은 한결 편안해진 마음으로 차 안에 머물렀다. 얼마 후, 보험사 직원이 나타나 외딴섬 같던 곳에서 무사히 탈출할 수 있었다.

재오는 휴대폰을 쥔 채 고민에 빠졌다. 이슬에게 전화를 할까 말까. 전화 한 통을 거는데도 오만 가지 생각을 해야 하다니. 대체 이 여자는 저에게 어떤 영향을 끼치고 있는 걸까.

법적으로는 부부지만 실제로는 그저 같은 침대를 쓸 뿐인, 남보다도 못한 사이라는 사실이 언제부턴가 마음에 걸렸다. 정말 이대로도 괜찮은가. 이런 생각을 하고 있는 스스로가 낯설면서도 더 이상은 부정하고 싶지가 않다. 그녀가 신경 쓰이기 시작했으니까. 것도 상상 이상으로.

누가 알아주지도 않는 소모적인 갈등을 하느니 직접 나서서 부딪치는 편이 적성에 맞다. 재오는 휴대폰을 주머니에 밀어 넣으며 일어섰다. 집무실을 나서다 노 지배인과 맞닥뜨렸다.

"어디 가십니까?"

"급히 볼일이 있어서. 왜?"

"아니, 점심 식사를 어찌 하실 건지 여쭤보려고."

"먹고 올 거야."

연락 없이 찾아가는 거라 확신은 없지만 얼굴은 볼 수 있겠지. 보면
뭐라고 해야 하나. 같이 점심 식사할 거냐고 물어봐야 하나? 거절하면
어쩌나. 머릿속이 복잡했다.

"그럼 따로 준비하지 않겠습니다."

"저기, 노 지배인."

"예."

"결혼 선배니까 알까 싶어 묻는 건데, 아내의 마음을 사려면 어떡해
야 하지?"

사적인 대화는 거의 나누지 않는 사이라 그런지 묻는 사람이나, 질
문을 받는 사람이다 모두 어색하기만 했다. 재오는 묻고 나서 저와는
어울리지 않는 질문이라 깨닫고 쑥스러워했다.

"진심을 다 하시면 되지 않을까 싶습니다."

"진심……. 구체적으로 말해 줄 수는 없나?"

어차피 자신이 해야 할 일이기는 하지만 조언이라도 구해 볼까 했는
데 노 지배인의 곤란한 표정을 보니 기대하면 안 되겠다.

"제가 사모님이 아니라 거기까지는……."

"누구 마음을 사 보려 노력한 적이 없어서 어찌해야 할지 모르겠어.
내 식대로 하는데 통하지 않는 것 같아서."

"아마 계속 노력을 하다 보면 사모님께서도 알아주시지 않을까요?
정성을 다해 보세요."

얼마나 정성을 다해야 알아주려나. 그 전에 자신이 지치지는 않을지,
스스로에 대한 믿음이 없다. 뭐 하나 끈질기게 밀고 나갔단 적이 없기
때문이다.

"후, 어렵군. 다녀올게."

"다녀오십쇼."

몽마를 벗어나 차를 몰고 릴리로 갔다. 선을 봤을 때 조그만 구두 가
게를 운영한다고 하기에 진짜 그런 줄만 알았다. 그런데 알고 보니 규
모가 제법 컸다. 나리에게 물으니 20대부터 40대 사이의 여성들에게 무

척 인기가 많은 수제 구두 브랜드란다. 속은 기분이었지만 그렇다고 왜 속였냐고 따질 정도는 아니기에 모른 척 넘어갔다.

릴리에 도착했다. 차에서 내리면서 과연 그녀는 저를 보고 어떤 생각을 할지, 또 어떤 표정을 보일지 상상했다. 어째 긍정적인 방향으로는 상상되지 않는다. 문을 열고 안으로 들어갔다. 점심시간인데도 가게를 찾은 손님들이 많았다.

재오가 가게에 들어선 순간 공기가 확 바뀌었다. 여자들의 시선이 일제히 그에게로 향했다. 주목을 받는 일이 낯설지 않아 무덤덤했다. 그는 귀티가 흘러넘쳤다. 외모도 훌륭하고 착용한 것들이 죄다 고급 브랜드다.

가게 안을 차지하고 있는 대부분의 직원은 여자다. 그중에 있어서 그런지 유독 돋보이는 남자 직원이 그에게 다가왔다.

"현이슬 대표님 남편 분이시죠?"

"아……, 예."

저를 알아보는 걸 보니 결혼식에 참석했던 사람일거라는 추측을 했다. 시선을 내려 왼쪽 가슴에 있는 명찰을 봤다.

실장 안석호.

"석호랑도 심심할 때 같이 보러 와요."

이슬이 했던 말이 스쳐 지나갔다. 친구로만 알았는데 같이 일하던 사이였어? 생각했던 것보다 측근에 머물고 있어 당황스럽다.

"혹시 제 와이프의 친구……."

재오가 자신과 이슬의 관계를 알고 있다는 사실에 놀랍다. 그녀에게 듣기로는 정상적인 부부 사이는 아니었기에 놀라지 않을 수가 없다.

석호의 반응을 보고 그의 속마음을 눈치챈 재오가 비릿한 웃음을 흘렸다.

"와이프와 제 사이가 생각했던 것보다 가까워서 놀라셨나 보군요."

"……아니."

꿰뚫린 생각에 석호는 말문이 막혔다.

"아무리 사랑 없이 한 결혼이라지만 다른 부부들이 하는 것들은 얼추 흉내는 냅니다."

"……."

"뭘 하는지 궁금하다는 얼굴이군요."

재오에게 생각이 들켰다는 사실에 석호는 당혹감을 감추지 못했다. 위압적인 재오의 기세에 짓눌려 입도 벙긋 못 하겠다.

"저희 부부의 지극히 사적인 일이라 아무한테나 말할 수는 없으니 양해 부탁드립니다."

말만 들으면 정중해 보이지만 재오의 눈빛을 보면 순전히 그런 의미가 아님을 어렵지 않게 알아차릴 수 있다. 그의 눈빛이 매서웠다.

"그래서 제 아내는 어디 있답니까?"

재오는 사납던 기세를 누그러뜨렸으나, 상대 쪽은 여전히 압박감에 정신을 못 차리고 있다.

"지금 가게에 안 계십니다. 시누이 분이 와서 같이 외출했습니다."

"나리와 나갔다고?"

"전화를 해 보심이……."

원하는 정보를 입수한 재오가 차갑게 등을 돌려 인사도 없이 가게를 나왔다. 차에 타기 직전, 나리에게 전화했다.

―어? 오빠?

"너 내 와이프 훔쳐 갔냐?"

어디 감히 하늘같은 오빠의 아내를 말도 없이 훔쳐 가? 저보다 먼저 선수 친 나리가 괘씸하다.

―훔치긴 누가 훔쳐? 이 사람, 안되겠네! 사랑스러운 동생한테 말하는 거 하고는.

"시끄럽고, 묻는 말에 대답이나 해. 현이슬 어쨌어?"

―왜? 내가 언니한테 꼬리라도 칠까 봐 걱정돼?

나리의 말투에 놀리려는 의도가 다분했다. 이런 허술한 방법에 당할 쏘냐.

"뭐래. 그런다고 내 와이프가 넘어가겠냐? 이 출중한 오라버니도 못한 일을 네가 할 수 있다고 생각해?"

─왜 이러셔? 난 오빠보다 유리한 조건을 갖췄거든.

"유리한 조건?"

─난 여자 마음을 무지 잘 알거든. 근데 오빠 모르잖아?

무슨 말을 해도 넘어가지 않으려 했는데 나리가 그 다짐을 제대로 흔들었다.

"……야, 나도 제법 잘 알거든? 나 좋다던 여자들이 얼마나 많았는지 너도 알지?"

─걔넨 오빠가 아무것도 안 해도 좋다고 달라붙던 애들이고. 이슬 언니는 걔네랑 다르거든? 오빠도 알 텐데?

말도 안 되게 위기감이 느껴진다. 이건 분명 나리의 말에 설득력이 있었기 때문이다. 급격한 불안감이 엄습했다.

"야, 내 여자 꼬시지 마!"

─어머, 내 여자래! 악, 닭살이야! 오빠 이런 남자였어? 언니한테 말해 줘야지!

"하지 마! 하면 죽는다!"

나리의 쾌활한 웃음소리가 귓구멍을 뚫었다. 누구 동생인지 얄미워 죽겠다.

─걱정되면 집으로 오든가.

"집?"

─응, 집. 엄마랑 언니랑 셋이 같이 점심 먹었거든.

"너 딱 기다려."

전화를 끊을 때까지 이어지던 나리의 웃음소리에 짜증이 확 났다.

"젠장, 거슬리는 인간들이 왜 이리 많아! 현진원에, 안석호를 신경 쓰는 것도 모자라 여동생까지 신경을 써야 하다니."

벌써 피곤하다. 아직 시작도 안 했는데. 이거 잘 견뎌 낼 수 있으려나. 걱정이 되면서도 이슬에게 가는 발걸음을 멈출 수 없었다.

꽃장식

릴리에 찾아온 나리와 시댁에 와서 점심을 먹었다. 시댁이라면 어렵기 마련인데, 채선이나 나리가 잘해 주는 덕분에 편안했다.

나리는 화장실에 가고 채선은 잠시 전화를 받으러 안방에 들어갔다. 이슬은 소파에 조신하게 앉아 사과를 깎았다. 집에서는 거의 하지 않았던 일도 시댁에 와서는 자연스럽게 하게 된다. 오히려 시어머니, 채선이 말리는 입장이라는 게 참 재미있는 일이다.

시어머니나 시누이가 아무리 편하게 해 준다고 해도 함부로 행동할 수는 없어 몸가짐에 조심하려 했다. 집에서는 아무거나 대충 걸쳐 입고 벌러덩 누운 채로 TV를 보거나 소파에서 과자를 먹는 도중 부스러기를 많이 흘려 야단을 맞기도 했던 그녀는 이곳에서 볼 수 없었다.

"아가, 힘들게 뭘 사과를 깎고 그러니. 이리 줘라."

전화 통화를 끝내고 거실로 온 채선이 이슬에게서 과도를 건네받으려 했다.

"힘들긴요. 제가 한 게 뭐 있다구. 이런 거라도 해야죠."

도우미 아주머니와 채선이 식사를 차리고 설거지조차도 도우미 아주머니가 했다. 이슬이 한 거라곤 나리와 대화를 하거나 식사를 한 게 다였다. 며느리로서 염치가 없는 것 같아 뭐라도 하겠다고 나설 때마다 채선이 사양했고, 나리가 그녀를 끌고 가는 바람에 그저 놀고먹기만 했다.

"어머나, 사과를 어쩜 이리 예쁘게 깎았대?"

"어머님이 점수를 후하게 주신 거 아니에요? 실은 저 과일 많이 안 깎아 봤거든요."

"나도 신혼 때는 아무것도 못했어. 이 정도면 훌륭한 거지. 더구나 우리는 이 외모와 몸매가 받쳐 주잖니? 그러니 이 정도는 못해도 돼."

채선을 처음 봤을 때는 고상하고 점잖은 사모님인 줄로만 알았다. 그러나 겪어 보니 유쾌하고 호탕한 성격이어서 놀랍기도 하고 친근감이 들기도 했다. 나리의 성격이 어머니에게서 물려받았음을 알았다.

"엄마, 그건 좀 아닌 듯."

나리가 소파에 엉덩이를 붙이며 고개를 설레설레 저었다. 채선이 그게 무슨 소리냐는 얼굴로 딸을 봤다.

"언니의 외모와 몸매는 인정하는데 엄마는 아니잖아."

"어머, 애 봐라. 너 엄마 젊을 때를 못 봐서 그래. 내가 얼마나 예뻤다고? 남자들이 가만 두지를 않았어."

"근데 왜 그 많은 남자들 중에 하필 우리 아빠랑 결혼했을까?"

"네 아빠가 어때서? 돈 많지……, 돈…… 많지, 돈…….."

생각만큼 장점이 생각나지 않았다. 채선은 꽤 당황한 얼굴로 한숨을 쉬었다.

"돈 많은 거 빼고 좋은 게 없네. 그치, 엄마?"

"흠흠, 돈 많은 게 얼마나 힘든 줄 알아? 네 아빠 덕에 재오나 너나 풍족하게 산거야, 고맙다는 생각은 못할망정 아빠를 무시해?"

"아니 누가 안 고맙대? 당연히 고맙지요. 엄마, 삐쳤어?"

"그만 싸우시고 사과 좀 드세요."

이슬은 모녀의 소란을 간단히 잠재웠다. 이 집안사람들은 만나기만 하면 시끄럽다. 그렇지만 싫지 않다. 워낙 식구끼리 친하기 때문에 일어나는 일이기도 하고, 같이 있으면 사람 사는 냄새가 나서 마음이 편안해졌다.

"우리 며늘아기가 깎아 준 사과 좀 먹어 볼까나?"

이슬이 사과를 찍은 포크를 채선에게 내밀었다. 채선이 고맙다고 인사를 하고 포크를 가져갔다. 세 여자는 사이좋게 사과를 먹으며 수다삼매경에 빠졌다. 요즘 핫한 남자 배우 얘기, 드라마 얘기, 각자의 지인들 얘기 등등. 대화의 주제는 다양했다.

"야, 표나리."

한창 이야기를 나누고 있는데 재오의 목소리가 불쑥 끼어들어 훼방을 놓았다. 나리가 흠칫 몸을 떨며 고개를 들었다.

"오빠, 왔어?"

최대한 능청을 떨어 보지만 전혀 통하지 않았다. 재오가 나리를 똑바로 쳐다보며 화를 내고 있었다. 채선과 이슬은 남매 사이에 무슨 일이 있었는지 모르기에 이 상황을 의아해했다.

"아들, 왜 그러니? 나리가 뭐 잘못했어?"

"감히 오빠를 농락해?"

"딸아, 너 재오 농락했어?"

"에이, 농락이라니. 그냥 장난 좀 친 거 같구 너무 예민하게 구신다."

"장난? 표나리. 방금 장난이라고 했냐? 너 이리 와."

"꺄악!"

재오가 다가오려 하니 나리가 벌떡 일어나 순식간에 계단으로 도망갔다. 무슨 일인지는 모르겠지만 그동안 이런 일이 자주 있었기 때문에 대충 사이즈가 나온다. 채선이 고개를 설레설레 저으며 한숨을 쉬었다.

"내 딸이지만 너무 철이 없어요. 아들, 무슨 일인지는 모르지만 네가 참아야지 어쩌겠니."

"후, 저게 아주 오냐오냐하니까 아주 기어오르고 난리라니까. 언제 한 번 제대로 정신 교육 시켜야지."

"네가 그런다면 엄마는 찬성!"

"엄마, 미워!"

2층으로 완전히 올라간 줄 알았더니 계단을 오르다 말고 기둥에 숨어 눈치를 보고 있던 나리가 채선에게 서운함을 드러냈다.

"표나리. 너 이리와. 당장 안 와?"

"악마다! 으악!"

나리가 2층으로 완전히 사라져 버렸다. 저런 애를 상대하느라 골치가 아파야 한다니 짜증났다.

"엄마, 내 와이프 데려가요."

재오가 이슬의 손을 덥석 잡아 일으켜 세웠다. 채선이 고개를 끄덕이며 흐뭇한 눈으로 둘을 바라봤다.

"이제 보니 우리 아들 박력 있네."

"저기, 나 핸드백……."

재오가 소파 구석에 놓여 있는 핸드백을 집어 이슬에게 줬다. 그녀가 자주 메고 다니는 핸드백이라 그녀의 것임을 단번에 알아봤다.

"어머님, 저 갈……!"

채선에게 인사를 하려는데 재오가 사정없이 끌고 가는 바람에 제대로 못 했다. 집을 나와 조수석에 태워졌다. 마음 같아선 차에서 내리고 싶었지만 그랬다간 그가 화를 낼지도 모른다는 예감에 얌전히 자리를 지켰다. 그가 운전석에 탔다.

"어머님께 인사는 드리고 가야죠."

"됐어요."

"나를 얼마나 예의 없는 며느리로 보시겠어요? 그런 생각은 안 해요?"

"……여긴 대체 왜 왔습니까?"

묻는 말에 대답은 하지 않고 오히려 다그치는 말투로 질문을 던지는 재오의 행동에 이슬이 인상을 찡그렸다.

"그 말투 뭐예요? 뭐, 내가 오면 안 될 곳이라 이거예요? 왜요? 난 당신네 가족이 아니니까?"

"무슨 말을 하는 겁니까. 그런 뜻이 아니잖아요!"

"그럼 무슨 뜻인데요?"

대답을 해 줘야 하는데 머릿속이 엉망이다. 곧바로 말이 나오지 않았다. 그 침묵이 오해를 불러일으키겠다는 불길한 예감이 들었고, 그것은 적중했다. 달칵. 이슬이 차 문을 열고 나가 버렸다. 재오가 다급히 쫓아 내렸다.

"이봐요!"

충분히 들릴 수 있는 거리라 생각했는데 잠깐도 안 돌아본다.

"현이슬!"

이름을 불러도 들은 체 만 체다. 싸울 마음이 없었는데 어쩌다 험악한 분위기가 조성된 건지. 마음 상한 이슬을 보니 정신이 없었다. 큰 보폭으로 쫓아가 앞을 가로막아 섰다. 이제야 걸음을 멈추고 저를 본다.

"가더라도 말은 듣고 가지!"

"무슨 말을 들어야 하는데요?"

"왜 이렇게 날카로워요?"

"몰라요, 나도."

이슬의 눈시울이 붉어졌다. 조금만 더 건드리면 울 것 같은 얼굴에 재오의 눈동자가 요동쳤다.

"내가 뭐 잘못했어요?"

"아니요."

"그런데 왜 화를 내요? 갑자기 나타나서 아가씨한테 성질을 내지 않나, 어머님 앞에서 나를 마구잡이로 끌고 나오지를 않나. 왜 그래요, 대체?"

재오에게 서운했다. 것도 아주 많이. 이런 감정이 드니 그를 많이 믿고 있다는 사실을 깨달았다. 그와 남보다도 못한 사이로 지낼 거라고 확신했던 지난날의 자신이 부끄럽다. 한 치 앞도 모르는 게 사람 인생인데 무슨 자신감으로 그런 생각을 했을까.

"그게 날카로워질 일이에요?"

"네. 충분히 그럴 일이거든요."

재오는 빠른 속도로 마음의 벽을 허물었다. 그래서 그가 무섭다. 지금보다 훨씬 더 깊숙한 곳까지 침범할 것 같아서. 그런 그를 막을 수 없다는 예감이 들어서. 그래서 이슬은 두렵다.

"표나리가 나한테 얼마나 건방지게 굴었는지는 알아요? 모르잖습니까! 걔랑 전화하고 아주 속이 뒤집혀서……."

제가 모르는 일이 나리와 재오 사이에 있었던 거라고 짐작은 했지만 도통 무슨 일인지 알 수가 없어 답답했다.

"아가씨가 뭐라고 했는데요?"

"……."

"그래요. 남매 사이에 있었던 일을 아무 상관도 없는 저는 알 필요도……."

재오의 짐승 같은 입술이 뒷말을 모조리 삼켜 버렸다. 여느 때보다도 훨씬 거센 기세로 키스를 퍼붓는 탓에 단숨에 이성이 박살났다. 몸의 모든 기운이 다 빠져나가 설 힘도 없었다. 휘청거리는 몸이 그의 강인한 힘에 자꾸만 뒤로 밀렸다. 그가 너무 깊게 파고드는 바람에 턱이 뻐근했다.

한참을 밀리다가 그의 차에 가로막혔다. 다행히 더 이상 뒤로 밀리는 일도 없었고 금방이라도 쓰러질 것 같은 두 다리로 버티고 설 수 있었다. 싫다고 발버둥을 치고 저항을 해야 하는데 몸도 정신도 말을 듣지 않는다. 그것들은 이미 이슬의 의지를 벗어나 재오에게 휘둘리고 있었다. 그의 입술은 무척 뜨겁고 거침이 없다.

키스만으로도 정신을 잃게 만들었다. 그리고 그가 먼저 입술을 떼어 아쉽게 만들었다. 더 원하게 했다. 하지만 그런 속마음을 들키고 싶지 않아 시선을 내렸다.

"이상한 자격지심이군요. 왜 당신이 우리 가족이 아니라는 생각을 하지? 내가 당신과 당신 오빠에 관한 일들을 궁금해 하는 것처럼 당신도 비슷한 거겠죠. 이유는 다르겠지만."

가슴이 두근거려서 재오의 눈을 마주 볼 수가 없었다. 그는 격해진 감정을 가라앉히고 차분한 목소리로 말했다.

"당신과 점심 식사하려고 릴리에 갔었습니다."

이슬이 고개를 들어 재오를 봤다. 그녀의 동공이 놀라운 얘기를 듣고 세차게 떨렸다.

"안석호. 그 사람을 봤어요."

"아……."

"기분이 썩 유쾌하지 않더군요."

"왜요?"

안석호가 당신을 좋아한다는 느낌을 받았으니까. 재오는 차마 사실 대로 말하지 못한 채 뭐라고 해야 하나 고민했다.

"그쪽도 날 맘에 들어 하지 않던데."

"석호가요?"

"무튼 거슬려서 짜증이 난 상태에서 당신이 나리와 나갔다는 이야기를 듣고 나리한테 전화를 했어요. 나보다 먼저 당신을 낚아채간 나리가 괘씸하더라고. 그래서 전화를 하자마자 내가 짜증을 내기는 했어요. 그런 내 상태가 재밌는지 그 녀석이 장난을 치더라고. 자존심을 건드리면서. 그러니 내가 화가 나겠습니까, 안 나겠습니까?"

"그런 일이 있었군요. 자세히는 모르겠지만 기분 상한 이유를 알겠어요."

이해를 해 주니 성났던 기분이 사르르 녹아내린다. 그래서일까, 안 하려던 말도 술술 나왔다.

"걔가 좀 그렇습니다. 엄마랑 표 사장이 오냐오냐 키워서 버릇이 없고 오빠인 나한테도 엄청 기어올라요."

하소연을 할 정도로 이슬이 편해졌다는 것을 새삼 실감했다.

"어릴 때부터 그랬어요. 근데 알다시피 내가 성격이 지랄 맞잖습니까. 그래서 다정하게 받아 주지를 못 하고 화내고 성질부리고 그랬거든."

잠자코 귀를 기울여 주는 이슬의 태도에 마음이 말랑말랑해졌다.

"그러니까 걔가 툭하면 울고 부모님한테 가서 이르고 그랬죠. 아, 이거 왠지 당신한테 일러바치는 기분인데."

이슬의 상한 마음을 달래 주려고 그녀가 듣고 싶어 하는 이야기를 해 주기는 하는데 모양새가 썩 좋지 않아 창피했다.

"계속해요. 재밌는데."

"재밌습니까?"

끄덕거리는 이슬의 표정을 보니 진짜 재밌나 보다. 이런 얘기가 재있나? 공감은 안 되지만 그녀가 마음이 풀린다면 계속해야지.

"부모님은 막내딸이라면 끔뻑 죽어요. 특히 표 사장은 지독한 딸 바보거든."

"그래서 질투 나요?"

"질투? 그럴 리가!"

어린애 취급하는 기분이라 괜히 발끈했다. 그 모습에 이슬이 살며시 웃었다.

"그게 싫다는 게 아닙니다. 다만, 나리 그 녀석이 조금만 화를 내도 부모님한테 일러바치니까 나만 혼났다는 게 짜증나는 거지. 혼내려면 같이 혼내든가. 허구한 날 나만 혼내."

이건 정말 가족들만 알고 지내는 지극히 사적인 이야기였다. 남들은 모르는 사소한 이야기. 이런 이야기를 나눈다는 건 이젠 우리가 가족이 되어 간다는 뜻이겠지.

"걘 눈물이 무기입니다. 걔가 울잖아요? 집안이 난리가 납니다. 표 사장이 아주 벌벌 떨거든. 그러면서 나를 야단치죠. 네가 오빠니까 참아라. 동생이 괴롭히면 얼마나 괴롭혔겠니. 그런 말 지겹도록 들었어요. 얼마나 짜증나는데."

재오의 이야기를 경청하던 이슬의 눈동자에 호기심이 도드라졌다.

"원래 남매는 그런 모습이에요?"

"어?"

"아무래도 진원 오빠랑 나는 재오 씨 남매랑은 다르니까, 궁금해서요. 보통은 잘 싸우고 그래요?"

"음, 다 그런 건 아니겠지만 워낙 가까운 사이다보니 막 대하는 경향이 없지 않아 있지요. 근데 사람마다 성향이 다 다르니까. 내가 이해심이 넓은 오빠가 아니니까 더 싸우는 것도 있을 겁니다."

이슬이 생각에 잠긴 듯 아무 말이 없었다. 재오는 조용히 그녀를 응시했다. 그녀의 적갈색 눈동자는 고혹적인 분위기를 풍겼다. 햇빛이 비치니 더 아름답게 빛난다. 할 수만 있다면 눈동자에도 입을 맞추고 싶었지만 그럴 수 없다는 사실이 안타깝다.

"나는요, 가족이라는 집단에 남들보다 좀 더 집착하거든요."

생각을 끝냈는지 차분히 이야기를 하는 이슬의 목소리가 어딘지 모르게 슬퍼 보였다. 사연이 있는 걸까.

"남한테 들키고 싶지 않아서 직접 입을 여는 경우가 잘 없었는데, 방금 당신이 숨기고 싶을 지도 모르는 이야기를 해 주었으니까 그에 보답하기 위해 하는 말이에요."

남들에게는 잘 말해 주지 않는 비밀. 그것을 저에게 말해 주려 한다니 순간 특별한 사람이 되는 기분을 느꼈다.

"우리 아빠, 친아빠 아니에요."

찰나 동안 추측했다. 과연 어떤 종류의 비밀일지. 그러나 듣고 난 후 상상도 못한 이야기라 정신이 얼얼했다. 이슬이 직접 입을 연 비밀의 파급력은 무서울 정도로 굉장했다.

"진원 오빠 역시 친오빠가 아니고요."

이슬의 목소리가 가늘게 떨리고 있었다. 말하기 힘들어 보였다. 누구에게도 들키고 싶지 않아 한다는 말이 진심이었다.

"엄마는 미혼모였어요."

제가 털어놓은 이야기와는 비교도 안 될 정도로 묵직한 이야기였다. 이런 이야기를 들어도 되는지, 재오는 마음이 무거웠다.

"그래서 전 친아빠가 누군지도 몰라요. 어릴 때 진짜 힘들었고 아팠어요. 아빠 없는 애라고 엄청 놀림을 받았거든요. 저한텐 그게 엄청난 상처였어요."

이슬이 거쳐 온 삶을 그녀의 입을 통해 직접 듣고 있으니 기분이 묘했다. 그녀와 정말 가까운 사이라도 된 기분이랄까.

"엄마가 재혼하고 나서 안심했죠. 아, 이제 아빠 없는 애라고 놀림 받지는 않겠구나. 그런데 아니더라고요. 다른 소문이 나던데요? '쟤네 아빠, 친아빠 아니래. 새아빠래', 애들이 저를 두고 수군거렸고, 가끔은 대놓고 물어보는 애들도 있었어요. '너 아빠 생겼다며? 돈 많다던데',

그러면서 돈을 뜯으려는 애들도 있었죠."

이슬은 충격적인 이야기를 들려주었다. 그녀는 겉으로 보기에 화목한 가정에서 어려움 하나 겪지 않고 자랐을 것 같았으나 그게 아니었다니 놀랍다. 가슴속에서 안쓰럽다는 감정이 차올랐다.

"엄마한테 전학시켜 달라고 졸랐어요. 다행히 저에 대해 아는 사람이 한 명도 없는 학교로 전학 갔고 그 이후로 그 누구에게도 저의 집안에 대해 말하지 않았어요."

이슬은 말을 잠시 중단하고 숨을 한 번 골랐다.

"저한테는 가족이 무척 소중해요. 누구에게든 그러겠지만, 저는 제가 잘못을 하면 언제라도 아빠에게 버림을 받을 수 있을 거라는 생각을 했거든요."

"설마 그러겠습니까? 장인어른 그런 분 같지 않으시던데. 당신을 몹시 아끼잖아요."

"저도 알아요. 아빠, 오빠 모두 엄마와 저를 진심으로 아껴 주시는 거. 그걸 알면서도 가슴 한구석에서는 불안이 늘 자리했어요."

이슬의 말들이 재오의 가슴을 쿡쿡 찔러왔다. 듣고 있는 것만으로도 그녀의 아픔이 느껴진다는 사실이 신기했다.

"이 불안은 어떤 짓을 해도 꺼지지 않더라고요. 제가 어떻게 제어할 수 없는 부분인가 봐요."

고개를 들지 못 하는 이슬이 안쓰러워 미치겠다. 손을 잡아 줘야 하나? 아니면 안아 줘야 하나? 이럴 땐 어떤 행동을 취해야 할지 도무지 모르겠다.

"난 재오 씨 가족이 참 좋아요. 아버님, 어머님, 그리고 아가씨. 다 좋아요. 그래서 자꾸 욕심을 내게 돼요. 아, 이 사람들과 가족이 되고 싶다."

이슬의 머릿속에 이런 생각이 존재하는지 미처 알지 못했다. 이래서 사람들은 대화를 나누어야 한다는 건가 보다. 대화의 중요성을 새삼 깨달았다.

"이미 우린 가족이잖아요."

"법적으로 말고 마음 적으로 말이에요."

재오는 마음을 짓누르는 죄책감에 기분이 좋지 않았다.

"난 나리가 당신을 여기로 억지로 끌고 온 줄 알았어요. 시댁이니까 당연히 불편할 줄 알고 데리고 나온 것뿐입니다."

다만, 짜증이 치민 상태여서 의도치 않게 성질을 부리고 다그쳤을 뿐. 이슬에게 화를 내고 싶었던 것은 결코 아니었다. 결과적으로 그렇게 돼 버려 마음이 무거웠다.

"그런 거였어요? 나 불편하지 않은데."

"당신은 정말……."

가슴 한편이 찌르르 울려, 재오는 한동안 말을 잇지 못했다.

"정말, 뭐요?"

"이상한 기분이 들게 한다는 거 알아요?"

재오가 낮은 숨을 혀로 밀어내며 이슬을 안았다. 그의 강인한 두 팔이 몸을 조여 왔다. 조금 아팠지만 기꺼이 참아 주었다.

"이런 말 창피한데 우리 가족들처럼."

귓가에 퍼지는 재오의 목소리가 못 견디게 좋았다.

"나도 좀 좋아해 줘요."

꼭 고백처럼 들리는 요구에 이슬의 심장이 크게 술렁였다.

"기왕이면 가족들보다 나를 더 많이 좋아해 줬으면 좋겠습니다."

그는 이미 더 깊숙한 곳으로 발을 들여놓았고, 역시나 그녀는 막지 못했다. 번번이 저를 침범하는 이 남자를 막을 재간이 없었다.

낮에 이슬과 다퉜던 일이 자꾸만 신경 쓰였다. 사과를 하고 싶은데 말로 하는 건 쑥스러워서 다른 방법을 모색했다. 하지만 이런 경우가 흔치 않다 보니 머리를 굴려 봤자 신선한 해결책이 나오지 않았다. 그래서 인터넷에 검색을 해 보기도 했지만 딱히 진전은 없었다.

이런 시답잖은 일로 머리를 싸매고 있는 것도 짜증나고 결국 별 소득 없이 퇴근했다. 역시 말로 하는 게 가장 확실한 방법인가? 운전을 하면서도 고민은 계속됐다. 시답지 않다고 생각하면서도 계속 끌어안고 있는 스스로가 어이없다.

"후, 그 여자가 뭘 좋아하더라."

뭔가를 사가고 싶었다. 뇌물을 주면서 마음을 전하면 효과가 좀 더 좋지 않을까. 케이크를 좋아했던가. 시간이 늦어서 안 먹을 것 같다. 너무 늦은 시간에 음식을 섭취하는 것에 부담스러워했던 일이 기억난다.

뭔가를 사려면 차에서 내려야 했기 때문에 번화가에 차를 세웠다. 시동을 끄고 나리에게 전화를 걸었다. 이 순간에 도움을 줄 수 있는 사람이 하필이편 표나리밖에 생각나지 않았다.

—왜, 또! 언니 사라졌어? 근데 이번엔 내가 안 훔쳤거든?

다짜고짜 흥분을 하며 빽빽 소리를 질러대는 나리 때문에 귀가 따가 웠다. 재오가 한쪽 눈살을 찡그리며 불만을 쏟았다.

"뭐래. 누가 그래서 전화했대? 왜 혼자 난리냐?"

—아니야? 그런데 왜 전화했어? 오빠가 용건 없이 나한테 전화하는 사람은 아니잖아?

나리는 자신의 성급함을 인정하고 창피해했다.

"어, 그렇지."

—뭐야, 뭔데? 나 데이트 중이니까 얼른 말해.

"오, 데이트. 남자?"

나리와 데이트를 해 주는 남자가 있다니 그 남자에게 박수를 쳐주고 싶다. 이런 말을 한다면 나리는 심히 짜증을 내겠지.

—나 여자는 이슬 언니 말고는 관심 없거든요.

"야, 현이슬은 유부녀야. 최소한 임자 있는 사람은 건드리지 말자, 어?"

간도 크지. 어디 유부녀를 취급해? 것도 이 오빠의 아내를. 하루 빨리 나리의 우쭐함을 꺾어 놔야겠다. 신경 쓰이는 인물은 현진원, 안석호 둘뿐으로도 벅차다.

—이렇게 자신이 없어서 어쩌누. 오빠야, 진짜 왜 전화했는데?

나리와 실랑이를 하다 보니 전화를 건 본 목적을 잊었다. 이제야 정신을 차리고 도움을 청했다.

"여자의 서운한 마음을 풀려면 뭘 사 주는 게 좋냐?"

—뭘 잘못하셨대. 하여간 안에서 새는 바가지 밖에서도 샌다더니.

하도 도움을 청할 곳이 없어 전화를 했더니 괜한 짓이었다. 이런 소리를 듣자고 귀한 시간을 투자한 게 아닌데. 재오의 얼굴에 짜증이 가득했다.

"괜히 전화했다. 끊어."

—에이, 삐쳤어? 장난이야.

"아주 오빠를 갖고 놀아라."

제가 얼마나 만만하면 늘 이렇게 기어오를까, 그런 생각이 들었다.

—음, 이슬 언니는 꼭 비싼 물건이 아니어도 좋아할 것 같은데.

"구체적으로 어떤 거?"

—꽃다발이나 편지 같은 거? 근데 편지는 오빠 성격상 오글거려서 못 쓸 것 같고 꽃다발 정도가 낫겠다.

"요즘 세상에 꽃다발 정도로도 마음 풀리는 여자가 있냐?"

그동안 지나쳤던 여자들을 상기해 보면 전부 다 고가의 물건에 환장하곤 했다. 재오가 재력이 뛰어나다는 사실을 이미 알고 있는 여자들이라서 그런지 명품이나 보석을 사 달라는 말을 서슴없이 하곤 했다. 그런 여자들에 익숙해져 있다 보니 모든 여자들이 그럴 줄 알았는데 그건 또 아닌가 보다.

—있어. 이 동생을 한번 믿어 봐. 적어도 이슬 언니의 성향 정도는 내가 이미 파악 끝냈으니까.

확신에 찬 목소리를 들으니 깊은 신뢰가 생겼다. 적어도 이슬에 대한 것들이라면 나리를 믿어도 되겠다.

"오……. 역시 개똥도 쓸데가 있구나."

—뭐? 야!

"데이트 잘해라."

나리는 골이 났는지 시원하게 욕을 퍼부었다. 옆에 같이 있는 남자의 당황한 목소리까지 생생하게 들렸다. 전화를 끊으며 재오가 중얼거렸다.

"표나리, 입 조심해라."

동생의 연애가 심히 걱정된다. 저한테 하는 대로 입을 놀렸다간 어떤 남자도 견디지 못할 테니까.

"내가 누굴 걱정하냐."

그러나 곧 자신의 현실을 깨닫고 나리의 조언대로 근처 꽃집에서 꽃다발을 샀다. 열 송이, 스무 송이로는 성에 안 차서 백 송이를 샀다.

"이 정도면 되려나."

확신이 없지만 나리의 조언을 믿어 보련다. 조수석에 꽃다발을 두고 다시 운전대를 잡았다. 이따금씩 조수석을 힐끔거리며 낯선 자신의 모습에 익숙해지려 노력했다. 여자를 위해 진심을 다해 무언가를 하려는 이 상황 자체가 어색하고 오글거리지만 좋아할 그녀를 상상하면 설레는 맘도 퐁퐁 솟아났다.

집에 도착해 꽃다발을 들고 차에서 내렸다. 혹시 이슬이 거실에 있을까 봐 꽃다발을 등 뒤로 숨겼다. 경심이 그를 맞이했다.

"표 서방 왔나?"

"예. 이슬이는 방에 있습니까?"

"이슬이도 좀 전에 와서 씻으러 들어갔네. 근데 뒤에 그건 뭔가?"

"아……."

경심이 호기심 어린 시선으로 재오의 뒤를 쳐다봤다. 장미 꽃다발을 확인한 그녀가 손뼉을 치며 입을 떡 벌렸다.

"어머, 웬 꽃다발? 우리 딸 주려고 사 온 거야?"

"예. 하하……."

쑥스러워서 뒷덜미부터 귀까지 새빨개졌다. 그런 사위가 귀여운지 경심이 호호 웃었다.

"어서 들어가 보게. 우리 딸이 좋아하겠어."

경심을 지나쳐 방으로 가는데 뒤에서 그녀가 깜찍하게 응원을 해 줬다. 본의 아니게 처가댁 사람들에게까지 이런 모습을 보이게 됐다. 창피함에 보폭이 넓어졌다. 방문을 열고 안으로 들어 왔다. 방과 이어진 화장실에서 막 나온 이슬이 화들짝 놀랐다. 때문에 재오도 흠칫 놀라고 말았다. 그녀가 놀란 이유를 알았다. 속옷만 입고 있었기 때문이다.

"아, 미안해요. 노크를 하고 들어 왔어야 하는데 본의 아니게 급한 상황이어서."

장모님의 부담스러운 눈빛을 피하려다 낯 뜨거운 상황을 맞닥뜨렸다. 이건 뭐 산 넘어 산이군. 재오가 다시 나가기 위해 뒤로 돌아 손잡이를 잡았다. 경황이 없어 등 뒤에 꽃다발을 숨기고 있다는 사실을 잊었다. 뒤를 도는 순간 이슬이 꽃다발을 보고 말았다.

"그거 뭐예요?"

"어?"

꽃다발을 들켰다는 사실을 의식 못 하던 재오가 이슬의 검지가 가리키는 방향을 쭉 따라가다 상황을 파악하고 인상을 썼다.

"똥멍청이."

재오의 입에서 튀어나온 생소한 말에 이슬의 눈이 휘둥그레졌다.

"네? 나한테 하는 소리예요?"

"어? 아닙니다. 스스로에게 하는 말이니 신경 쓰지 마요."

본의 아니게 오해를 사게 돼 당황한 재오가 얼른 부정했다.

"당신이 왜 똥멍청이인데요?"

"하는 짓이 엉성해서 그렇습니다. 좀 더 그럴싸하게 주고 싶었는데. 쨌든 이거 받아요."

오면서 어떤 식으로 줄지 그림을 그렸다. 꽤 근사한 상상이었는데 이런 허접한 상황이 돼 버리다니 아쉽다.

"오다 주웠어요."

"한 송이도 아니고 이렇게 많은 장미를 주웠다고요?"

"뭐…… 또 다른 멍청이가 버렸나 보죠."

이슬이 픽 웃으며 성큼 다가와 두 손으로 꽃다발을 받았다. 꽃다발을 흥미롭게 구경하던 그녀의 얼굴에 웃음꽃이 활짝 폈다. 그런데 그녀의 복장이 상당히 야했다. 누드 톤의 속옷 세트가 꼭 피부처럼 보여서 혼동을 일으켰다. 재오의 얼굴이 새빨개졌다.

"내가 상상했던 장면은 로맨틱한 쪽이었는데 상상과는 다르네."

"지금은 어떤데요?"

빨개진 재오의 얼굴이 오늘따라 유난히 귀엽게 보였다.

"에로틱합니다."

"어디가요?"

"당신이."

장미꽃에 집중하고 있느라 몰랐다. 이제야 재오의 시선이 어디에 있는지 깨달았다. 이슬의 얼굴이 화끈 달아올랐다.

"있잖아요."

"네."

"저번에도 궁금했는데, 그 흉터…… 뭡니까?"

재오가 왼쪽 가슴 위쪽에 나 있는 흉터를 가리키며 물었다. 어떤 흉터를 묻는지 보지 않아도, 이슬은 알고 있다. 그녀가 홱 몸을 돌렸다.

"말하기 어려운 상처인가 보군요."

"미안해요."

고개를 숙이고 사과하는 이슬의 뒷모습이 애처로워 보였다. 그 모습에 가슴이 꿉꿉해졌고, 이 상태로 안아 주고 싶다는 마음이 진하게 깃들었다.

"아닙니다. 근데 지금 모습도 나쁘지 않네요."

축 처진 분위기가 저 때문이라 여긴 재오가 괜히 농담을 던졌다. 사실 울적한 이슬을 안쓰럽다는 생각이 가장 컸지, 속옷만 입고 있는 그녀를 어떻게 하고 싶다는 생각은 거의 들지 않았다. 물론 아예 안 든 건아니다. 하지만 본능보다 감정이 더 컸던 건 확실하다.

"옷 갈아입어야겠어요! 잠깐 이것 좀!"

헉! 자신의 상태를 깨우친 이슬은 경악했다. 옷을 입어야겠다는 생각에 마음이 급했다. 다시 홱 돌아 꽃다발을 도로 재오에게 돌려준 뒤 붙박이장을 향해 발을 내딛는 그 순간 신고 있던 슬리퍼가 쭉 미끄러졌다.

"어어!"

재오가 황급히 꽃다발을 침대 위로 휙 던졌다. 지금은 꽃다발이 망가지든 말든 그런 것을 신경 쓸 겨를이 없었다. 신속히 팔을 뻗어 이슬을 끌어당겼다. 그녀의 등이 바닥이 아닌 그의 품으로 안착했다.

"후……."

조금만 늦었다면 큰 사고가 날 뻔했기에 바짝 긴장하고 있었다. 무사히 이슬을 구하고 나서야 안도했다.

"눈앞에서 아내를 잃을 뻔했습니다."

"근데 어딜 만지고 있는 거죠?"

"어?"

재오의 손이 가슴 바로 밑에 있었다. 그의 손이 조금만 위로 움직이면 어떤 모습일지 상상하자 가슴이 쿵쾅거렸다.

"지금 이게 대수입니까? 너 하마터면 저세상 갈 뻔했어요!"

"안 갔잖아요."

"누구 때문에 안 갔는지 압니까?"

이러는 순간에도 재오의 손은 맨살에 닿아 있었다. 그에 예민하게 반응하는 자신이 이상한 거겠지. 구해 주려다 괜히 봉변당하는 그에게 미안했지만 탓할 곳이 없으니 어쩌겠어.

"제가 좀 민감하거든요? 그러니까 이 손 치워 줄래요?"

"허?"

이슬이 재오의 손을 떼어 내고 붙박이장으로 가 슬립을 입었다. 민망한 상황을 피하고 그녀가 가장 먼저 한 행동은 침대에 내동댕이쳐진 꽃다발이 무사한지 살핀 것이다.

"저기."

"네?"

"남편 상태는 걱정이 안 되나 봅니다?"

그제야 이슬의 관심을 받을 수 있었다. 이건 뭐 엎드려 절 받기도 아니고 서운해서 어디 살겠나.

"아……."

"당신 죽는 줄 알고 놀란 내 심정도 좀 들여다봐 주죠?"

그제야 이슬이 머쓱해했다. 그녀가 쭈뼛거리며 다가와 섰다. 그녀는 꽃다발을 소중히 껴안고 있었다.

"많이 놀랐어요?"

"은근히 덜렁댄단 말이야."

대충 봤을 땐 완벽한 여자인 줄 알았는데 가까이 오니 허점도 있고 상처도 있다. 자신이 채워줘야 할 부분이 있다는 사실에 재오는 흡족했다. 오히려 완벽했다면 보호본능이 생기지 않았을 것이다.

"허점이 많으니 얼마나 인간적이에요."

"그건 모르겠고 골치가 아프단 건 알겠네요."

이슬이 다칠까 봐 당황했던 마음에 쓴소리를 하는 거지만 진짜로 골치가 아픈 건 아니다. 머리가 아프다기보다는 마음이 아팠다.

"미안해요."

"조심 좀 해요. 날 홀아비 신세로 만들지 말아요."

이번처럼 위험천만한 상황은 더 이상 일어나지 않기를 바라는 마음에 쓴소리를 했다.

"나 죽으면 좋아할 양반이?"

갑자기 대화의 방향이 이슬로 인해 확 바뀌었다. 분위기 또한 변했다.

"내가?"

"이 여자 저 여자 만나느라 신날 거면서."

어째서 토라진 표정인거지? 다른 여자 만나는 것에 민감한 건가? 혹시 질투?

"아닙니다."

"음."

"진짜예요. 안 그럴 겁니다."

"믿어 주죠, 뭐. 꽃다발 받았으니까."

이슬이 꽃향기를 맡으며 환하게 웃었다. 그녀의 미소는 장미꽃보다 더 화사하고 아름다웠다. 재오의 심장을 송두리째 흔들 만큼.

"저 주려고 사 왔어요?"

"보다시피."

이슬은 정말 좋은지 계속 꽃향기를 맡았다. 굳이 맡으려 하지 않아도 방 안에 장미향이 가득한데, 그녀는 꼭 꽃에 코를 가까이 댄 채 숨을 들이켰다.

"무슨 날도 아닌데."

"그래야 더 그럴싸하니까."

이슬이 시선을 들며 의외라는 듯 말했다.

"당신, 이런 이벤트도 할 줄 알아요?"

"그런 거창한 건 아니고 아까 서운하게 한 거 사과하고 싶어서요."

"신경 쓰고 있었어요? 안 그래도 되는데."

어찌됐든 이슬이 좋아해 주니 다행이다. 나리의 조언이 큰 역할을 했다.

"이런 거 좋아합니까?"

"네?"

"꽃다발이라던가, 편지 같은. 그런 소박한 것들 좋아하냔 말입니다."

"소박해 보일 수도 있는 것들이지만 그걸 준비하는 사람의 마음이라 던가, 받는 사람의 마음은 결코 소박한 게 아닐걸요?"

재오는 이슬에게 동요하고 있었다. 그녀는 그를 설득해 바닥 깊은 곳에 숨어 있던 감정을 이끌어 내는데 능통했다. 일부러 그러는 것도 아닌데 마음이 온통 그녀에게 휩쓸린다.

"나는 꽃다발만 받은 게 아니에요. 당신의 마음까지 받은 거라서 정말 기뻐요. 비록 오래 가지 않아 시들겠지만."

재오가 이슬의 양어깨를 붙잡고 입술을 부딪쳐 왔다. 그녀는 그의 기습 키스에 놀라지 않았다. 그는 워낙 기습 키스를 많이 퍼부은 상습범이기 때문이다. 더구나 이제는 그가 언제 입술을 맞춰올지 기다리는 상황이 되어 버렸다. 그녀가 살며시 눈을 감았다. 그가 입술을 살짝 깨물었다 놓았다. 살짝 떨어진 입술에 서운했다. 손가락 한 마디의 간격을 두고 멈춘 그의 입술이 달싹였다.

"시들면 또 사 줄게요."

어쩐지 눈물이 날 것 같았다. 그리고 입술이 다시 맞물렸다. 깊어지는 키스에 가슴이 떨렸다. 기운이 빠져가는 몸에 혹시나 꽃다발을 놓칠까 무서워 손아귀에 힘을 꽉 실었다. 아직 덜 말라 촉촉한 머리카락을 휘어잡는 그의 힘에 비하면 별거 아니었지만.

입안을 거칠게 휘젓던 재오가 별안간 키스를 멈췄다. 이슬이 의아한 눈길로 그를 빤히 봤다. 그가 꽃다발을 못마땅하게 여겼다.

"거슬려."

"난 좋은데."

"애 때문에 꽉 껴안을 수가 없잖아요. 그런데 당신은 나보다 꽃다발인가 보군요."

재오가 언짢은 기색을 표하며 거리를 두고 멀찌감치 떨어졌다. 그를 실망시키려던 목적이 아니었던 이슬은 당황한 얼굴로 얼떨떨해했다.

"그게 아니라……."

"꽃보다도 못한 존재라니. 억울합니다."

많이 서운했는지 퉁명스럽게 구는 재오에 이슬은 안절부절못했다. 그는 짜증스런 손길로 넥타이를 잡아당겼다. 목을 갑갑히 조이는 넥타이를 풀어 휙 던지고 재킷을 벗으려고 했다.

"여보."

이슬의 입술에서 나온 호칭에 재킷을 벗던 손이 주춤했다. 재오가 휘둥그레 뜬 눈으로 그녀를 봤다.

"방금 뭐라고."

"여보……."

말하는 본인도 어색하고 쑥스러운지 두 뺨을 발그레 붉혔다. 순간 재오의 심장이 거세게 날뛰었다.

"원래 여보라는 호칭이 이토록 간지러운가?"

"저도 처음이라 잘 모르겠지만…… 그런가 봐요."

다른 부부들도 이런 호칭에 이렇게까지 설레 할까? 아니면 우리가 유난인걸까. 어쨌든 '여보'의 첫 경험은 가히 충격이다.

"다시 해 봐요."

"……여보."

멍석을 깔아 주니 더 하기가 어려웠다.

"계속해 봐요. 한 열 번 정도."

"자꾸 들으면 덤덤해지지 않을까요?"

"들을 때마다 심장 떨려 미치겠는데."

이슬은 여과 없이 직설적으로 말하는 재오에 가슴이 홧홧했다. 불순물이 존재하지 않는 그의 마음은 굉장히 강력했다.

"네?"

"천 번은 들어야 덤덤해질 것 같군요."

맘이 간질간질해서 더 이상은 견디기 힘들다. 어서 이 상황에서 빠져나가야겠다. 안 그러면 끝도 없이 빨려 들어갈 테니.

"……씻을 거죠?"

"잡소리 그만 하고 얼른 씻기나 하라는 거죠?"

"아니 뭐 꼭 그런 뜻은 아니고."

완전히 아닌 것도 아니었기에 말을 얼버무렸다.

"어쨌든 그런 뜻도 있단 소리로 들립니다."

"당신이 자꾸 당황하게 하니까 그렇죠. 옷 줘요."

이슬이 침대에 꽃다발을 내려놓고 재오에게 팔을 뻗자 재킷을 벗어 줬다. 이어서 셔츠 단추를 풀었다. 와이셔츠를 벗자 그의 상체가 노출됐다. 그의 몸을 보는 데에 아직 적응이 되지 않아 당혹스러웠다.

그가 쑥스러워하는 그녀를 힐끔거리더니 슬며시 웃었다. 재오는 셔츠를 건네주고 화장실로 이동했다.


어둠이 깔린 침실은 쥐죽은 듯 고요했다. 곤히 잠든 이슬 옆에서 재오는 불면에 시달리는 중이었다. 수면을 앗아간 존재는 바로 그녀의 가슴에 있던 흉터다.

수술 자국처럼 보이지는 않았다. 어디서 어떤 일로 생긴 상처인지 궁금했다. 얼마나 깊은 상처이기에 아물고 나서도 자국이 났는지. 혹시 더 깊었다면 심장까지 위험에 처할 수 있던 상황은 아니었는지.

재오는 이슬의 등을 지그시 쳐다보며 깊은 상념에 빠졌다. 잠도 안 오는데 일어나서 산책이나 할까, 라는 생각이 드는 순간 그녀가 꼼지락거리며 자세를 고쳐 누웠다. 이쪽을 보고 눕더니 곧 눈을 떴다.

"안 자요?"

"자야죠. 나 때문에 깼습니까?"

"누가 자꾸 쳐다보는 느낌이 들어서."

"저런."

재오는 죄책감에 한숨을 쉬었다. 이슬이 작게 웃었다.

"그래도 귀신 아니어서 다행이다. 난 귀신이 쳐다보는 줄 알고 무서웠는데."

미치겠다. 이슬이 무진장 귀여워 보인다. 이거 혹시 이상한 병 아닐까?

"왜 안 자요?"

"귀여워."

"네?"

왜 안 자냐고 물었는데 귀엽단다. 문맥이 전혀 맞지 않는 대답에 이슬이 어리둥절해했다.

"미쳤다."

재오가 천장을 보며 바로 눕더니 이마를 손으로 짚었다.

"열은 없는데."

"어디 아파요?"

"그런가 봅니다."

"어디가 아픈데요? 병원 가 봐야 하나."

아프다니까 이슬이 당황해서는 상체를 일으켜 앉았다. 어둠 속에서 저를 내려다보는 그녀가 왜 이리 예쁜지. 확 안아 버릴까.

"병원 가요."

"지금 이 시간에?"

"응급실 가면 되죠."

"귀찮습니다."

응급실 가도 고쳐질 병이 아니란 걸 알기에 재오는 심드렁하게 대꾸했다.

"아이참. 애예요? 귀찮다고 아픈데 병원을 안 가?"

"당신이 호해 주면 나을지도."

"네에?"

이건 또 뭔 소리래. 아마도 이런 표정으로 저를 보고 있을 것이다. 사방이 어두컴컴해 그리 멀지 않은 곳에 있는 얼굴도 잘 보이지 않았다. 하지만 목소리나 숨소리만으로도 표정을 대충 짐작할 수 있었다.

"당신이 보기에도 나 미친 것 같죠?"

"적어도 지금은."

"……."

"당신 지금 이상하거든요."

아무 말도 안 하니까 화난 줄 알았다. 그래서 납득할 만한 이유를 댔다.

"알아요, 나도. 뭐라고 안 했는데."

다행히 화난 건 아닌가 보다. 그저 심란해 보였다.

"병원 안 가도 되겠어요?"

"안 가도 되니까 다시 누워요."

"으흥."

믿지 못 하겠다는 눈치다. 그래도 재오가 하라는 대로 다시 누웠다.

"진짜 안 아픈 거 맞죠?"

마음이 안 놓이는지 재차 묻는다. 재오가 뒤척여 다시 이슬을 보며 누웠다. 그가 팔을 뻗어 그녀의 허리에 둘러 힘을 강하게 줬다.

"앗!"

눈을 감았다 뜨니 코앞에 재오의 얼굴이 드리웠다. 밀착한 몸에 당황했지만 저항은 하지 않았다.

"호, 해 봐요."

"아까부터 왜 그래요."

왜 자꾸 애처럼 호, 해 달라고 그러는지 궁금하다. 그 때문에 당황하는 자신의 반응을 즐기는 걸까? 이슬은 불만스러운 표정으로 재오를 봤다.

"당신 때문입니다."

"내가 왜요?"

"정확한 까닭은 모르겠지만 어쨌든 당신으로 인해서 내가 안 하던 짓을 하고 있거든요."

"……"

"이런저런 생각 때문에 머리가 터질 것 같습니다. 근데 멈춰지지가 않아요. 자꾸 궁금해."

재오는 심각해 보였다. 그의 진지한 모습에 이슬도 덩달아 마음이 차분해졌다.

"뭐가 궁금한데요?"

"내가 없던 당신은 어떻게 살았는지, 과거에 당신 곁에 어떤 사람들이 있었는지, 지금 당신 측근에 있는 이들은 어떤 관계인지, 그들과 어떤 시간과 감정을 공유했는지, 그런 것들."

잠시 두꺼운 침묵이 두 사람 사이에 내려앉았다. 머지않아 이슬이 그 침묵을 갈랐다.

"나 좋아해요?"

"……"

"아닌가."

재오의 증상은 누군가를 좋아할 때 생기는 거고, 이슬도 한 번 진하게 겪었었다. 현재도 그런 증상이 시작된 상태다. 그 대상은 당연히 눈앞에 있는 이 사람이다. 그의 증상은 자신의 증상과 같은데 지금껏 알던 그의 모습과는 판이하게 달라 확신하지 못했다. 그런데 또 요즘 그의 태도를 보면 좋아하는 것도 같다. 대체 뭘까, 그의 진심은? 헷갈린다.

"이런 거 간지럽다."

재오는 대답을 회피했다. 그래서 그의 진심을 들을 수 있을 거란 기대가 꺾였다. 재오가 제 품으로 이슬을 완전히 끌어당겼다. 그의 뜨거운 가슴에 얼굴이 닿았다. 한참을 망설이다 그의 허리에 팔을 둘렀다. 기분이 묘했다.

코끝에 장미향이 은은하게 났다. 침대 옆 콘솔 위에 크리스털 화병에 장미꽃이 꽂혀 있기 때문이다. 이슬은 일어나자마자 화병을 구해와 재오에게서 받은 꽃다발을 그곳에 꽂아 두었다. 덕분에 침실이 화사해졌다. 향기 또한 싱그러워 신혼부부의 침실다웠다.

이슬은 출근을 하고 없었다. 재오는 침대에 걸터앉아 책을 읽으며 여유로운 시간을 보냈다. 문득 그녀의 흉터가 떠올랐다. 그 흉터에는 어떤 사연이 있는 건지, 몹시 궁금했다. 어제 슬쩍 떠봤을 때의 반응을 봐서는 꽤 깊은 사연 같았다. 말하기 어려워 하는 사람에게 굳이 억지로 답을 들으려할 수는 없는 노릇이니 더 물을 수 없었다.

아무래도 측근이면 그 흉터에 대해 알지 않을까. 물어볼 만한 사람을 곰곰이 따져 봤다. 안석호에게는 딱히 묻고 싶지 않으니 일찍부터 걸렀다. 그녀의 친구 중 찬미가 가장 친해 보이던데 그 사람이라면 사연을 알지 않을까. 휴대폰을 꺼내 전화부를 뒤지는데 찬미의 연락처가 없다. 이럴 줄 알았으면 미리 알아 두는 건데. 회사원이라는 건 알지만 어느 회사에서 일하는지도 모르니 찾아갈 수도 없다.

"빌어먹을."

궁금한데 물어볼 사람이 없다. 결국 안석호에게 가서 물어야 하는 건가. 묻는다고 해서 대답을 해 줄지도 미지수인데 모험을 해야 하는 것인가.

"출근이나 해야겠다."

재오가 책을 덮어 콘솔 위에 올려 두고 침대에서 내려왔다. 슈트를 갖춰 입고 방을 나왔다. 현관으로 가던 도중 주방에서 나오는 진원과 맞닥뜨렸다. 평소라면 신경 쓰고 싶지 않겠지만 지금은 상황이 다르다. 저 사람이라면 흉터에 대해 알고 있지 않을까? 그래도 안석호에게 묻는 것보다 진원에게 묻는 게 낫겠지.

"뚫어져라 쳐다보는 이유는?"

너무 빤히 응시했나 보다. 시선이 따갑다 느낀 진원이 먼저 말을 걸어 왔다.

"혹시 제 와이프 흉터에 대해 아시는 게 있습니까?"

흉터에 대해 잘 알고 있다면 이 정도만 얘기해도 알아들으리라 예측했다. 진원의 눈썹이 꿈틀거렸다. 단번에 알아차린 표정이다.

"아십니까?"

"그건 왜 묻지?"

꼭 물으면 안 될 것을 물었다는 느낌에 당혹스럽다. 대체 얼마나 대단한 사연이 담긴 흉터기에 그렇지?

"심각한 일입니까?"

"글쎄. 과거에는 그랬다지만 지금은 잘 모르겠네. 근데 그 상처는 어떻게 봤나?"

옷을 벗지 않으면 볼 수 없는 상처다. 그 흉터에 묻는 것을 보니 이슬이 재오 앞에서 옷을 벗었다는 뜻인데 설마 잠자리를 가진 건 아니겠지? 진원은 불안해진 얼굴로 재오를 주시했다.

"설마 이슬이 옷을 벗긴 건 아니겠지?"

"그건 저희 부부의 지극히 사적인 부분이라 말씀드릴 수 없습니다."

"하……. 그래? 그렇단 말이지."

진원이 왜 짜증스럽다는 듯 반응하는지는 모르겠다. 보통 오빠라면 여동생의 부부 생활을 캐묻지는 않을 텐데. 아무래도 이 사람은 평범한 경우는 아닌 것 같아 기분이 몹시 언짢았다. 흉터에 대해 물어볼 사람을 잘못 선택했다는 판단이 섰다. 재오가 진원에게 등을 보이며 현관으

272

로 가려 했다.

"첫사랑과 관련된 흉터야."

등 뒤로 들려오는 진원의 목소리에 재오의 발이 우뚝 멈췄다. 예상하지 못한 이유라 상당히 당황스럽다. 재오의 동공이 불길한 예감에 세차게 요동쳤다.

"흉터가 그거 하나뿐이 아닌데 알고 있나? 아마 모를 걸세. 또 다른 흉터는 이미 다 아물어서 자국조차 남지 않았으니. 근데 이슬이 마음에서는 여전히 아물지 않았을지도 모르지."

결혼 전에 연애를 한 번도 안 했을 거라는 생각은 안 했다. 이슬의 과거에 대해서는 건드릴 생각이 없었다. 그건 이미 자신과 결혼을 하기 이전에 벌어졌던 일들이고 다 지나갔으니 신경 쓸 이유가 없다. 하지만 그녀가 아직 잊지 못한 사람이 있다면 그건 얘기가 달라진다.

가슴 쪽에 난 상처는 그래도 육안으로 확인이 가능해서 다행이지, 그녀의 마음속은 확인이 불가능하니 더 무서운 것이다. 과거의 사람이 그녀의 가슴에 얼마나 깊고 진하게 뿌리박아 있는지, 상상조차 할 수 없다. 갑자기 미친 듯이 불안해졌다.

"감당 못 할 거면, 이혼해."

수렁 같은 상념에 빠져 헤엄치는 중이라 몇 걸음 뒤에 있는 진원의 말소리가 희미하게 들렸다. 재오가 넋을 차리고 그를 쳐다봤다.

"뭐라고 하셨어요?"

"아니. 아무 말도 안 했네."

분명 무슨 말을 했던 것으로 아는데 발뺌을 하는 진원의 행동이 미심쩍다. 아예 말소리를 못 들은 건 아닌데 대체 왜 아무 말도 안 했다고 거짓말을 하는 건지 수상한 기분을 지울 수 없었다.

"더는 말해 줄 수 없으니 묻지 말게. 혹시라도 이슬이에게 물을 생각이라면 당장 그만두고."

진원은 경고를 날리고 제 방으로 사라졌다. 그가 정신을 흩트리고 가 버려 정신이 산란했다. 생각들이 어지럽게 꼬여 머리가 지끈거렸다.

어쩐지 가슴이 욱신거려 짙은 숨을 토해 냈다. 쑤셔 오는 통증이 버거워 한동안 못 박힌 듯 서 있다 겨우 걸음을 내딛었다.

주차장에 세워진 차에 가 운전석에 앉았지만 운전대를 잡을 수 없었다. 점차 극심해져 가는 두통과 가슴 통증에 호흡이 가빠지고 손이 떨렸다. 창문을 열고 덜덜 떨리는 손으로 조수석 쪽 글러브 박스를 열어 담뱃갑을 꺼냈다.

난잡해진 정신과 통증을 잠재우기 위해 간만에 담배를 물었다. 매캐함이 폐부 깊숙한 곳을 훑자 조금 진정되는 기분이었다. 물론 정상적인 상태로 완벽하게 돌려놓으려면 근본적인 문제를 해결해야 하지만 용기가 나지 않았다.

이슬은 지인에게 뮤지컬 티켓을 받았다. 오늘 저녁 공연이라 갈 수 있는 사람을 구해야 했다. 일단 가장 먼저 생각나는 사람에게 전화를 걸었다. 별로 어려운 말을 해야 하는 것도 아닌데 가슴이 두근거린다.

—흐음. 웬일입니까?

이슬이 먼저 전화하는 경우가 거의 없다 보니 재오가 의외라는 듯 반응했다. 괜히 머쓱했다.

"저기……. 바빠요?"

—아니. 왜요?

"뮤지컬 티켓이 생겼거든요. 오늘 저녁 공연인데 같이 갈 수 있으면."

—갈게요.

질문을 제대로 하지 않았는데 재오는 벌써 대답을 해 버렸다.

"네?"

—어디로 몇 시까지 가면 됩니까?

이렇게 빨리 대답을 들을 거라고는 예상 못 해 얼떨떨했다. 이슬은 멍하니 눈을 깜빡이다 이내 정신을 차렸다.

"제가 당신 가게로 갈게요."

―내가 갈 테니 내 차로 이동합시다.

"그래요, 그럼."

통화를 마치고 전신거울 앞에 섰다. 장시간 일을 하느라 화장이 무너져가고 있었다. 다시 하는 것은 무리니 수정만 간단히 했다. 지워진 립스틱을 다시 예쁘게 발랐다. 그때 똑똑 노크 소리가 들리고 문이 열렸다. 손에 서류와 우편을 든 석호가 들어 왔다.

"뭐 해?"

이슬이 석호를 쳐다보며 입술을 쭉 내밀었다. 그녀의 행동에 그가 깜짝 놀랐다.

"내 입술 어때?"

"뭐?"

"촉촉해 보여?"

"어, 뭐……."

석호는 얼굴이 화끈거렸다. 붉어지려는 얼굴을 들킬까 얼른 시선을 회피하고 들고 들어온 것들은 이슬의 책상에 올려 두었다.

"키스하고 싶어?"

"켁. 뭐?"

석호가 적잖이 놀랐다. 그의 반응에 오히려 이슬이 더 당황했다.

"왜 그렇게 놀라?"

"갑자기 이상한 걸 물으니까 그렇지."

"아니. 내가 주변에 남자라곤 너하고 진원 오빠뿐이잖아."

아빠는 나이 차이가 있으니 제외하면 주변의 남자는 석호와 진원이 전부다.

"네 남편도 있잖아."

"그렇지. 근데 그 남자한테 잘 보이려고 그러는 건데 직접 물어보기는 그렇잖아? 그 남자한테 입술 내밀면서 촉촉하냐고, 키스하고 싶냐고 물을 수는 없으니까. 너한테 조언을 구하는 거지. 남자 입장에서 내 입술은 어떤 느낌인지. 왜 키스를 부르는 입술이 있잖아."

재오에게 직접 묻는다면 그는 어떤 표정을 하려나? 조금은 궁금하기도 하다. 뭐 잘못 먹었냐는 얼굴로 쳐다보지나 않을지.

"별걸 다 묻는다. 너 좀 이상해."

"이상해도 할 수 없어."

이슬이 폐부 깊숙한 곳에서 끌어낸 한숨을 내쉬었다. 그녀의 한숨에 석호는 땅이 꺼지는 줄 알았다.

"뭔 소리야."

"심경의 변화가 생겼다는 소리 아니겠니. 하기야 석호 넌 아직 결혼을 안 해서 모를 거야. 너도 좋은 짝 찾아서 결혼해."

확실히 이슬은 결혼 전과 많이 달라졌다. 심경의 변화가 생기긴 했나 보다. 그런 이유에는 아마 재오가 해당되겠지.

"너 무슨 아지매 같은 소릴 하고 있어."

"유부녀니까 아지매지."

"신혼이면서 오버한다."

석호는 말을 하면서도 씁쓸했다.

"하긴 애를 낳고 그래야 완전한 아줌마가 되는 거지. 그렇지? 아직 나 반짝반짝하지?"

"그래, 너 아직도 반짝반짝해."

결혼하지 않은 여자처럼, 여전히 눈부신 청춘 같아서 탐스럽다. 길을 지나던 웬만한 남자들이 한 번씩 돌아볼 만큼, 그녀는 여전히 아름답다.

"입술도 촉촉하고? 막 키스하고 싶을 만큼?"

석호는 이슬의 눈을 제대로 마주치지 못한 채 고개를 끄덕였다.

"이런데도 키스 안 하면 어쩌지? 내가 해 버려야 하나?"

"……너 들떠 보인다."

"알아, 나도. 뮤지컬 보러 가는 것뿐인데도 설레네."

간지럽고 따끔따끔한 감정이 풀썩거리는 가슴에 정신이 없다. 수선을 떠는 마음을 다독이는데 대표실 문이 열렸다.

재오가 들어오려다 석호와 이슬이 마주 보고 있는 장면에 주춤했다. 매장 구석에 마련된 대표실은 남녀 둘이 있기에는 협소한 공간이다. 이런 장소에 석호와 이슬이 같이 있었다니 재오는 심기가 불편했다. 그가 석호를 매섭게 쳐다봤다.

"아, 저는 그럼 나가 보겠습니다."

석호가 재오를 지나쳐 황급히 자리를 피해 주었다.

"우리도 나갈까요?"

"잠깐만."

재오가 대표실 문을 닫았다. 의도를 몰라 의아한 이슬에게로 그가 성큼 다가왔다.

"여기 너무 비좁다."

"네?"

재오가 더 다가오는 바람에 이슬의 몸이 책상에 가로막혔다. 뒤로 물러날 공간이 없어 꼼짝없이 그와 몸이 밀착하고 말았다. 그가 두 팔을 뻗어 책상을 짚었다.

"바깥이 보이도록 투명한 유리벽으로 하는 게 어때요?"

"왜요?"

"안석호가 당신에게 무슨 짓을 할지 모르잖아요."

"지금은 당신이 무슨 짓을 할 것 같은데요?"

재오가 의미심장한 분위기를 띠며 빙그레 웃었다.

"어떻게 알았지?"

순간 심장이 바닥에 쿵하고 떨어지는 느낌이 들었다. 긴장한 기색이 고스란히 드러난 이슬의 얼굴을 응시하며 입술을 노렸다.

"이렇게 빨리 이뤄질 줄은 몰랐는데."

"무슨 말입니까?"

"있어요, 그런 게."

"궁금하군요. 그런 게 뭔지."

재오의 낮은 음성이 입술을 간질였다. 이윽고 입술 위로 그의 숨결이 번졌다. 입술을 감쳐물며 고개를 틀었다. 더 깊게 파고들었고, 이슬은 방어하지 않았다. 그는 분명 방어할 틈을 줬다. 하지만 그 기회를 걷어찼다. 이런 좋은 키스를 왜 거부해. 바보가 아니고서 이런 짜릿하고 황홀한 키스를 밀어낼 사람은 없을 거다.

그는 순식간에 온 마음을 흔들고 뜨거운 열기를 퍼뜨렸다. 그가 살짝 입술을 뗐다. 이마를 맞댄 채 그가 조금 거칠어진 호흡을 흘리며 말했다.

"아니다. 유리벽은 안 되겠다."

"갑자기 왜 마음이 바뀌었는데요?"

이슬의 목소리에 웃음이 사르르 녹아 있었다.

"여기서 하는 키스, 되게 스릴감 넘쳐서 좋습니다."

"아, 뭐야. 고작 그런 이유라니."

"고작이라니. 나는 좋아서 미쳐 버리겠습니다. 그러니까 당신은 별로다 이거군요?"

이슬의 동공이 가늘게 떨리더니 이내 고개를 숙였다. 별로일 수 없잖아. 짜릿하고 달콤한 이 키스가 어찌 좋지 않을 수가 있겠어. 사실대로 말하지 못 하는 건 그저 창피해서인데 재오가 오해하면 어쩌지. 다른 이유로 마음이 애달프다.

"방어 안 하기에 당신도 좋아서 그런 줄 알았는데. 내가 착각했나요?"

재오가 한 발자국 뒤로 물러났다. 고개를 들자 실망한 얼굴이 시야에 드리웠다. 이슬이 냉큼 그의 팔을 붙잡았다. 더 멀어지지 못 하게 꽉 붙들었다.

"무슨 의미인지 헷갈려요. 말로 할 수는 없습니깐?"

"……좋아요, 나도."

특별할 것 없는 대답인데도 왜 이리 가슴이 떨리는지. 이유는 아마도 아내를 좋아하게 됐기 때문이겠지. 대답 후 쑥스러워 뺨을 붉힌 채 몸 둘 바를 모르는 그녀가 왜 이리 예쁜지. 이유는 아마도.

"내가 좋아하게 됐기 때문이겠지, 당신을."

재오의 입술 사이로 삐져나온 진심이 이슬에게 고스란히 닿았다. 아무것도 거치지 않은, 온전히 알맹이만 존재하는 그의 마음이 그녀의 심장에 부딪쳤고 굉장한 파동을 일으켰다.

좋아한다는 마음이 이런 거라니. 평생 느껴본 적 없던 감정들이 아내를 만난 순간부터 계속 생겨났다. 그것들은 끊임없이 재오를 못살게 했다. 머리가 아팠고 가슴이 욱신거렸다. 나쁘기만 한 건 아니다. 기분 좋은 설렘에 미친놈처럼 웃음이 새어 나오기도 했다. 사춘기 소년처럼 감성이 예민해지고 심장도 쿵쿵 뛴다. 온통 그녀의 생각으로 머릿속이 꽉 차서 전전긍긍하기도 한다. 미친 게 아니라면 답은 하나다.

"여보……."

재오에게 정통으로 얻어맞은 심장이 얼얼했다. 얼마나 충격이 심하냐면 현기증까지 났다. 넋을 잃은 이슬의 이마에 재오가 입을 맞췄다. 이윽고 입술에도 짧게 입을 맞췄다.

"뮤지컬 보러 가야죠."

이슬이 고개를 끄덕였다. 재오에게 이끌려 가는 동안에도 그녀는 쉽게 진정하지 못했다.

뮤지컬이 끝나고 공연장을 나왔다. 시간이 애매해 저녁 식사를 못하고 공연을 봤던 탓에 배가 고팠다. 공연장 주변에는 딱히 먹을 만한 식당이 없어 차를 타고 이동했다. 술집과 음식점이 밀집한 번화가에 들어섰다. 근처에 있는 공영주차장에 차를 주차하고 내려 거리를 걸었다.

빽빽한 상점들과 수많은 사람들로 인해 복잡한 거리는 밤과 낮의 구분이 없었다. 고개를 들면 까만 밤인데, 정면을 보면 사람들과 불빛들이 그야말로 화려했다.

"다들 좋아 보여요."

이슬은 지나가는 사람들을 눈여겨봤다. 생기가 넘치는 그들을 관찰하는 일이 퍽 재미있다.

"우리도 그래 보일까요?"

재오의 질문에 이슬이 동요했다.

"그러게요. 어색해 보이지 않을까요? 쭉 보니까 다들 스킨십이 장난이 아니네. 길거리인데도 별로 개의치 않나 봐요."

둘만 있을 때는 참 가까워졌다고 생각했는데, 막상 다른 이들과 비교를 해 보니 아직 거리감이 있어 보였다.

"부러워요?"

"네? 아뇨. 뭐 부러운 건 아니고……."

사실은 부러운 마음이 안 드는 건 아니지만 솔직하게 말하지는 못하겠다. 밝히는 여자처럼 보일까 봐 조마조마하기 때문이다.

"왜 계속 솔직하지를 못할까."

덕분에 재오의 타박을 들어야 했다. 표정을 숨기지도 못 하면서 솔직한 마음을 꺼내지 않으려 애를 쓰는 이슬의 태도가 마뜩찮다.

"거짓말을 하고 싶으면 얼굴 표정이나 숨기고 해요."

"티 나요?"

확인을 받는 목소리에 걱정이 묻어났다. 그 모습이 안타깝지만 사실대로 말해 줄 수밖에 없었다.

"납니다. 무지하게."

"나름 숨긴다고 숨기는 건데 왜 그러지?"

숨기고 싶었지만 결국 들키고 말아 속상한지 이슬이 한숨을 내쉬었다.

"숨기지 마요. 적어도 내 앞에서는 솔직해 줬으면 합니다."

"쑥스러워서 그래요. 내 기분, 내 마음, 내 생각. 그런 것들을 꺼내는 게 당신 앞에서는 이상하게 어려워요."

점점 허물어져 가는 벽이 아직도 익숙하지가 않았다. 그렇다고 이전처럼 재오에게 경계심을 드러내는 것은 아니었다. 이제 그녀는 빗장을 열어 그를 받아들이고 있었다. 다만, 그 속도가 빠르지 않을 뿐.

"내가 불편해요? 아직도?"

"아뇨. 예전만큼 그렇지는 않아요. 많이 편해졌어요. 하지만 그런 느낌과는 달리 예전과는 또 다른 느낌이 들어서요."

재오와 있으면 가슴이 두근거리고 기분이 싱숭생숭했다.

이런 느낌은 첫사랑을 좋아했을 때와 비슷했다. 그를 좋아하고 있다는 결론을 내리면서도 참 신기했다. 처음에는 거부하던 남자를 어떻게 좋아하게 돼 버렸을까. 걷던 도중 발견한 일본 라멘 전문점에 들려 식사를 했다. 둘 다 배가 고파서 대화도 없이 허겁지겁 먹었다.

배를 든든히 채우고 나서야 말문이 트였다. 식당을 나와 네온사인으로 가득한 거리를 누비며 여느 연인들처럼 데이트를 즐겼다.

"커피 한잔할까요?"

"좋아요."

의견이 일치해 카페로 자리를 옮겼다. 24시간 운영하는 카페라 꽤 많은 사람들이 있었다. 일단 자리를 잡고 재오는 이슬에게 무엇을 마실지 물었고, 대답을 듣고 나서 주문을 하러 오더카운터로 갔다.

그가 가고 무료해진 그녀는 괜히 휴대폰만 만지작거렸다.

"현이슬?"

낯설지 않은 목소리가 공기에 실려 왔다. 이슬이 휴대폰에서 시선을 떼 정면을 봤다.

"어?"

"맞구나."

"안녕하세요."

이슬을 알아보고 웃으며 다가온 남자는 나형구였다. 그는 그녀의 첫사랑, 정지욱의 절친한 친구로 지욱과의 교제 당시 꽤 자주 봤다. 오랜만에 봐도 얼굴을 단번에 알아보겠다. 그는 그때와 별반 다르지 않았다.

"진짜 오랜만이다. 잘 지냈니?"

"네. 오빠는요?"

"나도 잘 지냈지. 잠깐 앉아도 될까?"

이슬이 카운터 쪽을 봤다. 주문을 하기 위해 줄을 선 재오가 보인다. 사람이 많아 주문을 하고 오려면 시간이 꽤 걸릴 거라 예상한다.

"네. 앉으세요."

허락을 구하고 나서야 형구가 의자를 빼내어 앉았다.

"너 예뻐졌다. 그때보다 훨씬."

"그래요?"

"응."

둘 사이에 잠시 침묵이 맴돌았다. 그 위에 어떤 생각들이 부유하는지 둘 다 깨닫고 있었지만 누구도 쉽게 입을 열지 못했다.

"지욱이 안부는 안 묻네."

"……."

"안 궁금한 거야? 아니면 궁금한데 참는 거야?"

묵직해진 공기에 가슴이 답답하다. 과거 얘기, 특히나 지욱에 관한 것들은 별로 끄집어내고 싶지 않다. 좋지 않은 기억들이니까.

"둘 다 아니에요. 굳이 물을 이유가 없어서 그런 거죠."

"하긴 꽤 많은 시간이 지났지. 5년 됐나?"

5년이면 적지 않은 시간이다. 하지만 고통과 상처가 치유되는 기간과 흘러가는 시간은 결코 비례하지 않는다. 오랜 시간이 지나도 사라지지 않는 고통과 아물지 않는 상처도 있는 법이니까. 상대방의 고통과 상처를 지레 짐작하는 건 과오다.

"네. 그 정도 됐죠. 별로 들추고 싶지 않은 기억이에요."

"너는 그럴지 몰라도 지욱이는 아닐 것 같다. 걔는 아직도 가끔씩 네 생각하던데. 같이 술 마시다 보면 문득 네 얘기 꺼낼 때가 있거든."

지욱은 자신을 떠올릴 자격이 없다. 그 남자가 무슨 자신감으로 자신에 대한 이야기들을 하는지 이슬은 도저히 납득하지 못 하겠다. 솔직히 화가 난다.

"지욱 오빠, 결혼 안 했어요?"

"안 했어."

"저는 했어요. 아시는지 모르겠지만."

"알아. 들었어. 지욱이도 알고 있고. 네 결혼식 가고 싶다고 난리치는 거 겨우 말렸다."

인기척에 고개를 드니 재오가 두 사람의 커피가 놓인 쟁반을 든 채 형구를 내려다보고 있었다. 그도 재오를 올려다보고 눈치껏 자리에서 일어났다.

"제 남편이에요."

"아, 그럼 그만 가 볼게. 다음에 기회 되면 또 보자."

형구가 황급히 자리를 피하려 하는데 재오가 그의 팔을 붙잡았다. 예측 못한 전개에 이슬이 놀라고 말았다.

"당신, 뭔데 내 아내에게 또 보자는 거지?"

거슬리는 사람이 한둘이 아니다. 이 인간은 또 뭐냐고.

"난 현이슬의 선배입니다. 오랜만에 마주쳐서 반가운 마음에 실례를 범했네요."

거짓말을 하는 것 같지는 않아 의심을 지우고 형구를 놔주었다. 그가 자리를 벗어났다.

재오가 쟁반을 테이블에 내리며 의자에 앉았다. 이슬은 애써 웃어 보이려 하지만 잘 되지 않았다. 조금 전 형구가 멋대로 꺼내 놓고 간 이야기에 기분이 좋지 않았다.

"뭐예요?"

"네?"

"방금 저 사람이 무슨 말 했어요?"

이슬이 재오의 눈을 피하며 고개를 가로저었다.

"아뇨."

"얼굴에 티 난다고 했는데."

저음으로 나무라는 재오의 앞에서 이슬은 좀처럼 고개를 들지 못했다. 그가 지금 제일 화가 나는 건, 죄 지은 사람처럼 앉아 있는 그녀의 모습이다. 그 모습을 가여워서 가만히 지켜볼 수가 없었다. 슬며시 테이블 위에 오른 그녀의 손을 잡았다. 그러자 그녀의 시선이 그에게 닿았다.

"괜찮아요?"

재오의 다정한 목소리가 이슬의 상처를 어루만졌다.

"내가 당신을 진짜 좋아하긴 하나 보네."

이슬은 재오와 눈을 맞춘 채 그의 이야기에 귀를 기울였다.

"아파하는 당신 보는 거. 속상합니다."

"……재오 씨. 미안해요."

"아니. 나한테 사과할 일은 아닙니다."

사과할 일이 아니라고는 하지만 이슬의 입장에서는 충분히 미안한 일이었다. 과거의 일로 인해 사람에 대한 불신이 생긴 저를 아내로 맞이하고 사느라 마음고생 했을 테니까.

"내게 얘기하지 않아도 되지만, 혹시 털어놓고 싶은 고민이 있다면 뭐든 말해도 좋아요. 혼자 끌어안고 있는 것보다 같이 나누는 게 훨씬 덜 아플 테니까."

이 사람은 예상하지 못한 순간에 가슴 깊숙한 곳을 훅 치고 들어와 정신 못 차리게 만드는 재주가 있다.

"아, 강요하는 건 아니니 오해 말아요. 어디까지나 당신 선택입니다."

함께 지내는 날들이 쌓여갈수록 그를 믿고 의지하게 되는 저를 자각한다.

"제 첫사랑에 관한 얘기인데도……, 괜찮을까요?"

"뭐든 좋아요, 난."

흉터에 관련된 얘기도 들을 수 있을지 모른다는 예감에 재오의 마음이 묵직해졌다. 그가 찻잔을 만지작거리며 초조한 마음을 다독였다.

"아까 그 사람, 첫사랑의 친구예요. 첫사랑이랑 헤어지고 나서 처음 보는 거거든요."

"그랬군요."

"제가 살면서 연애를 딱 한 번 해 봤는데요. 그 유일한 연애의 주인공이 바로 제 첫사랑이에요."

이슬은 찻잔을 만지작거리며 천천히 제 이야기를 털어놓았다.

"5년이라는 기간 동안 연애했고 어느 순간부터는 좋아하는 마음보다는 의리, 책임감……. 그런 것들의 무게가 더 늘어나기 시작했죠. 아마 오빠도 그랬을 거예요."

이슬에게 첫사랑이라는 남자가 생각했던 것보다 더 특별한 존재였음을 느껴졌다. 그녀의 인생에 딱 한 번의 연애였고 5년이라는 꽤 긴 시간 동안 만나며 온갖 감정을 공유하고 무수히 많은 시간들을 거쳤으니 첫사랑의 존재가 무겁지 않을 수는 없었다.

그녀의 가슴에 그 남자는 지금도 아주 많은 공간을 차지하고 있을지도 모른다는 생각에 가슴이 시큰거렸다. 그녀에게 자신은 현재 어떤 존재일까, 어떤 존재감으로 각인되어 있을까. 문득 궁금했다.

"그 사람이랑 나는 끝이 안 좋았어요. 그 사람이 다른 여자가 생겼다며 헤어지자고 하더군요. 믿을 수 없었죠. 처음에는 믿지 않았어요."

계속 말을 이어 가는 이슬의 얼굴이 차츰 어두워져 갔다. 아마도 과거의 그날들을 회상하고 있을 테다.

"적어도 그 사람은 배신하지 않을 거라 굳게 믿었는데, 그런 저의 믿음을 와장창 깨부수었고, 그동안 사랑을 나누었던 시간들을 모두 의미 없게 만들었죠. 크게 실망했어요."

재오는 자신이 없는 그녀의 과거를 깨부수고 싶었다. 그녀의 첫사랑에게 질투하고 있었다. 그녀의 첫사랑이 너무나도 부러웠다. 그 자리에 제가 있었다면 얼마나 좋았을까, 하는 터무니없는 욕심도 치밀었다.

"실망뿐이겠어요? 저에게는 엄청난 상처였죠. 많이 울었어요. 진짜 아팠거든요."

오랜 시간 동안 가슴에서 썩어 가던 상처를 꺼내는 게 쉽지는 않았다.

"그 사람이 그러더라고요. 제가 돈이 많아서, 그래서 좋았다고."

하지만 잠자코 듣고 있어 주는 재오의 태도는 쉽지 않을 일도 할 수 있게 만들었다.

"어떻게 그런 말을 할 수가 있어요? 그게 진짜 마음이라도 꺼내지 말지. 왜 꺼내서 저를 엉망으로 만드느냔 말이에요."

한 번도 본 적 없는 이슬의 첫사랑을 증오한다. 왜 그녀를 아프게 하고, 그녀를 힘들게 했냐고 멱살을 쥐고 마구잡이로 흔들고 싶었다. 당신은 대체 뭔데 그녀에게 지우지 힘든 아픔을 주고 떠나서, 자신을 거슬리게 하는 거냐고. 재오는 그 남자를 붙들고 따져 묻고 싶었다.

"얼마나 괴로웠는데. 믿었던 사람의 배반에 제정신이 아니었어요."

이슬은 어두운 저의 얘기를 귀 기울여 들어 주는 재오에게 진심으로 고마웠다.

"죽고 싶어서 손목을 그으려는 저를 진원 오빠가 발견하고 말리려 들었어요. 그으려는 나와 막으려는 오빠의 다툼이 있었고 그러다 가슴을 긋게 됐죠."

이슬은 꽤 버거운지 잠시 이야기를 멈추고 가쁘게 호흡했다. 그녀는 차를 한모금 마신 뒤, 다시 말을 이어 나갔다.

"손목에는 상처가 살짝 났는데 정작 예상에 없던 가슴 쪽에는 깊은 상처가 났던 거죠. 아직까지 흉터가 남을 만큼. 당신이 봤던, 궁금해 하던, 그 흉터. 그게 그 흉터예요."

이슬의 이야기를 들으면 들을수록 재오의 마음은 딱 한 가지로 굳어졌다. 그녀에게서 과거를, 첫사랑이라는 존재를 도려내 버리고 싶었다.

그래서 그녀의 아픔을 사라지게 해 주고 싶었다.

채선에게서 바비큐 파티에 참석하라는 통보를 받았다. 그녀는 바쁘면 안 와도 된다는 말도 덧붙였다. 가족끼리 오붓하게 식사를 할 수 있는 자리라니 당연히 빠질 수는 없다는 이슬의 뜻과 결혼 전 연례행사처럼 자주 가족끼리 조촐하게 바비큐 파티를 해 온 탓에 지겹기도 하고 성가셔서 가지 말자는 재오의 뜻이 대립했다.

채선이 오늘 오후 6시부터 바비큐 파티를 시작하겠다고 알렸다. 그리고 지금은 5시 50분이다.

"벌써 5시 50분이에요. 어머님이 6시부터 시작한다고 했단 말이에요. 지금 가도 늦을 텐데."

바비큐 파티에 갈 생각에 종일 들떠 있던 이슬은 재오를 설득하기 위해 그의 레스토랑까지 직접 찾아왔다. 그도 슬슬 그녀의 수고로움이 안쓰러워지고 있었다.

"그렇게 가고 싶어요?"

가족들끼리 시간을 보내는 데에 즐거움을 느끼는 채선의 뜻을 따라 바비큐 파티나, 가족끼리 여행을 가는 일이 빈번했다. 반면에 아버지, 표 사장은 채선과는 달리 가족들과 시간을 보내는 일을 번거로워했다.

그래서 언제부턴가 참석하지 않으셨다. 채선은 그런 남편에게 서운해 했던 적도 있었지만 지금은 그러려니 하고 넘어가곤 했다.

"네."

이슬의 초롱초롱한 눈이 정말 가고 싶다며 애원했다.

"그런 게 왜 가고 싶지? 별로 재미도 없는데."

"저희 집은 그런 걸 잘 안 해요. 꼭 해 보고 싶어요."

"음."

이렇게 가고 싶어 하는데 귀찮아도 같이 가 줄까? 이슬의 설득이 효력을 발휘하기 시작했다. 재오는 이미 반쯤 그녀의 뜻에 넘어간 상태다. 하지만 어쩐지 바로 들어주고 싶지 않았다. 조금 더 그녀를 놀려 볼까?

"좋아요. 갑시다."

"정말요?"

생각보다 쉽게 넘어온 재오에 이슬이 속으로 쾌재를 불렀다. 그녀의 성급한 엉덩이가 소파에서 떨어졌다. 그는 아내의 잘록한 등허리와 탱탱한 엉덩이의 아찔한 굴곡을 지그시 응시했다. 생김새는 섹시하지만 바비큐 파티에 간다고 들떠 있어 귀엽게 느껴졌다.

"대신."

끝난 줄 알았던 재오의 말이 엿가락처럼 쭉 늘어나자 몸을 곧게 세운 이슬이 의아한 눈으로 그를 빤히 봤다.

"애교 좀 부려 봐요."

"네?"

어쩐지 너무 간단히 넘어온다 했다. 그 뒤에 짓궂은 꿍꿍이를 숨기고 있었구나. 이슬의 입술 끝이 가늘게 떨렸다.

"저 그런 거 못해요."

"못하는 게 어디 있어요. 장인어른이나 형님에게 하듯이 하면 됩니다. 잘하더구만, 왜."

난데없는 애교 요구에 이슬이 난처한 얼굴을 했다. 짜증이 나는지 핸드백을 쥔 손에 힘이 잔뜩 들어갔다.

"그냥 좀 가 주면 안 돼요?"

"내가 그렇게 쉬운 남자로 보입니까?"

"됐어요. 안 가고 말지."

성격에 안 맞는 애교를 부리느니 차라리 바비큐 파티를 포기하는 게 낫다. 이슬은 신경질을 부리며 홱 돌아서 집무실을 나갔다. 안 할 거라 예상했지만 놀려 주고 싶어서 꺼낸 말인데 너무 심했던 건가 하는 후회가 깃들었다.

재오는 회의감에 빠져 어째야 하나 고민하다 소파에서 일어났다. 그녀를 쫓아나가려고 차 키를 챙겨 문으로 향했다. 아직 손잡이에 손도 대지 않았는데 벌컥 열리는 문에 재오가 화들짝 놀랐다. 가 버렸을 거라 예상한 이슬이 등장했다.

"애교는 도저히 못 하겠어요."

"알았어요. 대신 다른 걸로 대체할게요."

"다른 거?"

이어서 그게 뭐냐고 물으려던 재오가 뻣뻣하게 굳었다. 뺨에 닿은 촉촉한 감촉에 놀라고 말았다. 입술의 질감을 완전히 느끼기에는 터무니없이 짧은 순간이지만 여운은 진하게 남았다. 잔잔했던 심장이 금방이라도 그를 집어삼킬 듯 요동치기 시작했다.

"이 정도면 됐죠?"

뺨에 입을 맞추는 일이 이슬에게는 큰 용기였나 보다. 평소의 그녀를 떠올리면 충분히 납득이 간다. 작은 스킨십에도 민감하게 반응하는 그녀니까. 그러면서도 싫어지는 않았지.

서툴고 어설프면서도 더 깊은 감각을 갈망하는 그녀를 알고 있다. 뺨을 붉히며 뒤돌아서려던 그녀를 휙 잡아당기며 문을 닫았다. 닫은 문으로 그녀를 밀치고 두 팔로 양 옆을 막았다.

"아니. 부족해요."

맹렬히 부딪쳐오는 시선에 이슬은 가슴이 홧홧했다. 재오는 보기만 해도 활활 타오르고 있었다. 그의 피부를 만지면 엄청 뜨거울 것 같았다. 정말 어마어마한 시선으로 보고 있구나. 그녀는 그의 눈동자에 갇힌 감정들을 모두 흡수하지 못했다.

그동안 참 건조한 삶을 살아왔다. 지난 사랑에 상처를 입은 뒤로 어떤 이에게도 눈길을 주지 않은 채 살아왔다. 이슬의 가슴속은 바짝 말라 버석하기만 했다. 사막이 있다면 바로 그녀의 가슴이 그럴 것이다.

물기 하나 없는 가슴에 재오는 거대한 불을 마구잡이로 끼얹고 있는 중이다. 이러다 새까맣게 타 버릴까 겁이 난다. 그러나 그는 그 겁조차 저의 불로 태워 버리고 만다. 그는 빨갛다. 혈기왕성한 20대여서 그런 걸까? 아니면 원래 성향이 그런 걸까?

"당신도 부족해 보입니다."

아니라고 해야 하는데. 부족하다고 느끼는 속마음을 보이면 너무 창피하니 부정을 말해야 하는데 뜨거운 눈으로 응시하며 묻는 재오 때문에 숨 쉬기 버거워 대답도 하지 못 하겠다. 그가 내뿜는 열기에 온몸이 뜨겁다 못해 심지어는 가슴까지 더웠다. 조금 전까지 에어컨을 가동한 덕에 실내 공기는 시원한 편인데도 그의 열기를 식히지 못한다.

"뽀뽀는 너무 시시해."

가라앉은 음성과 짙은 숨을 함께 밀어내며 입술을 만져오는 재오에 이슬은 정신이 아득했다. 아직 키스를 하지도 않았는데 벌써부터 저릿한 감각이 스멀스멀 기어오른다. 이럴 수도 있나?

"난 진한 쪽을 좋아합니다."

벌써부터 풀린 눈에 나른한 숨까지 내쉬는 이슬을 보자 더 이상 견디기 힘들어 입술을 포갰다. 각도를 틀며 즉시 입술 사이로 파고들었다. 이미 눈빛만으로도 달아오른 그녀의 입술은 재오에게 더없이 순종적이었다. 그가 더욱 몸을 밀착하며 더 깊게 키스했다. 농밀한 키스에 정신을 잃을 것만 같았다. 그녀는 버티기 힘든지 그의 팔을 꽉 잡아 왔다.

재오의 입술은 주인을 닮아 제멋대로에 끈질기기까지 했다. 사람이

20대여서 그런지 혀도 젊은가 보다. 아주 난리가 났다. 입안에서 물 만난 고기처럼 헤엄치는 그의 혀에 이슬은 옴짝달싹 못한 채 이리저리 휩쓸리는 중이다.

이 남자, 대체 얼마나 많은 키스를 해 왔던 거야? 그런 의심이 들 수밖에 없을 정도로 테크닉이 아주 화려했다. 그에 비해 그녀는 초보 수준이었다. 그의 페이스를 따라가지 못한 채 버거워 했다.

입술을 사탕 빨 듯 쪽쪽거리는 재오는 마치 정신까지 모조리 마셔 버릴 기세였다. 나는 사탕이 아니란 말이다. 이슬은 속으로 외쳤지만 그에게 들릴 리 없다. 바짝 긴장해 있는데 그가 입술을 떼고 미끈하게 웃었다. 그게 미치게 섹시했다. 만약 여기 백 명의 여자가 있었다면 모두 쓰러뜨릴 효력을 가진 미소다.

"키스 많이 안 해 봤죠?"

키스를 해 보면 경험의 정도까지 파악이 가능한가 보다. 그게 놀랍고 신기했다. 이 나이 먹도록 키스도 많이 안 해 봤다는 사실이 어쩐지 창피해 대답을 하지 않았다. 그동안은 별생각 없이 살았는데 이제 와서 그게 후회가 됐다.

"그러는 재오 씨는 엄청 많이 해 봤나 보죠?"

재오는 긍정도 부정도 하지 않았다. 다만, 그저 눈웃음을 칠 뿐이다. 그게 또 지독히 섹시하다. 이 남자라면 자신의 미소가 얼마나 강력한지 뻔히 알고 있을 거다. 천상천하 유아독존, 표재오 씨께서 오죽할까. 결혼하고 나서 본래의 성격을 많이 죽였겠지.

"엄청 화려하네요?"

"내 키스가?"

"흠!"

뭐라고 면박을 주고 싶어 먼저 말을 걸었는데 오히려 반격을 당하고 있는 상황이 이슬을 긴장시켰다.

"좋았나 봅니다?"

"아뇨! 그럴 리가 있겠어요?"

말은 이렇게 했지만 실은 좋아서 정신을 잃을 뻔했다. 키스 도중에 이성의 끈이 바삭 끊어져 하마터면 모든 것을 허락할 뻔했음을 절대 말하지 않을 것이다.

"좋았던 것 같은데?"

"아닌데?"

"갑자기 반말을 막 하네."

이슬이 재오를 흘기며 대답했다.

"당신이 가끔 잊나 본데 내가 나이 더 많거든요."

"근데 왜 키스 경험이……."

그래, 서른이 다 되도록 손에 꼽힐 정도로 키스 경험이 많지가 않다. 그게 뭐? 그게 어떻다고 놀리는 투로 그러는 거야? 이슬은 발끈했다.

"없다고 안 했거든요? 이거 왜 이래요!"

"역시 굶었어."

"왜 그게 그런 쪽으로 되는 건데요?"

억울하지만 반박불가다. 그게 더 짜증이 난다.

"걱정 마요. 이 서방님이 하나씩 천천히 가르쳐 줄 테니까. 모르면 알려 주면 되지. 안 그렇습니까?"

"흥! 웃겨!"

그래, 많이 해 봤다 이거지? 결혼 전, 여성 편력이 어찌나 화려하셨는지. 여기저기 소문 안 난 곳이 없을 정도니 오죽할까. 그러니 키스도 잘하는 거겠지. 그럼 잠자리도 잘할까? 생각이 멋대로 가지치기를 하다가 야한 상상까지 하게 됐고, 그런 저를 자각한 이슬이 흠칫 놀랐다. 고개를 설레설레 저었다.

"아, 그리고 반말하고 싶으면 해도 됩니다. 당신 말처럼 내가 연하니 굳이 꼬박 꼬박 존댓말 하지 않아도 괜찮아요. 결혼 전만 해도 막 대했잖아? 그러니 별스럽게 생각하지 않을게요."

"그땐, 진짜 결혼할 줄 몰라서 그랬죠. 그리고 당신이 무례했잖아요."

재오가 이슬의 말에 쉽게 수긍했다.

"그렇지. 내가 결혼 후 성질 많이 죽였지."

"그건 나도 마찬가지거든요."

"그러니까 원래대로 해도 괜찮다는 뜻입니다."

너무 불편하게 여기지 않아도 괜찮았다. 재오는 부부 사이라도 격식을 차리지 않아도 괜찮다고 생각한다. 하지만 재오와 다른 견해를 갖고 있는 이슬이 차분히 자신의 생각을 말했다.

"그건 제가 싫어요. 결혼을 안 했으면 모를까, 이제 당신은 내 남편이니까 그만큼 존중해 주고 싶어요. 안에서 대접을 받아야 밖에서도 좋은 대우를 받는다고 생각하거든요."

함께할수록 참 좋은 여자라는 느낌을 받는다. 이슬과 있을 때는 따뜻한 기운이 감도는 것을 깨닫는다. 그게 참 포근하다.

"그 말, 좀 설렌다."

"설레라고 한 소리 아니니까 그 눈빛 좀 어떻게 해 봐요."

포근한 여자와 뜨거운 남자. 두 사람의 온도 차이가 확연히 다르다. 그래도 차갑지 않다는 게 어디 인가?

"내 눈빛이 어떻다는 겁니까?"

"완전 불길이거든요? 금방이라도 날 삼켜 버릴까 무서워요."

저와 기온 자체가 다른 재오를 마주할 때마다 깜짝 놀란다. 어떻게 사람이 이리도 뜨거울 수 있단 말인가?

"내가 좀 뜨겁죠? 근데 제어가 안 됩니다. 아무래도 자제력을 담당하는 기능이 고장났나 봐요."

"그런 말을 어떻게 아무렇지 않게 할 수가 있어요?"

"느끼했어요?"

느끼하지 않았다. 오히려 가슴이 쿵쿵 뛸 정도로 설레었다. 이슬의 뺨이 발그레해졌다.

"아니 뭐, 그런 건 아니구……."

싫어하지 않아서 다행이다. 재오가 시원스레 웃었다. 그가 이슬의 손을 잡아 왔다.

"갑시다."

"어디?"

요동치는 가슴에 사고가 오류 상태였다. 어디를 가자는지 알아듣지를 못했다. 재오가 또 섹시하게 웃으며 슬며시 말했다.

"바비큐 파티."

말투가 어찌나 근사한지, 이슬의 심금을 휘저었다.

"어머니, 저희 왔어요."

"어서 와라."

도착했을 때 이미 바비큐 파티가 진행 중이었다. 채선과 나리, 두 모녀가 오붓하게 시간을 보내고 있었다.

"언니! 안 오는 줄 알았어요."

나리가 이슬을 버선발로 나와 환영했다. 살갑게 팔짱을 껴오며 이슬에게 애교를 부렸다. 나리는 시누이라기보다는 여동생 같은 느낌이다.

"너무 늦었죠."

"아니에요. 엄마랑 이제 막 고기 먹는 중이었는데요, 뭐. 둘이만 먹으려니까 썰렁했는데 이제야 좀 북적북적하네요. 그치, 엄마?"

"그러게 말이다. 이리 와서 앉아라. 나리, 네가 이쪽으로 와."

마주 앉아 있던 나리에게 채선이 제 옆으로 오라 일렀다. 하지만 나리는 그게 마음에 안 드는지 입을 샐쭉거렸다.

"난 언니랑 앉고 싶은데."

이슬에게 몸을 치대며 나리가 슬며시 재오를 봤다. 그의 언짢은 표정에 나리가 시무룩해졌다.

"언니, 나랑 앉아요. 네?"

저게 아주 꼬리를 살살 치네. 나리를 쳐다보는 재오의 눈이 그렇게 말하고 있었다. 나리는 개의치 않고 이슬에게 애교를 부렸다. 그러자 이슬이 살살 녹았다.

"그래요. 같이 앉아요."

나리가 쾌재를 부르며 재오를 봤다. 인상 쓴 그에게 혀를 날름 내밀어 보이더니 이슬의 옆에 찰싹 붙어 앉았다.

"언니. 오빠가 질투하나 봐요."

"질투? 뭘를요?"

"제가 언니랑 있으면 되게 성질을 내더라고요."

"입 안 다무냐?"

재오가 채선의 옆에 앉으며 대각선에 있는 나리에게 위압적인 목소리로 타박했다. 나리는 굴하지 않았다.

"저봐요. 승질 내잖아요."

나리는 엄마라는 든든한 아군까지 있으니 더욱 의기양양했다.

"또 까분다."

"그러니까 뭐야, 우리 아들이랑 딸이랑 이슬이를 두고 경쟁하는 거구나?"

"엄마는 또 왜 쟤 얘기에 장단을 맞춰?"

재오가 불만을 제기했다.

"이 엄마가 봐도 그런 분위기인데?"

"엄마가 봐도 그렇지? 오빠가 나랑 언니 사이 질투하는 것 같지?"

"후, 이 여자들이 진짜."

세 여자의 틈바구니에 있으려니 짜증이 이만저만이 아니다. 이슬은 어느새 모녀의 분위기에 휩쓸려 웃고 있다.

"술 없어?"

"재오, 짜증났어? 열 식힐 겸 거실에서 와인 좀 가져올래?"

재오는 채선의 요구에 불평 없이 일어나 집 안으로 들어갔다. 그가 없어도 세 여자는 화기애애한 분위기 속에서 즐겁게 대화를 하며 먹음직스럽게 구워진 고기를 먹었다.

"아가, 결혼 생활은 어떠니? 할 만해?"

"네. 좋아요."

"재오가 잘해 주고?"

"그럼요."

인자한 미소를 띠던 채선의 얼굴에 서서히 그늘이 드리웠다. 이슬도 덩달아 들뜬 마음을 차분히 가라앉혔다.

"난 솔직히 걱정 많이 했다. 내 아들은 내가 잘 알잖니. 대충 눈치챘겠지만 쟤가 지 아빠랑 사이가 안 좋아. 알고 있지?"

"네."

"쟤가 그이한테 아버지라고 다정하게 부른 때가 언젠지도 기억이 안 나."

그러고 보니 재오는 아버지를 줄곧 표 사장이라 칭하곤 했다. 부부로 지내다 보니 표 사장과 재오 사이를 가로 막고 있는 벽이 보였다. 재오는 겉으로는 표 사장에게 철없이 굴지만 실은 제 안에 담긴 감정을 완전히 숨기고 있었다. 얼마나 단단한 철갑을 둘렀는지 그의 가슴에 어떤 감정이 숨어 있는지 조금도 보이지 않았다.

"아버님이랑 재오 씨, 무슨 일 있었던 건가요?"

"나도 잘 모르겠어. 둘 사이에 무슨 일이 있었는지. 어쨌든 무슨 계기가 있었던 건 분명해. 쟤가 지 아빠를 엄청 따르던 애야. 지금으로서는 상상도 안 되지?"

어머니인 채선도 모르는 일이니 재오가 입을 열지 않으면 알 수 없는 사연인 것이다.

"정말요?"

"재오가 가장 존경하는 사람, 그이였어. 그랬던 애가 무슨 심사가 뒤틀렸는지 그이에게서 등을 돌리더니 그때부터 엇나가기 시작했거든."

"그랬군요."

현재의 상황까지 오게 된 사연이 무엇인지 궁금했다.

"결혼 후에도 계속 겉돌면 어쩌나 걱정했는데 마음잡은 것 같아 다행이야. 난 그게 우리 이슬이 덕분이라 생각해. 고맙다, 아가."

채선은 흐뭇한 표정을 지으며 이슬을 바라봤다.

"아니에요. 제가 뭘 했다고."

와인을 가지러 집 안으로 들어갔던 재오가 돌아왔다. 그의 손에는 와인과 잔이 놓인 쟁반이 들려 있었다.

"무슨 얘기 중이었기에 내가 오니 그만둬?"

저의 눈치를 보는 채선과 이슬의 모습에서 심상치 않은 기운을 감지했다. 재오는 두 사람 사이에서 제 얘기가 오갔음을 짐작했다.

"뭐겠어? 오빠 욕이지."

다소 묵직해진 공기를 나리의 쾌활한 목소리가 단번에 깨트렸다.

"보나마나 표나리가 선동했겠지."

재오는 나리의 장단에 맞추며 눈치껏 행동했다.

"왜 보나마나야? 언니가 선동했을 수도 있지? 가슴에 손 올리고 잘 생각해 봐. 평소에 언니한테 잘못한 게 없는지."

일순간 재오가 정색했다.

"너 고기로 맞아 봤냐?"

"아니."

"오늘 한 번 맞아 볼래?"

테이블에 쟁반을 내려놓은 재오가 고기를 손으로 집으려 하자 나리가 흠칫 놀랐다. 채선이 둘을 보며 혀를 끌끌 찼다.

"에휴, 할 수만 있다면 도로 내 배 속으로 넣고 싶다. 아들, 귀한 고기는 놔두고 와인이나 한 잔씩 따라봐."

고기를 집으려다 멈춘 재오의 손이 방향을 틀어 와인 병을 감아쥐었다. 코르크 마개를 따고 세 여자의 잔을 차례로 채웠다.

"청일점이 따라 주는 와인은 얼마나 달콤하려나?"

채선이 콧노래를 부르며 꺼낸 말에 한 사람만 동요했다. 이슬은 재오가 따라 주는 와인이 무척 달콤할 거라 생각했다. 살며시 미소 짓는 그녀의 옆에 똥 씹은 얼굴의 나리가 중얼거렸다.

"나한테 따라 주는 와인은 독약일지도 몰라."

"소원이면, 독 타 주고."

"오빠 맞냐?"

"자, 그만들 싸우고 와인이나 마시자."

채선의 주도 하에 모두 와인 잔을 쥐었다. 바람이 선선히 부는 여름의 저녁, 세 사람과 함께 보내는 이 시간이 이슬은 무척 즐거웠다.

"모두 건강하렴. 뭐니 뭐니 해도 건강이 최고다."

짠, 허공에서 네 개의 잔이 부딪쳤다. 여름의 공기와 함께 마시는 와인은 상당히 달콤했다. 이슬은 끝내주는 와인의 풍미에 홀려 한 잔을 쭉 마셨다.

"와인이 입에 맞나 보구나."

"네, 맛있어요."

채선이 재오의 팔꿈치를 툭 건드리며 이슬의 빈 잔을 턱으로 가리켰다.

"한 잔 더 따라 줘라."

재오가 이슬의 잔에 와인을 따라 줬다. 문득 신혼여행 때가 떠오른다. 그녀가 와인 잔을 놓쳐 자쿠지에 붉은 와인이 쏟아졌었지. 첫 입맞춤을 하기도 했고.

"마시다 또 흘리지 말고."

재오가 슬쩍 던진 말에 이슬도 그날을 상기했다. 곧 그녀의 얼굴이 화끈 달아올랐다.

"뭐야? 무슨 소리야?"

"표나리, 넌 알 거 없어."

"지금 나 견제하는 거야, 오빠?"

"대꾸하기도 귀찮다."

재오가 나리를 성가셔하며 와인을 마셨다. 이슬은 부끄러워하는 얼굴로 재오가 따라 준 와인을 물끄러미 쳐다보다 천천히 들이켰다. 가만히 그 광경을 지켜보던 채선이 입을 열었다.

"2세는 아직 계획 없니?"

켁. 와인을 마시던 이슬이 사례에 들렸다. 그녀가 냅킨으로 입술에 묻은 와인을 닦으며 휘둥그레 뜬 눈으로 채선을 봤다.

"두 사람 닮았으면 얼마나 예쁠꼬. 벌써부터 기대되네."

채선은 예민하게 반응하는 이슬이 귀여워 일부러 놀리듯 말했다.

"엄마는 별말을 다하네."

이슬이 쑥스러워하자 재오가 채선을 단속했다. 그러나 별로 효과는 없었다. 채선은 이미 이슬을 놀리는 데 재미가 들렸으니까.

"아들. 힘 좀 써 봐."

이슬의 얼굴은 데일 듯 뜨겁게 달아올랐다. 정원을 밝히는 조명들로 인해 붉어진 얼굴을 숨기지 못했고, 그런 그녀를 모두가 귀여워했다.

숯불에 구운 돼지고기 목살, 소고기 등심, 새우, 로브스터 등으로 배를 채운 뒤, 술을 마시며 대화를 나눴다. 화제는 주로 채선과 나리가 던졌다. 가끔 이슬이 모르는 이야기도 하곤 했는데, 그녀가 소외감을 느낄까 봐 자세히 설명을 해 주는 모녀의 친절에 외로움을 느낄 틈이 없었다. 웃고 떠드느라 시간 가는 줄을 몰랐다.

재오는 내내 과묵했다. 세 여자의 대화에 끼지 않았지만 지루함을 느낄 새가 없었다. 채선, 나리와 원래 잘 알았던 사람처럼 친근하게 대화를 나누고 공감하고 즐겁게 웃는 이슬을 구경하는 것만으로도 무척 흥미로웠다. 가족이라는 집단에 목말라하는 그녀를 완벽히 느낀 시간이었다. 또 하나 알게 된 건, 그녀는 사람 간의 정에 무른 사람이라는 점. 그게 피부로 느껴지자, 그녀가 짠했다. 미치도록 안아 주고 싶었다.

시간이 늦기도 했고 재오가 술을 마셔서 운전을 할 수 없는 상태여서 결국 시댁에서 하룻밤 자고 가기로 했다.

두 사람은 결혼 전 재오가 쓰던 방에서 자게 됐다. 그의 방에 처음 들어와 봐서 그런지 기분이 묘했다. 그가 이 방을 떠난 지 꽤 됐는데도 그의 체취가 났다. 공기를 순환시키려고 열어 둔 창문 사이로 불어오는 여름밤의 바람과 그의 체취가 섞였다.

이슬은 먼저 씻고 와서 방을 구경했다. 재오는 씻으러 욕실에 갔음에도 불구하고 그의 흔적 속에 파묻혀 있으니 꼭 그와 함께 있는 기분이었다.

"점점 익숙해지나 봐."

재오의 흔적이 이슬을 외롭지 않게 했다. 혼자 있어도 쓸쓸하다는 생각이 들지 않았다. 창문 쪽으로 발걸음을 옮겼다. 창틀에 팔꿈치를 기대고 어둠에 휩싸인 세상을 구경했다. 시원한 바람이 불어와 머릿결을 스치고 지나갔다. 흩날리는 머리카락에서 샴푸 향기가 진하게 났다. 불현듯 양 허리로 파고든 단단한 팔에 심장이 쿵쿵 뛰었다. 곧 어깨에 턱을 괴고 귓가에 숨을 불어넣는 재오의 행동에 짜릿한 감각이 번졌다.

"뭐 해?"

취해서 그런 걸까? 백허그와 물어오는 음성이 상당히 달콤하다. 바람이 부니, 두 사람의 체향과 샴푸의 향이 묘하게 뒤섞였다.

"그냥."

"나 기다렸어요?"

뭐야, 지나치게 달달하잖아. 녹아 버릴 것 같은 기분에 이슬이 긴장하고 말았다.

"취했어요?"

"응."

느른하게 대답하고 뜨거운 숨을 내쉬는 재오로 인해 이슬은 가슴이 더웠다. 조금 전까지는 시원하다고 느꼈는데 그가 안아오니 여름의 한가운데 선 것처럼 열기가 피어올랐다.

"말도 없이 술만 마시더니."

"그랬지."

"지루했죠?"

"생각보다 괜찮았어요."

다행히도 지루하지 않았다. 지겹게 가졌던 가족들과의 시간 중 처음으로 즐거웠다. 이슬이 있어서.

"거짓말. 아까 얼굴에 '나, 지루해 죽겠어'라고 쓰여 있었거든요?"

"난 신경도 안 쓰는 것 같더니 보기는 했어요?"

아예 관심도 없어 보였는데 그래도 지켜보기는 했나 보다. 가슴 한편에 얇게 깔려 있던 섭섭함이 눈 녹듯 녹았다.

"어떻게 신경을 안 써요."

신경을 쓴 이유에 대해 오만 가지 추측을 하다 결국 가장 마음에 드는 방향으로 생각을 마쳤다.

"그 말 되게 많은 상상을 하게 한다."

"별로."

"자꾸 튕길 겁니까?"

"내가 언제 튕겼다구."

"지금도 튕기고 있습니다. 언제까지 솔직하지 못할 생각이죠?"

이슬이 몸을 비틀어 재오를 밀어냈다. 그의 품에서 빠져나와 몸을 돌려 그와 마주섰다. 그의 동공은 술에 취해 풀려 평소보다 배는 더 섹시했다. 남자의 눈빛이 이리도 관능적일 수 있다니, 실로 놀랍다.

"나 줄곧 불효자로 살아왔어요."

갑자기 이런 얘기는 왜 하나 싶었지만, 재오의 진지한 태도에 이슬은 진심을 다해 그의 말에 귀를 기울였다.

"오늘은 효도를 한 번 해 볼까 하는데."

"무슨……?"

재오가 무슨 말을 하는지 하나도 모르는 상태였다. 그런데 진지하던 그의 눈빛이 변했다. 마주 보고 있는 그의 눈동자에서 짓궂은 마음을 엿봤다. 사태를 파악하기도 전에 그의 입술이 성큼 다가왔다. 등허리에 자연스레 둘러지는 팔. 무엇을 하려고 이러나? 이슬이 긴장한 눈으로 그를 빤히 봤다.

"2세 한 번 탄생시켜 봅시다."

핑계가 너무나도 그럴 듯해, 이슬의 눈이 휘둥그레 떠졌다. 재오의 말을 완벽히 이해하기도 전에 입술이 진하게 부딪쳤고, 그의 몸이 빈틈

없이 밀착해 왔다. 쿵쿵, 엄청난 속도로 뛰는 심장에 가슴이 찢어질 것만 같았다. 정신을 차리고 보니 침대에 누워 있었다. 머릿결을 쓰다듬는 손길에 눈을 떠보니 위를 점령한 채 내려다보고 있는 재오가 있었다. 그의 손길이, 그의 눈빛이 전에 없이 달콤하고 다정했다. 그에게서 온전히 전해지는 애정에 가슴이 떨렸다.

"이러니까 진짜 부부 같다."

재오의 목소리가 떨리고 있다는 게 이슬을 놀라게 했다. 어디서든 여유 넘치고 당당하던 남자도 떨 수도 있다는 사실을 깨달았다.

"그동안도 부부였는걸요."

마찬가지로 이슬의 목소리도 가늘게 떨리고 있었다. 두 사람 모두 긴장하고 있단 뜻이었다.

"법적으로는 그렇지만, 내 아내라는 사실이 피부로 와 닿지 않았어요. 내 말, 이해하겠어요?"

어떤 의미로 하는 말인지 공감하기에 이슬이 고개를 주억거렸다.

"당신이 내밀던 조건 계약서. 기억나요?"

"네."

재오는 이슬의 가느다란 머리카락을 어루만지며 낮은 음성으로 말했다.

"이제 와서야 말하지만 사실 나 그 종이 쪼가리 무척이나 마음에 안 들었습니다."

"……제 생각만 했던 거였죠. 미안하게 생각해요."

과거에는 우리가 이런 눈빛을 주고받을 줄은 미처 예상하지 못했다. 그래서 조건 계약서라는 존재로 둘의 관계를 정의하려 했다. 하지만 지금은 그 종이가 무용지물이 되어 버렸다.

"아니. 사과를 듣고 싶어서 하는 말 아닙니다. 이제 우리 둘에게 그 종이는 아무런 효력도 발휘하지 못한다는 것을 말해 주고 싶어요."

재오의 말이 심장에 콕콕 박혀 자꾸만 몸을 떨리게 만들었다.

"여보……."

"왜냐하면 난 이제 당신만 보면 참을 수가 없으니까."

재오의 감정이 언제 이렇게 커졌는지. 이슬은 이제야 비로소 그의 우물처럼 깊은 마음을 체감했다. 기분이 정말 이상야릇했다. 가슴이 벅차오르고 호흡을 하기 곤란한 지경에까지 이르렀다.

"하, 이게 이렇게 긴장될 일인가 모르겠군요. 가슴이 고장이라도 난 듯 뛰고 있어요."

"저도요."

뺨을 어루만지며 재오가 낮은 음성으로 물었다.

"긴장됩니까?"

"네."

이제 재오와 침대를 함께 쓰는 일이 익숙해져서 처음처럼 놀라거나 하지 않았다. 하지만 지금 이 상황은 그동안과는 목적이 달라 긴장하지 않을 수 없었다. 그는 늘 그렇듯 뜨겁지만 전에는 잘 보이지 않던 초조함을 드러냈고, 이슬은 그 모습이 참 사랑스러웠다. 그도 긴장을 한다는 사실을 눈으로 확인하니 기분이 묘했다.

"그거 알아요?"

귓바퀴를 지분거리며 낮은 음성으로 묻는 재오에 이슬은 오묘한 기분에 휩싸였다. 그의 손길이 은밀하고도 애틋해서 따끔따끔한 느낌이 났다.

"당신 처음 봤을 때, 연락처를 묻고 싶었다는 거."

아, 미치게 달콤한 목소리. 귓가를 간질이고 가슴을 뜨겁게 데우는 재오의 목소리에 이슬은 색다른 감각을 깨우치는 중이다.

"정말요?"

재오가 상체를 깊게 숙여 슬슬 가빠지는 호흡에 제대로 말도 못 하는 이슬의 귀에 나직이 속삭였다.

"응. 정말."

순간 짜릿한 느낌이 정신을 갈랐다. 예민하게 반응하는 이슬을 보는 재오의 눈빛이 탁해졌다. 그가 입술의 자리를 옮겨 그녀의 이마에 키스했다. 숨 쉬기가 조금 나아진 그녀가 입술을 열었다.

"그게 언제지? 선봤을 때?"

재오의 입술이 피부에서 멀어지자 한결 나아지기는 했지만 조금 전 느꼈던 감각이 미미하게 남아 정신이 나른했다.

"아니. 우리 집 파우더 룸에서 홀딱 벗고 마주쳤을 때."

"아……. 그날."

뇌까지 녹일 듯 달콤하고 짜릿한 재오의 목소리와 숨결에 정상적인 사고가 불가능했다.

"우리 처음 만났던 날인데, 까먹었어요?"

"까먹을 리가 있겠어요? 그 강렬한 만남을."

아무리 정신이 없어도 그날의 강렬함만큼은 잊지 못한다. 생각해 보니 이 남자와의 인연은 보통의 것이 아니다.

"맞아, 강렬했지."

"그때 경황이 없어서……."

낯선 남자에게 속옷만 입고 있는 모습을 보였다는 게 충격이었다. 그 상황에서 얼른 벗어나고 싶었을 뿐이었다. 그래서 그가 번호를 따고 싶었는지 어땠는지 파악할 겨를이 없었다.

"경황없던 와중에도 내 몸은 다 봤었죠?"

"……봤죠."

아니라고 발뺌을 할 줄 알았는데 의외의 답변이다. 재오가 놀란 눈으로 이슬을 빤히 봤다.

"부정 안 하네요? 할 줄 알았더니."

"워낙 훌륭한 몸을 하고 계셔서, 안 볼 수가 없었어요. 그 기회를 놓칠 바보는 없을 걸요?"

부끄러워서 발그레한 볼을 하고서도 말을 멈추지 않는 이슬이 귀엽다. 그녀의 칭찬에 흐뭇했다.

"내 몸이 훌륭합니까?"

이슬이 재오를 새침한 표정으로 올려봤다.

"알면서 묻는 건 무슨 심보죠?"

"아는 거라도 당신 입에서 나오는 말은 느낌이 달라서."

"치……."

표정을 보니 다르다는 그 느낌이 좋은 쪽인가 보다. 이슬은 기분이 좋았지만 내색하지 않으려고 괜히 토라진 것처럼 행동했다.

"그러고 보니 저번에 내 몸을 초콜릿으로 착각했었죠?"

이슬이 눈을 휘둥그레 떴다.

"그, 그걸 기억해요?"

"어떻게 잊어요? 아무것도 몰라요, 그런 내숭을 떨면서 눈빛은 어찌나 엉큼하신지. 솔직히 그때 당신한테 잡아먹힐 줄 알았습니다."

"잡아먹으면 재오 씨가 날 잡아먹지 내가 당신을 잡아먹겠어요?"

재오의 입꼬리가 시원하게 올라갔다. 의미심장함을 팍팍 뿌리는 그의 입술에 이슬의 간이 쪼그라들었다.

"그래요? 그럼 한 번 잡아먹어 볼까?"

짓궂은 표정과 말투. 예전만 해도 이런 남자를 싫어했었다. 취향이 아니던 남자에게도 설레고 있다니 정말 신기했다. 어쩌면 이 남자가 대단한 걸지도 모른다.

"억울해 하지 말아요. 나만 좋은 게 아니니."

잔뜩 긴장해 움츠러든 이슬을 달래 주었다. 그래도 여전한 그녀의 손을 그러쥐어 손등에 입을 맞췄다.

"당신, 초콜릿 먹게 해 줄 테니."

이제야 이슬의 눈이 반짝인다. 초롱초롱한 눈이 어서 먹게 해 달라고 조르는 것 같다.

"어떻습니까? 좋아요?"

이슬이 쑥스러운 미소를 띠더니 고개를 작게 끄덕였다. 기쁘기도 하고, 조금 두렵기도 했다. 뭐든 처음은 어렵다. 하지만 이 사람이라면. 남편이라면, 괜찮을지도 모른다는 용기가 샘솟았다. 어쩌면 쳐다보는 눈길이, 내쉬는 숨이, 만지는 손길이 다정해서 드는 착각일 수도 있다.

하지만 지금은 재오에게 휩쓸리고만 싶었다.

부딪치는 입술에서 차진 소리가 났다. 이미 한바탕 짙은 키스를 퍼부은 후라 이슬의 입술은 먹음직스럽게 물이 올라있었다. 탱글탱글한 입술이 귤 같기도 하고, 젤리 같기도 했다. 새콤달콤한 맛이 나는 착각을 일으켰다. 그는 그녀의 입술에 취해 점점 뜨겁게 달아올랐다.

어깨를 쓰다듬는 재오의 손길이 무척 애틋했다. 키스가 격해서, 손길도 그럴 줄만 알았는데 의외였다. 그녀를 만지는 그는 매우 조심스러웠다. 함부로 대할 거라는 예상이 빗나갔다. 건방진 남자의 색다른 이면은 가슴의 소란을 일으켰다. 정신을 차릴 수 없었고, 몸이 녹아내리는 기분이었다.

키스를 하면서 극심한 갈증에 시달렸다. 더 축축한, 더 깊은, 무언가를 원하는 느낌이랄까. 이슬은 애타는 느낌을 어쩌지 못 하겠는지 허리를 들썩이며 재오의 옷깃을 움켜쥐었다. 그녀의 손안에서 구겨져 가는 옷에 그가 입술을 뗐다. 연약한 꽃잎처럼 흐드러진 그녀의 모습은 성애를 자극시켰다.

"내 옷 뜯어지겠어요."

얼마나 힘을 꽉 주고 있는지 금방이라도 옷이 찢어질 것 같았다. 재오가 봐도 이슬은 제정신이 아니었다.

"초콜릿이 빨리 먹고 싶어서 이럽니까?"

도리도리. 고개를 저으면서도 이슬은 재오가 무슨 이야기를 하는지도 판단하기 어려울 것이다. 몽롱한 눈동자와 야릇한 숨소리가 그녀의 상태를 말해 주고 있다.

"알았어요. 얼른 줄게."

다정히 말하며 옷깃을 움켜쥔 이슬의 손을 살며시 떼었다. 재오가 티셔츠를 벗었다.

"아……."

재오의 몸을 보자 저절로 탄성이 터졌다. 어쩜 이리도 근사할까. 태어나서 이토록 훌륭한 몸을 본 적이 없었다. TV나 잡지에서나 봤지. 실제로 마주한 적은 단연코 없었다. 보기만 해도 단단해 보이는 근육들. 어떤 뾰족한 흉기도 뚫지 못할 견고함에 이루 말할 수 없는 흥분이 일었다.

"너무 빤히 보는 거 아닙니까? 이러다 내 몸 다 녹아 버리겠다고."

이슬의 눈빛이 어마어마했다. 무르익은 분위기 덕분인지 그녀는 거리낌이 없었다. 부끄러움 따위 잊은 지 오래. 그녀는 뭐에 홀리기라도 한 사람처럼 손을 뻗었다. 재오의 어깨를 손가락 끝을 모아 살며시 만졌다.

저와는 달리 보드랍고 따뜻한 이슬의 손길에 하마터면 정신을 잃을 뻔했다. 그녀는 시선을 마주치며 허락을 구하는 표정을 했다. 더 아래쪽을 만져도 되냐는 물음이 그녀의 눈동자에 깃들었고, 그 의미를 알아들은 재오가 고개를 끄덕였다.

탄탄한 가슴, 그 속에 숨겨진 심장이 건강히 뛰고 있다. 이슬의 손이 스치기만 해도 심장이 미친 듯이 요동쳤다. 안 그래도 평소의 배는 빠르게 뛰는데, 이러다가 심장이 터지는 건 아닌지 두렵기까지 했다.

재오는 태어나서 이토록 긴장을 해 본 적이 없었다. 얼마나 애가 타는지 오싹한 기운마저 들 정도였다.

"더는 안 되겠다."

인내심의 한계를 느꼈다. 재오가 이슬의 목덜미를 뱀파이어처럼 질끈 물었다. 아릿한 통증 뒤로 짜릿한 무언가가 밀려와 당혹스러웠다. 그녀가 그에게 매달리 듯 끌어안았다. 그가 여린 피부를 핥았다.

"아, 어쩜 좋아……."

미쳐 버릴 것 같다. 머리에 열이 몰려 펑, 하고 폭발하는 기분이다. 굉장한 현기증이 무섭게 뇌를 장악했다.

"여보……."

여태껏 들었던 '여보' 중의 가장 교태를 머금은 '여보'다. 이 순간 재오는 넘치는 욕망을 주체하지 못했다. 그의 손에 의해 옷이 벗겨졌다. 뜯을 것처럼 굴었지만 그래도 처음인 이슬을 배려해 준답시고 나름 힘 조절을 했다. 처음으로 마주한 아내의 나신은 눈부시게 아름다워 함부로 만질 수조차 없다. 부끄러워하는 모습조차 미치게 예뻐서 얼른 안고 싶어 안달 난 저를 밀어 두고 그녀의 살결에 입술을 묻었다. 새하얀 피부는 깊게 빨지도 않았는데 벌써 붉은 흔적이 남을 만큼 여렸다.

하얀 피부 위에 꽃처럼 피어나는 열꽃을 본 재오의 눈동자가 세차게 요동쳤다. 흥분과 긴장을 삼킨 얼굴로 저의 흔적을 묻힌 채로 누워 있는 아내의 모습은 그야말로 어떤 포르노보다도 자극적이었다.

그녀를 시선에 담는 행위만으로도 지나치게 흥분해 버리고 말았다. 가슴의 흉터조차 제대로 보지 못했다. 재오는 혼미한 정신으로 이슬의 풍만한 젖가슴을 움켜쥐었다. 그녀의 피부가 여리다는 사실을 조금 전 학습했음에도 불구하고 악력 조절에 실패하고 말았다. 그의 다부진 손 안에서 그녀의 젖가슴이 뭉개졌다.

"아……!"

아픔을 호소하는 이슬의 신음을 듣고서야 자신이 얼마나 세게 그녀의 가슴을 쥐었는지 깨달았다. 재오는 손아귀에 모았던 힘을 빼며 그녀를 봤다.

"아팠어요?"

"조금요."

이제 보니 이슬의 눈가에 눈물도 살짝 맺혀 있었다. 그 눈물을 손끝으로 닦아 주며 미안한 기색을 표했다.

"미안. 마음이 급해서 힘 조절을 못 했습니다."

"마음이 급해요?"

재오가 긍정의 눈빛을 보낸 뒤, 그새 붉어진 이슬의 가슴에 눈길을 줬다.

"당신의 모든 부분들이 다 심하게 유혹적이어서 어디부터 가져야 할지 혼란스러운 상태거든요."

이슬은 재오의 눈빛과 목소리에서 수컷의 본능을 기반으로 형성된 탐욕을 마주했다. 그는 알까? 그의 시선이 몸을 훑는 것만으로도 이미 저를 다 가진 거나 다름없다는 사실을. 그만큼 그의 시선은 강렬하고 야릇했다.

"아프게 하고 싶지 않은데, 또 흥분해서 강약 조절을 못 할지도 모릅니다. 혹시 아프면 날 꼬집어요."

조각 같은 몸에 흠집을 내기 싫다고, 어떻게 그런 행동을 할 수 있겠냐고 불만을 꺼내려던 마음이 가슴의 정점을 깨무는 남자로 인해 와르르 무너져 버리고 말았다. 입술에 닿았던 것과는 느껴지는 감촉과 감각부터 색달랐다. 어찌 보면 입술에 하는 키스와 다를 게 없는데, 어째서 닿은 부위가 다르다고 느낌마저 달라질 수 있는지 신기했다.

이슬은 가슴을 애무하는 재오의 태도에서 묻어나는 정성에 지금 이 행위가 그저 한순간의 욕정으로 벌어진 것이 아님을 깨달았다. 그래서 더 달아오를 수밖에 없었다. 모든 부분이 다 유혹적이어서 어디부터 가져야 할지 혼란스럽다던 남자의 말은 듣기 좋으라고 꺼낸 말이 아니었다. 그는 마치 비밀의 숲에 들어서기라도 한 사람처럼 신중하고 긴밀하게 그녀의 모든 곳을 탐닉했다.

"당신, 정말 예뻐."

이슬의 육감적인 몸매는 밤새도록 탐하고 싶을 정도로 재오를 황홀하게 했다. 그가 거친 숨을 그녀의 피부 위에 흐트러뜨리며 다시 고개를 숙이려 할 때였다. 그녀가 그의 팔을 젖 먹던 힘을 다해 잡아 행동을 저지시켰다. 의문을 품은 눈으로 저를 보는 그를 마주한 채, 그녀가 말했다.

"나 아직 초콜릿 먹지도 못했어요."

이슬의 불만에 재오가 낮은 웃음을 터뜨렸다. 혼자만 만족하는 관계를 갖고 싶지는 않았기에 그녀의 소원을 들어주기로 결심했다.

"그럼 위치를 바꿔 봅시다."

계속 위를 점령하고 있던 재오가 스스로 아래에 눕기를 자처했다. 그런데 위치만 바뀌었을 뿐, 야성적인 분위기는 여전히 그대로였다. 그는 어디 한 번 먹어 보라는 듯 다소 거만한 자세를 취한 채 이슬을 빤히 쳐다봤다.

"시선을 좀 다른 곳에 둬 봐요."

구멍이라도 뚫을 듯이 쳐다보니 부끄러워서 괜히 하려던 것도 못 하겠다.

"여기서 눈 둘 곳이라곤 당신밖에 없어요."

하여간 말 하나는 기가 막히게 잘한다. 달콤한 한마디에 더 이상 불평하지 못 하고 백기를 들었다. 이슬은 시선을 내려 초콜릿 같은 복근을 관찰하며 손으로 더듬어 봤다. 정교하게 갈라진 근육들은 보기만 해도 탐스러웠다. 그녀는 고개를 숙여 입술을 맞대었다. 숨을 들이마시자 그의 체향이 깊게 스며들었다.

"하……."

그것만으로도 정신을 잃을 것만 같아서, 저도 모르게 탄성을 터뜨리고 말았다. 혀를 내어 살짝 핥아 봤다. 눈으로 보던 것보다 훨씬 단단했다. 어떻게 사람 몸이 이토록 견고할 수 있지? 너무 좋아서 정신 못 차리고 그를 탐했다. 그의 호흡이 상당히 거칠어졌다는 사실을 깨달았을 때, 살짝 고개를 들었다. 거대한 흥분감이 그의 얼굴을 뒤덮은 상태였고, 그의 눈동자는 뜨겁게 불타오르고 있었다.

"후, 다 먹었습니까?"

아직 더 먹고 싶다고 말하고 싶었지만, 잔뜩 흥분한 재오를 알면서 차마 사실대로 말하기 미안했다. 그래서 고개를 살짝 끄덕이니, 기다렸다는 듯 그가 그녀를 도로 눕히며 원래의 위치를 찾아갔다.

재오는 이슬의 허벅지 안쪽 여린 살을 진득하게 핥았다. 그의 애무가 그를 탐하기 전과 확연히 달라졌음을 온몸으로 체감됐다. 점차 더 안으로 옮겨 오던 그의 숨이 성역에 닿았을 때, 그녀는 참기 힘든 전율을 느끼며 몸을 바르르 떨었다. 급기야 그가 그곳을 머금었고, 그 순간 그녀의 아랫배에선 뭉근한 불이 용암처럼 끓었다.

"여보……."

아찔하고 위태로운 감각에 사로잡힌 이 순간, 의지할 사람이라곤 재오밖에 없었다. 그를 부르는 목소리에 간절함이 듬뿍 맺혀 있다. 고개를 들어 시선을 마주쳐 오는 재오의 입술이 반질반질했다. 그의 입술과 누구에게도 보여 준 적 없던 가장 은밀한 곳이 닿았었다는 사실에 정신이 아득해졌다.

"……할게요."

주어가 생략된 말이지만 어떤 의미인지 모르지 않았다. 이제 이 남자가 저를 완전히 가질 거라는 선전포고였다. 안을 침범해 오는 그의 분신은 위압적이었다. 마치 또 다른 자아라도 되는 듯이, 그것은 여태까지의 애무와는 달리 무척 거칠고 무자비하게 그녀의 육체와 정신을 한꺼번에 갈라놓았다.

마음의 준비를 했음에도 불구하고 충격을 받을 만큼 상상 이상의 고통이 느껴졌다. 눈물이 왈칵 쏟아질 뻔했다. 간신히 울음은 참았지만, 흐느끼는 소리는 미처 막지 못했다.

"많이 아파요?"

아프다고 대답하면 멈출 것만 같아서, 고개를 가로저었다. 이슬은 재오에게 아프지 않으니 멈추지 말라는 신호를 보냈다. 그는 그녀의 머리를 부드럽게 쓸며, 이마에 입을 맞췄다.

"닮은 구석 하나 없는 다른 두 몸이 하나가 되려면 원래 아픈 거예요. 조금만 긴장 풀어요."

재오는 이슬을 다독이며 그녀의 입술에 다정하게 키스했다. 입술을 이불처럼 포근하게 감싸 오는 그의 입술에 긴장과 고통이 차츰 녹아내려 갔다. 마침내 그녀가 그를 완전히 받아들이면서 완벽한 합이 이뤄졌다.

"우리가 하나로 이어져 있다는 게 믿겨지지가 않아요."

재오가 이슬의 얼굴을 어루만지며 벅찬 감정을 전달했다. 그의 두 눈이 진한 애정을 담은 채로 일렁였다.

"아직도 아프기만 합니까?"

재오의 물음에 이슬은 고개를 저었다. 그리고 그의 머리카락을 헤집으며 말했다.

"내 안에 당신이 꽉 채워져 있으니 하나도 외롭지 않아요. 이대로 당신이 빠져 나가면 허전해서 울지도 몰라요."

그가 이슬을 품에 가득 끌어안았다. 당신을 외롭게 하지 않겠다는 무언의 의미였다. 이내 조금씩 움직이기 시작했다. 연달아 밀려드는 자극에 쾌감이 증폭되어 갔고, 어느 순간 온몸을 완전히 장악해 버렸다.

"나, 평생 오늘을 잊지 못할 겁니다."

절정의 순간, 재오가 꺼낸 말에 가슴이 뭉클해진 이슬의 눈시울이 붉어졌다.

"여보……."

이 남자의 한마디에 심장이 들썩이는 걸 보니, 그를 좋아하게 됐구나. 이 사람이 좋아졌구나.

"아, 너무 좋아서 잠들기 싫다."

"저도요."

남편의 품에 안겨 행복에 젖었다. 찬란하고도 황홀한 밤이었다.

⊱⋅ ♡ ⋅⊰

지난 밤 열어 둔 창 너머에서 새 지저귀는 소리가 들려와 수면 중에도 어렴풋 아침이 왔음을 인지했다. 파르르 떨리던 이슬의 풍성한 속눈썹이 느리게 들어 올려졌다. 아주 오랜만에 단잠을 잤다. 깨고 나서도 포근함이 계속 이어져 상황을 살피니 그제야 재오가 저를 안고 있음을 알았다. 이러고 잤구나.

타인과 한 침대를 쓰는 것부터가 결혼 후 첫 경험이었던 그녀니 이렇게 품에 안겨 잔 것 또한 처음이다. 불편할 만도 했을 텐데 의외로 잠이 아주 달았다. 사람이 그리웠던 걸까? 아니면 이 사람이 좋아서일까?

어쨌든 확실한 건 이제 재오는 더 이상 타인이 아니라는 것. 그로 인해 아드레날린이 분비되고 있음을 부정할 수 없다.

"피곤했나 보네."

편안한 표정을 보니, 재오도 꿀잠을 자고 있는 모양이다. 자는 그의 모습을 구경하는 일이 상당히 쏠쏠했다. 우리 남편 눈썹이 이렇게 생겼었구나, 속눈썹이 여자처럼 기네. 종잇장을 벨 것처럼 날카로운 콧대에 다소 고집스러워 보이는 도톰한 입술. 질겨 보이지만 막상 마주하면 참 말캉하고 촉촉했다. 달콤한 꿀이 계속 나오는 이 입술이 신기했다.

"어떻게 내 취향을 바꿀 수 있지? 당신 정말 굉장해요."

과묵하고 모범적인 남자가 취향이었다. 예를 들면 정지욱 같은 남자가 딱 이슬의 이상형이었다. 그런데 재오는 그녀의 취향을 완전히 벗어났음에도 그녀의 마음을 빼앗아 갔다. 물론 한 번에 홈치지는 않았다. 조금씩, 천천히 스며들더니 어느새 부정할 수 없을 정도로 커진 감정을 느끼게 했다.

익숙함이란 때로는 무서운 법. 그가 습관으로 굳어져 가고 있다.

시댁인데 너무 늘어지게 자면 안 될 것 같아서 일어나려고 허리에 둘러진 강철 같은 팔을 풀어내려는데 오히려 더 강한 힘이 실려 당황했다. 재오의 얼굴을 보니 눈가가 씰룩였다.

"깬 거 다 알아요."

그제야 슬며시 눈을 뜨더니 능청스레 웃었다.

"언제 깼어요?"

"조금 전에."

"그니까 그게 언젠데요?"

혹시 자신이 한 말을 들었을까 봐 초조해 예민하게 굴었다. 의미심장한 재오의 표정을 보니 답은 나왔으나 부정하고만 싶었다.

"하여간 우리 마누라는 팅기는 게 매력이라니까. 예뻐서 봐준다."

"뭐래. 어제 뭐 잘못 먹었어요? 아침부터 이상한 소리 하지 말고 일어나서 씻어요."

"같이 씻을까요?"

이슬이 움찔 놀라더니 인상을 찡그렸다.

"아직 그건 안 되겠네요."

"까다로운 여자라니까."

"일어나게 팔 좀 치워 봐요."

팔을 거둬보려 끙끙 대다가 도무지 떼어 내 지지가 않자 이슬의 얼굴에 체념의 빛이 드리웠다. 재오가 소녀의 고무줄을 끊고 도망을 가는 소년처럼 키득거리며 웃었다.

"이봐요. 표재오 씨."

"어젠 여보라고 잘도 하더니, 오늘은 왜 또 표재오 씨일까?"

"내 맘이거든요."

교태를 부리던 어젯밤과는 달리 새침한 태도로 저를 대하는 이슬의 모습에 재오가 허탈한 웃음을 터뜨렸다.

"아침과 밤이 다른 여자라 이겁니까?"

"이상한 소리 자꾸 할 거예요?"

"매번 예민하게 반응하니까 재미있어서 그만둘 수가 없답니다."

"에휴, 내가 말을 말아야지."

이슬은 이제 모든 것을 체념한 사람처럼 한숨을 쉬고 얌전히 재오의 품에 안겨 있었다. 곧 뺨을 어루만지는 그의 손길이 느껴졌다. 행동이나 말투는 장난스러워도 손길만큼은 참 다정했다. 만지면 깨질까 염려하는 마음씨가 오롯이 닿았다.

벌컥, 난데없이 열리는 문에 껴안고 있던 두 사람이 소스라치게 놀랐다. 문틈 사이로 고개를 빼꼼 내민 나리가 두 사람의 시선을 한 몸에 받았다.

"부부 침실을 노크도 없이 막 들어오는 비매너는 좀 삼가 줄래?"

짜증을 꾹꾹 눌러 담은 음성으로 핀잔하는 재오에 나리가 미안한 기색을 표출했다.

"미안. 난 두 분이 이리 다정한 부부인 줄은 또 몰랐지."

"알았으면 나가지?"

이어지는 구박에 나리가 입술을 삐죽 내밀더니 살짝 넘은 문지방을 다시 건너가 문을 닫았다.

침대에서 일어난 이슬이 헝클어진 머리를 정돈하며 재오를 나무랐다.

"아가씨 속상하겠다. 너무 구박하지 마요."

"쟤는 좀 혼나야 돼요. 애가 너무 건방져. 방금도 봐요. 우리가 있는 방을 벌컥 열잖아."

만약 나리가 부끄러운 순간을 목격했다면 난감했을 거다. 그 상상만 하면 피가 거꾸로 솟는다. 하여간 표나리, 조심성이 없어도 너무 없어 문제다.

"그게 뭐 어때서요. 우리가 편하니까 그런 거죠. 난 아가씨가 날 어렵게 대하지 않아서 좋은걸요."

"참 이상한 여자야."

"그래서 싫어요?"

이슬이 새침하게 물었다. 싫다고 하면 삐칠 모양인가 보다. 당연히 싫을 리 없으니 기분 상하지 않았으면.

"싫다고는 안 했어요. 이상하다고만 했지. 듣기로는 시댁을 좋아하는 며느리는 흔치 않다던데 당신은 안 그러잖아."

제 부모와 동생에게 친근하게 대하고 잘하려 노력하는 이슬을 보면 생소한 기분이 들곤 했다. 시댁이라면 불편한 게 당연할 텐데도 그녀는 그런 기색을 보이지 않았다. 그런 이슬을 보고 있으면 가슴이 찡하기도 하고, 그동안 느끼지 못한 감정들을 깨우치기도 한다.

"어머님, 아버님, 그리고 아가씨 모두 저한테 잘해 주시잖아요. 그러니까 저도 덩달아 잘하게 되는 거죠."

"근데 나 같아도 당신 같은 며느리라면 예뻐하고도 남을 것 같군요."

"정말요? 어떤 이유에서?"

"낯선 사람한테는 도도해도, 자기 울타리 안에 있는 사람들한테는 잘하잖아요. 표 사장이 왜 당신을 며느리 감으로 점찍어 뒀는지 알겠어."

부모들의 추진으로 결합된 부부라 서로에 대해 모르는 상태였던 전과는 달리 시간이 흐르면서 차츰 상대방에 대해 알아갔다. 그건 아주 자연스러운 현상이었다. 계속 살을 부대끼며 살다 보니 모를 수가 없는 것이다. 몰랐던 부분을 보게 되면서 매력을 느끼고, 때로는 생경한 감정을 느끼기도 했다.

"그걸 이제야 알았어요?"

"뭐죠, 그 자화자찬은? 그건 내 겁니다."

"옳았나 보죠. 부부는 닮는다니까."

전혀 다정한 말투가 아닌데도 어쩜 이리 예쁜지. 새침하게 말하고 볼을 발그레 붉히는 이슬에게 재오가 손짓했다.

"이리 와 봐요."

"왜요?"

부딪친 재오의 눈빛이 진득하다. 다가가면 으스러지게 안겠구나. 눈치로 알아챘다.

"지금 당신 무지 예쁩니다. 안고 싶어 미치겠어요."

재오는 안는 것만으로 만족 못 할 것이다. 키스를 할 거고, 그러다 달아오르면 어젯밤의 일이 또다시 벌어질 수 있다는 위험 신호가 머릿속에 깜빡였다.

"어제 많이 안았잖아요. 얼른 일어나요."

이슬이 일부러 쌀쌀맞게 말하고는 얼른 방 밖으로 도망갔다.

"하지 말라니까 더 하고 싶네."

이슬의 꽁무니를 당장이라도 쫓아가고 싶었지만 방정맞은 남편은 되고 싶지 않아 자제했다.

나리에게서 표 사장의 부름이 있음을 전해 들은 재오가 서재로 왔다. 표 사장과 마주한 재오의 표정에는 전처럼 장난기가 없었다. 재오의 태도가 결혼으로 인해 변화한 모습이라고 판단한 표 사장의 얼굴에 흡족한 미소가 번졌다. 아들의 미래가 걱정되기도 하고, 자신의 명예에 먹칠을 하는 행동에 노여워 최후의 수단으로 결혼을 밀어붙였는데 그게 큰 효과를 불러올 줄은 미처 예상하지 못했던 것이다.

"너 요새 맘 좀 잡았나 보더라."

흐뭇해하는 표 사장을 보면서 재오는 속이 울렁거렸다.

"사고도 안 치고, 레스토랑도 매일 나간다며. 기특해서 한 번 불러 얘기해 주고 싶었단다."

재오는 무표정으로 일관했다. 표 사장은 그가 변해서 그런 거라 여겼다. 다만, 칭찬해 주면 좋아할 줄은 알았는데 전혀 그런 기색이 없어 그건 좀 당혹스러웠다.

"여자도 안 만난다며. 솔직히 애비는 네가 결혼 후에도 총각 때처럼 여자들 만나고 다닐 줄 알았다. 개 버릇 남 못 준다는 말이 있으니 그럴 줄만 알았는데 안 그런다니 몹시 놀랐구나."

"아버지에게 칭찬 받자고 그러는 거 아닙니다."

재오가 입을 연 후, 낯선 적요가 찾아왔다. 당황한 표 사장과 동요 없는 재오의 시선이 부딪쳤다.

"그리고 아버지가 저를 나무랄 입장은 아니라 생각이 듭니다만."

늘 장난기 다분한 아들을 마주하던 표 사장에게 차갑게 식은 재오는 몹시 생소했다. 이 낯선 상황을 어찌 받아들여야 할지 몰라 넋이 나갔다.

"또 다른 반항인 것이냐?"

재오의 머릿속을 파헤치고 싶다. 일부러 엇나가려는 행동의 까닭이 대체 무엇일까?

"참 다양하게도 반항하는구나."

"하실 말씀 끝나셨으면 나가 보겠습니다."

표 사장의 얼굴에 드리운 근심을 봤지만 모른 척 무시했다. 돌아서서 나가려다 제대로 닫히지 않은 문 사이로 서 있는 이슬과 눈이 마주쳤다. 표정을 보니 표 사장과의 대화를 들은 모양이다. 재오는 별말 없이 침묵을 지키며 그녀를 지나쳤다. 그녀가 서재 문에 노크했다. 표 사장은 어두운 표정을 깨끗이 지우지 못한 상태로 그녀를 봤다.

"아버님, 식사하세요."

"나는 괜찮으니, 가서 먹어라."

"입맛 없으셔도 좀 드세요."

"걱정 말아라. 회사 가서 먹을 테니."

표 사장은 평일, 주말 구분 없이 출근을 하곤 했다. 두 번의 거부 의사를 표현한 표 사장을 더 설득해서는 안 되겠다 판단한 이슬이 예의를 갖춰 인사를 하곤 서재를 나왔다. 사라진 재오의 행선지가 주방이라고 생각한 그녀의 발걸음이 그곳으로 향했다. 그런데 채선과 나리밖에 보이지 않았다.

"어머니, 이 사람은요?"

"입맛이 없는지 안 먹겠다는구나."

서재를 갔다가 우연히 들은 표 사장과 재오의 대화가 심상치 않았기에 입맛이 없다던 재오의 상태가 걱정됐다.

"그래요? 방에 올라갔나요?"

"오빠, 밖에 나갔어요."

"저도 잠깐 나갔다 올게요. 먼저들 식사하세요."

이슬은 걱정스러운 맘에 밖으로 나왔다. 너무 멀리 가진 않았을까 염려했는데 다행히 정원에서 재오를 발견했다. 벤치에 앉아 담배를 태우는 그의 모습을 지켜보며 천천히 다가갔다. 그가 인기척을 느끼고 그녀를 보더니 반도 피우지 않은 담배를 재떨이에 비벼 껐다. 그녀가 옆에 살포시 앉았다.

"기분 안 좋아요?"

재오는 얼굴에 찬찬이 닿는 이슬의 눈길을 느끼며 머리를 쓸어 넘겼다.

"그냥 뭐."

속이 편치 않아 긴 이야기를 하기 어려웠다.

"아버님이랑 싸운 거예요?"

"……."

"말하기 힘들구나."

재오의 표정이 많이 어두웠다. 표 사장과의 사이에서 어떤 불화가 있었는지 궁금했지만 그가 말하기 힘들다면 굳이 파헤치고 싶지는 않았다. 이슬은 그저 그를 위로해 주고 싶었다.

"한심해 보이죠? 이 나이 돼서 아버지랑 싸움이나 하고."

"아뇨. 그런 생각은 안 드는데. 그럴 만한 사정이 있겠거니, 할 뿐이죠."

"좀 안고 있어도 됩니까? 이번에도 튕길 건가요?"

평소 같았음 장난스럽게 들렸을 말이 지금은 애달프게 들렸다. 안아 주지 말라고 해도 안아 주려고 했기에, 이슬이 먼저 재오에게 안겼다. 그의 허리에 팔을 두르고 힘을 실었다. 곧 그의 두 팔에 가둬졌다. 그녀가 주는 힘과는 차원이 달랐다. 숨이 막힐 정도로 꽉 안아오는 힘에 조금 벅찼지만 그에게 안정을 줄 수만 있다면 이 정도는 기꺼이 참으련다.

포옹을 한 채로 꽤 긴 시간을 보냈다. 여름의 태양이 내리쬐는 정원이라 더울 만도 한데, 그저 서로의 체온이 좋아 떨어질 생각을 못 했다. 재오의 입술은 오늘따라 무거웠다. 평소에는 장난도 잘 치고 잘난 척하느라 능청을 떨던 입술인데, 제 속내를 꺼내는 데에는 어쩐지 조용했다.

그의 가슴에는 저만큼이나 단단한 자물쇠가 걸려 있었다.


"성적표 나왔다."

담임 교사의 한마디가 불러온 여파는 대단했다. 학생들의 수다에 어수선하던 교실에 정적이 찾아왔다. 곳곳에서 절망의 탄식이 터져 나왔다.

담임 교사가 호명하는 대로 한 사람씩 불려나가 성적표를 받아 왔다. 이네모난 종이에는 지난 시간 동안의 학업 태도가 적나라한 숫자로 기록되어 있다. 시험을 볼 때만 해도 실감나지 않던 자신의 성적이 피부로 와 닿고 현실이 되는 것이다.

"표재오."

중학생 1학년이 돼서 처음으로 받는 성적표. 재오는 여느 학생들과는 달리 무덤덤했다. 열심히 공부했으니 그에 따른 결과가 나왔으리라 여겼기 때문이다. 유난을 떠는 친구들 사이를 걸어 성적표를 받았다.

"재오야, 잘했다. 열심히 하더니 좋은 성적 나왔더구나. 부모님이 좋아하시겠어."

뿌듯한 얼굴의 담임이 재오의 머리를 쓰다듬어 주었다. 사실 담임의 칭찬은 감정의 변화를 끌어오지 못했다. 그의 입가에 미소가 걸린 이유는, 담임의 뒷말 때문이었다.

부모님이 좋아하시겠어. 누구보다도 아버지에게 칭찬 받을 생각을 하니 벌써부터 가슴이 두근거렸다. 재오에게 있어서 아버지는 위인이다. 비록 할아버지가 세운 기업이지만, 젊은 나이에 남들보다 높은 자리에서 뛰어난 능력을 인정받으며 일하는 아버지가 그렇게 존경스러울 수가 없다.

재오의 롤모델은 태어난 순간부터 아버지였다. 가장 가까이에서 피부로 느낄 수 있어서인지 역사 속 위대한 업적을 남긴 인물들보다 더 가슴을 뒤흔들었고, 언제나 아버지에게 인정받기 위해 노력하며 살아왔다.

열네 살, 아직 어리다고 여길 수 있는 나이일 수도 있지만 재오는 의지가워낙 확고했다. 초등학교 입학 당시부터 의젓한 어린이였다. 조부모는 물론, 부모님이 그런 그를 무척 자랑스러워했다.

중학교 교복에 아직 적응이 덜 됐지만 누구보다도 학업에 충실했다. 그 결과 중간고사 성적이 잘 나왔다. 학급에서 1등, 전교에서 3등. 전교 등수는 아쉽기는 했지만 중학교 입학 후 첫 성적이 이 정도면 나쁘지 않다고 생각한다.

앞으로 남은 기간 동안 더 열심히 공부해서 전교 1등이 되어야지. 그럼 아버지가 더 기뻐하실 거야.

종례 후, 재오는 흥분한 속내를 완벽히 감추지 못해 슬며시 웃으며 교실을 벗어났다. 그는 입학 초부터 유명했다. 얼마나 유명하냐면, 교내에서 그를 모르는 사람을 찾기가 어려울 정도. 처음에는 학교에 강한 그룹 표 회장의 손자가 들어 왔다고 소문이 났고, 그 손자가 미남이라는 사실에 떠들썩했다.

여학생들은 재오를 한 번이라도 보기 위해 주변을 얼쩡거렸다. 그러나 그는 어느 누구에게도 눈길조차 주지 않았다. 그의 관심은 오로지 성적, 그 이외에 어떤 것도 흥미를 끌지 못했다. 운동장을 가로질러 교문으로 갔다. 대기 중이던 기사가 재오가 다가오자 차의 뒷문을 열어 주었다. 이런 장면이 다른 학생들에게는 불유쾌한 감정을 불러일으키기는 하지만, 재오에게는 타인의 기분까지 고려해야 할 이유는 없었다.

"아버지는 회사에 계시겠죠?"

"그러시겠죠."

뭘 이런 걸 묻나 싶은지 기사가 건성으로 대답했다.

"빨리 만나야 하는데."

기사가 이상하게 생각하든 말든 신경 안 썼다. 그저 아버지를 만나 성적표를 보여 주며 칭찬을 받고 싶어 안달이었다. 머리 쓰다듬어 주며 잘했다고, 내 아들 참 기특하다고. 그 말 한마디만 해 준다면 세상의 어떤 행복도 부럽지 않을 것이다.

"회사로 모실까요?"

저보다 한참이나 어린, 아들뻘의 재오에게 존댓말을 하며 깍듯이 대해야 하는 환경이 그리 달갑지 않지만, 기사에게는 반드시 지켜야 할 수칙이었다. 이 일을 언제까지 할지는 모르겠지만 훗날 저 소년이 저의 오너가 될 수도 있으니.

"아니에요. 호들갑 떨기는 싫어요."

언제나 소란을 떨지 말라는 아버지의 가르침을 가슴에 되새겼다. 재오는 지금보다 더 어릴 때도 엄청 신이 나도 그 기분을 온전히 드러낸 적이 없었다. 아버지에게 그렇게 배웠기 때문이었다. 어느 상황에서도 흥분하는 법

없이 근엄한 아버지를 본받아 그도 의젓한 사람이 되고 싶었다.

아버지는 가정적인 분은 아니지만, 충분히 훌륭한 가장이라 생각한다. 분명 어머니도 그렇게 생각할 거라 믿어 의심치 않았다.

어느새 집에 도착했다. 문을 열어 주는 기사에게 고개 한 번 끄덕인 후, 마당을 가로질러 걸었다. 거실에 들어섰는데 집이 썰렁했다. 집에서 일하는 도우미 아주머니도 보이지 않았다. 지금쯤 청소를 하거나 장을 볼 시간이니 마트에 갔나 보다고 생각했다.

"어? 아버지 오셨나?"

서재의 문이 조금 열려 있었다. 그 사이로 소음이 새어 나오고 있었다. 흐릿하게 들려오는 아버지의 목소리. 재오는 가방에서 성적표를 꺼내 손에 쥐었다. 웃음이 새어 나려고 해 입술이 씰룩인다. 제멋대로 튀어나오려는 감정을 억지로 눌렀다. 심호흡을 한 뒤 차분해진 상태로 서재로 다가갔다.

"아……, 사장님."

문틈 새로 들리는 목소리는 분명 낯선 이의 것이 아닌데, 늘 듣던 느낌의 '사장님'이 아니었다. 게다가 사장님이라 부르기 전의 숨소리는 지나치게 나른했다. 본능적으로 이상한 낌새를 눈치챘다. 하지만 눈으로 직접 목격하기 전까지는 감히 상상할 수 없었다. 열네 살의 재오는 제법 순수했다. 이성에는 관심도 없고 온전히 학업에만 열중하던 소년이었으니까.

하지만 문 너머에서 벌어지고 있는 광경을 목격하는 순간, 소년의 순수함은 부서졌다. 아버지가 도우미 아주머니와 입을 맞추고 있었다. 아버지의 손이 도우미 아주머니의 허리를 지나 엉덩이를 만졌다. 벼락같은 충격이 재오를 덮쳐 왔다. 순간 모든 사고가 정지됐고, 소년의 전부였던 아버지는 더 이상 그가 알던 사람이 아니었다. 소년의 세상이 파괴된 것이다. 지금 제가 보고 있는 것이 현실이 아니라 허구일 것이라고 부정을 하려 했지만 너무 심한 충격에 불가능했다.

재오의 눈앞에서 아버지는 불륜을 범하고 있었다. 물론 아버지는 제 아들이 이런 장면을 목격하고 있다는 사실조차 전혀 모르고 있었다. 그때, 도우미 아주머니와 눈이 마주쳤다. 소년을 더 경악하게 만든 건 바로 그녀의 표정이다. 분명 재오를 봤음에도 표정하나 변하지 않았다. 오히려 더 아버지를 세게 끌어안았다.

재오는 더 이상 아버지의 외도를 지켜볼 용기가 안 났다. 뒤를 돌아 그 길로 집을 나왔다. 충격은 쉽게 가라앉지 않았다. 저 밑바닥에 잠재되어 있던 분노가 치밀어 작고 마른 몸으로 그것을 견뎌 낼 재간이 없었다.

"아악!"

범람하는 화를 어쩌지 못 하겠다. 믿었던 아버지에게서 배신을 당했다. 아버지가 어머니가 아닌 다른 여자를 안다니. 믿고 싶지 않았다. 하지만 조금 전까지 눈앞에서 벌어졌던 장면이 현실임을 확인시켜 주었다. 생전 해보지도 않았던 욕이 튀어나왔다. 지금 가슴속은 완전히 불구덩이다. 지금까지 뭘 위해 그토록 열심히 살아왔던 걸까. 회의감이 밀려왔고, 아버지에게 인정받고 싶어 안달이던 지난날이 치욕스러워 견딜 수가 없었다.

재오는 제 안에 들끓는 분노와 배신감을 어떤 방법으로 풀어야 할지 몰랐다. 평생 제 기분대로 행동해 본 적이 없었기 때문이다. 그는 제일 먼저 성적표를 갈기갈기 찢어 쓰레기통에 처넣었다. 그리고 곧장 서울역으로 갔다. 제일 가까운 시간대에 출발하는 기차를 탔다. 기차의 종착지인 부산에 도착했을 때는 자정이었다. 당시에는 휴대폰을 소지하고 있지 않았기 때문에 가족들의 연락을 받을 일도 없었다.

난생처음 외박을 하는 아들에 대해 걱정할 어머니가 눈에 선하다. 하지만 지금은 제 감정을 추스르는 것이 가장 우선이었다. 칠흑 같은 밤바다를 보면서도 계속 아버지와 도우미 아주머니의 외도 장면이 떠올라 미쳐 버리는 줄 알았다. 그대로 바다로 뛰어들어 죽어 버릴까, 그런 생각도 했다.

교복을 입은 앳된 소년이 혼자 새벽 바다를 보고 있으니 주변에 있던 깡패들의 표적이 되는 것은 너무나 당연한 수순이었다. 계속 재오를 주시하다가 가까이 다가온 그들의 입가에 묘한 미소가 서렸다. 누가 봐도 재오는 잘 사는 집 도련님의 외관을 하고 있었다. 돈을 맡기기라도 한 것처럼 구는 깡패 무리에 재오는 저항을 하다 흠씬 두들겨 맞았다. 여기저기 얻어터지니 골도 흔들리고 여기저기가 다 욱신거렸다.

재오를 엉망으로 만든 후, 지갑을 통째로 빼앗은 깡패 무리가 사라졌다. 웅크리고 있던 몸을 바로하고 누웠다. 까만 하늘이 시야를 채웠다.

"젠장, 안 아픈 곳이 없네."

몸이며, 마음이며, 갈기갈기 찢어져 시큰거리는 통증이 계속됐다.

"흐으윽."

눈에서 흐르는 건 눈물인가 보다. 입에서 새어 나오는 건 흐느낌인가 보다. 아, 울고 있구나.

"사내새끼가 쪽팔리게 울기나 하고, 흑······."

얻어터지면서 단 한 번의 저항도 하지 못한 것도, 이런 곳에 널브러져 우는 것도 모두 창피했다. 하지만 심각하게 아팠으며, 미치도록 슬펐다. 참을 수 없을 만큼.


"여보."

희미한 의식 사이로 들리는 포근한 목소리에 눈꺼풀을 들어올렸다. 재오는 저를 내려다보는 이슬을 가만히 쳐다봤다.

"괜찮아요?"

안부를 묻는 이슬의 얼굴에 근심이 내려앉아 있다.

"정신 들어요?"

"아······."

이제야 꿈을 꿨다는 사실을 인지했다. 재오가 거친 숨을 몰아쉬었고, 그런 그의 상태가 걱정되는 이슬은 이마에 맺힌 식은땀을 닦아 주었다.

"웬 식은땀을 이렇게······."

재오가 상체를 일으켜 앉았다. 영문을 몰라 어리둥절한 이슬을 조용히 끌어안았다. 마치 어린아이가 엄마의 품을 파고드는 것처럼 그녀의 어깨에 얼굴을 묻었다. 그는 아무 말 없이 숨만 쉬었다. 그의 뜨겁고 축축한 호흡이 어깨를 적셨고, 그 느낌인 꽤나 이상야릇했다. 가슴이 콩닥거렸지만 내색하지 않고 그의 가쁜 호흡이 안정을 찾을 때까지 얌전히 있어 주었다.

"너무 아파……."

버석한 숨과 함께 새어 나온 말에 이슬의 얼굴에 긴장이 서렸다.

"아파요? 어디가요?"

이슬이 재오를 살며시 떼어 내고 그의 안색을 꼼꼼히 살폈다. 얼굴이 창백했다.

"안 되겠다. 여보, 병원 가요."

"어떤 약물로도 고칠 수 없을 텐데."

재오는 많이 버거워 보였다. 무슨 꿈을 꿨고, 어디가 아파서 이러는 건지 이유를 알고 싶었지만 힘들어 보이는 그를 닦달하기는 싫었다.

"나, 차 한 잔만."

"금방 가져올 테니 쉬고 있어요."

이슬은 방을 나와 주방으로 왔다. 커피포트에 물을 넣고 스위치를 올렸다. 차 종류가 구비되어 있는 찬장을 열어 재오의 상태를 고려해 카모마일 티백을 꺼냈다. 찻잔에 티백을 넣고 물이 끓을 동안 잠자코 기다렸다.

"무슨 꿈을 꾼 걸까……."

생각해 보면 재오에 대해 깊게 알지를 못했다. 이제 그의 라이프스타일이나 취향, 입맛 등 사소한 것들에 대해서는 빠짐없이 알고 있지만 그에게 어떤 추억이 있는지, 혹은 상처가 있는지, 그런 것들은 아는 게 없었다.

"아버님과 관련된 건가?"

얼마 전 표 사장과 재오의 다툼이 있었다. 본의 아니게 그 상황을 목격하고 말았다. 이후에 꽤나 힘들어하던 남편인데. 혹시 그날 이후로 계속 신경 쓰고 있었던 건 아닌지.

"앗, 뜨거워!"

재오의 생각으로 머리가 포화 상태였다. 때문에 커피포트를 제대로 조준하지 못한 채 기울였다.

"무슨 일이에요?"

때마침 방에서 나온 재오가 이슬의 비명을 듣고 다급히 다가왔다. 그녀의 붉게 부어오른 손등을 보더니 그가 인상을 구겼다.

"손이 왜 이럽니까?"

"데었어요."

재오가 단숨에 코앞까지 다가오더니 다짜고짜 손목을 확 휘어잡는 바람에 이슬은 깜짝 놀랐다.

"빨갛잖아요!"

화가 서린 음성을 내뱉더니 수돗물을 틀었다. 곧 부어오른 손등에 차가운 물이 닿았다. 따끔거리는 통증에 이슬이 신음을 터뜨리며 손을 빼내려 몸부림쳤다. 그러자 손목을 그러쥔 재오의 손아귀에 더욱 강한 힘이 실렸고, 놀고 있던 팔을 올려 그녀의 어깨에 둘러 몸을 움직이지 못 하도록 제압했다.

"앗, 아파……."

"아픈 게 당연하죠."

다친 것도 서러운데 혼까지 나야 하는 신세가 억울해 심통이 났다.

"갑자기 나타나서 왜 화내요?"

"화 안 내게 생겼습니까? 차 한 잔 부탁했더니 자기 손등을 이 지경이 되게 만들고. 하여간 은근히 덜렁거린다니까. 신경 쓰여서 어디 차 심부름 시키겠어요?"

"아픈 사람 맞아요? 아까 전만 해도 식은땀 흘리면서 창백하던 사람이 왜 이렇게 힘이 세요?"

이 와중에 지고 싶지 않아 심술을 부렸다. 스스로도 지금의 태도가 상당히 유치하다고 느낀 이슬의 두 볼이 붉게 상기됐다. 그사이 그가 수도꼭지를 잠그고 손등에 남은 물기를 닦아 주었다. 손길이 어찌나 다정한지, 순간 가슴이 울컥했다.

"가만 보면 당신은 말하는 거랑 행동이 달라요."

"그렇습니까? 모르겠는데."

"장난스럽거나, 배려 같은 건 모르는 사람처럼 말하면서 행동은 안 그렇단 말이야. 어? 어디 가요? 사람이 말하는데 갑자기 가는 게 어디 있어요?"

물기를 닦아 주고 나서 말도 없이 등을 돌려 멀어지는 재오의 태도에 갑자기 확 애가 탔다. 그의 다정한 손길, 뜨거운 체온, 조금 흐트러진 호흡. 자신을 들뜨게 하는 이유들이 사라지자 마음이 수선스러워진 것이다. 이슬은 저도 모르게 그를 쫓아갔다.

재오가 목적지에 도달해 걸음을 멈추고 서랍장을 열어 구급상자를 꺼냈다. 이제 처가댁의 물품들이 어디에 있는지 잘 알고 있다. 이런 것들이 익숙해진 걸 보면 이곳이 어느 정도 편해졌다는 뜻이겠지.

구급상자를 열어 필요한 것들을 꺼내 뒤를 돌다 바로 앞에 서서 저를 물끄러미 보고 있는 이슬에 당황했다. 주방에서 기다리고 있을 줄 알았는데 언제 쫓아왔지?

"이거 가지러 온 건데."

재오가 들고 있는 물건들을 흔들어 보였다. 이슬은 무안해서 괜히 샐쭉 웃었다.

"내가 갑자기 사라져서 애타기라도 한 거야, 뭐야."

단순히 농담을 하고자 던진 말인데 이슬의 눈동자가 크게 동요했다.

"어? 진짜예요?"

"아, 아니거든요!"

이슬이 새침하게 부정하고는 뒤돌아 도망가려 했다. 그러나 재오의 손이 재빨리 그녀의 팔을 낚아챘다.

"도망가더라도 상처는 치료하고 가죠?"

이상하게도 재오의 한마디에 도망가려는 마음이 눈 녹듯 사라졌다. 그가 치료하도록 얌전히 있었다.

"조금 이따 병원 갑시다."

"아, 아직 아픈 거죠?"

"나 말고, 당신."

당연히 병원에 가야 할 사람은 재오라고 생각했다. 그런데 저더러

가라니 이슬은 의아했다.

"나 왜요?"

"지금 이건 응급처치니까. 완벽하게 하려면 병원 가서 치료받는 게 좋아요."

아, 병원에 가라는 게 화상 때문이구나. 그렇지만 그 정도로 심한 것도 아니고 재오가 치료를 해 주어서 금방 나을 거라 여겼다.

"난 됐어요. 이대로도 나을 것 같은데. 이런 건 어디서 배웠어요?"

"엄마가 어릴 때 가르쳐 주셨어요."

아무리 채선이 가르쳐 줬다고 해도 건성으로 들었으면 기억해 내기 쉽지 않을 텐데. 게다가 직접 활용하는 것 또한 어려울 거고. 그런 것을 재오가 해 내다니 정말 의외다.

"이런 부분은 의외로 자상하네요."

"다른 부분은 전혀 아닌가 봅니다?"

재오의 기분을 좋게 하기 위해 거짓말을 할 수는 없다.

"그건 본인이 제일 잘 알지 않아요?"

"이거 원, 부정을 못 하겠군요. 차 마실 건데 당신 것도 탈까요?"

정곡을 찌르는 이슬에 기분이 나쁘지 않았다. 재오가 작게 웃으며 주방으로 가기 위해 발걸음을 뗐다.

"내가 할게요."

이슬이 황급히 재오를 붙잡아 세웠다.

"됐습니다. 환자는 얌전히 앉아 있도록."

재오가 호의를 거절하며 이슬을 뒤로 돌려 등을 떠밀었다.

"고작 살짝 덴 것 같고 무슨 환자? 저 멀쩡하거든요! 당신이나 앉아서 쉬어요. 아직 얼굴빛이 안 좋아요."

재오에게 등이 밀리면서도 끝까지 할 말을 했다. 하지만 그의 고집을 꺾을 재간이 없었다.

"시간 지나면 괜찮아져요. 이건 내가 잘 압니다. 흔히 있는 일이라 익숙하거든."

이슬은 소파에 앉혀졌다. 재오가 툭 던지고 간 말이 그녀의 가슴에 소란을 일으켰다. 조금 전 그의 표정이 슬퍼 보였다. 무슨 꿈인지는 모르겠지만, 처음 꾼 것은 아니라 짐작한다.

그에게 무슨 일이 있었던 걸까?

무엇이 그토록 그를 괴롭히는 것일까.

## 10화
### 빛과 공존하는 그림자

결국 병원에서 진료를 받았다. 재오의 고집을 꺾을 수 없었다.

가만히 생각해 보면 그는 위급한 상황에서만큼은 더없이 진지해지곤 했다. 신혼여행에서 풀에 빠졌을 때도 그러더니 이번에도 그렇다. 평소의 장난스러움을 보이지 않는 그의 의외의 모습에 이슬은 가슴이 두근거렸다.

"당신은 가만 보면 상처에 무딘 것 같아요."

치료를 다 받고 병원 로비를 지나며 재오가 건네는 말에 이슬은 괜히 혼나는 기분이 들었다.

"별거 아니니까 그렇죠."

슬쩍 곁눈질하니 이슬의 입술이 오리 주둥이마냥 삐죽 나왔다.

"그게 왜 별거가 아닙니까? 치료 안 하면 흉 진다잖아요. 의사 말 못 들었어요?"

"흉 져 봤자 얼마나 진다구."

평소에는 어른스럽고 새침해 보여도 토라질 때는 10대 소녀 같았다.

"자기 몸을 소중히 할 줄 알아야죠. 신혼여행 때도 그래. 앞도 제대로 못 보고 걷다가 물에나 빠지고."

더 이상 들어줄 수가 없는지 이슬이 우뚝 멈춰 양 허리에 손을 올리고 인상을 찡그렸다.

"나 지금 당신 아내가 아니라 딸이 된 기분인 거 알아요? 그만 좀 혼내죠?"

혼을 내는 것이 아니라 걱정을 쏟고 있는 것이었다. 제 마음을 도통 알아주지 않는 이슬이 괘씸했다.

"본인은 아무렇지 않을지 모르겠지만 주변 사람들은 아니란 걸 왜 모르지? 형님이 왜 당신을 그렇게 신경 쓰는지 좀 이해가 되는군요."

그만하라고 해도 멈추기는커녕 오히려 흥분해서 숨도 쉬지 못 하며 말하는 재오를 이슬이 당혹스러운 눈으로 쳐다봤다.

"뭐라고요?"

"겉으로는 완벽해 보이고 씩씩해 보이지만 알고 보면 덜렁이에요. 잘 넘어지고, 다치고, 자기 몸 함부로 하고. 그거 별로 좋은 습관 아닙니다."

"……."

"왜 그런 얼굴로 봅니까?"

순간적으로 감동한 마음에 재오의 뺨에 입을 맞추고 싶었다. 저의 충동적인 감정 변화가 대단히 당황스러웠다.

"아, 아니에요."

속마음을 들키지 않기 위해 사력을 다해 표정을 관리했다. 이슬이 시선을 정면에 두고 다시 걷기 시작했다.

다시 집 쪽으로 걸어가던 도중, 그녀의 발걸음이 느닷없이 멈추었다. 조금 앞에서 걷던 재오가 뒤를 돌아 디저트 가게 앞에 멈춰선 이슬에게로 시선을 던졌다.

"와."

재오가 쇼케이스에 전시된 디저트에 시선을 빼앗긴 이슬의 옆으로 다가갔다. 그녀가 시선을 들어 그를 봤다. 초롱초롱 빛나는 눈동자에 그가 흠칫 놀랐다.

"애들 좀 봐요. 어쩜 이리 예쁘대요?"

"글쎄 난 잘 모르겠는데."

보이는 거라고는 케이크와 쿠키, 마카롱이 전부인데 대체 뭐가 예쁘다는 건지 재오는 공감하지 못했다.

"예쁘지 않아요?"

"별로."

"예쁜데."

재오가 전혀 공감하지 못 하는 듯 무표정하니 이슬은 기분이 상했는지 시무룩해졌다.

"먹고 갈까요?"

이 말을 기다리는 듯하여 툭 던졌을 뿐인데 이슬이 봄날의 꽃처럼 화사하게 웃었다. 재오도 덩달아 웃었다. 신이 나 가게에 들어서는 그녀를 따라 발을 움직였다.

먼저 주문을 하는데 뭘 먹어야 할지 몰라 고민을 거듭하는 이슬을 재오는 잠자코 기다렸다. 직원의 도움을 받아 어렵사리 메뉴 몇 개를 선택하고 나서 자리를 잡았다.

마카롱 두 개와 당근 케이크, 딸기 크림치즈 케이크, 그리고 커피 두 잔. 재오는 테이블에 놓인 것들만 봐도 입안이 달았다. 포크로 케이크들을 공략하는 이슬과는 달리 그는 이따금씩 커피만 넘겼다.

"이것 좀 먹어 봐요."

"나 신경 쓰지 말고 많이 먹어요."

"혼자 먹으면 무슨 맛이래요? 같이 먹어야 더 맛있지."

이슬이 딸기 크림치즈 케이크 일부분을 포크로 찍어 재오에게 내밀었다. 혹시 떨어질까 아래에 손을 받치며 그의 입이 열리기를 기대했다.

"괜찮은데."

"주는 사람 성의를 생각해서 좀 먹지 그래요?"

이렇게까지 하니 거절을 할 수 없어 입을 조금 벌리자 기다렸다는 듯이 달콤하고 부드러운 케이크가 쏙 들어 왔다.

"맛있죠?"

재오의 표정이 서서히 변했다.

"다네요."

한마디를 남기고 커피를 들이켰다. 단맛으로 가득한 입안을 쓴 커피로 중화시켰다.

"맛있는데."

이슬은 진짜 맛있는지 즐거운 얼굴로 앞에 놓인 것들을 먹었다. 케이크와 마카롱을 번갈아 가며 먹는 그녀를 구경하다 무심코 창으로 시선을 돌렸다.

그때, 창밖의 남자와 눈이 마주쳤다. 검은 모자를 푹 눌러쓰고 마스크를 한 남자가 어딘지 모르게 수상쩍었지만 곧 시야에서 사라졌다.

"어디를 그렇게 빤히 봐요?"

이슬의 목소리에 재오가 시선을 다시 바로 했다.

"아니."

"몸은 좀 괜찮아요?"

"응."

자연스럽게 이야기를 하면 조금은 말해 주지 않을까. 이슬은 작은 기대를 걸었다.

"꿈, 자주 꾸는 거예요?"

"자주 꾸는 편이었는데 최근에는 거의 안 꿨어요."

다행히 분위기는 나쁘지 않았다. 재오는 차분히 질문에 대답했다.

"똑같은 꿈?"

"매번 똑같은 건 아니고……."

"혹시 아버님이랑 관련된?"

갑자기 공기의 흐름이 바뀌었다. 급격히 어두워진 분위기가 이슬을 당황스럽게 했다.

"여기 케이크 되게 맛있어요. 마카롱도 다른 곳보다 덜 달아서 좋아요. 집 근처에 이런 곳이 있는 줄도 몰랐네. 앞으로 자주 와야겠어요."

재오가 꿈에 관한, 그리고 아버지에 관한 이야기는 하기 싫어하는 것 같아 일부러 화제를 전환시켰다.

가라앉은 분위기를 무마하고자 괜히 더 경쾌하게 말했다. 그러다 그늘 진 그의 얼굴에 입이 얼었다.

"······미안해요."

"당신이 뭐가 미안한데요."

"내가 괜한 얘기를 꺼내서······."

"미안해할 거 없습니다."

미안해할 거 없다더니, 이후로 말도 아끼고 표정도 좋지 않았다.

내내 신경이 쓰였지만 이슬은 더 이상 입을 열 수 없었다.

재오는 대학 선배, 일언을 만나 점심 식사를 하는 중이었다.

장난기 많고 누구에게든 친절한 그이기에 동기를 비롯하여 선후배와의 관계도 원만한 편이었다. 더구나 일언은 집안끼리도 얽혀 있어 자주 연락하며 지내는 사이다.

소속사 대표인 아버지를 둔 덕에 사업을 물려받을 수도 있었지만 편한 삶을 거부하고 따로 광고 회사를 차린 그는 탁월한 사업 수완 덕분에 금방 자리를 잡았다.

"내 사업 얘기는 그만 하고, 이제 네 얘기 좀 들어 보자."

식사 내내 일언의 회사 얘기를 들었다. 워낙 말주변이 좋아서 그런지 매번 비슷한 얘기를 들어도 지루하지 않았는데 불현듯 화제를 바꾸려는 그의 태도에 재오가 떨떠름해했다.

"내 얘기?"

딱히 할 말이 없는데 뭘 하라는 건지 어색하고 당황스러웠다.

"결혼 생활 얘기 말이야."

"아…….."

일언이 듣고 싶은 얘기를 콕 찍자 재오가 열없이 웃으며 뒷덜미를 문질렀다. 본 적 없던 그의 표정에 일언이 묘한 미소를 지은 채 말했다.

"그 표정은 뭐냐?"

"형 표정이나 신경 써. 지금 무지 변태 같거든."

"변태 맞아. 지금 네 속을 알고 싶어 미치겠으니까."

"뭐래."

재오는 일언의 관심이 부담스럽기도 하고 쑥스럽기도 해서 괜히 시선을 피하며 물을 마셨다. 재오의 예민한 반응은 일언의 호기심을 제거하기는커녕 오히려 더 돋우는 역할을 하고 말았다.

"애들이 너 결혼하고 나서 보기 힘들다고 아우성이야."

"왜들 그러지."

저 하나 빠졌을 뿐인데 여기저기서 하주 난리다. 현재의 재오에겐 그들의 반응이 시큰둥할 뿐이다.

"당연히 이상하게 생각하지. 지금까지 그런 자리에 빠진 적이 없었으니까. 애들은 네가 와이프한테 잡혀 산다느니 그런 소리들 하는데 내 보기엔 결혼 생활에 재미 들려서 같은데. 맞지?"

"뭐……."

재오는 사실대로 대답을 하기가 쑥스러워 멋쩍게 웃었다.

"부정 안 하는 걸 보니 맞나 본데?"

"나쁘지 않아."

"좋다는 말로 들리네. 어쨌든 난 좋다. 네가 정착하는 거, 늘 바라던 바였거든."

그동안 봐 왔던 재오는 어딘가에 오래도록 머물지를 못 하고 떠돌아다녔다. 마치 질풍노도의 시기를 겪는 청소년처럼. 몸도,

마음도, 어느 것 하나 온전히 정착하지 못 하고 방황하는 그를 볼 때마다 위태롭고 안타까웠다.

요즘의 재오에게서는 예전의 불안한 모습을 볼 수 없었다. 결혼이

그에게 안정감을 선물해 주었으리라 짐작했다.

"아, 우리 회사 다음 주에 창립 기념식인 거 알지?"

"응."

"제수씨랑 같이 와."

재오가 알았다며 대답을 하려다가 입구에서 들어오는 두 사람을 보고 그대로 굳어 버렸다. 그의 시선이 쏠린 곳에는 이슬과 석호가 있었다. 둘은 직원에게 안내받은 자리에 마주앉아 메뉴판을 보고 있었다.

"재오야, 표재오."

어딘가에 정신이 팔려 저를 보지도 않는 재오를 일언이 이상히 여겼다.

"왜 그래?"

일언이 재오의 시선을 따라갔다. 재오의 시선 끝에 머무는 두 사람. 일언은 어렵지 않게 이슬을 알아봤다.

"제수씨 아냐?"

"맞아."

"웬 남자랑 같이 식사를 하러 왔네?"

일언이 무심코 말을 하며 정면을 봤다가 흠칫 놀랐다. 재오의 눈빛이 질투로 화르륵 타오르고 있었기 때문이다.

천하의 표재오가 질투라니. 상상도 할 수 없던 일이 눈앞에서 실시간으로 벌어지는 중이었다. 놀라우면서도 흥미로운 장면에 일언이 흐뭇하게 웃으며 재오를 봤다.

"너 질투도 할 줄 아네."

"누가?"

재오의 시선이 일언에게 꽂혔다.

"어이구, 네 눈빛 거울로 보고 말해라. 아주 데이겠다."

"질투라니. 나 그런 거 안 해."

재오가 딱 잘라 부정하더니 직원을 불러 얼음물을 주문했다. 직원이 가져다 준 얼음물을 냉큼 받아 물을 벌컥거리며 들이켰다. 물과 함께

밀려들어온 얼음을 으드득 씹었다. 아마도 속에 난 불을 식히기 위한
행동일 테다.

"언행불일치를 몸소 보여 주고 있는데."

"질투 아니래도!"

질투 아니라더니 시선은 왜 계속 이슬과 석호에게 향해 있는지. 덕
분에 턱을 괴고 즐거운 구경 중이던 일언이 말했다.

"정 신경 쓰이면 끼어들어 봐. 난 빠져 줄 테니."

"좋은 생각이네."

기다렸다는 듯 재오가 벌떡 일어섰다.

"형, 다음에 봐."

"알았다. 건투를 빈다."

일언과 인사 후 재오는 이슬과 석호가 있는 테이블로 이동했다. 그
의 걸음에는 조금도 망설임이 없었다. 그가 아무 말 없이 이슬의 옆에
앉았다. 난데없는 그의 등장에 두 사람 모두 놀란 얼굴이었다.

"당신이 여긴 어떻게……."

"아는 형이랑 약속이 있었어요. 그러는 두 사람은 어쩐 일로?"

재오가 탐탁지 않은 얼굴로 두 사람을 번갈아봤다.

"우리도 점심 먹으러 왔죠."

"아. 우리?"

"당신, 왜 그래요?"

재오에게서 풍기는 분위기가 평소 같지 않았다. 이슬은 의아한 눈으
로 그를 뚫어져라 응시했다.

"그럼 내가 방해한 건가?"

석호를 '우리' 안에 넣은 게 상당히 불쾌했다. 물론 저보다 훨씬 이
전부터 알고 지낸 사이인 것도 알고 꽤 친한 것도 알고 있다.

하지만 쉽게 수용하지 못 하는 마음을 어쩔 도리가 없었다. 아내의
주변에 머무는 이 남자가 싫다. 아내를 그저 친구, 혹은 상사로 보는 눈
이 아닌 것 같아서. 그게 자꾸만 신경이 쓰였다.

"방해라뇨. 형이라는 분은 어디 있어요?"

"갔어요."

재오는 이슬의 물음에 대답을 하면서도 석호에 대한 불신을 거두지 못했다.

"식사는 했고요?"

"응."

"그럼 차라도 마실래요? 가만히 앉아 있기 지루하지 않겠어요?"

"괜찮으니 나 신경 쓰지 말고 편하게 식사해요."

이슬은 곧 고개를 끄덕이고는 하던 식사를 이어 나갔다. 재오는 그녀에게서 시선을 거두고 대각선에 있는 석호를 주시했다.

시선을 느낀 탓인지 모르겠지만 석호는 이따금씩 재오를 흘깃거렸다. 말 없는 신경전이 테이블 위에서 아슬아슬하게 벌어지고 있었다. 그러던 어느 순간, 석호가 먼저 한 발자국 물러나기로 했는지 자리에서 일어났다.

"왜 일어나?"

이슬이 석호에게 의아한 눈길을 주었다.

"방해는 내가 하는 것 같아서. 먹고 천천히 와. 먼저 매장 가 있을 게."

석호가 재오의 눈을 똑바로 쳐다보며 방해하는 것 같다는 말을 툭 내뱉더니 순식간에 테이블에서 멀어졌다. 잡기도 전에 사라진 그의 행동을 이해 못 하겠는지 이슬이 고개를 갸웃거렸다.

"저 모르게 둘이 무슨 일 있었어요?"

"그런 일 없었습니다."

"근데 둘 다 왜 그래요? 정작 불편한 건 난데, 왜 두 사람이 난리냔 말이에요."

"신경 쓰지 말고 먹어요."

이슬이 포크로 샐러드에 들어 있는 새빨간 방울토마토를 콕 찍으며 중얼거렸다.

"석호가 아무리 싫어도 너무 대놓고 싫은 티 내지 마요. 좋아하라고는 강요하지는 않을게요. 저랑 일하는 친구니 안 보고 살 수는 없잖아요."

어린애처럼 질투하는 꼴이라니. 더구나 이슬에게 지적을 받고 있는 처지가 한심하고 비참했다.

"화났어요?"

말이 없자 혹시 석호의 편을 든다고 오해하지는 않았나 싶어 걱정된 이슬이 재오의 표정을 살폈다.

"여보."

"조심할게요."

표정이 좋지 않아서 당연히 화를 낼 거라 예상했는데 뜻밖의 말이 나와 놀라웠다. 휘둥그레 뜬 눈으로 재오를 봤다. 그가 어두운 그늘을 거두고 한결 산뜻해진 표정으로 그녀를 마주 봤다.

"내가 애처럼 굴어서 한심하죠?"

"아뇨."

"나도 한심한데 당신은 오죽할까."

"아니래도요. 한심하다고 생각한 적 없어요."

안 그래도 연하인데 어린 남자처럼 보이고 싶지 않았다. 남편으로서 의지할 수 있는 든든한 사람이 되어 주고 싶은데, 그게 마음처럼 쉽지는 않았다. 혹시라도 저를 한심하게 볼까 봐 조마조마했다.

"당신은 내가 어려움에 처했을 때 번번이 구해 줬어요. 물에 빠졌을 때도, 미끄러져 넘어질 뻔했을 때도, 그리고 뜨거운 물에 데었을 때도. 당신이 아니었으면 죽었을지도 몰라요."

어느새 이슬에게 재오의 존재가 이만큼이나 커졌다.

"내가 은인인 겁니까?"

"그렇죠. 은인이죠."

이슬이 웃으며 수긍했다.

"은인인데 뭐 없어요?"

"응? 뭐 원하는 거 있어요?"

"데이트……할까요?"

데이트 신청하는 일이 원래 이토록 쑥스러운 건가? 그런 생각이 들다가도 뺨을 발그레 붉히고 있는 이슬을 슬쩍 보니 데이트를 신청하는 사람만 부끄러운 게 아니었다.

데이트. 그 단어가 주는 느낌이 이렇게까지 달달할 줄은 몰랐다. 생크림에 심장이 푹 담긴 것처럼 부드럽고 달콤한 어감. 평소에 걷던 길을 걸을 뿐인데 특별한 의미가 부여된 것 같아 가슴이 두근거렸다.

이슬은 손을 잡아 오는 재오의 행동에 심장이 두방망이질을 해 댔다.

"가게 안 들어가 봐도 됩니까? 나 때문에 괜히 일에 지장 생기는 거 아닌가?"

데이트 하자고 꼬드기기는 했지만 혹시 일하러 가야 하는 사람을 붙들고 있는 걸까 봐 마음이 편치 않았다.

"나 없어도 알아서들 잘하는 걸요. 그러는 재오 씨는? 레스토랑 비워서 곤란한 거 아니에요?"

다행히 바쁜 일은 없는 듯하니 마음이 한결 가벼워졌다. 재오가 안도의 숨을 내쉬며 잡은 손에 더 힘을 실었다.

"나야말로 괜찮습니다. 우리 직원들은 내가 없는 걸 더 좋아할걸?"

"왜요? 모두들 젊고 잘생긴 대표님을 좋아할 것 같은데요? 알고 보면 괴짜 대표님인가?"

이슬은 직원들의 마음을 이해하지 못 하겠는지 고개를 갸웃거렸다. 괴짜라는 단어가 썩 유쾌하지 않은지 재오의 오른쪽 눈썹이 씰룩였다.

"괴짜는 아니지만 직원들은 대표가 있는 걸 불편해한다더군요."

"정말요? 누가 그래요?"

"노 지배인이."

이슬이 안타까워했다.

"뭔가 씁쓸한데요?"

"그게 나한테만 해당되는 말은 아닐걸요?"

재오가 의미심장하게 말했다. 무슨 의미를 전달하고 싶은지 몰라 이슬이 어리둥절해 했다.

"음?"

"릴리 직원들도 당신이 없는 쪽을 더 좋아할지 몰라요."

이슬이 그럴 리 없을 거라 확신하며 고개를 가로저었다.

"에이, 설마……."

"지금 당신이 안 들어와서 신바람들 났을 수도 있어요."

그런데 재오가 워낙 진지하게 말하니 단단히 세웠던 확신이 휘청거렸다. 정말 그럴까? 직원들이 자신의 부재에 즐거워하고 있을까?

"그렇다면 괘씸한데."

"인상 펴요."

인상을 찡그린 이슬은 꽤 심오해 보였다. 괜히 그녀의 속을 건드린 건 아닌지 미안한 맘이 설핏 깃들었다.

그런데 그녀의 시선이 어딘가로 물 흐르듯 자연스럽게 흘렀다. 그러더니 입꼬리가 위로 슥 올라갔다. 아주 짧은 순간에 벌어진 표정 변화가 신기했다.

"아이스크림 사 주면."

이슬이 아이스크림 전문점에 시선을 고정한 채 붉은 혀로 입술을 핥았다. 상상 속에서는 벌써 아이스크림을 먹고 있는 모양이었다.

어른스럽고 도도하다가도 이럴 땐 소녀 같다니까. 재오가 픽 웃었다.

"애네, 애야."

놀리는 투에 마음이 상한 이슬이 입술을 삐죽거렸다.

"안 사 줄 거예요?"

툴툴거리는 이슬의 뺨을 살짝 꼬집자 고통을 호소하며 눈을 찡긋거렸다. 재오가 지갑을 꺼내들며 말했다.

"사 주려고 지갑 꺼내는 거 안 보여요?"

"히힛."

시무룩하던 표정을 확 바꾼 그녀의 손을 잡고 아이스크림 전문점으로 들어갔다.

여름의 무더위를 식히고자 아이스크림을 먹으러 온 사람들로 가게가 북적거렸다. 종류가 다양해 선택하는 것이 고역이었다. 중요한 사안을 두고 고심하는 사람처럼 신중한 재오와는 달리 이슬은 먹고 싶은 것을 단번에 골랐다.

"난 이거랑 이거요."

"두 개나?"

하나만 먹어도 당분 섭취는 충분할 것으로 판단됐기에, 재오의 입장에선 두 개의 아이스크림을 선택한 이슬이 놀라웠다.

"이 정도면 금방 먹어요. 당신은요?"

"난 잘 모르겠네. 그냥 당신 먹고 싶은 것들로 세 개 골라요."

"그래도 돼요?"

이슬의 눈이 반짝였다. 가만 보면 단 음식을 무지 좋아한단 말이야.

"이거랑 이거, 그리고 이것도 주세요."

이슬은 신이 난 목소리로 주문을 마쳤다. 곧바로 나온 아이스크림을 받아 빈자리를 찾아 앉았다.

"이건 그래도 덜 달 거예요. 먹어 봐요."

단맛을 좋아하지 않는 재오를 배려해 제일 달지 않은 아이스크림도 하나 주문했다. 물론 아이스크림이기에 단맛이 없지는 않지만 그도 충분히 먹을 만할 거라 예상했다.

그가 스푼으로 아이스크림을 조심스레 떠먹었다.

"어때요?"

재오의 입술에서 어떤 평가가 나올지 긴장됐다.

"달다."

"이것도요?"

신경 써서 고른 건데 먹기 어려워하는 듯하니 이슬의 표정이 어두워졌다. 괜히 먹자고 했나.

"그래도 먹을 만하네."

먹을 만하다는 말을 증명이라도 해 주려는 듯 아이스크림을 한 스푼 더 떠먹는 재오를 본 이슬의 표정이 서서히 풀어졌다.

"괜찮아요?"

"응."

"아, 다행이다."

표정을 보니 편하라고 꺼내는 말이 아니다. 이제야 이슬이 안도했다. 재오는 그녀의 행동이 의아했다.

"왜 긴장을 하죠?"

"나 때문에 좋아하지도 않는 음식 먹느라 고생하는 것 같아서요."

이 상황을 절대 고생이라고 여기지 않았기에, 재오는 그저 의아했다. 그에겐 오히려 즐거운 일이었으니까.

"이게 왜 고생이지? 좋아하는 음식은 아니어도 좋아하는 아내가 앞에 있는데 고생일 리가 없잖아요."

장난기를 거둔 재오가 정면에 있다. 그와의 간격이 좁혀질수록 그의 진지한 면모가 자주 드러났다. 그는 더 이상 이슬의 앞에서만큼은 자신을 숨기지 않았다.

"여보……."

"당신과 결혼한 뒤로 당분을 어마어마하게 섭취하고 있거든. 그런데 질리지가 않아요. 혀가 마비되기라도 했는지, 아무래도 중독됐나 봅니다."

재오의 말이 심장에 여러 번의 펀치를 날렸고, 그 바람에 심장이 댕댕 울리고 현기증까지 났다.

스스로가 누군가로 인해 이렇게까지 감동받을 수 있다는 사실이 이슬은 무척이나 생경했다. 정신이 사납도록 거세게 뛰는 가슴 때문에 멍하니 있는데 입술에 차가운 것이 닿았다. 잃었던 넋을 챙기고 앞을 보니 재오가 아이스크림을 푼 스푼을 쑥 내밀고 있었다.

"녹겠다. 먹어요."

"내가, 흐압!"

내가 알아서 먹겠다고 말을 하려는데 벌어진 입술 사이로 스푼이 쏙 들어 왔다. 입천장에 차갑게 녹아드는 아이스크림에 정신이 번쩍 들었다.

진지하던 재오는 더 이상 없고, 장난스러움으로 무장한 소년 같은 남자가 시원하게 웃고 있었다. 그조차도 감동이라니, 아무래도 중독된 건 자신인 것 같았다.

이슬은 사랑에 빠졌음을 자각하며 아이스크림을 꿀꺽 삼켰다.

"우리 사이도 이 아이스크림처럼 달달해질 필요가 있는데. 그렇지 않아요?"

"전 지금도 달달하다고 생각해요."

"그래요?"

이슬이 꽤나 진지한 태도로 고개를 끄덕였다.

"네. 여태까지 적지 않은 시간을 살아왔는데, 그중에 현재가 가장 달콤해요."

"그건 나도 마찬가지입니다."

아버지에게 배신을 당하고, 제대로 삐뚤어진 삶을 살았다. 아버지가 싫어하는 짓은 뭐든 다 했다. 마음을 다잡으려 해도 자꾸만 아버지의 불륜 장면이 떠올라 미치지 않고는 못 버티게 만들었다.

그로 인해 많은 것을 잃었다.

의욕, 패기, 책임감, 순수함. 그리고 행복……. 그것들이 파괴된 재오의 삶은 우울함 그 자체였다. 이슬은 재오가 잃어버린 모든 것을 되찾아 주었다. 고삐 풀린 망아지처럼 날뛰던 그를 잠재웠다.

그의 인생에 이슬은 기적이다. 처음에는 완전히 반대되는 사람이라 생각했다. 절대로 간격을 허물 수 없을 거라 여겼다.

예상과는 달리 그녀는 삶으로 스며들었다. 이슬은 살아 있는 설탕이다. 단맛이 익숙하지 않던 재오를 길들였고, 그는 거부감 없이 그녀를 모조리 흡수했다.

일상적인 대화를 나누며 아이스크림을 나눠 먹었다. 재오도 곧잘 아이스크림을 먹었다. 그런데 어린아이가 갑자기 발을 헛디디며 철퍼덕 넘어졌다. 넘어지면서 놓친 아이스크림이 휙 허공을 날아 재오의 옷을 더럽히고 바닥으로 툭 떨어졌다.

"으아아앙!"

느닷없는 아이의 울음소리에 가게 안이 소란스러워졌다. 이슬은 반사적으로 일어나 아이의 팔을 붙잡았다.

"괜찮니?"

안위를 물으며 다친 곳이 없는지 꼼꼼히 살폈다. 그 와중에 옷이 아이스크림 범벅이 된 재오는 휴지로 흔적을 닦았다. 양도 많고 끈적끈적해서 잘 닦이지 않았다.

"어머, 죄송해요."

소년의 어머니로 추정되는 사람이 헐레벌떡 뛰어와 재오에게 사과를 했다.

"괜찮습니다."

재오는 딱히 화가 나지 않았지만 인상 자체가 부드러운 편은 아니어서 화가 났으리라 판단한 상대방이 쩔쩔맸다.

"정말 괜찮습니다."

"네. 저희는 괜찮으니 아이 챙기세요."

다시 한번 사과를 한 여자가 아들을 데리고 자기 자리로 돌아갔다. 이슬은 이제야 재오의 옷에 시선을 뒀다.

"너무 더러워졌는데 어떡해요?"

"됐어요."

재오는 대수롭지 않다는 듯 말했지만 이슬은 많이 신경 쓰이는지 시선을 거두지 못했다. 그녀가 물티슈로 그의 옷을 닦았다. 생각만큼 잘 되지 않자 짜증이 나는지 한숨을 내쉰다.

"우리도 아이 가져 볼까요?"

"⋯⋯네?"

상황과 어울리지 않는 화제에 이슬이 뻣뻣하게 굳었다.

"싫습니까?"

"좋죠. 근데 그게 가진다고 되는 것도 아니니까……."

이슬이 말끝을 흐리며 잠시 중단했던 것을 해 나갔다. 옷의 흔적을 지우려는 그녀의 손길에 끈기가 엉겨 있다.

"손가락 부러지겠어요. 그만해요."

재오가 이슬의 손을 밀어냈다. 그가 말리니 하는 수 없이 그만뒀지만 미련의 눈길이 계속 그의 옷에 머물러 있다.

"집에 가서 벗어요."

"벗고, 뭐 할까요?"

"뭐, 뭘 해요?"

재오의 눈동자에 서린 묘한 빛이 이슬을 옭아맸고, 오만 가지 상상을 다 하게 만들어 곤란했다. 그녀의 얼굴이 새빨개졌다.

"아마 당신이 떠올리는 것."

마치 머릿속을 다 꿰뚫어 본다는 듯 말하는 재오의 자신감에 허탈했다. 아니라고 부정할 수도 없었다.

"저는 매장에 나가야 하거든요?"

이슬이 도망갈 구실을 만들었다. 재오는 일해야 한다는 그녀를 방해하고 싶지도 않았고, 장난으로 던진 말이라 의미를 부여하지 않았다.

"에이, 아쉽네."

어지른 테이블을 정리하고 아이스크림 전문점을 나와 차를 타고 릴리로 향했다. 짧은 데이트가 아쉽지만 몇 시간 뒤에 집에서 만날 수 있으니 헤어짐이 슬프지 않았다.

"오늘 데이트해 줘서 고마워요."

"집에서 봐요."

이슬이 내리려다 주춤하더니 몸의 방향을 틀어 재오의 뺨에 입을 맞췄다.

"진한 쪽을 좋아하는 우리 남편. 아쉽겠지만 참아요. 이따 집에 가서

346

당신 좋아하는 진한 거 하게 해 줄 테니까. 알았죠?"

앙큼한 아내는 저를 잔뜩 유혹해 놓고 유유히 사라졌다.

* * *

이슬은 잠이 안 오는지 몇 번을 뒤척였다. 저녁 식사가 부실했는지 배가 출출했다. 아무래도 허기를 달래야 잠이 올 것 같아 부스럭거리며 일어났다. 최대한 소음을 내지 않으려 했는데 안타깝게도 재오를 깨우고 말았다.

"어디 가요?"

재오는 자다 깨서 목소리가 허스키했다. 낮게 울리는 그의 목소리에 마음이 간지러웠다. 이슬이 미안한 기색을 띠며 그를 봤다.

"배고파서 뭐 좀 먹으려구요."

"이 시간에?"

"네. 너무 늦긴 했죠?"

"원래 이 시간에 음식 잘 안 먹잖아, 당신."

"그러게요. 오늘은 이상하게 야식이 먹고 싶네."

평소에 잘 하지 않던 행동을 하다 들키니 창피했다. 몰래 가서 먹고 오려고 했는데 아무래도 계획이 틀어진 것 같다. 그냥 먹지 말고 누워서 잘까, 진지하게 고민하는 사이 재오가 침대에서 일어났다.

"같이 먹읍시다."

"네?"

놀란 얼굴을 해 보이는 이슬에게 재오가 여유로운 미소를 띠었다.

"야식은 같이 먹어야 더 맛있는 거 아닌가? 혼자 먹는 게 더 편해요? 그럼 그렇게 하고."

이슬이 대답이 없자 재오는 머쓱해졌다. 그녀가 외롭게 야식을 먹는 모습을 상상하니 측은해서 옆에서 이런저런 대화도 나누며 허전함을 채워 주려고 나섰는데 혹시나 너무 앞서나간 것일까 봐 염려됐다.

"아, 아니! 같이 먹어 주면 나야 좋죠! 나는 당신이 같이 먹자고 할 줄은 몰라서 놀란 것뿐인데."

침묵의 이유를 듣고 나니 무거웠던 마음이 가벼워졌다. 이슬을 향해 손을 내밀었다.

"나갈까요?"

이슬이 고개를 끄덕이며 재오의 손을 잡아 왔다. 그의 힘에 의해 이끌려 침대에서 일어났고 다정하게 방을 빠져나왔다. 다른 가족들은 모두 한밤중이었기에 거실은 불빛 하나 없이 어두웠다.

"발 헛디디지 않게 조심해요."

"나 덜렁이라고 욕하는 것 같아."

"걱정돼서 하는 말을 오해하지는 말아 줘요."

넘어질까 봐 걱정되는 맘으로 꺼내는 말인 것을 안다. 재오의 표정을 보지 않아도 이제는 목소리나 분위기에서 그의 감정이 여실히 느낄 수 있다. 두텁던 간격이 허물어진 것이다.

"잠깐 서 있어요. 내가 불 킬게."

"스위치 어디 있는 줄 알죠?"

"그럼."

자신 있게 한 대답에 부끄럽지 않도록 금방 스위치를 찾아 불을 키자 침침하던 시야가 환하게 트였다. 서로의 표정이 선명하게 보이니 무언가 기분이 후련했다.

"잘 찾네요."

"이제 이 집 사람 다 됐죠?"

"그러게요."

의기양양해하는 재오의 모습이 퍽 귀여웠다.

"야식으로 뭐 먹으려고 그랬어요?"

이슬이 홀로 고민했던 생각들을 꺼내 나열했다.

"간단히 라면이나 끓여 먹을까 했는데 당신도 같이 먹는 거니까 좀 더 맛있는 걸로 해 먹을까 하는데."

이슬을 번거롭게 하려고 나선 것이 아니기에 따로 요리를 하게 하고 싶지는 않았다. 그저 그녀가 원래 먹으려고 했던 대로 따를 생각이었다.

"귀찮을 텐데. 난 라면도 좋습니다."

"비빔국수보다?"

"……아니."

라면보다는 비빔국수가 더 맛있겠지. 하지만 이 시간에 비빔국수를 해 먹기엔 번거로울 텐데.

"살짝 매콤한 맛을 베이스로 새콤달콤함이 살아 있는 비빔국수. 맛있겠죠? 게다가 현이슬 표 비빔국수인데?"

"끝내주겠네. 안 먹어도 벌써 맛있군요."

모르는 사람이 들으면 팔불출이라 할 테고, 아는 사람이 본다면 낯선 재오의 모습에 기절초풍할지도 모른다.

"근데 번거롭지 않겠어요?"

"하나도! 당신은 여기 앉아서 쉬고 있어요. 내가 뚝딱 만들게."

이슬이 식탁 의자를 빼내며 말했다. 하지만 내키지 않는지 재오가 앉지 않고 버텼다.

"나도 도울게요."

"뭐 하러."

"같이 먹는 야식인데 당신만 힘들면 안 되니까."

"여보……."

재오는 진심을 던지고 쑥스러운지 괜히 딴청을 피웠다.

"뭐 하면 돼요? 지시를 내려 주십쇼, 셰프."

진지해지는 분위기가 어색해 장난으로 덮으려는데 이슬이 재오의 허리를 살며시 안아 왔다. 예고 없이 이뤄진 포옹은 생각보다 큰 감동을 선사했다. 진하게 떨려 오는 가슴에 그는 지그시 눈꺼풀을 내리고 그녀를 껴안았다.

"셰프가 너무 엉큼한 거 아닙니까?"

가슴에 뺨을 살며시 비벼 오는 이슬의 행동에 재오가 장난스러운 말투로 말했다. 이슬이 그에게서 떨어지며 그를 새침하게 쳐다봤다.

"조수의 능률이 오르게 하기 위한 셰프의 깊은 뜻을 모르다니."

"아, 그렇게 깊은 뜻이? 역시 셰프는 다르다니까."

이러고 있는 서로가 웃겨서 자꾸 입꼬리가 올라갔다. 배가 고픈 관계로 이슬은 얼른 냉장고 앞으로 갔다. 비빔국수에 필요한 재료들을 선별했다.

"달걀 삶을 줄 알아요?"

"시켜만 주면 열심히 하겠습니다."

"조수가 영 믿음이 안 가는데?"

이것저것 제법 주부의 포스를 뽐내며 재료들을 꺼낸 이슬이 일사분란하게 움직였다.

"우리 마누라, 주부 다 됐네."

"에이, 아직은 부족한 게 많거든요."

갑작스레 던져진 칭찬에 이슬은 쑥스러워했다.

"비빔국수 할 줄 알 정도면 대단한 겁니다. 난 라면이나 끓일 줄 안다고."

"레스토랑 오너가 그래서 되겠어요?"

이슬이 장난스런 말투로 재오를 타박했다.

"그러게 말입니다. 안 그래도 지금 반성하고 있는 중이에요."

"내가 한 수 가르쳐 주죠."

"셰프 님께서 아량을 베풀어 주신다니 영광입니다."

아마 나리가 이 상황을 본다면 깨소금 냄새가 풀풀 난다며 질투를 했을 거다. 이슬을 빼앗기 위해 벌일 쟁탈전은 상상만으로도 머리가 지끈거렸다.

"달걀 좀 삶아 줘요."

"응."

"냄비에 물 받아 봐요."

"예, 셰프!"

흡사 어느 드라마의 장면이 연출됐다. 재오는 진지한 태도로 냄비에 물을 받았다. 어느 정도 받아야 하는지 몰라 고민을 하는데, 그 광경을 지켜보던 이슬은 웃음이 터지고 말았다.

"물 하나 받는데 인상까지 써요?"

"얼마나 받아야 할지 모르겠네요."

재오의 곁으로 다가온 이슬이 냄비에 넘칠 듯 받은 물을 보고 기겁했다.

"너무 많아요! 완전 한강이네. 국 끓일 일 있어요?"

"셰프 님이 까다롭네."

"그거 국수 삶을 때 써야겠네. 자, 여기 다시 물 받아요. 아까보다 적게. 알았죠?"

"예, 셰프."

이슬은 재오가 한강을 만든 냄비를 들고 가 가스레인지 위에 올렸다. 불을 올리고 양념장을 만들었다. 재오는 이슬이 시키는 대로 달걀을 삶았다.

"오이 좀 채 썰어 줄래요? 자기, 칼질은 할 줄 알죠?"

"그럼! 그 정도는 거뜬하지."

저를 향한 걱정 없는 눈빛을 가라앉히기 위해 재오는 당당한 태도를 취했다.

"칼질이 제일 어려운 거거든요!"

"아……."

"다치지 않게 손 조심하구요."

"내가 앤가."

가라앉기는커녕 오히려 더 짙어진 이슬의 걱정에 재오가 못마땅한 얼굴로 툴툴댔다.

"애는 아니지만 귀한 남편 다치면 속상하니까."

오이를 썰려고 폼을 잡던 재오가 눈을 휘둥그레 뜨며 이슬을 봤다. 그녀는 본인이 얼마나 굉장한 말을 꺼냈는지 자각이 없어 보였다.

"왜요?"

빤히 쳐다보는 눈길을 느끼고 재오를 마주 본 이슬이 고개를 갸웃거렸다.

"아닙니다."

재오가 고개를 젓더니 도마 위로 시선을 옮겼다. 그는 신중하게 오이를 썰었다.

날카로운 칼이 남편의 손에 상처를 만들까 조마조마한 이슬은 그에게서 눈을 떼지 못했다. 이럴 줄 알았으면 자신이 할 걸 그랬다. 뭐라도 도와주고 싶어 하는 것 같아 시킨 건데 이제야 후회가 됐다.

"다 됐다."

"와, 생각보다 훨씬 잘했어요. 진짜 칼질 잘하네?"

"라면 끓일 때 양파랑 파 썰어서 넣어 봤거든요."

이슬이 활짝 웃으며 재오의 이야기에 귀를 기울였다. 그가 어깨를 으쓱하며 그녀를 빤히 봤다.

"어떻습니까? 훌륭하지 않아요?"

"뭐 거슬리지는 않네요."

원하는 종류의 대답이 아니라 실망한 재오가 눈썹을 씰룩이며 소면을 삶는데 집중한 이슬을 쳐다봤다.

"그게 다입니까?"

퉁명스레 물으니 이슬이 갑자기 웃었다.

"왜 웃어요?"

"달걀 껍데기나 까요."

화제를 전환시키는 이슬의 행동에 불만스럽지만 별다른 말없이 그녀가 시키는 대로 움직였다. 달걀의 껍데기를 벗기자 탱글탱글한 속살이 드러났다.

"당신 피부처럼 뽀얗네."

"엉큼한 건 여보인 것 같은데요?"

다 삶아진 소면을 찬물에 헹궈 양념장을 넣고 비볐다. 맛깔스러운 빛깔로 변해가는 소면을 보니 군침이 돌았다.

"접시 좀 부탁해요."

재오가 재깍 접시를 대령했다. 두 개의 접시에 양념장에 비빈 국수를 나누어 덜었다. 깨를 뿌리고 고명과 삶은 달걀까지 더했더니 먹음직스러운 비빔국수가 완성됐다.

"이거 보니까 맥주 생각난다."

"냉장고에 맥주 있는데 마실까요?"

"좋죠. 내가 꺼낼게요."

이슬은 비빔국수가 담긴 접시를 식탁에 옮겼고 재오는 냉장고에서 캔 맥주 두 개를 꺼내 가져왔다.

마주 앉아 화기애애한 분위기 속에서 비빔국수를 먹었다.

"음식 솜씨가 나날이 발전하는군요."

배고파서 급하게 만들었기 때문에 솔직히 맛에는 자신이 없었다. 결혼 전만 해도 요리를 자주 하던 사람도 아니니까.

"맛있어요?"

"응."

정성스레 만든 요리를 맛있게 먹어 주는 재오를 보면 정말 뿌듯했다. 그와 결혼을 하고 나서부터 요리하는 재미를 알게 됐다. 남편이 복스럽게 먹는 모습을 볼 때마다 기분이 좋았다. 안 먹어도 배부르다는 기분을 이제야 알았다.

"같이 만들어서 더 맛있지 뭐."

재오가 선뜻 나서서 도와줬다는 사실에 감격스럽다.

"앞으로 자주 이렇게 같이 만들어 먹읍시다."

"좋아요."

이슬이 부드러운 미소를 그렸다. 비빔국수를 집중해서 먹던 재오는 목이 말랐는지 젓가락을 내리고 캔 맥주를 그러쥐며 말했다.

"근데 장모님, 장인어른 주무시는데 우리끼리 먹으려니까 좀 죄송스럽네요."

"두 분은 한 번 주무시면 아침까지 거의 안 깨세요. 신경 쓰지 말고 먹어요."

"그나저나 내일 대학 선배 창립 기념식인 거 알죠?"

"아, 맞다. 깜빡했어요."

이슬이 곧바로 젓가락을 내려놓았다. 그녀는 당혹감을 감추지 못 하며 근심을 끌어안기 시작했다.

"괜찮아요. 지금이라도 생각했으니 됐지."

"그럴 줄 알았으면 야식 안 먹는 건데."

이슬이 인상을 찡그리며 한숨을 내쉬었다. 재오가 며칠 전에 얘기했는데 그동안 일이 바빠 까맣게 잊고 있었다.

"왜 안 먹습니까?"

"부으면 어떡해요?"

이슬이 볼을 손등으로 꾹꾹 누르며 투덜거렸다.

"당신은 얼굴이 작아서 부어도 별로 티 안 나요. 저번에 저녁에 라면 먹었을 때도 거의 안 부었었거든."

"어쨌든 붓기는 했다는 거잖아."

"부어도 예쁘다니까."

남편의 입술 사이로 흘러나온 예쁘다는 말에 우울했던 기분이 금방 상쾌해졌다.

"……예뻐요, 나?"

"그럼 예쁘다마다."

빈틈없이 꽉 들어찬 행복에 자꾸만 웃음이 새어 나왔다.

신혼이란 이런 걸까? 소소한 일로 다투기도 하지만 즐거울 때가 훨씬 많아서 서운함이 상쇄됐다.

재오와의 결혼 생활은 비빔국수에 넣은 깨소금보다도 더 고소했다.

예쁘다는 남편의 말에 혹해 비빔국수 한 그릇을 뚝딱 비우고 잠들었다. 아침에 일어나 거울을 보기 전까지는 평화로웠다. 부은 얼굴을 확인하고 기겁하는 줄 알았다.

이슬은 붓기를 내리기 위해 사투를 벌였다. 그나마 다행인 건 초대받은 연회가 저녁이라는 점이다.

노력과 시간의 합작으로 붓기가 가라앉았을 때 쾌감에 젖었다. 화장이 잘 먹도록 팩도 하고 피로를 풀기 위해 반신욕을 즐기고 나니 레스토랑에 출근했던 재오가 귀가했다.

"씻었어요?"

"네."

목욕 가운을 두른 모양새로 퇴근한 재오를 맞았다.

"준비하려면 오래 걸리나?"

"한 시간 정도? 저녁 안 먹었죠?"

이슬은 화장대에 앉아 화장을 시작했다.

"응. 거기 가서 먹죠, 뭐."

"기다리기 지루할 텐데 나가서 TV라도 보든가."

재오는 출근했던 복장 그대로 갈 모양이었다. 그는 재킷만 벗어 옷걸이에 걸어 두고 침대에 걸터앉았다.

"한 시간이면 긴 시간도 아닌데 뭐. 그리고 TV보다 와이프 구경하면서 기다리는 게 훨씬 덜 지루합니다."

화장대 거울로 침대 헤드에 편하게 기대 앉아 저를 보고 있는 재오의 모습이 비쳤다. 그의 시선 안에 가둬진 채 화장을 하려니 엄청 쑥스러웠다.

"너무 빤히 보지 마요."

"왜?"

"긴장되니까 그렇죠."

재오의 시선은 오로지 이슬에게 고정되어 있었다.

"왜 긴장이 되는데요? 얼굴은 왜 빨개지는 거죠?"

자꾸 쳐다보니까 두근거려서 얼굴이 붉어진 것인데, 속사정을 들키기 창피했다.

"화장해서 그래요."

"안 한 거 다 아는데요?"

"어떻게 알아요?"

남자니까 화장품 제품이나 순서에 대해 문외한일 줄 알았는데 알고 있었단 말이야? 이슬은 놀란 얼굴로 재오를 쳐다봤다.

"모릅니다, 당연히. 그냥 던져 본 거예요."

하여간 재오에게는 못 당하겠다. 방심하고 있다가 그에게 홀랑 휘둘렸다는 사실에 심통이 난 이슬이 입술을 부루퉁하게 내밀며 고개를 바로 했다. 이슬이 메이크업 베이스를 바르며 입술에 진심을 꾹꾹 담았다.

"신경 쓰이니까 좀 나갈래요?"

"그렇게 신경 쓰이면 눈 감고 있을게요."

이슬이 혀를 차며 황당해했다.

"그런 걸로는 해결이 안 되거든요."

"왜? 나 때문에 두근거려서 화장에 집중할 수가 없나 보죠? 좋으면 좋다고 솔직하게 말해요."

재오는 제가 쳐다보지 않으면 이슬의 긴장을 잦아들게 할 수 있으리라 판단하고 눈을 감았다.

그의 배려에도 불구하고 온 마음이 그를 의식하고 있어 큰 효과는 없었지만, 그래도 조금은 나아졌다.

긴장되는 맘 때문에 화장을 망칠 수는 없기에 최대한 침착하려 노력했고 평소보다 더 공들여 화장을 했다. 화장을 끝내고 낮에 골라 둔 블랙 색상의 이브닝드레스를 입었다. 의상에 맞는 머리를 하고 귀걸이와 목걸이까지 하고 나서 침대에 누워 있는 재오에게 다가갔다. 피곤했는지 그새 잠들었다.

"여보."

살짝 어깨를 흔들며 깨우자 재오가 깊은 잠은 들지 않았는지 금방 깼다. 그런데 그는 한참 동안 눈을 깜빡이며 이슬을 쳐다봤다.

"왜…… 그래요?"

재오가 상체를 일으켜 앉더니 눈을 비비고 다시 이슬을 물끄러미 응시했다. 머리끝부터 발끝까지 쭉 스캔했다.

"여신이 강림한 줄 알았습니다."

"네?"

"진짜."

일순간 이슬의 얼굴이 확 달아올랐다.

"여보도 참."

"진짜라니까?"

재오는 흥분을 한 목소리로 재차 말하더니 침대에서 벗어나 이슬을 빙그르르 돌렸다. 얼떨결에 한 바퀴 돈 그녀가 열없이 웃었다. 저에게 쏟아지는 뜨거운 눈빛에 몸 둘 바를 모르겠다. 태양 같은 남자. 그를 마주하고 서니 빨갛게 익다 못해 새까맣게 그을릴 것만 같다.

"이러다 늦어요."

현실을 자각하게 하는 이슬의 말에 재오가 정신을 차렸다.

"그 말만 안 했으면 이대로 침대로 쓰러질 뻔했어요."

"으이그! 늦기 전에 출발해요, 우리."

이슬에게 끌려가면서도 재오의 시선은 그녀에게서 떨어지지 않았다. 예쁘다는 말로는 표현이 부족하다. 블랙 드레스를 입은 그녀는 고혹적이고 우아했다. 평소의 분위기가 극대화된 것이다.

그녀의 치명적인 아름다움에 정신을 똑바로 차릴 수 없었다.


광고 회사의 창립 기념식답게 연회에 참석한 사람들 중 유명 연예인도 심심치 않게 보였다. 사람들의 시선은 당연하다는 듯 그들에게로 쏠렸다.

"저기 배우 소지석 왔다는데, 당신은 안 가 봅니까?"

배우 소지석의 등장에 연회장에 있는 여자들의 관심이 모두 그에게로 집중됐다. 그는 여러 여자들에게 둘러싸여 사인을 해 주거나 사진을 찍어 주고 있었다. 그녀들과 달리 이슬은 관심이 없어 보여 재오는 의아해했다.

"벌써 사람들 엄청 몰렸는데요, 뭐. 저는 됐어요."

"소지석 안 좋아하나 봐요?"

"저렇게 멋지고 잘생긴 남자를 안 좋아하는 게 이상하지 않아요?"

가까이에 소지석이 있는데도 무덤덤하기에 관심이 없는 줄 알았더니 그건 또 아닌 모양이었다. 어째 기분이 묘하게 뒤틀렸다. 질문을 던진 건 자신인데 왜 기분이 나쁜 건지 스스로도 어이가 없었다.

재오는 인상을 쓰지 않으려 갖은 인내를 다 끌어모았다.

"근데 왜 감흥 없는 것처럼 그럽니까?"

"감흥 있는데. 완전 있어요, 나."

그렇게 소지석이 좋단 말이지? 마스카라로 말아 올려 더욱 풍성해 보이는 속눈썹을 두어 번 크게 깜빡이는 이슬의 모습이 그를 자극했다.

"허?"

"제가 워낙 감정을 꼭꼭 잘 숨겨서 안 보일 걸요?"

그러니까 소지석이 엄청 좋단 말이지? 질투가 부글부글 끓어올랐다. 자존심이 있어 표출하지는 못 하지만 재오의 속은 완전히 쑥대밭이었다.

"허. 그렇단 말이죠?"

"말투가 왜 그래요?"

이슬이 말투를 걸고 넘어졌다.

"내 말투가 어떻다고 그럽니까?"

재오는 괜히 뜨끔해서 괜히 더 심드렁하게 대꾸했다.

"기분 상한 말투잖아. 맞죠?"

"아닌데."

"맞는데? 내가 소지석 멋지고 잘생겨서 감흥 있다니까 질투하는 거죠, 지금?"

"……."

"솔직하게 말해요."

어쩐지 낯설지 않은 말이어서 곰곰이 기억을 상기해 보니 몇 시간 전 화장하는 이슬에게 자신이 했던 말이랑 비슷했다.

"그거 아까 내가 한 말이랑 비슷해 보이는군요."

"응용 좀 했죠."

이슬이 검지와 중지로 V자를 그리며 해맑게 웃었다. 당했다. 매번 장난을 치는 쪽이던 재오가 이번에는 아내에게 당하고 말았다.

"재오야, 잠깐만."

일언이 재오를 불렀다. 이슬은 오자마자 재오에게 일언을 소개 받았다. 이런저런 이야기를 나눈 덕분에 확실히 처음보다 편해졌다. 눈이 마주치자 밝게 인사를 건넸다.

"재오 좀 빌릴게요. 소개시켜 줄 사람이 있어서요."

"네."

"갔다 올게요. 멀리 가지 말고 여기 있어요. 알았죠?"

정작 이슬은 아무렇지 않은데 오히려 재오가 떨어지기 싫어했다. 그가 그녀의 손을 꽉 잡으며 여기 가만히 있으라고 당부했다. 결국 일언이 그를 그녀에게서 떼어 내 질질 끌고 갔다. 그 광경이 퍽 우스워 주위 사람들에게 즐거움을 줬다.

이슬은 재오가 당부한 대로 멀리 가지 않고 주변에서만 맴돌았다. 재오의 친구들이나 아는 사람들과 인사를 나누기는 했지만 특별히 대화를 나눌 정도로 친하지는 않기도 했고 그 사람들을 빼면 전부 모르는 사람들이라 연회가 지루했다. 재오와 있을 때만 해도 지루한 줄을 몰랐는데 말이다. 심심한 입을 달래고자 쿠키를 몇 개 집어먹었다.

"켁켁."

연달아 다섯 개를 먹으니 목이 막혀 왔다. 샴페인을 마시고 싶어 두리번거리는데 낯설지 않은 얼굴이 보였다.

결혼식에서 본 적 있던 재오의 친구, 종수가 샴페인을 두 잔 쥐고 이쪽으로 성큼 다가왔다. 그가 한 잔을 건네며 온화하게 웃어 보였다. 이슬이 샴페인을 받으며 감사의 인사를 전하고 곧바로 갈증을 해소했다.

"재오는 어디 갔나 봐요."

"선배분이 소개 시켜 줄 사람이 있다며 데려갔어요."

"아……, 심심하시겠다. 그쵸?"

"네."

종수가 설핏 웃었다. 그 웃음의 의미를 알 것 같기도 해, 이슬은 괜히 겸연쩍었다.

"역시 거짓말은 못 하시는구나."

"역시?"

"아, 재오한테 들은 게 좀 많습니다."

종수는 혹시나 이슬을 불편하게 하지는 않을까 조심하며 이야기를 주도했다. 재오의 부재에 심심해 보이는 그녀를 조금이나마 덜 지루하게 해 주기 위한 배려였다.

"그이가 제 얘기를 많이 하나요?"

"그럼요. 이슬 씨 얘기를 얼마나 많이 하는데요. 걔 관심사가 온통 이슬 씨뿐이란 소리죠."

함께 있지 않은 시간에도 재오가 저를 생각하고 있다니 가슴이 뭉클하고 코끝이 찡했다.

"나쁜 말도 많이 하겠네요?"

"아뇨. 자랑만 엄청 해 대는데요."

진지한 종수의 태도를 봐서 기분 좋으라고 하는 말은 아닌 것 같았다.

"정말요?"

"그렇다니까요. 아, 이건 나쁜 말은 아니지만 솔직한 성격이라 거짓말을 못 하는데 새침해서 그런지 감정을 잘 안 보여 줘서 좋아하는지 헷갈린다고 하더라고요."

"아……."

"재오가 이슬 씨 정말 많이 좋아해요. 걔, 이슬 씨 만나고 나서부터 진짜 많이 웃는 거 알아요?"

종수는 재오의 이야기를 즐거운 얼굴로 전해 주었다. 친구의 행복을 진정으로 기뻐해 주는 사람. 종수가 재오에게 좋은 친구라는 사실을 깨달았다.

"너 내 와이프한테 무슨 얘기하냐?"

재오가 이슬의 손을 잡으며 종수를 장난스럽게 핀잔했다.

"왜? 내가 너 헐뜯었을까 봐 겁나냐?"

"어쭈."

불안해하는 재오의 표정을 보며 종수가 빙그레 웃었다. 그 웃음의 의미를 알 길이 없으니 재오는 답답해 미치겠다. 종수는 일언을 찾으러 자리를 떠났다.

"쟤가 뭐랬어요? 내 욕 했습니까?"

"아뇨. 좋은 말만 잔뜩 해 주고 갔어요. 그러니까 인상 펴요. 응?"

뭐라고 할 줄 알았더니 아무 말도 않는 재오를 이상히 여기며 그의 얼굴을 봤다. 그가 어딘가를 예리한 눈으로 관찰했다.

"왜요? 뭐 있어요?"

이슬이 고개를 갸웃거리며 재오의 시선이 향한 위치를 따라 눈길을 옮기던 그때, 그가 갑자기 어딘가로 뛰기 시작했다. 이슬의 눈에 저 멀리 사람들을 헤치고 도망가는 검은 남자가 보였다. 그쪽에 있던 사람들이 웅성거렸고 연회장 안이 상당히 소란스러워졌다.

재오는 이미 이슬의 시야에서 한참이나 멀어졌다. 드레스와 하이힐 때문에 뛸 수는 없었다. 그를 따라 최대한 빠르게 움직였다. 연회장을 벗어나 로비로 나왔을 때 남자와 뒹구는 재오가 보였다.

사람들이 그들에게 주목했다. 어수선한 분위기 속에서 도망가려는 남자와 온몸으로 막는 재오의 몸싸움이 벌어졌다.

멀리서 봐도 상황이 긴박했다. 초조한 마음을 안고 그들에게 가까이

다가갔다.

거의 다 왔다고 생각하던 찰나, 낮은 비명소리가 들렸다. 알고 보니 재오의 입술에서 파생된 것이었다. 남자는 순식간에 호텔을 빠져나갔다. 모자와 마스크가 얼굴을 가리고 있어 이목구비를 보지 못했다.

"으윽."

또다시 들리는 낮은 비명에 재오를 보니 옆구리를 부여잡고 바닥에 쓰러져 있었다.

손으로 가리고 있는 그곳에서 피가 새어 나오고 있었다.

"여보!"

눈앞에 벌어진 감당하기 버거운 광경에 이슬의 낯빛이 창백해졌다.

## 11화
### 드러나는 실체

이슬의 얼굴은 눈물로 범벅되어 있었다. 호텔에서 변을 당한 재오를 봤을 때부터 이미 눈물이 치밀었지만 최대한 침착하려 감정을 꾹꾹 눌렀다. 119에 신고한 뒤 구급차가 올 때까지 재오를 끌어안고 있었다. 그는 고통스러운지 계속 신음했다.

아마 그때부터였을 것이다. 눈물이 나오기 시작한 게. 병원에 실려 오고 수술 수속을 밟으면서도 계속 눈물이 났다. 이런 상황일수록 정신을 바짝 차리는 게 현명하겠지만 막상 갑작스런 사고를 당하니 혼이 나가 버리고 말았다.

제발, 저희 남편 좀 살려주세요. 의사를 붙들며 애원했다. 의사는 어깨를 두어 번 다독여 주고는 온 신경을 기울여 수술할 테니 걱정 말라는 위로를 전했다.

하지만 말을 하면서 의사는 알고 있었다. 이런 격려는 아무런 도움이 안 될 거라는 사실을. 그래도 아예 안 하는 것보다 낫다고 생각했다. 형식적이고 진부할 수 있는 이런 말들이 때로는 기운을 북돋아 주기도 하니까.

재오는 수술실로 들어가 차가운 수술대 위에 누웠을 거다. 이슬은 수술실 앞에서 부들부들 떨리는 손으로 모든 가족들에게 이 사실을 알렸다. 그때까지만 해도 최대한 감정을 조절하려 노력은 했다. 친정어머니, 시어머니와 나리가 차례로 병원에 도착했다.

친정어머니, 경심을 보자마자 가까스로 인내하고 있던 슬픔이 치솟았고, 어머니의 손을 잡고 엉엉 울었다.

경심의 앞에서 이렇게 심하게 울었던 적은 아마 중학생 이후로 없는 것 같다. 그 기억마저도 흐릿했다.

경심을 걱정시키고 싶지 않아 누구보다 어엿하게 자랐던 이슬이었지만 오늘은 그 누구도 배려할 여유조차 없었다. 경심은 어떤 사람보다 그녀의 마음을 잘 헤아렸다. 딸이기 때문에 눈만 봐도 아는 것이다.

얼마나 애지중지하면서 키워 놓은 딸인데. 그런 딸이 온몸의 기가 다 빠져나가도록 울고 있는 모습을 보니 심장이 미어터지는 것만 같았다. 하지만 경심은 울지 않았다. 눈시울이 붉어지기는 했지만 자신까지 울어 버리면 이 상황을 정리할 사람이 없을 테니까.

"언니 그만 울어요. 오빠 괜찮을 거예요."

나리는 이슬의 건강이 걱정됐다. 병원에 도착한 이후부터 단 한 번도 앉지 못하고 계속 서 있느라 다리도 아플 테고 무엇보다 너무 많이 울어 이러다 쓰러질 것만 같았다.

경심과 채선은 의자에 앉아 초조한 마음으로 수술실을 쳐다보고 있었다. 매사에 밝고 경쾌했던 채선도 오늘만큼은 어둡게 가라앉았다. 슬픔이 치미는지 이따금씩 훌쩍이곤 했다.

"아가씨, 나 이제 그이 없이는 못 살아요. 같이 숨 쉬고 대화하고 웃고 그랬던 시간들. 나한테는 무엇과도 바꿀 수 없을 정도로 소중해. 내 삶의 일부분이 되어 버렸단 말이에요. 그러니까……."

"오빠가 이 말 들으면 진짜 좋아할 거예요. 좀 기고만장하면 어때? 그래도 잘난 척 하고 그러는 게 낫지 이렇게 다쳐서 아무 말 못 하는 건 진짜 싫다. 나 오빠 깨어나면 진짜 잘 할 거예요."

나리의 눈가가 촉촉했다. 이슬에게 전화로 소식을 전해 들었을 때는 이게 무슨 일인가 싶고 실감이 안 났다.

데이트를 하던 중에 남자 친구에게 말도 안 하고 자리를 박차고 뛰어나와 채선을 만나 병원으로 한달음에 달려온 것이다.

수술실 앞에서 핏기 없이 창백한 얼굴로 울고 있는 이슬을 보자 서서히 현실을 깨달았다. 재오에게 평생을 못되게 굴어 왔다. 막내라는 위치를 유리하게 써먹으며 재오를 곤란하게 만든 적이 수두룩했다. 재오의 기분 따위는 생각도 안 했었다.

그런데 그가 수술실에 있는 동안 여태까지 그에게 했던 자신의 행동을 상기하며 반성을 하게 됐다. 이상하게 저절로 그런 생각들이 들었다. 깨어나면 꼭 미안하다고 말해야지. 앞으로는 착한 여동생이 되겠다고 해야지. 나리는 간절한 마음으로 재오가 깨어나길 기도했다.

굳게 닫혀 있던 수술실 문이 열렸다. 경심과 채선은 약속이나 한 것처럼 동시에 벌떡 일어났고, 이슬과 나리는 그쪽으로 얼른 다가갔다. 이슬은 맥이 풀려 휘청거리는 다리로 고집스레 버티며 서 있었다.

"선생님, 제 아들은?"

수술복을 입고 나온 의사에게 채선은 재오의 상태에 대해 물었다. 긴 시간 동안 불안한 맘으로 기다렸던 탓에 입술이 습기 없이 바싹 말라있었다. 한 글자를 꺼낼 때마다 목구멍이 따갑다. 채선은 두 손을 억세게 말아 쥔 채 의사의 답을 기다렸다.

"출혈이 심하긴 했지만 다행히 깊게 찔리지 않았습니다. 수술은 잘 됐습니다."

네 명의 여자가 모두 안도의 한숨을 내쉬었다. 짙게 끼어 있던 먹구름이 사라지고 희망의 빛줄기가 내렸다.

의사는 수술에 관해, 회복 기간에 관해 조금 더 자세히 설명했다. 이슬은 점점 의사에 말이 들리지 않았다. 눈물로 얼룩졌던 시야가 완전히 부서졌다. 곧 의식이 희미해졌다.

"언니!"

이슬이 바닥으로 픽 쓰러졌다. 그 장면을 제일 먼저 목격한 나리의 비명에 모든 시선이 이슬에게로 쏠렸다.

"이슬아!"

기절한 딸을 본 경심이 기겁하고 말았다. 나리가 쓰러진 이슬의 상체를 일으켜 품에 안았다. 지금껏 잘 참고 있던 슬픔이 이제야 터진 나리가 이슬을 끌어안은 채 울음을 터뜨렸다. 채선도 딸이 쓰러진 것처럼 눈물을 터뜨렸다.

"일단 병실로 옮겨야겠습니다."

혼이 나간 세 여자에게 의사는 기꺼이 구세주가 돼 주었다. 의사의 냉철한 지휘 아래 간호사들이 일사분란하게 움직였고, 이슬은 병실로 옮겨져 진료를 받았다.

하얀 벽과 천장, 딱딱하고 차가워 보이는 병상. 그곳에 재오가 죽은 사람처럼 누워 있었다. 병실은 밀도 높은 적막에 잠겨 있다.

"으……."

고요한 침묵 사이로 낮은 신음이 흘렀다. 재오의 손가락 끝이 미세하게 떨렸고, 곧 속눈썹이 파르르 떨리며 눈꺼풀이 들어 올려졌다. 갑작스런 빛의 폭격에 짜증스러워 인상을 구겼다. 숨을 들이쉴 때마다 후각을 마비시킬 듯 진한 약 냄새에 몹시 언짢았다.

"병원인가."

흐릿했던 의식이 선명해지자 자신이 어디에 있는지 무슨 상태인지 서서히 인식됐다. 등에 닿는 시트가 딱딱하고 불편했다. 몸을 감싸고 있는 환자복은 너무 얇아서 상처 입은 저를 보호해 주기에는 턱없이 빈약해 보인다.

"그 자식, 대체 누구지."

호텔에서 발견한 그 남자. 분명 얼마 전에 디저트 가게에서도 목격했었다. 창밖에서 이슬과 저를 관찰의 눈빛으로 예의 주시 했었다. 눈이 마주치자 확 시선을 회피하고 시야에서 사라졌었지. 검은 모자를 푹 눌러쓰고 마스크를 끼고 있어서 얼굴을 전혀 알아보지 못했다.

하지만 옷차림과 눈빛이 그때와 똑같았던 덕분에 호텔에서 본 남자와 동일인물이라는 사실을 유추했다. 꺼림칙한 기분이 온몸을 더럽게 뒤덮었다. 반드시 잡아서 마스크를 벗기고 싶었는데, 안타깝게도 기회를 날려 버려 미치도록 분했다.

그 남자가 칼만 안 휘둘렀어도 얼굴을 확인할 수 있었을 텐데. 남자는 칼을 지니고 있기는 했지만 재오에게 심한 상해를 입히거나 죽일 의도는 없어 보였다. 그저 도망가기 위해 위협할 목적으로 살짝만 상처를 냈다.

"미행하는 건가? 대체…… 누구를? 왜?"

한 번도 아니고 두 번씩이나 마주친 것을 보면 우연은 아닐 테다. 분명 추악한 음모가 숨어 있을 거다. 그게 뭔지 아무리 머리를 굴려도 해결이 안 됐다.

성치 않은 몸 상태로 너무 깊은 생각을 해서 그런지 머리가 심하게 아팠다. 깨질 것 같은 통증 때문에 가쁜 숨이 터져 나왔다.

재오는 생각을 거두고 편하게 누웠다. 그러다 무심코 옆으로 고개를 돌렸다가 화들짝 놀랐다. 이슬이 옆 병상에 누워 있는 게 아닌가! 이불 옆으로 삐져나온 하얀 손목에 링거 바늘이 박혀 있었다. 그가 상체를 벌떡 일으켰다.

"윽……."

갑작스레 몸을 크게 움직이자 옆구리에서 극심한 통증이 퍼졌다. 심호흡을 하며 최대한 안정을 찾고 병상에 누워 잠든 이슬을 봤다.

"링거 바늘이 너무 흉악해 보이는군."

창백한 얼굴과 가느다란 팔을 보니 링거를 맞고 있는 이슬이 그렇게 안쓰러울 수가 없었다. 가까이 다가가고 싶어 병상을 벗어나기 위해 움직이는데 링거 줄이 덜컹 흔들렸다. 그제야 자신도 링거를 맞고 있다는 사실을 깨달았다.

마침 병실 문이 열고 들어온 나리가 잠에서 깬 재오를 보자 한달음에 달려왔다.

"오빠! 괜찮아? 정신 멀쩡해?"

나리가 재오의 얼굴을 요리조리 뜯어 보며 안색을 살폈다. 그녀의 호들갑에 재오는 정신이 가출할 것 같았다.

"네가 시끄럽게 굴지만 않으면 멀쩡할 것 같다."

순간 나리가 웃음을 터뜨렸다.

"아무리 험한 꼴을 당해도 표재오는 표재오구나?"

"너 오빠 이름을 아주 친구 부르듯 부르는구나."

"히힛. 그래도 오빠 살아나니까 진짜 좋다."

"나 안 죽었거든? 살아나긴 뭘 살아나."

나리가 진심으로 자신을 걱정했다는 느낌을 받아, 재오는 가슴이 뭉클했다. 그렇지만 성격상 그런 티를 못 내겠어서 일부러 퉁명스레 대했다.

"오빠 죽는 줄 알았거든. 그래서 얼마나 걱정했게?"

"입에 침이나 바르고 말해."

"진짜야! 왜 동생 말을 못 믿어?"

"목소리 좀 낮춰."

재오가 이슬을 쳐다보며 나리에게 주의를 줬다. 이슬이 깰까 봐 걱정하는 그의 마음을 알아차린 나리가 고개를 끄덕였다.

"어떻게 된 거야?"

"기억 안 나? 오빠 호텔에서 칼에 찔렸다며. 그래서 이슬 언니가 병원에."

"나 말고."

대화를 하면서도 재오의 눈길이 계속 이슬에게 향해 있었다. 나리가 이제야 이슬이 왜 환자복을 입고 있는지 궁금해 하는 얼굴을 눈치챘다.

"나 병원 왔을 때, 언니 이미 쓰러지기 일보 직전이더라. 오빠 걱정 많이 됐나 봐. 핏기 하나 없는 얼굴로 계속 울더라고. 오빠 수술 잘 끝났다는 얘기 듣고 픽 쓰러진 거 있지? 얼마나 놀랐다고. 둘이 진짜 뭐야? 번갈아 가면서 놀라게 하고."

"그래서? 괜찮대? 언제 깨는 건데?"

"모르겠어. 일단은 지금 너무 지쳐 있어서 푹 쉬게 두래. 그러니까 괜히 깨우지 말고 오빠도 몸 추스르고 나서 그때 천천히 들여다 봐."

이슬에게 완전히 시선이 빼앗긴 재오를 보니 나리가 하는 말이 들리지도 않는 얼굴이었다. 그의 모습에 그녀가 허탈한 웃음을 터뜨렸다.

"아유, 꿀 떨어지시네. 그렇게 언니가 좋아요?"

"너 까분다."

"눈에 하트가 가득이네, 아주. 언니 괜찮대. 금방 괜찮아질 거니까 너무 걱정 말아."

그제야 재오는 조금이나마 안심이 되는지 낮은 숨을 내쉬며 답답한 폐부를 환기시켰다.

"뭐 필요한 거 없어?"

"물 좀."

나리가 냉장고에서 생수병을 꺼내 재오에게 건네자 목이 많이 말랐는지 500㎖ 생수를 반을 비웠다.

"오빠도 더 쉬어. 참, 어른들은 오빠 수술 잘 끝난 거 확인하시고 각자 집으로 돌아가셨어."

"그래."

재오는 많이 힘들어 보였다. 그는 병상에 반듯이 누워 몇 번 눈을 깜빡거리다가 옆으로 고개를 돌렸다.

인형처럼 눈을 감은 채 잠에 빠진 아내를 시선에 담았다. 제가 다쳤다고 걱정해 주는, 많이 울다가 지쳐 쓰러진 아내. 나리가 전해 준 이야기에 기분이 포근하다. 어느새 법적으로만이 아닌 심적으로도 부부가 되었나 보다.

슬슬 졸음이 쏟아져 견디지 못 하고 잠에 빠져들었다.


머리카락을 간질이는 손길에 눈이 떠졌다. 재오는 흐린 의식을 깨기 위해 눈을 여러 번 깜빡였다.

"여보."

다정히 부르는 목소리와 머리카락을 만지는 부드러운 손길. 불투명한 의식 속에 만난 이슬은 꿈처럼 다가왔다.

"깼어요?"

다행히도 훨씬 선명해진 목소리가 꿈이 아니라는 확신을 갖게 했다. 재오는 아직 몸 상태가 좋지 않아서 어쩔 수 없이 누운 채로 이슬을 봐야 했다. 제 병상 옆에 앉아서 저를 물끄러미 응시하는 이슬을 마주 보니 이상하게 마음이 몽글몽글했다.

"당신 언제 일어났어요?"

"좀 됐어요. 일어나 보니까 하루가 지나있어서 깜짝 놀랐어요."

"엄청 오래 자더군요. 마치 안 깰 사람처럼. 그래서 얼마나 불안했는데."

재오의 눈에 불안감이 한껏 도드라졌다.

"아까 깼었어요?"

"몇 번 깨었는데 그때마다 당신은 자느라 바쁘더군."

"신경 쓰이게 해서 미안해요. 당신 환자인데 나 때문에 더 악화되면 어떡해."

"당신도 환자랍니다."

아직 현기증이 나긴 했지만 이슬이 옅은 미소를 띠며 아무렇지 않은 척 했다.

"난 이제 괜찮은데?"

"얼굴에 핏기 하나 없거든?"

이슬이 제 볼을 손등으로 쓸어 보더니 변명할 여지가 없는지 샐쭉 웃었다. 재오가 긴팔을 뻗어 이슬의 뺨을 어루만졌다.

"까칠하다."

"만지지 마요."

"왜요? 불편합니까?"

"아뇨. 피부 까칠해서 창피해요."

그런 이유로 만지지 말라니 재오는 허탈했다.

"창피할 것도 많군요. 나리한테 올 때 로션 같은 것 좀 챙겨오라 시켜야겠다."

"참, 아가씨는?"

경황이 없어 묘연한 나리의 행방을 이제야 궁금해 한다.

"낮까지 있다가 피곤해 보이기에 집에 가라고 내쫓았어요."

"아……. 잘했어요."

이슬은 저였어도 나리를 집으로 보냈을 것이라고 생각했다. 부부의 생각이 하나로 일치되는 순간이었다.

"걔가 당신 걱정 많이 했어요."

"이따 아가씨한테 연락해 줘야겠네."

"그래요."

한참 이어지던 대화가 끊기고 불쑥 손을 잡아 온 재오로 인해 이슬은 쑥스러워져서 다른 손으로 이불을 만지작거리며 고개를 내리고 있었다. 이어 그가 엄지로 손등을 부드럽게 쓸자 간지러우면서도 따끔따끔한 느낌이 났다.

"이리 와요."

재오가 손을 놓더니 옆으로 조금 움직여 빈 공간을 만들었지만 성인 2명이 눕기에는 비좁았다.

"너무 좁은데."

"꽉 껴안고 있으면 돼."

공간이야 어떻게든 만들어질 수 있다지만 무게는 어떻게 감당하게 하려고 그러는지, 이슬은 염려되는 마음에 선뜻 움직이지 못했다.

"부서지면 어떡해요?"

"하나 사 주지 뭐."

"어머? 우리 남편 돈도 많아."

"그러니까 아무 걱정 말고 내 옆으로 와 봐요."

여러모로 걱정되는 것들이 있어 주저하고 있던 이슬이 이제야 몸을 움직여 재오가 마련한 빈자리에 느릿하게 누웠다.

"팔 아플 것 같은데."

수술한 환자의 팔베개가 부담스러웠으나 재오는 오히려 어깨에 감싼 팔을 더 조여 이슬을 꽉 안았다.

침대가 부서지는 것이 아니라 제 몸이 으스러질 것 같았다. 이건 뭐 같이 누운 게 아니라 한 몸이 된 기분이었다. 그래도 참 좋은 것은 환자복이 얇아 서로의 체온을 온전히 느낄 수 있다는 사실이었고, 그 느낌이 굉장히 포근했다.

"내 걱정 많이 했죠?"

재오가 고개를 끄덕이는 이슬의 머리카락을 다정히 쓸었다. 자연스레 귀로 이동한 손이 귓바퀴를 더듬었다.

"간지럽거든요?"

"그러면서 왜 웃을까?"

"몰라요, 나도. 흐흐."

제 입술에서 새어 나오는 기이한 웃음소리에 놀란 이슬이 당황한 듯 두 손으로 입술을 틀어막았다. 재오는 조금 더 끈적끈적한 손길로 귀를 만졌다. 그의 손이 귀에 집요하게 머물렀다.

"그만해요."

"목소리가 너무 야합니다."

"뭐래. 아니거든요, 으흥."

아니라고 부정을 하면서 또다시 야한 소리를 내고 있었다.

"으흥은 뭡니까?"

"당신이 자꾸 자극하니까 그렇잖아요."

이슬의 목소리에 불만이 잔뜩 스며있다. 재오가 키득거리며 웃었다.

"병원이니까 자중해야지."

"이게 지금 자중하는 사람의 손이에요?"

"내 손이 어떻다고 그렇습니까?"

재오는 억울해하지만 정작 그의 손은 허리를 지분거리고 있었다. 물론 환자복 위로 만지고 있기는 했지만 천이 워낙 얇아 손길이 고스란히 느껴졌다.

"자기 손, 되게 엉큼하거든? 어딜 만지는 거야?"

"이제 반말도 잘하고?"

"급한 상황에서는 어쩔 수 없으니까!"

"급해? 뭐가 급한데?"

재오가 놀리는 말투로 물었다. 이슬의 숨소리가 조금 전보다 확실히 거칠어졌다.

불규칙적인 호흡으로 그녀의 상태를 짐작할 수 있었다. 그가 짓궂게 굴던 손길을 거뒀고, 이슬이 그의 가슴에 얼굴을 파묻더니 비비적거려 왔다. 심장을 덮는 간지러운 바람. 꽃으로 만발한 초원을 달리는 느낌이 들었다.

"호텔에서 당신 다쳤을 때 진짜 기절하는 줄 알았어요."

호텔에서 벌어졌던 상황을 상기하는 듯 이슬의 목소리가 가늘게 떨렸다.

"진짜 기절했으면서."

"……그러네."

바로 기절하지는 않았지만 어쨌든 기절하기는 했으니 수긍할 수밖에 없었다.

"그 사람, 내가 꼭 잡을 거예요."

"그러다 다칩니다."

"다쳐도 상관없어. 감히 내 남편한테 상처를 내? 나 그 놈 용서 못해요."

이슬의 목소리에 화가 실렸다. 재오가 그녀의 마음을 달래고자 볼을 부드럽게 어루만졌다. 하지만 그녀는 남편에게 상해를 입힌 남자를 향한 분노를 꺼뜨리지 않았다.

"마음은 고맙지만 가만히 있어 줘요. 괜히 나섰다가 큰일이라도 나면 어쩝니까? 위험해요."

이슬을 위험 속으로 떠밀 수는 없는 노릇이었다.

"상관없다니까요."

"내가 상관있습니다. 것도 아주 많이."

이슬은 재오의 눈에 비친 걱정을 봤다. 그는 혹시라도 그녀가 위험한 상황에 처해 다친다면 굉장한 충격을 받을 것 같았다. 그녀는 그의 사랑을 실감했다.

입원 후 일주일이 지났다. 그사이 재오는 꽤 회복이 됐다. 이슬은 기력을 완전히 되찾았고, 매일 그의 곁을 지키며 살뜰히 간호했다. 그의 회복이 빨랐던 건 아마도 그녀의 사랑 덕분이지 않을까.

계절은 가을에 접어들었지만 여전히 기온은 높은 편이었다. 여름은 무더위로 사람들의 불쾌지수를 대폭 상승시키더니 9월이 됐는데도 미련을 떨치지 못한 채 여전히 잔류 중이다. 그래도 하늘만큼은 청명해 창문 밖으로 보는 세상이 무척 깨끗하고 예뻤다.

한낮이지만 재오는 꿈속을 헤매고 있었다. 겉으로 내색은 안 하지만 병원 생활이 고된 것을 알고 있다. 어서 빨리 완쾌해서 건강한 그를 마주하고 싶었다.

재오가 자는 사이 밖에 나갔다 온 이슬의 손에는 꽃과 화병이 들려 있다. 이곳에 있으면 안 아픈 사람도 괜히 처지게 되는 것이 싫었으면, 약 냄새나는 삭막한 병실에 변화를 주고 싶었다. 꽃을 다듬어 화병에 꽂았고, 생기를 불어넣는 꽃으로 인해 병원이 화사해졌다.

이슬은 흡족한 미소를 띠며 꽃을 바라보다 시선을 들었다. 유리창 너머로 새파란 하늘이 펼쳐져 있다.

하얀 뭉게구름이 떠다니고 있어 푸른색의 하늘이 주는 차가움을 상쇄됐다. 그게 꼭 재오와 저의 모습 같았다. 판이하게 다른 성향의 두 사람이 유난히 도드라진 부분을 보이지 않게 해 잘 조화되는 모습. 어울릴지 않을 것 같던 우리가 제법 잘 어울리는 부부가 되어가고 있었다. 아직은 부족한 점이 많지만 변화하고 있음을 충분히 느낄 수 있었다.

쥐 죽은 듯 조용하던 병실에 작은 소음이 퍼졌다.

창밖의 예쁜 하늘, 생기 있는 꽃, 사랑하는 남편. 이 세 가지가 함께 있는 고요를 즐겁게 만끽하고 있던 이슬에게는 작은 소리도 잡음처럼 들렸다. 그러나 문을 넘는 이가 진원임을 확인했을 때는 방해받았다고 생각했던 자신을 반성하게 됐다.

"오빠."

진원은 출장을 다녀오는 바람에 병원을 찾아오지 못했기 때문에 오랜만에 봤다. 이슬은 반갑게 그를 맞았다.

"진짜 오랜만이다. 그치?"

"그러니까. 네 얼굴 까먹을 뻔했다."

"나도. 출장은 잘 다녀왔어?"

"응. 몸은 어때? 쓰러졌었다며. 얘기 듣고 놀랐다."

진원은 이슬의 머리카락을 쓸어 넘기며 걱정스런 눈으로 얼굴 곳곳을 샅샅이 살폈다. 시간이 지나서 그런지 혈색도 좋고 특별히 아파 보이는 곳은 없었다. 그제야 안도하며 손을 거둔 그의 시선이 재오에게로 흘렀다.

"자나 보군."

"응. 요즘 많이 자."

이슬도 자연스레 재오를 보며 살며시 웃음 지었다.

"점심은 먹었어?"

"아니. 오빠는?"

"나도 아직. 같이 먹자."

"그럴까?"

잠깐 자리를 비워도 되겠지. 이슬은 곤히 자고 있는 재오를 살펴보다가 가자고 팔을 잡아당기는 진원에게 못 이기는 척 끌려갔다. 아무래도 병실에 혼자 두고 온 재오가 신경 쓰여 멀리가지 못 하겠다고 말하자 진원은 근처에 있는 설렁탕 집으로 그녀를 데리고 갔다.

주문한 설렁탕 두 그릇이 놓였다. 각자의 방식대로 설렁탕을 먹었다. 진하게 우려낸 사골 육수가 기운을 불어넣어 주는 동시에 몸을 뜨끈하게도 해 주었다. 새콤하고 매콤한 무 섞박지와 함께 먹으니 진수성찬이 부럽지 않았다.

"나만 먹으려니 미안하네."

"어?"

"그이도 같이 먹으면 좋았을걸."

설렁탕을 앞에 두고 재오를 떠올리고 있는 이슬의 모습이 진원을 언짢게 했다.

"아직 이런 건 못 먹잖아."

"그렇긴 하지만."

맛있을 리 없는 병원 밥을 꾸역꾸역 먹는 재오를 볼 때마다 속상했다. 먹기는 싫지만 걱정을 끼치지 않으려고 억지로 입안으로 밥알을 쑤셔 넣는 그를 알기에 마음이 심란했다. 저 혼자 설렁탕을 먹으려니 가슴 한편에 미안함이 자리했다.

"그 사람 퇴원하면 맛있는 음식 많이 해 줄 거야."

소고기도 구워 주고, 갈비찜도 해 주고, 해물탕도 끓여 줘야지. 그 사람이 좋아하는 음식, 몸에 좋은 음식, 다 만들어 줄 테다. 그러니 그 사람이 얼른 나았으면 좋겠다.

"결혼하니 좋아?"

불현듯 던져진 질문에 이슬은 곧바로 활짝 웃었다.

"좋아."

1초의 망설임도 없는 대답에 진원의 눈가가 떨렸다. 그는 당황한 마음을 숨기기 위해 고개를 조금 아래로 숙였다.

"오빠는 결혼 생각 없어?"

"없어."

진원은 단호했다. 이슬도 결혼 전까지만 해도 그와 뜻이 다르지 않았기에 충분히 그의 마음을 헤아리지만, 먼저 결혼을 해 본 입장으로서 생각보다 나쁘지 않다는 사실을 알려 주고 싶었다.

"나도 그랬는데 막상 해 보면 나쁘지 않더라고. 오빠도 그럴 거야."

"너무 마음 주지 마."

"응?"

"나는 네가 마음을 다 쏟다가 또 크게 다칠까 걱정돼. 정지욱을 생각해 봐. 네가 얼마나 괴로웠는지."

난데없이 틀어진 이야기의 방향에 이슬은 듣고 싶지 않은 얘기를 들은 사람처럼 얼굴이 굳어졌다.

"지욱 오빠하고 재오 씨는 달라."

진원이 정색을 하며 물었다.

"뭐가 다른데?"

"재오 씨는 지욱 오빠처럼 돈 때문에 날 버릴 사람이 아니야."

지욱은 배신감으로 얼룩진 이름이며 다시는 꺼내고 싶지 않은 기억이다. 가슴에 있는 흉터도 할 수만 있다면 뜯어 버리고 싶다. 죽어서도 용서할 수 없는 사람이다, 그 사람은. 그런 사람과 재오를 비교해서는 안 된다. 재오는 다를 테니까. 그런 사람이 아닐 거니까.

"넌 또 남자를 믿는구나. 그렇게 당하고도."

예리한 칼날 같은 말로 가슴을 후벼오는 진원 때문에 이슬은 너무 아파 정신을 차릴 수 없었다. 진원이 무엇을 걱정하는지 알겠다. 그는 가장 가까이에서 지욱에 대한 상처에 고통스러워하던 이슬을 지켜봤으니까.

이슬은 과거를 반복하고 싶지 않았다. 지욱 때문에 남자를 믿지 못했던 자신이 또다시 남자를 믿고 있었다. 진원의 충언이 너무 아팠다.

재오는 잠이 오지 않는지 이불 속에서 여러 번 뒤척였다. 소파에 앉아 그 광경을 지켜보던 이슬이 자리에서 일어나 그에게로 왔다.

"어디 불편해요?"

그가 이불을 거두고 상체를 일으켜 앉았다.

"잠자고 밥 먹고 약 먹고, 지겨워 죽겠습니다."

3주 째 이어진 병원 생활에 이골이 났나 보다. 그럴 만도 한 것이, 밀폐된 병실 안에 가둬져 매번 같은 일상을 반복하려니 지겹기도 할 테다.

"차라리 2인실에 계속 있을걸."

재오는 지난 주, 1인실로 병실을 옮겼다. 아픈 몸으로 다른 누군가와 함께 생활을 하는 것보다 혼자 편하게 있는 것이 나을 텐데 왜 2인실에 있었으면 하는 말을 하는 건지 이슬은 이해하지 못했다.

"왜요?"

"독방에 가둬진 기분입니다."

까닭을 듣고 나자 그 마음이 이해됐고, 덩달아 웃음까지 났다.

"푸훗."

"왜 웃습니까?"

"표현이 웃겨서요."

재오는 못마땅한 표정을 지어 보였지만 이슬은 개의치 않고 마음껏 웃었다. 그가 긴 다리를 병상 아래로 내려 슬리퍼에 발을 끼우고 벌떡 일어섰다.

"어디 가게요?"

"답답해."

재오는 혼잣말처럼 중얼거리고는 이슬을 지나쳐 출입문으로 저벅저벅 걸어갔다.

그녀가 옷걸이에 걸린 그의 카디건을 집어 이미 출입문을 열고 밖으로 나가 버린 그를 쫓았지만 어찌나 다리가 긴지 금세 멀리도 가 버렸다. 복도를 지나 엘리베이터를 탄 그를 따라 그곳으로 얼른 몸을 집어

넣었다.

혹시라도 문이 닫힐까, 열림 버튼을 누르고 있던 그는 그녀가 탄 것을 확인하고 손을 내렸다.

"추워요. 이거 입어요."

재오는 이슬의 행색을 살피더니 제게 내밀어진 카디건을 거절했다.

"당신 입어요."

이슬도 티셔츠에 청바지만 달랑 입고 있어 충분히 추워 보였다.

"난 됐어요. 당신은 환자잖아."

"내일이면 퇴원하는데 환자는 무슨 환자. 진작 다 나았습니다."

"어쨌든 오늘까지는 환자잖아요. 고집 피우지 말고 입어요. 감기 걸려."

때마침 엘리베이터가 멈추었다. 재오는 끝내 카디건을 받지 않은 채 빠른 속도로 엘리베이터에서 내려 1층 로비를 지나고 있었다. 이슬이 한숨을 길게 내쉬더니 그가 지나간 길을 똑같이 밟았다.

병원 밖 화단에 기대 선 재오의 옆으로 갔는데, 불현듯 그가 손에 들린 카디건을 가져갔다. 그녀는 당연히 그가 카디건을 입을 거라 여겼다.

그런데 등 뒤를 감싸는 아늑한 느낌에 어깨를 보니 그가 카디건을 걸쳐 주고 있는 게 아닌가. 그녀가 휘둥그레 뜬 눈으로 그를 봤다. 그는 무표정한 얼굴로 카디건을 걸쳐 주더니 임무를 마친 손을 거두었다.

"이걸 왜 나한테……."

"가을밤은 역시 춥다. 감기 걸리면 고생이니까 입고 있어요."

카디건보다도 훈훈한 재오의 마음에 이슬이 뭉클한 미소를 그렸다.

"근데 이거 나 주면 당신은?"

재오의 피부를 휘감고 있는 환자복이 너무 얇아 불만인 이슬은 인상을 찡그렸다. 그때 팔을 덥석 붙잡더니 제 앞으로 확 끌어당기는 힘에 다리가 휘청거렸다.

순식간에 그의 앞에 서게 됐고, 곧 몸을 감싸 오는 그의 팔에 심장이

379

두근거렸다. 그가 그녀를 품에 꽉 끌어안았고, 그러는 바람에 그의 가슴이 등 뒤로 완전히 밀착했다.

가슴 윗부분에 둘러진 그의 팔은 꼭 안전장치처럼 튼튼했다. 진짜 좋은 게, 그의 체온이 온전히 와 닿는다는 사실이다. 귀를 적시는 그의 숨결이 미치게 좋았다.

"난 이렇게 하면 됩니다."

귀에 삽입되는 나른한 음성에 꽤 야릇한 기운이 스멀스멀 피어올랐다. 기분이 이상해 팔을 문질렀지만 개운해지지는 않았다.

"누가 보면 어쩌려구."

"염장 좀 질러보지, 뭐."

"치……."

"나 돌보느라 고생 많았어요. 환자 간호하는 거 보통 일 아닌데 묵묵히 곁을 지켜 주고, 당신 아니었으면 진작 뛰쳐나갔을지도 몰라."

이슬의 입술 새로 기분 좋은 웃음이 흘러나왔다.

"뛰쳐나가고 싶은 거, 잘 버텼네요."

"당신 덕분이에요."

"그렇게 말해 줘서 고마워요. 솔직히 난 그냥 당신 옆에 있었던 것뿐이라 그런 말 들으니까 되게 황송한 거 알아요?"

"황송하옵니다! 전하."

어느 사극에서 본 적 있는 말투에 이슬이 화들짝 놀랐다.

"뭐예요? 갑자기 사극 말투라니."

"나 잘하죠?"

"에?"

이야기 전환이 너무 확 바뀌어 적응을 못 하겠다. 얼떨떨하면서도 뭔가 상황이 웃겨서 웃었다.

"나 사실 어릴 때 연예인, 해 보고 싶었어요."

처음 듣는 정보에 귀가 쫑긋 섰다.

"진짜?"

"응."

망설임 없이 대답하는 걸 보면 농담이 아닌가 보다. 놀란 마음도 잠시 그의 말이 납득 됐다. 그는 연예인으로도 손색이 없을 정도로 근사해, 지금 당장 TV에 나와도 어색하지 않았다.

"뭐 우리 남편이야 외모며 몸이며 다 훌륭하니까 연예인 됐어도 크게 성공했을 거야."

"내가 그렇게 훌륭한가?"

이슬의 평가가 비록 지나치게 감정적이라고 해도 흡족한 건 어쩔 수 없었다.

"뭐야, 천상천하 유아독존의 표재오 씨에게 그런 물음은 안 어울리거든요."

"나야 스스로 훌륭한 거 압니다만. 근데 당신이 보기에도 그렇다니까 좋아서 그래요."

"으이그."

때때로 이렇게 엉뚱하긴 해도 이런 사람이라서 함께 있어도 지루하지 않았다. 누가 그 시간 좀 저에게 빌려 달라 그런다고 하면 정색하며 딱 잘라 거절할 정도로 그와 있는 시간은 무척 즐겁다. 이런 사소한 일상들에서 행복을 전해 받고 있었다.

"근데 왜 안 했어요?"

"그것보다 더 절실한 게 있었으니까."

"절실한 거?"

잠시 숨을 고르며 침묵하는 재오가 어떤 생각을 하는지 궁금했지만 잠자코 기다렸다. 그가 팔을 더 조여 오는 바람에 몸이 으스러질 것 같았다. 심상치 않은 분위기를 읽었고, 그의 행동을 말리지 못했다.

"아버지에게 인정받는 것."

연예인이 되고 싶었다는 이야기보다 더 놀라운 이야기다. 아버지와 사이가 안 좋은 줄 알고 있는데 그런 아버지에게 인정받고 싶었다니, 너무 신기했다. 게다가 절실하다고까지 말할 정도니 대체 얼마나 꿈꾸던 일일까?

"재오야, 잘했다. 넌 아버지의 회사를 물려받아도 되겠구나. 기특하다, 내 아들. 그 말이 얼마나 듣고 싶었게."

"……"

"하지만 끝내 듣지 못 했죠."

슬픔에 잠긴 재오의 목소리에 이슬은 심란해진 마음으로 그의 숨소리에 귀를 기울였다. 눈을 보고 있지 않기 때문에 그의 마음을 온전히 알기가 어려워서 숨소리로 유추해야 했다.

"나도 참 병신 같지. 그게 뭐라고."

"여보."

"순수했던 건지, 멍청했던 건지."

이슬은 신랄한 자책에 빠진 재오를 무척이나 안타까워했다. 어둠이 삼켜 버린 그에게 빛을 선물하고 싶지만 방법을 몰라 헤매야 했다.

"왜 그래요. 무슨 일이 있었던 건데? 나는 잘 몰라서 어떤 말을 해 줘야 하는지도 잘 모르겠어."

"아무 말 안 해도 돼요. 당신은 이렇게 같이 있어 주는 것만으로도 충분히 힘을 주니까."

이슬의 존재만으로도 재오에겐 이미 커다란 빛이나 다름없었다.

"내가 그런 존재예요, 당신한테?"

"그럼."

이슬의 입가에 아련한 미소가 걸렸다.

"왜? 싫어요?"

"좋아요. 계속 그런 존재이고 싶어요."

"걱정 말아요. 평생 이럴 테니까."

밀려드는 기쁨에 이슬의 가슴이 벅차올랐다.

"평생……"

"이혼 안 해 줄 겁니다."

재오가 단호한 태도로 이혼을 하지 않겠다는 의사를 밝혔다.

"누가 해 달래요?"

해 달라고 한 적 없는데 갑자기 왜 이런 말을 꺼내는지 의아했다.

"결혼 전에 그랬잖아요. 이혼 할 거라고."

"그때는 지금이랑 상황이 전혀 달라졌잖아요."

"그래서. 나랑 이혼 안 할 건가?"

이슬이 냉큼 대답했다.

"당연하죠!"

재오가 흡족한 미소를 띠며 말했다.

"그 마음 변치 마요."

"뭐, 당신 하는 거 봐서."

이슬의 새침한 목소리에 재오는 불편한 심기를 드러냈다.

"당연하다는 대답, 5초 전에 했습니다만?"

이슬이 재오의 팔을 풀며 멀찌감치 떨어지더니 무안한지 얼굴도 제대로 쳐다보지 못했다.

"추워! 더 있다가는 감기 걸리겠네. 우리 들어가죠."

쌀쌀맞게 말하며 병원 안으로 쏙 들어가 버린 이슬을 보며 허탈한 웃음을 터뜨린 재오도 곧 그녀를 따라 병원 안으로 들어갔다. 그는 큰 보폭으로 금방 그녀에게 다가갔다. 다정히 손을 잡고 병실로 돌아왔다.

재오는 피곤한지 곧바로 병상에 누웠다. 카디건을 옷걸이에 걸어 두고 병상으로 온 이슬이 자연스레 그의 옆에 누웠다. 마치 매일 이래온 것처럼, 행동에 거리낌이 없었다. 그는 반사적으로 팔베개를 했고, 그녀는 거부감 없이 그의 팔을 뱄다.

"여보, 몸 너무 차갑다. 그러게 카디건 입고 있으라니까, 말 안 듣더니 이게 뭐예요."

퇴원을 할 수 있을 정도로 상태가 호전됐다고 할지라도 어쨌든 아직은 무리를 해서는 안 되는 재오가 환자복만 입은 채로 바깥 공기를 맡고 서 있었던 게 못내 마음에 걸린 이슬이 그를 나무랐다.

"바가지 긁는 건가?"

"바가지라뇨. 걱정돼서 하는 말인데 섭하게."

이슬이 불쑥 치미는 섭섭함에 입술을 삐죽였다.

"추워."

"거 봐, 춥죠?"

"좀 더 바짝 붙어 봐요."

팔을 둘러 꽉 끌어안는 재오의 행동에도 이슬은 반항하지 않고 가만히 그가 하는 대로 두었다.

"감기 걸리면, 흐읍."

말을 하던 도중 입술이 틀어 막혔다. 벌어진 입술 사이로 재오의 숨결이 밀려들어 오는 바람에 주문에 걸린 사람처럼 눈이 감기고 온몸에 기운이 쭉 빠졌다.

키스가 진해질수록 몸이 자꾸 나른해지고 아찔한 감각이 일었다. 몸이곳저곳을 자유롭게 유영하는 그의 손길에 열기가 피어오르고 심장박동이 빨라졌다. 벅차오르는 숨을 간신히 뱉어내면 그가 그것을 모조리 빨아 마셨다. 꼭 그것을 먹어야 사는 사람처럼 절박하게.

끼익끼익. 끽. 격해진 키스에 두 사람의 끈적끈적한 애정의 무게를 감당 못 하겠는지 병상이 비명을 질렀다. 위태롭게 흔들리는 병상 따위는 안중에도 없는지 재오는 키스에 몰두했다.

그가 이슬의 위를 점령하면서 덮고 있던 이불이 스르륵 미끄러졌다. 후끈한 공기에 이불이 없어도 춥지 않았다. 은밀한 손길로 이슬의 귓바퀴를 더듬자, 그녀가 나른한 숨을 내쉬며 고개를 뒤로 젖혔다.

"병원에서의 마지막 밤을 섹시하게 보내 볼까?"

"하아……, 여보……."

"협조해 줄 거죠?"

재오의 진득한 눈빛과 아슬아슬한 손길, 거친 숨소리가 이슬을 긴장하게 했다. 반응이 느리기는 했지만 어쨌든 고개를 끄덕여 협조해 주겠다는 뜻을 밝혔다. 그가 만족스러워하며 이마에 키스했다.

"근데 누가 들어올까 봐 겁나요."

"정신 못 차리게 해 줄게요. 그럼 누가 들어와도 겁 안 날 테니."

"긴장 돼."

"처음도 아니면서."

재오가 좀 더 부드러운 느낌으로 이슬의 어깨를 더듬었다.

"긴장하지 마요."

긴장한 이슬을 다독이며 옷 안으로 손을 집어넣었다. 배를 쓰다듬는 손길에 그녀가 입술을 깨물었다. 찌릿찌릿한 느낌이 발끝부터 기어오르더니 온몸을 좀먹어 갔다.

조금씩 위로 올라오는 손에 이불을 꽉 움켜쥐었다. 바들바들 떠는 그녀가 안쓰러워 깨물고 있는 입술을 벌려 키스했다. 감미로운 키스를 선사했고 그녀는 서서히 긴장을 풀어 갔다.

차가운 공기가 배회하던 실내를 후끈 달구는 두 사람의 뜨거운 숨. 엄청난 열기. 누구에게든 출입이 허가된 이 공간이 비밀스러운 곳으로 변했다.

"다시 생각해 보니 1인실로 옮기길 잘한 것 같아요."

"하아……, 아깐 감옥 같다더니."

"어리석었어."

이슬의 입가에 부드러운 미소가 퍼졌다. 그러나 곧 상의와 함께 브래지어를 위로 밀어 올리는 재오의 행동에 깜짝 놀랐다.

병원 특유의 공기가 노출된 가슴에 스치는 느낌이 상당히 낯설고 이상했다. 진짜 누가 들어오면 어쩌나 조마조마해 죽겠는 저와는 달리 그는 세상 여유로운 얼굴을 하고 있었다.

"부끄러워요."

브래지어와 상의를 내리려고 시도했으나 보기 좋게 실패하고 말았다. 재오의 수갑 같은 손아귀에 손이 잡혀 버리고 말았다.

"여기 나밖에 없는데 뭐가 부끄럽다고 그래요."

"당신도 한 번 벗어 봐요. 얼마나 부끄러운데……."

입장 바꿔 생각해 보라고 꺼낸 말이었는데, 거리낌 없이 환자복을 벗는 재오의 행동에 이슬의 동공이 확장됐다.

"같이 벗고 있으니까 덜 부끄럽죠?"

"진짜 못 말리겠어."

"그걸 이제야 알았습니까?"

말도 말이지만 무엇보다 젖꼭지를 희롱하는 재오의 손길이 제일 짓 궂었다. 아찔하게 파고드는 감각에 이슬의 숨소리가 이지러졌다.

고개를 숙여 그대로 젖꼭지를 빠는 재오의 행동에 이슬의 이성은 산산이 부서졌다. 말랑했던 돌기가 금세 딱딱해졌으며, 자극의 세기는 더 강해졌다. 그의 숨결만 닿아도 저릿저릿한 감각이 회오리쳤다.

재오의 혀는 어느 때보다도 탐욕스러웠다. 그는 이슬의 노출된 살결을 마음껏 누비며 붉은 흔적을 남겼다. 이성의 끈을 완전히 놓아갈 때쯤, 그의 손가락에 청바지 버클이 풀리는 바람에 겨우 정신을 차릴 수 있었다.

"하아……. 진짜 하려고요?"

벅차오르는 숨을 간신히 끊어 내며 던진 질문에 재오는 가랑이 사이에 하체를 문질러 오는 행위로 대신 응답했다. 청바지와 환자복이 겹쳐져 있음에도 불구하고 잔뜩 성이 나 단단해진 남성이 생생하게 닿았다. 그 이물감에 이슬이 흠칫 놀랐다.

"뒤돌아 봐."

"뒤는 왜요?"

"돌아보면 알아."

어리둥절했지만 일단 재오가 하라는 대로 뒤를 돌았다. 시야에는 베개가 있었다. 왜 이런 자세를 취하게 했는지 궁금해서 그를 돌아보며 물으려는 찰나, 청바지와 팬티가 동시에 무릎까지 내려갔다.

"앗, 뭐 하는, 웃……!"

돌아보면 안다는 게 이런 뜻이었나? 훤히 드러난 엉덩이를 양손으로 주무르더니 그 사이로 숨을 불어넣는 게 아닌가.

아무리 둘밖에 없는 상황이라지만 이렇게까지 과감하게 행동하는 건 너무 위험하지 않을까? 이슬은 난처하고 혼란스러웠다. 그러나 틈을 벌리고 들어오는 미끄덩한 혀가 그런 불안감을 단숨에 녹여 버렸다.

"앗, 아아!"

재오는 입술에 하던 키스를 엉덩이 사이에도 거침없이 퍼부었다. 그의 혀가 여린 살과 마찰하며 생겨 나는 음란한 소리가 이슬의 헐떡이는 숨소리 위로 겹쳐졌다.

"이 정도면 부드러워졌겠지."

재오가 이토록 열심히 이슬의 아래를 핥아 준 이유는 지난번 삽입 때 애무를 상당히 오래 했다고 생각했는데도 불구하고 생각보다 더 아파했던 그녀의 모습이 떠올라서였다.

오늘은 무리 없이 자신을 받아 주었으면 좋겠다고 생각했다. 환자복 바지와 드로즈를 아래로 내리며 이미 한참 전부터 흥분하고 있었던 남성을 꺼내들었다. 그는 방금까지 입으로 애무했던 여린 살에 남성의 끝을 가져다댄 채 진하게 비볐다. 꽤 자극적이었는지 그녀가 허리를 들썩이며 예민하게 반응했다.

재오가 이슬의 등에 가슴팍을 밀착하며 무게를 못 이기고 아래로 쏟아진 가슴을 어루만졌다. 때문에 그녀의 신경이 가슴 쪽으로 쏠린 틈을 타 그가 그녀의 안을 비집고 들어갔다.

"아!"

무엇도 거치지 않은 날것의 신음 소리가 재오의 귀를 때렸다. 그가 겨우 자신을 집어넣은 채 그녀의 귓가에 입술을 묻었다.

"아파?"

많이 풀어 줬다고 생각했는데도 아픈 걸까? 재오는 걱정스런 마음으로 그녀의 옆얼굴을 들여다봤다. 그녀는 고개를 좌우로 살짝 흔들었다.

"아프진 않은데, 느낌이……."

"느낌이 왜? 불쾌해요?"

거대하고 튼실한 남성이 늘어나지 않을 것 같은 틈을 기어이 벌리고 들어오는 이 느낌은 한마디로 설명할 수 있는 게 아니다. 그렇다고 불쾌한 것은 전혀 아니었다.

"아니, 그런 게 아니라…… 두꺼운 게 들어오니까 기분이 이상해요. 설명해도 잘 모르겠죠? 아마 당신은 이런 느낌 죽었다 깨어나도 모를 거예요."

다음 생이면 몰라도 이번 생에서는 우리 둘의 성별이 바뀔 일이 없으니 재오가 이런 느낌을 알 리 만무했다. 그게 조금 억울하고 분해서 하소연을 했는데, 그의 표정을 보니 괜한 소릴 한 것 같았다. 그의 관심은 오로지 접촉한 하체에 가 있었다.

"어쨌든 아프진 않다는 거네. 그럼 계속 합니다."

더 이상 공간이 없을 것 같은데도 끊임없이 저를 관통해 오는 재오의 기둥에 이슬은 숨이 턱턱 막혔다.

확실히 처음보다는 고통이 덜했다. 하지만 남자와의 관계가 마치 처음이라도 되는 듯이 생경하기만 했다. 그의 것이 원래 이렇게 크고 두꺼웠던가? 장소가 바뀌니 그에 따라 감각과 느낌도 달라질 수 있는 걸까?

재오가 허리를 움직이기 시작했다. 엉덩이에 부딪쳐 오는 그의 허벅지가 몹시 단단했다. 그가 안을 휘저을 때마다 골이 댕댕 울렸다. 쉬지 않고 이어지는 강렬한 자극에 정신을 차릴 수 없었다.

"하아, 여보……."

이슬이 이불을 움켜쥐며 몸을 바들바들 떨었다. 온몸을 휘감은 쾌감에 떨고 있는 것이었다.

"말해요."

재오가 움직임을 멈추고 이슬의 어깨에 자잘한 입맞춤을 남겼다.

"얼굴 보고 하면 안 돼요?"

"음……."

"이런 자세로 하니까 뭔가 짐승이 된 것 같아요."

이슬의 불평에 재오는 하마터면 웃음을 터뜨릴 뻔했다. 그녀에게 미안했지만 그 말이 상당히 귀여웠다.

"지금 이 순간엔 우리 둘 다 짐승 맞지, 뭐. 안 그래요?"

어째서인지 돌아오는 대답이 없다. 심통이라도 난 걸까? 재오는 흘러내린 이슬의 머리카락을 정돈해 주며 그녀의 옆얼굴을 바라봤다.

"그렇게 따지면 우린 교미를 하고 있는 거고."

이슬의 얼굴이 확 붉어졌다. 그녀는 난감한 표정을 짓더니 이내 베개에 얼굴을 파묻으며 앙탈을 부렸다.

"웃, 그런 말 이제 그만해요. 내가 말을 잘못 꺼냈어요."

이건 틀림없는 앙탈이다. 이슬의 행동에 재오가 흐뭇하게 웃었다.

"나 뭔가를 알아냈어요."

"알아내다니, 뭐를요?"

이어질 얘기가 궁금하긴 한 모양인지 이슬이 베개에 얼굴을 묻은 채로 살짝 고개를 돌렸다.

"당신이 제일 귀여워지는 곳은 바로 이 침대 위라는 사실."

발끝에서부터 부끄러움이 치밀어 오르는 기분에 이슬은 '으앗' 소리가 절로 나왔다. 그녀는 다시 베개에 얼굴을 묻었다. 그런 반응조차 재오에겐 귀엽게 보일 뿐이었다.

이슬의 귀여움에 재오는 참을성을 잃어버렸다. 그의 하체는 거세진 욕망을 품고 격정적이게 움직였다. 병상이 삐거덕거리며 난리가 났다.

그녀의 다리 사이를 제집 드나들 듯 왕복하던 재오가 어느 순간 인상을 구기며 다시 한번 자신을 깊게 찔러 넣었다. 그가 낮고 길게 신음했고, 그녀는 푹 익은 과실처럼 흐드러졌다.

재오는 이슬의 위로 몸을 겹친 채 엎드렸다. 쌕쌕 가쁜 숨을 몰아쉬던 그녀가 문득 무슨 생각이 든 듯 입을 열었다.

"밖에서 누가 들었으면 어떡해요?"

할 거 다 해 놓고 이제 와서 이런 걱정을 늘어놓다니. 재오는 의미 없다고 생각하지만 이슬의 얘기니 그냥 넘기지 않았다.

"뭐, 변태 짐승 둘이 교미하고 있다고 생각하겠죠."

"그걸 이렇게 써먹다니. 진짜 나빴네요, 당신."

"나쁜 건 인정하겠는데, 그렇다고 나 미워하지 말기."

"누가 미워한다고. 미워하면 이런 엉큼한 짓도 안 받아 준다고요."

몸을 짓누르는 재오의 체중이 몹시 무거웠다. 계속 느끼고 있었지만 이제야 표현을 해 본다.

"무거워요."

투정을 부리듯 말하니 재오가 즉각 몸을 일으켰다.

"그럼 포지션을 좀 변경합시다."

재오가 힘들어 하는 이슬을 힘껏 일으켜 앉힌 뒤, 그녀가 엎드렸던 자리에 편하게 누웠다. 그리고 제 가슴팍을 탁탁 쳤다. 누우라는 신호를 알아들은 그녀가 냉큼 그의 위에 엎드렸다.

"이제 편해요?"

"네, 편해요."

재오가 이슬의 머리를 부드럽게 쓰다듬었다.

격렬했던 파도가 지나간 뒤, 잔잔한 평온이 그들을 찾아왔다.

병원에서의 비밀스럽고 야릇한 밤은 평생 지울 수 없는 추억으로 새겨질 것이다.

⁂

퇴원 후, 다음 날 몽마로 출근했다. 더 쉬는 게 낫지 않겠냐는 이슬을 안심시키느라 애를 좀 먹었다. 물론 노 지배인이 알아서 잘했을 테지만 대표라는 인간이 계속 손을 놓고 있을 수는 없기도 했으며, 너무 오래 쉰 탓에 레스토랑의 상태가 걱정이기도 했다.

재오는 레스토랑에 출근하자마자 매장 안을 쭉 둘러보며 상태를 점검했다. 입원해 있는 동안 노 지배인이 틈틈이 병원에 들러 레스토랑의 상황이나 직원들의 근태, 매출 상황 등을 보고 했기 때문에 특별히 들여다볼 것은 없었다. 대표실로 이동해 이제야 의자에 앉는 재오에게 노 지배인이 다가왔다.

"커피 한 잔 드릴까요?"

"그럼 고맙지."

노 지배인은 곧장 재오의 취향에 맞게 진한 원두커피를 준비해 왔다. 3주 동안 비어 있던 집무실은 사람의 온기가 전혀 느껴지지 않아 썰렁했던 공기에 커피 향이 자욱하게 차올랐다.

"대표님, 드라마 촬영 섭외가 들어 왔는데요."

"드라마?"

재오의 반응이 뜨뜻미지근했다. 몽마는 인테리어가 예쁘기로 소문나 있어 촬영 섭외가 꽤 많이 들어 왔지만 가게가 홍보되지 않는 이상은 웬만해서는 거절하는 편이었다.

"네. 장소를 섭외하고 싶다며 연락이 왔는데 어쩔까요?"

"고객들한테 지장 생기지 않겠어?"

촬영 섭외를 탐탁지 않아하는 이유는 단 하나다. 몽마는 하루에도 수많은 사람들이 식사를 하러 오는 식당이기 때문에 돈이 문제가 아니라 혹시라도 촬영 때문에 고객들이 불편을 겪을 수도 있어서 쉽게 결정할 수 있는 사안이 아니었다.

"영업 시간 끝나고 난 뒤나 브레이크 타임 때 주로 촬영을 하겠다고 하네요."

영업 시간을 방해하지 않는다면 나쁘지 않았다.

"어느 방송사?"

"SBC요. 출연 배우진도 좋고 방송사 쪽에서 투자도 많이 하나 보더라고요. 제법 홍보도 될 것 같은데."

홍보가 된다는 말에 인상을 쓰고 있던 재오의 얼굴이 느슨해졌다.

"긍정적으로 검토해 보지."

"네."

노 지배인의 표정도 한결 여유로워졌다.

"더 보고할 건?"

"없습니다. 나가 보겠습니다."

재오가 고개를 끄덕였다. 노 지배인이 집무실을 나가려다 멈칫했다.

"대표님, 안에 계십니다."

누가 왔나? 재오가 보고 있던 서류에서 시선을 떼 문 쪽으로 옮겼다. 곧 종수가 시야에 들어 왔다.

"김종수. 어쩐 일이야, 연락도 없이."

"너 퇴원했다는 소식 듣고 왔지."

재오가 의자에서 일어나 소파 쪽으로 이동했다.

"이리와 앉아."

종수가 소파로 와 앉았다.

"몸은 괜찮냐?"

"괜찮으니까 퇴원했지."

재오는 의연하게 얘기하지만 종수의 눈동자에는 근심이 진하게 서려 있었다.

"고생했다."

다쳐서 치료를 받았을 뿐인데 고생했다는 말을 들으니 겸연쩍었다.

"나야, 뭐. 진짜 고생은 내 아내가 했지."

매일 병간호를 해 주던 이슬을 떠올리며 가슴이 알싸했다. 괜히 고생을 시키는 것 같아 미안한 마음도 들고, 불평 한마디 없이 옆을 지켜주는 마음이 무척 고맙기도 했다.

살면서 이렇게 따뜻한 마음을 느껴본 적이 없었다. 서걱거리는 모래알처럼 건조하고 까끌까끌한 삶을 살아와서 지금이 무엇보다 소중하고 특별했다.

"그래, 이슬 씨 고생 많았을 거야. 마음고생이 제일 심했겠지."

입원 당시, 병문안을 갔을 때 이슬은 이 전보다 수척해져 있었다. 종수는 재오를 보는 이슬의 애달픈 눈빛을 통해서 진심을 봤다. 그녀의 눈동자에 순수하고 고귀한 마음이 진하게 자리하고 있었다.

"가끔은 아파 볼 필요도 있는 것 같아."

아파 볼 필요가 있다니, 별 이상한 소리를 다 듣는다. 종수가 납득이 안 간다는 표정으로 재오를 빤히 봤다.

"그게 뭔 소리야?"

"보이지 않던 것들이 보이더라."

재오의 목소리가 물 먹은 스펀치처럼 아련했다.

"보이지 않던 것들?"

보이지 않던 것들, 그 안에 어떤 것들이 담겨 있는지 모두 알 수는 없지만 몇 가지는 알 것 같았다.

"그래."

아련하던 재오의 눈빛이 달달해졌다.

"뭐냐, 그 설탕에 절은 것 같은 눈은?"

"내 삶이 요즘 꽤 달달해. 이게 신혼의 재미인가?"

재오가 빙그레 웃었다. 그의 인생을 속속들이 알고 있는 종수는 어처구니없는 표정이었다.

"얼레?"

별로 놀랄 것 없다는 듯 재오는 어깨를 으쓱해 보였다.

"그나저나 너 다치게 한 새끼, 누구냐?"

재오에게 상해를 입힌 사람에게 예의 따위 갖추기 싫었다. 종수의 얼굴에 화가 드리웠다.

"몰라, 나도."

누군지 알고 싶지만 아직 범인이 밝혀지지 않은 상황이 답답해 절로 한숨이 나왔다.

"못 잡았어?"

"잡을 새가 어디 있냐. 계속 병원 신세였는데."

"호텔 CCTV부터 확인해 봐."

"보기야 하겠지만 별 소용없을 것 같아. 모자에 마스크까지 쓰고 있어서 얼굴을 알아보기 힘들 테니까."

범인을 잡기 위해 어디서부터 어떻게 뒤져야 할지 막막해, 재오의 표정이 심각해졌다.

"꼭 잡혔으면 좋겠다."

"잡아야지."

무슨 수를 써서라도 꼭 잡고 말겠다.

"모두들 수고했어요."

영업 시간이 끝나고 청소를 하는 직원들에게 수고했다는 인사를 건네며 레스토랑을 나왔다. 결혼 후 재오는 많이 변했다. 방황을 일삼던 그가 정착을 하기 시작하면서 레스토랑에도 신경을 많이 기울였다.

직원들도 그의 변화에 대해 신기해했다. 그는 자주 직원들에게 격려의 말을 했고, 그 영향으로 직원들의 사기가 꽤 많이 올라 레스토랑의 분위기가 확 좋아졌다. 재오는 실내 주차장에 세워놓았던 차로 가 운전석에 올라타면서 아내에게 전화를 걸었다.

"응, 어디야?"

이제 아내와의 통화가 습관이 되어 버렸다. 이젠 존댓말도 내려 두고 편하게 말하곤 했다.

─친구들 만나고 있어요.

이슬의 목소리를 듣자 어수선했던 마음이 차분해졌다. 가만히 숨만 쉬어도 대단한 존재감으로 다가오다니, 참 특이한 재주를 가졌다고 생각한다.

"아, 그럼 늦겠네?"

─나 늦는 거 싫죠?

답은 정해져 있고 대답만 하면 되는 느낌이 강하게 들었지만 원하는 대답을 해 주지 않으련다. 결혼 후 집과 일터만 왔다 갔다 하느라 답답했을 이슬에게 자유를 주고 싶어서.

"아니야. 결혼하고 친구들 잘 못 만났잖아. 오랜만에 만났는데 재밌게 놀다 와."

휴대폰 너머로 실망하는 숨소리가 들렸다.

─당신이 데리러 오면 당장 가려고 했는데?

이게 진심이었군. 데리러 오라는 신호였다. 목소리에 애교가 녹아 있어 넘어가지 않을 수가 없다.

"이제 보니 내가 데리러 오기를 바란 거구만?"

─때마침 당신이 전화를 한 거죠. 우리 여보 나이스 타이밍.

도도하던 여자가 애교를 부리니 더 못 견디겠는 거다. 아주 사르르 녹는다, 녹아.

"어딘데?"

재오는 당장이라도 이슬에게 날아갈 기세였다.

─지금 와요?

"응. 차 안이야."

흡족해하는 웃음소리가 조그맣게 들렸다. 귀엽다. 사랑스럽다. 예뻐 죽겠다.

─그럼 리츠 클럽 옆에 있는 파우스트로 와요.

"OK. 지금 모시러 갑니다."

─운전 조심해서 와요.

사랑하는 아내를 데리러 가기 위해 시동을 걸었다. 그녀를 만나러 가는 길, 몹시 두근거린다.

재오는 콧노래를 흥얼거리며 운전했다. 어서 아내를 만나고 싶지만 그녀가 조심하라고 당부했으니 안전을 지켜야 했다.

이건 뭐, 말 잘 듣는 남편이랄까. 남이 보면 마누라한테 꽉 붙잡혀 산다는 소리를 들을지 모르지만 타인의 시선 따위 의식 않으련다. 우리가 행복하면 그만이니까.

파우스트 앞에 도착해 차를 주차하고 건물 안으로 들어갔다. 이슬을 만나러 가기 전 화장실에 들렀고, 막 나오던 남자와 입구에서 부딪쳤다.

"뭐야?"

짜증을 내며 옆을 봤다가 소스라치게 놀랐다.

검은 모자, 검은 마스크. 그리고 세 번째 보는 눈빛. 그 남자다.

"너 이 자식!"

재오가 붙잡기 전, 남자가 먼저 그를 알아보고 빈틈으로 쏙 빠져나와 정신없이 도망갔다. 한 템포 늦게 남자의 뒤를 쫓기 시작한 재오가 남자가 사라진 비상구로 갔다.

계단을 내려가는 남자의 뒷모습을 쫓아 뛰었다. 뒤도 안 돌아보고 전속력으로 질주하는 남자의 모습을 보며 결국 또 눈앞에서 놓치는 줄 알았다. 절망을 떠안고서도 재오는 끝까지 그의 뒤를 쫓아 뛰었다.

그때, 남자가 마지막 계단을 내려가던 그 순간 바닥에 떨어져 있던 비닐을 밟고 휘청거렸다. 그 틈을 놓치지 않고 단숨에 다가가 남자의 팔을 붙잡아 바닥에 내팽개쳤다.

"헉!"

남자가 비명을 지르며 발버둥을 쳤지만, 재오는 절대 놓치지 않겠다는 의지를 빳빳하게 세우며 남자의 몸 위에 군림했다. 멱살을 움켜쥐고 마스크를 벗기기 위해 손을 뻗는데 엄청난 저항을 했지만 남자의 저항에도 재오는 끈질기게 굴었다. 두 남자의 힘이 팽팽하게 마찰했다.

시간이 길어지면서 남자는 점점 힘이 빠져 갔고, 끝내 재오의 손을 뿌리치지 못했다. 빈틈을 교묘히 노린 재오가 마침내 마스크를 벗겼다.

"하……. 네가 어떻게?"

얼굴을 확인하자 이루 말할 수 없는 허탈감이 파도처럼 밀려왔고, 재오는 둔기에 머리를 얻어맞은 것처럼 얼이 빠졌다.

⊱⋅☽ ☾⋅⊰

데리러 오겠다는 재오가 아직 도착 안 했을 뿐더러 아무런 연락이 없기 때문에 이슬은 친구들의 수다에 집중하지 못했다. 전화할 때 바로 출발한다고 했으니 벌써 도착했어야 했다. 만일 차가 많이 막히거나 도중에 올 수 없는 상황이 생겼다고 해도 연락을 했을 사람이다. 까닭을 알 수 없는 불안감이 증폭됐다. 혹시 무슨 사고가 난 건 아닐까?

그런 생각이 머릿속을 지배하자 너무 초조했다.

"나, 잠깐만."

재오에게 전화를 해 볼 생각으로 친구들에게 양해를 구한 뒤 자리를 벗어났다. 조용한 곳을 찾아 이동하다 보니 비상구로 오게 됐다. 퇴원한 지 얼마 안 된 사람이라 그런지 더 걱정됐다.

계단에 앉으려고 이동하는 순간, 인기척이 들렸고 곧 말소리가 들렸다. 말소리는 계단 아래쪽에서 올라오고 있었다. 어쩐지 낯익은 목소리 같아 천천히 계단을 내려가던 중, 재오의 얼굴을 발견했다. 반가움 마음에 소리를 내려다가 문득 그의 앞에 있는 안석호를 본 순간 입술이 달라붙었다.

석호가…… 왜 여기에? 사이가 별로 좋지 않은 것으로 알고 있는 재오와 함께 있는 장면이 수상하게 여겨졌고, 자세히 들여다보니 아니나 다를까 분위기가 험악했다. 곧 둘의 대화가 귀에 박혀왔다.

"너, 현이슬 스토커지?"

그를 향해 재오가 매서운 눈빛을 쏘며 다그쳤다. 석호가 내 스토커라니? 이슬은 이해가 가지 않는 얼굴로 두 사람을 내려다봤다. 혹시라도 들킬까 몸을 계단 안쪽으로 숨기고 최대한 숨소리를 죽였다.

"대체 언제부터 스토킹을 한 거지? 둘이 원래 친구 사이 아니었나?"

"……."

"입에 자물쇠라도 달았어? 어차피 넌 내 손에 잡혔고, 빠져나갈 구멍은 어디에도 없어. 도망쳐 봤자, 다시 잡으면 그만. 아니면 당장 경찰서라도 갈까?"

요지부동이던 석호가 그 말에 긴장이 되는 듯 침을 꼴깍 삼켰다.

"어떤 것도 너한테 득 되는 건 없을 텐데. 언제까지 말 안 하고 버틸 셈이지?"

석호가 아무 말도 하지 않으니 답답했겠지만 그래도 인내심을 갖고 최대한 침착함을 유지하려는 재오의 의지가 보였다.

"미행, 누구 머릿속에서 나온 생각이지?"

재오는 냉정하면서도 날카롭게 석호를 찔렀고, 석호는 동요하는 듯했다.

"네 짓? 아니면 제 3자의 짓?"

참다못한 재오가 석호의 멱살을 움켜쥔 채 벽으로 거세게 밀쳤다. 벽과 석호의 등이 부딪치며 둔탁한 소리가 울렸다.

"윽!"

"지금 내가 많이 참고 있다는 생각 안 드나?"

"으윽, 하……."

"마음 같아선 너 갈기갈기 찢어 버리고 싶어. 대체 왜 내 아내를 미행한 거지? 사실대로 말해!"

재오는 인내심에 한계를 느꼈는지 폭발하기 일보 직전의 모습처럼 이글거렸다. 그 광경을 지켜보는 이슬의 눈에는 혼란이 덮쳐 왔다. 대체 이게 무슨 상황인지 이해가 되지 않았다.

석호가 저를 미행했다니, 그게 진짜일까? 재오가 저렇게 화가 난 모습을 보니 거짓일 리는 없다. 더구나 거짓이었다면 석호가 아니라고 부정했겠지. 도대체 왜? 미행한 이유가 뭘까? 갑자기 온몸에 소름이 오소소 돋아났다.

잠시 내려앉은 묵직한 정적을 뚫고, 벨소리가 울렸다. 소리의 근원지는 석호의 주머니다. 재오는 그의 주머니를 뒤져 휴대폰을 꺼냈다. 석호는 모든 것을 체념한 사람처럼 저항하지 않았다. 주머니 속에서 나온 휴대폰은 더 세차게 울었다. 재오는 휴대폰 화면을 보더니 더 심각한 얼굴이 됐고, 곧 화면을 터치했다.

―왜 보고를 안 해. 무슨 일 생긴 건 아니지?

스피커폰으로 틀었는지, 휴대폰 너머에서 들려오는 목소리가 이슬에게까지 선명하게 들렸다. 목소리의 주인공이 진원임을 알아챈 그녀의 눈동자가 세차게 요동쳤다. 어째서 오빠가 석호에게 전화를 했으며, 의미심장한 통화내용은 무엇일까? 찝찝한 마음을 지울 수 없었다.

—설마 또 표재오한테 들킨 건가? 이봐, 안석호!

그 뒤로 진원의 목소리를 들을 수 없었고, 재오가 통화를 종료했기 때문이리라 짐작했다. 숨 막히는 침묵이 재오와 석호 사이에 두껍게 끼어 있었다. 둘 사이에 흐르는 분위기가 심각했다.

"설명해."

오금이 저릴 정도로 섬뜩안 재오의 음성에 공포를 느낀 석호가 탄식했다.

"난 진원이 형이 시키는 대로 했을 뿐이야."

석호는 지친 목소리로 엄청난 이야기를 시작했다.

"현진원의 사주를 받아서 미행을 했다는 말이지, 지금?"

"그래."

"왜? 대체⋯⋯."

재오도 저의 머리로는 도저히 이유를 알지 못 하겠는지 당혹스러워했다. 그러니 당사자인 이슬은 얼마나 충격적일까. 그녀의 몸이 떨리고 있었다. 더 들으면 안 되는 이야기가 이어질 것 같다는 불길한 예감에 도망치고 싶었지만 발이 떨어지질 않았다.

"시스터 콤플렉스라는 말 들어 봤겠지."

"여자 형제를 독점하고 싶어 하는⋯⋯. 설마, 현진원이 시스터 콤플렉스?"

"그래."

"하, 이제야 내 아내에게 하는 행동들에 대해 이해가 가는군."

이슬은 다리가 후들거려 제대로 서 있을 수 없었고, 핸드레일을 꽉 붙잡은 채 겨우 몸을 지탱해야 했다.

"현진원이 시스터 콤플렉스인 건 알겠어. 하지만 그렇다고 동생에게 감시자를 붙이지는 않아. 네게 미행을 하게 한 이유를 모르겠어."

"간단해. 형은 이슬이의 영역 안에 다른 사람이 들어오는 것이 싫으니까. 내게 감시를 하라고 했던 거지."

재오는 제 입장에선 도저히 진원이라는 사람을 이해할 수 없었다. 제가 아니라 그 누구도 진원의 행동들을 정당하다고 여기지는 않을 거라 확신한다.

"하……. 언제부터 이런 말도 안 되는 짓을 벌인 거지?"

"고등학생 때부터."

"뭐? 그렇게 오래 됐다고?"

기껏해야 1, 2년 정도려니 했고, 솔직히 그 정도도 심하다고 생각했다. 그런데 고등학생 때부터 이 거지 같은 짓이 이어져왔다니 재오는 도무지 진원의 속을 헤아리지 못 하겠다. 아무리 동생에게 집착을 해도 그렇지 10년을 넘게 감시자를 붙이는 건 정상이 아니었다.

"너도 좋아하는 거 아니었나? 내 아내를. 난 그런 줄 알았는데."

"좋아했지. 지금도 좋아하는 감정이 조금은 남아 있는 것 같고."

하지만 이슬에 대한 마음을 품고 전하기엔 석호는 너무 많이 지쳐 있는 상태였다. 그에게 그녀를 좋아하는 일조차 쉽지 않은 일이었으니까.

"그런데 왜 이런 짓을 했지? 것도 10년이란 시간 동안. 난 너도 이해가 안 되는데."

"일찌감치 형이 내 감정을 눈치챘어. 처음에 그걸로 약점을 잡더군. 그땐 어려서 너무 무서웠어."

석호는 지난 과거에서부터 이어져온 일들을 하나씩 나열하기 시작했다. 그는 모든 것을 체념한 것처럼 보였다.

"그래서 형이 시키는 대로 했어. 이슬이에게 다가오려는 남자애들을 일렀지. 졸업할 쯤 내 처지가 너무 비참하기도 하고 좋아하는 애한테 너무 심한 짓을 하는 것 같아 그만하겠다고 했어."

석호도 이슬을 미행하며 진원의 지시를 따르는 일이 결코 즐겁지 않았다. 누구보다 그가 제일 힘들었다.

"그랬더니 사람들을 시켜서 나를 구타했지. 그 형은 그런 사람이야. 뭐든 자기 손으로 처리하는 법이 없지. 뒤에서 머리를 굴리고 조종을 하지만 더럽고 귀찮은 건 사람들을 시켜. 그중 하나가 나지."

석호의 이야기를 잠자코 듣고 있자니, 그의 사정도 딱하게 느껴져 재오는 한동안 말을 잇지 못했다.

"경찰에 신고를 할 수도 있었잖아. 왜 여태껏 그런 생각을 안 했지?"

어렵사리 입을 뗀 재오에게 석호는 허탈한 숨을 토하며 대답했다.

"안 했을 것 같아? 했지. 하지만 엄두를 낼 수가 없었어."

진원에게 벗어나기 위해 안 해 본 짓이 없었다.

"신고를 해 봤자 상황이 나아질 것 같진 않았으니까. 내가 도망치려고 하면 귀신같이 나타나 거액의 돈을 쥐여 주거나, 혹은 흠씬 두들겨 팼지."

하지만 벗어나려 할수록 진원은 더욱 억세게 저를 조여 왔다.

"나중에는 한국을 떠나려고도 했어. 하필 그때 동생이 큰 수술을 앞두고 있었고, 그 병원비를 진원이 형이 내줬어."

이제는 너무 지쳐서 진원에게서 도망가려는 시도조차 하지 못했다.

"결국 그렇게 또다시 형에게 발목이 잡히고 만 거지."

"……."

"정지욱도 그래서 떠난 거야."

"정지욱?"

지욱이라는 이름을 생소해하는 재오의 반응을 듣고 있던 이슬의 얼굴이 창백해졌다. 재오에겐 낯설겠지만 그녀에겐 전혀 그렇지 않은 이름이었기 때문이다. 지금까지의 얘기도 충분히 충격적인데 앞으로 얼마나 더 굉장한 얘기를 하려는 건지. 이슬은 너무 무서웠다.

"이슬이 첫사랑."

"……."

"모르고 있었어?"

"그 남자 이름이 정지욱?"

재오의 목소리가 미세하게 떨리고 있었지만 그 떨림을 이슬은 느낄 수 있었다. 듣지 마요. 이슬은 재오를 향해 가슴으로 외쳤다.

제발 듣지 말아요. 어쩌면 진원의 얘기만으로도 진저리가 났을 수도 있는 재오가 혹시라도 지욱에 대한 이야기를 듣고 상처를 입지 않을지 걱정되는 탓에 이슬은 두려웠다. 혹시라도 재오가 자신까지 싸잡아 징그럽다 여겨 도망이라도 가면 어쩌나, 마음을 졸였다.

이혼을 요구하면 어쩌지? 그런 무서운 생각이 머릿속을 비집고 커져 가면서 숨이 막히고 가슴이 갑갑했다.

"그러니까 현진원이 정지욱에게도 협박을 했단 소리야?"

"형은 처음부터 정지욱을 싫어했어."

오늘 참 많은 이야기를 듣게 된다.

"고등학교 졸업 후, 형의 지시를 무시했던 시기가 있었는데 그때 정지욱과 이슬이는 이미 사귀는 사이로 발전해 있었어. 형은 둘이 얼마 못 갈 거라 생각했지만 의외로 오래 사귀자 형은 당황하기 시작했지."

지금까지 들은 이야기만으로도 재오의 머릿속은 과부하상태였으며 가슴속은 너덜너덜한 지경에 이르렀다. 그리고 이슬의 상태는 그보다 더욱 심각했다.

"이슬이가 정지욱을 많이 좋아하고 있었던 거야. 그런 적은 처음이어서 형은 충격을 받았고 늘 이성적이던 형이 직접 나서서 정지욱을 협박하기 시작했지. 그런데 정지욱이 버티는 거야. 것도 5년을. 그만큼 이슬이를 사랑했던 거지."

석호가 하는 이야기가 사실이라면 진원은 지금까지 자신을 감쪽같이 속인 것이다. 어떻게 오빠가 그런 짓을 할 수 있을까.

이슬은 누군가 온몸과 정신을 난도질하듯 찢어 놓은 것 같은 고통에 정신을 잃을 것 같았다. 바들바들 떨리는 몸을 주체하지 못했다. 그녀는 금방이라도 쓰러질 것 같았다.

"하지만 정지욱도 결국 지쳤어. 지치지 않으면 사람이 아니지. 정지욱이니까 그만큼 오래 버틴 거라 생각해."

진원 때문에 여러 명의 사람들이 피해를 입고 고통을 받았다.

"결국 형이 시키는 대로 이슬에게 이별을 고했어. 그 형이 얼마나 치밀한 사람이냐면 헤어질 수밖에 없는 상황을 연출했어. 정지욱이 원하지도 않은 병원을 차려 주고 그것을 빌미로 이슬에게 정지욱에 대한 배신감을 느끼게 만들었지."

지욱과 진원 사이에 그런 일들이 있었으리란 생각은 아예 하지도 못했던 이슬은 참담했다. 그저 지욱이 말한 대로, 진원이 언급한 대로 다른 여자가 생겨서, 게다가 돈 때문에 이별하게 된 줄 알았다.

그런데 자신이 모르는 무시무시한 비밀이 숨겨져 있었다. 그 비밀은 그녀는 떠들어볼 수도 없는 깊숙한 바닥 어딘가에 처박혀 있었다.

"표재오, 당신도 조심해."

석호는 재오를 향해 당부했다.

"정지욱한테 일어났던 일, 당신에게 일어나지 않으리란 법 없어. 어쩌면 정지욱보다 심한 짓을 당할지도 모르지. 진원 형이 어떤 일을 꾸미고 있는지는 나도 몰라. 하지만 그 끝이 뭔지는 알아."

재오는 말을 잃었다. 충격 받은 것일까? 겁을 먹은 것일까? 이슬은 온갖 추측을 하며 초조해했다.

"이혼. 그게 진원 형의 최종 목표야."

이슬은 금방이라도 기절할 것 같은 몸으로 그곳에 있을 수 없어 휘청거리는 다리를 조금씩 움직여 계단을 올랐다. 비상구를 나오는 데까지 꽤 긴 시간이 걸렸다.

그러나 더 가지 못 하고 그대로 주저앉고 말았다. 지금까지 들은 내용이 머릿속에서 뒤죽박죽 엉켰다. 뭐가 뭔지 모르겠다. 영원히 모르는 게 더 나은 비밀이 있다. 지금 알게 된 비밀이 그렇다.

하지만 그랬다면 진원의 악행조차 영원히 몰랐겠지. 모른 채 웃으면서 그를 대했을 상상을 하면 소름이 돈다. 지욱에게 이별을 당했을 때보다 더 지독한 배신감이 치밀었다. 석호가 폭로한 진실은 엄청난 파문을 일으켰다.

재오의 안색이 어두웠다. 정신을 강타하고 지나간 거센 폭풍의 여파로 그는 이성적인 판단이 불가능했다.

아버지의 불륜을 목격했던 그 시절의 그 심정과 엇비슷했다. 그렇다고 이슬에게 실망한 것은 결코 아니었다. 오히려 영문도 모른 채 진원의 어둡고 습한 그늘 안에 가둬져 살았을 그녀의 삶이 가여워 죽겠다.

그녀는 자신의 의붓오빠가 자신에게 어떤 이유로 잘해 줬는지, 그리고 그녀가 절대 알 수 없는 뒤편에서 어떤 짓들을 벌였는지 아무것도 모르겠지. 지금도 모를 테지.

"하아."

가족에 대한 애정이 넘치는 이슬이 이 사실을 알면 얼마나 충격 받을지, 굳이 부딪치지 않아도 충분히 짐작할 수 있다.

그녀는 아버지, 호근에게 버림을 받을까 봐 무서워하는 사람이다. 가족 안에서 안정을 찾는 그녀에게 어떻게 진원에 대한 비밀을 말할 수 있을까. 어쩌면 그녀는 모든 사실을 알고서도 진원의 행동에 대해 눈감아줄지도 모른다. 어떤 이유에서든 가정의 파탄을 막고 싶어 할 수도 있으니.

"입 다물고 있는 게 좋겠지."

지금은 어떤 것이 진정 이슬을 위한 길인지 판단이 안 섰다. 어수선한 제 속을 정리하려면 꽤 많은 시간이 걸릴 듯싶다. 어쨌든 현재로서 분명한건 자신은 그녀에게 어떤 역경에도 깨지지 않을 가족이라는 사실을 각인시켜야 한다는 것이다.

아버지처럼 가정 파괴범은 되지 않을 것이다. 아버지가 사업적인 분야에서는 존경 받는 권위자라는 사실은 인정하지만 회사에 기여하는 것에 비해 가정의 안위에는 지나치게 소홀했다. 아버지는 지금은 그만두었지만 당시 가사를 도와주던 아주머니와 더럽고 추악한 패륜을 저질렀다.

조금이라도 가족들을 떠올렸다면 그런 경솔한 행위를 벌이지 않았을 것이다. 아버지의 저울은 가정이 아닌 회사 쪽으로 완벽히 기울어져 있는 것이다. 재오는 아버지, 표 사장과는 달리 가정을 지키는 것을 더 중요하게 생각한다. 어머니, 나리, 그리고 이제는 이슬까지. 그는 아버지가 방치한 가족을 반드시 지키고야 말겠다는 다짐을 새겼다.

어느 정도 심신이 차분해진 상태에서 이슬에게 전화를 걸었다. 신호음이 길어지자 걱정되기 시작했다. 너무 늦게 연락을 해서 화난 것은 아닌지. 그랬다면 어서 화를 풀어줘야 하는데. 재오는 초조한 마음으로 그녀의 목소리가 들리기를 간절히 바랐다.

엿가락처럼 기다랗게 늘어지는 신호음에 결국 안 받겠구나, 하고 체념하려는 순간 그토록 듣고 싶었던 음성이 넘어왔다.

—여보세요…….

기운 없는 목소리. 기분이 상한 것일까? 아니면 어디가 아픈 걸까? 근심이 체한 것처럼 답답하게 얹혔다.

"미안, 너무 늦었지. 나 주차장에 있어."

—아…….

아, 뒤에 붙은 묵직한 공백. 그 안은 어떤 생각들로 채워졌을는지. 미치게 궁금했다.

"데리러 갈게."

허나, 지금은 호기심을 바짝 내세울 타이밍이 아니었다. 데리러 오겠다고 약속을 해 두고 꽤 긴 시간 동안 연락두절을 했으니 그녀의 마음이 단단히 상하고도 남았을 터. 최대한 기분을 맞춰 주겠노라 다짐했다.

—아니에요. 차로 갈게요, 내가.

짧은 통화 후 씁쓸한 감정이 가슴을 후벼 팠다. 실제로는 기다림이 길지 않았지만 심적으로는 억겁의 시간이 흐른 것만 같았다. 그만큼 이슬이 보고 싶었다는 뜻이다.

그녀가 조수석에 탔을 때 덜컹 흔들리는 마음에 보자마자 그녀의 상체를 바짝 당겨 격하게 포옹했다. 느닷없는 행동에 그녀는 적잖이 당황했다. 당황한 게 분명한데 신경질도 내지 않고 아무 말 없이 조용한 이슬의 모습에서 이상한 낌새를 느꼈다.

"무슨 일 있었어?"

어떤 이유에서인지는 모르겠지만 이슬의 몸이 미세하게 떨리고 있었다. 그녀의 기운을 앗아간 존재가 저가 아닌 다른 것임을 어렴풋 눈치챘다.

"친구들이랑 무슨 문제 있었어?"

이슬은 아무 말도 해 주지 않았고, 재오는 답답함에 속이 울렁거렸으나 상태가 심각해 보이는 그녀를 배려해 재촉하지 않았다. 그는 조용히 안아 주었을 뿐, 어떤 것도 묻지 않았다. 그의 침묵이 이슬은 몹시 고마웠다. 십여 분의 시간이 흐르고 그녀가 천천히 몸을 뗐다.

"나 너무 피곤해서 좀 잘게요."

"어디 아픈 거 아니야? 병원 가는 게 어때?"

이슬은 나른한 숨을 천천히 내쉬며 무거운 눈꺼풀을 깜빡였다.

"아니. 그냥 집에서 쉬고 싶어. 조용히."

"……"

"집으로 가 줘요. 응?"

"그래."

이슬의 안색이 너무 안 좋았다. 불안정한 호흡과 초점 없이 텅 빈 눈동자, 그리고 아직도 떨리고 있는 몸. 눈에 보이고 귀에 들리는 것들이 재오를 안타깝게 했다. 건강에 이상이 생긴 건 아닌가 싶어 걱정됐지만 그녀가 애원하니 더 이상 병원에 가자고 강요하지 못했다.

어느 때보다도 조심스럽게 차를 몰았다. 눈을 감고 있는 그녀가 최대한 편히 쉴 수 있도록.

집으로 가는 동안 괴로움에 시달리지 않았으면 한다.

## 12화
### 철옹성 같은 남자

애초부터 숙면하지 못한 탓에 주변의 소리에 예민한 상태였다. 잠결 사이로 어렴풋이 들리는 소리에 눈이 떠졌다. 곧 그 소리가 앓는 소리임을 깨달은 재오가 허리를 세우고 옆을 봤다.

등을 보인 채 모로 누운 이슬은 몸을 잔뜩 웅크린 채 괴로워하고 있었다. 그녀의 어깨를 짚는 그의 손에 다급한 맘이 무겁게 매달렸다.

"어디 아파?"

질문을 던지고 나서야 이슬의 상태를 알아차렸다. 그녀를 잠식한 고통이 어느 정도로 끔찍한지 감히 상상조차 하지 못 하겠다. 무엇이 그녀를 힘들게 하는지 모르겠지만 보지 않아도 알겠다. 그 것은 필시 세상에서 가장 잔인한 형상일 테다.

"완전히 불덩이네."

이슬의 얼굴이며 몸이 굉장히 뜨거웠다. 조그맣게 벌어진 입술로 버겁게 밀어내는 호흡 역시 뜨겁고 습했다.

이마에 맺힌 식은땀을 닦아 주면서 먼저 무엇을 어떻게 해야 하는지 침착하게 생각을 마친 후 신속하게 움직였다. 아픈 사람을 간호해 본 경험은 거의 없지만 채선에게서 어릴 때부터 배워왔기 때문에 이론에 있어서는 강한 편이다.

아파서 정신이 없는 아내를 지켜보는 일은 정신적으로 버거운 일이지만, 이럴 때 일수록 침착해야 했다. 새벽만 아니었다면 병원에 데려가는 것이 가장 좋은 방법이었겠지만 지금은 시간이 너무 늦어서 소용없는 짓이다. 이 시간엔 응급실로 가야 하는데 경험상 그곳은 정말 위급한 상황이 아니고서는 치료를 받기 적합한 환경이 아니었다.

가끔 새벽에 아파하는 나리를 데리고 채선과 응급실을 찾았었는데, 그때마다 기약 없는 대기 시간에 지치고 겁을 줘가면서 여러 검사를 시켜 짜증이 나는 것은 물론 제대로 치료를 해 줬던 적이 없었다.

"일단 열 내리고 날 밝으면 병원 가자."

재오는 젖은 수건으로 식은땀을 닦아 주었다. 이슬의 이마, 뺨, 목선, 팔을 정성껏 닦으며 열이 내릴 수 있도록 했다.

"잠깐 기다려. 해열제 가져 올게."

이슬이 대답할 수 있는 상태가 아니란 것을 알면서도 혹시라도 재오의 부재에 섭섭해 하거나 무서워할까 봐 상황을 보고하고 방을 나왔다.

비상 약품이 구비되어 있는 공간을 뒤적여 해열제를 찾았다. 그것을 물 한 잔과 함께 쟁반에 받쳐 방으로 돌아왔다. 침대 옆 콘솔에 쟁반을 올려 두고 침대에 걸터앉아 이슬의 상체를 일으켜 제 어깨에 기대도록 했다.

"정신없어도 약은 먹어야 돼."

재오는 이슬의 입술을 억지로 벌리려 했지만 뜻대로 되지 않았다. 열 때문에 의식이 거의 없음에도 입술을 쉽게 허락하고 싶지 않은 것처럼 그녀가 입술을 굳게 다물었다.

곰곰이 생각하던 그가 좋은 수가 떠올랐는지 망설임 없이 해열제를 자신의 입안에 넣었다. 삼키지 않은 채 그녀의 아랫입술을 엄지로 꾹 눌러 아래로 세게 당기며 그대로 입술을 부딪쳤다. 다행히 입술은 열렸는데 그 다음엔 치아가 문제다.

그는 서슴없이 그녀의 허벅지를 쓰다듬었다. 아주 은밀한 손길로. 그에 그녀가 예민하게 반응했고 자연스레 위, 아래 치아가 떨어졌다. 그는 혀를 깊숙이 밀어 넣어 그녀가 해열제를 삼킬 수 있도록 도왔다. 그녀가 꿀꺽 해열제를 삼켰다.

임무를 완수한 뒤 그가 입술을 떼더니 곧바로 물을 머금어 이미 느슨해져 있는 그녀의 입술을 다시 파고들었다. 사랑하는 그녀를 위해 기꺼이 물 컵이 된 그의 입술은 메말라있는 그녀에게 수분을 공급해 주었다.

"이건 키스가 아니라 인공호흡, 뭐 그런 거야."

혹시라도 오해할까 봐 하는 말이다. 만약 이슬이 이 말을 들었다면 귀엽다며 웃었을 것이다.

"웃는 모습 보고 싶다."

이슬은 아마 지금 재오의 어깨에 기대어 있는 줄도 모를 거다.

"당신 웃으면 엄청나게 예뻐. 진짜 지독하게."

이슬의 머리카락을 다정히 쓸어 주었다. 재오가 그녀의 이마에 살며시 입을 맞췄다.

"얼른 나아서 웃어 줘. 예쁘게."

꿈꿈해지는 가슴에 눈물이 차올라 스스로가 낯설고 이상했다.

"현이슬."

언제부턴가 가슴 떨리게 하는 석 자. 아내의 이름.

"무슨 짓을 당해도 난 너 포기 안 해."

결의에 찬 재오의 음성이 짙게 울렸다.

"죽어도."

다음 날, 이슬은 활동할 수 있을 정도로 회복됐다. 미열이 남아 있긴 했지만 어지럽거나 두통이 심하지는 않았다.

레스토랑에 출근해야 해서 어쩔 수 없이 이슬의 옆을 비워야 한다며 속상해하던 재오가 씻으러 갔다.

그녀는 천천히 몸을 일으켜 앉았다. 온몸의 기운이란 기운은 싹 다 빠져나가 껍데기만 남은 기분이었다. 어제 석호의 이야기로 인해 받은 충격은 아직도 그녀의 몸에 남아 정신을 쥐어뜯고 있다.

가만히 쉬기만 해서는 계속 이런 상태일 것이라 여겼다. 게다가 충격을 받았다고 해서 석호를 피하고 싶지도 않았다. 정면으로 부딪치고 싶었다. 어차피 잘못을 한 건 자신이 아닌데 그를 피할 이유는 없으니.

결심을 마친 이슬이 이불을 걷고 바닥에 두 발을 내렸다. 최대한 발에 힘을 실으며 몸을 세우는데 순간 휘청거렸다. 현기증이 났지만 입술을 짓이기며 고집스럽게 버텼다.

"내가 왜 무너져야 해? 그럴 필요는 없어."

지욱과 헤어졌을 때는 어리기도 했고 지금보다 많이 나약한 상태였기 때문에 닥친 충격에서 헤어 나오지 못 하고 스스로를 찢어 놓으려고 했었지만 이제는 그때의 자신이 아니었다.

"난 이겨 낼 거야."

자신을 습격한 이 거대한 폭풍에 맥없이 휩쓸리지 않을 것이다.

"왜 일어나?"

방으로 돌아와 심각한 얼굴로 곁으로 다가온 재오에게서는 상쾌한 냄새가 났다.

"뭐 필요해? 말해, 갖다 줄게."

어느새 재오는 헌신적인 남편이 되어 있었다. 아니 어쩌면 그는 원래 이런 사람일지도 모른다.

신혼여행에서 물에 빠졌을 때는 잘 알지도 못 하는 사이기도 했으며 서로에게 좋은 감정보다 나쁜 감정이 많았는데도 고민하지 않고 바로 물로 뛰어들어 저를 구해 줬다. 그녀는 그가 원래는 이런 사람이지만 어떤 연유로 가면을 쓴 채 살아왔을 거라고 짐작했다.

"나 출근하려고."

"출근? 안 돼."

곧바로 안 된다며 앞을 강경하게 막아서는 재오의 행동에 이슬의 미간에 주름이 잡혔다.

"비켜 줘요."

"못 해."

"왜 못한다는 건데요?"

출근하려는 저를 막는 재오의 태도에 평소 같았으면 무덤덤했겠지만 현재는 예민한 상태였기에 짜증이 났다.

"그런 몸으로 무슨 출근을 하겠다고. 그냥 쉬어."

어제보다 열이 내리기는 했지만 아직은 안정을 더 취해야 했다. 자신은 의사가 아니지만 이슬의 몸 상태를 어떤 의사보다 더 정확하게 파악하고 있다.

"나 괜찮아. 당신 덕분에 다 나았는걸요. 출근할래, 응?"

재오가 왜 가지 말라고 말리는지 그 이유를 알겠어서 짜증은 나지만 최대한 감정을 조절하며 사정하듯 말했다. 그런데 그가 인상을 쓰는 게 아닌가.

"고집부리지 마. 당신, 그런 몸으로 출근했다간 또 쓰러져."

자기 몸 상태를 알기나 하는 건지, 누구보다 스스로가 제일 잘 느낄 텐데도 기어이 출근을 하겠다는 아내에게 화가 난 재오는 언성을 높이고야 말았다. 감정이 상하지 않게 얘기를 하려던 자신의 노력을 헛되게 하는 남편의 태도에 이슬도 참고 있던 짜증을 얼굴에 선연히 드러냈다.

언제부턴가 참 분위기가 화기애애하고 다정하니 좋았다.

그런데 지금은 둘 사이가 결혼 전처럼 험악했다. 그때는 서로에 대한 애정이 없을 때라 아무리 태도가 사나워도 상처를 받지 않았는데 지금은 완전히 달라졌기 때문에 조금만 감정을 상하게 하는 태도에도 실망스러우며 가슴이 아팠다.

"출근할 거예요. 말리지 마요."

"하……."

"나 그렇게 약하지 않아요."

"약하다는 게 아니라."

걱정돼서 그렇다고 말을 하려 했지만 이미 기분이 상한 이슬은 들을 생각도 안 하고 방을 나가 버렸다.

"안석호랑 마주하게 하고 싶지 않아서 그래."

친구라고 여기던 석호가 실은 진원에게 사주 받아 저를 미행하던 감시자였다는 사실을 안다면 이슬은 적잖은 충격을 받겠지. 뭐 하나 쉽게 말할 수 있는 것이 없다. 홀로 삼켜야 할 비밀들이 너무 많다.

재오는 짙은 숨을 내쉬고 붙박이장 앞으로 갔다. 몸 상태도 그렇고 석호에 관해서도 그렇고 여러 가지로 이슬의 출근을 막고 싶지만 계속 말려 봤자 싸움만 더 크게 번질 뿐이라 예감했다.

무겁게 가라앉는 상념에 아침부터 기분이 저조했다. 어쨌든 하루가 시작됐고 레스토랑에 출근을 해야 했기에 재오는 어수선한 머릿속을 정리하지 못한 채로 셔츠 단추를 잠그고 넥타이를 맸다. 그사이 씻고 방으로 온 이슬은 화장대 앞에 앉아 화장에 공들였다.

"대충 하지. 몸도 아픈데 귀찮게 뭐 하러 화장을 해."

"아파 보이고 싶지 않아서요."

"당신도 참."

강단 있다고 해야 하는지, 고집이 세다고 해야 하는지. 뭐 옆에서 보는 바로는 둘 다인 것 같지만.

"출근에 대해서는 한 발 물러서겠지만 운전은 진짜 안 돼. 차로 데려다줄 테니까 그렇게 알아."

재오는 아까보다는 누그러지긴 했지만 이것만큼은 물러서지 않겠다는 의지를 말투에 또렷하게 박았다. 그는 이슬의 대답을 다 듣지 않고 방을 나갔다. 그녀는 화장을 끝내고 하얀색 블라우스에 머메이드 스커트를 입었다. 단정하면서도 우아했다. 날씨가 추워 재킷을 챙겨 입고 핸드백을 챙겨 방을 나왔다.

"이슬아."

거실에서 경심과 맞닥뜨렸다. 엄마의 눈에 비친 우려를 보았다.

"엄마, 걱정 마. 나 다 나았어."

"다 낫긴. 하루 사이에 얼굴이 반쪽이 됐어, 얘. 거짓말을 하려면 입에 침이나 바르고 해."

이슬은 입술을 혀로 슬쩍 훑고 살며시 웃었다.

"됐지? 나 침 발랐어."

"얘가 진짜! 너 엄마를 아주 놀려라. 응?"

"아프면 병원 갈게."

가족들을 신경 쓰이게 했다는 사실에 마음이 무거웠지만 그렇다고 계속 집에만 있고 싶지는 않았다. 재오에게도, 그리고 경심에게도 미안한 일이지만 고집을 부려서라도 출근을 하고 싶었다.

"믿을 수가 있어야지."

"믿어, 좀."

경심은 이슬을 말릴 수 없다는 것을 알기에 져주기로 마음먹었다.

"표 서방 나갔어. 얼굴을 볼 수가 없더라. 둘 다 건강 좀 챙겨."

"역시 사위 사랑은 장모라더니. 엄마, 앞으로도 우리 그이 예뻐해 줘. 알았지?"

이 와중에 남편을 예뻐해 달라는 딸이 기막혀 경심은 웃음을 터뜨렸다. 이슬은 현관문을 나설 때까지 경심을 안심시키기 위해 최선을 다했다. 대문 밖으로 나가니 차에 기대어 서 있던 재오가 그녀를 맞이하며 차 문을 열어 주었다. 고맙다는 인사를 해야 하는데 지금은 기분이 별로 안 좋아 목구멍에서만 맴돌았다. 이깟 자존심이 뭔지. 그녀는 스스로가 한심해 견딜 수 없었다.

재오가 운전석에 올라타더니 말없이 차를 출발시켰다. 공기에 빡빡하게 들어찬 긴장감. 때문에 숨도 쉬기 어려울 정도로 답답했다. 삭막한 분위기 속에서 누구도 먼저 말을 꺼내지 못했다.

차에서 내릴 때도 역시나 입을 꾹 다문 채 인사도 없이 차에서 내린 이슬이 매장으로 들어 왔다. 가장 먼저 석호의 출근 여부를 확인했고, 아직 오지 않았음을 알고 안도했다. 오기 전에 이미 마음을 다잡고 왔지만 막상 그와 맞닥뜨리는 순간 붙잡고 있는 정신이 산산조각 날까 봐 두려웠다.

재킷을 옷걸이에 걸어 두고 커피를 탔다. 커피 잔을 들고 의자에 앉았을 때, 메시지가 도착했다는 알림이 울려 휴대폰 화면을 흘깃 쳐다봤다.

〈퇴근 20분 전에 연락해. 데리러 갈게.〉

재오에게서 온 메시지다. 아픈 저를 밤새 간호해 주고 깨끗이 낫지 않은 몸으로 출근하니 걱정돼서 화를 냈을 텐데, 왜 짜증을 냈는지. 이제 와서 후회가 된다. 그에게 서운한 마음을 가졌던 건, 사랑하기 때문이겠지.

똑똑, 노크 소리에 화면에서 시선을 떼고 문 쪽을 봤다. 느리게 열린 문으로 등장한 석호를 본 이슬의 동공이 작게 흔들렸다. 그나마 마음의 준비를 했기에 이 정도인 것이다.

"왔어?"

이슬은 눈을 감았다 뜨며 마인드컨트롤을 한 뒤, 태연하게 석호를 맞이했다. 그도 역시나 편하지 않은 마음으로 하루를 보냈음을 어두운 표정이 말해 주고 있었다.

"이거."

석호가 내민 네모난 봉투의 겉면에는 사직서라는 글자가 세로로 정갈하게 쓰여 있었다. 그가 단순히 친구인줄 알았던 때에 이것을 받았다면 서운하고 섭섭했을 텐데 지금은 아무런 감정이 들지 않았다.

"말도 없이 이런 결정 내려서 미안해."

"나한테 미안할 일은 이게 아닐 텐데."

뜻밖의 말에 석호는 심하게 동요하고 있었다. 이슬은 무표정으로 그의 눈동자에 나타나는 감정변화를 지켜봤다.

"나 네 정체 알아."

"……무슨."

"지금까지 친구인 줄 알았던 네가 나를 감시하고 있었을 줄은 미처 몰랐어."

이제야 이슬의 말을 이해한 석호가 아연실색하며 뒤로 한 발짝 물러났다.

"어떻게……."

석호는 자신의 정체를 이슬이 알고 있다는 사실에 충격을 받았다. 절대 알 수 없을 거라 생각했는데 어떻게 알게 된 것일까.

"내가 어떻게 알게 됐는지, 그게 중요한 건 아니지. 네가 여태까지 나를 속이고 그런 무서운 짓을 해 왔다는 게 중요한 거 아니야?"

"그건."

"진원 오빠 때문이라고?"

대체 어디까지 알고 있는 거냐고, 석호의 눈빛이 묻고 있었다. 이슬이 모든 상황을 파악하고 있다는 사실에 그는 너무 놀라 제정신이 아니었다.

"너도 피해자라는 것도 알아. 오빠가 너에게 어떤 짓을 했는지 정확히는 모르겠지만, 어쨌든 너도 힘들었겠지. 괴로웠겠지."

그동안 석호가 해 온 짓을 생각하면 배신감이 들지만 진원에게서 벗어날 수 없었던 그의 처지는 안쓰러웠다.

"이슬아."

"너한테 그렇게까지 화는 안 나. 그냥 이 세상에 믿을 사람이 하나도 없다는 생각만 들 뿐. 그동안 내가 믿고 마음을 줬던 사람들이 나를 배신했어."

"……."

"나는 대체 누굴 믿어야 하니?"

지욱은 진원 때문에 어쩔 수 없이 떠났던 사람이라지만 당시에는 숨겨져 있는 정황을 모르는 상태였다. 지금은 모든 사실을 알게 됐지만 이미 너무 많이 아파했기에 지욱에 대한 마음이 복구될 수 없다.

진원은 피 한 방울 섞이지 않았지만 너무나도 소중한 가족이고 오빠라 여겼다. 그런 사람이 자신에게 집착을 하고 사람을 시켜 미행을 했다니 이보다 더 소름 끼치는 일이 어디 있을까. 거기다가 석호까지 이렇게 배신감을 느끼게 하다니.

사랑도, 우애도, 우정도, 모두 박살났다. 아니 애초에 있지도 않았던 건지도 모르겠다. 혼자서만 구축해 왔던 망상인 것만 같다.

"혹시나 해서 하는 말인데, 앞으로 재오 씨 만나지 마."

이제 지킬 거라고는 단 하나밖에 없다. 무슨 일이 있어도 재오만큼은, 내 남편만큼은 절대 박살나지 않도록 꽉 붙들고 있어야지.

"나가."

차가운 송곳 같은 명령에 석호는 한마디도 뱉지 못한 채 뒤돌아 나갔다. 실내의 온도가 따뜻한 편인데도 이상하게 한기를 느꼈고, 몸이 오들오들 떨렸다. 이 세상에 자신을 진정으로 신뢰하고 사랑해 줄 사람은 없는 것 같았다.

"재오 씨……. 당신은 망상이 아니겠죠?"

당장이라도 재오에게 달려가 꽉 안기고 싶었다.

하루가 어떻게 지나간 줄 모르겠다. 몸이 완전히 회복되지 않았지만 여느 때와 다름없이 바쁘게 일했다. 자꾸만 잡생각이 들려는 것을 억지로 밀어내며 일부러 몸을 혹사시켰다. 그 와중에 아침에 재오가 보낸 메시지는 잊히지 않았다. 퇴근 20분 전에 연락을 했고 그는 알았다는 대답만 남기고 그 뒤로 소식이 없었다.

일단은 퇴근을 하기 위해 대표실을 나섰다. 매장을 청소하는 직원들이 해 오는 인사에 응하며 밖으로 나왔을 때, 가게 앞에 세워진 익숙한 차를 발견했다.

언제부터 와 있었던 걸까? 왔으면서 왜 연락하지 않았지? 궁금증이 폭발했다. 분명 아침에 싸우고 나왔는데 재오의 차를 보자마자 가슴이 두근거려왔다. 스스로가 이렇게 변덕스러운 사람인지 미처 몰랐다.

조수석에 올라탔을 때, 재오는 시트에 등을 기대고 눈을 감고 있었다. 피곤해서 잠들었나? 이슬은 조심스러운 눈길로 그를 들여다보는데 눈꺼풀이 서서히 위로 올라갔다.

"흐음."

낮게 새어 나온 숨소리가 이상하리만치 섹시해, 이슬을 당황스럽게 했다. 마주한 재오의 눈이 나른했다.

"새벽에 나 간호하느라 잠 못 자서 그런 거죠?"

재오는 새벽에 거의 자지 못했다. 잠이 들었다가도 이슬이 뒤척거리거나 끙끙거리면 얼른 일어나 살뜰히 보살폈다. 그녀가 편히 잠들 때까지 옆을 지키며 손을 꽉 잡아 주기도 했다.

그런 상태에서 출근을 했으니 철인이 아닌 이상 피곤한 게 당연했다. 미안하고 걱정되는 마음을 꾹꾹 눌러 담은 시선으로 물끄러미 바라보는데, 아무 말 없이 슬며시 웃는 재오를 보자 그늘지고 푸석푸석한 마음에 햇살이 드리운 것처럼 밝고 포근해졌다.

"웃으면 다예요?"

재오의 웃음 하나에 기분이 달라지는 자신이 황당해서 괜히 퉁명스레 굴었다. 콩닥거리는 가슴을 어찌지 못 하겠어서 시선을 바닥에 꽂은 채 가만히 있는데 볼을 어루만지는 손길이 느껴졌다.

가슴이 더욱 세게 뛰었다. 이 사람을, 내 남편을 많이 사랑하게 됐구나. 이제 이 사람 없으면 어쩌지? 언제부터인지는 모르겠지만 이 사람을 믿고 의지하게 됐다. 너무 많이 마음을 열어, 이제 어떻게 닫아야 하는지 그 방법조차 모를 정도로. 재오가 가슴 깊숙한 곳에 뿌리박았다.

그런데 이 사람도 혹시 지욱, 진원, 그리고 석호처럼 자신을 배신하지는 않을까, 어떤 공포 영화보다 무서운 생각이 머릿속을 비집고 커져 갔다.

"무슨 생각해?"

나직이 울리는 음성 덕분에 무겁게 잠식해가던 상념의 늪에서 빠져나올 수 있었다. 재오는 어느새 손깍지를 껴왔다. 놓지 않을 것처럼 단단히도 잡았다.

"심각해 보여."

아무것도 아니라며 고개를 가로 저었으나, 재오는 믿지 않는 눈치였다. 그도 그럴 것이 지금 이슬의 얼굴에 먹구름이 끼어 있었다.

"아침에 싸운 것 때문에 그래?"

"아니. 그건 이미 풀렸어요."

당시에는 짜증을 냈지만 어떤 마음으로 출근을 말렸는지 알기에 금방 기분이 풀렸다.

"그럼 뭐 때문에 그러는데? 내가 모르는 무언가가 있는 거지?"

"없어요, 그런 거."

재오에게 괜한 불안함을 심어 주는 것은 아닌지 걱정스러우면서도 석호와의 대화를 들었다는 말만큼은 도저히 할 수가 없었다. 그에게 더 이상의 충격은 주고 싶지 않았기에.

"뭐든 다 말할 필요는 없지만, 그래도 너무 힘들고 버거운 일이라면 혼자서 짊어지려 하지 마. 나도 감당하기 힘들 때는, 당신에게 말할게. 당신도 그래줘. 우리는 가족이니까."

진하게 퍼지는 감동에 이슬의 가슴이 울컥거리며 동시에 눈시울이 붉어졌다. 재오는 자신을 배반할 사람이 아니라는 확신이 강하게 섰다.

"배고프지? 당신을 위해 특별히 준비한 게 있는데, 일단 레스토랑으로 가자."

"자기 가게?"

"응."

재오는 깍지 낀 손을 풀고 운전대를 잡았다. 세상에서 가장 튼튼한 안전장치처럼 느껴졌던 그의 손이 빠져나가자 서운함이 알싸하게 퍼졌다. 허전해진 손을 괜히 꼼지락거리며 입술을 깨물었다.

그런 그녀의 마음을 헤아리고 있었는지, 아니면 그냥 그러고 싶었는지는 모르겠지만 그는 운전하다가 틈틈이 그녀의 손을 잡아 오곤 했다.

재오의 차는 곧 몽마에 도착했다. 아직 영업 중이었지만 9시가 넘은 시간이라 손님이 많지 않았다.

"반갑습니다, 사모님."

입구에 서 있던 노 지배인이 이슬에게 정중히 인사했다.

"네, 안녕하세요."

이슬은 온화한 미소를 띠며 인사에 응했다.

"VIP 룸으로 모시겠습니다."

안내를 받으며 VIP 룸으로 갔다. 그가 이슬이 앉을 의자를 빼내려 하자 재오가 그것을 막아서며 제 손으로 의자를 빼냈다.

그리고 이슬과 다정히 눈을 맞추며 맞은편에 앉았다. 노 지배인이 두 사람의 유리컵에 물을 따라 주었다.

"식사 준비하겠습니다."

노 지배인이 룸을 나가고 재오와 이슬만 남았다.

"당신이 준비한 거예요?"

기쁜 얼굴로 묻는 이슬에게 재오는 고개를 살짝 끄덕여 보였다.

"별거 아니니까 감동할 필요 없어. 그냥 당신 아팠으니까 원기충전 좀 시켜 주려고."

"난 당신 화난 줄 알고 걱정했는데. 이렇게까지 날 생각해 주고. 감동할 필요 없다고 하지만 어떻게 감동을 안 해요?"

"정말 사소한 것에 감동을 받는구나."

정에 약한 이슬이 애처롭기도 하고, 사랑스럽기도 하다. 여러 가지 감정을 갖게 하는 아내를 지그시 응시하는데, 노크 소리가 애틋한 분위기를 흐트러뜨렸다.

곧 노 지배인과 직원 하나가 음식들 갖고 등장했다. 이탈리안 요리를 전문적으로 하는 몽마에 전혀 어울리지 않는 한식이 차려졌다.

"메인 음식은 삼계탕입니다."

노 지배인이 친절히 메뉴를 설명하며 두 사람 앞에 삼계탕을 놓아주었다. 발가벗은 듯 매끈한 닭이 뽀얀 국물이 담긴 고동색 뚝배기 안에서 반신욕을 하고 있다. 그 자태가 먹음직스럽다.

"대표님이 사모님을 위해서 특별히 부탁하신 메뉴랍니다. 한방 약재를 넣어 정성스레 만들었으니 맛있게 드세요."

"감사합니다."

"그럼 두 분, 좋은 시간 보내세요."

다시 두 사람만 남았다. 이슬의 시선은 삼계탕에 꽂혔다. 조금 전까지만 해도 입맛이 없었는데 삼계탕을 보는 즉시 군침이 돌았다. 게다가 코를 뒤덮는 구수한 삼계탕 국물 냄새가 입맛을 돋웠다.

"식기 전에 먹어."

"잘 먹을게요."

이슬은 먼저 국물부터 떠먹었다. 국물이 사골처럼 진해서 이것만 떠먹어도 기력이 솟는 기분이다. 그녀의 손에 의해 닭이 해체되어 갔다. 잘 먹는 그녀를 흐뭇하게 바라보던 재오가 자신의 몫으로 놓인 닭의 살코기를 발라내 그녀의 앞 접시에 놓아주었다.

"왜 나 줘요? 여보 먹어요."

"당신 먹는 모습 보는 걸로도 배불러."

"낯간지러운 말도 잘해."

"나 원래 이런 말 잘 하잖아."

재오가 능청스레 말했다. 이슬이 수긍하는 의미로 빙그레 웃었다.

"맛있어?"

"네. 엄청 맛있어요."

"체하지 않게 꼭꼭 씹어 먹어."

"응. 그럴게요. 당신도 먹어요."

재오가 고개를 끄덕이며 천천히 식사를 해나갔다. 둘은 이런저런 이야기를 나누며 즐겁게 식사했다.

후식은 가볍게 먹을 수 있는 녹차로 통일했다. 녹차를 마시는 동안은 특별히 많은 이야기를 나누지 않았다. 분위기가 식사 때보다 차분해졌다.

그의 그윽한 시선에 이슬의 심장이 쿵쿵 소리를 내며 바쁘게 뛰는 중이다. 그녀가 줄곧 쥐고 있던 찻잔을 내려놓으며 그와 눈을 맞췄다.

"나 할 말 있어요."

"해."

분위기를 봐서는 가벼운 얘기가 아님을 짐작했다. 재오는 들을 준비가 됐다는 의사를 밝혔다.

이슬이 그의 눈을 똑바로 마주 보며 입술을 달싹였다.

"우리 분가해요."

재오가 기울인 위스키 병에서 떨어진 알코올이 스트레이트 잔을 채웠다. 넘치지 않도록 약간의 여백을 남겨 두고 술 따르는 것을 멈췄다. 병을 내려 두고 잔을 살짝 쥐어 올려 그대로 입으로 직행했다.

진한 토피의 풍미 뒤로 은은한 민트의 맛이 느껴졌다. 자칫 묵직할 수도 있는 술을 민트가 상큼하게 마무리해 주었다.

몽마의 3층에 마련된 Bar. 손님이 모두 빠져나간 이 장소에 재오 홀로 술을 마시고 있다. 손님들이 없어 음악도 끈 상태라 고요한 실내에 불현듯 발소리가 났다. 올 사람이 있었기에 놀라지도 않았고, 쳐다보지도 않은 채 그저 여유롭게 술을 마셨다.

"표재오!"

반가워하는 목소리에 설핏 웃음이 스쳤다. 곧 희재가 옆 자리에 엉덩이를 붙이며 씩 웃었다.

"혼자서 웬 청승이냐? 나 오면 같이 마시지."

"이제 겨우 세 잔째야."

"겨우? 각 잡고 달리시게?"

"그럴까?"

빙긋 웃으며 진담인지 농담인지 분간할 수 없이 말하는 재오를 희재가 의아한 눈으로 봤다. 재오는 준비되어 있던 빈 잔을 희재의 앞에 두고 술을 따라 주었다.

"뭐 안 좋은 일 있어?"

"아니."

안 좋은 일이라고 해야 하나? 고민이라고 하면 현진원이라는 남자. 이슬의 의붓오빠. 그 사람과 관련된 일밖에 없다. 석호의 경고대로 진원이 어떤 짓을 벌일지 모르니까. 뭘 어떻게 대비를 하고 있어야 하는지. 그게 요즘 최대의 걱정거리다.

"잘 지냈냐?"

"별로. 너 없으니까 엄청 허전한 거 있지? 네가 있어야 여자들도 막 모여들고 그러는데."

"그게 아쉬운 거구만. 내가 없어서 여자들이 잘 안 모이는 거?"

희재는 부정하지 않으며 히죽거렸다.

"아래 뭐 촬영하나 보더라?"

"아, 드라마."

"너네 가게 장소 협찬 잘 안 하잖아."

"뭐 어쨌든 해가 될 것 같지는 않더라고."

희재가 그러냐며 고개를 끄덕였다.

"나 박보연 실제로 본 건 처음인데 진짜 예쁘더라. 실물 보고 겁나 놀랐어."

"그러냐?"

시큰둥하게 대답하는 재오의 반응에 희재가 눈을 휘둥그레 뜨며 의아해했다.

"넌 저 아름다운 미모를 보고도 감흥이 없냐? 아무리 유부남이라지만 연예인 정도는 좋아해도 되잖아?"

"글쎄. 누구든 우리 와이프 보다는 덜 해서."

"허……!"

숨을 턱 막히게 하는 간지러운 대답에 희재가 소스라치게 놀랐다. 재오는 뭐 그런 것 같고 놀라냐며 태연했다.

"넌 아주 잉꼬 부부 나셨더만?"

희재가 장난스럽게 건넨 말에 재오가 의연하게 어깨를 으쓱거렸다.

"소문 다 났어. 너 아내 바보 다 됐다고."

"딸 바보도 아니고 그게 뭐냐."

딸 바보는 들어 봤어도 아내 바보라는 어감은 낯설었다.

"싫음 팔불출이라고 해 주지 뭐."

"싫어. 애처가라고 해."

희재의 얼굴이 경악으로 일그러졌다.

"이제 내 앞에서까지 닭살 떠냐?"

"진짜 닭살 떠는 게 어떤 건지 모르는구만. 쯧쯧. 나중에 제대로 보여줄 테니 기대해."

희재는 재오가 그의 아내와 애정행각을 벌이는 모습을 상상해 봤으나 그런 모습을 한 번도 본 적이 없어서 상상에 제동이 걸렸다.

"어떤지 상상은 못 하겠지만 어쩐지 보기 싫다. 으으."

희재는 팔을 문지르며 치를 떨었다.

"애처가면 일찍 귀가해야지. 나랑 이러고 있지 말고."

"내가 결혼하고 얼마나 성실히 귀가했는지 아냐? 퇴근만 하면 곧장 집으로 갔어. 쉬는 날도 무조건 아내랑 있고."

성실 남편 상이 있다면 자신이 받아야 한다고 생각했다.

"와, 진짜 애처가네. 표재오 진짜 인간 승리다. 너 같은 날라리가 어떻게 그렇게 가정적인 남자가 됐냐?"

"좋은 사람을 만나면 좋은 방향으로 변하더라. 현이슬, 좋은 여자야. 이런 여자가 세상에 또 있을까 싶을 정도로."

좋은 사람. 좋은 여자. 이런 표현으로는 설명하기 어려울 정도로 굉장한 여자다. 한 단어로 말하자면 기적. 그녀는 기적이다.

"늘 불안정해 보이던 표재오였는데. 평화로운 모습 보니까 어쨌든 기분 좋다. 나도 이참에 결혼이나 해 볼까?"

"좋은 여자 있음 놓치지 말고 꽉 잡아."

"결혼 선배의 충고 귀담아 들으마."

재오가 그러라며 고개를 끄덕였다. 희재가 따라준 술을 마시고 빈 잔을 내려놓으며 잠시 잊고 있던 것이 퍼뜩 떠올랐다.

"아, 내가 부탁한 거."

그제야 희재도 생각이 난 듯 주머니를 뒤적여 오피스텔의 도어 록 전자키를 꺼내 재오에게 내밀었다.

"여기."

주인을 떠나 있었던 전자키가 드디어 주인의 품으로 돌아왔다.

"비밀번호 안 바꿨어."

"잘했다."

"분가한다고?"

"응. 그러려면 이 오피스텔 공사해야지. 지금은 집으로 지내기엔 부적합하니까."

오피스텔은 애초에 친구들과의 아지트로 사용하기 위한 목적으로 구한 것이라 술집과 카페의 중간 정도의 인테리어로 꾸며져 있다. 이곳을 가정집처럼 뜯어 고치고 공사가 끝나면 이슬과 들어가서 살 계획이다.

"근데 갑자기 나가서 산다는……."

갑자기 울리는 벨소리에 희재가 말을 중단했고, 재오는 양해를 구하고 전화를 받았다. 어두운 새벽에 동이 트듯 환해지는 재오의 표정 변화에 희재는 경악을 금치 못했다.

―여보, 집이에요?

휴대폰 너머에서 들리는 아내의 목소리에 심장에 간지러운 바람이 불었다. 얼굴을 보지도 않고 그저 목소리만 들을 뿐인데도 이렇게 좋다니. 혹시 병은 아닌지 의구심이 들었다.

"아니. 몽마."

술이 꽤 들어가서 그런지 사람이 평소보다 훨씬 감성적이게 변한 재오의 목소리가 촉촉하다.

—아직 퇴근 안 한 거예요?

"응. 당신은?"

옆에서 통화하는 재오를 보고 있는 희재는 간지러워 죽겠는 동시에 부러워 어쩔 줄을 몰라하는 중이다.

—난 이제 퇴근하려고. 근데 당신 목소리가⋯⋯. 술 마셨구나?

"빙고. 와, 완전 귀신이네."

목소리만 듣고도 술 마신 것을 알아차리다니. 적중한 이슬의 추측에 진심으로 놀랐다. 이젠 숨소리만으로도 어떤 상태인지 알 수 있는 그런 사이가 되었나 보다.

—내가 당신을 몰라요?

"그 말 좋네. 우리가 되게 가까운 사이처럼 여겨져."

귓가로 들리는 작은 웃음소리. 너무 좋아서 말초혈관이 격하게 움찔거리는 것 같았다. 두근두근. 심장의 뜀박질이 예사롭지 않았다.

—당신 취했다.

"간만에 좀 마셨더니, 취했나 봐."

재오는 제가 느끼기에도 취기가 오르고 있었기에 이슬의 말을 부정하지 않고 곧바로 수긍했다.

—내가 데리러 갈게요. 어차피 운전 못 하잖아.

"그럼 고맙지. 차로 오는 건가?"

—응. 이제 차 탔어요.

"운전 조심하고."

전화를 끊은 뒤에도 여운은 진하게 남았다. 재오는 한참 동안 꺼진 전화를 지그시 내려다보며 감상에 젖어 있었다. 희재는 감히 그를 방해할 수 없어 잠자코 술만 들이켰다.

"희재야."

불현듯 속삭이는 재오에 희재가 눈썹을 꿈틀거리며 반응했다. 재오는 여전히 휴대폰을 내려다보고 있었다.

"사람이 어떻게 이렇게까지 사랑스러울 수 있지?"

"뭐?"

재오의 상태에 도저히 적응을 못 하겠다. 그가 변했다는 것을 알지만 역시나 놀라지 않을 수가 없다.

"예뻐 죽겠다, 내 여자."

재오의 입에서 나오는 말들이 전부 기함할 일이다.

"내 여자?"

"그래, 내 여자. 혹시라도 넘보지 마라."

아주 로맨스 드라마 한 편을 찍고 있구나. 희재는 그런 생각으로 혀를 끌끌 찼다.

"나 친구 여자, 것도 유부녀를 넘볼 정도로 개차반은 아니거든?"

"아니 워낙 예뻐서 남자들이 다 반할까 봐 걱정돼서."

"내 보기에 너 증상이 너무 심하다!"

"나도 안다. 근데 이게 한 번 사랑에 빠지니까 헤어 나올 수가 없어. 심해 속에 빠진 기분이랄까? 끝을 모르고 빠져들어."

재오는 감정에 취해, 사랑에 취해 술잔을 기울였다. 이슬이 데리러 온다니 마음이 편안했지만 인사불성이 돼서는 안 되니 너무 빠르지 않은 속도로 마셨다.

가늠하지 못할 정도로 꽤 많은 시간이 흘렀을 쯤, 계단 쪽에서 인기척이 들려와 저절로 시선이 흘렀다. 점점 증폭되는 구두 소리에 심장이 두근거리기 시작했고, 곧 그의 시야에 사랑스러운 아내가 들어 왔다.

"여보."

"어, 왔어?"

마음은 반가워 죽겠지만 겉으로는 호들갑 떨지 않고 의연하게 행동했다. 이슬이 재오의 옆에 있는 희재에게 환하게 웃으며 인사했다.

"안녕하세요."

"안녕하세요. 저 재오 때문에 죽는 줄 알았습니다."

"네? 왜요? 이 사람이 무슨 짓 했나요?"

"닭살이란 닭살은 다 떨더라고요. 글쎄 뭐라고 했냐면."

재오가 다급히 희재의 입속으로 마카로니 뭉텅이를 밀어 넣었다. 타의에 의해 말을 할 수 없는 지경에 이르자 희재는 별수 없이 입안에 가득한 마카로니를 씹을 수밖에 없었다. 그 광경을 보며 재오가 창피해서 그러는구나, 이해한 이슬이 부드러운 미소를 짓고 서 있었다.

"술 진짜 많이 마셨네, 당신."

바 테이블 위에 놓인 빈 병을 보자 이슬은 한숨을 내쉬며 희재가 있음에도 서슴지 않고 재오의 얼굴을 두 손으로 감쌌다. 그가 그녀의 허리에 손을 얹고 저를 내려다보는 그녀의 눈에 시선을 맞췄다.

닭살 떠는 모습을 제대로 보여 준다더니 이런 거구나. 희재는 눈앞에 펼쳐지고 있는 부부의 애정행각에 진심으로 놀라고 있었다. 심해인지 뭔지, 거기에 재오만 빠진 게 아니라는 사실을 깨달았다. 이슬도 똑같았다.

"여보, 눈 풀렸어."

눈두덩을 부드럽게 만지며 속삭이는 이슬에 재오의 눈이 뜨겁게 요동쳤다.

"집에 가자."

재오의 심리를 간파한 이슬이 묘한 웃음을 띠었다.

"뭐 하려고?"

존댓말을 하다가도 종종 반말을 툭툭 하는 이슬의 행동에서 저를 편하게 생각하는 마음이 느껴져 재오는 기분이 좋았다.

"지금 당신 머릿속에 있는 그거. 그거 하려고."

"아이참, 당신도."

얼굴이 상기된 채 부끄러워하는 이슬에 재오의 심장은 가슴 밖으로 튀어나올 뻔했다. 순식간에 뜨겁게 달아오른 몸을 견디지 못 하고 벌떡 일어난 그가 희재를 향해 말했다.

"희재야, 알아서 가라."

사랑스러운 아내에 눈이 멀고, 심장이 먼, 재오에게 친구는 뒷전이었다. 그가 이슬의 손을 덥석 잡더니 서둘러 계단을 내려왔다. 취했다는 사람이 잘도 걸어 그녀를 허탈하게 했다.

드라마 촬영으로 어수선한 아래층을 지나 레스토랑 건물을 빠져나왔다. 차로 끌고 가기에 탈 줄 알았더니, 다짜고짜 입을 맞췄다. 허리에 둘러진 그의 팔에 강한 힘이 실렸다. 타인의 시선이 닿을 수 있는 야외였지만 그는 개의치 않았다.

집에 갈 때까지는 도저히 참을 수가 없었다. 뜨겁게 타고 있는 속을 가라앉히기 위해서는 그녀의 입술을 먹어야 했다.

그의 성마른 키스에 그녀는 정신이 혼미했다. 강렬하게 파고든 아찔한 감각을 어쩌지 못 하겠어서 그의 옷깃을 움켜쥐었다. 예기치 못한 상황에서의 키스는 굉장한 감각을 몰고 와, 이슬의 심장을 마구잡이로 쥐어뜯었다. 쿵쿵, 격하게 뛰는 심장에 가슴이 아플 정도다.

이윽고 두 입술을 가르며 쑥 침범하더니 그녀의 입안을 물 만난 고기처럼 신나게 유영했다. 진득하게 비벼지는 그의 혀에 정신이 저릿저릿했다. 이곳이 어디인지 분간조차 안 될 정도로 제정신이 아니었다. 주변의 모든 소음이 죽고, 둘 만의 세계로 훅 빠져 들어갔다.

이슬은 재오의 옷깃을 움켜쥐었던 손을 풀어 그의 목을 끌어안았다. 더 깊게, 더 진하게. 비벼지는 혀가 카푸치노처럼 부드럽고 그윽했다. 너무 맛있어서, 자꾸만 더 원하게 됐다.

이대로 영원히 키스하고 싶다는 허황된 꿈이 가슴에서 제멋대로 부풀었다. 온몸을 에워싼 사랑이 너무나도 간지러워 입가에 웃음이 사르르 번져 갔다.

키스는 끝나지 않은 것처럼 길게 이어졌다. 지나가는 사람들의 웅성거림이 둘만의 세계를 침투했고, 재오가 먼저 입술을 뗐다. 아쉬움에 입맛을 다시는 이슬의 얼굴을 감싸고 진득한 눈길을 보냈다.

"사랑해."

순간 요란하게 요동치는 심장에, 이슬은 가쁜 숨을 쉬어댔다. 남편에게 처음 듣는 말. 사랑한다는 고백. 아, 미치게 좋아서 다리에 힘이 풀릴 것 같다.

"다시……. 한 번만 다시 말해 줘요."

환청을 들은 건 아닌지 의심이 짙어지는 이슬의 눈동자를 똑바로 응시하며, 재오가 진심을 꾹꾹 눌러담아 말했다.

"현이슬, 사랑해."

눈물이 날 것 같았다.

이슬은 코드 테크닉스 본사를 찾았다. 아빠, 호근과 오빠인 진원의 직장이지만 딱히 이유가 없어 잘 오지 않았던 장소인데 오늘은 목적이 있어 오게 됐다.

엘리베이터를 타고 진원의 집무실이 있는 층을 올라갔다. 안면 있는 비서와 인사를 나누고 집무실 문을 노크했다.

안에서 들려오는 진원의 목소리에 이슬은 심호흡을 한 뒤 문을 힘껏 당겼다. 연락 없이 방문한 그녀를 맞이하는 진원의 눈에는 반가움과 놀라움이 뒤섞였다.

"웬일이야?"

호근과 진원의 일을 방해할까 봐 웬만해서는 회사를 오는 일이 없는 이슬이 갑자기 나타나자 진원은 엄청 기뻐했다.

"바빠?"

이슬은 웃지 않았다. 진원의 실체를 알게 된 이상 웃을 수 없었다.

"아니. 괜찮아."

진원이 소파로 이동하며 이쪽으로 오라 손짓했고, 이슬은 조용히 그가 있는 소파로 다가갔다. 습관적으로 머리를 쓰다듬으려 손을 든 진원의 행동에 순간 그녀가 표정을 차갑게 굳히며 그의 손을 쳐냈다.

스킨십을 거부한 낯선 그녀의 행동에 그가 적잖이 당황했다. 그가 경직된 모습으로 그녀를 봤다.

"나한테 뭐 화난 거 있니?"

이슬은 대답 없이 일단은 자리에 앉았다. 진원은 전에 없이 냉기가 도는 그녀의 태도에 당혹감을 감추지 못 하며 느리게 소파에 앉았다.

"이슬아."

진원은 심상치 않은 분위기를 읽고 초조해했다.

"오빠한테 묻고 싶은 게 있어."

"뭔데?"

"재오 씨한테 너무 마음 주지 말라고 했던 말. 무슨 뜻으로 한 거야?"

"어?"

전혀 예상하지 못한 질문이라 순간적으로 머리가 멍해졌다. 이슬이 왜 이런 질문을 하는지 심각하게 생각해 보지만 좀처럼 이유를 알 수가 없어 답답했다. 둘 사이에 숨통을 조이는 긴장감이 팽팽하게 돌았다.

"내가 이혼하기라도 바라는 건 아니지?"

"……."

"난 오빠가 좋은 사람인 줄 알았어. 다른 사람에게는 딱딱하게 굴어도, 나한테만큼은 다정했으니까."

누가 뭐래도 저에게는 좋은 오빠였다. 아니, 그렇게 믿었는데 그 마음들은 전부 헛된 것이었다.

"이슬아."

"안석호한테 왜 그런 짓을 했어?"

진원은 이제야 상황파악이 된 듯 표정이 어두워졌다. 이슬이 모든 비밀을 알았구나.

얼마 전 석호가 찾아와 동생의 수술비를 갚은 뒤 모든 일을 관두겠다는 말을 남기며 외국으로 떠났다. 그의 정체가 재오에게 탄로 났다는 사실을 전해 들었다. 그래서 재오는 알고 있으리라 여겼지만 이슬까지 그 비밀이 흘러들어 갔을 줄은 몰랐다.

"표재오가 그러든? 사내새끼 입이 그렇게 가벼워서, 쯧."

비밀이 새어 나간 곳이 당연히 이슬과 가장 가까운 재오이리라 짐작했다.

"아니. 그이는 아무 말도 안 했어. 아마 내가 충격 받을까 봐 걱정돼서 말하지 못했을 거야. 그이는 그런 사람이야. 나를 진정으로 위해 주는, 유일한 사람."

이슬의 말에 진원은 말문이 막혔다.

"오빠한테 정말 실망했어."

"이슬아, 난 네가 진심으로 걱정돼서 그랬어."

"아니. 오빠는 그냥 나한테 집착 했을 뿐이야. 그러니 그런 말도 안 되는 짓들을 벌인 거지!"

진원은 이슬이 저에게서 완전히 등을 돌렸다는 느낌을 받았다. 지금까지 철저히 숨겨왔던 자신의 행각이 들통 나자 그의 눈에 혼란이 짙어졌다.

심장을 억세게 조이는 두려움. 엄습하는 불길한 예감이 그를 조바심 나게 했다. 적어도 이슬에게만큼은 들키지 않으려 했는데. 어쩌다 이 지경이 됐는지 화가 나고 답답했다.

"하고 싶은 말이 있어서 왔어."

"……뭔데, 그게."

진원은 피곤한 얼굴을 쓸어내리며 힘겹게 대꾸했다.

"더 이상 내 인생에 개입하지 마."

하, 진원의 까슬까슬한 입에서 탄식이 터져 나왔다. 그동안 자신이 누굴 위해서 그렇게 미친놈처럼 날뛰었었는데? 지금까지 해 왔던 일들이 헛수고처럼 느껴져 허탈했다.

"널 위해서 그랬어."

"날 위해서? 대체 뭐가 날 위해서였는데? 내 친구, 석호를 빼앗은

431

거? 아니면 내 첫사랑, 지욱 오빠를 망가뜨린 거? 대체 뭐가 날 위해서 였는데?'

참고 있던 분노가 터졌다. 그래도 오빠니까, 최대한 화를 내지 않으려고 했다. 어떻게든 이해해 보려고 했다.

하지만 진원은 지금까지 자신이 벌여 왔던 행각에 대해 한마디의 사과도 하지 않았다. 오히려 잘못한 것이 없다는 듯 여기는 그의 태도에 이슬은 절망에 빠졌다.

"이젠 내게서 뭘 빼앗으려고?"

"……."

"그게 표재오라면, 나 못 참아."

이슬에게서 서릿발처럼 차가운 분위기가 풍겼다. 늘 환하게 웃던 그녀가 이토록 화가 나 있는 모습은 처음 봤다. 자신을 향해 잔뜩 경계심을 세운 그녀를 보며 진원의 심정은 착잡하기 이를 데 없다.

"이 말 하려고 온 거야."

이슬은 강한 어조로 말했다.

"내 남편, 털끝하나도 건드리지 마."

이슬은 용건을 끝내고 미련 없이 소파에서 일어나 진원의 집무실을 나왔다. 닫히는 문 사이로 무언가가 부서지는 소리들이 들렸다. 아마도 폭주하고 있는 진원의 손에 물건들이 던져지고 깨지는 소리일 것이다. 제발 부서지고 깨지는 것이 저것들뿐이길.

이슬은 눈을 깊게 감았다 뜨며 문을 완전히 닫았다. 걸음을 내딛는 그 순간 호근과 눈이 마주쳐 소스라치게 놀랐다. 혹시 모든 얘기를 들은 것일까? 불안함이 무섭게 따라붙는다.

"아빠……."

이슬은 불안한 눈으로 호근의 얼굴을 살폈다. 딸 바보라 불리던 호근인데, 오늘은 이슬의 얼굴을 보고도 편히 웃지를 못했다.

분위기를 읽고, 이슬은 호근이 어느 정도 사실을 알고 있으리라 짐작했다. 어떤 얼굴로 호근을 봐야 할지 몰라 시선을 내렸다. 분명 문을

432

닫았는데, 안에서 무언가가 깨지고 부서지는 소리가 계속 들렸다. 이 정도라면 말소리도 들리지 않았을까?

"바쁘지 않으면 얘기 좀 하자."

드디어 호근이 입을 뗐고, 그와 동시에 이슬의 눈동자가 긴장감을 안고 가늘게 떨렸다.

"네, 아빠."

화기애애하던 부녀의 모습은 온데간데없었다. 아빠 앞에서 편하게 애교를 떨던 이슬이었는데, 오늘은 그럴 수 없는 분위기였다. 앞장 서 걷는 호근을 따라 이슬은 차분히 걸음을 옮겼다.

호근을 따라 걸으며 오만 가지 생각이 다 뒤엉켰다. 어쩌다 이 지경이 됐는지, 이 사태를 만든 진원이 야속하기만 하다. 비록 피가 섞이지 않았지만 그래도 완벽하다고 자부했던 가족이 실은 어디에 말 하지 못할 추악한 형태로 얽혀 있었다니, 생각할수록 착잡해지기만 했다.

호근을 따라온 곳은 회사의 옥상. 사원들의 출입이 허락되지 않은 장소였다.

아빠가 하려는 이야기가 타인의 귀에 흘러들어 가서는 안 되는 것인가 보다. 불어 닥치는 찬바람에 이슬의 긴 머리카락들이 제멋대로 휘날린다. 생각보다 낮은 기온에 추위를 느꼈지만 불평을 호소할 분위기는 아니었다. 호근은 옥상 난간 쪽으로 가 서서 도시를 시야에 담았다.

"여기서 보니 참 많은 집들이 있구나."

호근을 따라 시선을 가져가니 빽빽이 들어선 건물들이 시야를 꽉 채웠다. 아파트, 오피스텔, 다세대 주택, 단독주택 등 수많은 건물들이 답답할 정도로 밀집해 있다.

"집집마다 각자의 사정이 있겠지."

이슬은 잠자코 호근의 말에 귀를 기울였다. 그가 어떤 의중으로 이런 말들을 늘어놓는지 곰곰이 생각하면서.

"나는 말이다, 이슬아. 경심 씨를 만난 것에 대해 후회하지 않는다. 여전히 네 엄마를 사랑하고, 너도 사랑해."

"아빠······."

호근이 이슬을 바라봤다. 눈에 넣어도 안 아픈 딸. 피 한 방울 섞이지 않았지만 한 번도 딸이 아니라고 생각해 본 적이 없다.

"어떻게든 너에게는 알게 하고 싶지 않았지만 결국 이렇게 돼 버렸구나. 세상에 완전한 비밀은 없다는 말, 새삼 실감한다. 내가 네 결혼을 밀어붙인 이유, 진원이 때문이었다."

"오빠 때문에요?"

"그래."

호근은 진원에게 할 이야기가 있어 그의 집무실로 찾아갔다. 문을 살짝 열었을 때, 그 틈으로 새어 나오는 이슬과의 대화를 듣고 만 것이다. 순간 현기증이 나 끝까지 대화를 듣지 못 하고 문을 닫았었다.

"아빠도 알고 계셨던 거예요?"

"자세히는 몰랐지만, 어느 정도 알고 있었단다."

호근이 알고 있었다니 충격이다. 자신만큼이나 아빠도 심난해했을 것이다. 누구에게 말도 못 하고 혼자서 얼마나 속상해했을지, 감히 상상조차 하지 못 하겠다.

"얼마나 힘드셨어요."

"너만 하겠니."

호근은 이슬을 측은히 바라봤다. 늘 좋은 것들만 보여 주고, 겪게 해주고 싶었는데 제 아들로 인해 상심하게 만들어 마음이 편치 않다.

"사실 진원이를 막는 것이 근본적인 문제를 해결하는 일인 줄은 아나, 쉽게 되지를 않더구나. 몇 번 말려 보기는 했으나 도무지 말을 듣지 않아서 고민을 거듭하다 너에게 힘을 실어 주는 쪽으로 방향을 바꾼 거란다."

"힘······이요?"

"그래. 강한 기업 금융 정도면 진원이 쉽게 건드릴 수 없을 거라 믿었다."

"그래서 저를 재오 씨와 결혼시킨 거였군요."

그렇다며 고개를 끄덕이는 그의 얼굴에 근심이 짙게 내려앉아 있다.

"네 결혼식 후에 얼마나 마음이 안 좋았는지 모른다. 네가 원하지 않는 결혼을 강행시킨 것이 과연 잘한 일인지 회의감이 들더구나."

"그 당시에는 회사가 어렵다는 아빠의 말 하나에 결혼을 하겠다는 결심을 했지만, 지금은 아니에요. 저 재오 씨 사랑해요, 아빠. 그때 아빠가 결혼을 강행해 줘서 고마울 정도로요."

호근의 눈동자에 안도가 서렸다. 진원의 횡포를 막을 수 있는 방책이기는 했지만 이슬에게 억지로 결혼을 시킨 것이 계속 미안했었다. 이제야 그 죄책감을 씻을 수 있겠다.

"이슬아, 아빠는 무슨 일이 있어도 너 포기 안 한다."

호근은 이슬의 깊숙한 내면에 응어리진 상처를 어루만져주었다. 혹여나 아빠가 자신을 놓을까 전전긍긍했던 지난날들이 주마등처럼 머릿속을 스쳐 지나갔다. 말하지 않아도 아빠는 다 알고 있었나 보다. 아빠는 진짜 아빠였구나. 진하게 부딪치는 부정에 심장이 덜컹거리며 울고 있다. 코끝이 매웠다.

"진원이는 내가 어떻게든 해결하마."

호근은 이슬에게 힘을 실어 주었다. 네 뒤에는 내가 있다며. 버팀목이 되어 주겠다며, 아빠는 딸에게 그렇게 말해 주었다.

몽마의 실내는 평온했다. 직원들의 서비스와 주문한 요리들에 고객들은 만족감을 느끼며 즐겁게 식사를 하고 있었다.

재오는 홀을 돌아보며 레스토랑의 전체적인 부분을 눈여겨봤다. 대표가 지켜봐서 그런지 직원들은 조금이라도 실수를 하지 않기 위해 긴장한 모습이었다.

그런데 입구에서부터 시작된 소란에 레스토랑의 고요가 깨졌다.

무슨 일인가 싶어 입구 쪽으로 시선을 돌리던 순간, 퍽! 하는 소리가 나며 엄청난 통증이 얼굴 전체로 퍼졌다.

"헉!"

우당탕탕! 쇠붙이 같은 주먹이 뺨을 강타했음을 인지했을 때는 이미 바닥으로 내동댕이쳐진 뒤였다. 곳곳에서 비명소리가 쩌렁하게 터졌다. 일어서기도 전에 배에 올라탄 남자의 얼굴을 봤다. 진원이었다.

"뭐하는."

퍽! 말 따위 하지 말라는 듯, 진원이 멱살을 쥔 채로 또다시 얼굴을 가격해 왔다.

"윽!"

아픈 것은 둘째 치고 도대체 왜 저를 때리는 것인지 그 이유를 몰라 답답하고 울화통이 치밀었다. 까닭을 물을 새도 없이 또다시 얼굴을 맞았다. 난데없이 벌어진 소동에 식사를 하고 있던 고객들이 웅성거렸다.

직원들 몇몇이 진원의 팔을 한쪽씩 잡아 재오에게서 떨어뜨렸다. 그제야 숨통이 트인 재오가 거칠게 숨을 내쉬며 욱신거리는 뺨을 더듬었다.

"제길."

마른하늘의 날벼락이 아닐 수 없다.

"대표님, 괜찮으십니까?"

노 지배인이 다가와 걱정스럽게 물었다.

"참 빨리도 묻는다."

투덜거리며 뻗어진 한 직원의 손을 잡고 일어났다. 세 대나 맞은 뺨이 정상일리 없다. 입가가 찢어졌는지 비릿한 피 맛이 났다. 정면을 보니 직원들에게 붙잡혀 씩씩거리는 진원이 보였다.

"세 대로는 분이 안 풀리시나 봅니다."

진원은 당장이라도 달려들 기세였다.

"일단 진정하고 대화로 합시다."

재오가 쓰린 입술을 엄지로 쓸며 인상을 구겼다. 그러자 직원이 물티슈를 건네주었다. 그것을 받아 입가를 닦자 붉은 피가 묻어난다.

"안으로 모셔. 그리고 노 지배인은 여기 좀 정리하고."

직원들에게 지시를 내리고 집무실로 이동했다. 먼저 안으로 들어와 거울을 보고 있는 동안 진원이 직원의 안내를 받아 집무실로 모습을 드러냈다. 직원이 나가지 않고 쭈뼛거렸다.

"왜?"

"저 나가요?"

"내가 또 맞을까 봐 걱정돼?"

대충 그런 낌새여서 넌지시 물으니 부정하지 않았다.

"걱정 마. 설마 죽이기야 하겠어. 나가 봐."

조금 전에 본 장면이 있어 마음이 놓이지 않는지 직원이 머뭇거리다가 마지못해 문을 닫고 나갔다. 재오가 소파를 두고도 버젓이 서 있는 진원을 쳐다보고 섰다.

"제가 요즘 액션 배우가 된 느낌입니다. 칼에 찔리지를 않나, 범인을 쫓지를 않나, 게다가 제 가게에서 얻어터지기까지. 하하."

재오는 말로만 웃을 뿐 표정은 딱딱했다. 그의 얼굴에서 풍기는 서늘한 기운이 실내를 꽉 채워 진원의 등골을 오싹하게 했다.

"형님이 여태까지 제 와이프 몰래 어떤 짓들을 했는지 압니다. 뭐, 전부는 아니지만 웬만큼은 알게 됐습니다. 그래서 사실 기대했습니다. 나에게는 어떤 식으로 위협할까."

재오가 날카로운 시선으로 진원을 똑바로 쳐다봤다. 재오는 어떤 위협으로든 겁을 먹지 않을 것처럼 견고해 보였다.

상상 이상으로 대단한 위세가 느껴지는 그의 앞에서 진원은 당혹감을 감추지 못했다. 이슬의 결혼 전, 그를 만나러 왔을 때 쉽지 않을 거라 예상은 했지만 이 정도일 줄은 미처 몰랐다. 그때 이 결혼을 막았어야 했다.

"근데 방법이 구리네요."

너무 구려서 퀴퀴한 냄새까지 난다.

"뭐? 구려?"

진원의 눈가가 씰룩였다.

"구리지 그럼, 안 구립니까? 여동생을 위하는 척하면서 실은 감시자를 붙여 인생을 방해하는데!"

"이 새끼가!"

순식간에 진원에게 멱살이 잡혔다. 갑갑해진 목 때문에 숨 쉬기가 버거워, 재오는 미간을 좁혔다. 짜증이 났을 뿐, 겁을 먹은 건 결코 아니다.

"왜? 또 때리시게?"

"못 때릴 건 또 뭔데?"

진원이 멱살을 쥔 손아귀에 더욱 강한 힘을 실으며 으르렁거렸다. 그의 사나운 기세에도 재오는 조금도 동요하지 않았다.

"맞는 거야 어렵지 않지. 근데 이거 하나는 알아 두셨으면 합니다. 날 아무리 패고 위협해도 이혼은 죽어도 안 한다는 거."

어떤 거센 폭풍도 다 막아설 만큼, 재오의 강건한 성정에 오히려 진원이 비틀거렸다.

"너, 너 이 새끼⋯⋯."

멱살을 쥔 손이 느슨해졌다. 진원은 멋모르고 바위에 박치기를 하는 달걀 같았다. 부딪치기 전까지는 이 바위가 얼마나 단단하고 억센지 몰랐다.

"형님이 아무리 날뛰어 봤자 날 처리하지는 못 합니다. 나는 형님보다 돈도 많고, 집안도 빵빵하니까. 그리고 무엇보다."

재오의 입꼬리가 위로 슬며시 밀려올라갔다.

"현이슬을 내 목숨보다 사랑하니까."

진원의 손이 저절로 나가떨어졌다. 그가 허탈한 표정으로 탄식했다. 이슬을 향한 재오의 사랑은 범접할 수 없을 만큼 거대했다. 어쩌면 정말 목숨을 내놓을 수도 있겠구나, 그런 생각이 들 정도로.

"제 와이프가 이 사실을 알면 얼마나 상심이 크겠습니까. 제발 동생을 생각해서라도 여기서 멈추세요."

"……이미 다 알아."

진원은 기운이 다 빠진 목소리로 사실을 털어놓았다. 하지만 재오는 바로 알아듣지는 못 했다.

"뭘 다 안다는……."

이슬이 모든 비밀을 알게 됐을 거라고 상상하지 못 하고 있기 때문이겠지.

"이슬이가 모든 사실을 알고 있다고."

이제야 머릿속에 제대로 입력이 됐는지 재오의 동공이 크게 요동쳤다.

"……정말입니까?"

"그래."

이슬이 알고 있으리라 전혀 예측하지 못했다. 그동안 그녀의 표정이 좋지 않았다. 왜 눈치채지 못했을까? 그녀의 속사정을 헤아리지 못했다는 것에 날카로운 죄책감이 재오의 가슴을 찢어 놓았다.

"하!"

"난 네가 말한 줄 알았는데, 아니었군. 이슬이 말이 맞았어."

재오 때문에 알게 된 것이 아니라는 이슬의 말을 신뢰하지 않았다. 재오를 감싸주려는 줄 알았는데 그게 아니었다.

"어쨌든 이슬이가 다 알고 있었네."

이슬이 홀로 이 고약한 역경을 헤쳐 나갔다는 생각을 하니 마음이 너무 무거웠다.

"얼마나 괴로웠을까……."

함께 해 주지 못한 미안함이 목구멍까지 차올라 숨 막히게 했다. 재오가 이마를 짚으며 고통의 신음을 흘렸다.

"그녀는 가족을 누구보다 특별히 여기는 사람입니다. 그런 사람에게 대체 형님은 무슨 짓을 한 겁니까!"

"……네가 상관할 바가 아니야."

"저는 그녀의 남편입니다. 그러니 충분히 상관할 권리가 있죠."

재오의 타당한 주장이 진원의 말문을 틀어막았다.

"더 이상 제 아내를 괴롭히지 마세요. 나를 때리든, 죽이든 그딴 건 뭐라 하지 않겠습니다. 다만, 제 아내를 망치지는 마셨으면 합니다."

진원의 귓가에 이슬이 했던 말이 맴돈다.

"그이는 그런 사람이야. 나를 진정으로 위해 주는, 유일한 사람."

이슬이 확신하던 근거가 있구나. 그것을 눈앞에서 확실히 깨우쳤다. 재오의 사랑은 누구도 막을 수 없겠다. 신이라고 해도 부서뜨릴 수 없을 정도로 철옹성 같이 강고했다.

전투력을 상실한 진원이 뒷걸음질치더니 이내 아무 말 없이 그곳을 떠났다.

# 13화
## 그럴듯한 부부가 되어 간다

끽. 재오가 룸미러를 제 쪽으로 각도를 틀었다. 거울을 통해 입가에 난 상처를 유심히 들여다봤다.

"병원을 들렀다 올 걸 그랬나."

생각보다 티가 많이 났다. 보나마나 이슬이 걱정할 텐데.

"뭐라고 둘러대는 것이 좋을까."

집에 도착했지만 들어가지 못 하는 이유가 있다. 이슬이 상처에 대해 물어 왔을 때, 뭐라고 대답을 해야 할지 생각해 두지 못했다.

"누가 봐도 맞아서 생긴 상처로 보이는군."

넘어졌다고 둘러댈까 고민을 해 봤지만 이 나이 먹고 덜렁거린다는 이미지만 심어 줄 것 같았다. 더구나 상처 부위가 넘어져서 생겼다고 하기에는 너무 이상했다. 어떻게 넘어져야 입가가 찢어질 수 있는지 조금 고민을 하다가 도무지 떠오르지 않아 포기했다.

"사람한테 맞아본 것도 오랜만이네."

아버지의 불륜을 목격하고 무작정 부산으로 떠났을 때, 누군지도 모르는 이들에게 흠씬 두들겨 맞았었다. 그때에 비하면 아픈 것도 아니다. 그때는 패거리가 한꺼번에 덤벼 얼굴, 복부, 다리 등 죽지 않을 부위만 야무지게 골라서 인정사정 볼 것 없이 때렸었다.

때마침 대문 열리는 소리가 어렴풋이 들려와 재오가 대문 쪽을 쳐다봤다. 밤이 됐지만 집 앞에 가로등이 있어 시야가 완전히 답답하지는 않았고, 그 덕분에 집에서 나온 사람이 이슬이라는 것을 알았다.

카디건을 걸친 채 대문 앞을 서성이던 이슬은 곧 담벼락 앞에 세운 재오의 차를 발견했다. 그리고 그녀를 보고 있던 그와 시선이 마주쳤다.

이슬이 차로 걸어오는 것이 보였다. 아직 둘러댈 만한 마땅한 말을 떠올리지 않았지만, 이미 들켰으니 도망갈 수도 없는 노릇이었다. 똑똑, 차 문을 두드리는 소리에 죄를 지은 것도 아닌데 심장이 괜히 벌렁거렸으며 근심은 눈덩이처럼 불어났다. 때문에 심호흡을 하고 나서야 차 문을 열어 밖으로 나올 수 있었다.

"언제 온 거예요?"

가로등 불빛으로는 상처가 보이지 않는지 이슬은 아직 눈치채지 못한 얼굴이었다.

"어, 조금 전에."

불빛으로 환한 집으로 들어가면 분명 상처가 보일 터이니, 집에 들어가기 전에 좋은 대책을 세워야 했기에 무척 초조했다. 진원에게 얻어 터졌다고는 결코 밝힐 수 없었다.

"어디 가려고?"

"아니. 당신 마중 나왔죠."

"언제 올 줄 알고 마중을 나와."

"지금 왔네, 뭐."

이슬이 빙그레 웃었다. 가로등 불빛보다 그녀의 미소가 훨씬 환했다. 재오의 가슴을 뛰게 할 만큼.

"들어가요."

"어……."

어쨌든 집에 들어가기는 해야 하니 발길을 떼는데 복잡해지는 머릿속에 흔쾌히 대답하지 못했다. 재오의 속사정을 알 리 없는 이슬은 그에게 팔짱을 끼고 오늘 가게에서 있었던 일을 재잘거렸다.

그는 이슬의 얼굴을 유심히 들여다봤다. 진원에게 듣기론 그녀가 모든 비밀을 알았다고 하는데, 그런 느낌이 전혀 나지 않아 의아했다. 제 앞에서는 아무 일도 없는 사람처럼 환하게 웃고, 뒤에서 혼자 울고 속상해하는 건 아닌지. 그녀의 속을 알 수 없어 갑갑했다. 어떻게든 힘이 되어 주고 싶은데.

"엄마, 그이 왔어요."

거실 소파에서 드라마 시청 중이던 경심이 이슬의 목소리에 얼른 일어나 두 사람에게로 왔다. 이슬보다 먼저 재오의 얼굴을 보게 된 경심이 상처를 발견하고 눈을 치켜떴다.

"아니, 표 서방! 얼굴이 왜 이러나?"

"응? 엄마, 왜? 어?"

이제야 재오의 상처를 보게 된 이슬이 화들짝 놀랐다.

"여보, 얼굴이 왜 이래요?"

"너도 몰랐니?"

"응. 밖에서는 어두워서 보지도 못 했네."

"아주 입가가 다 터졌네."

소란스러운 모녀의 앞에서 재오는 어떻게 입을 열어야 할 줄 몰라 망설였다. 광대뼈를 살살 쓰다듬는 이슬의 손길에 묵직한 통증이 느껴져 인상을 썼다.

"여긴 멍도 들었어."

"자네, 대체 왜 이러는 건가? 어디서 얻어맞았나?"

재오는 난처한 표정으로 모녀를 번갈아보다가 천천히 입을 열었다.

"아, 시비가 붙어서……."

평소에 임기응변에 있어 제법 재능이 있다고 자타가 공인해 왔지만 이번만큼은 재오도 난처했다. 그래도 사실대로 밝히는 일보다 이렇게라도 대충 얼버무리는 편이 나았다.

"시비? 무슨 시비요? 어디서 그런 건데요? 어쩌다 이런 건데요?"

"질문이 엄청나네."

아직 세세한 부분까지 계획을 세우지 않았기에 쏟아지는 질문들에 대답할 수 없었다.

"당연하죠! 내 남편이 어디서 얻어터지고 들어 왔는데!"

"별거 아냐. 그냥 누가 시비 걸어서 몇 대 맞은 것뿐이니 걱정 할 것 없어."

"몇 대 맞은 것뿐이라니. 무슨 말이 그래요. 잘생긴 얼굴이 이 지경이 됐는데. 누구야? 어떤 놈이 우리 남편 얼굴에 흠집 냈대요? 응?"

이슬이 재오의 얼굴을 두 손으로 감싸고 속상한 마음에 한껏 흥분을 쏟아 냈다.

"그 호랑말코 같은 놈 누군지 잡히기만 해 봐! 내가 눈탱이를 밤탱이로 만들어 놓을 테야!"

화가 많이 났는지 평소에는 하지도 않는 말들을 시원하게 뱉어내는 이슬과 얼떨떨해하는 재오를 보며, 경심은 괜히 무안스러웠다.

"우리 딸이 화가 많이 났나 보네."

"화 안 나는 게 이상하지. 일단 상처부터 치료해야겠어요. 이리 와요."

이슬이 구급상자를 챙겨 재오를 데리고 방으로 들어 왔다. 얼떨결에 침대에 앉혀졌다.

"장모님께 죄송하네."

"왜 죄송해요?"

이슬이 연고를 찾기 위해 구급상자 안을 뒤적이며 물었다.

"귀한 딸내미 속상하게 했잖아."

그녀가 연고를 찾던 손을 일순 멈추며 시선을 들어 재오를 봤다.

"나는?"

"어?"

서운함으로 예민하게 날선 이슬의 눈동자를 보면서 영문을 모르겠는 재오는 의아할 뿐이었다.

"우리 엄마한테는 죄송하고 나한테는 안 미안해요?"

의문은 금방 풀렸다. 경심을 걱정시킨 일에 대해 미안해하면서 저에 대한 얘기는 하지 않으니 섭섭했던 것이다. 이슬은 경심을 질투하고 있었다.

"미안하지."

"속상해, 진짜."

이슬은 한숨을 푹 내쉬며 한탄했다.

"미안."

멀쩡한 얼굴로 귀가하지 못해 속을 상하게 하고, 의도한 것은 아니지만 경심에게 질투심을 느끼게 한 행동에 대해, 재오는 미안해했다.

"한 대 맞은 게 아닌 얼굴이야. 그죠?"

"……"

"맞고만 있었어요?"

"음."

질문의 의도를 곰곰이 따져 보니 맞고만 있으면 안됐었던 것 같아서 선뜻 사실대로 대답하지 못했다.

"아니라고 안 하는 거 보니 맞기만 했나 보네. 왜 맞기만 했어요? 억울하지 않아?"

굳이 대답하지 않아도 느낌으로 다 알아차리니 안타깝게도 이슬을 속일 수는 없었다.

"내가 자유롭게 살기는 했지만 누구 때리고 그러지는 않았어. 내가 이래 봬도 폭력을 싫어하는 사람이라."

폭력을 싫어한다는 말은 진심이었다. 재오는 아무리 화가 나도 말로 싸우지 절대 몸을 쓰는 사람이 아니었다.

"아무리 폭력을 싫어해도 그렇지. 이게 뭐야."

"잘생긴 얼굴에 흠집 나서 화가 나?"

"당연하지. 그럼 안 나요?"

좀처럼 어두운 표정을 지우지 못 하는 이슬의 마음을 달래 주고 싶
었다.

"내가 그렇게 잘생겼나?"

"지금 그런 말이 나와요?"

"너무 속상해하니까 웃게 해 주려고. 근데 안 통하네."

"국보급 외모인데 잘 간수해야죠."

잘생겼다는 말은 흔히 들어 왔지만 국보급 외모라는 소리는 난생처
음 들었고, 그게 기뻐서 재오의 입가가 씰룩였다.

"당신이 내 외모에 큰 점수를 주고 있는 줄은 몰랐네."

어깨를 으쓱이며 말하는 재오의 입가에 설핏 웃음이 스쳤다.

"맞을 때는 아파서 짜증났지만, 지금 생각해 보면 맞기를 잘한 것 같
아. 당신이 내 외모를 극찬해 주니 기분 좋은걸."

"남의 속도 모르고. 나빴어."

야속한 마음에 이슬이 재오의 어깨를 주먹으로 콩콩 두드렸다.

"모를 리가. 알아. 그것도 너무 잘 알아서, 진짜 미안해."

방망이질은 방망이질인데 솜방망이 수준이라 하나도 아프지는 않았
지만, 그래도 가슴은 시큰거렸다. 걱정해 주는 이슬을 보는 마음이 편
치 않았으니까.

"당신 얼굴에 난 상처지만, 당신만 아픈 게 아니에요. 나도 아파."

"……."

"저번에 칼에…… 찔렸을 때도 얼마나 아팠는데. 심장이 찢어지는
줄 알았어. 지금은 그때만큼은 아니지만 그래도 아파. 여기."

이슬이 제 왼쪽 가슴을 가리켰다.

"여기가 욱신거려요."

이슬을 힘껏 당기니 못 이기는 척 품에 안겼다.

"치료해야 하는데."

"이것도 하나의 치료야."

"이게 어떻게 치료예요?"

"음, 심신 안정을 위한 치료랄까?"

"잘도 가져다 붙이네요."

여전히 동의할 수 없겠는지 이슬이 새침하게 말했다. 그렇게 말하면서도 품에서 떨어지지 않았다.

"나 지금 충전되고 있어."

"충전?"

"그래. 당신 안고 있으니까 소모된 에너지가 채워지고 있거든."

"뭐, 어쨌든 내가 도움이 조금은 된다는 거네요?"

어떻게든 도움이 된다는 것은 참 뿌듯한 일이다. 아무 쓸모없는 아내는 되기 싫다.

"조금이라니. 지대한 영향을 끼치는 분께서 너무 겸손하시네."

빈말이든 어쨌든 기분이 무지 좋아지는 걸 보면 역시나 재오는 언어의 마술사다. 결혼 전부터 알아봤지만 말을 참 잘한다.

"하여간 말은 잘해."

"말만 잘하는 건 아냐."

재오가 의기양양하게 말하기에 무엇을 또 잘하나 싶어 궁금했다.

"그럼 뭘 또 잘하는데요?"

재오의 입술 끝이 묘하게 말려 올라가는 것을 보아 평범한 말이 나오지는 않을 거라 예상했다.

"몸으로 하는 것도 잘해. 예를 들어 키스라든가, 섹⋯⋯!"

이슬이 황급히 입을 막아오는 바람에 다음 말을 미처 꺼내지 못했지만, 새빨간 그녀의 얼굴을 보니 이미 충분히 알아들은 것 같아 재오는 아쉽지 않았다.

"당신 닮은 아들 낳으면 큰일 날 것 같아요."

"왜?"

"아빠나 아들이나 장난기 충만해서 내가 무지 곤란해질 테니까."

"일단 낳고 나서 고민하는 게 어때?"

"그전에 치료부터 하구."

이제야 연고를 찾았다. 이런저런 대화를 하고 포옹을 하다 보니 치료는 뒷전이 되어 버렸다. 재오는 사람을 홀리는데 탁월한 재주를 가져서 같이 있으면 그에게 자연스레 말려들곤 했다.

연고의 뚜껑을 열어 몸통 부분을 살짝 눌렀다. 너무 세게 누르면 많은 양이 나와 버리니 조심해서 손가락 끝에 짠 연고를 그의 입가에 살살 발라 주었다.

"으."

"아파요?"

고개를 살짝 끄덕이며 인상을 구기는 재오의 얼굴을 봤지만 치료를 멈추지 않았다.

"우리 남편 이제 보니 엄살쟁이네."

"뭐?"

황당해하는 남편의 표정을 보니 재미있어서 놀려 주고 싶은 마음에 입술이 근질거렸다.

"싸움 안 하는 이유가 이거죠? 조금만 맞아도 아프니까?"

재오의 동공의 미세한 움직임을 포착했다.

"어? 장난치려고 던진 말인데 빙고?"

"맞는 게 얼마나 아픈데."

발뺌하지 않고 사실대로 실토하면서도 창피하긴 한지 재오의 얼굴이 살짝 상기됐다. 이슬이 푸훗, 하고 웃었다.

"귀엽네, 우리 남편."

"뭐? 귀여워?"

"귀엽지 그럼."

"내가 연하라고 지금 그런 소리 하는 거지?"

"평소에는 잘 못 느끼다가 이럴 때는 연하 남편하고 살고 있다는 걸 실감한다니까."

조곤조곤 말하는 이슬의 음성이 참 듣기 좋았다.

"근데 당신이 반말하는 거 좋다."

"그래요?"

"응. 존댓말보다 더 좋은 것 같아."

스스로도 반말이 좋을 때가 있는데, 그건 재오가 많이 편해졌기 때문이다. 처음에는 자신이 세 살이 더 많으면서도 낯선 사람에게 말을 놓기가 어려워 존댓말을 했었다.

물론 그 이유 때문만은 아니었다. 남편을 존중해 주고 싶은 마음도 존댓말을 고집한데 영향을 끼쳤다.

"자, 연고 다 발랐으니 씻고 와요."

"같이 씻지 그래?"

"난 이미 씻었어요."

편하기 때문에 반말이 자연스레 튀어나오기도 하지만 재오에게 존댓말을 할 때 뭔가 반말을 할 때와는 다른 기분이 느껴지곤 했다.

"그럼 나 씻는 거 구경해."

혁. 씻는 것을 구경하라니 어떻게 이런 말을 서슴없이 할 수 있지? 이슬이 진심으로 놀랐다.

"저 그런 취미 없거든요."

이슬이 싫다며 얼른 손사래를 쳤다.

"그런 취미?"

"남편 다 벗고 씻는 거 구경하는 취미 없다고요."

"안 해 봐서 그렇지 막상 해 보면 좋아할 수도 있어."

이슬은 고개를 설레설레 저으며 한껏 부정했다.

"아닐 거야, 절대."

"그건 모르는 거지."

"농담하지 말구 얼른."

등에 떠밀려 마지못해 일어서긴 했지만 물귀신처럼 혼자 가기 싫은 얼굴로 구급상자를 닫는 그녀를 빤히 주시했다.

재오가 미끈하게 웃더니 곧 그녀를 번쩍 안았다.

"앗!"

순간 몸이 공중으로 붕 떠올라 소스라치게 놀랐다. 이슬이 허공에 뜬 종아리를 바동거렸다.

"쉿. 저항해 봤자 소용없어."

위압적인 목소리로 소란을 잠재우려했지만 역효과만 났다.

"이런 법이 어디 있어?"

"여기 있지."

그녀가 억울한 눈으로 재오를 봤다.

"표재오!"

"와, 당황하게 하니까 반말도 하고 이름도 막 부르네? 좋은데?"

"내려놔, 얼른!"

"소용없다니까."

당황해서 정신을 차리지 못 하는 자신과는 달리 여유로운 재오가 야속했지만 발버둥을 쳐봤자 떨어지기만 할 것 같아 그의 목을 팔로 감쌌다.

"싫은 거 아니었나? 내 목은 왜 껴안아?"

"떨어질까 봐 무서워서 그런 거니까 오해 말아요."

빙그레 웃는 재오의 모습이 너무 얄미워 남편이고 뭐고 입술을 깨물어 주고 싶었다. 어쩌다 보니 욕실로 오게 됐다고, 눈 깜짝할 사이에 대리석 상판에 앉혀졌다. 도망을 가고 싶어도 갈 수 없었다. 그가 두 팔을 양 옆으로 뻗은 채 가로막고 있기 때문에.

"오늘 내가 당신의 취미를 새로 만들어 주겠어."

"나를 변태로 만들어야 속이 시원하겠어요?"

이슬이 입을 부루퉁하게 내밀고 새침하게 톡 쏘아 말했다. 그녀를 보는 재오의 눈에서 꿀이 뚝뚝 떨어졌다.

"아무리 생각해 봐도 귀여운 건 내가 아니라 당신이야."

"으, 닭살."

"내 진심을 닭살이라 하다니 괘씸한걸."

"태어나서 이렇게 끈적끈적한 시선을 받아본 적 없어요."

"이렇게 볼 수밖에 없어."

재오가 이슬의 손에 깍지를 끼더니 입술을 촉, 하고 가볍게 맞췄다. 손톱만큼의 간격을 두고 떨어진 그의 입술이 은밀하게 속삭였다.

"미치게 탐나니까."

곧 다시 입술을 부딪쳐 왔다. 쫀득하게 달라붙는 재오의 입술 질감이 못 견디게 좋아 거부 따위 할 수 없었다. 그가 아랫입술을 깨무는 순간, 아득한 감각에 사로잡혀 탄성을 터뜨리고 말았다. 깊숙이 침범하는 그에게 속수무책으로 무너지고 만 것이다.

그의 어깨 위에 두었던 손을 더 뒤로 빼 머리카락을 헤집었다. 성마른 키스와는 달리 부드러운 그의 머릿결. 꿈결 같아서 손가락 사이로 녹아내릴 것 같았다. 어쩌면 녹아내리는 건 그의 머리카락뿐만이 아닐지도 모른다. 심장이 아이스크림처럼 녹아내릴 것 같았으니까.

그가 불현듯 입술을 떼는 바람에 가득 밀려온 아쉬움이 목구멍을 꽉 막아 버렸다.

"그러고 보니 나 연고 발랐는데."

"이미 다 지워졌는걸요."

연고를 걱정했다면 키스를 하지 말았어야 했지만, 아마도 그럴 정신이 없었으리라 짐작했다.

"다시 발라줄 건가?"

"그럼요. 근데 키스하면 아프지 않아요?"

지워진 연고야 얼마든지 다시 발라줄 수 있지만, 혹시라도 아프지는 않을지 그게 걱정이었다.

"너무 좋아서 아픈 줄도 모르겠어."

"그럼 더 해 줄 거예요?"

"얼마든지."

재오가 싱긋 웃으며 급히 키스를 해 왔다. 다시 만난 두 입술은 조금 전보다 훨씬 끈적끈적하게 맞물렸다. 깊어진 키스에 두 사람은 눈을 감고 서로의 숨결을 만끽했다.

점차 키스가 격해지면서 두 사람의 얼굴이 이리저리 각도를 틀어 댔다. 차지게 부딪치는 입술소리, 혀가 음탕하게 섞이는 소리, 간헐적으로 새어 나오는 거친 숨소리. 은밀하고도 섹시한 소리들이 뒤섞여 욕실을 메웠다.

이슬이 흥분을 못 참고 그의 등을 더듬었다. 그러다 등허리쯤에 손이 닿았을 때 재오가 갑자기 키스를 중단하고 윽, 하고 신음을 터뜨렸다.

"여보?"

이슬이 당황해서 어쩔 줄을 몰라 했다.

"왜 그래요?"

"아냐, 아무것도."

재오는 아무것도 아니라고 했지만, 표정이 아무것도 아닌 게 아니라고 말해 주고 있기 때문에 이슬은 신뢰하지 못했다.

바닥에 발을 딛고 선 그녀가 그의 등 뒤로 이동해 옷을 위로 올렸다. 그는 저항할 틈을 놓쳐 어쩔 수 없이 맨 등을 그녀에게 보이고 말았다.

"여긴 또 왜 이런 거예요?"

조금 전 더듬었던 부분에 긁힌 상처가 나있었다.

"이것도 그놈들 짓인 거죠?"

"별로 심하지 않아서 견딜 만해."

"심하지 않긴. 여기도 약 발라야겠네."

이슬이 한숨을 내쉬며 재오의 상처 부분을 조심히 어루만졌다. 그가 몸을 틀어 그녀의 시야에서 상처가 보이지 않도록 했다.

"샤워하고 바를게."

"물 닿으면 쓰라릴 것 같은데 괜찮겠어요?"

"뭐, 어떻게든 견뎌 봐야지."

"그럼 씻고 나와요."

나가려는 이슬을 재오가 황급히 붙잡았다.

"교묘하게 빠져 나가려고?"

"밖에 부모님 계시거든요?"

"그래서?"

그게 뭐가 문제라는 거지? 재오의 의아한 눈길을 한 몸에 받으며 이슬은 열심히 제 의견을 주장했다.

"같이 씻는 줄 알면 얼마나 이상하게 생각하시겠어요."

"결혼한 사이인데, 뭐 어때."

"부끄러워요. 나중에 분가하면 그때 같이 씻는 걸로 해요. 알았죠?"

"같이 씻어 줄 거야?"

이슬은 대답 없이 윙크를 하고 욕실을 쏙 빠져나갔다. 재오가 주먹을 불끈 쥐며 중얼거렸다.

"하루 빨리 분가해야겠군."

교실에 있던 게 답답했던지 종례가 끝나는 즉시 아이들이 실내화 가방을 흔들며 복도를 뛰어갔다.

"얘들아, 뛰지 마! 정숙! 정숙!"

안경을 쓰고 단발머리를 한 도덕 선생님이 회초리를 들고 아무리 정숙이라고 외쳐 보지만 한 명도 아니고 수십 명의 아이들을 단속하기란 어려운 법. 결국 선생님은 두 손 두 발 다 들고 말았다.

"그래, 다치지만 마렴."

"안녕히 계세요."

옆을 지나치며 인사하는 진원을 본 선생님이 활짝 웃어 보였다.

"어쩜. 진원이는 인사성도 밝니. 비 오는데 우산은 있고?"

"아뇨. 엄마가 데리러 오실 거예요."

"그렇구나. 그럼 조심히 가거라."

진원은 여덟 살이지만 또래에 비해 의젓했다. 엄마에게서 입학 선물로 받은 책가방을 소중히 메고 저학년들만 모여 있는 건물을 빠져나왔다. 실내화

453

를 신발로 갈아 신었지만 비가 쏟아지고 있었기 때문에 더 이상 걸을 수 없었다.

일기 예보에서는 비 소식은 없고 흐릴 뿐이라고 했기 때문에 학생들은 우산을 챙겨오지 않았다. 교과서들을 꾸역꾸역 넣은 책가방을 짊어지는 것만으로도 그들은 꽤나 버거웠다.

예고 없던 비에 부모님들이 자식들을 데리러 학교에 왔다. 우산을 쓰고 걸어오는 분도 있었고, 차로 오는 분들도 있었다. 어떤 식이든 자식들에 대한 부모의 사랑이 느껴졌다. 누구야, 이름을 부르면 그 애가 아이들 틈바구니에서 쏙 나와 가 버렸다. 가끔 동명인 애가 같이 따라 나왔다가 자기 부모가 아니라 실망하기도 했다. 망할 비 때문에 발이 묶여 버린 아이들은 얼른 부모님이 오기를 소망했다.

시간이 흐르면서 아이들이 하나, 둘 빠져나갔고, 어느새 진원 혼자 덩그러니 남게 됐다. 빗줄기는 그사이 굵고 거세져 맞고 가기에는 무리였다.

"왜 엄마가 안 오시지."

비가 오는 날이면 늘 먼저 와서 기다리고 있던 엄마이기에 오늘도 데리러 와줄 거라는 당연한 확신이 있었다. 그녀와 진원은 그만큼 각별한 모자지간이었다. 진원은 아빠, 호근보다 엄마에게 더 깊은 애착을 갖고 있다. 아빠는 일 때문에 자주 볼 수 없어 상대적으로 좀 어렵게 여겨졌다. 더구나 아빠는 진원을 보기만 하면 칭찬은커녕 혼내기만 했다.

너 왜 이랬니. 이건 이러면 안 된다. 이제 학교를 다니니 더 점잖아야 한다. 학업에 열중해야 하고 뭘 조심해야 하며 나쁜 친구들하고는 어울리지 마라. 진원은 아빠의 조언을 모두 흡수하기에 아직은 많이 어리고 작았다. 반면에 엄마는 뭐든 칭찬부터 했고 이야기도 잘 통했다. 무슨 얘기들 성심성의껏 들어줬고 진원의 표정만 봐도 기분을 척척 알아냈다.

엄마가 좋냐, 아빠가 좋냐는 그런 식상하지만 퍽 고르기 어려운 질문에 진원은 1초도 고민 없이 대답할 수 있다. 당연히 엄마. 엄마가 훨씬 좋다고. 100배. 1000배는 더 사랑한다고.

"무슨 일 생기셨나?"

엄마가 나타나지 않자 서운하기 보다는 그녀에게 오지 못할 수밖에 없는 상황이 벌어진 건 아닌지 걱정되기 시작했다. 얼마나 기다렸는지 가늠이 안 되지만 적지 않은 시간이 흘렀음은 인지했다. 더는 안 되겠다고 판단하고 빗속으로 뛰어들었으나, 금방 옷이 홀딱 젖어 버렸다.

"엄마가 사 주신 가방 젖으면 안 되는데……."

그렇지만 어찌할 방도가 없어 빗속을 뛰었다. 사선으로 정신없이 내리는 비 때문에 시야가 탁했다. 딱 사고 나기 좋은 환경이었다. 빗속을 뛰면서도 실은 사고가 날까 봐 무서웠지만 그보다 엄마가 훨씬 더 걱정이라 아무리 겁이 나도 발걸음을 멈출 수 없었다.

죽는 한이 있더라도 엄마가 무사한지 확인을 해야겠다. 머리며 옷이며 멀쩡하지 않은 곳이 없었지만 잠시도 멈추지 않고 계속 되던 고집스러운 뜀박질이 집에 도착해서야 드디어 멈추었다. 거친 숨이 목구멍을 뚫고 튀어 올라와서 잠시 호흡을 가다듬고 현관문을 열었다.

"엄마!"

엄마에게 큰일이 생기지 않았기를 바라며 그녀를 목청껏 불렀다. 빗속을 뛰어오느라 이미 바닥난 체력이지만 악을 쓰고 버텼다. 안방 문을 벌컥 열자, 어수선한 방 안이 진원을 맞이했다. 바닥에 내동댕이쳐진 화분이며, 유리 파편들이 여기저기 흩어져 있어서 정신 놓고 걸었다가는 밟을 판이었다.

엉망진창인 안방에 1차적으로 충격을 받은 진원의 동공이 불안하게 떨렸다. 안방 안쪽에서 소음이 나기에 그곳으로 걸어갔다. 진원의 발이 지나간 곳에 빗물이 뚝뚝 떨어졌다.

"엄마……. 뭐하는 거야?"

안방과 화장실 사이에 있는 공간에 설치된 붙박이장 앞에서 엄마를 발견했다. 옷장은 칸마다 죄다 열려 있었고, 옷가지들이 정신없이 삐져나와 있었다. 아마도 옷을 마구잡이로 잡고 꺼내다가 끌려나온 것들일 테다.

"뭐하는 거냐고!"

진원은 처음으로 엄마에게 언성을 높였다. 엄마는 귀를 먹었다고 생각할

정도로 눈 하나 깜짝하지 않고 진원의 물음에도 아무 말 없이 캐리어 가방에
옷을 꾸역꾸역 담고 있었다.

"엄마!"

엄마가 이상했다. 평소 같지 않았다. 아무 말 없이 짐을 싸고 가방을 닫으
며 일어선 엄마의 얼굴을 이제야 제대로 마주할 수 있었다. 진원을 본 엄마
의 눈동자가 돌연 떨리기 시작했다.

"미안해……."

"뭐가 미안한데? 이건 다 뭐야?"

"엄마가 데리러 못가서 비 맞고 왔나 보구나. 다 젖어서 어떡해."

"지금 그런 말이 나와? 얼른 설명해 줘, 엄마. 이게 다 뭐냐고."

진원은 감정이 북받쳐 눈가에 눈물이 그렁그렁 맺혔다. 엄마는 그저 진원
의 젖은 얼굴을 감쌀 뿐이었다.

"엄마 원망해도 돼."

"싫어. 내가 엄마를 왜 원망해?"

"나중에…… 어른이 되면 엄마를 이해할 수 있는 날이 올 거야."

엄마는 상황에 대해 제대로 설명해 주지 않았다. 미안하다는 말을 끝으로
그녀는 진원을 지나쳐 안방을 빠져나갔다.

넋을 잃고 있던 진원이 퍼뜩 정신이 들어 뒤늦게 뒤쫓아 달려갔다. 어떤
상황인지는 모르겠지만 직감적으로 마지막이라는 것을 알았다. 유리 파편
이 발바닥에 박혀 들어가 피가 났지만 고통을 느끼지 못할 정도로 미쳐 있
다.

현관 앞에서 신발을 신고 있는 엄마의 치맛자락을 황급히 붙잡았다.

"가지 마! 가지 마, 엄마!"

독하게 마음을 먹었는지 분명 눈시울이 붉어졌음에도, 엄마는 아들의 애
원을 냉정하게 뿌리쳤다.

"엄마!"

힘에 밀려 엉덩방아를 찧은 진원은 고집스럽게 일어나 현관문을 나선 엄
마를 쫓아갔다. 엄마는 우산을 쓴 채 빠르게 멀어져 갔다.

"엄마……!'

사랑하는 엄마가 떠나갔다.

저의 절박한 외침에도 떠나가는 걸음을 멈추지 않았다. 빗속을 뚫고 나왔지만 신발을 신지도 않고 나와 발이 너무 아팠다. 그제야 발바닥에서 피가 나고 있다는 사실을 알았다. 더 이상은 가지 못했다.

엄마와의 이별은 생살이 찢겨지는 기분이었다. 소년은 절망의 나락으로 떨어졌다.


촤르륵. 암막 블라인드를 거두자 컴컴하던 실내에 빛이 드리웠다. 환해진 시야에 진원이 눈살을 찌푸렸다. 어둠 속에서 오랜 시간 파묻혀 있던 그에게 빛이란 건 익숙하지 않았다.

엄마, 그 분이 그의 유일한 빛이었다. 그녀가 사라지면서 그의 삶에도 자연스레 빛이 꺼졌다. 그녀와 이별했던 날을 떠올리는 것만으로도 심장이 욱신거렸다. 살이 뜯겨져 나가고 심장이 파괴되는 고통. 진원은 가쁜 호흡을 하며 창문을 열어 공기를 순환시켰다.

별안간 노크 소리가 들렸고, 이윽고 문을 열고 호근이 들어섰다. 허공에서 부딪치는 시선이 아슬아슬했다.

"또 무슨 모략을 꾸미려는 게냐?"

호근은 다 알고 있다는 얼굴로 엄하게 꾸짖어 왔다. 진원은 그에게서 시선을 거둬 창 너머로 던졌다.

"대체 원하는 것이 뭐냐?"

등을 보이는 아들의 태도에 참고 있던 화가 껍질을 벗고 선연히 드러났다. 하지만 이것도 빙산의 일각일 뿐. 지금 심정으로는 호적에서 파 버리고 싶었다.

"뭐냐 말이다!"

입에 자물쇠라도 단 것처럼 한마디도 하지 않는 진원에게 답답함을 느꼈다. 아주 속을 제대로 뒤집어 놓는구나. 호근은 바짝바짝 타는 속에 찬물을 시원하게 붓고 싶은 심정이다.

"이슬이를 사랑하기라도 하는 거냐?"

절대로 상상하고 싶지 않은 일이다. 진원과 이슬이 아무리 피 한 방울 섞이지 않았다고 해도 어쨌든 법적으로 가족 관계이고 무엇보다 호근에게 이슬은 친딸이나 다름없을 정도로 귀하다. 결코 벌어져서는 안 되는 패륜인 것이다.

호근은 진원보다도 이슬을 지켜 주고 싶었다. 저의 딸에게 그런 못된 마음을 품었다면 아무리 제 아들이라도 용서할 수 없다.

"그런 마음 아닙니다."

마침내 입을 연 진원은 단호했다.

"아닌데 왜 이슬이의 앞길을 방해하지 못해서 안달이냐?"

"방해하려는 것이 아니라 지켜 주고 싶은 것입니다!"

진원이 뒤를 돌아 감정을 토해 내듯 말했지만 호근은 납득하지 못하겠다며 고개를 저었다.

"좋아하는 것도, 사랑하는 것도 아닙니다. 저는 단지⋯⋯, 어떤 유혹에서든 제 가족이 흔들리지 않기를 바랄 뿐. 나를 떠나지 않기를 바랐을 뿐입니다."

일순간 슬픔이라는 감정이 뒤덮어 오는 탓에 진원의 동공이 불안하게 떨리고 있었다.

"어머니는 다른 남자의 유혹 때문에 저를 버렸어요. 제가 치맛자락을 붙들고 애원해도 듣지 않았다고요!"

"⋯⋯진원아."

"그깟 남자가 뭐라고! 그게 뭐라고!"

8살의 소년에게 저를 버리고 도망간 어머니는 정신을 완전히 파괴시킬 정도로 강한 충격, 그 자체였다.

"수없이 많은 시간이 지나도 회복이 안 돼. 미쳐 버리겠다고요!"

전기 충격보다 더 심한 쇼크는 병적인 성격을 키우고 만 것이다.

"이슬이만큼은 그렇게 떠나가게 둘 수는 없었어요."

호근의 얼굴 전체를 뒤덮던 노기가 어느새 옅어졌다.

진원의 행동에 대해 이제야 납득이 갔다. 어릴 적, 바람을 피운 엄마가 저를 두고 떠나갔으니 상처가 컸을 것이다. 이유도, 결과도 모두 진원에게는 받아들이기 쉽지 않았을 것이다.

그 상처의 깊이를 아버지로서 헤아리지 못했다는 점에 대한 죄책감이 호근의 가슴에 두껍게 자라났다. 진원이 이렇게 된 데에는 분명 저의 잘못도 있었고, 그것을 결코 간과할 수 없었다.

"네 엄마와 이슬이는 달라. 네 엄마는, 그래 네 말대로 다른 남자의 유혹을 이기지 못 하고 우리를 두고 떠나갔지만 이슬이는 절대 그러지 않는다. 어떻게 남자 때문에 남매 사이가 갈라질 수 있겠니?"

"……."

"네가 엄마를 얼마나 사랑했는지, 이 애비도 다 안다."

지난 과거의 상처로 인해 그 누구도 행복할 수 없는 미련한 짓을 범하고 있는 진원에게 반드시 알려 주어야 할 사실이 있었다.

"하지만 진원아. 너도 이제 나이가 서른이 넘었으니 얼추 알겠지만 삶이란 게 뜻대로만 흘러가지는 않는다. 여느 드라마, 영화, 소설처럼 아름답기만 한 것도 아니고 꼭 엔딩이 해피인 것도 아니란다. 살다보면 수많은 이별이 다가오지."

이 이야기를 듣는 진원의 괴로움과 고통을 예상하지만 그의 아버지로서 꼭 전해야만 했다.

"그 이별이 어떤 이별이냐에, 그리고 사람의 성향에 따라 고통의 크기가 천차만별이겠지만, 조금도 아프지 않은 사람은 없을 거다."

호근은 더 이상 가정의 불화가 없기를 진심으로 바랐다.

"그렇지만 그 고통 속에 파묻혀 스스로를 망칠 필요는 없다고 생각해."

호근의 묵직한 충언에 케케묵은 상처와 아집이 가슴속에서 덜그럭거렸다. 비밀 속 구덩이에 고여 있던 이 모진 것들은 진원을 흉악한 사람으로 만들고도 죄책감 따위 느끼지 못 하게 했다. 하지만 그 속에는 가족을 잃고 싶지 않은 처절함이 숨어 있었다.

"네가 원하는 건, 그러니까 이슬이의 행복이지?"

진원은 크게 심호흡을 하더니 곧 고개를 끄덕였다.

"네가 앞으로도 그런 행동들을 한다면, 이슬이는 정말 너를 떠날 수도 있단다. 네가 이슬이를 지키고 싶은 것처럼 이슬이도 자기 가족을, 그리고 자기 자신을 지키고 싶을 테니까. 이슬이는 표 서방을 많이 좋아하고 의지하는 것 같더구나."

진원은 깊은 상념에 잠긴 듯 침묵을 지키다가 이내 힘겹게 입을 열었다.

"……압니다."

"너 때문에 자기 남편이 다쳤는데 이슬이 성격에 가만있지는 않을 거야. 또 네가 표 서방을 해친다면, 이슬이는 너에게서 멀리 도망을 가 버릴지도 몰라. 내 말, 무슨 뜻인지 알지?"

호근은 아들이 자신의 불안함 때문에 망각하고 있는 현실을 직시하게 해 주었다. 진원의 눈동자가 세게 요동치는 것으로 보아 분명 심경의 변화가 있을 테다.

"이슬이를 잃고 싶지 않다면, 우리 가족이 또다시 파탄나지 않게 하고 싶다면, 멈추거라."

한 번 깨진 가정이기에 이미 틈이 벌어진 상태였고, 그렇기에 더 지키기가 어려운 게 사실이다. 그렇다고 포기할 수는 없었다. 호근은 무슨 수를 써서라도 가정을 지키고 싶었다.

"이슬이가 제가 해 온 일들을 알고 저에게 화를 냈어요. 이젠 저를 보지 않을지도 모르는데……."

"일단은 이슬이에게 시간을 주는 게 좋을 것 같구나."

"시간이요?"

"중국 지사에 2년 정도 다녀오는 게 어떻겠니."

사실은 이 말을 하려고 했다. 당분간은 진원을 이슬에게서 격리를 시키는 것이 좋을 거라 판단했다.

무엇보다 이슬과 재오의 안위를 위해서다. 그리고 진원은 2년 동안 이슬과 떨어져 스스로를 돌이켜 볼 시간을 가졌으면 한다. 본인이 그토록 지키고 싶다던 이슬에게 어떤 짓을 했는지. 그게 과연 옳았던 건지. 반성하는 시간을 갖기를 바랐다.

"……가기 싫다고 해도 보내실 거죠?"

호근은 묵묵히 진원의 대답을 기다렸다. 진원은 잠시 생각에 잠긴 듯하더니 곧 결심을 마치고 입을 뗐다.

"아버지 말씀에 따르겠습니다."

이슬은 남편이 보고 싶어 집으로 가지 않고 몽마로 왔다. 가게 안으로 들어가자 직원들이 그녀에게 정중히 인사를 해 왔다.

요즘에는 대표님 소리보다 사모님 소리가 더 좋다. 재오의 아내라는 현실이 피부로 와 닿아서 기뻤다. 친구들은 이런 그녀의 증상을 보고 혀를 끌끌 차고는 했다.

저녁 피크 타임이 지났는데도 손님들로 성황을 이루고 있는 가게 안의 광경을 흐뭇하게 돌아보며 재오의 집무실로 향했다.

"연락 없이 왔으니 깜짝 놀라겠지?"

부푼 기대를 안고 집무실의 문을 열자 업무를 보고 있던 재오의 시선이 그녀에게 꽂히더니 이내 벌떡 일어났다. 그가 한달음에 그녀에게로 왔다.

"여긴 어쩐 일이야?"

재오는 반가운 마음을 숨기지 못 하며 빙그레 웃었다. 자신을 환영해 주는 그를 보니 기분이 무척 좋아서 그의 허리부근을 움켜쥐며 포옹을 했다.

"우리 여보 보고 싶어서 왔죠."

재오는 살짝 닿아 있는 이슬의 몸을 확 끌어당겨 밀착하도록 했고, 그녀가 그의 허리에 팔을 두르며 보조를 맞추었다.

"하여간 우리 남편 박력은 알아줘야 한다니까."

"안 그래도 힘들어서 쓰러질 지경이었는데 잘 왔어."

그가 숨을 깊게 들이마시고 길게 뱉으며 안정을 취했다. 사랑하는 아내를 품에 안고 있으니 종일 일 하면서 쌓인 스트레스와 피로가 해소되는 기분이다. 상쾌하고 산뜻했다.

"장사가 잘 돼도 문제네. 우리 남편 바빠져서 얼굴도 제대로 못 보구."

"그러게. 드라마 방영이 이렇게 큰 효과를 낼 줄 몰랐어."

이슬을 살짝 떼어 낸 재오가 지그시 눈을 맞춰왔다.

"지금 이 시간에도 웨이팅이 엄청 나던데요?"

몽마는 본점을 제외한 서울의 다섯 곳에 분점을 내려고 준비 중이어서 본의 아니게 워커홀릭이 되어 버렸다.

소파로 자리를 옮겨 나란히 앉았다. 이슬은 노 지배인이 두고 간 찻잔을 만지작거리며 국화 향을 맡았다.

"오늘도 야근이죠?"

재오는 미안한 얼굴로 고개를 끄덕였다.

"요즘 퇴근이 늦어서 속상하지?"

"속상하지는 않은데, 좀 외로워요."

노느라 늦는 것도 아니고 일 하느라 바빠서 늦는 것이니 속상하지는 않지만 보고 싶은 남편의 얼굴을 보지 못 하니 그게 퍽 침울했다.

"오늘은 늦게까지 기다리지 말고 먼저 자."

"싫어. 기다렸다가 당신 얼굴 보고 잘 거예요."

안 그래도 잘 못 보는 얼굴인데, 잠깐이라도 보려면 피곤한 게 대수겠어?

이슬은 그런 생각을 하며 재오를 마주 봤다.

"그러다 몸 상한다."

"난 당신 몸 상할까 걱정인데."

재오가 이슬의 손등을 엄지로 부드럽게 쓰다듬다가 곧 그녀의 뺨에 입을 맞췄다.

"아, 진원 오빠 중국으로 간대요."

"그래?"

이슬이 고개를 끄덕였다. 그녀의 눈동자에 복잡한 심경이 오롯이 드러났다. 그녀가 재오의 어깨에 기대어 왔다.

"기분 안 좋지?"

"그냥…… 시원섭섭해요. 그래도 각자 떨어져 있으면 또 어느 순간에는 예전 같은 남매가 될 수 있겠죠."

재오에게 기대어 있으니 까끌까끌하던 기분이 매끈해졌다. 이슬의 표정이 조금 전보다 훨씬 환해졌다.

"당신이랑 하루 종일 이러고 있고 싶어요."

"이제 오피스텔 공사도 끝났고 가구도 다 들여놨으니 몸만 들어가면 돼. 그러니까 둘만의 집에서 하루 종일 뒹굴러 보자고."

순간 이슬의 얼굴이 빨개졌다.

"뒹굴러 보자니? 무슨 의미예요?"

"아는 것 같은 얼굴인데?"

재오가 붉은 이슬의 두 뺨을 보며 장난스레 웃으며 어깨를 힘껏 밀었다.

그녀는 그의 손짓 하나에 발라당 넘어간 사실에 기겁했다. 일어나려고 버둥거려 봤자 이미 그의 두 팔이 양 옆으로 뻗어져 도망갈 수 없었다. 위에서 내려다보는 그의 눈빛이 너무 그윽해서 마주 보기가 부끄러워 살짝 고개를 돌렸다.

"어디 봐? 나 봐야지."

재오가 작게 나무라며 이슬의 턱을 살짝 쥐어 저와 눈을 마주 보도록 했다. 그의 입매가 위로 슬며시 올라갔다.

그의 눈을 보는 순간 그의 페이스에 완전히 말려들고 말았다. 입술로 다가올 줄 알았던 그가 별안간 이마에 입을 맞췄다. 이윽고 콧방울에도 쪽, 볼에도 쪽, 그 다음은 당연히 입술일 줄 알고 마음의 준비를 하고 있었는데 웬걸? 몸을 짓누르던 체중이 사라지는 게 아닌가?

허전한 느낌에 감고 있던 눈을 떴다. 재오가 국화차를 한 모금 마시고 찻잔을 내리며 미끈한 미소를 그리고 있다.

"왜 하다 말아요?"

억울하고 분한 마음을 분출하며 상체를 일으켜 앉았다.

"아쉽나 봐?"

"……그, 그럴 리가!"

이건 분명 저를 놀리려는 의도가 다분했다. 이슬은 국화차를 마셔 섭섭한 마음을 가라앉히려 했지만, 전혀 도움이 되지 않아서 휙, 재오를 봤다. 그녀가 돌연 그의 넥타이를 움켜쥐었다.

"당신이 안 하면 내가 해."

말을 마치자마자 급히 입술을 부딪쳐 오는 이슬의 돌발 행동에 예상하지 못한 재오는 놀랍기도 하고 웃기기도 했다. 적극적으로 비벼 오는 그녀의 입술 촉감이 말랑말랑하면서도 쫀득해 중독성이 강했다.

이슬의 도발에 급격히 흥분한 재오가 입술을 가르려고 하는 순간 그녀가 재빨리 달아났다. 황당한 표정으로 그녀를 쳐다보니 혀를 날름하는 게 아닌가.

"뭐 하는 거지? 빨리 이리와."

재오는 화가 난 것 같은 음성으로 이슬을 다그쳤다. 그러나 그녀는 동요 없이 소파에서 멀찌감치 멀어져 문 앞으로 왔다.

"하던 건, 마저 해야지."

재오가 소파에서 일어나 이슬에게 오고 있다.

"그 다음은 집에서 해요. 기다리고 있을게. 여보 파이팅!"

파이팅 좋아하시네. 제대로 놀리는군. 재오가 다가오기 전에 이슬은 얼른 문 밖으로 나가 버렸다. 닫힌 문 앞에 선 그가 허탈한 웃음을 터뜨렸다.

"이런, 또 당했네."

앙큼 상큼한 아내 덕분에 매일이 쫄깃쫄깃했다.

고된 일과를 마치고 귀가한 재오는 녹초가 된 몸을 간신히 움직여 짙은 어둠에 삼켜진 정원을 가로질렀다.

　자정을 넘어 한시에 근접해지고 있는 시간이기에 사위가 정적에 휩싸여 있었고, 그로 인해 그의 발자국 소리가 유독 크게 부각됐다.

　현관문을 열고 들어온 내부 역시 어둡고 고요해서 잠을 자는 가족들에게 소음으로 들릴 수 있는 발소리와 숨소리를 최대한 죽였다. 누구도 지시하지 않았지만 아무도 깨우지 않아야겠다는 임무를 완수하고, 부부의 침실로 무사히 귀가했다.

　컴컴한 어둠 속에서도 아내의 실루엣은 잘도 보였고, 올 때까지 안 자고 기다린다던 말을 어기고 잠을 자고 있는 그녀의 모습에 실소가 터졌다.

　"현이슬. 너무 귀여운 거 아니야?"

　혼잣말이기는 해도 주변이 워낙 조용해서 들렸을 법 한데도 약간의 미동도 없는 이슬을 보니 곤히 잠들었으리라 추측했다. 피곤했던 모양이니, 깨우지 말고 계속 재워야겠다는 너그러운 마음을 품은 채, 씻기 위해 옷을 탈의했다.

　당장이라도 그녀의 옆에 가서 눕고 싶지만, 온종일 외부에서 굴린 더러운 몸으로 그녀에게 닿을 수 없기에 미련을 싹둑 잘라내며 욕실로 왔다. 재오는 온몸을 구석구석 깨끗이 씻은 뒤 새 옷으로 갈아입고 나서야 아내의 곁으로 갔다.

　등을 보이며 자고 있는 그녀의 허리를 조심히 끌어안았다. 품에 그녀를 안으니 하루의 피로와 스트레스가 휘발되는 기분이었다.

　"으음."

　어떤 소리도 깨우지 못한 이슬을 스킨십이 깨웠다. 그녀는 무거운 눈꺼풀을 올려 제가 처한 상황을 파악했다. 등에 밀착해 있는 넓고 탄탄한 가슴팍, 허리에 감겨진 고집스러운 팔, 그리고 귓가를 간질이는 나른한 숨소리. 파악을 끝낸 그녀의 입술에 온화한 미소가 사르륵 피어났다.

"여보……."

이슬의 목소리에서 털어내지 못한 잠이 묻어 있었는데, 그게 재오의 가슴을 콕콕 쑤셔왔다.

"언제 왔어요?"

재오의 얼굴을 돌아보고 싶었지만 허리를 단단하게 조이고 있는 팔 때문에 그럴 수 없어 아쉬운 대로 배에 닿아 있는 그의 손을 어루만졌다.

"좀 전에."

"씻었어요?"

"응."

"당신한테서 좋은 냄새 나."

분명 같은 향이 나는 제품들로 씻음에도 불구하고 재오에게서 풍기는 향기는 제 것보다 훨씬 좋게 느껴졌다.

"얼굴 보고 싶은데, 이 팔 좀 풀어 주면 안 돼요?"

재오의 얼굴도 보고, 그에게서 나는 좋은 냄새를 더욱 깊게 들이 마시고 싶었다.

"안 돼."

금방 풀어 주지는 않더라도 장난 좀 치다가 서서히 풀어 주겠거니 예상은 했어도 단호히 거절을 할 줄은 몰랐기에 서운한 감정이 이슬의 가슴을 맴돌았다.

"왜 안 돼?"

"얼굴 보고 잔다면서 그러지 않았잖아."

목소리만으로도 이슬의 시무룩해하고 있는 모습이 선하게 그려졌지만 흔들리지 않으려 마음을 단단히 고쳐 잡았다.

"분명 안 자려고 했는데 나도 모르게 잠든 거 있죠? 방금 일어나기

466

전까지는 잠든 줄도 몰랐다니까?'

입에 침이나 바르고 거짓말을 하는 건지 의심이 들면서 동시에 귀엽다는 생각이 번져, 재오의 입술로 웃음이 새어 나왔다.

"당신, 나 닮아가나 봐."

"응? 갑자기 그게 웬 뚱딴지같은 소리래요?"

이슬은 대화의 흐름이 재오로 인해 엉뚱하게 바뀐 기분이 들자 어리둥절해 했다.

"사람이 점점 뻔뻔해져 가잖아."

"앗. 그런가? 진짜 닮아가나?"

"뻔뻔한 걸 인정한다는 말로 들리는군."

"에잇, 몰라. 그러지 말고 얼굴 좀 보여줘 봐요."

"이것 봐. 뻔뻔함이 아주 물올랐다고."

부정하기는커녕 오히려 더 태연하게 나오는 이슬의 태도에 재오는 황당하기만 했다.

"얼굴 안 보여 줄 거예요?"

이슬은 실낱같은 희망 한 가닥을 붙잡고 있었다.

"매일 보면 닳아서 안 돼."

그러나 그 한 가닥마저 재오의 엄격한 통제에 맥없이 미끄러져버렸다.

"그것 좀 본다고 닳는대요? 말도 안 돼!"

"닳아."

"솔직히 닳는 것으로 따지자면 내 얼굴이 훨씬 더 많이, 그리고 빨리 닳을 걸요?"

"어째서?"

"당신이 줄곧 엄청나게 뜨거운 눈빛으로 보니까!"

"그건 내가 제어할 수 없는 부분이라고."

반격을 가하려던 이슬이 슬립 안으로 쑥 들어온 재오의 손에 순간 주춤했다.

"여보."

"응?"

"지금 당신 손이 어딘가에 들어 왔는데요?"

들어오다 못해 꿈틀거리고 있는 손이 흥분을 지피고 있어 이슬의 몸이 움찔 떨렸다.

"이 나쁜 손 얼른 안 빼요?"

"안 뺄 건데."

막무가내인 재오의 태도에 이슬은 심술이 났다.

"자기 얼굴은 보여 주지도 않으면서 내 몸은 막 만져도 된다 이거예요? 진짜 이기적인 거 알아요?"

만질 거였다면 얼굴을 보여 주고 만졌어야 한다고 생각하는 이슬은 손해 보는 기분이었다.

"나 원래 이기적인 놈이잖아."

"아앗, 진짜……, 하아……."

슬립 안에서 물 만난 고기처럼 유영하는 재오의 손에 몸이 점점 뜨겁게 달아올랐다.

"회사에서 날 잘도 홀려놓고 내뺐지?"

"내빼긴 누가 내뺐다고. 으응, 아……. 여보……."

살결을 더듬는 손길에 이성이 녹아내리고 있었다.

"못 했던 거 마저 하자고."

"나 자다 일어났거든요?"

"당신은 가만히 있어도 돼. 내가 다 알아서 할 테니까."

"앗, 하아. 정말 못 말리겠다."

재오는 또 언제 이렇게 뜨거워진 것인지 맞닿은 육체에서 열기가 뿜어져 나오고 있었다.

"하아……. 힘들지도 않아요?"

체격도, 체력도 훌륭한 남자를 당해 낼 재간이 없어, 이슬은 곤란했다.

"힘들었으니까 충전해야지."

재오의 말을 듣는 순간, 그를 위해서 뭐든 해 줄 수 있다는 마음가짐이 동해서 더 이상 저항하지 않기로 했다.

가만히 애무를 받는 이슬의 행동에 그가 적잖이 당황한 듯, 하던 것을 중단한 채 그녀의 얼굴을 빤히 들여다봤다.

"갑자기 왜 얌전해졌을까?"

"오늘 하루 수고한 남편한테 힘이 되어 줄 수 있다면 뭐든 해 주고 싶어서요."

뭉클한 감동이 물밀 듯이 밀려와 가슴에 철썩이는 바람에 재오는 잠시 말을 잃은 채 요동치는 눈으로 이슬을 담았다. 이제는 그녀가 두 팔을 벌려 그를 안고 부드럽게 등을 어루만지며 적극적인 행위를 취했다.

"이리 와요. 안아 줄게요."

"현이슬."

"내 에너지 나눠 줄 테니 가져가요, 우리 여보."

이슬의 간드러지는 목소리가 재오의 절제력을 조이고 있던 나사를 풀어 버렸다. 그가 그녀에게 득달같이 달려들어 그녀의 입술을 집어삼켰다. 비록 성마른 키스이긴 했으나 그녀를 흥분하게 하기 충분했다.

재오는 이슬의 혀를 감아 당기며 그녀의 속옷 안으로 거침없이 손을 집어넣었다. 그 순간 그녀가 움찔 놀라며 그의 팔을 붙잡았다. 그러나 압도적인 그를 밀어내기엔 역부족이었다. 그럴수록 오히려 그는 더욱 자극을 받아 집요해져 갔다.

이슬의 몸은 빠른 속도로 달아올랐다. 그녀의 하얗던 몸은 열꽃에 뒤덮인 듯 붉어졌고, 안을 휘젓던 그의 손은 축축해진 상태로 바깥에 나왔다.

"흠뻑 젖었네."

재오가 내뱉은 노골적인 말에 이슬이 창피해하며 입술을 깨물었다. 얄밉다는 듯 그의 어깨를 콩콩 때렸다.

"서서히 내 몸을 받아들이는 게 익숙해지나 봐."

"아니거든요?"

새침하게 말해 봤자 재오는 귓등으로도 듣지 않는 눈치다. 그래서 이슬은 서럽고 억울했다.

"맞는지 아닌지 직접 확인해 보면 알겠군."

"어쩜 그런 낯 뜨거운 말을, 흡!"

인내심이 바닥이라도 난 듯, 아래를 꿰뚫어 오는 재오의 서슴없는 행동에 정신이 아득해졌다. 그동안의 관계에서 보여 주던 배려를, 더는 베풀 수 없는지 그는 단숨에 자신을 끝까지 밀어 넣었다.

"후……."

재오가 거친 숨과 함께 낮은 신음을 한 번 내뱉은 뒤, 성급하게 몰아치기 시작했다.

"앗! 하아, 너무…… 급해요! 조금만……! 웃, 천천히!"

재오는 그녀의 요구에도 내일이 없는 사람처럼 내달렸다. 이슬의 머릿속에서는 연신 폭죽이 요란하게 터져 댔다.

에너지를 충전하자는 건지, 아니면 에너지를 소모하자는 건지 도무지 알 수 없었지만 어쨌든 어디에서도 만날 수 없는 환희를 봤다.

일을 쉬는 날이기는 했지만 편하게 늦잠을 잘 수 있는 상황은 아니었다. 왜냐하면 오늘은 기다리고 기다리던 이삿날이기 때문이다. 오늘로 날을 잡고 일부러 출근을 하지 않았던 것이다.

분가를 하게 될 오피스텔에 가구를 모두 새로 사 두었기 때문에 큰 짐은 없었지만 부부가 생활하며 사용했던 물건들을 챙기기만 해도 꽤 많은 양이어서 이삿짐 센터에 예약을 해 두었고, 약속대로 오전부터 와서 박스에 짐을 옮겨 담고 있었다.

"귀중품 같은 건 따로 잘 챙기셔야 합니다."

직원의 당부를 듣기 전에 이미 중요한 물건들은 이미 재오의 차에 실어둔 상태기는 했지만 빠진 것이 있을 수도해서 다시 한번 방 안을 꼼꼼히 둘러보았다.

문득 방 안 구석에 잘 쓰지 않는 작은 서랍장이 눈에 들어 왔다. 저 서랍장을 열어 보지 않았다는 사실을 이제야 깨닫고 천천히 다가갔다.

첫 번째 서랍장을 열어 안에 있는 물건들을 찬찬이 살피며 꺼내고, 이어 두 번째 서랍장을 열었을 때 눈에 띄는 종이가 있어 손을 뻗었다. 결혼 전에 재오에게 건넸던 조건 계약서였다. 언제부턴가 이 종이의 존재를 잊고 살았다.

"감회가 새롭네."

사람 일은 정말 알다가도 모르는 것인가 보다. 이 글씨들을 작성해 나갈 땐 재오와의 관계가 이렇게까지 친밀해질 줄은 꿈에도 상상 못했다.

"그때의 나에게 지금의 얘기를 들려준다면 과연 믿을까?"

그때의 저라면 아마 절대로 믿지 못할 것이다.

"뭐 해?"

이삿짐 챙기는 일을 돕고 있던 재오가 한숨 돌릴 겸 이슬에게로 왔다.

"아, 이거 보고 있었어요."

이슬이 재오에게 조건 계약서를 흔들어 보였다.

"분명 내가 쓴 계약서인데, 까맣게 잊고 살았지 뭐예요."

"이제 이딴 거 쓸모없잖아."

제 손에서 낚아챈 종이를 시원스레 북북 찢는 재오의 행위를 보면서도 이슬은 말리지 않고 가만히 지켜만 봤다.

"설마 아까운 거 아니지?"

"아깝긴. 당신 말대로 이제 그딴 거 쓸모없는 걸요."

이슬은 더 이상 조건 계약서라는 종이에 미련 따위 없어서 폐기처분을 해도 상관없었다.

"이제 이 방과도 안녕이네."

재오가 불현듯 화제를 바꾸었고, 그 말에 가슴속 깊은 곳에 가라앉아 있던 감정이 수면 위로 떠올랐다.

"그러네요."

"잠깐 지낸 나도 정들어서 서운할 정도인데, 당신은 오죽할까 싶네."

아니나 다를까 말로 설명할 수 없는 복잡한 심경에 사로잡힌 이슬은 한동안 목이 메어 말을 꺼내지 못했다.

"계속 여기서 살 걸 그랬나?"

이슬이 붉어진 눈시울로 고개를 가로저었다.

"언제까지 부모님 품에서 살 수는 없잖아요."

이슬은 잠시 숨을 고르며 껄끄러운 감정들을 거두어낸 뒤 재오를 보며 따듯한 미소를 품었다.

"그리고 여기를 떠난다고 해서 우울하거나 막 엄청 괴롭거나 그러지는 않아요."

이슬이 재오의 손을 잡았다.

"오히려 두근두근 설레기까지 해요. 왜냐하면 나한테는 또 다른 안전지대가 생겼거든요."

아무리 안전진대라고 말한들 부모의 품보다 안락하지는 않겠지만 그래도 이렇게 말을 해 주는 이슬에게 재오는 참 고마웠다.

"당신이 더욱 더 안락함을 느낄 수 있도록 노력할게."

"지금도 충분해요."

다정하고 따듯한 시선을 주고받던 두 사람의 얼굴이 점차 간격을 좁혀 갔다.

입술이 맞물리려던 순간, 난데없이 벌컥 열린 문에 깜짝 놀라 얼른 거리를 넓혔다. 문턱을 넘어서다 입을 맞추려던 두 사람을 목격한 경심이 우뚝 걸음을 멈춘 채 이러지도 저러지도 못 하며 쩔쩔매고 있었다.

"난 방해하지 않을 테니 하던 것들 마저 하게나."

부부와 눈이 마주친 경심이 미안한 기색을 띠더니 이내 살금살금 뒤로 걸어 사라졌다. 그 광경이 우스워서 두 사람 모두 웃음을 터뜨리고 말았다.

"할 말 있으셨나 본데, 저 엄마 좀 보고 올게요."

"그렇게 해. 여긴 내가 정리할게."

이슬은 재오를 두고 방을 나와 경심의 행방을 좇았고, 곧 주방에서 무언가를 부지런히 하고 있는 그녀의 곁으로 다가갔다.

"뭘 그렇게 바쁘게 해?"

"뭐긴, 너희 먹을 밑반찬들 하고 있지."

주방에서 맛있는 냄새가 난다했더니 경심이 여러 가지 반찬들을 만들고 있었다.

"헤에? 이게 다 뭐야?"

불고기, 장조림, 각종 나물 반찬, 장아찌, 여러 종류의 김치 등 너무 많아 가짓수를 셀 수도 없었다.

"일하는 사람 안 쓴다면서. 가뜩이나 출근하고 그러면 두 사람 다 바쁠 텐데 끼니 신경 쓸 여유나 있겠니."

"엄마, 내가 애유? 끼니 정도는 알아서 해결할 수 있어."

"아무리 그래도 엄마가 해 주는 것만 하겠어?"

경심의 깊은 모성애에 감정이 울컥 치밀어 입술을 살며시 깨물었다.

"치……. 이거 다 하느라 힘들었겠다."

"표 서방이랑 내 딸이랑 먹을 음식 하는데 힘들긴 뭐가 힘들어. 자식 새끼들 먹이고 입히는 게 엄마는 세상에서 제일 즐거워."

이슬은 뒤에서 조용히 경심의 허리를 끌어안았다.

"나도 엄마처럼 좋은 아내, 좋은 엄마가 될 수 있을까?"

"그럼. 노력하면 안 되는 건 없단다."

"생각해 보면 여태까지 엄마가 했던 말은 다 맞는 것 같아."

경심은 나물을 무치며 이슬의 이야기를 조용히 경청했다.

"결혼 전에 엄마가 그런 말, 했잖아. 결혼하고 살면서 감정이 생길 수도 있고, 하다못해 정이라도 드는 게 부부라고. 살 부대끼고 살다보면 분명 연애하는 것 같을 거라고."

삶이 신기하게도 경심의 조언대로 흘러가고 있었다. 멀리서 관망하는 것과 가까이에서 살을 부대끼며 사는 것에는 너무 많은 차이가 존재했고, 그것을 서서히 깨달아가는 중이다.

"그땐 그 말 하나도 안 믿었는데, 이젠 믿어."

"우리 딸 철들었네."

경심의 목소리에 인자함이 자르르 흘렀다.

"그이 덕분이야."

"표 서방 참 기특한 일 했네."

"엄마. 나 잘 살게."

결혼식과 혼인신고는 이미 한참 전에 했지만 분가를 하는 시점이 돼서야 정말로 부모에게서 독립이 되는 기분을 실감했다.

"그래, 잘 살아. 살다 보면 이 사람이 내 남편인가 싶을 정돌 미워질 때도 있고 사소한 일로 다툴 때도 있을 거야. 그렇지만 그럴 때마다 냉랭하게 굴지 말고 대화 하면서 서로의 입장을 이해하면 뭐든 다 괜찮아질 거야."

언제, 어느 때든 피가 되고 살이 되는 조언을 아끼지 않는 경심이 있어서 좀 더 나은 어른으로 성장할 수 있었다.

"엄마, 고마워."

열 달씩이나 배 속에 안고 있을 때부터 지금까지 따듯하고 안락한 품 안에 품어 준 모성애에 감사했다.

재오와 이슬은 이삿짐센터 직원들보다 먼저 오피스텔로 이동했다.

분가해서 살게 될 오피스텔의 위치만 알았지 사실상 처음 오게 된 이슬은 현관에 들어서며 설레는 기분을 감추지 못했다. 재오보다 몇 걸음 더 앞서 걷던 이슬이 거실에 들어선 순간 눈에 확 띄는 소파에 놀라움을 금치 못했다.

그녀는 한동안 못 박힌 듯 서서 민트색 소파를 뚫어져라 쳐다봤다. 결혼 전 가구를 보러 다닐 때 예쁘다고 했던 그 소파가 눈앞에 있는 현실이 놀라웠다. 이곳의 인테리어와 가구들은 모두 재오가 알아서 준비했기 때문에 소파를 사들인 사람도 분명 그일 것이다.

그 당시엔 제 취향은 아니라며 딱 잘라 말했던 사람이 대체 왜 이 소파를 산 것일까? 궁금증이 동했다. 몇 걸음 뒤에 거실로 들어온 그가 멀거니 서 있는 이슬에게 의아한 눈길을 던졌다.

"멀뚱히 서서 뭐 해?"

줄곧 소파에 팔려 있던 정신을 되찾아 곁으로 다가온 재오를 올려다봤다.

"저 소파……. 뭐예요?"

이 궁금증을 해결해 줄 사람은 재오 뿐이었다.

"아, 저거. 샀어."

더할 나위 없이 간결한 대답에 이슬의 머리가 멍해졌다.

"별로라서 그래? 예쁘다더니 그새 취향이 바뀐 건가?"

놀라고 감동하느라 정신없어서 말을 잇지 못한 것뿐인데 제 행동이 재오에게는 싫어서 나오는 반응인 줄 오해하고 있나 보다고 여긴 이슬이 간신히 마음을 가다듬고 서둘러 말했다.

"예뻐요. 예쁜데, 그때는 분명 당신 취향 아니라고 했잖아요."

불과 몇 개월 전의 일을 머릿속에 상기했는데 까마득하게 다가온다는 사실이 재오는 퍽 신기했다.

"그랬지."

"그런데 샀다고요?"

작은 소품도 아니고 적지 않은 기간 동안 두고 사용할 가구를 제 취향을 거스르고 구매 결정을 했다는 일이 놀라우면서 동시에 저를 배려한 마음을 전달받아 감동적이었다.

"내 취향이 아니라는 말도 했고, 당장은 살 수 없으니 나중에 분가할 때 사자고도 했는데. 뒷말은 기억 못 하나 보네."

이 남자는 알면 알수록 참 좋은 사람이다.

"그 말을 계속 기억해 두고 있었어요?"

"뭐 오래된 일도 아니고 기억 못 할 일도 없지."

재오는 머쓱한지 뒷머리를 매만졌다.

"그게 감동인 거라고요."

"감동?"

"그래요. 그냥 지나가는 말로 한 줄 알았는데 그게 아니니까. 아무리 오래된 일이 아니라고 해도 어쨌든 꽤 지난 얘기를 계속 기억해 두었다가 이렇게 실현했다는 게."

이슬은 벅차오르는 감정에 살짝 흥분한 목소리로 말을 이어 나갔다.

"그리고 당신 취향도 있을 텐데, 그 취향을 포기하고 내 취향을 존중해 주었다는 것도. 다 감동인걸요."

평소에는 장난스럽고 짓궂은 남자가 이렇게 깊은 배려를 해올 때는 상상 이상의 감동이 밀려오곤 했다. 그 파동은 아주 진했고, 쉽게 가라앉지 않는 존재였다.

"나 혼자 사는 집도 아니고, 당신과 함께 사는 집이니까 그건 당연한 거지."

재오가 이슬을 보며 빙그레 웃어 보였다.

"여기 처음이지? 이삿짐센터 오려면 좀 남았으니까 둘러볼래?"

"좋아요."

이슬은 선뜻 재오의 곁을 따랐다.

"평수는 처갓집에 비해 작지만 둘이 살기에 좁지는 않을 거야."

제일 먼저 거실부터 둘러보았다.

"오피스텔이 이 정도면 넓은 거죠. 아이 낳고 살아도 괜찮을 것 같은데요?"

"아이 낳으면 그땐 더 좋은 집으로 이사 가야지."

어차피 오랫동안 이곳에 머물 생각은 아니었다. 혼자 지내는 거면 몰라도 가족과 함께 살게 될 집이니까 나중에는 더 넓고 좋은 집을 구할 계획이었다. 거실 한쪽 전면에 설치된 유리창 앞으로 다가가 선 이슬의 곁으로 재오도 천천히 걸음을 옮겨갔다.

"저는 이 시원스러운 창이 참 좋아요."

창밖으로 도시의 정경이 내려다보였다.

"밤에는 더 예쁘겠죠?"

역시나 제일 눈에 띄는 건 한강이었다. 밤이 되면 다리들에 불빛이 들어올 테고 그러면 낮과는 비교되지 않을 만큼 예쁠 거라 믿어 의심치 않는다.

"예뻐. 그건 장담해."

"아, 얼른 보고 싶다."

"이제 몇 시간 후면 볼 수 있어."

이슬의 눈동자에 야경을 볼 수 있다는 기대감이 어른거렸다.

"자, 이제 방들을 둘러볼까?"

이슬의 어깨에 자연스레 팔을 둘러 살짝 힘을 주자 저항하지 않고 이끌려 와주었다.

재오는 마치 여행 가이드라도 된 것처럼 집 안 곳곳을 안내했다. 방과 화장실 등 여러 장소를 둘러보면서 인테리어에 공을 참 많이 들였다는 느낌을 여실히 받았고, 재오에게 또 한 번 감동했다.


이삿짐이 별로 없을 거라고 생각했는데, 의외로 정리하는데 꽤 오래 걸렸다. 아침부터 시작된 이사는 땅거미가 내려앉을 쯤이 돼서야 마무리됐다. 일찍부터 일어나 수선을 떨었더니 기운도 빠지고 피곤도 해서 잠깐 쉬려고 침대에 누웠다가 깜빡 잠이 들어 버렸다.

눈을 떴을 때, 고요한 적막이 몸을 에워싸고 있었다. 이슬은 가만히 누운 채로 눈을 깜빡이며 아직 미련스레 붙어 있는 잠을 털어내려 애를 썼다.

문득 허전함을 느끼고 옆을 보니, 쉬려고 누웠을 때만해도 옆에 있던 재오가 사라져 있었다.

"언제부터 없었던 거지?"

재오의 부재를 깨닫지도 못한 채 숙면했다. 얼마나 잤는지 가늠은 되지 않았지만 어쨌든 개운하니 그걸로 만족했다. 부스스 몸을 일으킨 이슬이 침대에서 가뿐하게 내려와 재오를 찾기 위해 걸음을 옮겼다.

"재오 씨."

이름을 부르면 어디에선가 툭 튀어나오리라 여겼던 예상이 빗나갔다.

"외출 했나?"

어디에서도 인기척이 들리지 않았고, 이곳저곳을 직접 돌아다녀본 결과 남편의 흔적을 찾을 수 없었다.

"어디 간다면 간다고 메모라도 남기지."

온종일 함께 있던 이가 사라지니 허전함이 크게 와 닿았다.

"재오 씨 없다고 이렇게 쓸쓸하네."

새삼 재오의 존재감을 깨달으며 쓸쓸한 표정으로 출출한 허기를 달랠 요량으로 주방으로 발길을 돌렸다. 아무래도 저녁을 혼자서 해결해야 할 듯싶으니 간단하게 해치워야겠다고 결정했다.

"참, 아직 장을 안 봤지."

라면을 꺼내려고 찬장을 열었다가 아직 장을 보지 않았다는 사실을 뒤늦게 알아차렸다. 혼자 먹는데 밥을 안치기는 귀찮아서 나가서 대충 사 먹기로 생각을 바꾸고 지갑을 챙겨 현관으로 갔을 때, 비밀번호를 누르는 기계음이 들렸다. 이윽고 '문이 열렸습니다' 라는 기계적인 목소리가 들리며 현관문이 열렸고, 재오가 등장했다.

"여보!"

무척이나 기쁘게 반기는 이슬의 반응에 재오는 얼떨떨했다.

"내가 엄청 반가운가 봐?"

"반갑지, 그럼 안 반가워요? 대체 어디를 다녀오는 거예요, 말도 없이."

언제 돌아올지 기약이 없어 애초에 희망을 품지 않았는데 예상보다 일찍 귀가한 재오를 보니 굉장히 기뻤고, 그 기분을 주체하지 못했다.

"당신 너무 곤히 자기에 깨우기 그래서 혼자 장 좀 보고 왔지."

이제야 재오의 손에 들린 묵직한 봉지 두 개가 눈에 들어 왔다.

"뭘 이렇게 많이 샀어요?"

"필요해 보이는 것들 다 담았더니 이렇게 많아졌더라고."

이슬이 짐 하나를 건네받기 위해 손을 뻗었으나 보기 좋게 거부를 당했다.

"하나 주지 그래요?"

"됐습니다. 이 정도도 못 들까 봐?"

"아무것도 안 하기엔 염치없어서 그거라도 좀 들려고 한 건데 너무 하네요, 당신."

제 마음을 몰라주는 재오에게 이슬이 심통을 내며 입술을 삐죽였다.

"그럼 당신은 요리를 하면 되겠네."

재오는 이슬을 다루는 방법을 터득한 사람이었다.

"좋아. 그럼 내가 요리를 할게요."

재오는 뭐라도 할 수 있게 되자 금세 환해진 이슬의 얼굴을 흘끗 보며 흐뭇한 기분으로 주방으로 갔다.

식탁 위에 짐들을 올리고 내용물을 하나씩 꺼내는 사이 화장실에서 손을 씻고 온 이슬이 재료들을 확인하며 어떤 요리를 할지 고심했다.

"메뉴는 내가 이미 정했어."

재오의 목소리에 이슬이 생각을 끊어 냈다.

"정말요? 뭘로 정했어요?"

"등심 스테이크. 그리고 카프레제 샐러드."

이슬에게도 만족스러운 메뉴였다.

"와!"

"간단하고 와인이랑도 궁합 좋고. 괜찮지 않아?"

괜찮은 정도를 뛰어넘어 아주 마음에 들었다.

"완전 좋은데요?"

"야경 보면서 와인 마시자."

거실 창을 처음 마주한 순간 야경을 볼 수 있다는 사실에 설레었다. 게다가 그냥 보기만 하는 것이 아니라 와인에 맛있는 음식까지 더해지면 그야말로 금상첨화다.

"내가 야경 보면서 와인 마시고 싶은 건 어떻게 알았대? 내 마음 알아주는 건 역시 우리 남편밖에 없다니까."

벌써부터 좋아서 웃음을 참지 못 하는 이슬이 재오를 뿌듯하게 했다.

"자, 준비를 해 볼까?"

"당신은 쉬어요. 내가 다 할 테니까."

"혼자서 하는 것보다 둘이 하면 시간절약이 되잖아. 대신 난 간단한 것들 할게."

"알았어요."

결국 둘이서 함께 요리를 하게 됐다. 그래도 지휘를 하는 쪽은 이슬이었고 재오는 그녀의 보조를 맞추었다. 호흡이 척척 맞으니 그의 말대로 시간이 확 절약되었다. 금세 스테이크 두 접시와 카프레제 샐러드가 완성됐다.

요리들과 식사에 필요한 것들을 모두 거실 테이블로 옮겼다. 장을 보며 신경을 써서 사 온 와인까지 테이블 위에 올랐다. 재오와 이슬이 소파에 나란히 앉아 와인을 채운 글라스를 살며시 부딪쳤다. 투명한 잔에 담긴 붉은 액체가 찰랑이는 모습이 아름다웠다.

이슬이 그윽한 와인의 향을 음미한 후에 한 모금 삼켰다. 혀를 적시고 넘긴 와인의 맛이 깊고 풍부했다.

"와인, 당신이 골랐어요?"

"응. 어때?"

"맛있어요. 당신 안목에 감탄하는 중이에요."

"마음에 들어서 다행이네. 신경 써서 고른 보람이 있군."

뿌듯해하는 재오를 물끄러미 응시하다가 이내 먹음직스럽게 구워진 스테이크를 힐끔 쳐다봤다.

"스테이크, 식기 전에 들어요."

"잘 먹을게."

재오가 스테이크 한 점을 썰어 먼저 이슬의 입술로 가져갔다. 먹여 주려는 의도를 알아차린 그녀가 입술 끝을 말아 올리더니 곧 입을 벌려 스테이크를 받아먹었다. 그녀가 분주한 손길로 스테이크를 썰어 그가 했던 대로 한 점을 건넸다.

"남녀 간에는 모름지기 기브 앤 테이크라고 당신이 선볼 때 그랬죠, 아마?"

"그걸 기억하고 있다니."

이슬의 기억력에 놀라 감탄하며 스테이크를 냉큼 물었다. 그녀가 정성껏 굽고 손수 썰어 주기까지 한 스테이크라 그런지 아주 훌륭했다.

"맛있네."

"하루 종일 바쁘게 보내다가 갖는 여유라 그런지 더욱 값지게 다가와요."

"오늘 참 바쁘긴 했지."

분가를 한 덕분에 늦은 시간까지 눈치 보지 않고 대화를 하며 여유를 만끽할 수 있어 더욱 좋았다.

"나야 하루뿐이지, 당신은 인테리어도 신경 쓰고 가구까지 혼자 보러 다녔잖아요. 일하면서 어떻게 그걸 다 했어요?"

재오는 별거 아니었다는 의미로 어깨를 으쓱거려 보였다.

"별로 힘들지 않았는걸."

"놀기 좋아하는 남자인 줄 알았는데, 뭐 하나 시작하면 열정이 넘치는 남자였어."

노는 거든, 일이든, 아니면 사랑이든. 그게 뭐가 됐든지 최선을 다하는 자세는 칭찬할 일이었다.

"그거 알아? 노는 것도 나름 힘든 거."

"제대로 놀아 본 적이 없어서 잘 모르겠어요."

두 사람은 이미 스테이크 접시를 깨끗이 비운 상태였다. 배가 부르니 더욱 마음 놓고 여유를 부리게 됐다.

"당신은 계속 일만 하고 살았어?"

"졸업 후에는 쭉 그랬죠."

"졸업하기 전에는? 공부만 했으려나?"

"그랬죠."

재오는 저와 다르게 살아온 이슬의 인생을 상상하며 이해하기 어렵다는 듯 낮은 한숨을 내쉬었다.

"참 재미없었겠다."

"재미없었는지 잘 모르겠어요. 그런 생각해 본 적이 없어서."

"여행도 안 다녀 봤어?"

"거의 안 가 봤어요. 아! 그래도 올해는 신혼여행 갔잖아요."

"에이, 그게 뭐야."

듣는 사람에게도 이렇게나 시시한데 당사자는 전혀 그런 생각을 하지 않는 사실이 재오를 더욱 탄식하게 했다.

"나한텐 큰 일탈이었다구요."

"당신한테 그 정도로 대단한 일탈이었다면 좀 더 즐겁게 보낼 수 있도록 했을 텐데. 아쉽다."

요즘의 재오에게 신혼여행이 무척 아쉬운 부분이다. 서로에 대해 아무런 감흥이 없을 때 다녀와서 뜻 깊게 보내지 못했던 것이 계속 한으로 남았다.

"여행을 했다는 사실만으로도 저한테는 의미 있는 걸요."

"추억으로 남을 만한 무언가가 없잖아."

"그래도 몰랐던 당신 매력도 알았는데요?"

"내 매력? 뭔데?"

귀를 쫑긋 세운 재오에게서 기대감이 마구 발산됐다.

"적어도 위험에 빠진 사람을 지나칠 만큼 막장은 아니구나, 하는 매력?"

"하하하! 뭐야, 그게. 날 대체 얼마나 최악으로 본 거지?"

인간 취급을 받지 못했던 과거의 시간을 상기하니 저절로 웃음이 나왔다.

"맞다. 쓰레기라고 했었지? 살다 살다 그런 말은 처음 들었어. 얼마나 충격이었는지 알아?"

"충격을 줘서 상당히 미안하네요."

"미안한 사람의 말투가 맞는지 심히 의심이 드는군."

"쳇."

이슬은 무안함에 괜히 심술을 내다가 와인을 한 모금 넘겼다.

"올해 가기 전에 여행 한 번 더 가는 거 어때?"

"어디로요?"

"당신 가고 싶은 장소로."

"정말?"

기뻐하는 모습을 보니 제안이 마음에 드는 모양이다.

"이번 일탈은 더 인상적이게 보낼 수 있도록 도울게."

"그럼 가고 싶은 곳 생각해 볼게요."

재오와 함께 여행을 갈 상상을 하니 벌써부터 설레어하는데 슬며시 어깨를 잡아당기는 손길이 있었다. 자석에 이끌리듯 그의 품에 몸을 기대게 됐다.

"분가하니까 이런 점이 좋네."

귓가에 흐르는 저음이 듣기 좋아 가만히 귀를 기울였다.

"누구 눈치 보지 않고, 시간과 공간에 제약도 없이 아무 때나 안을 수 있는 것."

"그러게요. 그동안은 마음껏 못 하기는 했죠?"

처가살이를 제안했던 일이 마음에 짐처럼 남아 죄책감을 심었다. 이슬은 쉽지 않았을 처가살이를 군말 없이 견뎌 준 재오에게 미안하면서도 고마웠다.

"덕분에 애가 닳았지."

"그래도 잘 때는 줄곧 안고 자긴 했잖아요."

"그래서 내가 잠자는 시간만을 무진장 기다렸었지."

이 사실은 몰랐던 모양인지 이슬이 눈을 휘둥그레 뜨며 재오를 봤다.

"진짜요?"

"그럼 진짜지."

여러 가지로 고생 많았던 재오의 머리를 다정하게 쓰다듬어 주었다.

"우리 남편, 그동안 참느라 고생 많았어요."

재오가 부드럽게 웃으며 머리를 쓰다듬는 이슬의 손을 살며시 잡아 손등에 입을 맞추었다.

"이제 실컷 안게 해 줄 건가?"

"지금도 안고 있으면서 뭐."

"이 정도로는 간에 기별이 안 가."

"도대체 얼마나 더 진하게 안아야 기별이 가는데요?"

재오는 이슬을 와락 껴안으며 행동으로 직접 보여 주었다.

"이 정도는 돼야지."

"으앗! 뼈 으스러질 것 같거든요?"

"좋다."

"숨은 좀 막히긴 하지만 그래도 따듯하긴 하네요."

이슬도 서서히 흥분을 가라앉히고 재오를 따라 차분하게 숨을 골랐다. 그의 숨결과 그의 체온이 온몸을 감싸고 있었고, 그 기분은 말로 설명할 수 없을 정도로 황홀했다.

"우리 잘 살자."

"그래요. 잘 살아요, 우리."

재오의 말에 이슬이 살며시 미소 지으며 응답했다.

# 14화
## 알콩달콩 신혼 생활

이사하고 일주일이 지났다. 첫날에는 초저녁에 잠을 자기도 했지만 그 뒤로 이틀은 바뀐 잠자리 때문에 잠드는 게 쉽지 않았는데 그마저도 며칠 지나니 익숙해졌다. 물론 아직까지 새집에 적응 중이기는 했다.

재오는 사업 확장 때문에 눈코 뜰 새 없이 바쁜 날들을 보내는 탓에 금방이라도 쓰러져 잘 것 같은 얼굴이었지만 잠들지 못해 괴로워하는 이슬을 위해 함께 밤을 새워 주었다.

다음 날 출근을 해야 하는데도 그는 그녀와 이런저런 이야기를 하며 새벽을 보내고 그녀가 잠든 후에야 그도 편하게 잠을 잤다. 재오의 노력 덕분에 낯선 잠자리도 빠르게 편해져 갔다.

오늘은 부부가 모두 쉬는 날이다. 재오는 부족했던 수면을 보충하려는지 오전 11시가 넘었는데도 일어나지를 못했다. 이미 세 시간 전에 일어난 이슬은 근처에 있는 공원에서 조깅까지 하고 돌아와 가볍게 아침을 먹었다. 재오가 일어날 때까지 참았다간 뱃가죽이 등가죽한테 친구하자고 할 것 같았으니, 그도 이해해 줄 것이다.

"음, 으음."

여유로운 휴일의 기분을 제대로 만끽 중이어서 콧노래가 절로 나왔다. 입이 심심해서 마시려고 원두커피를 준비했다. 나리에게 선물로 받은 커피 잔에 막 내린 원두커피를 담아 그것을 쥐고 거실로 갔다.

아파트처럼 베란다는 존재하지 않았지만 거실의 한쪽 벽면이 통유리로 되어 있어 한강을 내려다볼 수 있다는 점이 매우 특별했다. 특히나 해가 저물고 어둠이 찾아오면 그 존재감을 확실하게 드러냈다. 한강의 야경을 내려다보며 재오와 와인을 마신 첫날은 몹시 낭만적이어서 잊혀지지 않았다.

"이사 오길 정말 잘했지, 뭐야."

뿌듯한 미소를 머금은 입술이 살짝 벌려져 까만 원두커피를 섭취했다. 화장을 하지 않은 얼굴인데도 행복한 신혼이라 그런지 그녀의 얼굴이 활짝 폈다. 쌀쌀한 기온의 가을이라 흔히 볼 수 없는 꽃을 그녀의 얼굴에서 만날 수 있다.

눈부실 정도로 화사한 그녀의 얼굴색 덕에 만나는 이들마다 좋은 일 생겼냐며 물어와 일일이 대답을 해 주어야 했기에 그것도 나름대로 골치가 아팠다. 그래도 그때마다 그녀는 성심성의껏 대답했다.

결혼해서 정말 행복하다고, 삶이 이렇게 귀하고 사랑스러운 것인지 남편을 통해 처음으로 알게 됐다고.

"아, 갑자기 우리 여보 보고 싶네."

매일 봐도 또 보고 싶은 그대랄까? 요즘은 사는 게 로맨스 드라마 그자체다. 요즘은 어느 드라마나 영화도 제 얘기보다 흥미롭지 않았다.

문득 남편의 얼굴이 보고 싶어 안방으로 가니 아직까지도 한밤중인 재오가 보였다. 콘솔 위에 커피 잔을 내리고 팔짱을 끼고 서서 곤히 자느라 아내는 뒷전인 남편을 얄미운 눈길고 물끄러미 내려 봤다.

"내가 옆에 있는데도 자느라 정신없네."

괴롭혀주고 싶다는 욕구가 뾰족뾰족 튀어나왔다. 아무래도 남편을 닮아가고 있는 기분이었다.

"어디 한 번 놀려줘 볼까?"

이슬의 입꼬리가 묘한 웃음을 띠며 위로 슥 밀려올라갔다. 그녀는 고민 없이 남편의 배 위에 올라탔다. 갑자기 배 위에 체중이 실리자 불편한지 그의 눈가가 씰룩거렸다.

"이래도 안 깬단 말이지?"

꿈쩍도 안 하는 남편에게 더 강한 자극을 주기로 결심한 이슬이 조금 아래로 엉덩이를 움직였다. 이사하면서 어른들과 함께 사느라 못 누렸던 신혼의 단맛을 풍족하게 느끼기 위해 남들이 하는 것은 다 해 보려는 욕심에 특별히 장만한 커플 잠옷 상의의 단추를 아래부터 하나씩 풀어 나갔다.

단추를 다 풀자 잠옷 상의가 양 옆으로 벌어지며 재오의 상체가 일부 노출됐다. 이슬은 혀로 입술을 쓸며 입맛을 다셨다.

"초콜릿아, 안녕."

복근을 만지는 손에 망설임이란 단 0.1%도 존재하지 않았다.

"어머, 이 굴곡 봐!"

이 초콜릿을 위해서라면 기꺼이 변태가 되어도 좋으리라!

"너 이 녀석. 녹으려면 네가 녹아야지 왜 내 맘을 녹이고 난리니? 아주 괘씸해."

초콜릿을 연상시키는 남편의 복근에 혼이 쏙 빠져 재오를 괴롭히기로 했던 결심을 잊어버렸다.

"어디 맛 좀 볼까?"

만질 때와는 달리 맛을 보기 위해 상체를 내리는 속도가 더뎠다.

"아, 떨려."

그 이유는 심장이 터질 듯이 두근대기 때문에. 떨림도 잠시 욕망 담긴 눈빛을 계속 쏘고 있던 남편의 배에 얼굴을 밀착했다. 아직 맛보지도 않았는데 벌써부터 가쁘게 뛰는 호흡을 가다듬고 천천히 혀를 내밀어 핥았다. 할짝, 야릇한 소리가 났다.

실제로는 남편의 살 맛밖에 나지 않았지만 어쩐지 초콜릿의 진하고 단 풍미가 혀를 녹이는 것 같은 착각이 정신을 지배했다. 이를 세워 깨물었지만 안타깝게도 진짜 초콜릿처럼 오도독하고 깨지지는 않았다.

하지만 피부의 탄력을 여실히 느낄 수 있었다.

"후······."

별안간 낮고 습한 숨소리가 귀로 빨려 들어 왔다.

"대체 내 몸에다 무슨 짓을 하고 있는 거지?"

잠에서 막 깬 허스키한 목소리로 나무랐지만 이슬은 전혀 반성의 기미를 보이지 않으며 오히려 더 진득하게 그의 살결을 훑았다.

"웃······. 이봐, 현이슬······."

이슬은 말 대신 할짝 소리로 응답했다. 곧 머리카락을 헤집어오는 그의 두 손에 짜릿한 감각이 휘몰아쳐 그녀가 화들짝 놀랐다. 마침내 상체를 세운 그녀의 입술이 번들거렸다. 그 모습이 그의 성애를 날카롭게 긁어 댔다.

"요란한 아침이군."

"모닝콜이에요. VIP에게만 해 주는. 맘에 들어요?"

이 깜찍한 아내를 어쩌면 좋을까? 달콤한 것 같으면서도 조금은 살벌했다. 종종 상상 이상의 모습으로 이렇게 저를 놀라게 하는 이슬은 양파 같은 매력의 소유자다. 좋기도 하고 떨리기도 해 미칠 것 같지만 일부러 감흥이 없는 것처럼 연기를 했다.

"음. 이 정도로는 기별도 안 온다는 걸 알텐데?"

"아, 엉큼한 분이란 걸 깜빡했네요."

"아침부터 이런 식으로 모닝콜을 하는 사람이 할 말은 아닌 것 같은데. 지금 이 상황에서 엉큼한 사람은 과연 누굴까? 응?"

전혀 모르겠다는 얼굴을 해 보이는 이슬의 모습이 어찌나 새침한지, 애간장을 다 태웠다.

"꺄아!"

별안간 몸이 들썩거려 소스라치게 놀랐다. 그저 눈을 한 번 감았다 떴을 뿐인데 위치가 달라져 있었기 때문이다. 이슬이 양 옆으로 뻗어진 재오의 팔을 잡고 다리를 바동거렸다.

"계속 당할 수만은 없지."

"여보!"

재오가 이슬의 몸을 강하게 눌러 움직이지 못 하게 포박했다.

"오늘은 절대 안 놔줘."

어째 상황이 불리하게 돌아가는 것 같아, 이슬은 초조해졌다.

"당신 야근하고 와서 피곤하잖아요. 요즘 되게 힘든 것 같던데?"

"날 너무 띄엄띄엄 봤네. 힘들다고 안 하는 거 봤어?"

곰곰이 생각해 보니 고단하고 힘들어도 그것만큼은 거르는 법이 없었다. 그를 감당해낼 때마다 도대체 어디서 그런 힘이 나오는지 신기하곤 했다.

"모닝콜이라면 이 정도는 되어야지."

슬금슬금 얇은 티셔츠 안으로 기어들어 오는 음흉한 손에 그녀의 손가락 끝과 발가락 끝이 오므려진다. 배와 허리 부근을 더듬던 그의 손이 어느새 더 위를 넘보고 있었다. 티셔츠는 가슴 위로 말려 올라가 있었다. 허전해서 옷자락을 잡고 내리려다 저지당하고 말았다.

"저, 정말 할 거예요?"

장난치는 건 줄 알았는데 남편의 손이 멈추지 않고 계속 움직이는 걸로 보아 진담이었던 모양이다. 아직 보일러를 틀 정도로 춥지 않아서늘한 공기가 부유하던 방 안이 장작이라도 땐 듯 후끈해졌고, 이슬의 몸도 덩달아 더워졌다.

"아아……! 하, 재오 씨……."

1초마다 살찌는 흥분감에 머릿속이 어지럽게 꼬여가고 숨 쉬기가 버거워졌다. 점점 아득해지는 정신에 거부하겠다는 의지도 소멸되어 갔다. 어느새 발목을 쥐고 있던 손이 종아리를 넘어 집에서 편하게 입는 긴 치마 안으로 깊숙이 침범해 왔다.

저를 지배한 야릇한 감각에 몸 둘 바를 몰라 그의 머리카락을 움켜쥐었다. 더 깊은 것을 원하던 그 순간 재오가 손을 거두어 버리는 탓에 허탈한 기분이 몸을 휘감아왔고, 불쾌한 기분에 인상을 찡그리며 그를 올려다봤다.

재오가 묘한 미소를 지으며 침대 밖으로 멀어졌다. 바닥에 발을 딛고 선 채로 저를 내려다보는 그의 눈을 빤히 올려다봤다. 그의 눈도 분명 더 깊은 것을 원하고 있었다. 그런데 왜 멈췄을까?

"같이 씻자."

"네?"

"분가하면 같이 씻는 다고 했잖아."

재오로 인해 기이할 정도로 뛰어대는 심장에 정신이 없었다.

"난 씻었는데……."

"그럼 더럽혀 주면 되지."

순간 야한 장면이 머릿속으로 재생되어 난감해진 이슬이 고개를 도리도리 저었다. 고개를 바로 하자 저에게로 뻗어진 그의 손이 시야에 들어 왔다. 거부할 이유 따위 없었기에 그의 손을 냉큼 잡았다.

쏴아. 샤워기에서 쏟아지는 물에 벗지 못한 옷이 젖어 갔지만 격렬하게 키스를 퍼붓는 재오로 인해 불쾌해할 여유가 없다. 그의 손이 젖은 머리카락을 휘어잡는 순간 척추를 관통하는 아찔한 감각에 터진 탄성이 그의 입술에 집어삼켜지고 말았다. 재오는 이미 상의를 탈의하고 있어 맨몸을 드러내고 있었다.

이 기회를 놓칠 수 없어 손을 뻗어 그의 몸을 더듬었다. 어깨를 쓸다가 가슴팍을 어루만졌는데, 어딜 만지든 단단한 감촉에 저절로 감탄이 흘러나왔다. 그녀의 손길이 더없이 은밀하고 끈적끈적해 짐승 같은 욕정을 곤두세웠다.

"하아, 여보……."

입술을 떼자 나른한 숨소리가 재오의 심장을 축축하게 적셨다.

"점점 더 짐승처럼 변해 가는 기분이야."

"……원래부터 대단한 짐승이었어요. 새삼스럽게 뭘."

재오는 이슬의 눈빛에 응집되어 있는 지독한 관능미를 마주 보는 1분 1초가 숨 막혀 도저히 가만히 있지를 못 하겠다. 불끈 치솟는 새빨간 욕망에 그녀의 티셔츠를 손으로 뜯어 버렸다.

"내 옷……."

"옷이야, 나야?"

전혀 예상하지 못한 질문 앞에 이슬이 넋을 잃었다.

"어려운 질문은 아닐 텐데?"

"자신감이 하늘을 찌르네요."

"어서 대답해."

재오는 진짜 짐승이라도 된 것처럼 낮게 으르렁거렸다. 순간적으로 위압감을 느낀 이슬이 눈을 휘둥그레 뜨며 긴장했다. 그사이 그에 의해 치마가 아래로 흘러내려가 버렸다.

속옷만 입은 채로 그의 앞에 발가벗겨진 기분은, 글쎄. 생각보다 창피하지 않았다. 그래도 가릴 곳은 가려서 그런가? 아니면 그와 이런 모습으로 대면하는 것이 익숙해져서 그럴지도. 그것도 아니면 첫 만남이 지나치게 강렬해서일지도.

"옷, 흐읍!"

옷일 리가 없지 않느냐고 대답을 하려는 순간 그새를 못 참고 화가 난 입술이 덮쳐 왔다. 때문에 전해야 하는 말을 미처 매듭짓지 못했다.

옷이라고 대답할 줄 알았는지 그가 입술로 무지하게 화를 낸다. 입술을 쥐어뜯을 것처럼 세게 깨물고 입안을 마구 휘저었다. 순간 정신을 잃을 뻔했다.

"진심이야?"

"하아."

"옷이라고?"

재오는 납득할 수 없는 얼굴로 다그쳤다.

"다 듣지도 않고 화부터 내면 어쩌자구요."

본의 아니게 오해를 하게 해 난처했다.

"옷이 아니라 당신이 중요하다고 답하려고 그랬는데. 표재오, 당신은 옷 따위와는 비교할 수 없을 정도죠."

"그럼 처음부터 이렇게 말해야지."

"말하던 도중에 키스한 건 당신이라구! 아니, 이건 키스가 아니었어. 화내는 거였지. 근데 이렇게 화내니까 나쁘지 않네요."

"하여간, 나만큼이나 밝힌다니까. 아니. 가만 보면 나보다 더 밝히는 것 같아."

이슬은 아니라고 부정하지도 않았다. 오히려 재오의 상체를 더듬으며 섹시한 자태로 그를 유혹했다.

"어서 날 더럽혀 줘요."

"뭐? 어떻게 그런 말을 자기 입으로……."

"지금은 물 때문에 씻기는 기분밖에 안 들어. 그러니까 나를 어서 엉망진창으로 만들어 달라구요. 너무 밝히는 여자라…… 싫어요?"

마주 본 재오의 눈동자에 부피를 가늠할 수 없을 정도로 거대한 욕망이 꼿꼿이 섰다.

"싫을 리가."

오히려 좋아 미치겠어서 문제지. 재오가 맹렬한 눈빛을 이슬에게 쏘며 그녀의 젖은 뺨을 감쌌다.

"간절함을 몸으로 직접 보여줘 봐."

뜻밖의 주문에 이슬의 눈이 커다래졌다.

"몸으로? 어떻게요?"

설마 스트립쇼라도 하라는 건 아니겠지? 당황과 혼란으로 뒤섞인 눈으로 재오를 빤히 보는데 그가 제 앞섶을 손으로 가리켰다.

"얘가 당신한테 키스해 달라는데?"

속이 훤히 보이는 엉큼한 말이지만 모른 척 넘어가 주기로 마음먹은 이슬이 행동을 개시했다. 그녀가 몸을 낮추고 그의 바지에 손을 가져갔다. 떨리고 긴장되는 마음에 심호흡을 했다.

하의와 팬티를 한꺼번에 벗기는 그의 능숙한 솜씨와는 달리 그녀는 서툴고 어색한 손길로 바지와 드로즈를 하나씩 아래로 내렸다. 욕망을 휘두른 검붉은 페니스를 막상 눈앞에 두자 살짝 겁이 났다.

이 큰 게 입에 다 들어가긴 하려나? 고민에 휩싸여 멀거니 그의 불기

둥을 보고 있으니 그가 한마디 내뱉었다.

"키스 기다리다가 숨넘어가겠다."

"해요, 한다고요."

이슬이 그제야 재오의 남성에 입술을 가져갔다. 그것의 끝을 입술로 감쌌다. 여기는 이런 감촉이구나. 신기했다. 원래 이보다는 더 빳빳할 것 같은데, 물이 묻어 상당히 촉촉했다.

"더 깊게."

딱 한마디의 지시를 던지며 머리카락을 헤집는 재오를 살짝 올려다 보며 그의 요구대로 남성을 입안 깊숙이 넣어 보았다. 이만큼이나 거대 하고 뜨거운 것이 제 안을 들락거렸다는 생각을 하니 얼굴이 화끈해진 다.

상기된 얼굴로 제 것을 물고 있는 이슬을 내려다보는 재오의 눈빛이 뜨겁게 일렁였다. 그녀의 부드럽고 말랑한 입술이 제 것을 감싸고 있는 그 감촉은 말로 형용할 수 없을 정도로 환상적이었다. 그녀가 조금씩 입을 움직이기 시작하자 정신이 아찔해졌다.

"됐어. 그 정도면 충분해."

재오가 이슬을 일으켜 세웠다. 제 것을 빨아 주느라 새빨개진 입술 을 보자 견딜 수 없는 욕정이 치밀었다. 그가 그녀의 아랫입술을 깊게 흡입하며 젖가슴을 주물렀다. 물인지 땀인지 모를 것으로 인해 두 사람 의 몸이 축축하게 젖어 갔다.

격정적으로 혀를 섞고 서로의 몸을 더듬었다. 그러다 보니 어느새 둘 다 완전한 나신이 되어 버렸다. 벌거벗은 몸을 마주하자 두 사람은 더욱 더 흥분하고 말았다.

무르익은 애정만큼, 두 사람의 육체적 교감도 훨씬 친밀해졌다. 어떠 한 바람도 두 사람을 비집을 수 없을 정도로 서로를 빈틈없이 부둥켜안 았다.

"재오 씨……"

"현이슬."

이름을 부르는 것만으로도 가슴이 벅차올랐다.

호흡과 눈빛이 허공에서 맹렬하게 뒤섞였다. 다시 농밀한 키스를 나누었고, 재오가 이슬의 한쪽 다리를 들며 그녀의 정성으로 더욱 더 두꺼워진 페니스를 그녀의 몸 안으로 밀어넣었다. 한껏 젖은 그녀의 속살이 그를 강하게 압박해 왔다. 그가 입술을 떼며 거친 숨을 내쉬었다.

"후……"

이슬은 균형을 잃지 않기 위해 재오의 어깨를 꽉 부여잡았다. 누워 있을 때보다 더 강렬해진 자극에 두 사람은 굉장한 쾌감에 젖었다. 재오가 여러 번 안을 가르며 들어올 때마다 이슬의 정신은 희미해지곤 했다. 쾌감이 진해질수록 그녀의 다리가 위태롭게 휘청거렸다. 그가 그녀의 팔을 제 어깨에 두르게 하며 그녀를 완벽하게 안았다.

"날 꽉 잡아."

의지하게 만드는 안락함을 주더니 곧바로 그와는 상반되는 무자비한 욕망을 거칠게 쏟아 붓는 재오 때문에 이슬의 몸은 위아래로 사정없이 흔들렸다.

어느 순간, 행위를 멈춘 재오는 이슬을 욕조에 눕힌 뒤 그녀의 허벅지를 벌리게 한 뒤 다시 그녀를 안았다. 그는 그곳에서 마지막 스퍼트를 올렸고, 벼락같은 전율이 두 사람의 몸을 동시에 덮쳤다. 바들바들 떠는 이슬의 안에서 재오는 긴 사정을 끝냈다. 그 상태로 그녀의 등을 토닥이며 좀처럼 진정하지 못 하는 그녀를 다독였다.

꽤 오래 욕조에서 부둥켜안고 있던 두 사람이 슬슬 움직였다. 격렬했던 정사로 인해 끈적끈적해진 몸에 거품을 묻히고 물로 깨끗하게 닦았다. 그리고 나니 한결 나았다. 바로 나가긴 아쉬워서 입욕제를 푼 욕조에 몸을 담그고 오붓한 시간을 보냈다.

"큰일 났어요."

"큰일이라니?"

"재오 씨 때문에 점점 더 과감해지잖아요."

뭔 일 있는 줄 알고 걱정한 재오가 허탈한 표정을 했다.

"뭐야. 난 또 진짜 무슨 일이라도 생긴 줄 알았잖아."

"책임져요."

"안 그래도 몸으로 열심히 때웠잖아. 더 해 줘야 돼?"

"그, 그건 아니고요."

지금도 충분히 지쳤는데 여기서 더 했다간 그나마 조금 채워진 체력마저 완전히 소모되고 말 것이다. 이슬이 창백해진 얼굴로 고개를 가로저었다. 재오가 픽 웃으며 이슬의 어깨를 감쌌다. 그녀가 그의 어깨에 머리를 살포시 기댔다.

"아, 움직이기 싫다. 이렇게 계속 있고 싶어요."

노곤노곤했다. 이대로 재오에게 안겨 잠들고 싶었다.


욕실에서 한바탕 뜨거운 정사를 나누고 함께 샤워를 한 뒤 욕조에서 여유로운 시간을 보냈다.

재오와 이슬은 나란히 소파에 앉아 TV를 시청했다. 어느 정도 시간이 흐르자 그가 그녀의 무릎을 베고 누웠다. 그녀는 TV에 두었던 시선을 내려 그를 빤히 응시하며 머리카락을 만졌다. 부드럽고 촉촉한 머리카락을 만지니 살랑살랑 기분 좋은 바람이 부는 것 같다.

"배고픈데."

재오가 배를 문지르며 배고픔을 호소하는 모습을 보고 나서야 아직 한 끼도 안 먹었다는 사실을 깨달았다. 일어나자마자 욕실에서 엄청난 체력을 쏟아 냈으니 배고플 만도 했다.

"어제 엄마가 낙지 보내 줬는데 그거 볶아서 먹을까요? 어때요?"

"좋지."

낙지를 먹을 상상에 벌써부터 입에 침이 고였다.

"삼겹살 구워 먹고 남은 것도 있는데 같이 볶을까?"

"낙지 삼겹살. 좋지."

낙지만으로도 좋지만 거기에 육즙을 품은 고소한 삼겹살까지 더해지면 궁극의 맛일 테니 당연히 좋았다.

"좋으면 일어나요. 당신이 일어나야 주방에 가지."

재오는 일어나기 싫은 사람처럼 꾸물거리다 마지못해 일어났다. 이슬은 주방으로 가 냉동실과 냉장실을 번갈아 열어 재료들을 골라냈다. 멀리 간 건 아니지만 그래도 옆에 있던 아내가 사라지자 재미있던 프로그램도 급격히 지루해졌다. 재오는 심드렁하게 TV를 봤다. 그런데 그의 시선이 자꾸만 주방 쪽으로 흐른다.

결국 시선을 따라 몸도 온 마음이 향하고 있던 곳으로 움직였다. 마치 두 개의 몸이 아닌 하나의 몸을 하고 있는 기분이었다.

"왜? 뭐 필요한 거 있어요?"

"아니. 심심해서. 내가 뭐 도와줄 거 없어?"

"없어요."

옆에서 재오가 지켜보니 잘 하던 요리도 실수할 것만 같고 괜히 긴장됐다. 고추장을 넣어야 하는데 간장을 넣거나 설탕을 넣어야 하는 소금을 넣지는 않을지 조마조마했다. 이런 날이 하루 이틀도 아니지만 그와 함께 있다는 것만으로도 떨려서 그렇다.

"그럼 그냥 여기 앉아 있어도 되지?"

웬만하면 주방을 나가 주었으면 좋겠는데 그럴 마음은 애초에 갖고 있지 않아보였다.

"내가 뭐 이상한 거라도 넣을까 봐 감시하는 거죠?"

이슬의 농담조에 재오가 얼른 고개를 저었다.

"그럴 리가 있겠어?"

"레스토랑 오너 앞에서 요리하려니까 긴장돼요."

"평소에도 잘 하면서. 당신 음식 솜씨 많이 늘었어."

재오는 평소에도 잘 한다는 말을 강조하고 싶었다.

"늘었어? 그동안은 별로였나 보죠?"

하지만 듣는 이슬은 뒷말을 더 가슴 깊이 받아들였다. 게다가 말하는 이의 의도와는 전혀 다른 방향으로 생각한 걸로 보여 난감해진 재오가 황급히 손을 내저었다.

"아니. 처음에도 잘했는데 하면 할수록 일취월장한다는 소리지. 이제는 장금이가 따로 없어."

"장금이? 엄청 오랜만에 듣는 이름이다."

턱을 괴고 요리하는 이슬의 뒷모습을 구경하는 재오의 눈은 꽤나 즐거워 보인다. 몇 번이고 그녀의 뒤로 다가가 안아 버리고 싶었지만, 요리하는 그녀를 방해하면 안 될 것 같아 간신히 억눌렀다.

그때, 딩동 하고 초인종 소리가 났다.

"누가 왔나 봐요."

"내가 나가 볼게."

재오가 곧바로 인터폰을 확인했다. 방문자의 얼굴을 확인한 그는 못마땅한지 눈썹을 일그러뜨렸다. 현관문을 열어 주자 나리가 안으로 쏙 들어 왔다.

"누구예요?"

방문자가 궁금했던 이슬이 국자를 든 채 현관으로 나왔다.

"언니!"

나리가 명랑하게 이슬을 부르며 그녀에게 찰싹 안겼다. 난데없이 와락 안겨온 나리의 행동에 놀란 것도 국자를 들고 있어 출렁대는 반가움만큼 팔로 꽉 안아 주지 못 하는 점이 아쉬웠다.

"아가씨! 어쩐 일이에요?"

"어쩐 일이긴요! 언니 보고 싶어서 왔죠! 제가 연락도 없이 와서 괜히 언니 불쾌하게 만든 거 아니에요?"

"절대 아니에요! 엄청 반가운걸요."

이슬의 대답에 나리가 작게 한숨을 내쉬며 안도했다.

"헤헤, 다행이다."

그런 여동생이 못마땅한 재오는 불퉁한 얼굴로 서 있다.

"야, 나의 불쾌는 안중에도 없냐?"

이 집에 사는 사람은 이슬, 한 사람 뿐이 아닌데 그녀의 안중만 묻는 나리의 행동이 괘씸했다.

"오빠? 불쾌해?"

이제야 안중을 묻는데, 질문하는 얼굴이 심하게 밝았다.

"참 빨리도 물어본다."

어쨌든 물어봐 줬다는 것에 불만이 조금은 깎여 나가 살짝 누그러진 표정으로 대했다.

"불쾌하면 나가."

하? 그런데 이건 또 뭐람? 나리가 이슬에게 팔짱을 끼며 혀를 날름 내밀었다.

"나가? 어딜 나가라는 건데?"

"어디긴 여기지."

"하? 야, 표나리."

쥐방울만한 동생에게 이런 꼴을 당하다니 속이 부글부글 끓었다.

"난 언니 보고 싶어서 온 거니까 오빠는 없어도 돼."

더 봐주고 있다가는 안 되겠다고 판단을 내린 이슬이 남매 사이에 끼어들었다.

"아휴, 그만들 싸워요."

원한 적은 없지만 매번 이렇게 싸워대는 아들, 딸을 지켜보고 말리는 채선의 심정을 체감 중이다. 남매를 키우면서 겪었을 채선의 고충을 실감하고 있으니 꼭 둘의 엄마가 된 기분이었다.

그래도 두 사람 덕분에 심심할 겨를이 없다는 건 참 좋은 일이다. 이슬은 이런 게 사람 사는 냄새라고 생각했고, 비교적 조용한 저의 친정 집안에 비해 시끌벅적한 이 분위기가 무척 마음에 들었다.

"이게 무슨 냄새예요?"

맛있는 냄새가 콧구멍 사이로 쏙쏙 들어와 나리의 식욕을 자극했다.

"낙지삼겹살 두루치기 하는 중이에요."

나리가 신나서 박수까지 쳤다.

"와, 맛있겠다. 다 차려진 밥상에 숟가락 없는 건 실례인 건 알지만 저 그래도 될까요?"

"그럼요. 양 충분하니까 같이 들어요."

흔쾌히 승낙하는 이슬의 옆에서 재오는 심드렁한 표정을 했지만 어차피 그의 거부를 귓등으로도 듣지 않을 나리라는 것을 너무 잘 알아서 안 된다는 말은 하지 않았다.

나리는 손을 씻으러 화장실로 가고, 이슬은 하던 식사 준비를 계속해 나갔다. 재오는 그녀를 도와 밑반찬을 꺼내고, 밥을 푸고, 숟가락과 젓가락을 놓는 등의 잡다한 일들을 했다.

"어머, 이 부부 깨가 쏟아지네."

주방 입구에 선 나리가 팔짱을 끼며 두 사람을 보고 있었다.

"그런 우리를 방해하러 오다니."

"미안하게 됐수다."

재오가 투덜대자 나리가 장난기 묻은 말투를 툭 던졌다.

"또 싸우는 거예요?"

이슬이 고개를 설레설레 저었다. 그녀가 완성된 낙지삼겹살 두루치기를 식탁으로 옮겼다. 재오는 그녀가 시키지 않아도 국을 퍼서 식탁으로 날랐다.

"이 낯선 현장은 뭐죠?"

"뭐가?"

이슬과 재오가 따뜻한 가정식으로 구성된 식탁 앞에 나란히 앉았다.

"난 오빠가 국 나르고 그러는 거 되게 낯설다?"

재오는 별거 아니라는 듯 어깨를 으쓱했다.

"낯설 것도 많다."

"오빠 원래 이런 가정적인 남자 아니었잖아."

지금껏 봐 온 재오는 이런 가정적인 남자가 아니었기 때문에 나리는 눈으로 목격하면서도 쉽게 믿지 못했다.

"우리 아내가 맛있는 식사까지 차려 줬는데 아무것도 안 하고 받기만 하는 건 너무 염치없잖아."

"어머나."

눈앞에서 연이어 터지고 있는 생소한 광경에 나리의 입에서는 경악의 탄성이 저절로 터져 나왔다.

"이 사람, 가끔 요리도 해 줘요."

"정말요? 오빠가?"

나리의 시선이 계속 저에게 꽂혀 있어 부담스러운 재오가 헛기침을 하고 국을 떠먹었다.

"아가씨, 차린 건 없지만 많이 들어요."

먹음직스러운 음식들을 준비한 사람이라 하기에는 겸손한 태도였다.

"차린 게 없다뇨. 진수성찬이 따로 없는데. 잘 먹겠습니다."

이슬이 정성스레 준비한 밥상 위에 숟가락만 얹을 생각을 하니, 나리는 황송할 지경이었다.

"입맛에 맞을지 모르겠네."

제일 먼저 눈에 가장 확 띄는 낙지를 하나 집어먹은 나리의 표정이 단번에 환해졌다.

"맛있어요!"

초롱초롱 빛나는 나리의 눈망울에서 진하게 뿜어져 나오는 진심을 본 이슬이 안도의 숨을 내쉬었다.

"정말요?"

"네!"

"다행이네요."

부지런히 숟가락과 젓가락을 번갈아가며 휘두르는 나리의 모습을 흐뭇하게 바라보며, 이슬도 천천히 식사했다. 식사를 마치고 이슬이 설거지를 하려고 고무장갑을 들자 재오가 그것을 빼앗았다.

"내가 할게."

"설거지거리가 많은데. 그냥 내가 할게요."

"됐어. 나리랑 놀아."

고무장갑을 끼고 설거지를 하는 재오를 보며 이슬이 흐뭇하게 웃었다. 그녀가 그의 엉덩이를 톡톡 두드렸다.

"수고해 줘요, 여보."

재오가 알았다며 고개를 끄덕였다. 이슬이 커피를 준비해 거실로 왔을 때 창밖을 구경 주인 나리를 보았다.

"여기 뷰가 진짜 끝내주네요."

나리는 창에서 시선을 떼지 못 하며 말했다. 이슬을 괜히 자신이 칭찬받는 것처럼 기분이 좋아 어깨를 으쓱하며 그녀의 옆으로 다가갔다.

"그쵸? 밤에는 더 예뻐요."

이곳의 야경은 누구에게든 자랑하고 싶은 존재였다. 저의 눈에만 담기 아까울 정도로 아름다운 광경이기에 지나가는 사람들이라도 데려와 보여 주고 싶은 심정이었다. 야경에 대해 극찬하는 이슬의 말에 나리는 격하게 동요하며 손뼉까지 쳤다.

"저 야경 보는 거 좋아하는데."

야경을 보고 싶어 안달 난 나리의 반짝거리는 눈을 보며 이슬이 솔깃한 제안을 했다.

"그럼 이따 야경까지 보고 가요. 저녁도 먹구."

너무나도 달콤한 말이었지만 덥석 물기가 어려운 입장이었기에, 나리가 난감한 듯 고개를 숙였다.

"에이, 그랬다간 오빠한테 제대로 혼날지도 몰라요."

"왜요, 왜 혼나요?"

"언니랑 오빠 방해한다고 엄청 싫어할 텐데."

이곳에서 도시의 야경을 내려다보는 기분이 어떨지 체감해 보고 싶지만 아무래도 재오가 걸려 선뜻 그러겠다고 대답하지 못했다.

"말만 그러는 거예요. 만약 뭐라 그러면 제가 오빠 혼내 줄게요."

이슬은 재오에게 혼날까 봐 조마조마해하는 나리의 마음을 다독여 주었다.

"언니가요?"

"그럼요. 난 아가씨 편이니까요."

걱정되는 마음을 다정히 어루만져 주는 이슬 덕분에 기분이 확 좋아진 나리가 엄지를 척 내밀었다.

"헤헷. 언니 최고!"

"여기 커피."

이슬이 나리에게 커피 잔을 내밀었다.

"고마워요."

이제야 테이블에 쟁반을 내려 두고 소파에 앉았다. 나리가 커피를 한 모금 마시고 달그락거리는 소리가 나는 주방으로 시선을 옮겼다.

"설거지, 오빠가 해요?"

"네."

"와, 진짜 놀랄 노 자네요."

감탄할 일의 연속에 이 집을 나설 때는 턱이 빠져 있을 것만 같았다.

"남자는 여자 하기 나름이라는 말 있잖아요."

"대체 우리 오빠한테 무슨 마술을 부린 거예요? 저도 미래의 남편에게 유용하게 쓸 수 있게 전수 좀 해 주세요."

이슬이 슬며시 웃더니 나리의 귀에 입술을 바짝 대고 작게 속삭였다.

"중요한 건 스킨십이에요."

"스킨십이요?"

이슬이 고개를 끄덕였다. 나리가 더 얘기해 달라며 눈빛으로 그녀를 졸랐다.

"해 줄 듯 안 해 주다가 한 번 확 뜨겁게 해 주는 거죠."

이슬의 말을 이해한 나리의 얼굴이 확 붉어졌다. 이슬이 푸흐흐, 하고 웃으며 나리를 귀여워했다.

"놀리려고 하는 말이죠?"

"내가 왜 아가씨를 놀려요? 진짜니까 나중에 결혼하면 꼭 해 봐요. 아가씨 결혼하면 더 자세히 알려줄게요."

재오를 변화시킨 이슬의 말이니까 신뢰가 갔다.

"사귀는 남자 친구는 잘해 줘요?"

"뭐, 그냥저냥."

나리의 밝은 웃음 이면에 숨겨져 있던 슬픔이 고개를 내밀었다.

"대답이 시원찮네. 뭐 문제 있어요?"

늘 웃고만 있다고 행복한 것만은 아니다. 그런 사람일수록 슬픔이나 아픔을 혼자서 해결하려는 경향이 있기 때문이다. 혹시 나리도 그런 것이 아닌지, 이슬은 걱정스러웠다.

"사귀기 전에는 세상 어디에도 없는 다정한 사람처럼 잘해 주더니 막상 사귀면서는 나 몰라라 하는 것 있죠?"

"어머, 진짜요?"

"그렇다니까요. 다 잡은 물고기에는 밥 안 준다는 말을 실감한다니까요."

나리는 속마음을 아무에게나 털어놓지 않았기에 그만큼 이슬이 편하다는 소리였다.

"진짜면 괘씸하네."

이슬은 제 일처럼 속상해했다. 그녀가 귀를 기울여 성심성의껏 이야기를 들어 주니 나리는 더 용기를 내어 고민을 털어놓았다.

"저는 처음에 걔 안 좋아했어요. 근데 한 달 동안 꾸준히 대시를 해 오는 그 마음에 감동받아서 사귀게 된 거거든요. 근데 사귀고 난 뒤로 걔는 오히려 감정이 좀 식은 것 같고 저는 반대로 감정이 커졌어요. 좋아하지 않았다면 서운하지도 않았을 거예요."

"그렇죠. 속상하겠어요."

연애라는 건 두 사람이 함께하는 행위이기 때문에 늘 행복한 일만 있을 수는 없다. 사람의 생각과 마음은 각자 다르기 때문에 서로의 감정 크기가 다르다는 사실을 깨달은 순간 충돌할 수밖에 없는 것이었고, 그로 인해 생기는 상처에 부상자가 생기기 마련이다. 이슬은 그 과정을 이미 겪어 본 경험자로서 나리의 마음을 헤아릴 수 있었다.

"뭐, 이러다 헤어지자고 하면 어쩔 수 없는 거죠."

"우리 아가씨 매일 웃고 그래서 밝은 줄만 알았는데 속에는 이런 슬픔을 갖고 있었구나. 안쓰러워라. 앞으로 고민 같은 거 있으면 나한테라도 털어놔요. 혼자 끌어안고 있으면 괴롭기만 하잖아요."

"네. 언니."

고민이나 괴로운 일은 누군가에게 이야기를 하는 것만으로도 속이 시원해질 때가 있는데 나리에게는 지금이 그랬다.

"너 설마 밤까지 눌러앉아 있을 생각 아니지?"

설거지를 마치고 양치까지 하고 나온 재오가 아니나 다를까 나리에게 빨리 가라는 신호를 보냈다. 달콤한 신혼을 더 이상 방해 말라는 그의 눈빛을 나리는 간단히 외면하며 얼른 이슬에게 팔짱을 꼈다.

"아가씨 오늘 자고 갈 거예요."

"뭐?"

"언니?"

야경만 보고 가려했지 결코 잘 생각까지는 없었던 나리는 이슬의 말에 재오 만큼이나 놀랐다. 자고 갈 생각은 아니었다.

이슬의 엄청난 추진력에 나리는 경악과 감탄을 동시에 느끼며 초조한 마음으로 재오의 눈치를 살폈는데 별로 표정이 좋지 않은 것 같아 슬쩍 발을 빼 보기로 했다.

"언니, 저 야경만 보고 갈게요."

"야경만?"

재오가 못마땅해 했다.

"야경보고 저녁 먹고 그러면 시간 너무 늦어요. 내일 별일 없으면 자고 가요."

늦은 시간에 귀가를 하면 위험하기 때문에 자고 가기를 권한 것이지 나리를 곤란하게 하려는 의도가 절대 아니었다.

"별일이야 없기는 한데……."

나리가 재오의 눈치를 보며 슬금슬금 소파에서 엉덩이를 뗐다.

"화장실이나 가야겠다."

나리가 화장실로 가자 소파에 앉는 재오의 손을 이슬이 살며시 잡아왔다.

"그렇게 나랑 오붓한 시간 보내고 싶어요?"

"알면서 그래?"

살짝 기분이 상한 모양이었다. 저 때문에 이렇게 됐으니 당연히 풀어줘야 한다고 생각했다.

"우리는 매일 둘이 있을 수 있잖아요. 당신이 하루만 양보해 줘요. 그럼 내가 상 줄게."

"상?"

이슬이 고개를 끄덕였다. 재오의 표정을 보니 상이 어떤 것일지 궁금한 모양이다.

"분명 당신이 좋아할 거예요."

무슨 상인지 알 것 같은지 재오가 이내 흡족한 미소를 지으며 고개를 끄덕였다. 마침 화장실에서 나오는 나리를 향해 재오가 입을 열었다.

"자고 내일 가."

화장실에 들어갈 때만 해도 표정을 봐서는 절대 허락할 기세가 아니던 재오의 입에서 나온 말에 나리가 소스라치게 놀랐다.

"헐. 정말?"

"그래."

재오는 흔쾌히 그러라 승낙하고 방으로 들어갔다. 나리가 얼른 이슬에게 쪼르르 다가왔다.

"오빠한테 뭐라고 그랬어요?"

분명 재오 스스로 결정한 일이 아니었으리라 짐작했다.

"그냥 상 준다고 그러니까 넘어 오던데요?"

"상, 이요? 상이 뭔데요?"

"아까 내가 말한 방법이에요. 한 번 뜨겁게 해 주는 거."

역시 짐작대로 이슬이 기여한 바가 컸던 것이다.

"와, 진짜 효과 좋구나. 언니 나중에 비법 꼭 공유해 줘야 돼요!"

"물론이죠."

이슬이 싱긋 웃으며 고개를 끄덕였다.

나리가 하룻밤 자고 가기로 하고, 채선에게도 허락을 받았다. 야경을 보며 술을 마시기로 해서 저녁은 간단하게 때웠다.

재오는 편의점에 술을 사러 나갔고 이슬과 나리는 안주거리를 준비했다. 맥주를 마실 거라서 그에 맞는 안주를 준비했다.

새우튀김과 소시지 야채 볶음이 준비가 다 되어갈 즈음에 나리의 휴대폰이 울렸고, 그녀는 전화를 받으러 화장실로 갔다. 거실에 있는 테이블로 완성된 안주들과 잔들을 옮기는데 현관문이 열리는 소리가 들렸다. 테이블에 잔을 내려놓은 이슬이 허리를 곧게 세워 거실로 들어서는 재오를 봤다.

"왔어요?"

재오의 양손에 하나씩 들린 빵빵한 부피의 봉지를 발견한 이슬이 헐레벌떡 다가가 손을 내밀었다. 이번에는 그가 별 거부 없이 비교적 가벼운 봉지를 건네주었다. 건네받은 봉지 안에는 대부분 과자나 간단히 먹을 간식거리 위주라서 큰 부피에 비해 무게감은 적은 편이었다. 그래도 양이 꽤 많아서 그런지 손목이 살짝 뻐근했다.

"뭘 이렇게 많이 샀어요?"

"술이랑 주전부리 이것저것. 나리는?"

이슬은 나리의 행방을 묻는 재오에 허구한 날 다투어도 없으면 찾는 모습이 신기하면서도 재미있다고 여기며 대답했다.

"전화 받으러 화장실에."

"무슨 비밀 전화기에 화장실까지 가서 받아?"

재오와 이슬은 봉지에서 술과 주전부리들을 꺼냈다. 종류별로 쓸어 온 맥주들 중에는 이슬이 좋아하는 흑맥주도 있었다. 여러 가지를 고르면서도 저의 취향을 잊지 않았다는 것에 이슬은 기뻤다.

"남자 친구 같던데요?"

"아, 그놈."

재오는 나리의 남자 친구에 대해 아는 것이 있는지 표정이 어두웠다.

"재오 씨, 그 남자 본 적 있어요?"

"봤지."

"어때요? 나는 얘기만 몇 번 들었지. 얼굴은 못 봤거든요."

폐부 깊숙이에서 끄집어낸 숨을 길게 내쉬는 것으로 유추하건대 아무래도 나리의 남자 친구는 재오에게 마이너스 점수를 받았나 보다.

"영 아니야. 그 치에 비하면 내 동생이 훨씬 아깝지."

"아가씨한테 까칠하게 대하면서도 이럴 땐 딱 오빠 같네요."

이래서 남매는 남매라는 건가 보다. 이슬은 재오와 나리 남매를 볼 때마다 진원과 저의 모습을 그려 보곤 하는데 그런 순간마다 이 남매가 부러웠다. 남의 떡이 더 커 보여서 그런 건지도 모른다는 생각이 들면서도 부러운 마음이 드는 저를 제어하지는 못했다.

"어쨌든 동생이니까. 그리고 애가 워낙 누구한테든 잘 웃고 헤헤거려서 파리 같은 놈들이 잘 꼬이거든. 그래서 걱정이야. 이상한 놈한테 시집 갈까 봐."

평소에는 기어오르는 나리에게 면박을 주거나 언짢아하기 일쑤였던 재오지만 실은 속으로는 걱정을 한 가득 안고 있었다. 표현을 안 해서 아무도 알지 못 했던 것뿐이었다.

"지금 그 놈도 그래. 직업도 별 볼일 없고 집안도 너무 평범하고…… 하나부터 열까지 마음에 드는 게 하나도 없어."

"그래도 아가씨가 좋아하는 것 같던데요."

"애가 뭘 몰라서 그래. 맘 같아선 뜯어말리고 싶지만 걔가 어디 내 말을 듣겠어?"

나리가 혹시라도 남자를 잘못 만날까 염려하는 재오는 영락없는 친오빠였다. 그의 이야기를 잠자코 듣고 있던 이슬의 입가에 흐뭇한 미소가 번졌다.

"사실은 동생을 엄청 아끼는 오빠였네요, 당신."

간지럽게 와닿는 칭찬에 재오는 쑥스럽다는 듯 얼굴을 붉혔다. 술 마실 준비는 다 되었는데 정작 나리가 화장실에서 나오지를 않았다.

"통화가 길어지나?"

혹시 무슨 일 생긴 것은 아닌지 걱정이 슬슬 피어났다. 이슬이 엉덩이를 떼려던 그때 화장실 문이 달칵, 열렸고, 부은 눈으로 등장한 나리를 보며 깜짝 놀랐다.

"아가씨, 울었어요?"

"언니……."

벌떡 일어난 이슬에게 나리가 냉큼 뛰어와 와락 안겼다. 흐어어엉, 하는 소리가 나긴 했지만 눈물은 나지 않고 입으로만 울었다. 통화가 심상치 않았음을 짐작했다.

"진정해요."

이슬은 나리의 등을 토닥토닥 두드려 주었다. 나리가 눈시울이 붉어진 채로 결연하게 말했다.

"저 오늘 술 완전 많이 마실 거예요. 그래도 돼요?"

"안 말릴게요. 어차피 많이 취하면 알아서 재울 테니까 나 믿고 편하게 마셔요."

이슬은 속상해하는 나리를 위해 기분을 최대한 맞춰 줘야겠다고 다짐했다. 나리는 맥주 한 모금을 마시며 술 종류가 마음에 안 든다며 투덜댔다. 맥주는 많이 마셔 봤자 취하지는 않고 배만 부르다며 부루퉁하게 입술을 내민 그녀를 보더니 재오는 시키지도 않았는데 알아서 소주를 사 왔다.

가볍게 맥주를 마시며 야경을 구경할 생각이었지만 술자리의 목적이 바뀌었다. 소주를 마시는 나리의 장단을 맞춰 주기 위해 재오와 이슬도 소주잔을 들었다.

"어떻게 사람이 그렇게 변할 수 있어요? 변해도 정도껏 변해야지. 예전에는 내 기분 맞추려고 애를 썼던 남자가 이제는 내가 뭐라고 하던 귓등으로도 들으려 하지 않고, 너무 심하게 무심한 거 있죠?"

나리는 제 남자 친구에 대한 불만을 여과 없이 끄집어냈다. 술을 마셨기 때문에 하소연하는데 조금도 망설임이 없다.

"보통은 결혼하면 그렇게 변한다고 하는데, 이 사람은 연애 중인데도 벌써 너무 변했어요. 너무 서운해서 내 속마음을 말하면 귀찮아하기만 하고 징징대지 말라고나 하고."

"그런 놈을 대체 왜 사귀는 건데?"

더는 듣고 있기 화가 나서 재오가 나리를 따끔하게 나무랐다.

"그런 놈인데도 좋아하니까 그렇지."

아무리 싫고 서운해도 헤어진다는 마음을 먹기는 참 힘들다. 지금의 감정 때문에도 그렇고, 함께했던 추억이 눈에 밟혀서 떠나갈 수가 없는 것이다. 그래서 바보처럼 계속 제자리만 맴돌며 고생만 하곤 했다.

"괜히 그런 놈하고 계속 사귀어서 맘고생 하느니 차라리 헤어지고 더 좋은 남자 만나."

나리가 당장은 상처를 받을 수야 있겠지만 차라리 이런 직언을 해서라도 위태로운 배 위에 올라탄 그녀를 구해 내야 한다는 것이 재오의 의견이다.

"좋은 남자? 그런 남자가 있긴 해?"

한 번도 마주 해 본 적 없었기는 좋은 남자의 존재 여부를 부정하게만 된다.

"네가 눈이 너무 낮아서 그래."

"쳇."

눈이 낮다는 말에 부정할 수 없다는 사실이 나리는 무척 씁쓸했다.

"나처럼 눈이 높아 봐라. 그러면 이렇게 좋은 배우자 만날 수 있어."

"이슬 언니는 아빠 안목이잖아."

이 또한 사실이라 이번에는 재오가 수긍했다.

"어쨌든 그 놈은 아니야."

결과가 뻔히 보이는 일이기에 달콤한 말로 위로를 해 줄 수는 없었다.

재오는 상처로 얼룩지는 나리의 마음을 더는 지켜볼 수만은 없었다.

"나도 알아. 근데 헤어지자는 말이 목구멍에 가시처럼 탁 걸려서 안 나와."

나리는 답답한 심정을 토로했다.

"쉽지는 않겠죠. 그래도 계속 이런 마음으로 사귀었다간 아가씨만 더 상처받을 것 같아요."

"그렇겠죠?"

"그렇다고 우리말을 그대로 듣고 실천할 필요는 없어요. 선택은 아가씨가 해야 하니까. 잘 생각해 보고 결정해요."

"네, 언니."

그래도 혼자서 끌어안고 있는 것보다 고민을 털어놓고 상담을 받으니 좀 더 결정을 하기 쉬워졌다. 하지만 남자 친구에게 받은 배신감과 실망감은 그 누구도 치료해 주지 못한다. 이건 스스로 해결해야 하는 문제니까.

나리는 심각해진 얼굴로 연거푸 소주를 들이켰다. 이슬은 더 마시면 취할 것 같아 술 대신 물을 마셨고 재오는 소주가 아닌 맥주로 술을 변경하여 천천히 마셨다. 컨디션이 안 좋은 나리는 금방 취했다. 재오가 취해서 쓰러진 나리를 안방 침대로 옮기는 사이 이슬은 거실을 청소했다.

고단해서 간단히 씻고 자러 가기 위해 안방으로 향하는 이슬을 재오가 뒤에서 안아 더 이상 걷지 못 하게 했다. 허리에 채워진 단단한 족쇄에 자유롭지 못했지만 이상하게도 기분은 좋았다. 특히나 귓가에 흐르는 그의 숨소리가 제일 좋았다.

"나리 혼자 자게 두고 둘이 자자."

술이라도 취했는지 응석까지 부려오는 귀여운 남편의 행동에 웃음이 절로 나왔다.

"동생한테 나를 양보하기 싫어요?"

"싫어."

"질투쟁이."

동생에게도 질투를 느끼는 남자의 사소한 모습조차 사랑하고 있다.

"질투쟁이라고 욕해도 상관없어. 같이 자자."

이슬은 대답하지 않았다. 어쩐지 그녀의 기분이 가라앉은 것 같다는 느낌을 받았다.

"여보."

짐작대로 이슬의 목소리에 안개가 끼어 있었다.

"응?"

무엇이 그녀를 가라앉게 만든 것인지, 재오는 궁금해졌다.

"우리도 언젠가는 변하겠죠?"

나리의 남자 친구 얘기를 듣고 이슬은 우리의 미래를 떠올리며 불안했나 보다.

"아무래도 시간이 지나면 변하겠지. 지금 같지는 않을 거야. 왜? 실망할 것 같아?"

변하지 않을 거라는, 그런 대답은 차마 하지 못 하겠다. 그건 지키지 못할 약속을 하는 것이니까.

"너무 많이 변해 버리면 그럴 것 같기도 하구……. 여보, 우리는 천천히 변해요. 너무 빨리 변하지 말자구요. 알았죠?"

"그래. 그러자."

대신 이것만큼은 확실하게 약속할 수 있다.

빠르게 변해가지 않겠다는 것. 변하더라도 천천히, 아주 느리게 변하겠다는 것. 그리고 아무리 변해도 당신을 떠나지 않겠다는 것.

## 15화
### 인생의 동반자

　일 때문에 바빠서 도통 시간을 낼 수 없었던 두 사람의 일정으로 인해 해외여행은 엄두도 내지 못 하는 상황이었다. 그래도 올해가 가기 전에 여행을 가자는 욕심을 버리지 않은 채 2박 3일 동안 알차게 다녀올 국내 여행을 계획하게 되었다.

　어쨌든 이슬의 일탈을 위해 가기로 한 여행이니만큼 그녀에게 장소를 정할 수 있는 권한을 양보했고, 가을의 계절을 마음껏 누리를 수 있는 단풍 여행을 하고 싶다는 그녀의 말에 국내의 산들을 알아보던 중, 거리는 멀지만 여행하는 재미를 확실히 즐길 수 있는 무등산으로 장소를 결정하게 됐다.

　오늘이 바로 그날이다. 두 사람의 계획은 이랬다. 첫날은 느지막이 출발해 예약한 펜션에 도착하면 주변을 둘러보며 휴식을 취하고, 둘째 날에는 무등산을 등산하고, 셋째 날 집으로 돌아오는 단조롭지만 도시를 벗어나 자연 속에서 휴양하는 나름대로 실속 있는 여행이다.

　먼저 일어나 준비를 마친 재오는 아직 씻고 있는 이슬을 기다리는 동안 한가롭게 TV를 시청하고 있었다. 다 씻었는지 화장실을 나온 이슬에게 그의 눈길이 저절로 옮겨졌다.

뽀송뽀송한 그녀의 모습이 재오의 기분까지 상쾌하게 만들었다. 원래 일어나기로 한 시간보다 좀 더 늦게 일어난 저 때문에 계획보다 살짝 지연된 출발 시간이 미안했던 이슬이 쪼르르 다가와 그의 뺨에 입을 맞췄다.

"얼른 준비할게요. 조금만 더 기다려 줘요."

재오는 아내의 애교에 살살 녹아내렸다. 아무리 출발 시간이 늦춰졌어도 화 같은 건 나지 않았지만, 그래도 아내의 뽀뽀를 받으니 화가 났든 안 났든 그건 중요하게 와 닿지 않았다.

"천천히 해. 어차피 일정은 내일부터니까."

"이해해 줘서 고마워요."

재오의 너그러운 태도에 한결 부담을 덜은 이슬이 가벼워진 표정으로 드레스 룸으로 사라졌다.

사랑스러운 아내가 사라지자 그의 시선은 다시 자연스레 브라운관이로 이동했다. 이슬을 볼 때 뚝뚝 떨어지는 꿀은 이제 더 이상 존재하지 않았다. 그는 아내에게만 달달한 남편이었던 것이다.

"재미없네."

지루하기 짝이 없는 프로그램에 한숨을 내쉬다가 결국 리모컨을 들어 채널을 돌려 버렸다. 평일 낮이어서 그런지 공중파 채널에 볼 만한 프로그램이 딱히 없었다. 케이블 채널을 돌려봐도 마찬가지인 사정을 봐서는 시간의 문제는 아닌 것 같다는 판단을 내렸다. 그냥 재오의 흥미를 끌만한 프로그램이 없는 것이었다.

"이렇게 입으면 되려나? 어때요?"

준비를 마치고 나온 이슬이 스타일에 대한 평가를 맡겨 왔다. 지루했던 재오에게 반가운 일이었기에 흐리멍덩했던 눈빛이 선명해졌다.

소파에서 일어난 재오가 이슬에게로 가까이 다가와 턱을 괴고 스타일을 유심히 검사했다. 그녀는 다소 긴장된 모습으로 그의 평가를 기다렸다. 등산을 하기로 했으니 그에 걸맞게 편안한 차림을 갖추었다.

"좋다."

"괜찮아요?"

"합격이야."

좋은 평가에 이슬이 안도의 한숨을 내쉬었다.

"다행이다. 그런데 당신 출출하지 않아요? 아침도 안 먹었는데."

"괜찮아. 배고프면 가다가 휴게소 들려서 먹지 뭐."

"당신이 하지 말래서 도시락 안 쌌는데, 그냥 준비할 걸 그랬나 봐."

이슬이 시무룩해진 표정으로 계속 마음에 담아 두었던 생각을 털어놓았다.

"어제도 늦게까지 일한 사람이 무슨 도시락까지 싼다고."

재오의 말대로 이슬은 어제 야근을 했고, 그래서 늦잠을 잤던 것이었다. 고단해 보이는 그녀의 모습을 보면서 마음이 아팠다. 그런데 그 모습으로 도시락까지 싸게 둘 수는 없는 거 아니겠는가.

"당신을 너무 굶기는 것 같으니까 죄책감 들어서 그러거든요."

재오가 미안해하는 이슬의 양어깨를 살며시 잡고 그녀의 눈을 지그시 응시했다.

"이번 여행의 테마는 뭐다?"

"일탈."

이슬은 마치 학습이 된 사람처럼 대답했다.

"일탈이지. 그것도 현이슬의 일탈. 그런데 고생을 해서야 쓰나."

"도시락 준비하는 것 정도는 별로 고생도 아닌데……."

"보는 내가 신경 쓰이니까 그래."

"휴게소 들려서 맛있는 거 먹어요. 내가 쏠게."

이슬은 한결 밝아진 목소리로 말했고, 그에 재오도 살짝 가라앉았던 분위기를 밝게 풀고자 장는기를 묻힌 목소리로 물었다.

"비싼 거 먹어도 되나?"

"그럼요! 먹고 싶은 거 다 사도 돼요."

"오호라? 우리 와이프 지갑 빵빵하게 채워야겠는걸."

"카드가 있지요. 호호호!"

재오가 의미심장하게 웃었다.

"어디 그 카드 한도 초과 시켜 볼까나?"

"갑자기 엄청 무서워지는데요?"

"자, 휴게소를 향해 가 보자고."

이슬은 제 손을 잡아 이끄는 재오를 군말 없이 따랐다. 주차장에 세워두었던 차를 타고 오피스텔을 나섰다.

"편의점에서 커피 좀 살까요?"

"그러자."

다른 것들은 필요 없고 목을 축일 커피가 당겨서 근처에 있는 편의점에 들렀다. 운전석에 있는 재오를 대신해 이슬이 커피를 사 오겠다고 자처하며 차에서 내렸다. 머지않아 커피를 양손에 하나씩 든 그녀가 차로 돌아왔다. 둘은 사이좋게 커피를 하나씩 마셨다.

"자, 이제 진짜 출발한다."

반쯤 비운 커피를 드링크홀더에 끼우고 다시 운전대를 잡았다. 비로소 여행의 첫날이 시작됐음을 실감했다. 여행에 꼭 빠져서는 안 될 음악까지 틀고서 목적지를 향해 신나게 이동했다.

"비행기 타고 해외 가는 것도 좋지만 차를 타고 국내 여행 떠나는 것도 다른 느낌 들어서 좋아요."

비행기는 다소 번거로운 부분이 있지만 차는 운전을 하지 않아서 그런지 오히려 더 편한 느낌이 들었다.

그리고 국내에 아직 가 보지 않은 곳들이 넘쳐나서 그곳들에 대한 호기심을 해소할 수 있는 기회여서 무척 두근거렸다.

"그렇지?"

"다음에는 기차도 한 번 타보고 싶어요."

"기차? 그건 좀 귀찮지 않겠어?"

차로 이동하는 것보다는 불편함이 따르기야 하겠지만 기차만의 매력을 느껴본지 너무 오래돼서 그리웠다. 그렇다고 혼자 기차를 타고 낯선 지역을 가자니 두려웠는데 재오와 함께라면 괜찮을 것 같았다.

"대학 졸업 이후에는 기차를 타본 기억이 거의 없어서 그런지 가끔 그리울 때가 있어요. 기차만의 특유의 감성 있잖아요, 왜."

"그럼 다음 여행은 기차 타고 떠나는 걸로. 어때?"

"당연히 좋죠!"

도란도란 대화를 나누는 사이 차는 도시를 벗어나 고속도로 위에 올랐다. 이슬은 창밖을 보며 아직 남아 있는 커피를 쭉 넘겼다.

"당신 덕분에 잘 안 하던 여행도 하게 되니 색다른 기분 들고 설레요."

"이번 여행이 당신에게 부디 좋은 기억으로 남았으면 좋겠다."

"그럴 거예요. 이미 남다른 기분을 느끼고 있거든요."

매일 지겹게 보고 지냈던 높은 건물들 사이에서 탈피했다는 사실이 피부로 확 와 닿았다. 설레는 마음으로 창밖의 풍경을 눈에 담고 있는데, 문득 들려오는 노랫소리에 귀가 쫑긋 움직였다.

"아, 나 이 노래 좋아하는데."

"크게 틀어 볼까?"

재오가 음향을 키우자 조그맣게 들리던 노랫소리가 더욱 크게 들려왔다. 이슬은 창문을 살짝 열어 피부에 스치는 가을바람을 만끽했다.

"와, 날씨도 좋고 진짜 좋다."

새파란 가을 하늘 아래에서 사랑하는 사람과 가을 풍경을 함께 만끽할 테니, 분명 기분 좋은 여행이 될 거라 믿어 의심치 않는다.

타닥타닥, 불에 장작이 타들어가는 소리가 공기 속으로 퍼져 갔다.

이슬은 간이 스툴에 앉아 펜션 주인이 마련해 준 모닥불을 하염없이 구경했다. 가을밤의 쌀쌀한 공기가 등 뒤에 닿았지만 뜨겁게 타오르고 있는 모닥불 덕분에 견딜 만했다. 그런데 곧 등을 포근하게 감싸는 무언가가 있어 뒤를 힐끔 돌아보니 담요를 덮어 주는 재오가 보였다.

"나 괜찮은데."

"계속 있다 보면 추울 수도 있으니까 덮고 있어."

감기 들까 염려하는 재오의 마음이 느껴져 가슴속이 담요를 덮은 몸보다 더욱 포근해졌다. 재오가 담요를 덮어 주느라 옆에 있는 나무 평상에 내려놓았던 쟁반에서 머그컵 두 개를 쥐어 하나를 이슬에게 건넸다. 그 안에는 진하게 내린 원두커피가 담겨 있었다.

"잘 마실게요."

재오에게 인사를 건네며 머그컵을 받자 코끝으로 원두커피의 풍부한 향이 진동했다. 재오가 살며시 웃어 보이는 이슬을 시선에 담으며 옆에 놓인 스툴에 앉았다.

"여행 첫날의 소감은?"

이슬이 그윽한 눈길을 주며 질문하는 재오를 빤히 봤다.

"아, 이게 휴식이란 거구나. 그런 생각을 하고 있어요."

"당신, 편안해 보이네."

"네. 편안해요."

가끔은 휴식을 갖는 것도 좋겠다는 생각을 하게 만드는 시간이었다.

"내일보다는 덜 하지만 그래도 오늘 꽤 많이 돌아다녔는데 피곤하지는 않아?"

"딱히 목적지를 두지 않고 발길 닿는 대로 걸었잖아요."

무엇보다 재오가 덮어 준 담요, 손안의 커피, 그리고 모닥불.

추위를 느낄 새가 없을 정도로 훈훈한 시간을 사랑하는 남편과 함께할 수 있다는 사실이 제일 좋았다고, 말해 주고 싶었다.

"그동안 틀에 박힌 삶을 살았던 저에게는 굉장히 신선한 하루였어요."

재오가 아니었다면 이런 날들을 경험할 수 없었을 것이다.

"당신 덕분이에요."

슬며시 재오의 손을 잡았다.

"손도 예쁘네, 우리 아내는."

재오가 손등을 부드럽게 쓸며 속삭였다. 은근한 그의 눈동자 속에 빈틈없이 들어 찬 애정을 마주한 순간 이슬의 심장이 달음박질치기 시작했다. 그저 마주 보고 있을 뿐인데도 숨이 가빠오는 이 기이한 현상을 보통은 사랑이라고 표현하겠지.

"사랑해요. 여보."

담백하게 고백하고 싶은 마음에 배반하는 떨리는 목소리에 창피함이 몰려오는 그 순간, 얼굴에 드리우는 그늘이 있었다.

몇 초 뒤 일어날 장면을 예상하며 느리게 눈꺼풀을 내렸다. 눈을 감아서인지 더욱 선명해진 감각을 예민하게 건드리는 쫀득한 감촉이 입술 위로 오롯이 느껴졌다.

타닥타닥, 모닥불 소리와 몸을 휘감아오는 가을밤의 정취, 이 모든 순간이 낭만적이었다. 두 사람의 입술이 빈틈없이 맞물렸다. 서로의 손을 어루만지는 행위에서 감당하기 어려운 애정을 엿볼 수 있었다.

분위기에 따라 느긋하게 이어지는 키스에서 감미로운 맛이 느껴졌다. 가슴께가 간지러우면서도 동시에 따끔따끔했고, 점점 심해지는 감각에 이슬의 몸이 떨리기 시작했다.

키스가 점점 깊어져 가자 그녀의 떨림은 더욱 심해졌고, 이윽고 감당하기 버거웠던 탓인지 한쪽 손에 그러쥐고 있던 머그컵을 놓치고 말았다. 놀라서 그만 입술을 떼고 말았다.

"앗."

상황을 이제야 인지한 재오가 제일 먼저 이슬의 안위를 살폈다.

"다친 곳 없어?"

"없어요. 근데 아까워서 어떡해?"

"당신 안 다쳤으면 됐어."

이슬이 더러워진 바닥을 치울 생각으로 스툴에서 엉덩이를 뗐다. 뒤이어 일어난 재오가 테이블에 머그컵을 내려둔 뒤, 걸음을 옮기려던 그녀의 손목을 확 낚아챘다.

예고 없이 일어난 상황에 놀란 그녀의 눈이 평소보다 반쯤 더 커졌다. 그는 설명 따위 하지 않은 채 그녀의 몸을 끌어당겨 입술을 포개어 왔다. 본의 아니게 키스를 그만두게 된 것이 아쉬웠던 모양인지, 그는 조금 전 키스할 때와는 달리 꽤나 안달 난 모습이었다. 머리카락 속을 헤집는 그의 손길에 몸이 나른해졌다.

키스는 끝나지 않을 것처럼 오래도록 이어졌다.

아침 일찍부터 펜션을 나와 무등산으로 왔다. 둘 다 등산에는 소질이 없어서 꽤 많은 시간이 소요되리라 예측하고 서둘렀다.

막 산행을 시작했기에 아직은 거뜬했다. 이슬은 숨을 깊게 들이마셨다. 자연만이 품고 있는 이 산뜻하고 맑은 공기가 못 견디게 좋아서 자꾸만 숨을 쉬곤 했다. 서울의 공기는 감히 흉내 낼 수 없는 이곳만의 희소가치가 충분했다.

"산속이라 그런지 공기가 엄청 깨끗해요."

"그러게. 확실히 서울이랑은 다르지."

등산에 취약하면서 초행길이기까지 해, 날이 저물기 전에 하산을 해야 했지만 일찍부터 등산을 시작했기 때문에 빨리 가야 한다는 부담감은 갖지 않기로 했다. 둘은 여유롭게 자연을 만끽하기로 마음을 모았다.

"여기 공기, 소장가치 완전 백퍼센트예요. 누가 팔면 당장이라도 사고 싶어요."

이슬의 엉뚱한 상상이 귀여워서 저절로 웃음이 나왔다.

"하하. 귀엽네."

"서울에서 살면 뭐가 그렇게 매번 바쁜지 모르겠단 말이죠."

사박사박. 등산화에 밟히는 흙 소리조차도 굉장한 즐거움이었다. 아스팔트길에 익숙한 발에게 색다른 감각을 선사하니 뿌듯했다.

"뭐에 쫓기는 사람처럼 일에 허덕이며 사느라 바빴는데, 여기 오니까 아무 고민도 걱정도 없이 지내니까 엄청 편하고 좋아요."

"그동안 그렇게 열심히 살았으니까 이런 여유를 더욱 값지게 받아들일 수 있는 거지."

재오의 말이 이슬의 심장을 진하게 울렸다.

"다리 안 아파?"

"벌써 아프면 안 되죠."

"혹시라도 아프면 말해. 쉬었다가 가도 되니까."

"알았어요."

아직은 괜찮아도 앞으로 적지 않은 시간 동안 산행을 계속해야 했기에 다리와 발에 무리가 갈 수 있기에 재오의 마음 한편에 걱정이 자리하고 있었다. 그는 혹여나 이슬이 다치지 않는지 유심히 지켜보며 그녀와 보폭을 맞추어 걸었다. 가끔씩 움푹 팬 흙바닥이 있거나 큰 돌이 있으면 그녀의 어깨를 감싸 안고 피할 수 있도록 했다.

계획했던 코스의 반 정도 오르자 이슬의 숨이 살짝 가빠진 것을 알아챈 재오가 잠시 쉬었다가자며 그녀를 벤치로 이끌었다. 벤치에 앉아 준비해 온 물을 사이좋게 나눠 마셨다.

"힘들지?"

힘드냐고 물어오는 재오의 물음에 이슬이 살짝 웃으며 대답했다.

"조금."

재오는 이슬의 헝클어진 머리카락을 다정한 손길로 정리해 주었다.

"평소에 운동 안 했던 게 여기 와서 완전히 들통 나네요."

"아무래도 등산은 쉽지가 않지. 평지 걷는 거랑 산 걷는 거랑은 차이가 많으니까."

이슬은 저와는 비교되게 평온하게 말하는 재오를 신기한 얼굴로 골똘히 쳐다봤다.

"당신도 등산 잘 안 했다면서 나랑은 다르게 되게 괜찮아 보이네요?"

"나름대로 운동을 꾸준히 하기도 했고, 대학 때 교수님 따라서 등산을 몇 번 갔었거든."

"정말요?"

등산에 소질이 없다기에 경험이 없을 줄 알았는데 아주 없지는 않았던 모양이다.

"많이는 아니고 가끔. 그때도 등산에는 흥미 없었는데, 교수님이 억지로 끌고 가서 어쩔 수 없이 갔었어."

"와, 진짜 싫었겠다."

재오가 교수님의 명령으로 억지로 등산을 다녔던 과거를 회상하며 고개를 절레절레 저었다.

"끔찍했지."

"회사로 치면 주말에 상사한테 불려나가서 같이 등산하는 꼴이잖아요."

교수님이든 상사든, 그게 누구든 하고 싶지 않은 일을 억지로 시키는 것은 정말 싫다. 오늘 하는 등산은 교수님과 했던 등산과는 비교도 안 될 만큼 좋았다. 가장 중요한 건 역시 함께하는 사람인 것 같다는 결론을 내렸다.

"근데 그것도 몇 년 전일이지. 평소에는 산이랑 담 쌓고 살았어."

"당신은 그냥 체력이 좋은 건가 봐요."

재오가 뿌듯한 미소를 머금었다.

"체력하면 표재오지."

"자기 입으로 그런 말 하면 쑥스럽지 않아요?"

"별로."

"아, 맞다. 천상천하 유아독전 표재오 씨였지."

벤치에 앉아 쉬었더니 호흡도 정상으로 돌아왔고 체력도 회복되었다. 이슬이 가뿐해진 몸으로 벤치에서 일어났다.

"다시 갈까요?"

재오가 이슬을 따라 일어났다. 잠시 휴식을 취했던 두 사람의 발이 다시 움직이기 시작했다.

산을 오르면서 주변의 환경을 둘러보는 재미가 제법 쏠쏠했다. 나뭇잎 색깔이 하나로 통일되지 않아 보는 맛이 있었다. 초록색 잎, 붉은색 잎, 노란색 잎, 주황색 잎, 단풍으로 물든 산은 알록달록했다.

그러나 이슬은 안타깝게도 이 아름다운 광경도 계속 여유롭게 즐길 수가 없었다. 산행이 세 시간을 넘어서면서 부쩍 힘에 부치기 시작했기 때문이다.

"쉬다 가는 게 좋겠어."

"아까도 쉬었잖아요. 헉……. 그냥 가요. 하아……."

버젓이 숨 차하는 모습을 보이면서 쉬지 않겠다는 고집은 왜 부리는지. 재오는 걱정되는 마음에 인상을 썼다.

"하아, 하……."

이슬의 거칠어진 호흡이 재오의 신경을 곤두세웠다.

"업어 줘?"

쉬었다가는 게 싫으면 업고 가는 방법도 있다.

"에? 나를 업고서 등산을 하겠다고요?"

"까짓것 못할 것도 없지."

재오는 진심으로 한 말이다. 이슬을 업고 가는 것쯤이야 별로 어려운 일이 아니었다. 만약 힘들더라도 그 정도는 얼마든지 견뎌 낼 자신 있다.

"아무리 체력 대마왕이라해도 그건 무리네요."

"대마왕은 또 뭐야."

대마왕이라는 어감이 썩 유쾌하게 와 닿지 않았다.

"엄청나다는 뜻이거든요. 하아……."

"숨소리 무지 거슬리는 거 알아?"

"거슬려요? 그런데 어째요. 하아, 내 뜻대로 멈출 수가 없는걸요."

재오가 이슬의 손목을 낚아채어 고집스럽게 움직이던 그녀의 발걸음을 멈추게 했다.

"그러니까 쉬어 가자고."

"나 괜찮다니까요."

숨 쉬는 게 조금 힘들어지긴 했지만 그렇다고 죽을 만큼 힘든 건 아니었다. 이슬은 느슨한 재오의 손아귀에서 손목을 빼내어 다시 걸어갔다.

"내가 안 괜찮아."

재오가 다시 이슬의 손목을 잡으려던 순간, 바닥에 떨어져 있던 커다란 나뭇가지를 밟은 그녀의 몸이 휘청거렸다.

"에? 어어……?"

재오가 재빨리 이슬의 허리를 끌어안았다.

"후우, 조심."

이슬에게 사고가 일어나는 줄 알았던 재오의 가슴이 철렁했다. 그의 순발력 덕분에 다행히 사고를 예방할 수 있었다. 그의 품에 안착한 이슬도 놀란 마음에 안 그래도 가쁘던 숨이 더 거칠어졌다. 그는 그녀의 등을 쓸어 주며 차분히 위로했다.

"괜찮아?"

"놀라서 까무러치는 줄 알았어요."

"나는 어떻고?"

그래도 무사하니 다행이다.

"미안해요."

"쉬었다 가는 게 좋겠지?"

계속 가겠다고 고집을 부렸던 게 문득 미안해진 이슬이 말을 꺼내기도 염치없어 고개만 살짝 끄덕였다. 이슬이 재오의 품에서 떨어져 근처에 있는 벤치로 가기 위해 발을 뻗었다.

"아!"

발을 뻗는 순간 발목에서 시큰거리는 통증이 퍼져 그만 비명을 터뜨리고 말았다. 재오가 불안한 눈길로 그녀의 발목을 내려다보았다.

"왜 그래? 아파?"

이슬이 눈물을 그렁그렁 매단 채 고개를 끄덕였다. 재오가 곧바로 자세를 낮춰 그녀의 발목을 살짝 건드렸다. 그의 손이 닿자 또다시 시큰거려 발을 뒤로 뺐다.

"삐었나 보네."

"어떡해요?"

아파서 정신이 없기도 하고, 재오에게 근심을 얹어 미안하기도 했다.

"어떡하긴, 업혀야지."

재오가 간단한 일인냥 말하고 등을 보였지만 이슬은 그의 등에 업힐 수 없어 난처했다.

"여보, 여기 평지 아니고 산이에요."

"그래서?"

"그래서라뇨. 내가 무슨 말 하는지 몰라서 그래요?"

"모를 리가."

혼자서 걷기도 힘든 산을 사람을 업고 걸으면 당연히 힘들 텐데 그걸 아는 사람이 이렇게까지 덤덤할 수 있다는 게, 이슬을 놀라게 했다.

"안 업히고 뭐 해."

"어떻게 업혀요. 나 못해요."

"그럼 걸어서 가게?"

걸어갈 수 있는 몸 상태가 아니니 그러겠다고 당당하게 대답할 수 없어 입을 꾹 다물었다.

"고집 그만 부려."

여태까지 덤덤하던 재오의 목소리에 처음으로 화가 실렸다. 저를 걱정하는 그의 마음이 가슴을 짓눌러 왔다.

이슬은 하는 수 없이 그의 등에 업혔다. 그는 그녀를 업고서 거뜬히 일어났다. 그녀는 면목이 없어 뭐라고 말도 건네지 못한 채 시무룩한 표정의 얼굴을 그의 어깨에 파묻었다.

"왜 아무 말이 없어?"

조용한 게 이상하기라도 했는지 문득 말을 걸어오는 재오의 행동에 이슬이 어깨에 파묻었던 얼굴을 살짝 들었다.

"말할 염치가 없어서요."

"염치가 왜 없대."

재오는 기운 없는 이슬의 목소리가 안쓰러워서 분위기를 풀고자 일부러 장난스럽게 얘기했다.

"그냥 당신 말대로 쉬었다 갔어야 하는데 괜한 고집을 부려서 결국 당신 걱정만 시키고 이렇게 또 고생시키고. 염치 안 없는 게 이상하죠."

"없어도 안 이상해."

"난 그렇게 뻔뻔한 인간이 아니거든요."

이슬의 목소리를 듣자니 살짝 억울한 모양이다.

"그 말에 '당신처럼'이 빠진 것 같은데? 내 기분 탓은 아니겠지?"

"……눈치도 빨라."

재오의 노력 덕분에 이슬의 기분이 풀렸다.

"나 하나도 안 힘드니까 미안해하지 마."

"화났죠?"

"화는 났지."

잠시 가벼워졌던 마음이 도로 묵직해져 이슬의 얼굴이 어두워졌다.

"당신 다쳐서 속상해 죽겠는데, 업히라는 말 더럽게 안 들으니 화가나, 안 나?"

"……내가 잘못했어요."

안 그래도 계속 반성의 시간을 갖고 있는 중이다. 앞으로는 고집 부리지 말아야지. 앞, 뒤, 옆, 바닥 등을 잘 둘러보고 다녀서 넘어질 일 없도록 해야지.

"알면 이제부터 말 좀 잘 들어."

"내가 말 안 들으면 얼마나 안 들었다고……."

"고집쟁이가 할 말은 아닌 것 같군."

"고집쟁이라뇨."

사실 찔리는 게 많아서 더욱 발끈한 것이었다.

"보통 본인은 잘 자각 못 하기는 하지."

"쳇."

자각하고 있지만 창피해서 아닌 척 연기를 할 뿐이다. 그러고 보니 뻔뻔하지 않다는 말은 취소해야겠다.

"덜렁이에 고집까지 있는 우리 와이프 덕분에 앞으로 내가 고생 좀 하겠어."

"덜렁이는 또 뭐야."

결혼 후 재오의 매력이 플러스가 되고 있다면 저의 매력은 마이너스만 되는 것 같은 기분이었다.

"물에도 빠지고 잘 다치고 잘 넘어지는데 덜렁이 맞지, 뭐."

"미워."

재오가 작게 웃더니 이내 넌지시 물었다.

"미워도 사랑하지?"

"……그럼요. 사랑하지, 당연히."

"그럼 됐어."

재오는 안심하는 듯 나른한 숨을 내쉬었다.

"힘들죠?"

"아니."

"거짓말."

"진짜 안 힘들어. 당신 말대로 체력 대마왕이라서."

"고마워요."

시간이 흐를수록 빠르게 깊어져 가는 사랑이라고, 재오에게 말해 주고 싶다. 당신 같은 사람, 세상에 다시는 없을 거라고.

그래서 무척 든든하다고.


발목을 삐는 바람에 원래 목표였던 곳까지는 가지 못 하고 하산해야 했다. 재오에 등에 업힌 채 내려와서 몸은 편했지만 마음은 불편해 죽는 줄 알았다.

그렇지만 혼자서 걸을 수 없는 처지였기에 내려달라고 고집을 부리지는 못 했다. 미안하다고 해서 고집을 부리다가는 결국 더 큰 화를 자처하고 만다는 교훈을 얻었달까.

산을 내려온 뒤에는 택시를 타고 펜션까지 이동했다. 재오는 이슬을 펜션 안에 들인 뒤, 다시 나와 근처에 있는 약국으로 왔다.

병원에서 치료를 받는 것이 제일 좋은 방법이긴 했지만 근처에 마땅히 갈 곳이 없어 일단 할 수 있는 한도 내에서 조치를 취하는 게 좋겠다는 결정을 내렸다.

약국에서 삔 발목을 치료할 것들을 구매한 뒤 곧바로 펜션으로 돌아왔다. 이슬은 그가 옮겨 준 소파에서 꼼짝도 못 하고 앉아 있었다. 얼마나 움직이고 싶은지 그 마음을 알기에 그녀의 모습이 처량해 보였다.

"못 움직이니까 답답해 죽겠지?"

재오가 친근하게 말을 붙이며 이슬에게로 다가왔다.

"완전 답답해요."

이미 얼굴에 다 드러났기 때문에 아니라고 부정할 처지가 아니었다.

"얼른 치료해 줄게. 뭐, 그런다고 바로 움직이지는 못 하겠지만."

"에휴."

"아주 땅 꺼지겠어."

"내일은 좀 나을지, 걱정이네요."

재오가 약국 봉투 안에서 내용물들을 꺼냈다. 그는 이슬의 발목 위로 올라온 하얀 양말을 벗겨냈다.

"창피해."

"우리 사이에 뭐가 창피하다고."

"발 못 생겨서."

"못 생기긴. 예쁘기만 한데."

설레는 말을 툭 내뱉어 놓은 사람이라고 하기에는 엄청나게 덤덤한 태도로 치료를 하는 재오를 신기하게 내려다봤다. 빤히 쳐다보고 있으니 발목에 파스를 뿌리던 그가 힐끔 올려다봤다.

"왜 그렇게 빤히 봐? 내 정수리 뚫리겠어."

"에헤이. 이 정도로 뚫릴까 봐 그래요? 엄살도 심하셔."

"그래도 아까보단 기분이 나아졌나 보네. 농담도 다 하고."

"당신 덕분이죠."

이슬의 시선은 줄곧 재오를 향해 있었다. 당황한 기색 없이 굉장히 유연한 손길로 척척 치료를 해 나가는 그의 모습이 멋있어 보였다.

"아무래도 시집 잘 온 것 같아."

"갑자기 그건 또 뭔 소리래."

"남편이 무지 근사하다는 소리거든요."

파스를 뿌린 곳에 붕대를 감아 주던 재오가 하던 것을 잠시 중단하며 고개를 슬며시 들어 씩 웃어 보였다.

"남편이라면 나말인가?"

"나한테 남편이 당신 말고 또 있을까 봐?"

"모르지. 어디 또 몰래 숨겨 두고 있을지."

눈에는 눈, 이에는 이, 장난에는 장난으로 맞서야 제 맛이라는 사실을 체득한 이슬이 발동을 걸었다.

"엇? 들켰나?"

"어쭈. 까분다."

발목 치료를 마친 재오가 자세를 반듯하게 세우더니 이슬의 이마를 콩, 하고 때렸다. 그녀의 입에서 아야, 하는 신음이 터졌다.

"진짜로 숨겨 뒀으면 어쩌게요?"

별로 아프게 때리지도 않았는데 이마를 문지르며 엄살을 부리는 이슬을 재오는 황당한 눈으로 내려다봤다.

"어쩌긴. 당장 찾아내서 남자 구실 못 하게 만들어야지."

"헉. 그건 너무 심한 거 아니에요?"

"심하긴. 나 말고 다른 놈이 현이슬 건드리는 꼴 절대 못 봐."

대답하는 재오의 눈빛에 존재하지도 않는 남자에 대한 살기가 맹렬히 끓었다.

"하여간 우리 신랑 질투심 엄청나다니까."

"와이프가 지독할 정도로 예쁘니까 그럴 수밖에."

또 설레는 말을 하고도 덤덤한 태도다. 당하는 사람은 절대로 덤덤할 수 없다는 걸 알면서도 그러는 걸까?

이슬은 치료를 하느라 이것저것 너저분하게 늘어놓은 바닥을 묵묵히 치워 나가는 재오를 보며 도와주지 못 하는 제 신세가 답답하고 한심했다. 빠르게 청소를 끝내고 다시 돌아온 재오를 보며 무거운 마음을 저 밑으로 감추었다.

"아……. 백숙 먹었어야 하는데. 그거 못 먹은 게 제일 서운해요."

"내일 점심으로 먹으면 되지."

등산을 하는 목적에 '백숙 먹기'도 포함이 되었던지라 실현하지 못한 것이 서운했던 이슬의 마음에 재오가 희망을 불어넣었다.

"어? 진짜요?"

"그럼 진짜지."

잠시 기뻤던 이슬에게 또 다른 근심이 찾아왔다.

"그러다가 원래 출발하려던 시간보다 지체 되면 어떡해요?"

"그런 걱정은 넣어 두자고. 어차피 우리한테는 시간이 많으니까."

"당신 말 들어야지!"

"아까는 말 더럽게 안 듣더니 이제야 듣는 건가?"

이슬이 재오를 향해 당당하게 고개를 끄덕였다.

"당신 말 잘 들어서 나쁠 게 없다는 걸 경험했거든요."

"이제라도 알아서 다행이네."

재오가 픽 웃었다.

"나 배고파요."

"펜션에 먹을 거 없는데 나가서 사 올까?"

"당신 귀찮잖아. 그냥 시켜먹어요."

아직 체력이 남아 있었기 때문에 먹을거리를 사러 다녀오는 일이 크게 귀찮거나 힘들 이유는 없었다.

"하나도 안 귀찮은데."

"사실 나 혼자 있기도 싫고……."

"혼자 있는 게 싫어?"

이슬의 눈동자에 맺힌 슬픔을 본 재오는 예상하지 못한 그녀의 감정에 당혹스러워 했다.

"당신 약국 간 동안에도 허전하더라고요."

"나 잠깐 나갔다 온 건데?"

"그러니까 말이에요. 그 잠깐도 못 견디겠더라고요."

"어허."

기분이 좋아야 하는 건지, 걱정을 해야 하는 건지 감이 잡히지 않는 재오는 그저 얼떨떨해하기만 했다.

"큰일이죠?"

"당신, 나한테 너무 중독된 거 아닌가?"

"그런가 봐. 이제 당신 없는 시간들, 생각만으로도 끔찍해."

"안 나갈게. 당신이 싫다는데 굳이 나갈 필요는 없지."

제 불안을 억제시키는 재오에게 이슬은 한결 편안해진 표정을 지어 보였다. 그가 그녀의 어깨 위에 손을 포개어 왔다.

"앞으로도 불안해 할 필요 없어. 어디든 함께 할 테니까."

긴 여정을 함께할 배우자가 있다는 게 이토록 든든한 일인 줄, 결혼 전에는 미처 몰랐다.

똑똑. 노크 소리에 전화를 하고 있던 이슬이 문 쪽으로 슬쩍 시선을 주었다. 문을 열며 들어선 건 얼마 전에 새로 들어온 직원, 경원이었다. 그는 훈훈한 외모로 매장 분위기를 한껏 끌어올리는 역할을 톡톡히 해 주고 있었다.

덕분에 매장을 찾는 여성 고객들의 눈 호강을 제대로 시켜 주었다. 이슬이 전화를 마치고 휴대폰을 내리며 옆에서 통화 끝나기를 잠자코 기다리고 있던 직원을 쳐다보았다.

"경원아, 왜?"

"아, 바깥에 손님이 와 계세서요."

"손님?"

"시누이라고⋯⋯."

"아가씨 왔나 보네."

약속을 하지 않았기에 나리가 매장을 찾아왔으리라고는 짐작하지 못했다.

"엄청 발랄하시던데요."

"우리 아가씨가 발랄한 매력이 있지. 매장에 있어?"

"네. 구두 둘러보고 계세요."

때로는 예고 없는 만남이 더 반가울 때가 있는데, 지금이 바로 그랬다. 경원에게 나리의 방문 소식을 듣고 반가운 얼굴로 매장으로 나온 이슬이 구두를 신어 보고 있는 나리에게로 금세 다가왔다.

"아가씨."

부름에 고개를 수그리고 있던 나리가 시선을 들었다.

"언니!"

이슬을 발견한 나리가 반가운 마음에 확 일어났고, 한쪽에만 구두를 신고 있던 몸의 균형이 깨지면서 한쪽으로 기울었다.

"으아!"

기우는 몸에 놀라 비명을 지르는 나리의 팔을 이슬이 황급히 잡아당겼고, 덕분에 옆으로 넘어지는 참사를 면할 수 있었다.

"휴. 큰일 날 뻔했네."

이슬이 안도의 한숨을 내쉬었다.

"언니 덕분에 살았어요!"

"다치지 않아서 다행이에요."

"언니는 늘 저를 구해 주시네요."

"이게 돌고 도는 것 같아요."

뭐가 돌고 돈다는 건지 영문을 모르는 나리가 궁금한 눈으로 이슬을 봤다.

"네? 그게 무슨 말이에요?"

"재오 씨가 위험에 빠진 날 계속 구해 줬거든요. 그것에 보답하라는 하늘의 계시인 것 같다는 생각이 들어요."

"앗, 진짜요?"

나리가 보기에도 참 신기한 일이었다.

"근데 연락도 없이 어쩐 일이에요?"

밝았던 나리의 표정에 살짝 먹구름이 끼었다.

"저 호텔 뷔페 권이 생겼는데 같이 갈 사람이 없어서요. 언니 시간 괜찮으면 같이 가실래요?"

"나야 당연히 좋죠! 그런데 남자 친구랑 가야 하는 거 아니에요?"

"그 남자 친구가 많이 바쁘시다네요. 어찌나 바쁘신지 저랑 뷔페 갈 시간도 없네요."

고작 호텔 뷔페를 같이 가 주지 않아서 섭섭한 건 아니었다. 그동안 쌓인 감정이 많다 보니 이렇게 사소한 일에도 섭섭한 기분을 느끼게 되는 거다.

"저런. 그 바쁘신 남자 친구 덕분에 내가 호강하게 생겼네요."

"같이 가요, 언니."

"잠깐 기다려요."

사라진 이슬을 기다리는 동안 나리는 방금 전 신어 보았던 구두를 구매하기로 결정했다.

"이 구두 하나 주세요."

근처에 있던 경원이 나리를 보았다.

"새 구두 꺼내 드릴게요."

경원은 새 구두를 꺼내 카운터로 왔다.

"결제 도와드리겠습니다."

나리가 내민 카드를 건네받아 결제를 마친 뒤 카드와 구두를 담은 쇼핑백을 넘겨 주었다.

그녀가 경원의 얼굴을 유심히 보더니 말을 걸었다.

"처음 보는 분 같아요."

경원이 웃으며 대답했다.

"아, 일한지 얼마 안 됐거든요."

"그렇구나. 정말 친절하시네요."

"좋게 봐주셔서 감사합니다."

서비스 마인드가 잘 갖춰진 사람 같았다. 그와 짧은 대화를 나누는 사이 집무실에서 핸드백을 챙긴 이슬이 돌아왔다.

"가요, 아가씨."

이슬은 경원과 인사를 나눈 뒤, 이슬과 팔짱을 끼고 매장을 나섰다.

"내 차 타고 가자."

이슬이 실외 주차장에 세워둔 차로 나리를 안내했다. 두 여자가 나란히 차에 올랐다.

"새로 온 남자 직원이요."

"경원이? 왜?"

이슬은 운전을 하며 나리와 대화를 이어 나갔다.

"되게 귀엽게 생겼어요."

"그렇지?"

"그래서 뽑은 거죠?"

묻는 나리의 목소리에 웃음기가 자르르 흘렀다.

"경원이를 뽑게 된 이유들 중 외모가 차지하는 비중이 높기는 하지."

"그럴 것 같았어요."

"근데 일도 잘하고 싹싹해."

나리가 그러냐며 고개를 끄덕였다. 호텔이 릴리에서 먼 거리가 아니어서 차로 이동하니 금방이었다. 몇 마디 대화를 나누지 않았는데도 금세 호텔에 도착했다.

차에서 내리자마자 나리가 친근하게 팔짱을 껴왔다. 둘은 닮은 구석은 하나도 없긴 했지만 분위기만 봐서는 시누이올케 사이라기보다는 자매 사이 같았다.

뷔페를 찾아 가면서도 끊임없이 대화를 나누었다. 재오가 본다면 뭘 할 얘기가 그렇게 많냐며 핀잔을 했을 것이다. 그러면 나리가 또 발끈하고, 남매는 티격태격 싸울 테고.

이슬은 나리와 대화를 하면서 재오가 있었다면 어땠을지 머릿속으로 상상하다가 그만 웃음을 터뜨렸다.

"왜 웃어요?"

"재오 씨랑 우리 셋이 같이 있는 상상 하니까 웃겨서요."

"에? 그게 웃기다고요?"

나리는 도통 뭐가 웃긴지 모르겠다는 얼굴로 경악했다.

"저랑 아가씨 얘기하고 있으면 재오 씨가 나타나고, 그러다가 아가씨랑 재오 씨 투닥거리고, 그럼 내가 옆에서 한숨 쉬면서 그만 하라고 말리고. 그런 장면이 자연스레 상상되니까 우리가 가참 익숙해졌구나. 뭐 그런 생각이 들었어요."

"아, 진짜 익숙해지긴 했죠. 난 이제 언니 없는 우리 가족은 상상도 할 수 없다니까요?"

일순간 밀려든 감동에 이슬의 가슴이 뭉클해졌다.

"아가씨. 나 지금 엄청 감동 받았어요."

"난 언니 덕에 매일 매일 감동 받아요. 언니 같은 사람 진짜 세상 어디에도 없어요."

"와, 진짜 과찬이다! 저보다 좋은 사람 널리고 널렸을 걸요?"

"그건 아니에요. 제가 여러 사람 만나봤지만 진짜 언니처럼 착하고 성실하고 멋진 사람 없던데요?"

늘 그렇듯 명랑한 말투로 말하지만 그 안에 담긴 진심의 무게가 워낙 묵직했기에 적지 않은 파란을 일으켰다. 연이어 닿는 감동에 이슬의 눈시울이 붉어졌다. 그러나 이런 공공장소에서 눈물을 흘릴 수는 없으니 차분히 감정을 다스렸다.

곧 호텔 뷔페에 도착해 자리를 안내받았다. 직원은 뷔페를 이용하는 방법을 간단히 설명해 주었다.

이슬과 나리는 짐을 의자에 두고 음식을 담으러 이동했다. 진열된 음식들은 한눈에 다 들어오지 않을 정도로 다양했다. 시각적으로 일단 지나치게 유혹적이었고, 그 다음에는 후각을 장악하는 맛있는 냄새에 정신을 차릴 수 없었다.

"한 열 접시 먹고 가야지."

"언니, 스무 접시는 먹어야죠."

"사실 마음은 백 접시 먹고 싶어요. 근데 내 소박한 위가 감당할 수 있을지 자신이 없답니다. 하하."

평소에는 뷔페처럼 다양한 음식을 많이 섭취할 일이 없으니 위가 적응을 못할 수도 있기에 살짝 겁이 났다.

"어쨌든 최선을 다해 많이 드셔야 돼요."

"아가씨 충고 깊이 새길게요."

이슬은 오늘 제 위가 잘 버텨 주기를 간절히 소망하며 하얀 접시 위에 먹고 싶은 음식들을 차곡차곡 담아갔다.

하지만 먹고 싶은 음식들을 다 담기에 접시는 너무나도 작아 아무리 높이 쌓는다고 해도 다 담기는 무리였다. 결국 다음 접시에 담는 것으로 미뤄 두고 일단 이미 포화 상태인 접시를 들고 자리로 돌아왔다. 먼저 와 있었던 나리가 이슬의 접시를 보고 감탄했다.

"디자인을 하셔서 그런지 음식 담는 솜씨도 장난이 아니에요. 이 탑 좀 봐. 완전 정교해요!"

이슬이 멋쩍게 웃으며 의자에 앉았다.

"너무 욕심냈나?"

"오늘은 마음껏 욕심 내셔도 돼요."

"아가씨, 잘 먹을게요."

천천히 식사를 시작했다. 어차피 먹을 음식은 많기 때문에 서둘러 먹을 필요는 없었다. 더구나 너무 급하게 먹어 버리면 체할 수도 있으니 조심해야 했다.

"오빠랑 여행은 잘 다녀오셨어요?"

"그럼요. 잘 다녀왔죠."

둘은 포크로 접시 위에 음식들을 하나씩 먹어가며 자연스럽게 대화를 했다.

"어땠어요?"

"등산 하다가 발목을 삐는 바람에 끝까지 가지 못 하고 내려와서 속상했던 것 빼고는 다 좋았어요."

"발목 삐었었어요?"

이슬이 그날을 떠올리며 아쉬운 표정으로 고개를 끄덕였다.

"많이 다쳤던 거예요?"

"그런 거면 지금도 움직이기 어려웠겠죠? 다행히 가벼운 부상이었어요."

"그나마 다행이네요. 깜짝 놀랐어요."

나리는 여행을 다녀왔다는 소식은 들었지만 다쳤다는 소식은 처음 들어 놀랐다.

"뭐, 나 때문에 재오 씨만 엄청 고생했죠."

"오빠는 그렇게 생각 안 했을 걸요?"

"그럴 거예요. 재오 씨는 너그러운 사람이니까."

이슬도 이제는 재오의 마음을 잘 안다. 그저 그의 마음과는 상관없이 저 때문에 계획에 차질이 생기고 걱정하게 해서 미안할 뿐이었다. 하지만 재오가 싫어한다는 것을 알기에 이제 그런 마음은 더 이상 표현하지 않고 있다.

쨍그랑! 나리가 물 컵을 집으려고 했지만 손을 삐끗하는 바람에 예상과는 다르게 물 컵이 바닥에 떨어지고 말았다. 고막을 날카롭게 찌르는 파열음에 주변 사람들의 시선이 닿았다가 이내 떨어졌다.

"아가씨, 괜찮아요?"

"네. 놀라셨죠?"

"아가씨가 더 놀랐을 것 같은데. 어디 다친 곳은 없고요?"

"없어요. 그냥 떨어뜨리기만 해서."

이슬이 안심하며 직원을 향해 손을 들어 보였다.

"여기요!"

이슬의 부름에 곧바로 직원이 다가왔다.

"죄송하지만 바닥 좀 치워 주시겠어요?"

"네. 금방 치우겠습니다."

직원의 빠른 대처로 두 사람의 식사에 금방 평화가 찾아왔다.

"단풍 예뻤어요?"

"예뻤죠. 사진으로 담아봤자 직접 보는 것을 따라올 수는 없더라고요."

나리가 물을 한 모금 마신 뒤 대화를 이어 나갔다.

"근데 전 아직 단풍 보러 산을 가고 그러는 건 잘 이해가 안 가요."

"아가씨는 어리니까 그렇죠. 나도 그맘때쯤엔 단풍 보는 것보다 영화 보는 게 더 좋았어요. 뭐, 지금도 영화 보는 걸 싫어한다는 건 아니지만."

나리는 어느새 이슬을 동경의 시선으로 바라보고 있었다.

"저도 언니 나이쯤 되면 단풍이 좋아지고 성숙해지기도 할까요?"

"아마 20대보다는 30대가, 그리고 30대보다는 40대가 조금 더 성숙해지기는 할 테죠. 사회 경험이 쌓이고 여러 사람들과 교류를 하다 보면 저절로 그렇게 되는 것 같아요."

나리는 이슬에게 보고 배울 점이 참 많다고 생각했다. 이슬을 보고 있으면 제가 철없는 사람이라고 느껴지는데, 언젠가 그녀의 반만큼이라도 닮아질 수 있기를 바랐다.

새로운 접시에 음식을 담아오느라 왔다 갔다 하면서도 두 여자의 대화는 끊어지지 않고 물 흐르듯 자연스럽게 이어졌다. 이야기의 화제는 시시때때로 바뀌었다. 식사를 하며 수다를 떠는 일이 두 여자에겐 무척 즐거워 보였다.

평소보다 많은 양의 음식으로 배를 채운 뒤 야무지게 과일과 케이크까지 먹었다. 장소를 떠나기 위해 의자에서 일어나는데 무거워진 몸 때문에 움직임이 둔해졌다. 두 여자는 그게 또 웃겨서 서로를 마주 보며 까르르 웃었다.

뷔페를 나와 엘리베이터를 타러 걸어갔다. 내려가는 방향의 버튼을 누르고 엘리베이터가 오기를 기다렸다. 얼마 뒤 도착한 엘리베이터 문이 양옆으로 열리기에 탈 준비를 했다. 그런데 활짝 열린 문 안에서 격렬하게 키스를 나누는 남녀 때문에 이슬과 나리의 발이 주춤했다.

이상한 낌새를 감지한 남자가 먼저 키스를 멈추고 이쪽으로 고개를 돌렸는데, 그 순간 나리의 동공이 세차게 요동쳤다. 공기를 가득 메운 묘한 분위기가 어디서 비롯됐는지 알지 못 하는 이슬은 남자와 나리를 번갈아 보며 사태 파악에 나섰다. 그사이 시간 초과된 엘리베이터 문이 닫혔다.

"아가씨. 설마 내가 상상하는……."

"나쁜 자식. 흑……."

나리의 눈에 고인 눈물이 후드득 떨어졌고, 이슬은 아무 말도 할 수 없었다. 그저 나리를 안고 등을 쓰다듬는 일밖에 해 줄 수 있는 것이 없었다.

❦

술을 마시기에는 이른 시간이긴 했지만 우울한 나리에게 시간 개념 따위 중요하지 않았다. 이슬은 나리를 위해 일도 마다하고 함께 펍으로 이동해 술을 마셔 주었다.

펍에서 간단하게 맥주로 음주를 시작해 6시가 넘어가서는 실내 포장마차로 다시 자리를 옮겨 주종을 소주로 바꾸어 마셨다. 현재 나리의 상태에서 맥주는 간에 기별도 가지 않았던 것이다.

그나마 소주를 마시면서 술 마시는 기분에 취할 수 있었다. 쉴 새 없이 잔을 꺾는 나리를 지켜보는 이슬의 마음은 안타깝기 그지없었다.

"그렇게 마시다가 진짜 큰일 나겠네."

나리의 기분을 모르는 건 아니지만 숨 쉴 틈 없이 알코올을 들이붓는 광경을 잠자코 지켜만 보기 힘들었다.

"저 말리지 말라니까요."

"마시지 말라는 게 아니라 조금만 속도를 늦추라는 거죠. 안주도 좀 먹구."

이러다간 나리의 속이 버려질까 염려됐다.

"오늘 머리 풀고 달릴 거예요."

"이미 그러고 있어요."

"간 다 망가지든 말든 상관 안 할 거예요."

"그럼 나 속상할 것 같은데."

이슬의 말에 나리는 문득 미안한 감정에 사로잡혔다.

"언니, 곤란하게 해서 정말 죄송해요."

"그런 말 말아요."

"저 때문에 일도 못 하시고 술주정까지 받아 주고……. 제가 못난 탓이에요."

나리는 뭐 하나 제대로 되는 일이 없다는 나쁜 생각에 가로막혀 한없이 바닥으로 가라앉는 기분이었다.

"못나지 않았어요. 나쁜 건 그 남자예요."

이슬은 불평 한마디 없이 나리의 술주정을 받아 주었다.

"걔 진짜 나빴죠?"

"나쁘고말고. 어떻게 여자 친구를 놔두고 다른 여자랑 그럴 수 있대요? 호랑말코 같은 자식."

만약 제 남자 친구였다면 그 자리에서 뺨을 때리거나 거시기를 차버렸을 것이다. 이슬은 제 일인 것처럼 분노했다.

"언니가 욕해 주니까 속이 다 후련해요."

"기분 나쁘지는 않고요?"

사실 나리의 남자 친구이기에 함부로 행동하거나 욕을 하기가 어려운 점이 있었다.

"기분 나쁠 일이 뭐 있겠어요?"

나리는 오히려 이슬이 제 편을 들어줘서 든든했다.

"원래 아무리 미운 남자 친구도 남이 욕하는 건 보기 싫잖아요."

"그런 시기는 이미 한참 전에 지났어요. 걔는 이제 더 이상 저한테 아웃이거든요."

그동안 많은 일들이 있었음을 체념한 나리의 표정에서 엿볼 수 있었다. 이슬은 안쓰러운 마음에 가슴이 쓰렸다.

"많이 좋아했죠?"

"네. 이렇게 아플 줄 알았으면 조금만 덜 좋아할걸. 후회하는 중이에요."

나리는 애써 웃어 보이기는 했지만 그 미소가 평소의 명랑함과는 괴리가 있었다.

"사람 마음은 한 자리에 머물 수는 없는 건가 봐요. 날 좋아죽겠다던 남자가 어떻게 다른 여자랑 키스를 할 수 있는지."

엘리베이터 안에서 키스를 나누던 남자가 제 남자 친구임을 확인한 순간 벼랑으로 떨어지는 기분이었다. 남자 친구는 사위가 핑그르르 돌고, 세상이 무너지는 최악의 순간에 저를 내몰았다. 나리는 견딜 수 없을 만큼 괴롭고 아팠다.

"사실 다른 여자 만나는 것 같다는 의심이 들기는 했어요."

"여자 육감은 때론 소름 끼치게 정확할 때가 있죠."

"그런가 봐요."

나리는 씁쓸한 입안을 달래기 위해 잠시 방치했던 술잔을 들어 알코올을 마셨다.

"의심이 들어도 선뜻 묻지는 못 하잖아요. 그게 진짜일까 봐 너무 무서워서."

"맞아요! 제일 두려운 건 의심스러운 그 일이 현실이 된다는 거예요."

그때, 벨소리가 났다. 이슬은 나리에게 양해를 구하고 전화를 받기 위해 음악소리와 사람들 말소리 때문에 시끌벅적한 실내를 나왔다. 조용한 곳으로 와 전화를 받았다.

―퇴근했어?

휴대폰에서 재오의 다정한 목소리가 들려오자 이슬의 입가에 미소가 사르르 번졌다.

"퇴근은 아까 했죠."

―일찍 퇴근했구나. 그럼 집인가?

"아뇨. 포차예요."

이슬은 뒤에 있는 벽에 몸을 살짝 기대며 휴대폰을 반대쪽 귀로 옮겼다.

―아, 술 마시는 중?

"네."

―누구랑?

"아가씨랑 있어요."

남편의 목소리를 계속 듣고 싶어서 통화가 끊어지지 않았으면 좋겠다는 소망이 가슴 부근에서 몽글몽글 맴돌았다.

―나리랑 마시는 중이구나. 그럼 늦겠네?

"아마도? 아가씨한테 속상한 일이 있어서 같이 있어줘야 해서요."

―속상한 일?

무슨 일인지 궁금해 하는 눈치지만 제 얘기가 아니라서 선뜻 말하기가 쉽지 않았다.

"음, 나중에 설명할게요."

그래도 나리의 친오빠인 재오니까 이 일에 대해서 숨길 수는 없으니 집에 돌아가서 천천히 얘기해 줄 생각이다.

―차는 가져갔어?

"갖고 오긴 했는데 저도 술을 마셔서 대리 부르려고요."

―그러지 말고 내가 퇴근하고 갈 테니까 거기 있어.

술을 마신 아내와 여동생을 대리기사가 운전하는 차를 타게 하는 건 위험하다고 판단했을 것이라고 짐작했기에 그의 제안을 거절하지 않기로 했다.

"차 갖고 올 거예요?"

—아니, 두고 가야지. 당신 차 갖고 왔다며.

"알겠어요. 그럼 이따 출발할 때 연락해 줘요."

—그래. 이따 보자고.

끊어지는 통화가 아쉽지만 그도 바쁠 테고, 무엇보다 안에서 혼자 처량하게 술을 마시고 있을 나리가 눈에 밟혀 욕심을 거두어야 했다.

이슬은 발길을 돌려 가게 안으로 다시 들어갔다.

재오가 술집에 도착했을 때, 나리는 이미 만취한 상태였다. 과음을 한 뒤 장렬하게 전사한 나리를 본 그의 이마가 내천(川)자 모양으로 움푹 파였다. 이 지경이 되도록 말리지 못한 이슬은 무안해서 몸 둘 바를 몰라 했다.

"아주 떡이 됐네. 어휴."

테이블에 뻗어 코까지 골며 신명나게 자고 있는 나리의 모습에 재오의 골치가 아파왔다.

"미안해요. 내가 말렸어야 했는데……."

이슬은 꼭 제 탓인 것만 같아 죄스러운 마음이었다.

"당신이 미안할 일은 아니지. 아마 말렸어도 소용없었을 걸."

제 맘을 알아주기라도 하는 듯한 말에 이슬은 천군만마를 얻은 기분이었다.

"그건 그래요. 제가 몇 번 그만 마시는 게 좋지 않겠냐고 말했지만 자기는 오늘 머리 풀고 달릴 거라며 말리지 말라는 말만 한 서른 번 들었네요."

나리의 사정이 딱하기는 했지만 그녀의 고집을 꺾지 못해 애 탔던 심정을 어디에도 표현하지 못했다가 재오에게 하소연 하니 무거웠던 마음이 한결 가벼워졌다.

"커억!"

느닷없이 들리는 괴상한 소리에 재오와 이슬의 눈이 동시에 나리 쪽으로 옮겨졌다. 테이블에 엎드려 자던 나리가 자세를 고쳐 자고 있었다. 소파 등받이에 상체를 기대고 고개를 하늘 높이 쳐든 채 세상모르게 자는 그녀의 모습이 우스꽝스러웠다.

"어디 가서 내 동생이라고 안 했으면 좋겠다."

한심스러운 동생의 모습에 뒷골이 당겨와 혀를 끌끌 찼다.

"대체 술을 얼마나 마신 거야?"

"펍에서 맥주 1500cc 해치우고, 여기로 옮겨서 소주 4병 마셨네요."

네 병이라는 숫자가 얼마 안 되는 것 같아 보여도 정작 마셔보면 장난이 아니다. 더구나 그 전에 맥주까지 마셨으니 아주 알코올의 노예가 되기로 작정한 걸로밖에 보이지 않았다.

"얘 혼자?"

"네. 제가 마신 것까지 합하면 좀 더 되긴 하죠."

"아주 술독에 절었네, 절었어."

나리가 섭취한 알코올 양을 따져 보다가 기겁하고 말았다.

"몸 상할까 봐 독하게 마음먹고 소주병도 뺏어 봤지만 작정 하고 마시겠다는 사람의 힘을 이길 수는 없더라고요."

이슬은 좀 더 독하게 나리를 말렸어야 했다는 후회에 젖어 있었다.

"알아. 나도 그런 친구들 여럿 경험했거든. 얘가 마시고 싶어서 마신 거니까 자책하지는 마."

재오는 이슬을 탓하려는 마음은 전혀 없었다. 오히려 그녀가 자책을 하는 게 마음 아파서 그러지 않으면 하는 입장이다.

"아가씨가 너무 안쓰러워요."

저에게 닿는 이슬의 측은한 시선을 느끼지 못 하는지 나리는 여전히 고개를 젖힌 채 코를 골며 자고 있었다.

"도대체 무슨 일이 있었던 건데?"

"남자 친구라는 놈이 속을 썩였어요."

알만 한 이야기에 짜증이 저절로 밀려와 재오를 갑갑하게 했다.

"하, 또 무슨 속을 썩였는데?"

"오늘 아가씨한테 호텔 뷔페 이용권이 생겼나 봐요. 그래서 남자 친구랑 가려고 했는데 못 가겠다고 했는지 저랑 갔거든요."

재오는 지끈거리는 머리에 관자놀이를 꾸욱 지압하며 이슬의 이야기를 들었다.

"식사 다 하고 엘리베이터 기다리는데 그 안에서 여자랑 키스를 하는 남자가 있었는데, 그 놈이……."

"와, 인간 말종이네. 여자 친구도 있는 놈이 다른 여자랑 키스를 해? 정신 나갔네, 그 자식!"

가슴 깊숙한 곳에서부터 끓어오르는 분노에 재오의 눈빛이 이글이글 불탔다.

"그러니까요! 그때는 상황을 잘 몰라서 그랬지, 만약 알았다면 가만 안 있었을 거예요. 거시기를 발로 차 버렸을 거야."

분해 죽겠는 건 이슬도 마찬가지였다.

"어후, 그거 상상만으로도 끔찍하다."

"그런 쓰레기는 맞아도 싸요."

이슬은 엘리베이터에서 그 놈을 멀쩡하게 돌려 보냈다는 사실이 못 견디게 억울했다.

"그런 놈이야 말로 진정한 쓰레기지. 그렇지?"

"당연하죠."

재오가 혀를 차며 나리를 쳐다봤다.

"표나리, 바보 같은 녀석. 나한텐 그렇게 못 되게 굴더니 자기 남자 친구한테는 싫은 소리 하나 못 하고."

"딱해요."

재오는 알코올에 젖어 정신을 못 차리는 나리를 계속 여기에 둘 수는 없었기에 결단을 내리고 소파에서 일어났다.

"일단 데리고 집으로 가야겠다."

"우리 집으로요?"

저를 따라 일어난 이슬을 보며 재오가 대답했다.

"그래야지. 저 꼴로 들여보냈다간 부모님 걱정하실 테니까."

"그래요. 우리 집에서 재우고 내일 보내요."

"가지."

나리를 업고 가는 재오의 곁에서 이슬은 무사히 차까지 갈 수 있도록 보조해 주었다. 나리를 뒷좌석에 태우고 재오는 운전석에, 그리고 이슬은 조수석에 탔다.

이슬의 차였지만 술을 마셨기 때문에 재오가 운전대를 잡았다. 줄곧 제 차로 운전을 하다가 그녀의 차를 운전하려니 어색하기는 했지만 오랫동안 운전을 해 왔기 때문에 제법 유연하게 운전을 해 나갔다.

"당신은 얼마나 마셨어?"

"맥주 1000cc랑 소주 1병 반 정도?"

"당신도 꽤 마셨네."

이슬의 상태를 봐서는 많이 마신 것 같지 않았는데 생각보다 꽤 마셔서 놀랐다.

"분위기 맞춰 주다 보니까 얼떨결에 그렇게 마시게 됐죠, 뭐."

"고생했어."

신호에 걸린 차가 잠시 정차한 사이, 이슬의 손등을 살살 쓰다듬었다.

"별로 고생스럽지는 않았어요. 마음이 안 좋아서 그게 문제였지."

"몸 고생이든 마음고생이든. 술주정 들어 주는 거, 그거 보통 일 아니잖아."

바뀐 신호에 재오가 다시 운전대를 잡았다.

"내가 해 줄 수 있는 게 그런 것밖에 없으니까……."

"나리의 문제니 너무 마음 쓸 필요 없어."

"아가씨는 제 가족이잖아요."

잔잔한 감동이 차오른 차 안이 잠시 고요해졌다가 이내 이슬의 말소리가 들렸다.

"아가씨, 제 동생 같아요. 그래서 좋은 일 있으면 내 일처럼 기쁘고, 슬픈 일 있으면 또 너무 마음 아파요."

"……그래, 가족이니까."

"응, 가족이니까."

결혼이라는 건 부부만의 결합이 아니라 집안끼리의 결합이라는 사실을 깨달아 가고 있었다. 두 사람의 관계는 더욱 끈끈해져 가고 있었다.

집에 도착해 나리를 사용하지 않는 방에 눕혔다. 침대가 없는 방이라 혹시라도 등이 배길까 걱정돼 이불을 두둑이 깔아 주었다. 잘 자는 나리를 몇 번이고 확인한 뒤에야 발길을 떼어 방을 나왔다.

"휴, 씻기 귀찮아……."

술을 마셔서 그런지 몸이 무거워 옴짝달싹 하기 싫었다. 혼잣말처럼 중얼거린 말을 재오가 냉큼 낚아챘다.

"씻겨 줄까?"

누굴 위한 호의인지 구분이 가지 않았다.

"그거 나 편하라고 그러는 거 아니죠?"

이슬의 의심 가득한 시선에도 재오는 당당한 태도를 고수했다.

"설마 나 좋자고 그러겠어?"

"입에 침이나 바르죠? 아니면 눈동자에 진득하게 묻은 흑심 좀 어떻게 하든가."

"어이쿠."

제 진심이 눈동자에 드러난 줄은 몰랐던 모양인지 재오가 머쓱해했다. 이윽고 욕실로 가는 이슬의 뒷모습을 시선으로 쫓다가 냉큼 긴 다리를 움직여 뒤에서 그녀의 몸을 껴안았다. 그의 두 팔에 포박당한 그녀는 더 이상 한 걸음도 내딛을 수 없는 상황이었다.

"이건 또 뭐죠?"

"이왕 들킨 흑심 그냥 제대로 부려 보려고."

"와, 뻔뻔한 남자네요."

"뻔뻔한 놈이라고 안 해 줘서 고맙군."

이슬이 웃음을 터뜨렸다.

"나한테서 술 냄새 날 텐데."

"당신한테서 나는 술 냄새라서 그런지 무척 달콤해."

"이번에는 입에 침 발랐나 모르겠네."

사실 기분 좋으라고 하는 사탕발림이라 해도 상관없었다.

"내 입 말고 당신 입에 침 바르고 싶은데."

키스하고 싶다는 말을 덤덤한 말투로 하니 더 쑥스러웠다.

"싫거든요."

"어째서?"

거부를 당하자 마음이 상했는지 재오의 말투에 불만이 삐죽삐죽 돋아났다.

"술 마신 입으로 당신하고 키스하고 싶지 않으니까."

"상관없는데."

"난 상관있거든요."

술 냄새 풍기는 아내가 되고 싶지 않았기에 필사적으로 재오의 품에서 달아났다. 키스를 하지 못 하게 되자 맥 풀린 그는 의외로 쉽게 놓아주었다. 어쩐지 풀 죽은 그의 모습이 가여워서 볼을 살살 쓰다듬어 주자 시선을 맞춰 왔다.

"깨끗하게 씻고 나올 테니까 그때까지 기다려요."

안달 나게 만들어 놓고 유유히 떠나가는 이슬의 뒷모습을 보며 재오가 낮게 중얼거렸다.

"조련 당하는 기분인걸."

흡사 이슬의 반려동물이 된 것 같았으나 그것도 뭐 나쁘지는 않았다.

씻고 나니 술기운도 좀 날아가고 몸도 나른해졌다. 잠옷을 입은 이슬은 곧바로 침실로 가지 않고 거실로 와 소파에 앉았다. 곧 재오가 그녀에게로 다가와 크리스털 잔을 내밀었다. 투명한 컵 안에는 노르스름한 액체가 담겨 있었다.

"그건 뭐예요?"

"꿀물."

노르스름한 액체의 정체를 알게 되자 귀찮다는 생각이 머릿속에 툭 불거졌다.

"그거 마시면 또 이 닦아야 하잖아……."

"그래도 마시는 게 좋지 않을까? 귀찮으면 내가 양치시켜 주면 되니."

술 마신 저를 위해 묵묵히 꿀물을 준비해 주고, 귀찮다니 양치질까지 시켜준다는 남편의 친절에 가슴 한편이 찌르르 울렸다.

"아, 당신 지나치게 다정해."

"그래서 싫다는 건가?"

"좋아서 문제라는 거랍니다."

이슬은 마지못해 두 손으로 컵을 받아들고 천천히 꿀물을 들이켰다. 그녀를 지켜보는 재오의 눈동자에 애정이 흘러 넘쳤다. 꿀물을 다 마신 뒤 칭찬을 듣고 싶다는 얼굴로 빈 컵을 보여 주는 그녀의 행동이 귀여워 머리를 쓰다듬어 주었다.

"기특해."

칭찬을 해 주니 이슬이 배시시 웃었다. 빈 컵을 받아 테이블 위에 올려 두고 그녀에게로 바짝 다가서서 얼굴을 두 손으로 감싸 저의 얼굴을 볼 수 있도록 위로 살짝 올렸다.

"눈이 살짝 풀렸는걸."

"술을 마시기도 했고, 졸려서……."

"야해."

낮게 울리는 목소리에 이슬이 눈꺼풀을 과장되게 깜빡였다.

"내가 야하다고요?"

"어."

"진짜?"

"당신 말대로 씻고 나올 때까지 얌전히 기다렸어. 그러니까 상 받을 게."

말 끝나기 무섭게 상체를 숙여 입술을 포개 온 재오의 행동에 이슬의 눈이 동그래졌다. 입술을 감쳐무는 행위에 동그래졌던 그녀의 눈이 스르륵 감겼다.

그는 윗입술 한 번, 아랫입술 한 번, 공평하게 물었다 놓더니 이내 살짝 벌어진 입술 사이를 비집었다. 이 작은 동굴은 습하고 비밀스러워서 탐험하고 싶게 만드는 재주를 지녔다. 그는 작은 곳도 놓치지 않겠다는 의지로 구석구석을 탐닉했다.

감미롭지만 그렇다고 절대 가볍지는 않은 키스였다. 끈적끈적한 감촉이 입안 곳곳을 자극해 왔고, 그로 인해 이슬의 정신은 빠르게 아득해져 갔다. 어느 순간에는 현실을 망각할 정도로 늪 같은 쾌락에 빠져들었다.

같은 속도로 이어지던 키스가 점차 격해지기 시작했고, 얼굴을 감싸고 있던 재오의 손이 욕망을 이기지 못한 채 다른 은밀한 부위를 향해 움직였다. 몸을 더듬는 손길에 이슬의 정신은 뜨겁게 달궈진 아스팔트 위에 떨어진 아이스크림처럼 녹아내렸다.

"하아, 여보……."

자세를 고치느라 잠시 떨어진 입술에 안달이 났는지 애타게 저를 부르는 이슬을 그윽한 눈으로 응시하며 소파에 눕힌 그녀의 위에 올라탔다. 빨리 조금 전처럼 키스를 해 달라고 애원하는 그녀의 눈동자를 보니 조금 더 골려주고 싶다는 짓궂은 마음이 동해 가만히 지켜만 봤다.

"빨리……, 응?"

"뭘 빨리 해 달라는 건지 도대체 모르겠군."

"알면서 그러는 거 다 알거든요."

원망스러워하는 표정까지도 사랑스러웠다.

"나는 원하는 만큼 상 받았어."

"키스로 만족한다고요?"

이슬은 미심쩍은 눈초리로 재오를 봤다.

"대충은."

"더 진한 걸 좋아하는 표재오 씨에게 이 정도는 기별 안 가는 거, 내가 다 아는데?"

"그래? 그럼 내가 어느 정도에 만족스러워하는지 보여줘 봐."

"정말 짓궂어."

안 할 것처럼 굴더니 어느새 목을 감싸 저의 상체를 숙이도록 하는 이슬의 과감한 행동에 재오가 흐뭇하게 웃었다. 그녀는 살짝 고개를 들어 웃음기 머금은 그의 섹시한 입술에 입을 맞추려던 순간, 달칵하고 문 열리는 소리가 들렸다. 예기치 않은 상황에 두 사람의 몸이 일순간 경직됐다.

"하암……."

하품을 하며 나온 나리가 비틀비틀 걸어 욕실로 들어갔다. 의도치 않게 낯 뜨거운 장면을 공개할 뻔하자 순간 가슴이 철렁했다. 밀착했던 두 사람이 거리를 두고 떨어져 안도의 한숨을 내쉬었다.

"못 봤겠지?"

"그랬으면 좋겠어요."

문득 이 상황이 웃겨서 서로를 마주 보며 웃음을 터뜨렸다.

"너무 흥분해서 나리가 있다는 걸 깜빡했어."

"나도 마찬가지예요."

"나리 돌려 보낼 때까지는 조심해야겠다."

대단한 결심이라도 하는 사람처럼 말하는 재오의 태도에 이슬이 의미심장한 미소를 폈다.

"흥분하면 앞뒤 안 가리는 분께서 참을 수 있겠어요?"

"아무리 인내심 바닥이라고 해도 이틀 정도는 참을 수 있다고."

그 정도야 거뜬하다는 양 말하는 재오에게 이슬은 신뢰하지 않는 눈길을 보냈다.

"오호, 어디 지켜보겠어요."

"그렇게 말하는 분께서도 방금 되게 안달 났다는 사실을 잊으셨나?"

누가 더 짓궂나 내기라도 하는 모양새였다.

"난 당신이 건드리지만 않으면 괜찮거든요."

새침하게 말한 뒤 일어난 이슬이 일부러 유혹이라도 하는 사람처럼 엉덩이를 살랑살랑 흔들며 걸어갔다. 아내의 교태에 조금 전의 자신감을 얻다 내다 버리기라도 한 듯 재오는 뜨거운 욕망을 내뿜으며 당장 거리를 좁혀 그녀의 팔을 붙잡았다. 홱 그녀를 돌려 품에 안았다.

"어머나, 이틀 정도는 거뜬하다던 사람 어디 갔지?"

이슬의 표정과 말투에 장난기가 흘러넘쳤다. 재오가 그녀를 뜨겁게 안고서 나직이 말했다.

"최소한 반칙은 쓰지 말자."

"난 반칙 안 했어요. 그냥 걸어갔을 뿐인데?"

재오가 품에서 이슬을 떼며, 혼을 내듯 그녀의 볼을 살짝 꼬집었다.

"뻔뻔하기가 하늘을 찌르는군."

"누구한테 배웠거든요."

꼬집히기만 하는 게 아니라 볼 살을 쭉 늘리는 재오의 장난에 발음이 어눌해지고 말았다.

"나 지금 잉꼬부부의 표본을 보고 있는 것 같은데?"

불현듯 대화를 뚫고 들려오는 나리의 목소리에 재오와 이슬의 시선이 한쪽으로 쏠렸다. 욕실에서 나온 나리가 두 사람을 흐뭇한 눈으로 구경하고 있었다. 이슬은 재오에게서 벗어나려고 했지만 볼 살을 놓아

주지 않고 주물럭거리는 손길에 심통이 나서 인상을 찡그렸다.

"주정뱅이는 들어가서 잠이나 자라."

재오가 나리에게 말을 하면서 이슬의 볼 살을 고무 찰흙 만지듯 주물거렸다.

"오빠, 그러다 언니 볼 닳겠다."

"내 와이프 볼은 내가 알아서 할 테니 신경 끄시지."

"쳇! 닭살이야."

나리가 콧방귀를 뀌며 방으로 다시 들어갔다. 드디어 재오의 장난에서 해방된 이슬도 나리처럼 콧방귀를 뀌며 욕실로 들어가 버렸다.

재오는 테이블에 놓아두었던 컵을 씻어 정리했다. 양치질을 하고 나와 침실로 들어가는 이슬을 뒤따랐다.

닫히는 문 사이로 키스하는 두 사람의 모습이 어렴풋이 보였다.

## 16화
가족이라는 울타리

외근을 나왔다가 매장으로 돌아가기 위해 차에 오른 이슬은 시동을 걸기 전 문득 나리의 안부가 궁금해져 그녀에게 전화를 걸었다.

—언니, 어쩐 일이에요?

"잘 지내는지 걱정돼서 전화했어요."

감동을 주려는 의도는 아니었지만 나리의 감탄을 듣게 됐다.

"밥 잘 먹고 있어요? 막 굶고 그러면 안 돼요. 술도 너무 많이 마시지 말고……."

—언니 목소리 들으니까 눈물 날 것 같아요.

촉촉한 음성에 빈말이 아니라는 것을 알았다.

"울지 마요. 심호흡 크게 해 봐요."

제 조언을 따라 숨을 크게 마셨다가 뱉는 나리가 기특했다.

"어디예요?"

나리의 주변이 소란스러웠다.

—밖이에요.

"어디 가는 중인가 봐요."

—마침표 찍으러 가고 있어요.

'마침표'라는 단어에 묵직한 무게가 실려 있었다.

"마침표?"

─지긋지긋한 연애 종지부 찍으려고요.

전화할 때부터 기운 없어 보인다고 생각했는데, 이유가 있었던 것이다. 평소에 명랑하던 사람이 우울해하니 이보다 더 신경 쓰이는 일도 없다. 그녀에게서 밝은 에너지를 소멸시킨 인간이 몹시도 미웠다.

"그래서 목소리에 힘이 없구나."

─최악의 장면을 목격했으면서도 막상 끝을 내려니 겁이 나는 거 있죠.

슬픈 목소리이긴 해도 쉬지 않고 말을 이어 나가던 나리가 무슨 이유에서인지 잠시 아무 말도 하지 못한 채 가쁜 숨을 몰아쉬었고, 문득 불길함이 끼쳐 왔다.

"무슨 일이에요? 어디 아파요?"

─갑자기 현기증 나서 잠깐 주저앉았어요. 별일 아니에요.

나리의 상태가 심히 걱정돼서 마음이 조급해졌다.

"지금 어디예요?"

─그건 왜요?

"나 지금 차 갖고 있으니까 약속 장소까지 데려다줄게요. 어딘지 말해요."

이슬은 당장이라도 나리를 찾아갈 기세였다.

─진짜 와 줄 거예요?

내심 와 주기를 기다리기라도 한 사람처럼 기뻐하는 나리의 반응에 더더욱 가야겠다는 결심이 확고해졌다.

"갈게요."

위치를 전해 들은 후 안전벨트를 매며 나리에게 서 있지 말고 근처 벤치에 앉아 있으라고 당부했다.

통화를 마치고 운전대를 잡았다. 마음은 초조했지만 최대한 침착하게 행동하려 노력했다. 갑갑한 도시의 교통체증을 견뎌 낸 뒤 나리가 있는 곳에 도달했다. 창문 밖으로 보이는 나리의 모습에 클랙슨을 울리자 수그리고 있던 고개를 든 그녀가 터덜터덜 걸어와 조수석에 앉았다.

"언니⋯⋯!"

반가움에 흠뻑 젖은 말투를 길게 늘어뜨리며 목을 안아 오는 나리의 응석을 잠자코 받아 주었다.

동생 같은 마음, 혹은 딸 같은 마음이 들어서 머리를 살살 쓰다듬어 주니 편안한 듯 나른한 숨을 내쉬었다. 이내 어깨에 괴고 있던 턱을 떼어 바로 앉은 나리의 얼굴을 찬찬이 살폈다.

"요즘 밥 잘 못 먹었어요? 얼굴이 반쪽이 됐어."

"밥알이 목구멍으로 안 넘어가더라고요."

입맛이 없기도 했지만 어떻게든 조금이라도 먹어 보려고 하면 목구멍이 꽉 막힌 기분에 아무것도 삼킬 수가 없었다. 그런 연유로 저절로 살이 빠졌다.

"힘들어도 먹어야죠. 그런 인간 때문에 아가씨 건강 해치면 나 진짜 속상한데."

말라가는 나리의 모습을 보는 이슬의 마음은 굉장히 아팠다.

"언니한테 자꾸 짐만 주는 것 같아 죄송스러워요. 오늘도 이렇게 귀찮게 해 버렸네요."

"전혀 귀찮지 않아요. 그랬다면 오지도 않았다고요."

나리는 이슬의 말에 불편했던 마음이 눈 녹듯 사라져 한결 홀가분해진 기분으로 웃어 보였다.

"헤에, 그래도 언니 있으니까 든든하다. 솔직히 저 혼자서는 감당하기 벅찼거든요."

"그럴 것 같아서 온 거예요."

나리가 차 내부에 있는 시계를 힐끔 보더니 한숨을 내쉬었다.

"이제 그만 가야겠어요. 그 인간 기다리고 있을 거거든요."

"출발할게요."

차가 출발했고, 나리의 표정은 급격히 우울해졌다. 늘 쉬지 않고 잘도 떠들던 그녀의 입술이 오늘따라 자물쇠를 걸기라도 한 듯 조용했다.

이슬은 익숙하지 않은 그녀의 모습을 보며 차라리 정신없을 정도로 시끄럽게 떠드는 게 낫겠다는 생각을 했다.

나리의 남자 친구가 기다리고 있다는 카페가 속해 있는 건물 1층 주차장에 차를 세웠다. 이슬은 안전벨트를 푸는 나리에게 눈길을 주었다.
"같이 들어가 줄까요?"
"천천히 들어오셔서 혹시라도 제가 정신 못 차리고 울거나 그 인간 가랑이 붙잡고 헤어지기 싫다고 매달리면 말려주세요."
부탁마저 안쓰러워 지켜보는 입장인데도 눈물이 날 것 같았다. 먼저 차에서 내려 카페 안으로 들어가는 나리의 뒷모습을 보다가 그녀가 부탁한대로 천천히 차에서 내려 카페 안으로 이동했다.
남자 친구와 마주 앉은 나리를 발견하고 근처 테이블을 차지하고 앉았다. 들려오는 두 사람의 대화에 청각을 곤두세웠다.
"바람피우니까 좋았어?"
이슬은 나리의 원망 담긴 질문을 듣는 남자의 표정을 확인하고 뒷골이 당겨왔다. 미안한 기색 따위는 조금도 보이지 않았다. 아무리 감정이 식었다 해도 헤어지지도 않은 관계에서 바람피우는 장면을 들키고도 태연할 수 있는지 이해할 수 없었다.
"그런 거 물으려고 나온 건 아니지?"
남자의 말에 당장이라도 얼굴을 가격하고 싶은 욕구가 치밀어, 이슬은 두 손을 꽉 말아 쥐었다.
"야. 네가 이렇게 당당해도 되는 거야? 넌 가해자야."
"그래서 고소라도 하시게?"
"뭐?"
분명 잘못을 한 건 남자인데 어쩔 줄 몰라 쩔쩔매는 건 나리 쪽이었다. 그 광경을 지켜보는 이슬의 속이 부글부글 끓고 있었다.
"그래, 나 다른 여자 만났어. 솔직히 우리 헤어지자는 말만 안 했을 뿐이지 예전 같지 않다는 거 너도 알고 있었잖아."

"그래서 다른 여자를 만났어?"

"헤어지자."

남자의 페이스에 휘둘려 멍한 얼굴로 아무 말 못 하고 있는 나리를 보다 못한 이슬이 결국 의자에서 일어났다.

나리의 앞에 놓인 컵을 들어 남자의 얼굴에 가차 없이 물을 뿌렸다.

"으악!"

난데없는 물벼락에 당황한 남자가 비명을 지르다가 이내 욕을 했다. 이슬은 눈 하나 깜짝하지 않고 남자를 쳐다봤다.

"아, 뜨거운 커피였어야 하는데 물이라서 아쉽네."

"미친! 너 뭐야?"

"나? 얘, 언니."

이전에도 이런 말을 했었던 때가 있었다. 그땐 일면식 없는 여자가 버터 처먹은 듯한 남자들에게 둘러싸여 오도 가도 못 하는 신세인 게 딱해서 도왔었는데, 현재는 가족이라는 끈끈한 정에 묶여 이러고 있었다.

"너 같이 개념 없는 놈들은 자고로 혼이 좀 나야해서."

남자가 분을 이기 못 하고 벌떡 일어났다.

"왜? 한 대 치게?"

오히려 더 세게 나오는 이슬의 행동에 남자가 당황을 했다. 남자를 똑바로 쳐다보며 이슬이 말했다.

"네 입에서 가장 먼저 나왔어야 할 말은 '미안해'였어. 남도 아니고 연인으로 함께 했던 상대인데, 그래도 최소한의 예의는 지켰어야지."

이슬의 말에 그나마 무언가를 깨우치기라도 했는지 남자의 동공이 흔들리고 있었다.

"그리고 헤어지자는 말은 네가 하는 게 아니야."

이슬이 나리에게 시선을 주었다. 눈시울이 붉어진 채 앉아 있던 나리가 이내 입을 열었다.

"너랑 나랑 끝이야. 헤어지자."

용기를 얻어 헤어지자는 말을 꺼낸 나리에게 잘했다는 칭찬을 눈빛으로 쏟으며 그녀의 팔목을 잡고 일으켜 세웠다. 후들거리는 그녀의 다리를 힐끔 내려 보다가 이내 팔목을 힘껏 당겼다.

"가요, 아가씨."

나리는 이슬에게 의지한 채 눈치 없이 떨리는 몸을 간신히 움직였다.

<br>

집안을 가득 채운 음식 냄새에 현관을 들어선 재오의 후각이 예민하게 반응했다. 때마침 배가 고팠기에 음식 냄새가 무척 반가웠다. 곧장 주방으로 가니 요리 삼매경이라 제가 온 줄도 모르는 이슬이 있었다.

"저녁 준비 중인가?"

슬쩍 말을 거니 그제야 이슬이 저를 보고 반가워했다.

"여보! 지금 온 거예요?"

"뭘 그렇게 열심히 하기에 남편이 온 줄도 몰라?"

"앗, 이것저것 좀 하느라 바빠서 그만."

이슬이 미안한 마음에 샐쭉 웃었다. 재오는 너그러이 넘어가 주며 주방을 쭉 둘러보며 오늘의 저녁 메뉴를 확인했다.

"불고기에 잡채에 오징어볶음, 거기다가 된장찌개까지? 뭘 이렇게 많이 했어?"

평소의 저녁 보다 가짓수가 많고 양도 많았다.

"아가씨 좀 먹인다고 욕심 좀 부렸지 뭐예요."

"나리?"

이슬이 턱으로 방을 가리켰다.

"네. 지금 방에서 자고 있어요."

이제야 푸짐한 저녁 식사를 준비하는 이유를 안 재오가 납득한 표정으로 얼굴을 끄덕였다.

"오늘 그 남자랑 헤어졌어요."

"그랬군."

"아가씨가 힘들어해서 내가 같이 가줬거든요."

재오는 조용히 이슬의 이야기를 경청했다.

"맘고생 한다고 밥도 잘 못 먹었는지 살이 쪽 빠졌더라고요. 안쓰러워서 맛있는 것 좀 먹이고 싶어서 집으로 데려왔어요."

"잘했어."

"저녁 먹이고 보내려고요. 그래도 되죠?"

재오는 포용적인 태도로 다가와 이슬의 어깨를 살며시 감쌌다.

"내 동생인데, 나보다 당신이 더 잘해 주네."

"누가 더 잘 하든 그게 무슨 상관이에요. 우린 부부인데."

재오는 고맙고 또 미안한 마음으로 이슬을 마주 봤다.

"그리고 당신도 겉으로 표현을 잘 못할 뿐, 누구보다 걱정 많이 하고 있다는 거 알아요. 당신은 그런 사람이니까."

이슬은 아직 완성하지 못한 음식들을 신경 써야 했기에 어쩔 수 없이 재오에게서 벗어나 분주하게 움직였다. 그는 씻기 위해 욕실로 들어갔고, 그사이 저녁 준비를 마친 그녀는 나리가 자고 있는 방으로 갔다.

노크를 하고 조심스럽게 문을 열었다. 깊이 잠들었는지 인기척에도 나리는 깨지 않았다. 이슬은 나리를 깨워야 하나 고민을 거듭하며 침대 근처를 서성였다. 뭐라도 먹여야 하는데, 곤히 자는 사람을 깨우려니 마음이 불편했다.

그때, 뒤척이던 나리가 눈을 떴다.

"으음, 언니?"

나리가 눈을 비벼 뿌연 시야를 좀 더 선명하게 한 뒤 이슬을 보았다.

"더 잘래요?"

"아뇨. 일어나야죠."

나리가 부스럭거리며 상체를 일으켜 앉았다.

"그럼 잠 깨고 천천히 나와요. 저녁 준비했으니까 먹고 집까지 바래다줄게요."

나리가 스스로 잠에서 깨어난 덕분에 더 이상 머리를 싸매며 고민하지 않아도 됐다.

목적을 달성한 뒤 편안해진 기분으로 방을 나오니 그새 씻고 편안한 차림으로 주방을 기웃거리는 재오가 보였다.

"배고프죠?"

"굉장히."

"어떡해, 많이 배고파요? 아가씨 곧 나올 테니까 조금만 참았다가 같이 먹을 수 있죠?"

"그 정도는 참아 보지."

재오는 식탁에 아직 놓이지 않은 수저와 젓가락을 옮겼다. 이슬은 냉장고에서 물을 꺼내고 빈 컵과 함께 식탁에 두었다.

곧 나리가 어기적거리며 나와 의자에 앉았다. 세 사람이 식탁에 둘러 앉아 저녁 식사를 했다. 젓가락을 움직이기도 귀찮은 건지 대체로 앞에 있는 반찬들을 집어먹는 나리가 눈에 밟혔던 이슬은 불고기 그릇을 그녀에게 더욱 가까이 놓아주었다.

그리고 달걀말이를 하나 집어 그녀의 밥 위에 올려 주었다.

"골고루 먹어요."

나리가 이슬을 보며 배시시 웃었다.

"전 언니 없으면 진짜 아무것도 못 했을 거예요."

"내가 아니었어도 아가씨는 분명 혼자서도 잘 해 냈을 거예요."

"아뇨. 언니 덕분에 이 정도라도 버틸 수 있는 거예요. 아까도 진짜 고마웠고, 지금도 고마워요."

이슬에게는 고마운 것들만 가득했다.

"언니 덕분에 맛있는 음식도 먹고 좋아요. 저 이거 먹고 힘낼게요."

"그래요. 많이 먹고 힘내요."

나리가 결연한 의지를 보이며 고개를 끄덕이고 조금 전보다 훨씬 적극적인 태도로 식사를 했다.

이슬은 그녀가 부디 오늘의 시련을 극복하고 더 단단한 사람이 되기를 응원했다.

⁂

시댁은 내비게이션의 도움 없이도 쉽게 찾아올 수 있는 장소가 됐다. 이슬은 목적지에 도착해 시동을 끄고 안전벨트를 풀었다. 뒷좌석에 놓아 둔 쇼핑백들을 조수석으로 빼내는 작업을 하느라 낑낑댔다. 엄청난 일을 한 것도 아닌데 숨이 차올라 잠시 가만히 앉아서 숨을 골랐다.

릴리에서 출발할 때만 해도 아무것도 내리지 않더니 중간쯤 달릴 때부터 눈이 내리기 시작했다. 꽤 요란하게 내리는 눈 때문에 내릴 엄두가 나지 않았다.

창문 밖으로 휘날리는 눈발을 보는 그녀의 눈동자에 근심이 어른거렸다. 실은 며칠 전부터 계속 속도 울렁거리고 어지럽고 머리가 아팠다. 병원을 가야겠다는 마음은 먹었지만 계속 일이 바빠 정작 갈 여유가 없어 계속 미루고 있었다. 시간이 지나면 호전될 줄 알았던 증상은 계속 이어졌다. 날리는 눈발을 보니, 바람이 부는 게 분명했다. 눈까지 맞으며 이 쇼핑백들을 들고 걸어야 한다는 사실이 염려스러웠다.

이슬은 검은색 코트를 잘 여미고 용기 있게 차 문을 열었다. 이미 눈이 쌓이기 시작한 바닥에 하이힐이 꽂히며 차에서 내렸다. 매서운 추위에 호흡마저 곤란했다. 아침에도 기온이 뚝 떨어져 감기 걸리기 딱 좋은 날씨라 생각했는데 눈바람까지 몰아치니 견뎌 낼 재간이 없는 것이다. 더구나 몸 상태도 좋지 않으니 각별히 주의해야 했다.

허리를 잔뜩 숙여 쇼핑백들을 꺼내고 차 문을 닫았다. 눈 때문에 미끄러워진 바닥과 하이힐 밑창이 마찰해 금방이라도 넘어질 것처럼 위태로웠다. 하필이면 이럴 때 전화가 와 난처했다. 쇼핑백을 내려놓으면 눈 때문에 금방 젖을 것 같아 일단은 대문으로 갔다. 다행히 대문 지붕이 눈을 막아 줘 그나마 깨끗한 바닥에 쇼핑백을 내려 두고 아직 울리고 있는 전화를 받았다.

―퇴근했어?

컨디션이 좋지 않은 와중에 남편의 목소리를 들으니 기운이 솟는지 창백한 이슬의 얼굴에 금방 웃음꽃이 폈다.

"했죠. 당신은 아직이죠?"

―어, 난 오늘도 늦을 것 같아.

재오의 풀 죽은 목소리가 마음에 걸렸다. 잦은 야근에 고될 텐데, 이러다가 건강을 해칠까 봐 걱정된다. 돈을 덜 벌어도 좋으니 일을 줄였으면 하는 바람이 있지만 그가 원하는 방향이 있을 테니 미처 말을 꺼내지는 못 하겠다.

"저녁은 먹었어요?"

―아직.

"아무리 바빠도 끼니 거르지 말고 꼭 챙겨 먹어요."

다른 건 몰라도 끼니는 제때 챙겨 먹어야 한다. 필수 영양소를 제대로 섭취하지 못 하면 아무래도 면역력이 약해져 질병에 노출되기 쉬우니까.

―그래. 당신도.

서로의 끼니를 챙겨 주고 건강을 신경 쓰는 이 사소한 일과가 참 기뻤다.

"근데 왜 전화했어요?"

―그냥. 목소리 듣고 싶어서.

재오의 목소리에 사랑이 듬뿍 묻어 있다.

"당신도 참……."

그의 애정을 받아먹는 이슬은 마냥 행복하기만 하다. 그녀는 대문 지붕 아래 서서 남편과 통화를 하며 눈 내리는 세상을 구경했다.

―피곤했는데 우리 부인 목소리 들으니까 힘난다. 사실 뽀뽀 한 번만 하면 완전 천하장사 될 것 같은데…….

재오와 보내는 겨울은 혼자 견뎌냈던 겨울과는 확연히 달랐다.

"이따 집에 오면 실컷 해 줄게요."

재오와 함께라면 이 혹독한 추위도 거뜬히 이겨 낼 수 있다는 용기가 생긴다.

—정말?

휴대폰 너머로 흥분한 음성이 넘어왔다.

"그, 콜록……."

—감기 걸렸어?

"그런가 봐요. 요즘 날씨가 추워져서 그런지 몸이 좀 안 좋네요."

—큰일이네. 병원은?

될 수 있으면 건강한 모습을 보이고 싶지만 현재의 상태로는 무리였기에 솔직하게 말했다.

"내일 가려구요."

—내일 같이 가.

자꾸만 목구멍을 긁고 나오려는 기침을 참아 내는 게 여간 고통스러운 게 아니었다.

"병원? 당신 바쁘잖아요."

말을 할 뿐인데도 숨이 거칠어졌다. 그만큼 몸 상태가 최악인 것이다.

—그 정도 시간은 낼 수 있어.

"그래요, 그럼."

더 통화를 하고 싶지만 그는 바쁜 것 같고 이슬은 추워서 얼른 안에 들어가고 싶은 마음에 하는 수 없이 종료했다. 그래도 잠깐이나마 사랑하는 남편의 목소리를 들어서인지 기분도 좋아지고 기력도 아까보다 훨씬 좋아졌다.

초인종을 누르자 인터폰으로 이슬의 얼굴을 확인한 채선이 곧바로 문을 열어 주었다. 활짝 열린 대문을 열고 안으로 들어갔다. 이미 열려 있는 현관문을 지나 집안으로 들어가자 훈훈한 공기가 추위에 언 몸을 에워쌌다.

"어머, 아가! 이게 다 뭐니?"

현관으로 마중을 나온 채선이 이슬의 양손에 들려 있는 쇼핑백을 보며 물어 왔다. 막 계단을 내려오던 나리가 이슬을 보더니 냉큼 그녀에게로 뛰어 왔다.

"언니!"

나리도 이슬의 손에 들린 쇼핑백들에 놀라워했다.

"아, 별거는 아니고…… 어머님이랑 아가씨 선물이에요."

"뭘 이런 걸 다."

이슬의 손목이 혹사당하는 것 같아 도와주려 손을 내밀었지만 그녀는 괜찮다며 마다했다. 세 여자는 소파로 이동했다.

"아줌마, 여기 차 좀 내와요."

"네, 사모님."

채선의 지시에 도우미 아주머니가 차를 준비하러 주방으로 갔다.

"언니! 무슨 선물을 이렇게나 많이 가져왔어요?"

나리는 남자 친구와 헤어진 뒤 일주일 정도 힘들어하다가 차츰 원래의 모습으로 돌아왔다. 씩씩하게 이겨 내는 그녀의 모습을 이슬은 기특해했다.

"그러게 말이다. 눈도 오는데 들고 오느라 고생했겠구나."

"차로 와서 괜찮아요."

"뭔지 궁금하다! 보여줘요, 얼른!"

나리가 엉덩이를 들썩거리며 쇼핑백 안의 내용물에 호기심을 드러냈다. 이슬이 쇼핑백에서 상자들을 하나씩 꺼냈다. 상자들은 디자인이 모두 똑같았고 그녀의 가게 로고가 박혀 있었다.

그녀가 상자를 열자 다양한 디자인의 구두가 모습을 드러냈다.

"와!"

나리가 손뼉까지 치며 격하게 환호했다. 채선도 "어머!"를 연발하며 놀라워 했다.

"이게 웬 구두들이래요?"

"어머님, 아가씨 드리려고 직접 디자인해서 제작한 구두들이에요."

"어쩜, 우리 며느리는 얼굴만큼이나 마음씨도 이리 예쁠꼬."

생각하지도 못한 선물에 큰 감동을 받은 채선이 이슬의 손을 잡고 손등을 다정하게 어루만졌다.

"완전 동감! 아무리 봐도 오빠한테 언니는 너무 아깝다니까!"

"얘는 네 오빠가 어디가 어때서? 원래는 인물은 끝내줬어. 그리고 이제 개과천선했거든?"

"그거 언니 작품인거 몰라서 그래?"

"하기야 그렇지. 우리 며느리가 복덩이지."

채선은 금세 나리의 의견에 격하게 동의했다.

"이쪽은 어머님 구두고, 이쪽은 아가씨 구두예요. 두 분 사이즈에 맞게 제작하긴 했지만 그래도 한 번씩 신어 보세요."

채선과 나리는 구두들을 하나씩 번갈아가며 신어 봤다. 두 사람의 평소 스타일과 연령을 고려해 구두를 디자인했다.

"어머, 정말 예쁘구나."

"진짜 예뻐요. 언니!"

둘 다 소녀처럼 기뻐했다. 그 모습을 보니 좋지 않은 컨디션을 무릅쓰고 이곳에 오길 잘했다는 생각이 든다. 화기애애한 분위기 속에서 이야기를 나누는 동안 아주머니가 차와 롤케이크를 내왔다.

"근데 아가, 혈색이 좀 안 좋구나."

"아……."

아픈 모습을 보여 멋쩍은 듯 까칠한 뺨을 쓸어 보는 이슬에게로 채선의 측은한 눈빛이 닿았다.

"어디 아픈 건 아니지?"

"그냥 요즘 어지럽고 속이 좀 안 좋아요."

"저런. 어쩐지 창백하더라. 병원은 가 봤고?"

"아뇨. 내일, 우욱!"

커피를 마시려고 잔을 든 순간 갑자기 헛구역질이 났다. 그때 채선의 눈이 휘둥그레졌다.

"설마……! 임신한 거 아니니?"

신나게 구두를 이리저리 살펴보던 나리의 손길이 일순간 멈추었다.

"헐, 언니!"

"에이……. 아닐 거예요."

'설마 임신이겠어?' 하는 강한 의심에 이슬은 아닐 거라며 손사래를 쳤다.

"아닌 게 아닐 수도 있다. 그러지 말고 내일 산부인과 한 번 가 봐라."

"네, 그럴게요."

대답을 하고 다시 커피 잔을 드는데 채선의 손이 그것을 저지했다.

"혹시 모르니까 일단 커피는 마시지 말고. 아줌마, 여기 커피 말고 국화차로 부탁해요."

채선의 말대로 혹시나 임신이면 카페인 섭취가 이롭지는 않을 테니 그녀의 권유를 따랐다.

"언니가 만약 임신이면."

나리가 말을 하던 도중 초인종 소리가 났다.

"누구지?"

"네 아빠가 보다."

주방에서 일하던 아주머니가 현관으로 나와 인터폰을 확인했다.

"누군지는 모르겠는데 사장님을 뵈러 왔다는데요?"

"아빠를 보려면 회사로 가야지, 왜 여기로 왔대요?"

나리가 납득하기 어렵다는 듯 고개를 갸웃거렸다.

"네 아빠 퇴근한 줄 알고 그런가 보지. 일단 열어 줘요."

채선의 말이 그럴 듯해 나리가 고개를 끄덕였다.

"예, 사모님."

아주머니가 현관문을 열어 주자 중년의 여자와 초등학생쯤으로 보이는 소년이 들어 왔다. 차를 마시며 대화를 나누던 세 여자의 시선이 둘에게 꽂혔다. 이슬과 나리는 둘을 전혀 모르는 얼굴이지만 채선은 어쩐지 낯익다는 느낌을 받아 중년의 여자를 유심히 들여다봤다.

"안녕하세요. 사모님."

중년의 여자가 소년의 손을 잡고서 세 여자가 있는 소파로 와 채선에게 인사했다. 가까이 와서야 여자를 알아본 채선의 미간이 좁혀졌다.

채선의 손이 떨리면서 쥐고 있던 찻잔까지 진동했다. 이슬과 나리는 영문을 몰라 채선의 심상치 않은 반응을 의아해했다.

"당신……, 당신이 어떻게……."

채선은 너무 놀라 말도 제대로 꺼내지 못했다.

"귀신 본 것처럼 그러시니까 무안하네요. 오랜만에 뵙는 건데 좀 반겨 주시면 안 돼요?"

이제는 손이 아니라 온몸이 경련을 일으켰다. 심하게 떨리는 채선의 몸을 보며 이슬과 나리가 걱정을 쏟았다.

"엄마, 누구야?"

소년이 여자를 올려다보며 물었다. 그러자 여자가 묘한 웃음을 띠며 말했다.

"응. 예전에 엄마가 일했던 곳 안주인이셔. 사모님, 제 아들한테 인사 좀 해 주세요."

"염치도 없나? 무슨 낯짝으로 자기 아들까지 데리고 나타나서."

"제가 왜 얘를 데리고 나타났겠어요."

이슬이 위태롭게 떨리는 채선의 손에 쥐어져 금방이라도 떨어질 것 같은 찻잔을 받기 위해 손을 뻗었다.

"사장님 아들이니까 그런 거 아니겠어요?"

쨍그랑! 이슬의 손이 찻잔에 채 닿기도 전에 바닥으로 추락해 완전히 산산조각이 났다. 채선은 새파랗게 질려 온몸을 덜덜 떨었다.

"어머니!"

이슬이 채선을 다급히 부르며 그녀의 안위를 살폈고, 나리는 벌떡 일어나 중년 여자의 앞으로 다가갔다.

"아줌마! 미쳤어요? 갑자기 나타나서 지금 무슨 이상한 말을 하는 건데요?"

황당하다는 얼굴로 다그치는 나리의 행동에도 여자는 눈 하나 꿈쩍하지 않았다. 오히려 입꼬리를 살짝 올리며 웃었다.

그 웃음이 보는 이로 하여금 굉장한 불쾌감을 일으켰고, 여자는 그 사실을 모를 리 없었다. 여자의 눈빛과 목, 그리고 허리는 절대로 굽혀지지 않을 것처럼 날이 서 있었다.

"너, 나리지?"

여자가 자신의 이름을 정확히 꺼냈다는 사실에 당황한 나리가 딱딱하게 굴었다.

"나 기억 안 나니? 예전에 여기서 일했던. 하긴, 그때 우리 시언이보다 어렸으니 기억 못 하겠구나."

여자가 자기 아들의 머리를 쓰다듬으며 시언이라고 하는 걸 보면 소년의 이름이 시언인가 보다.

"네 오빠는 잘 지낸다니?"

눈앞에 벌어지고 있는 광경을 어떤 식으로 파악해야 할지 모르는 나리의 머릿속은 복잡하기 그지없었다.

"재오는 날 기억할 텐데. 걔는 알 거야. 모를 리가 없지."

채선은 갑작스런 충격에 현기증이 났지만 이를 악물고 일어나 여자의 앞에 섰다.

"입방정 떨지 말고 내 집에서 나가."

"말이 너무 심하시네요. 저 여기 올만 하니까 왔어요."

"나가라는 말 안 들려? 나가라고!"

평소에 화 한 번 안 내던 채선이 이토록 심하게 노기를 드러내는 것을 보니 여자와 채선의 사이에 굉장한 사건이 있었겠거니 짐작했다. 더구나 여자가 하는 말들을 들으면서 상황을 대충 유추할 수 있었다.

하지만 아직 확실한 얘기가 나온 것도 아닌데 함부로 단정을 짓는 건 주제가 넘는 짓이라 생각해, 이슬은 잠자코 있었다.

이슬은 일단 이 상황에서 제가 할 수 있는 역할을 하기로 결심하고 부들부들 떠는 채선의 팔을 잡아 쓰러지지 않도록 지탱했다. 무엇보다 가족을 지키는 일이 중요했다.

"무슨 일인지 모르겠지만 여기서 나가시는 게 좋겠네요."

"누구?"

이슬은 저를 향해 호기심을 보이는 여자와의 대화를 거부하며 조금 전과는 달리 차갑게 말했다.

"누군지 그건 알 것 없고요. 지금 여기서 나가 주세요."

그녀는 여자에게 주던 냉정한 눈빛을 거두고 따뜻한 시선으로 채선을 보았다.

"어머님, 괜찮으세요? 일단 방으로 가서 쉬는 게 낫겠어요."

"어머님이라고 부르는 걸 보니 며느리인가 보네. 그럼 재오 부인?"

"아줌만, 나가시라고요!"

호기심, 대화 등 모든 것들 단절한 이슬의 태도에도 끈질기게 구는 여자의 태도에 성질이 난 나리가 카랑카랑한 목소리를 뱉은 뒤 여자의 어깨를 살짝 밀쳤다.

"얘 봐라. 막 어른을 미네? 사모님, 가정교육을 어떻게 시키신 거예요?"

채선과 나리, 그리고 이슬이 황당해하는데 시언이라는 소년이 나리의 몸을 밀쳤다.

"너 뭔데 우리 엄마를 밀어?"

아이의 힘이 약해 크게 밀쳐지는 않았지만 불쾌감은 극에 달했다.

"그쪽이 할 말은 아니네요. 아들 교육을 어떻게 시켰기에 이러는 거죠?"

방금 여자를 향해 날카롭게 말한 것은 다른 아닌 이슬이었고, 예상하지 못한 공격에 여자는 적잖은 상해를 입은 듯 표정이 굳었다.

"오늘은 날이 아닌 것 같네요. 다음에 사장님 계실 때 다시 오죠."

채선과 나리 정도는 제 선에서 어떻게 할 수 있지만 처음 보는 이슬에게 자꾸 기선 제압을 당하는 제 모습을 당황스러워하던 여자가 한 발자국 물러났다.

"아니, 다시 올 필요 없어."

"아뇨. 다시 올 겁니다. 조만간 다시 뵙죠, 사모님."

여자가 시언을 데리고 떠났다. 그녀가 몰고 온 폭풍에 이곳은 쑥대밭이 되어 버렸다.

거실을 채우는 건 삭막한 정적 뿐이었다. 이슬은 정신없는 와중에도 침착함을 잃지 않으며 채선을 안방까지 부축했다. 며느리의 도움을 받아 침대에 누운 채선은 이마에 팔을 올리고 가쁜 숨을 쉬었다.

"어머니. 일단은 아무 생각 말고 푹 쉬세요."

"미안하구나. 이런 꼴을 보여서."

채선은 이슬을 볼 면목이 없었다.

"가족인데요, 뭘."

"고맙다."

채선은 체면을 차릴 기운조차 없었다.

"그럼 쉬세요."

이슬이 불을 끄고 안방을 나왔다. 거실에는 충격을 받아 반쯤 넋이 나간 나리가 우두커니 서 있었다.

"아가씨⋯⋯. 괜찮아요?"

"진짜일까요?"

물어오는 나리의 목소리에 불안한 감정이 곤두서 있다.

"아까 그 아줌마 말⋯⋯. 진짜일까요? 그 시언이라는 애가 우리 아빠 아들일까요?"

나리의 마음을 모르는 건 아니었지만 지금은 그녀를 감싸줘야 했기에 다정다감하게 손을 잡아 주었다. 손을 감싸는 부드럽고 따뜻한 감촉에 나리는 이슬을 떨리는 동공에 담았다.

"나쁜 생각 하지 말아요."

"언니. 나 무서워요. 아니길 바라면서도, 아닐 거라 생각하면서도 불안해요. 엄마 반응이 이상하잖아요. 분명 그 여자랑 무슨 일이 있었던 것 같은데…….”

이슬도 나리처럼 아무것도 모르는 입장이기에 사건에 대해 설명해 줄 수 있는 게 없었다. 그리고 지금 무슨 말을 한들 그녀의 불안을 완전히 잠재울 수는 없었다.

사실이든 아니든 그녀의 가슴을 차지하고 있는 두려움의 부피가 얼마나 두꺼울지 알기에 조용히 안아 등을 어루만져주며 위로했다. 갑자기 나타난 중년 여자와 열 살 남짓 돼 보이는 소년은 거대한 두려움을 낳고 사라졌다.

<br>

이슬은 잠들 시간이 지났는데도 시댁에서의 심란한 일 때문에 불면에 시달리는 탓에 이리저리 뒤척여야 했다. 극에 달한 괴로움에 앓는 소리가 나왔다.

“하아…….”

컨디션 정말 최악이다. 이럴 땐 충분한 수면을 취해야 하는데 그마저도 쉽지가 않다. 결국 불면을 이겨 내지 못 하고 일어났다. 시계를 보니 자정이 넘었다. 잠도 안 오는데 아직 퇴근 전인 남편이나 기다리자는 마음으로 거실로 나왔다. TV는 정신 사나울 것 같아 틀지 않았더니 집안에 두꺼운 정적이 내려앉았다.

“그 여자는 왜 나타난 걸까? 그 애는 정말 아버님 애일까? 그럼 족보가 어떻게 되는 거지…….”

딸인 나리에 비할 수는 없지만 이슬도 상당한 충격을 받았다. 이건 진원의 일보다도 더 큰 사건이다. 만약 그 여자 말이 진실이라면 아버님과 그 여자가 부적절한 관계를 가졌다는 것인데 그게 사실로 확정되면 가족들이 받을 쇼크는 가히 엄청날 것이다.

“어머님은 뭔가 알고 계신 것 같았는데.”

채선의 반응이 심상치 않았다. 만약 그 여자의 말이 사실이 아니라면, 아버님과 아무런 연관도 없다면 그렇게까지 노하지는 않았을 것이다. 여자의 등장에 기겁하던 채선의 모습이 눈에 선하다.

"어머님, 괜찮으셔야 하는데."

말로 형용할 수 없을 만큼 심난한 밤이다. 줄곧 머리를 괴롭히는 통증의 원인은 아마 한두 가지가 아닐 거라 짐작한다.

이슬은 부산스럽게 거실을 돌아다니다 기운이 빠져 소파에 털썩 앉았다. 그때, 일정한 규칙의 전자음이 났고, 그것이 도어 록 비밀번호를 누르는 소리라는 사실을 단번에 깨달았다.

아니나 다를까 곧 띠릭, 소리가 나며 현관문이 열렸다.

"어? 안 잤어?"

당연히 자고 있을 줄 알았던 이슬이 깨 있자 당황한 것도 잠시, 재오는 그녀의 푸석푸석한 얼굴에 냉큼 그녀에게로 와 근심어린 눈으로 그녀를 살폈다.

"진짜 몸 안 좋은가 보네. 어디 봐봐."

재오가 다급히 이마를 짚어 봤다.

"당신 열이 좀 있는데?"

심하지는 않았지만 미열이 있다.

"해열제 먹을까?"

살뜰한 남편의 말투에 응석을 부리고 싶어지는 마음에 이슬이 아이처럼 고개를 저었다.

"왜 그래. 무슨 일 있어? 표정도 안 좋고 잠도 안 자고……. 대체 무슨 일이야?"

시댁에서 벌어졌던 일을 어떻게 설명해야 하는지 갈피를 잡지 못했다. 재오가 받을 충격을 상상하면 벌써부터 가슴이 찢어지지만, 무작정 숨긴다고 될 일이 아니었다.

"현이슬."

재오가 강압적인 목소리로 이름 석 자를 또박또박 부르며 어서 얘기하라 다그쳤다.

"이렇게 몸도 아프고 잠도 못 잘 정도로 심각한 일이면 나하고 상의 해. 당신 혼자 끌어안고 있어 봤자 아무 도움도 안 돼. 괜히 당신만 더 지치고."

"알았어요. 얘기할게요."

"그래."

이슬이 얘기하겠다는 의사를 밝히자 그제야 재오가 조금 누그러진 태도로 그녀의 입술이 또 열리기를 기다렸다. 생각을 정리하느라 한참 침묵을 지키던 이슬이 드디어 입술을 열었다.

"여보."

부유하는 공기가 무거웠다.

"아까 퇴근하고 어머님께 갔었어요."

"그래? 그런데?"

혹시 채선과 무슨 일이 있었던 걸까? 두 사람이 워낙 사이가 좋아 걱정할 일이 없을 줄 알았는데 갈등이 생긴 걸까?

이슬의 다음 말을 기다리며 재오는 머릿속으로 온갖 상상을 했다.

"어머님이랑 아가씨랑 있는데 갑자기 어떤 여자가 들이닥쳐서 는……."

채선과의 갈등은 아닌 모양이다. 다행이라고 해야 하나?

그런데 이슬의 심각한 표정을 보니 안심이 되지 않았다.

"이런 얘기해도 되는지 모르겠네."

재오가 알아야 하는 일이라고 판단을 내렸음에도 입이 쉽게 열리지 않아 망설이는데 손등 위로 겹쳐지는 손이 있었다. 떨리는 마음으로 든 시선에 그가 자리했다.

"괜찮아. 얘기해도 돼."

이슬이 낮게 한숨을 내쉬고는 다시 말을 이었다.

"그 여자가 자기 아들을 데리고 나타나더니, 그 애가 아버님 애라 고……."

말을 매듭짓기가 쉽지 않았다. 이건 실로 어마어마한 사건이다. 그 애가 아버님 애든 아니든 이런 상황이 벌어졌다는 사실부터가 꽝장한 것이다. 이슬은 잔뜩 긴장해 그의 손을 꽉 잡았다.

"아닐 거예요. 그 여자 말, 틀릴 거예요."

돌아오는 말이 없자 이슬이 조마조마한 마음으로 바닥을 향해 있던 시선을 그에게로 옮겼다. 그는 자못 심각한 표정으로 고뇌에 빠졌다. 괜한 말을 꺼내서 그를 혼란스럽게 했나 보다. 이슬은 미안함에 어쩔 줄을 몰라 했다.

"여보, 미안해요. 이런 얘기 하게 돼서. 이럴 줄 알고 할까 말까 고민."

"그 여자 나이가 어느 정도 돼 보였어? 마흔 정도?"

말하던 도중 초조하게 물어오는 재오에게 이슬은 제가 목격한 여자의 인상착의를 상기했다.

"화장도 하고 옷도 젊게 입어서 정확히는 모르지만 서른 중반은 넘어 보였어요."

"그래?"

"예전에 일했던 아줌마라고 그러던데요? 나리 아가씨도 알고, 당신도 알던데."

덧붙이는 설명에 재오의 얼굴이 착잡한 심경으로 일그러졌다.

"하……. 그 여자인가 보네."

"기억나요?"

"아마도 그 여자일 거야."

"그 여자? 당신은 자기를 알 거라고, 모를 리 없다고 그러던데. 기억나는 거죠?"

잠시 침묵해 잠긴 재오로 인해 육중한 고요가 실내를 장악했다. 이슬은 초조한 얼굴로 그의 옆을 지켰다.

"아버지 아들이라……."

재오가 입가에 조소를 머금었다. 저의 인생을 망쳐 놓은 주인공. 그 여자가 자기 아들을 데리고 나타났다니. 것도 아버지 아들이라고.

다른 가족들은 아닐 거라 부정하겠지만 그는 그러지 못했다. 아버지와 그 여자의 불륜 장면을 목격했으니 믿지 않을 수가 없는 것이다.

처음 그 장면을 목격한 이후로 종종 두 사람이 붙어 있는 모습을 봤다. 밖에서 몰래 만나는 모습도 목격했다. 어쩌면 그 여자의 말이 맞을지도 모른다는 불길한 예감이 뻗쳤다.

가정부 일을 관두고 소리 소문 없이 사라졌기에 다행히 집안에 불화는 없을 거라 여겼는데, 지금에서야 다시 나타난 연유는 무엇일지. 가족들 앞에 막무가내로 등장해 폭탄을 터뜨린 행동을 보면 뭔가 단단히 각오하고 있음을 예상할 수 있었다.

"근데 당신은 놀라지 않네요. 아가씨는 완전 넋이 나갔던데."

"……알고 있었으니까."

"네?"

알고 있다니? 이슬이 의아한 표정으로 재오를 뚫어져라 응시했다.

"그 여자와 아버지의 관계."

이슬의 동공이 배로 확장됐다. 반대로 재오는 덤덤한 태도다.

"내가 아버지한테 그토록 반항했던 이유."

재오는 숨겨 왔던 비밀을 꺼냈다. 너무 케케묵어서 함부로 공개하기 수치스러웠던. 평생 모르게 하면 좋겠지만 지금 같은 상황이 벌어진 상태에서는 감추는 것이 무의미하기에.

"아버지의 외도를 알고 있었기 때문이야."

뻣뻣하게 굳은 이슬의 표정을 보니 자신이 털어놓은 이야기가 심하게 충격적인 모양이다.

"그 여자, 정말 아버님이랑……. 아니, 어떻게, 언제 알게 됐는데요? 사실이에요?"

이슬은 말도 제대로 하지 못했다. 재오는 충격적인 이야기를 하면서도 의연해 보였다. 그는 오히려 이슬의 놀란 마음을 다독이기 위해 손등을 어루만져 왔다.

"사실이야. 내가 목격했거든. 나 중학교 1학년 때."

경악할 수밖에 없는 이야기에 이슬은 완전히 넋을 잃었다.

"1학년이면 겨우 열네 살이잖아요."

"그렇지."

"여보⋯⋯."

이슬의 눈동자에 측은한 감정이 서렸다.

"어린 나이에 그 모습을 봤다니 얼마나 괴로웠어요? 많이 힘들었죠?"

"괴로웠지. 힘들었고. 정말 죽고 싶을 만큼."

가슴이 욱신거린다. 의연하던 재오의 얼굴이 조금씩 구겨졌다. 누구에게도 밝히지 않았던 자신의 오랜 상처를 사랑하는 여자의 앞에서 끄집어내고 있다.

"아버지는 내가 존경하던 분이었어. 아버지에게 인정받고 싶었고, 칭찬받고 싶었지. 나중에 커서 꼭 아버지 같은 어른이 되고 싶었어. 그런데 아버지가 어머니 아닌 다른 여자, 그 가정부와 바람피우는 모습을 보고 말았던 거지. 한 번이 아니었어. 너무 실망스럽더라. 어떻게 어머니를 두고, 우리 가족들을 두고 그럴 수 있는지⋯⋯."

이야기를 듣는 입장에서도 이렇게나 숨이 막히는데 이 어마어마한 일들을 겪어온 당사자의 고통은 상상 이상의 크기일 테다.

"그랬겠어요. 당신의 고통, 내가 감히 상상할 수 없을 정도겠죠. 아무에게도 이런 사연 말한 적 없어요?"

"없어. 당신이 처음이야."

"우리 남편, 속도 깊어. 알고 보니 진국이네. 가족들 힘들어할까 봐, 걱정할까 봐. 아무에게도 말하지 않은 거죠?"

재오는 괜히 으스대는 것 같이 보일까 봐 차마 대답하지 못했다. 하지만 이슬은 그의 마음을 온전히 이해했다.

"당신이 왜 그렇게 엇나갔던 건지, 아버님에게 반항했던 건지⋯⋯. 이제 다 이해가 돼요."

"마음 둘 곳이 없었지. 오랜 방황 끝에 당신을 만나서 편안해진 거야. 행복에 겨워 잠시 잊고 있었는데 결국 이 사달이 나는구나."

이슬이 재오의 얼굴을 감싸고 뺨을 부드럽게 어루만졌다. 그녀가 조용히 전하는 위로가 고마웠다.

"당신 놀랐겠다."

본인 스스로가 가장 힘들 텐데도 재오는 이슬을 걱정했다.

"당신은 이 상황에서 나를 걱정해요?"

"나는 이미 아버지 일을 알고 있지만 당신은 아무것도 모르는 상태에서 그 여자를 맞닥뜨렸으니까. 놀라는 걸로 따지면 나보다는 당신이 더 심할 테지."

"여보."

고마운 마음도 들지만 그보다는 재오에 대한 안쓰러운 마음이 더 크게 자리했다. 홀로 얼마나 큰 고통을 삼키고 있었던 걸까.

다른 사람들, 더불어 가족들에게까지 말하지 않고 외롭게 지켜야 했을 비밀. 그 어린 나이에 아버지의 외도를 직접 목격을 하면서 받았을 심한 충격.

"내가 당신이었다면 미치지 않고는 못 버텼을 거야."

"너무 흉측하지? 그래서 누구에게도 말할 수 없었어. 무엇보다 당신에게만큼은 밝히고 싶지 않았는데. 알게 되면 징그럽다고 도망갈까 봐."

세상에 완벽한 비밀은 없나 보다. 결국 이슬까지 알게 된 것을 보면. 그토록 숨기고 싶었던 상처. 그 흉측한 것을 보였다는 사실에 재오는 치욕스러웠다. 지금 기분으로 말할 것 같으면 완전히 발가벗겨진 기분이다.

이슬은 그가 살면서 처음으로 만난 행복이다. 그녀는 방황하지 못하는 저를 정착하게 하고, 사람을 신뢰하지 않던 저에게 믿음을 주었다. 그녀는 현재의 기쁨, 그리고 미래를 기대하게 하는 희망이기도 하다. 그런 그녀에게 이런 꼴을 보이다니 비참했다. 그녀가 혹시 실망해 떠나지는 않을까 두려움이 자글자글 끓었다.

"아니. 흉측하지 않아. 징그럽지도 않고요. 나 도망 안 가요. 그러니까 걱정하지 말아요, 여보."

이슬은 재오의 눈동자를 찬찬히 들여다봤다. 그 안에 담긴 감정들을 마주했다거나 도망을 가야겠다는 비겁한 마음 따위 조금도 생기지 않았다. 오히려 그가 삼키고 있는 어둠 속으로 함께 들어갈 수 있다는 용기가 생겨났다.

"이제 당신 혼자 힘들어하지 말아요. 내가 함께 할게요."

묵직한 감동이 심장에 부딪치며 덜컹거리는 큰 소리가 나는 것 같다. 떨림의 여운이 재오의 눈동자에 드리웠다.

"내 사랑은 이런 거니까."

비겁하게 도망가는 일은 비위에 맞지 않았다. 이슬의 사랑은 어떤 고난과 역경도 함께 겪는 것이다.

"……현이슬."

저보다 작은 체구에 거대한 사랑을 품고 있는 이 여인의 앞에서 재오는 벅찬 감동을 전해 받았다.

"가시덤불길이어도 혼자서 달아나는 일 없어요. 같이 견디고, 같이 헤쳐 나올 거야."

"고마워."

재오를 엄습했던 불안이 거둬졌다. 이슬이 그의 얼굴을 부드럽게 쓰다듬다 천천히 다가가 입을 포갰다.

⁂

어제보다 몸이 더 좋지 않았다. 갑작스레 벌어진 일 때문에 신경을 쓰기도 했고 찬바람 영향도 있는 탓에 상태가 악화됐으리라 짐작했다.

도저히 이 몸으로는 견뎌 낼 수 없다고 여긴 이슬은 매장의 점심시간에 맞춰 병원을 들리기 위해 차에 올랐다. 일단 병원부터 다녀와서 식사를 할 계획이었다.

이슬은 병원 쪽으로 차를 몰고 있었다. 불현듯 벨소리가 울려 거치대에 꽂힌 휴대폰을 힐끔 쳐다봤다. 나리에게서 온 전화다.

어제 일도 있고 해서 혹시 채선에게 문제가 생긴 건 아닌지 걱정되는 마음에 방향을 바꿔 한적한 골목에 들어서서 차를 정차했다. 엄습한 불안함을 애써 외면하고 침착하게 전화를 받았다.

"아가씨, 무슨 일 있어요?"

물으면서도 속으로는 제발 아무 탈 없기를 바라고 또 바랐다.

—그 여자가 또 왔어요.

하지만 이슬의 기대는 잔인한 현실 앞에서 나약하게 파멸됐다.

"문 열어 줬어요?"

—안 열어 준다면 기자 부르겠다고 협박을 해서요. 언니, 어떡해요?

"알았어요. 내가 지금 갈게요."

나리는 어찌할 바를 몰라 울먹이고 있었다. 분명 채선도 강하게 나가지 못 하고 있을 걸로 예상되었다. 두 사람 모두 평소 성격이 밝지만 마음이 여리고 남에게 악하게 굴지를 못 하니까.

이슬은 병원으로 가기로 했던 목적을 까맣게 잊은 채 곧장 시댁으로 향했다. 도착하자마자 급히 차에서 내려 집 안으로 들어갔다. 소파에는 세 여자가 대치 중이었고, 여자의 아들도 있었다.

"나주댁."

채선은 여자에게 '나주댁'이라고 불렀고, 그리 불린 것이 불쾌하기라도 하다는 듯 그녀의 미간에 주름이 잡혔다.

"숙희요, 사모님. 제 이름은 숙희라고 몇 번을 말씀 드렸는데 끝까지 나주댁이라고 부르시는 이유가 뭐죠? 아무래도 일부러 그러시는 거라는 생각이 드는군요."

숙희든 나주댁이든 지금 중요한 것은 이름 따위가 아닌데. 이슬은 숙희를 서늘한 눈으로 쳐다보며 소파로 다가갔다.

"언니!"

나리는 구세주를 만난 듯 이슬을 반갑게 맞았다.

"아, 재오 안사람? 또 보네요."

숙희는 제가 저지른 일에 대한 미안함을 전혀 드러내지 않은 얼굴로 이슬을 보며 웃어 보였다.

"염치가 참 없으시네요."

이슬은 더 서늘해진 표정으로 예리한 말을 던졌다. 그게 숙희의 평정심을 무너뜨렸고, 자존심이 상한 그녀가 허벅지 위에 다소곳이 올려놓았던 손을 억세게 말아 쥐었다.

반면 나리는 숙희의 태연하고 뻔뻔한 태도에도 전혀 굴하지 않고 기선 제압을 하는 이슬을 존경스럽다는 눈으로 바라봤다.

"저희 어머님과 아가씨가 착하니까 만만하게 생각하고 이러나 본데, 자꾸 이러면 저희도 가만있지 않겠습니다."

"가만있지 않으면? 뭘 어쩌게?"

숙희는 어느새 반말을 하고 있다. 그녀는 이미 이슬의 페이스에 휘말리고 있는 것이다. 하지만 티 내지 않기 위해 일부러 더 강하게 나오려 하고 있다. 존댓말만 하지 않으면 강해 보인다고 생각하나 보다.

이슬이 가소롭다는 듯 그녀를 빤히 쳐다봤다. 눈빛만으로도 그녀는 이슬에게 제압당하고 있었다.

"싸가지 없는 걸 보니 그 남편에 그 여편네."

'여편네'를 강조하는 숙희에게서 기분을 상하게 하려는 의도가 다분히 풍겼지만 이슬은 전혀 동요하지 않았다.

"그런 저급한 표현은 그저 본인의 낮은 수준을 드러낼 뿐이라는 걸 모르시나 보네요."

오히려 공격을 당하고 적잖은 타격을 입은 숙희가 입술을 깨물었다. 나리가 고소하다는 듯 웃었다.

"야!"

급기야 숙희가 나리를 삿대질하며 소리를 질렀다. 실은 이슬에게 화가 났지만 그녀에게 소리를 지르기가 겁이 나서 나리를 이용한 것이다.

"네 새언니 믿고 까부니? 적어도 나리, 넌 나한테 예의를 갖춰야지.

왜? 내가 이 집에서 가정부로 일했다고 해서 너도 나를 얕잡아 보니?"

"그건 그쪽 자격지심이지, 우리 아가씨에게 큰소리칠 게 아닌데요."

나리에게 한 소리인데 이슬이 반격을 해 왔다. 아주 간단히 제 입을 막아 버리는 이슬의 기세에 숙희가 분한 듯 씩씩거렸다. 이대로는 안 되겠다고 판단이 선 숙희가 벌떡 일어났다.

"야, 너! 넌 빠져."

숙희가 명령조로 말했다. 이슬도 자리에서 일어나 팔짱을 꼈다.

"내가 왜 그래야 하죠?"

숙희의 까랑까랑한 반말에도 이슬의 기세는 꺾이지 않았다.

"난 사모님이랑 할 얘기가 있는 거지, 너랑은 할 얘기 없거든. 괜히 남의 일에 껴서 초치지 말라고."

"이게 어째서 남의 일이지? 이건 우리 가족 일이에요. 그리고 얘기를 하려는 게 아니라 협박을 하려는 거겠죠. 내 말이 틀렸나요?"

"……."

"자기 아들을 데려오면서까지 이러는 이유를 도저히 납득할 수가 없네요. 내가 당신이었다면 적어도 아이는 이곳에 데려오지 않았을 거예요."

이슬의 입이 열릴 때마다 맞는 말만 나오니 숙희는 더더욱 반격할 수가 없었다.

"좋은 일로 온 게 아닌데, 굳이 아들에게 이 상황을 보여야 했는지. 그게 의문이네요."

이슬의 기에 완전히 눌려 한동안 아무 말도 못 하고 쩔쩔매던 숙희가 겨우 입을 뗐다.

"네, 네가 뭘 안다고 떠들어? 내가 내 아들을 데리고 나타나든 말든 무슨 참견인데?"

"이걸 참견이라고 생각하다니. 정말 꼬였네요."

"이게 진짜!"

말로는 못 이기겠다고 판단한 숙희가 손을 높게 치켜들어 재빠르게 공기를 갈랐다. 이슬의 뺨에 거의 다다랐을 때 손목이 붙잡혔다.

"내 아내에게 무슨 짓이지?"

등 뒤로 꽂힌 위협적인 음성에 숙희의 몸이 움찔 떨렸다.

"여보."

재오가 오리라 생각도 못했던 이슬은 꽤 놀란 얼굴이었다. 실은 나리가 이슬을 부르면서 재오에게도 연락을 했고, 이슬보다 늦게 출발한 재오는 이제야 도착한 것이다. 그런데 하필 아내의 뺨을 때리려는 숙희를 목격하고 만 것이다.

"이거 놔!"

숙희가 잡힌 손목을 빼내기 위해 발악했다. 재오는 흔들림 없이 그녀의 손목을 더욱 강하게 조였고, 그 바람에 그녀는 뼈가 으스러질 것 같은 고통을 맞닥뜨렸다. 소파에 앉아 있던 시언이 냉큼 다가와 엄마를 괴롭히는 악마라고 여긴 재오의 등을 마구 때렸다.

"악당아! 우리 엄마 괴롭히지 마!"

그제야 재오가 숙희의 손목을 탁, 하고 놓았다. 시언이 숙희에게로 가 그녀의 손목을 살폈다.

"엄마! 괜찮아? 손목이 빨개."

"응. 엄마 괜찮아."

숙희가 달랬지만 제 엄마의 손목을 빨갛게 만든 재오에 대한 미움이 사그라지지 않는지 시언이 재오를 노려봤다.

"표나리."

재오는 시언이 노려보든 말든 아랑곳하지 않고 화가 난 음성으로 나리를 불렀다.

"응?"

"애 데리고 방에 들어가 있어."

재오가 시언의 등을 떠밀며 나리에게 명령했다.

"방에?"

"얼른."

"알았어."

나리는 재오가 시키는 대로 시언을 데리고 안방으로 들어갔다. 물론 시언이 가지 않겠다고 발버둥쳤지만 도우미 아주머니의 도움을 받아 무사히 임무를 마쳤다.

"당신 아들이나 나리나 들어서 좋을 게 없을 것 같아 들여보낸 겁니다."

"그런 것 같아서 나도 가만히 있었다."

숙희가 고개를 끄덕이며 말했다. 그녀가 재오를 훑어보더니 이내 다시 입을 열었다.

"어딜 봐도 사장님을 닮지 않았단 말이야."

"자네. 무슨 소리를 하는 건가?"

채선이 불쾌감을 선연히 분출했다. 숙희가 여유롭게 미소를 폈다.

"별 뜻 없으니 표정 푸세요. 재오가 워낙 잘생겨서 그런 거니. 그러고 보면 사모님을 많이 닮았네요. 어릴 때는 잘 몰랐는데."

"한가하게 그런 소리나 하려고 이 사달을 만들었습니까?"

"재오야, 너도 아가랑 같이 들어가 있어라."

채선은 재오가 표 사장과 숙희의 관계를 모른다고 알고 있다. 사랑하는 아들과 며느리에게 충격을 주고 싶지 않았다.

"사모님. 그럴 필요 없을 거예요."

"무슨 소리지?"

"재오는 저와 사장님의 관계 다 알고 있으니까요."

"그 입 다물어."

재오가 강경하게 명령했지만 숙희는 개의치 않았다.

"얘 사모님보다 먼저 알았어요. 저랑 사장님 키스하는 것도 봤⋯⋯!"

"입 다물라고!"

결국 바닥까지 보이게 만든다. 간신히 인내하고 있던 감정을 끄집어내게 만드는 숙희에게 화가 나 소리를 질렀다.

그가 표 사장과 채선의 관계를 자신보다 먼저 알고 있었다는 사실을 들은 채선의 얼굴이 충격으로 창백했다. 재오가 숙희의 팔을 우악스럽게 잡았다.

더 이상의 배려는 없다. 발버둥치는 숙희를 힘으로 제압해 질질 끌어당겼다.

"놔! 이거 놔! 아들! 시언아! 엄마 살려 줘!"

숙희가 재오를 향해 소리를 치다 이대로는 완전히 끌려 나갈 것 같아 시언이 들어간 안방을 향해 소리를 질렀다. 그러자 시언이 안방에서 뛰어나왔다.

"엄마!"

"야!"

뒤따라 나리도 달려 나왔다. 시언을 붙잡았으나 그가 나리의 발을 꽉 밟았다.

"악!"

제법 아파서 절로 비명이 터졌다. 그 틈을 타 시언이 나리에게서 벗어나 재오에게 끌려가는 숙희를 향해 냅다 달렸다. 이미 숙희는 마당을 지나 대문 밖으로 쫓겨났다.

"엄마!"

시언이 재오의 앞으로 성큼 다가와 주먹을 휘두르려 했지만 아이를 제압하는 건 재오에게 일도 아니었다.

"이씨!"

"얌전히 있어."

재오가 매서운 눈으로 명령했다. 그의 고압적인 태도에 시언이 바짝 주눅이 들었다.

그러나 언제 또 주먹을 휘두를지 몰라 계속 시언의 손목을 붙잡은 채 숙희를 쳐다봤다.

"원하는 것이 있다면 표 사장을 찾아가."

"……."

"당신 목적이 우리 가족의 쇼크사가 아니면."

무슨 수를 써서라도 더 이상 가족들이 정신적인 피해를 입지 못 하도록 막아야 했다.

"네 가족들의 쇼크사가 목적은 아니지만 알 것은 알아야지."

"걔가 표 사장 아들인지 아닌지 확실한 증거가 없잖아. 있으면 가져와."

"가져 오면?"

"확인이 되면 당신의 목적이 무엇인지 들어 주지."

숙희가 묘한 웃음을 지었다. 재오는 불길한 예감에 초조했지만 겉으로는 표출하지 않았다.

"어째 어린놈이 객기 부리는 것 같은데?"

"멋대로 객기라고 재단하지 마. 나는 단지 내 가족을 지키고 싶은 것 뿐이니까."

조금의 흔들림도 없는 재오의 눈동자에서 견고한 진심이 느껴지는 순간이었다. 숙희는 아무 말도 하지 못했다.

"내 허락 없이 다신 이 대문을 넘지 마."

"네까짓 게 뭔데 내게 그런 명령을."

"이 안은 내 어머니와 여동생이 지내는 곳이야. 한 번만 더 허락 없이 쳐들어 왔다간 주거침입죄로 고소할 테니."

재오가 명함을 꺼내 숙희에게 던지듯 건넸다. 숙희가 떨어질 뻔한 그것을 얼른 손에 쥐었다.

"너 같은 쓰레기는 내가 상대해."

"뭐? 쓰, 쓰레기……?"

"나도 한때 쓰레기였던 시절이 있었거든. 날 쓰레기로 만드는 아주 큰 역할을 하신 분이니 당연히 내가 직접 처리해 드려야지."

싸늘한 말을 내뱉은 재오가 곧 냉정하게 등을 보이며 들어갔다.

철컥. 대문이 굳게 닫혔다. 숙희는 두 주먹을 말아 쥔 채 오들오들 떨고 있었다.

표 씨 집안 사람들에게 천대를 받는 일이 분하면서도 만만치 않은 재오부터 이슬까지, 두 사람을 상대해야 한다는 사실에 겁이 났다.

재오는 심난한 얼굴로 현관에 들어섰다. 일단은 숙희를 내쫓기는 했지만 그녀가 또다시 들이닥칠지도 모르는 일이니 안심하기는 일렀다.

"재오야."

소파에 앉아 있던 채선이 막 집안으로 들어온 재오를 불렀다. 이슬은 옆에서 채선의 안위를 살뜰히 살피고 있었다. 재오는 이슬과 눈을 한 번 맞추고 이내 채선에게로 시선을 옮기며 소파로 다가가 그녀의 맞은편에 앉았다.

"너 정말 알고 있었니?"

재오가 모든 사실을 알고 있었다는 이야기를 전해 듣고 받은 충격이 아직도 가시지 않았는지, 채선이 넋 나간 얼굴을 하고 있었다.

이런 결과를 초래할까 봐, 재오는 그동안 누구에게도 말하지 못 하고 혼자서 끙끙 싸매고 있었던 것이었다.

저의 고된 노력을 단 한순간에 물거품으로 만들어 버린 숙희에게 참을 수 없는 분노가 치밀었다. 재오는 대답 없이 고개만 살짝 끄덕였다.

채선은 숙희가 거짓말을 했을 수도 있다는, 아니 그래야만 한다는 마음을 먹고 있었지만 그 마음은 곧 산산이 부서졌고, 그녀의 얼굴에 참담한 빛이 드리웠다.

"대체 언제⋯⋯."

채선은 감당하기 벅찬 현실에 목이 메어 말을 제대로 끝맺지도 못했다.

"중학생 때요. 나주댁 아줌마랑 아빠랑 같이 있는 모습 종종 봤어요."

"하⋯⋯."

채선은 현기증에 이마를 짚고 힘겹게 호흡했다.

"그런데 왜 말 안 했어? 왜 혼자서 견딘 거야, 대체."

재오에게 화가 나는 것이 아니라 그를 고난 속에 밀어 넣은 표 사장과 숙희에게, 그리고 그런 상황을 전혀 인지하지 못했던 저에게 화가 났다.

"가족들이 알아봤자 좋을 게 없다고 판단했거든요. 상처 받고 괴로워하는 건, 저 하나로 족하니까."

"재오야. 너 얼마나 힘들었니."

재오를 향해 출렁이는 측은함에 어찌할 바를 모르겠다. 그가 감당해 온 시간들은 어떤 것으로도 보상할 수가 없으니, 엄마로서 아무것도 해 주지 못했다는 사실이 죄스러웠다.

"어머니도 알고 계셨던 거죠?"

채선이 그렇다며 고개를 끄덕였다.

"그런 티를 내지 않으셔서 모르고 계신 줄 알았어요."

모든 사실을 알면서도 누설을 하지 않았던 이유는 결코 다르지 않았다. 두 사람 모두 식구들까지 자신이 느낀 고통을 경험하게 하고 싶지 않았던 것이다.

무엇보다 근본적인 까닭은 가족을 사랑하기 때문이다.

"자식 앞에서 어찌 그런 티를 낼 수 있겠니."

"아빠의 외도를 알면서도 참으신 거예요?"

무엇보다 채선이 큰 배신감을 느꼈을 것이다. 사랑하는 남편이 다른 여자와 바람을 피운다는 사실을 알았을 때 어머니는 얼마나 괴로웠을까. 감히 그 고통을 헤아릴 수는 없다.

"참을 수밖에 없잖니."

오히려 채선은 의연하게 대답했다. 그때의 감정들은 이미 다 가슴을 스치고 멀리 지나가 버린 과거였다.

참 신기하게도 시간이 지나니 저절로 잊혀져 가더라. 숙희가 다시 나타나지만 않았어도 완전히 잊을 수 있었는데.

"왜요? 실망하지 않으셨어요? 배신감 들지 않았나요?"

"그렇다고 이혼을 할 수는 없었어. 서로 다른 두 사람이 만나 결혼하고 산다는 건 정말 어려운 거란다. 너도 이제 결혼을 했으니 어느 정도 알겠지만. 살면서 좋은 일만 겪을 수는 없어. 사람이기 때문에 실망도 하고 배신도 하고 후회도 하고 그런 거지."

"……."

"물론 네 아빠가 잘못을 하지 않은 건 아니야. 그렇지만 나 역시 늘 떳떳하게 살지는 않았단다. 네 아빠도 그런 부분은 눈감아 주고 용서해 주고 그랬어."

표 사장이 잘못을 하면 했지, 채선의 잘못을 수용해 주리라고는 생각도 못했다. 이것도 하나의 선입견이었겠지. 이미 아버지에게 큰 실망을 했기에 더 이상 그를 신뢰할 수 없었다.

"아버지가요?"

"그래. 나는 네 아빠와 이혼하고 싶은 생각 없다. 네 아빠가 원한다면 모를까."

"……."

"나는 우리 가족을 지키고 싶어."

채선은 휘청거리기는 했지만 가족을 지키고 싶어 하는 마음만큼은 오롯이 드러냈다.

"나주댁 아줌마는 제가 잘 해결해 볼게요."

"너에게 그런 일을 하게하고 싶지 않구나."

"저 여자는 지금 자신의 존재감을 알리려는 거예요. 아마도 이곳에서 가정부로 일하면서 어머니와 자신을 비교하면서 열등감을 느꼈을 거예요. 처음 우리 집에 와서 일했을 때만 해도 욕심 없는 사람 같더니 금세 발톱을 드러냈잖아요."

채선은 재오의 말을 경청했다. 그의 말에 전적으로 공감하는 바였다.

"저 여자한테 휘둘리면 안 돼요. 어머니도 더 강하게 나가셔야 돼요."

"그래야지."

"혹시라도 저 여자가 또 찾아오면 저한테 먼저 연락하세요. 문 절대 열어 주지 마시고요."

"그러마."

"일단 오늘은 쉬세요."

채선이 고개를 끄덕였다. 재오가 이슬에게 그만 일어나라는 신호를 보냈지만 그녀는 주저하는 눈치였다.

"오늘은 어머니 옆에서 같이 있어 주는 게 낫지 않을까요? 나리 아가씨도 그렇고."

이슬은 채선 뿐 아니라 나리도 걱정돼서 발이 떨어지지 않았다.

"아니다. 나리는 내가 잘 타이르마. 나도 혼자서 얼마든지 이겨 낼수 있어. 아가, 너는 그만 가 봐도 된다."

"정말 괜찮으시겠어요?"

"괜찮고말고. 여러모로 우리 며늘아기에게 고마운 점이 많구나. 이슬이도 있고 재오도 있고. 엄마는 참 든든해."

듣기 좋으라고 꺼내는 빈말이 아니다. 강단 있는 이슬과 재오 덕분에 채선은 무척이나 든든했다.

"재오야. 이슬이 데리고 가서 기분 전환 좀 시켜 줘. 오늘 고생 많았는데."

"네. 그럴게요."

재오가 일어나기를 주저하는 이슬의 손을 잡고 억지로 일으켜 세웠다. 이슬은 마지못해 채선에게 인사를 하고 재오에게 끌려 밖으로 나왔다.

"아, 당신 차 가져왔구나."

"네."

"여기 두고 내 차 타고 가자."

"그러죠, 뭐."

이슬이 흔쾌히 대답하며 재오의 차로 걸음 했다. 둘은 나란히 차에 올라탔다.

"어디 가고 싶은 곳 있어?"

"왜요?"

"어머니 말대로 기분 전환 하는 게 좋을 것 같아서."

이 상태로 뭘 해도 기분을 환기시키기는 어려울 것 같았다. 괜히 엄한 곳 돌아다니느니 집에서 편히 쉬는 게 낫다는 생각이 들었다.

"됐어요. 전 괜찮아요."

"그러지 말고 간만에 데이트나 하자."

쉬고 싶은 저와는 다르게 재오는 집에 가고 싶지 않은 눈치였다. 그를 위해서 마음을 바꿨다.

"음, 그럴까요?"

재오의 의견대로 바람을 쐬면 기분이 좀 나아질지도 모른다는 기대가 생겼다. 시동을 켜기 전, 목적지를 정하기 위해 둘은 머리를 맞대고 고민했다.

"일단 배부터 채울까요?"

고민도 에너지가 있어야 하는데, 이슬은 심하게 허전한 상태였다.

"배고파?"

재오는 이슬의 상태를 모르고 있어서 목적지에 정하는 데에만 몰두했었다. 배고픈 줄 알았다면 고민도 없이 식당으로 향했을 거다.

"실은 점심 못 먹었거든요. 당신은 먹었어요?"

"그러고 보니 나도 못 먹었네. 뭐 먹고 싶은 거 있어?"

"돈가스!"

질문하고 1초도 안 돼서 즉시 대답을 꺼내 놓는 이슬의 태도에 어안이 벙벙했다. 정신을 자린 재오가 허허 웃었다.

"엄청 먹고 싶었나 보네. 묻자마자 말하는 걸 보면."

"오늘처럼 스트레스 받으면 먹으러 가는 곳이 있거든요."

"어딘데?"

"거리가 좀 먼데. 괜찮아요?"

재오가 당연히 괜찮다며 어디냐 물었다.

"돈암동으로 가요."

"접수 완료. 출발합니다."

데이트도 식후경이라는 말을 실천하기 위해 일단은 배부터 채우러 출발했다.

✦

이슬의 소개로 오게 된 식당은 30년이 넘는 역사를 가진 곳이었다. 하지만 그 흔적이 느껴지지 않을 정도로 외관이며 내부가 깨끗했다.

"여기 자주 와?"

재오는 처음 온 곳이라 낯설어하고 있지만 이슬은 추억에 잠긴 촉촉한 눈으로 앉아 있었다.

"가끔요."

"언제부터 오게 됐는데?"

"초등학생 때부터 왔었죠."

가게에만 역사가 존재하는 것이 아니라 이곳을 찾아오는 이들에게도 역사가 존재했다.

"와, 오래 됐네."

"엄마랑 여기로 외식하러 왔었거든요. 여기가 가격도 저렴하고 양도 푸짐해요. 후식으로 주는 아이스크림도 얼마나 맛있었게요?"

이슬은 아이처럼 추억을 늘어놓았다. 그 모습이 퍽 귀여워 재오를 즐겁게 했다.

"예전 그 위치가 아니라 아쉽지만 그래도 종종 옛날 생각나서 와요."

"아, 이전했나 보지?"

이슬이 고개를 끄덕였다.

"어쩐지 오래된 것치고는 깨끗하다 생각했어."

곧 주문한 돈가스가 나왔다. 커다란 쟁반에 얇게 튀겨진 돈가스가 푸짐하게 올라가 있었다.

"요즘은 맛있는 음식점도 많고, 일식 돈가스다, 치즈 돈가스다 다양한 돈가스들이 많지만 저는 이런 게 좋더라구요."

잠시 이슬의 추억 속으로 들어간 기분이다. 비록 함께 겪은 시간들이 아니지만 그래도 이렇게나마 공유할 수 있어 뿌듯했다.

재오는 그녀의 추억을 머금은 돈가스를 조금씩 썰어 먹었다. 바삭한 튀김옷에 부드러운 고기가 어우러져 기분 좋은 식감을 즐길 수 있었다.

"재오 씨는 추억의 음식 없어요?"

"음……."

재오는 대답하기 전 고민했다. 추억이라고 꺼낼만한 음식이 뭐가 있더라. 하지만 아주 과거에서는 찾지를 못했다.

"콩나물국."

"콩나물국? 어떤 추억이 담겨 있는데요?"

"아내의 정성이 느껴진 콩나물국. 뭉클한 맛이었거든."

"아내라면……."

재오가 이슬을 똑바로 응시하며 슬며시 입꼬리를 올렸다.

"당신이 만들어 준 콩나물국이 기억에 남아. 그때 그 맛이 잊혀지지가 않아."

"그땐 요리도 잘 못해서 맛없었을 텐데."

"단순히 콩나물의 맛이라기보다는 그 순간 느껴졌던 기분이라던가, 감정 같은 것들이 혼합된 맛이지."

추억의 음식은 맛이 좋아서 기억에 남는 것이 아니다.

그때 그 순간의 풍경, 분위기, 감정, 함께하는 사람 등등 여러 가지 환경이 영향을 끼쳐 특별한 기억으로 저장되는 것이다.

"아, 기분 좋다."

자신이 요리한 음식이 재오에게 추억이라는 귀한 존재로 여겨진다니 이슬은 무척이나 기뻤다.

"나한테 당신은 현재 진행형이지만 당신과 함께 한 시간들이 필름처럼 죽 늘어져서 종종 떠올라."

"지금 이 순간도 훗날 그 필름을 채우는 하나의 장면이 되겠죠."

"그러겠지."

이 돈가스 집은 이제 이슬 혼자만의 추억이 아닌 재오와 함께 기억하는 추억이 될 것이다. 같은 시간을 공유한 뒤 돈가스 집을 나서는 발걸음이 한결 산뜻해졌다.

소화를 시킬 겸 좀 걷기로 했다. 다양한 로드숍이 밀집된 거리를 여유롭게 거닐었다.

상점들마다 판매하는 것들이 달라 구경하는 재미라 쏠쏠하다. 그러다 보면 사람들과 부딪치곤 했는데 그럴 때마다 재오가 어깨를 팔로 끌어당겼다.

이 평범한 데이트가 두 사람을 모두 편안하게 했다. 특별한 것을 하지 않아도, 그저 발걸음을 맞추며 걷는 것뿐인데도 더없이 즐거웠다.

다리도 아프고 소화도 얼추 돼서 카페로 왔다. 테라스가 있는 카페지만 겨울이라 그런지 손님들은 실내를 벗어나지 않았다.

재오와 이슬도 추운 날씨에 돌아다녔더니 온기가 필요했다. 재오는 이슬을 자리에서 쉬도록 하고 주문을 하기 위해 카운터로 갔다. 이슬은 차가워진 손을 따뜻하게 하기 위해 입김을 불었다.

"이슬아."

이슬은 자신의 이름을 부르는 사람을 봤다. 지욱이다. 오랜만에 보지만 금방 얼굴을 알아봤다. 그는 일렁이는 감정을 쏟고 있었지만 그녀는 조금의 동요도 없다. 그녀의 태도에 그는 조금 당황했다.

"이게 얼마만이니."

지욱은 감회에 젖은 얼굴이다. 그러나 그것은 그만의 감정일 뿐. 이슬은 그를 보고도 차분했다.

이런 반응에 그녀 스스로도 놀라고 있는 중이다. 한때 깊게 사랑했던 사람이고, 그를 잊지 못해 고통스러웠다. 하지만 지금은 지나칠 정도로 마음이 고요했다. 마치 기억 상실증이라도 걸린 사람처럼. 혹은 완전히 다른 사람으로 환생한 것처럼.

"형구한테서 네 소식 들었다. 둘이 만났다고."

"응. 저번에 우연히."

"더 예뻐졌다더니, 진짜네."

예쁘다는 말에도 설레지가 않았다. 그렇구나. 이 사람은 과거에 멈춘 사랑이구나. 더 이상 진행되지 않는, 이제는 지나가 버린 사람이구나.

이슬은 새삼 지욱에 대한 자신의 입장을 깨달았다.

그사이 자리로 온 재오가 음료가 오른 쟁반을 든 채 지욱을 쳐다봤다. 지욱이 시선을 느끼고 재오를 봤다. 재오는 테이블에 쟁반을 내려놓았다.

재오와 지욱의 시선이 허공에서 맹렬히 부딪쳤다. 서로가 누군지 모르는 상태지만 분위기상 이슬과 관계가 있음을 눈치챘기에 경계심을 드러내고 있는 것이다.

"내 남편이야."

이슬이 지욱을 향해 재오를 소개했다. 순간 지욱의 동공이 충격을 안고 요동쳤다.

"아……."

지욱은 어수선해진 속을 어렵사리 달랬다.

"그래. 결혼했다는 소식 들었어. 이 사람이구나."

"응."

"누구신지."

재오는 떨떠름한 표정이다.

"학교 선배입니다."

지욱은 재오에게 굳이 자신의 존재를 알릴 필요는 없다고 생각했다. 이슬에게 미련이 없는 건 아니지만 부부 사이를 갈라놓고 싶지 않다.

"학교 선배라……."

지욱의 눈동자에 서린 감정을 보면 단순히 학교 선배는 아닌 듯하다. 심히 의심스럽지만 피곤하게 문제를 만들고 싶지 않아서 눈감아 주련다.

"여보, 그만 앉아요. 다리 아프잖아."

그제야 재오가 의자에 앉았다. 이슬은 재오가 건네는 머그컵을 받았다. 열기를 식히기 위해 입김을 호오, 불며 아직 그 자리에 서 있는 지욱을 힐끔 올려다봤다. 그녀가 머그컵을 내려놓았다.

"나는 오빠한테 더 이상 할 이야기 없는데. 혹시 더 할 말 있어?"

조금 전 재오를 볼 때는 초롱초롱 빛나던 그녀의 눈동자가 저에게로 오면서 건조해지는 것을 보자, 지욱은 절망감을 느꼈다.

더 이상 예전의 현이슬이 아니다. 그녀는 이미 다른 남자를 사랑한다. 뒤늦게 현실을 직시하게 됐다.

"아니. 좋은 시간 보내."

지욱이 조용히 자리를 비켜 주었다. 이슬은 곧바로 재오를 마주 봤다. 불만스러운 그의 표정을 보더니 손을 뻗어 구겨진 이맛살을 문질렀다.

"인상 쓰지 마요."

"이 정도면 많이 참고 있는 거야."

참고 있다는 말이 거짓이 아님을 재오의 표정만으로도 충분히 알 수 있었다.

"신경 쓸 필요 없어요."

"정지욱인가, 그놈이지?"

"우리 남편 눈치백단이네."

재오의 빠른 눈치가 놀랍기도 하고 무섭기도 했다.

"재수 없어. 나랑 완전 다르게 생겼잖아. 저런 타입이 이상형인가?"

이슬이 고개를 가로저었다. 재오는 잠자코 그녀의 대답을 기다렸다.

"그건 20대 때고, 지금은 달라졌는걸요."

"지금 이상형은 뭔데?"

"내 앞에 있는 남자."

재오의 눈동자가 크게 일렁였다. 이슬이 그를 물끄러미 보며 말을 이었다.

"여보. 그거 알아요? 나 조금 전 정지욱 보면서도 아무 감흥이 없었어요."

지욱 때문에 혹시 흔들리지는 않을까, 조마조마한 재오의 마음이 서서히 가라앉는 중이다.

"근데 당신 보고 있으니까 가슴 떨려."

"현이슬……."

"표재오는 나의 현재 진행형. 그리고 미래의 시간들도 함께하고 싶은 사람."

이슬이 재오의 손을 잡아 왔다.

"사랑해요."

그녀의 묵직한 고백이 재오의 심장을 강타했다.

## 17화
## 성장

스툴에 앉아 멍하니 생각에 잠겨 있느라 인기척을 듣지 못했다.

"이봐."

표 사장이 불러서야 그가 왔음을 알았다. 채선이 스트레이트 잔을 테이블에 내려놓았다. 그의 눈길이 테이블 위에 머물렀다. 양주병과 잔이 보이고, 얼음이나 안주는 없었다.

"당신 왔어요?"

지친 목소리가 건성으로 아는 체를 해 왔다. 시각적인 부분이나 청각적인 부분, 그 어느 것도 마음에 드는 것이 없었다. 표 사장은 탐탁지 않은 표정으로 채선을 쳐다봤다.

"뭐 하는 짓이지?"

"보면 몰라요? 술 마시잖아요."

"그러니까 왜 술을 마시느냐고."

채선이 가슴이 갑갑해 주먹으로 탁탁 두드리더니 한숨을 내쉬었다. 그녀가 내뱉는 한숨에는 미처 풀어내지 못한 감정과 생각들이 엉겨붙어 있다.

"그 여자가 왔었어요."

"그 여자?"

표 사장은 바로 알아듣지 못했다.

"알아듣게 말을 해."

표 사장이 답답한 기분을 토로하며 넥타이를 느슨히 풀었다.

"나주댁이요."

넥타이를 푸는 것만으로는 해소가 안 돼 셔츠 단추를 푸르던 표 사장의 손이 주춤했다.

"뭐? 누가 와?"

"숙희요. 숙희가 나타났어요, 여보."

채선의 눈에 눈물이 그렁그렁 맺혔다. 그녀는 울지 않기 위해 입술을 깨물었다.

"무슨 소리야. 걔가 왜? 숙희가 왜?"

"이제 자신은 우리 집에서 일했던 그 숙희가 아니라는 사실을 알리고 싶었겠죠."

채선은 지친 기색이 역력했다.

"우리 집안을 엉망으로 만들고 싶은 거겠죠."

"대체…… 이게 무슨 사달이란 말이야!"

숙희의 등장은 표 사장에게도 달갑지 않았다. 과거 자신의 죄가 자식들 앞에 드러난다는 것을 용납할 수 없다. 적어도 재오와 나리에게만큼은 모르게 하고 싶었다. 아이들이 받을 상처가 걱정되기에. 자신이 무슨 잘못을 저질렀는지 너무나도 잘 알기에.

"재오가 알고 있더이다."

"무얼?"

"당신과 숙희 관계."

귀를 의심했다. 재오가 지난 과거의 그 일들을 알 리가 없다. 그 애는 어렸고, 한 번도 들킨 적이 없다 생각했는데. 표 사장이 믿을 수 없다는 표정으로 채선을 응시했다.

"재오가 왜 그토록 당신에게 반항을 했는지, 이제 다 이해가 돼요."

표 사장이 충격을 받아 비틀거렸다. 그가 서랍장을 손으로 짚으며 겨우 지탱하며 섰다.

"재오가 당신 정말 잘 따랐잖아요. 그 애, 얼마나 의젓했는지 당신도 기억하죠? 그런 애가 갑자기 엇나가기 시작했잖아요. 돌이켜보면 그 애가 방황하기 시작한 게 사춘기여서가 아니었어요. 당신과 숙희가 그러는 모습을…… 본 거죠."

순간 몰려든 현기증에 표 사장은 눈을 질끈 감았다가 떴다. 재오가 알고 있으리라 조금도 예상하지 못했다.

"그 녀석, 전혀 내색을 하지 않았어."

"가족들이 상처 받는 모습을 보기 싫었답디다. 저 혼자 감당하려 했답니다."

참고 있던 눈물이 기어이 채선의 눈에서 흘러내렸다. 재오의 십대를 관통한 고통을 생각하니 가슴이 미어터져 왔다.

"여보, 우리 재오 어떡해요. 그 애가 얼마나 고통스러웠을지…… 나는 도저히 헤아릴 수가 없어요."

표 사장은 암담했다. 재오의 행복을 앗아간 주범은 그 누구도 아닌 자신이었다. 아버지라는 사람이 아들에게 모범을 보이기는커녕 용서받지 못할 모습을 보이다니, 제가 몹시도 한심스러웠다.

"숙희가 그런 얘기를 했어요. 재오를 보며 어딜 봐도 당신을 닮지 않았다고……."

"재오에게 그런 소리를 했어? 미쳤구나, 그 여자가."

"숙희가 알고 있는 것 같아요."

채선의 눈동자가 불안을 안고 가늘게 떨렸다.

"재오의 친부가…… 당신이 아님을……."

표 사장이 치미는 분노를 주체하지 못 하는 듯, 서랍장을 주먹으로 내리쳤다.

"그 애는 내 애야! 재오는 내 아들이라고!"

"알아요. 당신이 나와 재오를 받아줬다는 것."

표 사장과 채선, 두 사람만이 이해하고 감당할 수 있는 일이다.

"그렇지만 그것을 이해하는 것은 세상에 나 하나뿐일 거예요."

채선은 무언가를 굉장히 두려워하는 사람처럼 불안에 떨었다.

"만일 숙희가 사실을 기자에게 찾아가 발설하는 순간, 무슨 일이 벌어질지 나는 상상이 안 가요. 너무 무서워요. 다른 건 몰라도 그 사실만큼은 재오가 몰랐으면 좋겠어요."

엄마라는 사람이 자식에게 해 줄 수 있는 일이 이런 것밖에 없다는 사실이 부끄러웠다.

"이미 너무 큰 상처를 받았어요. 우리 재오, 너무 많이 아팠어요. 그런 그 애에게 너희 엄마가 미혼모였다. 네 친아버지는 표 사장이 아니다. 그런 사실을 알려줄 수는 없어요."

채선은 미혼모였다. 당시 만나던 남자는 임신 소식에 연락두절 후 잠적했고, 그녀는 외롭고 힘들었지만 아이만큼은 포기할 수가 없었다. 그래서 부모님의 반대에도 불구하고 출산했다. 그 아이가 재오다.

표 사장과 채선은 집안 때문에 어릴 때부터 얼굴을 자주 보던 사이였다. 표 사장은 채선의 처지를 측은히 여겼었다. 순전히 연민의 마음으로 채선과의 결혼을 결심했다.

하지만 자신의 피가 섞이지 않은 재오를 받아들이는 것은 생각보다 쉽지가 않았다. 머리로는 알면서도 가슴으로는 수용이 되지가 않았다. 그래서 표 사장 나름대로도 번뇌와 갈등을 겪느라 아버지라는 삶과 한 남자의 삶 사이에서 적지 않은 방황을 했다.

지금에 와서는 방황했던 스스로가 한심하고 어리석게만 여겨졌다. 저의 이기심 때문에 재오에게 깊은 신경을 써 주지 못한 것에 대한 미안함이 늘 한구석에 자리했다.

"누가 뭐래도, 재오가 내 아들이라는 건 변함없어. 지난날의 내 과오 때문에 그 애를 더 괴롭게 할 수는 없어."

다른 사람은 몰라도 채선은 표 사장을 믿었고, 또 의지하고 있었다.

"당신. 우리 가족 포기하지 않을 거죠?"

채선은 표 사장이 이 가정을 내팽개치지 않아 주었으면 하는 마음을 내비쳤다.

"포기 안 해. 떳떳하지 않지만, 존경받을 아버지는 아니지만 그래도 난 우리 애들의 아버지야. 당신의 남편이고."

"여보……."

"회사, 재오에게 물려주고 싶었어. 하지만 그 녀석은 원하지 않았지. 그렇지만 언젠가 지금의 내 자리를 그 애가 대신해 주었으면 하는 바람이 있어. 내 것은 모두 그 녀석의 것이야. 그 녀석에 주는 것은 조금도 아깝지 않아. 내 아들이니까."

마음을 다잡는 시간이 너무 오래 걸렸다. 중간에 옳지 않은 길로 탈선을 하기도 했다. 결코 모범적인 어른은 아니었다.

"숙희. 그 여자는 내가 처리할게. 당신은 우리 애들 좀 돌봐줘."

그렇지만 결론은 재오의 아버지로서의 삶을 선택했다는 것이다.

⁂

좁은 골목길에 검은 세단이 들어섰다. 다가구 주택이 밀집되어 있는 지역. 그곳과 괴리가 있어 보이는 검은 차 한 대. 그것이 한 주택 앞에 멈췄다. 기사가 운전석에서 내려 뒷좌석 문을 열어 주자, 고급스러운 양복을 갖춰 입은 표 사장이 차에서 내렸다.

주변을 둘러보는 표 사장의 얼굴에 자신이 사는 세상과는 다른 형상의 지역에서 느껴지는 낯선 기색이 서렸다.

"여기서 기다리게."

기사에게 지시를 남기고 차가 세워진 지점에서 한참이나 더 안쪽으로 들어 왔다. 다행히 지나가는 사람이 없어 조용히 움직일 수 있었다.

한 집 앞에 멈춰 선 표 사장이 열려 있는 대문을 밀고 안으로 들어갔다. 꽤 많아 보이는 계단을 천천히 밟고서 3층 높이의 옥탑에 오르자 숨이 차올랐다. 호흡을 가다듬은 후 한 쪽에 마련된 주거 공간으로 이동했다. 대문과는 달리 집안으로 통하는 현관문은 잠겨 있었다. 초인종이 따로 없어 문을 노크했지만 아무런 기척이 없었다.

"연락을 하고 올 걸 그랬나."

회사로 부르기에는 위험 부담이 너무 커서 직접 찾아왔건만 허탕을 치게 생겼다. 다시 한번 노크를 하고 기다리는데.

"누구세요?"

때마침 등 뒤에서 인기척이 들렸다. 표 사장이 뒤를 돌자 그를 알아본 숙희의 눈이 커졌다.

"사장님?"

"오랜만이네."

"여긴 어쩐 일이세요?"

"그 난리를 쳐 놓고 내가 왜 온 줄을 몰라?"

표 사장에게서 찬바람이 쌩쌩 불었다. 이제야 상황을 눈치챈 숙희의 표정도 딱딱하게 굳었다.

"그래도 여기까지 오셨는데 안으로 들어오세요."

"됐네."

표 사장이 단호히 거절했다.

"길게 얘기할 것도 아니고 여기서 얘기하지."

"차라도 한 잔 드리고 싶은데."

"네가 타는 차에 무엇이 든 줄 알고?"

"사장님!"

숙희를 쳐다보는 표 사장의 눈빛이 서늘하다. 숙희를 보고도 아무런 동요가 없다. 예상했던 재회가 아니라, 숙희는 몹시 당황스러웠다.

더 감동적이고, 격정적인 재회여야 했다. 이보다 더 뭉클하고 애틋한.

제가 표 사장을 잊지 못했던 것처럼 그도 저를 기억하고 있어야만 했다. 그래도 한때 같은 마음으로 서로를 바라봤던 사이니까. 허나 표 사장은 그때의 시간은 마치 없었다는 듯이 행동했다. 숙희는 믿을 수 없다는 얼굴로 그를 미련스럽게 쳐다보았다.

"설마 우리가 함께 했던 그 시절을 잊으신 건 아니시죠?"

"이봐."

냉기가 풍기는 표 사장의 태도에 숙희는 절박한 심정으로 그의 팔을 두 손으로 붙잡았다. 그러나 그 즉시 그가 그녀의 손을 매몰차게 뿌리쳤다.

"이미 한참 전 일이네. 나는 기억도 나지 않고, 기억할 이유도 없어."

"사장님……."

"그땐 내가 잠시 미쳤었네. 내 어리석고 이기적인 생각과 행동들 때문에 우리 가족에게 너무 큰 상처를 주었어. 평생 사죄해도 모자랄 엄청난 과오를 저질렀지. 당장 나를 내쳐도 내 아내를, 내 아들과 딸을 원망할 수 없어. 그런 나를 품어 주는 내 아내에게 고마울 따름이야."

숙희가 알고 있던 표 사장은 이런 사람이 아니었다. 못 보던 사이 그는 달라져 있었다.

"말도 안 돼."

"내 아들은 표재오 하나야."

숙희는 표 사장의 말을 믿지 못했다.

"걔는 사장님 아들이 아니에요! 사장님 피가 섞이지 않았는데 어떻게 사장님 아들이 돼요? 박채선 그 여자가 데리고 들어온 애잖아요!"

숙희는 목에 핏대를 세워가며 온몸으로 부정했다.

"피가 섞이지 않았다고 해서 내 아들이 아닌 게 아니야. 그리고 너 따위가 내 가족에 대해 왈가왈부 할 권리는 없지. 내 아내에 대해서도 함부로 말하지 말게. 한 번만 더 내 사랑하는 가족을 들쑤시고, 아프게 한다면 가만있지 않겠네."

표 사장은 숙희의 처절함에도 그 어떤 연민의 감정을 드러내지 않았다. 진심으로 아무런 감정이 일어나지 않았기 때문이다.

"사장님!"

표 사장은 얼음처럼 차가운 표정을 일관했다.

"자네와의 인연은 이미 10여 년 전에 끝났어. 자네, 그거 아나? 과거는 아무런 힘이 없다는 것. 과거를 핑계로 타인을 괴롭히는 미련한 행위는 그만두고, 부디 현재에 충실하게."

표 사장의 충언은 뼈까지 아프게 했다. 너무 시리고 고통스러워서 눈물이 핑 돌았다.

"나와 가족들의 현재에 다시는 개입하지 말게. 또 같은 짓을 벌이면 그땐 법적으로 처벌하겠네. 내 말 허투루 듣지 마."

표 사장은 전한 말만 깔끔하게 남겨 두고 곧바로 등을 돌려 옥탑을 떠났다. 그는 스스로의 감정에 눈이 멀어 망각하고 있던 현실을 직시하게 했다. 온몸을 관통한 패배감에 치욕스럽고 무기력했다.

재오의 집무실은 고요했다. 레스토랑의 영업은 이미 1시간 전에 끝났기 때문에 직원들은 모두 퇴근했다. 그는 처리해야 할 업무가 있어 퇴근이 늦고야 말았다. 최소한 자정 전에는 들어가야겠다는 철칙 때문에 남은 업무는 내일 하기로 하고 서류에서 시선을 거두었다.

장시간 같은 자세로 앉아 있었더니 온몸이 다 뻐근했다. 그는 기지개를 피며 몸 곳곳에 뭉친 근육을 풀었다. 그의 시선이 두 번째 서랍으로 향했다. 이윽고 그가 그곳으로 팔을 뻗었다.

끼익. 고요한 침묵 속에 서랍 열리는 아주 작은 소음이 도드라졌다. 서랍을 열자마자 보이는 서류 봉투를 꺼냈다. 그것을 책상 위에 올려 내용물을 꺼냈다. 이미 한 번 꺼내봤기 때문에 입구를 여는 것이 수월하다.

서류 봉투에서 꺼낸 종이에는 유전자 검사 결과가 적혀 있었다. 시언이 표 사장의 친자가 아니라는 결과를 토대로 숙희가 거짓말을 했다는 것을 알았다. 처음 이 결과를 봤을 때, 금방 실토 날 거짓말을 왜 했는지 이해가지 않았다. 생각 끝에 그녀의 의도를 알아챘다. 이 결과가 나오기까지 불안하게 떨 가족들의 모습을 보고 싶었던 것이다.

팔락. 종이 넘기는 소리가 공기 중으로 퍼졌고, 또 하나의 유전자 검사 결과가 적힌 종이가 노출됐다. 재오, 저와 표 사장의 유전자 검사. 둘의 부자 관계는 성립되지 않는다는 결과를 한참 동안 주시했다. 숙희가 했던 말이 계속 찝찝하게 남아 혹시 몰라서 친자 확인 검사를 신청했는데 이런 참담한 결과를 받고 말았다.

재오는 조용히 종이들을 서류 봉투에 넣었다. 그것을 서랍장에 두고 의자에서 일어났다. 집무실을 정리하고 나와 복도를 지나 홀로 왔다.

최소한의 불빛만 켜둔 상태라 시야가 밝지 않았다. 손님들이 드나드는 출입문이 아니라 직원들이 드나드는 뒤쪽 통로를 이용해 주차장으로 나왔다.

차에 타려는데 주차장으로 익숙한 차량이 들어서는 장면을 목격한 그가 주춤했다. 정차된 차의 뒷좌석에서 표 사장이 내렸다.

"아직 있었구나."

표 사장이 먼저 말을 걸어 왔다. 재오는 그저 고개만 끄덕일 뿐이다.

"바쁘지 않으면 얘기 좀 하고 싶은데⋯⋯. 괜찮겠니?"

표 사장이 저의 눈치를 보는 상황은 살면서 처음 겪는 일이기에 얼떨떨했다. 그의 태도를 봐서는 아마도 채선에게서 숙희의 얘기를 들었으리라 추측했다.

"하세요."

재오의 목소리는 마치 무슨 사연이 있는 사람처럼 낮고 음울했다. 그게 표 사장의 염려를 샀다.

"술이라도 한 잔 하면서 얘기 나누고 싶은데."

"곤란합니다. 피곤하기도 하고, 와이프가 기다리고 있어서."

현재의 심정으로는 표 사장과 마주 앉아 술을 마시며 이야기를 나누고 싶지 않았다.

"아⋯⋯. 그렇겠구나. 늦은 시간까지 일하느라 피곤할 테지."

"이런 분위기. 굉장히 낯서네요."

재오와 표 사장은 어정쩡한 간격을 두고 서서 대화를 나누고 있었다. 둘 사이에 놓인 두꺼운 벽. 그것을 허물기 위해서는 얼마나 많은 시간과 노력이 필요할까.

"……미안하다."

표 사장이 눈을 마주치지 못 하고, 고개를 수그린 채 슬픈 목소리로 말했다. 재오는 순간 자신이 잘못 들은 줄 알았다. 지금 들은 것이 표 사장의 사과란 말인가? 듣고서도 의아했다.

"네 엄마에게도, 나리에게도……. 무엇보다 너에게."

표 사장은 여전히 시선을 내린 채 바닥 어딘가를 보고 있었다. 많은 감정이 역류하는지 그의 목소리가 울컥거리며 떨리고 있었다.

"어떤 것으로도 네가 견뎌온 시간들과 아픔들을 보상할 수 없겠지만, 네가 허락해 준다면 평생 너의 아버지로 살면서 노력하고 싶구나. 널 위해서, 우리 가족을 위해서."

육중한 정적이 내려앉았다. 굳게 닫힌 재오의 입술이, 마음이 열리기를 표 사장은 초조하게 기다렸다.

"그렇게 하세요."

명료한 대답. 그러나 재오의 심정은 뿌옇게 가려져 보이지 않았다. 때문에 표 사장은 개운하지 않았다. 재오가 어떤 마음으로 이런 답을 꺼내 놓았는지 헤아릴 수 없어 답답했다.

그러나 재오는 더 이상 할 말이 없다는 듯 운전석 문을 열었다.

"재오야."

표 사장은 절박한 심정으로 재오의 팔을 붙잡으며 그를 불렀다. 이윽고 그가 멈칫했다.

"당장은 용서가 안 될 것 같습니다. 그렇지만 저도 노력하겠습니다."

재오가 표 사장을 마주 봤다.

"어쨌든, 아버지 덕분에 제 아내를 만날 수 있었습니다."

"……."

"감사합니다."

재오는 그 말을 끝으로 차에 몸을 실었다. 차창 밖의 표 사장은 슬픈 얼굴로 오도카니 서 있었다. 그 모습을 눈에 담다가 이내 차를 몰아 주차장을 떠났다.

잠결에 누군가가 안아오는 느낌이 들면서 아득했던 의식이 조금씩 깨어났다. 조금 전까지만 해도 숨 쉬는 것에 불편함이 없었는데, 불현듯 어느 순간부터 호흡이 곤란해졌다.

이상하다고 여기며 눈을 떠보니 누군가의 품안이었다. 잘 덮고 자던 이불도 거둬져 있음에도 한기를 느끼지 못했던 건 재오가 꼭 안고 있었기 때문이라는 걸 인지한 이슬의 입매가 느슨해졌다.

"으음, 여보……. 왔어요?"

얼굴을 확인하지 않아도 남편이라는 것을 안다. 몸을 껴안아오는 힘이라던가, 이 남자만의 체향, 그리고 체온. 너무나도 익숙하기에.

"미안."

문득 사과를 해 오는 재오의 행동에 이슬은 의문을 가졌다.

"뭐가 미안한데요?"

이슬이 생각하기엔 재오가 미안해할 일은 아무것도 없었다.

"나 때문에 깼잖아."

사과를 하는 까닭에 대해 들었지만 그렇다고 해서 사과하는 재오의 행동을 이해할 수 있는 건 또 아니었다. 왜냐하면 잠을 깨운 일에 대해 전혀 미안해야 할 이유는 없기 때문이다.

"안 미안해도 돼. 당신 올 때까지 참으려고 했는데 넘 졸려서 자버렸어. 내가 미안해요."

이후로 한동안 말이 없었다. 고요한 침묵은 서로의 숨소리에 집중하게 했다. 재오가 원하는 건 휴식인 것 같다는 느낌에 이슬은 그를 위해 기꺼이 편안한 안식처가 되어 주었다. 가만히 안겨만 있다가 천천히 그의 등을 쓸어 주고, 또 머리도 쓰다듬으며 조용히 그의 고단했던 하루를 위로했다.

"퇴근하는데……."

문득 입을 여는 재오에게 이슬은 조용히 귀를 기울였다.

"아버지를 만났어. 아버지가……."

재오는 어느 시점부터 '표 사장'보다 '아버지'라는 호칭을 사용하기 시작했다. 그의 오랜 기억 속 상처가 많이 아물어가고 있다는 의미다.

아주 사소한 변화라 타인은 알아차리지 못 하지만 이슬은 충분히 느끼고 있었다. 그는 말을 잇지 못했다. 어둠에 지배된 사방, 그리고 서로를 빈틈없이 끌어안고 있어 그의 표정을 볼 수 없었지만 아마도, 울고 있는 것 같았다. 아주 미약하게 흐느끼는 소리가 났으니까. 이슬은 너무나도 가슴이 아팠다.

"미안하다고 하시더라."

재오는 숨을 고르며 말을 이어 나갔다. 힘겨워 보였지만 속마음을 털어놓을 상대가 필요해 보였기에, 이슬은 제지하지 않고 가만히 그가 하고 싶은 대로 하게 두었다. 그녀는 그저 따스한 체온을 나누어 주고, 다정다감한 손길을 건네줄 뿐이었다. 그녀가 해 줄 수 있는 최선의 위로였다.

"그 순간 모든 것들을 용서할 수 있을 것 같았어."

재오가 나직이 저의 속내를 드러냈다. 다른 누구에게는 쉽게 보이지 못 하는 진심. 아내 앞에서는 거추장스러운 껍데기를 온전히 벗어던졌다. 그만큼 아내에게 의지하고 있고, 또 그녀를 사랑하기 때문이다.

"지금 당장은 힘들지만……."

재오가 이슬의 어깨에 파묻고 있던 고개를 들었다.

"해 보려고."

재오는 이슬의 눈을 똑바로 응시하며 차를 타고 오는 동안 내린 결심을 고백했다. 이슬은 그의 머리를 부드럽게 쓸어 주었다.

"큰 결심했네요. 우리 신랑, 잘했어. 혼자 그 긴 세월동안 감당해 내느라 정말 버거웠을 텐데, 그래도 이렇게 용서하려고 노력하겠다는 결심을 갖다니. 정말 대단해요."

"오늘도 사실 되게 힘들었어. 아버지 만나기 전에 유전자 검사 결과를 확인했거든."

어두워서 재오의 눈빛이 잘 보이지 않았다. 하지만 그의 숨소리만으로도 어느 정도 유전자 검사 결과를 유추할 수 있었다.

"여보……."

가슴이 미어터졌다. 자신이 견뎠던 그 어떤 상처들보다도 더 고통스러웠다. 차라리 남편 대신 자신이 아팠으면 좋겠다고 생각할 만큼.

"결과를 받아들이기 힘들지만, 좀 아프지만……. 그래도 예전보다는 덜 하더라고. 그땐 충격을 해소할 방법을 찾지 못해 힘들었거든. 너무 어려서 어떻게 감당해야 하는지 몰랐으니까. 근데 지금은 당신이 있어서 견딜 수 있겠다, 싶었어."

"정말요?"

"응. 당신 보면 다 괜찮아질 것 같았어."

재오가 이슬의 얼굴을 부드럽게 감쌌다. 볼을 간질이는 손길에 그녀의 가슴이 설레어 왔다.

"그래서 지금 좀 괜찮아요?"

"신기하게도……. 괜찮네."

재오의 낮은 음성이 귀에 기분 좋게 밀려들어 왔다.

"나는 그 누구보다 당신의 아픔, 잘 알아요. 어떻게 보면 우린 비슷한 처지니까요."

"그러네. 비슷한 처지네."

감춰져 있던 모습들을 알기 전에는 몰랐는데, 이제 와서 보니 닮은 부분이 참 많았다.

"세상에 상처 없이 살아가는 사람들은 없을 거예요. 그 상처의 이유가 다를 뿐."

"그렇지."

"나는 당신이, 우리가…… 잘 이겨 냈으면 좋겠어요."

이슬은 재오가 아프지 않았으면 좋겠다. 아파도, 꼭 이겨 낼 수 있었으면 좋겠다. 재오 혼자 아프게 두지는 않을 것이다. 그가 괜찮아 질 수 있도록 성심성의껏 도와줄 것이다.

"왜냐하면, 난 당신의 아내니까."

가슴을 묵직하게 흔드는 이슬의 한마디에 치미는 애정을 견딜 수 없어 입술을 부딪쳤다. 아내의 입술은 말랑말랑하니 촉촉해 한 번 맛보는 것으로는 만족이 안 됐다. 그래서 재오는 집요해졌다.

입술 사이를 깊게 파고들자 그녀의 입에서 여린 신음이 새어 나왔다. 그것이 간신히 버티고 있던 인내심을 파괴했다.

그가 더 격하게 그녀를 안았다. 이슬은 갑작스레 행해진 깊은 키스가 버거운지 재오의 옷깃을 움켜쥐었다. 그녀의 손이 이따금씩 움찔거렸다. 그가 자신의 옷깃을 움켜쥐고 있는 그녀의 손을 떼어 내 그녀의 손가락 사이에 자신의 손가락을 끼워 맞춰 깍지를 꼈다.

그가 자연스럽게 그녀의 위에 군림한 뒤, 입술을 떼고 그녀의 목덜미를 탐닉했다. 몸 위로 남편의 체중이 실리자 그녀는 숨이 막힌 듯 헐떡였다.

"재오 씨……."

이슬이 불러주는 호칭은 어떤 것이든 좋았다. 여보, 자기, 남편, 신랑, 그리고 재오 씨. 무엇이든지 그녀의 입술을 거치고 나오면 전에 없이 달콤해지곤 했다.

"아, 간지러운데……."

목덜미를 훑는 느낌이 무척이나 이상했다. 물 묻은 솜털로 간질이는 느낌이랄까? 하지만 이 정도로는 이 감각을 오롯이 표현할 수 없다. 간지러우면서도 찌릿찌릿한 느낌이 쉬지 않고 계속 느껴졌다.

"여보……."

이슬의 간드러지는 목소리가 심장을 짜릿짜릿하게 자극해 오는 탓에 재오의 숨이 몰라보게 거칠어졌다. 그가 차오르는 흥분을 견디지 못 하

겠는지 입술을 떼어 그녀를 끌어안았다. 건강하게 뛰는 그의 심장 소리
가 들렸다.

"집에 오는 길이 미치게 즐거워."

사랑하는 이가 기다리고 있는 이곳이 그에겐 천국이나 다름없었다.

"재오 씨."

"당신이 날 기다리고 있다는 생각에 흥분돼서 미치겠어."

재오의 고백이 무척 애절해서 듣는 사람까지 가슴을 사무치게 했다.

"하루가 아무리 고단할지언정, 당신을 보면 다 잊혀져. 이렇게 안고
있으면 이상하리만큼 개운해져."

"내가 당신의 인간 피톤치드인가?"

"그런 거지."

"아, 기분 좋아."

이슬의 목소리에 행복이 넘실거렸다.

"이제 씻어야겠다."

아쉽지만 일어나야 했다. 말은 씻어야겠다고 하지만 아내와 떨어지
기 싫어 뭉그적거렸다.

"같이 씻을래요?"

재오가 냉큼 일어났다.

"낙장불입!"

이슬이 마음을 바꾸지 못 하도록 재오가 선수를 쳤다.

"하여간, 우리 남편 귀엽다니까."

이슬이 웃음을 터뜨리며 침대를 벗어났다.

욕조에 나란히 앉은 재오와 이슬은 다정하게 머리를 맞대었다. 따뜻
한 수온이 피부를 감싸 오니 하루의 피로가 사라지면서 노곤했다.

"여보."

이슬의 부름에 재오가 그녀를 지그시 응시했다. 그녀는 무언가 맘에 들지 않는 듯 입술을 부루퉁하게 내밀었다.

"왜 입이 나왔지?"

이럴 때면 자신이 뭔가 실수한 게 있는 건 아닌지 진지하게 고민하게 됐다.

"나 배 나온 것 같지 않아요?"

아, 다행히 자신 때문에 주둥이가 나온 건 아니구나. 재오는 안도의 숨을 내쉬며 그녀의 배를 내려다봤다. 그녀가 자신의 배를 쓰다듬고 있다.

"당신 요새 잘 못 먹지 않았어?"

"그러니까요."

"그럼 살이 빠져야 하는데 왜 찌는 거지?"

"그러니까 당신이 보기에도 내가 살쪘다 이거죠?"

어쩐지 물어보는 말투가 밤송이처럼 따갑다. 육안으로 보기에도 배가 나오기는 했다. 그러니 거짓말을 할 수는 없는 노릇인데 살쪘다고 해 버리면 그녀가 속상해 할 것이다. 재오는 뭐라고 대답을 해야 하는지 고뇌에 빠졌다.

"치."

이슬의 입술에서 바람 빠지는 소리가 나왔다. 재오가 어색하게 웃으며 어깨에 팔을 둘러왔다. 그녀가 싫다며 그의 팔을 내쳤다.

"나 살찌면 싫어요?"

"아니. 안 싫어."

진짜 싫지 않은데, 이슬이 취조하듯이 물으니 괜히 죄인이 된 것마냥 긴장됐다.

"거짓말."

"진짠데. 살쪄도 예뻐."

재오는 진심을 다해 대답했다. 그의 눈빛은 제발 자기 마음 좀 알아주기를 바라는 듯 상당히 절실했다.

"보지도 않고서 잘도 대답하네요. 아, 지금 그 말은 이미 내가 살쪘다는 소리네?"

"아, 아냐! 그런 뜻이 아니라, 음……. 뭐랄까."

"됐네요. 이미 맘은 상했으니 변명을 하려거든 넣어 두세요."

그녀가 시무룩한 목소리로 퉁명스레 말했다.

"난 당신 살쪄도 좋다니까. 당신이 어떤 모습이든 다 좋아."

조금도 흔들림 없이 말하는 재오에게서 진정성을 엿봤다. 이슬이 솔깃했다.

"진짜?"

"그렇다니까. 내 진심을 의심하지 말라고."

이제야 안심이 되는지 이슬의 입가 근육이 느슨해졌다. 덩달아 긴장을 풀며 깊은숨을 내쉬는 재오를 향해 얼굴을 가까이하며 제 입술을 톡톡 두드렸다.

"그럼 키스해 줘요."

자기 입술을 검지로 가리키며 키스를 조르는 이슬의 모습이 못 견디게 사랑스럽다. 재오가 그녀의 턱을 가볍게 쥐고 입을 맞췄다. 사이좋게 포개어진 두 입술, 서로를 정성껏 탐닉했다. 간질간질하고 야릇한 기운이 스멀스멀 피어나 실내를 잠식했다.

재오가 물에 젖은 손으로 머리카락을 헤집었다. 키스가 점차 농밀해져 가자 그의 악력이 자연스레 세졌고, 어느 순간에는 뒷덜미가 찌릿하게 아파왔다. 이슬이 그의 어깨를 힘껏 밀어냈지만 그의 미련스러운 입술은 떨어지기 싫은 듯 다시 다가왔다. 그러나 그녀가 고개를 살짝 틀어 키스를 거부했다.

"왜……."

키스를 거부당하자 불만을 묻힌 말투가 뱉어졌다.

"아파."

이슬은 고통을 호소했다.

"어디가?"

"머리카락. 너무 세게 쥐지 말아요."

재오는 힘 조절도 못 하는 제 손을 한심스럽게 쳐다봤다.

"아, 미안. 조절이 안 돼."

"조절이 왜 안 되는데?"

"몰라서 물어?"

묘한 미소를 띠는 이슬의 입술을 보니 아는 모양이었다.

"알면서 굳이 이유를 묻는 건 뭐지? 앙큼하게."

이슬이 재오의 허벅지 위에 올라앉아 그의 목뒤로 손깍지를 꼈다. 그녀가 요염한 표정을 지으며 그를 유혹했다.

"왜겠어? 알고 있어도, 그냥 듣고 싶어서 그런 거지. 당신이 날 사랑하고 있다는 현실을 다시 한번 실감하고 싶으니까."

간절한 바람이 고스란히 전해지는 것을 보니 이번에는 이슬이 애가 타는 모양이다. 재오는 애정을 듬뿍 묻힌 눈동자에 그녀를 담았다.

"이런 눈으로 바라보는데도 확인하고 싶단 말이지?"

"아, 당신 눈빛. 너무 뜨겁다. 살이 녹아내릴 것 같아요."

이슬이 재오의 머리카락을 쓸며 신음소리를 내뱉듯 대답했다. 그녀의 나른한 눈빛을 응시하며 재오가 입을 열었다.

"현이슬."

"응?"

"너 지금 섹시해. 참을 수 없을 만큼."

"……재오, 당신도 섹시해."

마치 약속한 것처럼 서로를 향해 다가갔다. 두 입술이 말캉하게 맞물렸다. 서로의 몸을 빈틈없이 껴안았다. 몸을 움직일 때마다 첨벙거리는 소리가 났다. 그 청량한 물소리가 기분 좋은 효과를 발휘했다.

또한, 서로를 채워 주는 체온을 비롯해 차고도 넘치는 애정까지, 사랑스럽지 않은 것은 어떤 것도 존재하지 않았다.

좋은 꿈을 꿨다. 고달픈 어제의 하루를 이슬에게서 보상받았기 때문이리라, 그렇게 여기며 기지개를 폈다.

열어 둔 창으로 들려오는 새들의 지저귀는 소리에 화창한 아침임을 깨달으며, 재오가 상체를 일으켜 앉았다. 습관처럼 옆을 봤는데 이슬의 자리가 비어 있었다. 실과 바늘처럼 떨어질 수 없는 사이인 듯, 재오는 당장 아내의 행방을 찾기 위해 방을 빠져나왔다.

그런데 참 허무하게도 방문을 열자 도마와 칼이 마찰하는 소리가 들리고 코로 맛있는 냄새가 났다.

청각과 후각에 의존해 이슬이 있는 곳을 알아차린 재오의 발걸음이 망설임 없이 주방으로 향했다. 그곳에서 에이프런을 한 모습으로 칼질을 하고 있는 그녀를 발견했다. 장난을 치고 싶다는 본능이 발동해 살금살금 다가가 조심히 그녀의 허리에 팔을 둘렀다. 그녀의 등에 넓은 등을 맞대고 귀여운 엉덩이에 하체를 진하게 문질렀다.

"좋은 아침."

이슬에게 정답게 아침인사를 꺼냈다. 그녀가 칼질을 멈추지 않으며 빙그레 웃었다.

"잘 잤어요?"

인사에 응하는 말투가 살가웠다.

"뭐 하는 거야?"

이슬의 어깨에 턱을 괸 채 분주히 움직이고 있는 손을 구경했다.

"서방님을 위한 아침 식사 준비 중."

"오."

"어제 퇴근하면서 마트 들렸는데 게가 아주 싱싱하더라구요."

"게, 좋지."

게와 양념장이 만나 구수한 냄새가 진동했다. 때문에 방금 자고 일어난 탓에 시큰둥했던 식사 욕구가 마구 치솟았다. 재오의 배에서 꼬르륵거리는 소리가 났다.

"그래서 꽃게탕 하고 있어요."

"어쩐지 냄새가 예술이다, 했어."

이슬이 칼질을 마치고 재오를 살며시 밀어냈다. 손을 깨끗하게 씻고 뒤를 돌아 그의 얼굴을 마주 봤다.

"손 씻고 와요."

"뽀뽀해 주면."

"우리 서방님, 하여간 뽀뽀 엄청 좋아한다니까."

핀잔을 하면서도 결국에는 뽀뽀를 해 주었다. 목적을 달성하자 머릿속을 가득 채운 성취감에 재오의 입꼬리가 시원하게 말려 올라갔다.

재오가 손을 씻으러 화장실로 간 사이 이슬은 식사 준비에 박차를 가했다. 꽃게탕은 얼큰해야 더 맛있지만 아침이기 때문에 된장을 베이스로 해서 구수하게 끓였다. 그 외에 반찬으로 먹을 나물반찬들을 뚝딱 해치웠다. 식사를 차리는 그녀의 손길에서 제법 주부의 포스가 났다.

식탁 위에 반찬들이 나열되고 메인 요리인 꽃게탕까지 완성돼 냄비를 옮기고 나니, 곧 재오가 주방으로 왔다. 그가 밥을 먹으려고 숟가락을 들다 멈칫했다. 밥이 한 그릇밖에 되지 않아 의아한 눈길로 물 컵을 가져다주는 이슬을 쳐다봤다.

"당신은?"

"난 입맛이 좀 없어서요."

혼자 먹게 해서 미안한 마음에 이슬의 목소리가 작아졌다.

"아침이라 그런 거 아냐?"

"아니. 요즘 계속 그러는데요."

재오의 가슴에 걱정이 얹혔다.

"그래도 한 숟가락이라도 먹지 그래."

"속이 울렁거려서 못 먹겠어요."

재오의 권유에도 도저히 먹을 수 없어 미안하지만 거절해야 했다.

"저번에 병원 갔었나?"

"아뇨. 한동안 정신없었잖아요. 병원 갈 생각도 못했죠."

숙희가 일으킨 파란에 일주일이 훅 지나가 버렸기 때문에 몸 챙길 여유조차 없었다. 이슬의 까칠한 얼굴을 유심히 들여다보던 재오가 이 내 결심한 듯 말했다.

"병원 가게 준비 해."

"지금요?"

재오의 말투를 봐서는 당장 병원에 갈 기세였다.

"요즘 계속 잘 못 먹었잖아. 나도 걱정돼서 이대로는 출근 못해. 나 아침 먹을 동안 당신은 외출 준비해."

"알았어요."

재오의 말을 거부했다가는 하루 종일 걱정하게 할 것이 눈에 선했 다. 일하는 사람을 저 때문에 신경 쓰이게 하고 싶지는 않기도 했고, 한 번은 병원을 가야 했기에 순순히 그의 지시에 따르기로 결심했다.

이슬은 재오가 식사를 할 동안 외출 준비를 했다. 병원에 들렀다가 바로 출근을 할 계획으로 깔끔하게 차려입었다. 옷을 입고 화장까지 공 들여하느라 시간이 꽤 소요됐다. 다시 주방으로 왔을 때, 그는 설거지 를 하고 있었다.

"그냥 두지. 내가 하면 되는데."

"먹은 사람이 치워야지."

"얼마나 남았어요?"

"거의 다 했어. 잠깐만 기다려."

재오는 설거지를 끝내고 곧바로 옷을 갈아입었다. 그의 차를 타고 집 근처에 있는 병원으로 갔다. 이른 시간이라 병원은 한산했다. 접수 를 하고 얼마 지나지 않아 호명되어 진찰실에 들어갔다. 그동안 있었던 증상을 얘기하고 검사를 마쳤다. 그저 가벼운 감기나 몸살이겠거니 생 각하고 있었다.

"임신이시네요."

일순간 진찰실 안이 조용해졌다. 이내 재오가 벌떡 일어났다.

"정말입니까?"

"예. 정확한 검사를 위해서는 산부인과로."

의사의 말을 채 듣지도 않고, 재오가 이슬을 일으켜 세워 격하게 끌어안았다.

"예스! 나이스!"

재오의 입에서는 두서없는 감탄사가 연이어 튀어나왔고, 그 광경을 관람하게 된 나이 지긋한 의사는 젊은 부부가 귀여워 흐뭇하게 웃었다.

⚜

이슬은 전신 거울 앞에 서서 자신의 배를 부드럽게 문질렀다. 임신 초기여서 그런지 배가 많이 나오지 않아, 임신을 의심하지 못했다. 그저 살이 찐 줄만 알았는데 실은 이 배 속에 작은 생명체가 살고 있었다니. 산부인과로 병원을 옮겨 임신한 사실을 확인받고 났는데도 실감이 나지 않았다.

"아가야, 너 정말 거기 있니?"

불러도 대답할 리 없다는 사실을 너무나도 잘 알지만 괜히 한 번 말을 걸어 보았다. 배를 한참을 더 문지르던 이슬의 눈시울이 붉어졌다.

"이상하네."

임신이란 결혼을 한 여자라면 한번쯤 거치는 과정 중 하나일 텐데 꼭 자신에게만 부여된 특별한 권한인 것처럼 느껴졌다. 게으름 부리지 않고 열심히 살아온 자신에게 하늘이 주신 선물 같다.

"내가 엄마가 된다니……."

결혼을 했지만 엄마가 된다는 것에 대해 생각해 본 적이 없다. 부모님의 추진으로 성사된 결혼이라 재오에게 한 톨의 애정도 없었다. 때문에 그와 아이를 낳고 살 수 있으리라는 기대를 하지 않았었다.

그러나 시간이 갈수록 재와의 간격이 허물어졌고, 어느새 그를 사랑하게 됐다. 뒤늦게 연애하는 기분에 빠져 그와 함께하는 시간에 젖어 있느라 2세 계획을 세울 틈이 없었다. 그가 가끔씩 2세 얘기를 꺼내기는 했지만 현실로 와 닿지 않았었기에 이번 임신 소식은 정말 예상 밖의 일인 것이다.

"아직 엄마가 될 자격은 없는 것 같지만, 지금부터라도 준비해야지."

어깨 위에 그동안은 견디지 않아도 됐던 책임감이 얹어졌지만 기분 나쁠 이유는 없었다. 다만, 처음 겪는 일이기에 정말 잘 해낼 수 있을지 걱정되어 부담스러울 뿐.

그때, 요란히 울리는 벨소리에 휴대폰을 찾아 발신자를 확인했다. 재오의 전화임을 알고 나자 밝아진 표정으로 전화를 받았다. 뜻밖의 임신 소식에 제일 기뻐한 건 누구보다 바로 재오였다. 요즘 입이 귀에 걸린 그를 보면 나사 하나 빠진 사람 같이 보이기도 했다. 남들이 보면 바보 같을 거라고 놀려도 아무 상관없다는 그를 보면 코미디가 따로 없다.

"여보."

—뭐하고 있었어?

전화를 받으며 베란다로 갔다.

"쉬고 있었어요."

—혹시 무거운 거 들고 그런 건 아니지?

이슬은 괜한 걱정이라며 조그마한 목소리로 투덜거렸다. 요즘 걱정과 잔소리가 동시에 는 남편으로 인해 조금 귀찮아졌다. 이슬이 조금이라도 무리를 하면 인상을 쓰고 이런저런 잔소리를 늘어놓았다. 가는 길마다 쫓아다니며 무거운 것을 들면 안 된다느니, 추우니까 옷을 따뜻하게 입고 다녀야 한다느니, 될 수 있으면 일찍 퇴근을 하라느니. 아주 잔소리 레벨이 하루가 다르게 상승 중이시다. 그런 남편이 귀여우면서도 한편으로는 성가셔 죽겠다.

"네, 안 들었어요. 근데 당신 언제 들어와요?"

—왜? 우리 아기가 아빠 빨리 보고 싶대?

휴대폰을 타고 넘어오는 목소리가 기대에 차 있다. 잉태된 아이가 말을 할 수 없음에도 말을 시키고 싶고 말을 하는 것 같은 증상이 꼭 자신과 닮아 있어 웃음이 났다.

"여보도 참. 우리 아기 아직 그런 말 못 하거든요?"

─아, 그럼 당신이 날 보고 싶어 하는 거구나?

"그래요. 보고 싶어 죽겠어요."

재오가 많이 보고 싶은 건 사실이다. 온종일 함께 할 수 없다는 현실이 원망스러울 정도로, 그가 보고 싶다.

─죽겠어요, 이런 말 쓰지 마.

"왜요?"

─배 속의 아기가 듣잖아. 앞으로는 우리 예쁜 말만 쓰자.

재오의 깊은 마음에서 전해지는 해일 같은 감동에 코끝이 찡했다.

"나보다 당신이 더 낫네요."

─뭐 먹고 싶은 것 없어?

"나한테 묻는 거예요, 아님 우리 아기한테 묻는 거예요?"

배 속의 아이에게는 미안했지만 이 순간 재오의 입에서 아기가 우선이라는 말이 나오면 유치한 걸 알면서도 살짝 질투가 날 것 같았다.

─둘 모두에게 묻는 거니 질투하지 말기.

"질투라뇨. 그런 거 안 하거든요?"

표정을 볼 수 없는 전화상으로도 금방 마음이 들켜버리자 창피해진 이슬의 얼굴이 화끈거려왔다.

─생각나는 것 있으면 말해. 집에 가는 길에 사 갈게.

"나 순대 먹고 싶어요."

이슬이 재오의 호의를 덥석 물었다.

─순대. 접수!

흔쾌히 승낙해 주는 재오의 행동에 흡족해하다가 늦은 시간임을 인지하고 나자 걱정이 스멀스멀 피어올랐다.

"근데 이 시간에 순대 파는 곳이 있나?"

─없다면 만들어서라도 갈게. 그럼 이따 집에서 봐.

재오의 호기만큼은 높게 사겠지만 신이 아니기에 없는 순대를 뚝딱 만들어 오기 어려운 실상이었다. 오후 10시가 넘은 시간이라 웬만한 분식집은 대부분 영업을 마감했을 테니, 순대를 구하기 힘들 것 같았다.

성공하기 어려운 임무를 떠안긴 것 같아 마음이 무거워졌다.

⚜

재오는 이슬과의 통화 후 레스토랑에서 나와 차를 끌고 동네를 돌아다녔다. 시간이 많이 늦어서 분식집들은 문을 닫은 상태였다.

번화가 쪽으로 이동해 차를 세워두고 직접 발로 뛰기 시작했다. 어차피 분식집에서는 구할 수가 없으니 길거리 포장마차나 순대 볶음이 안주로 나오는 술집을 찾아 나섰다. 30분 정도를 돌아다니다가 겨우 순대 볶음을 파는 포장마차를 발견했다.

"죄송한데, 순대 볶음에 쓰이는 순대만 얻을 수 있을까요?"

아주머니의 곤란해하는 표정을 마주한 순간, 순탄하게 원하는 것을 얻을 수 없겠다는 예감이 뇌리를 스쳤다.

"어, 순대는 얻다 쓰시려고 그러세요?"

"실은 제 와이프가 임신 중인데 순대가 먹고 싶다고 해서요. 아기 때문에 매운 양념이 된 것은 먹을 수가 없어서요. 돈은 얼마든지 드리겠습니다."

재오에게서 진정성이 느껴졌다. 아내를 위해 이 늦은 밤에 순대를 구하러 돌아다니는 그가 갑자기 딱하게 여겨졌다. 게다가 놀라운 건 아직 장가도 안 갔을 것처럼 어려 보이는 외모의 그가 결혼을 했다는 사실이다.

"어머, 결혼했어요? 겉으로 보기에는 총각 같은데. 일찍 결혼했나 보네."

"예. 이제 며칠만 지나면 스물여덟 됩니다."

"아이고. 그래요? 그렇다면 드려야지. 잠시만 기다려요."

"예."

"앞으로 음식 심부름 많이 하시게 생겼네."

아주머니가 잘 쪄진 순대 한 줄을 도마 위로 옮겨 먹기 좋은 크기로 토막을 내며 친근하게 말을 걸어 왔다.

"안 그래도 각오하고 있습니다."

재오가 대단한 의지를 발산했다.

"그래도 요즘은 늦게까지 장사하는 곳도 많고, 또 먹을거리도 다양해서 예전만큼 굶거나 힘들지는 않을 테니 다행이지."

"아, 그런가요?"

아주머니는 꽤 많은 양의 순대를 썰어 봉지에 담아 주었다.

"자, 여기."

순대를 무사히 얻게 돼 다행이다. 봉지를 받고 지갑을 꺼냈다. 순대를 구할 수만 있다면 얼마가 됐든 지불하겠다는 마음이었기에 일부러 현금을 넉넉히 뽑아 왔다.

"얼마 드리면 될까요?"

"됐어요. 그냥 가져가요."

아주머니는 미련하나 없이 깔끔한 말투로 사양했다. 당연히 순대 값을 지불해야 한다고 생각했기 때문에 돈을 받지 않으려는 그녀의 행동에 적잖이 당황했다.

"예? 그래도 돈은 받으셔야죠. 적은 양도 아닌데."

묵직한 봉지의 무게는 아주머니의 넉넉한 인심과 비례했다.

"젊은 총각이 색시 생각하는 마음이 예뻐서 그래. 그냥 다음에 애기 낳고 색시랑 한 번 놀러 와요."

"……감사합니다."

뜻하지 않게 한 번도 본적 없는 이에게서 정을 느꼈고, 익숙하지 않은 상황에 얼떨떨해하며 감사의 인사를 전한 뒤, 재오가 포장마차를 나섰다. 손에 든 봉지를 보며 맛있게 먹을 아내와 태아를 떠올리며 뿌듯하게 웃었다.

재오를 기다리다 지쳐 잠이 들었던 이슬이 현관문 열리는 소리에 침대에서 슬금슬금 일어났다. 현관으로 마중을 나가고 싶은 마음과 달리 몸이 무거워 침대에 앉아 있으니 재오가 알아서 침실로 들어 왔다.

"잤어?"

"미안해요. 기다리려고 했는데 졸음이 쏟아져서."

이슬이 쑥스럽게 웃어 보였다. 재오가 가까이 오자 순대 냄새가 진동했다. 그녀가 킁킁 냄새를 맡더니 그의 손에 들린 봉지에 시선을 꽂았다.

"순대 사 왔어요?"

전화를 끝낸 뒤로 1시간이나 지나서 당연히 못 구했을 거라 생각했다.

"내가 우리 마눌님을 위해 순대를 구해 왔지."

재오가 어깨를 으쓱하며 당당하게 봉지를 내밀어 보였다.

"이 시간에 구해 오기 쉽지 않았을 텐데······."

"내가 누구야? 표재오 사전에 못 하는 건 없어. 귀찮아서 안할 뿐이지."

재오가 승리의 'V' 자를 그리며 순대를 구해 온 스스로를 무척 대견해했다. 그 모습이 귀여워 절로 웃음이 났다.

"누가 표재오 씨 아니랄까 봐, 자화자찬은. 그 성격은 어디 안 가나 보네요."

"왜? 어디 갔으면 좋겠어?"

"아뇨. 그게 재오 씨 매력이니까. 예전에는 자기 잘난 맛에 사는 사람을 밥맛, 아니 좋지 않게 생각했었는데 같이 지내보니까 나쁘지 않더라구요."

밥맛이라고 하려던 이슬은 아이를 생각해 잠시 주춤하다가 이내 말을 순화시켰다. 예쁜 말을 쓰자던 저의 말을 허투루 듣지 않고 신경 쓰려 노력하는 그녀가 기특해 머리를 쓰다듬어 주었다.

"일어날 수 있겠어? 도와줄까?"

이슬이 재오의 호의를 기분 나쁘지 않게 거절했다.

"혼자서 할 수 있어요. 대신 천천히 할 테니까 거북이 같아도 이해해 줘요."

"거북이든 달팽이든 다 이해할게."

재오는 너그러이 이슬을 기다려 주었다. 바로 나갈 수도 있었지만 혹시라도 넘어지거나 미끄러질 수 있었기에 눈으로 이슬을 지켜보았다. 이슬은 순대 먹을 생각에 들뜬 모습으로 무거운 몸을 일으켜 천천히 주방으로 왔다. 재오가 의자를 꺼내 이슬이 앉을 수 있도록 배려해 주었다.

재오는 무사히 구해 온 순대들을 접시에 옮겨 이슬의 앞으로 대령했다. 이어 포크를 가져가 이슬의 손에 쥐어 주기까지 했다. 그의 공주님 대접에 은근 기분 좋은지 배시시 웃던 그녀가 앞에 놓인 순대 하나를 집어 입속에 쏙 밀어 넣었다.

"음."

이슬은 순대 맛이 퍽 만족스러운지 콧노래까지 불렀다. 맛있게 먹는 그녀를 보니 고생하며 얻어 온 보람이 느껴졌다. 눈으로 확인할 수는 없지만 태아도 만족스러워할 거라 믿어 의심치 않는다. 재오는 순대를 먹다가 목 막힐 상황이 올 것을 대비해 물 한 잔을 가득 따라 이슬의 앞에 놓아주었다.

"이거 마시면서 천천히 먹어."

이슬은 다람쥐처럼 볼에 순대를 머금고 있어 말은 하지 못 하고 고갯짓으로 대답을 대신했다. 그녀는 순대를 먹다가 갈증이 나면 물을 마셨다. 재오는 맞은편에 앉아 순대 먹는데 정신이 팔린 그녀를 구경했다. 한참을 먹던 그녀가 문득 포크질을 멈추더니 그를 봤다.

"당신도 먹어요, 자."

배가 부르기는 했지만 이슬이 건네주는 순대를 거부하고 싶지 않아 못 이기는 척 입을 열어 받아먹었다. 삼키는 모습까지 지켜볼 생각인지 물끄러미 저를 응시하는 이슬의 감시 아래 입안에 있는 순대를 치아로 성실하게 씹어 삼켰다.

마침내 그녀에게서 흡족한 미소를 선사받으며 감시에서 해방됐다.

"순대, 어디서 샀어요?"

"공짜로 얻어 왔어."

"어떻게 이게 공짜예요? 말도 안 돼."

맛도 좋고 양도 푸짐한 순대를 공짜로 얻어 왔다는 말에 이슬이 깜짝 놀랐다.

"한참 돌아다니며 허탕 치다가 들어간 포장마차인데, 순대 볶음이 안주 메뉴로 나가더라고. 그래서 순대만 얻을 수 있냐고 사정했지. 우리 와이프가 임신했는데 순대를 먹고 싶어 한다고. 그랬더니 주인 아주머니가 공짜로 주셨어."

재오는 순대를 사 온 일화에 대해 열정적으로 설명했다. 이슬은 그의 이야기에 귀를 기울이며 호응했다.

"와, 정말요? 진짜 좋으신 분이다. 나중에 가서 인사드려야겠어요."

"순대 값 지불 안 하는 대신 당신 아이 낳으면 둘이 술 마시러 오라던데."

"우리 꼭 가요."

"그러자."

인심 좋은 아주머니 덕분에 맛좋은 순대를 먹을 수 있어 감사했다. 이슬의 눈에는 벌써 여러 개 집어먹고도 더 집어 먹을 수 있다는 의지가 선명했다.

"순대 진짜 맛있어요."

재오는 배가 불러 이슬이 먹여준 순대 하나를 끝으로 더 먹지 않았다. 그의 관심은 사실 다른 곳에 있었다.

"우리 태명은 뭐라고 지을까?"

"태명?"

"난 당신 임신하면 꼭 태명부터 짓고 싶었어."

우리에게 찾아온 특별한 태아에게 이름을 붙이고 다정하게 불러주고 싶었다.

"음, 뭐가 좋을까요? 순대?"

이슬의 즉흥적인 작명 센스에 재오가 기겁했다. 현재 그녀의 관심은 오로지 순대에게 쏠려 있나 보다.

"당신 순대를 너무 좋아하는 거 아냐? 좀 더 예쁜 이름을 생각해 보라고."

지적을 받고 나서야 이슬은 좀 더 신중히 생각을 해 보았다.

"이오……? 내 이름, 당신 이름 하나씩 따서……."

"요구르트 생각나는데?"

나름 열심히 생각을 해낸 태명인데, 재오가 이의를 제기하자 이슬은 괜히 김이 빠졌다. 그녀는 그냥 순대를 먹기로 하고 남편에게 바통을 넘기기로 작정했다.

"당신이 생각해 봐요."

재오라고 뭐 특별한 게 있을까 싶었다.

"희망이 어때?"

그런데 의외로 괜찮은 아이디어를 낸다.

"희망이? 예쁜데요? 뭐야, 당신 이미 생각해 놨구나?"

"그냥 계속 생각해 봤는데, 한글이었으면 좋겠고 그리고 뭔가 뜻도 예뻤으면 좋겠다고 생각했어. 우리 아이가 건강하게 태어나길 희망하는 뜻이랄까."

"좋네요. 우리 희망이라고 불러요, 이제."

이슬이 포크를 내려 두고 배를 문지르며 다정한 목소리로 속삭였다.

"희망아."

어쩐지 태아도 만족해할 것 같다.

"오늘 무리하지 않았지?"

오늘도 시작되는 잔소리에 이슬은 조금 지겨운 듯 고개를 설레설레 저었다.

"무리 안 했거든요. 걱정 말아요."

"의사가 초기에는 조심해야 한다고 했잖아. 그러니까 웬만해서는 급하게 움직이지도 말고 조금이라도 무게가 나가는 것은 들지 마."

"그거 벌써 백 번은 말한 것 같네요."

이슬이 한숨을 쉬며 새침하게 말했다.

"일, 당분간 쉬는 게 어때?"

"출산하고도 쉬어야 하는데 그럼 너무 많이 쉬는 것 같아서……."

"겨울이라 춥고 그래서 더 걱정돼."

이슬은 임신을 한 몸인 만큼 혼자만을 생각하고 행동할 수 없다고 판단했다. 그래서 재오의 충고를 기분 나쁘지 않게 받아들였다.

"당신이 그렇게 걱정된다면 한 번 생각해 볼게요."

"그래."

"잘 먹었다. 아, 배불러."

이슬이 의자에서 일어나 빈 그릇을 들려고 하는 그때, 재오가 재빨리 다가와 그릇을 낚아채갔다.

"이런 것도 이제 내가 들어. 당신은 들지 마!"

"여보. 그릇은 별로 무겁지도 않은데요?"

"무거워. 엄청 무거워."

재오의 과한 보호가 어째 싫지가 않다. 잔소리는 매일 반복돼서 지겹기는 하지만 그래도 걱정돼서 하는 소리니 흘려듣지는 않으련다. 이렇게 걱정해 주고 신경 써 주는 남편이 곁에 있다는 것만으로도 행복하니까.

가끔씩 엄마가 생각난다. 엄마는 이것보다 더 힘든 시기에도 혼자서 견뎠을 테니까. 그랬을 엄마를 생각하면 가슴이 따갑고 코끝이 맵다.

그릇을 싱크대에 옮겨 둔 재오가 이슬에게 다가와 그녀를 부축했다. 사실 아직은 몸이 무겁지는 않아서 혼자서 얼마든지 걸어 다닐 수 있지만 그는 혹시라도 발을 헛디뎌 넘어지진 않을까 조마조마한 마음에 그녀의 곁을 고집스럽게 지켰다. 재오가 이슬을 소파에 앉혔다. 소화가 돼야 잘 수 있으니 그때까지 TV를 보기로 했다.

"임신하니까 좋다."

"아기 생겨서?"

"그것도 그렇고 당신이 이렇게 공주 대접 해 주니까 좋다구."

"열심히 해 줄 테니까 마음껏 누려."

이슬이 흡족한 얼굴로 고개를 끄덕였다.

"그래야겠네. 결혼한 언니들이 그러는데 시간이 흐르면 이런 호사도 누릴 수 없대. 그러니까 신혼 초, 그리고 임신했을 때 실컷 누리라고 하던데. 당신도 그럴 거야?"

"응?"

"임신했을 때만 이러고 나중에 남보다도 못한 사람처럼 굴 거야?"

"안 그럴 거야."

세월이 흘러도 변하지 않을 다짐이면 더할 나위 없이 좋겠지만 그렇지 않다고 해도 괜찮았다. 이런 마음을 가졌던 시절이 우리에게도 있었다는 사실만을 간직하고도 충분히 행복할 것 같았으니까.

"이리 와서 나 좀 안아 줘요."

재오가 이슬이 가리키는 그녀의 옆자리에 앉았다. 그녀의 어깨에 팔을 두르자 기다렸다는 듯 안겨왔다.

"우리 아이, 아홉 달 후면 만날 수 있겠죠?"

"그렇겠지. 얼른 보고 싶다."

"나도."

둘은 약 아홉 달 후에 만날 희망이를 떠올리며 설렘과 행복 속을 함께 걸었다.

이슬은 코트를 단단히 여미고, 며칠 전 재오가 사 준 목도리도 맸다. 마지막으로 핸드백을 어깨에 걸치고 대표실을 나왔다. 오후 6시가 넘은 이 시각, 올해의 마지막 날인데도 불구하고 많은 고객들이 매장을 찾아 주었다. 때문에 직원들은 쉬지도 못 하고 일하는 중이다.

"나 먼저 퇴근해서 미안."

"아니에요."

"저흰 괜찮으니 걱정 말고 가족 분들이랑 오붓한 시간 보내세요."

먼저 퇴근하는 것을 고깝게 생각하지 않고 너그럽게 이해해 주는 직원들에게 고마웠다.

"고마워. 올해 마무리들 잘 하고 내년에 봅시다."

"네, 대표님."

"들어가세요."

직원들과 인사를 나누고 매장을 나와 경심을 만나기 위해 약속장소로 향했다. 임신한 저를 위해 릴리의 근처에 위치한 카페로 오겠다던 경심의 말에 그곳으로 걸음을 옮겼다.

한 해의 마지막 날이다 보니 꽤 추운 날씨에도 불구하고 많은 사람들로 북적이는 카페에서 가뭄의 콩 나듯 있는 빈자리를 겨우 찾아 앉던 그때, 카페 입구에 들어선 경심이 보였다.

"엄마!"

여러 사람들이 모여 수다를 떠는 어수선한 분위기 속에서 작은 목소리로는 어림없을 것 같아서 큰 목소리로 경심을 불렀다. 그녀가 이쪽을 쳐다보더니 곧장 발길을 옮겼다. 가까이 온 그녀를 반기기 위해 일어나려는데 앉으라는 제스처를 해 보였다.

"너 뭐 마실래?"

"나야 뭐 선택권이 별로 없지."

임신하기 전에는 카페에 오면 대부분 커피를 마셨었다. 그러나 임신을 했으니 이전처럼 아무거나 막 마실 수는 없었다. 제한적인 선택권이 조금은 슬펐다.

"그래, 무리 안 가는 좋은 차 마셔. 엄마가 알아서 주문해 올게."

"엄마가 가려고? 내가 갈게."

이슬이 일어서려고 엉덩이를 떼는데 경심이 그녀의 어깨를 살며시 잡아 오는 바람에 다시 엉덩이를 소파에 붙이게 됐다.

"됐어, 애. 너는 동작을 최대한으로 아껴."

경심은 임신한 딸을 걱정하는 마음을 담아 조언했다. 재오와 비슷한 맥락의 마음이겠지만 엄마로서의 마음은 그와는 조금 다를 것이다. 엄마는 한 번 겪어 본 것이기에 누구보다 이슬의 상황을 잘 인지하고, 또 이해하는 사람이다.

"엄마, 나 아직 안 힘든데?"

"너만 생각하지 말고, 배에 있는 아이도 생각해야지. 기다리고 있어. 갔다 오마."

경심은 따끔한 충고를 쏜 뒤 등을 돌려 카운터로 갔다. 이슬은 턱을 괴고 주문하는 경심을 지켜봤다. 엄마를 보고 있으니 이전과는 또 다른 감정이 무섭게 불어나 코끝을 맵게 만들었다. 고추냉이를 코에 바른 듯한 알싸한 감각이 싸르르 퍼지더니 눈가에 눈물이 그렁그렁 맺혔다.

"너 왜 우니?"

주문한 차가 오른 쟁반을 테이블에 내려놓으며 경심이 한숨을 내쉬었다.

"몰라, 갑자기."

경심은 자신의 백에서 손수건을 꺼내 이슬의 손에 쥐어 주었다. 엄마가 준 손수건으로 황급히 눈물을 훔쳐 냈다.

"어이없지? 나도 되게 황당하네. 나도 모르게 눈물이……."

이슬은 평소에 눈물이 많은 스타일도 아니었다. 아무리 힘들고 괴로워도 웬만해서는 잘 울지 않는데 그런 자신이 사람이 많은 카페에서 훌쩍이고 있으니 스스로도 무척 당황스러운 것이다.

"엄마는 너 이해한다."

훌쩍이며 눈물을 닦는 이슬이, 경심은 딱했다.

경심에겐 나이가 몇이든 이슬은 한없이 소중한 딸이다. 눈에 넣어도 안 아픈. 그런 딸이 임신을 했다니 기특하기도 하면서 한편으로는 그 힘든 과정을 겪어야 한다는 사실이 안타까웠다. 차라리 경험해 본 자신이 대신 해 주고 싶은 심정이다.

"임신하면 이상하게 마음이 약해져. 기분도 괜히 가라앉기도 하고."

"나만 이런 거 아니야?"

"임신하면 여성 호르몬의 증가 또는 갑작스런 변화 등 때문에 감정 기복이 생길 수 있단다. 그런데 자꾸 우울해하고 눈물 흘리고 그러면 태아한테 좋지 않은 영향을 끼칠 수 있어."

"정말?"

태아에게 좋지 않은 영향을 끼친다는 경심의 말에 눈물이 쏙 들어갔다. 이슬은 초롱초롱한 눈으로 경심을 빤히 봤다.

"태아는 엄마의 감정을 고스란히 전해 받거든."

"울면 안 되겠다."

앞으로 감정 조절을 잘 해야겠다는 다짐을 새겼다.

"될 수 있으면 웃으며 지내야겠지. 기분이 가라앉거나 갑자기 슬픈 생각이 들거나 그러면 산책을 한다든가 좋아하는 일 하면서 기분 전환 시켜 주고 그러는 게 좋겠지."

"경험자가 가까이에 있으니까 든든하네."

"든든하면 잘해, 이것아."

언제나 똑같은 레퍼토리에 절로 웃음이 터졌다.

"하여간 마무리는 늘 이렇지. 끝까지 훈훈한 법이 없지."

"나한테 뭘 바라니?"

"임산부한테 지금 스트레스 주는 거야?"

경심은 역시 이슬에겐 이길 수 없다며 고개를 절레절레 저었다.

"참, 어제 진원이한테서 전화 왔었다."

이슬은 차를 한 모금 넘긴 뒤 찻잔을 조심스레 내려 두었다. 진원은 중국으로 떠난 뒤 따로 이슬에게 연락하지 않았다. 미안해서라도 하지 못할 것이다. 그녀는 경심의 앞에서 지난 일에 대해 함구했다. 그때 겪었던 감정이나 기분 역시 내색하지 않았다.

"오빠, 잘 지낸대?"

당분간은, 아니 어쩌면 꽤 오래도록 진원과 얼굴을 대면하지 않았으면 하는 바람이 있다. 그뿐 아니라 목소리조차도 듣고 싶지 않았다. 지금으로썬 그조차도 거북했으니까. 이건 태아를 위해서라기보다는 제가 감당하기 벅차서였다. 서로 연락하지 않고 각자의 생활을 하는 이 정도의 거리가 그녀에겐 적당하게 여겨졌다.

"잘 지낸다고는 하는데 엄마는 영 마음이 안 놓여."

이슬은 어두워진 표정과 불편한 마음을 드러내지 않기 위해 시선을 내렸다. 괜히 찻잔을 만지작거리며 딴청을 부리기도 했다.

"타국에서 혼자 얼마나 잘 챙겨 먹겠니."

어떤 사건이 일어났었는지 모르는 경심이 진원의 안부를 걱정하는 건 당연했다. 하지만 이슬은 그런 그녀의 말에 호응해 주지 못했다.

"친아들이 아닌데도 그렇게 걱정이 돼?"

"얘 봐라. 그런 말이 어디 있니? 나한테는 진원이나 너나 똑같은 자식이야. 내 배로 낳지는 않았지만 친자식이나 진배없어. 너 그런 소리 하면 못써."

"알아. 아는데 대단해서 그래. 아빠도 그렇고 엄마도 그렇고. 그리고……."

표 사장에 대한 이야기가 목구멍까지 치밀었지만 재오를 위해 다시 삼켰다.

"그리고 뭐? 왜 말을 하다 말아?"

"아냐. 아무튼 엄마, 아빠 모두 대단해. 그게 쉽지는 않았을 텐데."

"쉽지 않았지."

"엄마도 그랬구나."

"그러나 뭐든 마음먹기에 달렸어. 진원이를 내 자식이라 생각하면 진짜 그렇게 돼. 물론 시간이 좀 걸리지만 안 되는 건 아니야."

경심이 설명을 해 줘도 쉽게 이해되지 않았다. 직접 겪어 보지 않는다면 공감하기 어려운 부분인건 사실이니까. 목이 말라 찻잔을 드는데 벨소리가 울려 도로 찻잔을 내리며 전화를 받았다. 짧은 통화 후 휴대폰을 테이블에 내려놓는 이슬을 보며 경심이 말을 걸어 왔다.

"표 서방?"

"응. 나 데리러 온다네? 엄마, 표 서방 알고 보니까 엄청 자상해. 이 사람이 자기 사람이다 생각하면 헌신하는 타입인가 봐."

남편 자랑에 신이 난 이슬을 보며 경심이 미소를 지었다.

"언제는 결혼하기 싫다더니?"

"그땐 표 서방의 진가를 몰랐을 때고."

"너 결혼 초에도 후회하지 않았었니?"

경심은 흥미로운 것을 발견한 사람처럼 즐거워했다.

"엄마는. 사람을 제대로 알려면 그 정도의 시간으로는 턱없이 부족하지. 난 요즘도 표 서방이 새로워. 내가 몰랐던 부분을 알게 된다니까? 꼭 연애하는 기분이야."

경심이 그 기분에 공감한다는 듯 고개를 끄덕였다.

"결혼하고 연애하는 기분. 그것도 나쁘지 않지. 엄마도 너랑 비슷했으니까."

경심도 호근과 정을 나누기 전에 결혼을 했다. 호근에 대해 자세히는 몰랐지만 이 사람만큼은 믿을 수 있을 것 같아서, 그리고 딸의 미래를 위해서 결심한 결혼이었다. 호근과는 결혼 후에 차차 정이 들어갔다. 정략결혼을 한 이슬과 비슷한 처지였던 것이다.

"그러고 보면 딸은 엄마 팔자 따라간다는 말이 딱 맞나 봐."

"아니, 넌 이 엄마보다 훨씬 더 잘 살아야 돼. 행복하게. 알았니?"

"나 잘 살고 있어요. 행복하게. 그러니까 내 걱정은 말고 엄마도 행복하게 사셔요."

서로의 행복을 비는 모습도, 그리고 웃는 얼굴까지. 모녀는 너무나도 많이 닮아 있다.

"어? 표 서방 왔네."

경심의 뒤편에서 이쪽으로 오고 있는 재오를 발견한 이슬이 그를 보며 손을 들어 보였다. 그가 자리로 성큼 다가왔다.

"자네 왔나?"

알은체 해 오는 경심에게 재오가 정중히 인사했다.

"네, 장모님. 제가 두 분의 오붓한 시간을 방해했나요?"

화기애애하게 대화를 나누던 두 사람이 카페 입구에서부터 보였다. 괜히 일찍 와서 두 사람의 시간을 방해한 건 아닌지 염려스럽다.

"당신은 그걸 알면서도 벌써 나타났어요?"

이슬의 말투에 장난기가 묻어 있다.

"아, 그럼 20분 있다 다시 올까?"

"부부가 아주 쿵짝이 잘 맞는구나."

이슬과 재오의 대화를 듣고 있던 경심이 혀를 차며 한 소리했다.

"에이, 우리 고 여사 질투하네. 질투하지 마, 엄마. 그래도 난 엄마가 제일 좋으니까."

이슬이 테이블 위에 오른 경심의 손을 잡으며 애교를 살살 부렸다. 그러나 경심은 눈 하나 깜짝하지 않았다. 경심은 이슬의 손을 밀어내고 새침한 표정을 지어 보였다.

"입에 침이나 바르고 말해, 이것아. 서방이 제일 좋지, 뭐."

"그럼 엄마도 나보다 아빠가 좋아?"

"당연한 걸 뭘 묻니."

"진짜?"

적잖이 충격을 받은 이슬은 입까지 벌리고 경심을 뚫어져라 응시했다.

"표 서방 뭐 하나. 얼른 애 데려가게."

장난스러움이 묻어나는 경심의 말에도 이슬은 서운했다.

"장모님도 같이 가시죠. 집까지 모셔다 드리겠습니다."

"됐네. 나도 내 남편이 데리러 온댔으니 걱정 말고 가게."

"아빠는 또 언제 불렀어?"

"오늘 우리 여보랑 데이트하기로 했거든."

자랑을 늘어놓듯 말하는 경심은 흡사 소녀 같았다.

"정말?"

"해 뜨는 것도 보고, 회도 먹기로 했어."

오랜 세월을 부대끼며 살아오느라 소홀해질 법도 한데, 여전히 행복하게 잘 사는 부모의 모습에 이슬은 자랑스러운 마음과 부러운 마음이 동시에 가졌다.

"와, 우리한테 말도 안 하고 엄마랑 아빠 둘이서만 약속한 거야? 엄마, 나 섭섭해."

"섭섭할 것도 많다. 네 아빠 곧 온다니까 난 신경 쓰지 말고 어서들 가 봐. 사돈댁에서 기다리겠다."

경심과 더 많은 대화를 나누고 싶었지만 시댁에 가야 했기 때문에 더 있을 수가 없었다. 아쉬운 마음을 뒤로하고 재오와 카페를 나왔다.

"언니!"

대문 밖으로 나와 기다리고 있었는지, 차에서 내리자마자 나리가 불쑥 안겨 왔다.

"오늘도 역시나 격하게 반겨 주네요."

나리가 뭔가 깨달았는지 냉큼 이슬에게서 떨어졌다.

"임신 중이라 이렇게 격하게 안는 건 무리인가요?"

나리가 이슬의 배를 내려다보았다.

"지금은 괜찮으니 신경 쓰지 말아요. 그나저나 밖에 나와 있었어요? 이 추운데?"

"언니 온다니까 얼른 보고 싶어서……, 헤헤."

"아가씨도 참. 언제부터 기다린 건데요?"

"얼마 안 됐어요."

거짓말인지 아닌지 확인을 하기 위해 나리의 손을 잡았는데 냉기가 확 풍겼다. 이슬은 선의의 거짓말이기는 했지만 그래도 진실이 아님을 들키자 무안해져 샐쭉 웃는 나리의 손을 따뜻한 체온으로 녹여 주었다.

"표나리. 방학이라 좋겠다."

"좋긴 무슨. 취업 때문에 스트레스 만땅이거든. 누구 놀려?"

반가운 마음에 말을 걸려는 저의 의도와는 달리 말투가 좀 거칠게 나가기는 했다. 그래도 그렇지 이렇게까지 새침하게 대답할 필요가 있을까? 재오는 나리의 태도가 영 언짢았다.

"너 차별이 너무 심한 거 아니냐? 내 와이프 대하는 거랑 나한테 하는 행동이랑 심하게 차이 나잖아."

남매는 한 해가 마무리 되는 날에도 변함 없이 그대로다. 투덕거리는 모양새가 처음 봤을 때랑 별반 차이가 없음에 이슬은 웃음을 터뜨렸다.

"부러워? 부러우면 평소에 잘하시던가, 메롱!"

나리가 혓바닥을 날름거리며 재오의 약을 올렸다.

"어쭈, 감히 오빠한테 혀를 내밀어?"

"언니! 우리 빨리 들어가요!"

나리가 이슬에게 팔짱을 끼며 걸음을 재촉했다. 얼떨결에 나리에게 이끌려 대문을 넘어선 이슬이 뒤따라오는 재오를 돌아보았고, 그의 입가에 번진 미소를 보았다. 눈이 마주치자 그가 윙크를 해 보였다.

"오빠, 나 다 봤어. 언니한테 윙크하는 거."

이슬만 봤으면 좋았을 걸, 하필이면 나리에게 윙크하는 모습을 들키고야 만 재오가 못마땅한 표정으로 나리를 봤다.

"내 와이프를 위한 윙크인데 왜 너까지 보고 난리야."

"으, 닭살! 커플 아닌 사람 서러워서 어디 살겠나!"

나리가 제 팔을 마구 문지르며 투덜거렸다.

"어서들 와라."

현관으로 마중 나온 채선이 두 사람을 반겼다.

"어머님."

이슬은 채선의 손을 잡으며 환하게 웃었다.

"오느라 힘들지 않았니?"

채선은 임산부인 이슬이 혹시 무리하지는 않았는지 염려됐다.

"네, 이이 덕분에 편하게 왔어요."

"시장할 텐데 저녁 식사부터 하자꾸나."

저녁 식사를 마치고 이슬은 재오와 함께 소파로 와 앉았다. 표 사장은 식사를 마친 뒤, 곧장 서재로 갔다. TV를 틀어 두고 재오와 도란도란 이야기를 나누고 있으니 채선과 나리가 차와 과일을 가져왔다. 채선이 딸기 하나를 포크에 찍어 이슬에게 건네주었다.

"딸기가 아주 맛있더구나."

"감사합니다."

딸기를 입안으로 쏙 넣고 할 일을 끝낸 포크를 내려 두었다. 입안에서 딸기를 굴리다가 조금씩 베어 물자 달콤하고 상큼한 과즙이 입안을 채웠다.

"새아기, 이번 일로 고생 많았다."

"아니에요, 어머니."

"네가 정말 복덩이다."

이슬은 칭찬에 몸 둘 바를 모르겠는지 쑥스럽게 웃었다.

"그래, 몸은 좀 괜찮니? 어디 아프거나 그런데 없고?"

"가끔 으슬으슬 춥거나 속이 안 좋은 것 빼고는 특별히 아픈 곳 없어요."

임신 소식을 전해 들은 채선은 무척이나 기뻤다. 최근에 힘든 일을 견뎌 낸 탓에 심신이 지쳐 있는 상태였다. 그런데 재오와 이슬의 아이 소식이 가라앉은 마음을 다시 솟아오르게 했다.

"입덧은 심하니?"

"어쩔 땐 심한데, 어쩔 땐 또 괜찮아요."

손주를 보게 돼서 기쁘기도 하지만 한편으로는 이슬의 건강이 걱정됐다.

"재오. 네가 새아가 잘 좀 챙겨 줘라."

"예, 그럴게요."

"그나저나 더울 때 출산하게 될 텐데 걱정이다."

"잘 견뎌 낼게요, 어머니."

진심으로 걱정해 주는 채선을 보며 며느리가 아닌 딸이 된 기분을 느꼈다. 두 명의 엄마가 생긴 현실이 싫지 않았다.

"그래. 나도 여러모로 많이 협조할 테니, 필요한 게 있다면 부담 갖지 말고 말해 주렴."

"네, 어머니."

TV를 보며 과일을 먹고 있던 나리가 문득 채선을 보며 말을 건넸다.

"엄마. 이제 할머니 되겠네?"

"그렇지?"

"소감이 어때?"

"감격스럽지."

채선의 대답은 간단명료했다. 나리는 조금 공감이 되지 않아 머리를 갸웃거렸다.

"할머니 된다는데 슬프지는 않아? 새 생명이 태어나는 거야 물론 숭고한 일이기는 한데, 그래도 뭔가 할머니가 된다는 건 좀 슬플 것 같은데."

엄마와 할머니는 어쩐지 차이가 좀 있어 보인다. 엄마는 나이가 들어 보인다는 느낌이 잘 안 드는데 할머니는 나이가 확 들어 보이기 때문이다.

"그런 일에 슬퍼서야 되겠니. 자연스레 받아들여야 하는 것들이 있는 거란다."

할머니라는 호칭이 부담스럽고 불편할 수도 있을 텐데 의연한 채선에 나리와 이슬이 감탄했다.

"어머님 멋지세요."

"호호, 뭘 멋지기까지야."

이슬의 칭찬에 채선이 쑥스러운 듯 웃었다.

"이것만 먹고 너흰 그만 가 보거라."

채선은 시계를 보더니 아무래도 재오와 이슬을 너무 오래 잡아 두고 있는 것 같아 마음이 불편했다.

"아뇨. 더 있다가 가도 괜찮아요."

피곤한 건 사실이지만 시댁에 있어서 그런 건 아니었다. 그저 무겁고 힘든 몸으로 일을 한 탓에 고단할 뿐이기에 더 있다가 가도 괜찮았다.

"여기 더 있어서 뭐 하려고. 피곤할 텐데 일찍 가서 쉬어라."

"그렇게 하자."

재오가 채선의 말에 힘을 싣자, 이슬은 더 고집을 부리지 않고 수긍했다.

"알았어요. 그럼 차만 마시고 갈게요."

차를 마시며 이런저런 이야기꽃을 피웠다. 큰 역경이 닥쳤지만 가족들은 모두 씩씩하게 이겨 냈다. 그리고 마침내 다시 평화가 찾아왔다.

"저희 가 볼게요, 어머니. 아가씨, 잘 있어요."

"그래. 조심히 가거라."

"언니, 잘 가요. 오빠도."

아쉬운 마음을 뒤로하고 시댁을 나왔다. 차를 타고 집으로 향하는 길. 몸은 고단했지만 이상하게도 기분은 상쾌하다. 시간을 보니 올해가 몇 시간 남지 않았다. 작년 이맘때쯤엔 한 해를 마무리한다는 것이 조금 우울했지만 이번에는 확연히 달랐다. 그 이유가 바로 옆에 있었다. 묵묵히 운전을 하는 재오를 물끄러미 바라보았다.

"왜?"

시선을 느꼈는지 재오가 힐끔 쳐다보더니, 곧 손을 잡아 왔다. 이슬은 마치 그의 손길을 기다리기라도 한 사람처럼 기쁘게 깍지를 꼈다.

"올해는 말이에요."

이슬이 천천히 입을 뗐다. 그녀의 목소리는 몹시도 매혹적이다.

"당신을 만나서…… 기뻤어요."

순간 심장이 미친 듯이 뛰기 시작했다. 재오의 눈동자가 감동을 안고 뜨겁게 일렁였다.

"평생 잊지 못할 거예요."

이슬의 목소리가 가늘게 떨렸다.

"고마워요."

그래서일까. 이슬의 진심이 더 진하게 와 닿았다.

"내 인생에 나타나 줘서. 내 남편이 되어 줘서."

"나야말로 고마워. 내 아내가 되어 줘서."

집으로 돌아가는 이 길이 무척 행복했다. 앞으로 어떤 날들이 펼쳐져 있을지 기대도 됐다.

"사랑해."

"나도, 사랑해요, 여보."

물론 좋은 일만 있으리라는 바보 같은 희망은 애초부터 갖지 않았다. 다만, 지금 옆에 있는 이 사람과 함께라면 어떤 고난이든 다 헤쳐 나갈 수 있으리라는 용기가 생겨난다.

우리는 평생을 함께 걸어갈 부부니까.

—*fin*